Buffy – Im Bann der Dämonen
KREATUREN DES MEERES

Christopher Golden

Buffy
IM BANN DER DÄMONEN

Kreaturen des Meeres

Aus dem Amerikanischen
von Thomas Ziegler

vgs

Bibliografische Information der Deutschen Bibliothek
Die Deutsche Bibliothek verzeichnet diese Publikation in der Deutschen
Nationalbibliografie; detaillierte Daten sind auch im Internet über
http://dnb.ddb.de abrufbar.

Das Buch »Buffy – Im Bann der Dämonen.
Kreaturen des Meeres«
entstand nach der gleichnamigen Fernsehserie (Orig.: *Buffy, The Vampire
Slayer*) von Joss Whedon, ausgestrahlt bei ProSieben.

© des ProSieben-Titel-Logos mit freundlicher
Genehmigung der ProSieben Television GmbH

Erstveröffentlichung bei Pocket Books, eine Unternehmensgruppe von
Simon & Schuster, New York 2002.
Titel der amerikanischen Originalausgabe: *Buffy, The Vampire Slayer.
The Wisdom Of War.*

TM und © 2003 by Twentieth Century Fox Film Corporation.
All Rights Reserved.
Buffy, the Vampire Slayer ist ein eingetragenes Warenzeichen der
Twentieth Century Fox Film Corporation.

© der deutschsprachigen Ausgabe:
Egmont vgs verlagsgesellschaft, Köln 2003
Alle Rechte vorbehalten.
Lektorat: Ralf Schmitz
Produktion: Wolfgang Arntz
Umschlaggestaltung: Sens, Köln
Titelfoto: © Twentieth Century Fox Film Corporation 2002
Satz: Kalle Giese, Overath
Druck: Clausen & Bosse, Leck
Printed in Germany
ISBN 3-8025-3249-x

Besuchen Sie unsere Homepage im WWW:
www.vgs.de

*Dies ist für all meine Freunde im Vereinigten
Königreich. Ihr habt eine höllische Party gegeben.*

Und für Sally.

Mein Dank gilt wie stets Lisa Clancy und Micol Ostow von Simon Pulse und Debbie Olshan von Fox. Diesmal bin ich mehr denn je dankbar für das grüne Licht. Was für ein Stress.

Dank auch an meine Frau Connie und meine Jungs Nicholas und Daniel, von denen ich hoffe, dass sie, wenn sie alt genug sind, den Wahnsinn auf diesen Seiten durchschauen und die darunter verborgene Geschichte erkennen werden. Und Dank an die Irregulären – Tom, Jose, Rick, Stefan und Meg. Ihr habt mir geholfen, bei Verstand zu bleiben.

Schließlich gilt mein besonderer Dank dem Petty Officer Jaimie Brown von der US-Küstenwache, der in der Not zu mir kam und mir half, mich den Monstern zu stellen.

Prolog

Buffy Summers war die Stadtschlampe.

Natürlich nicht wirklich, aber in dieser Nacht hatte sie sich entschlossen, diese Rolle zu spielen. Da die Patrouillengänge der Jägerin daraus bestanden, ihre ganze Zeit auf Friedhöfen zu verbringen und darauf zu warten, dass ein verstorbener Buchhalter oder Highschoolschüler sein Grab als Vampir wieder verließ – nur um von ihr umgehend dorthin zurückbefördert zu werden –, konnte Buffy tragen, was sie wollte. Bequeme Kleidung: Pullover, Jeans, Stiefel, sogar Freizeitschuhe. In manchen Nächten wurde sie der praktischen Aufmachung überdrüssig und zog für ihren Krieg gegen die Mächte der Finsternis etwas Modischeres an.

Aber heute Nacht war alles anders.

Sie trug eine zerrissene tief hängende Jeans, die ihre Hüftknochen betonte und sich anfühlte, als würde sie jeden Moment nach unten rutschen und diese letzten kostbaren strategischen Zentimeter entblößen. Ihr knappes T-Shirt enthüllte einen falschen Nabelring sowie die Henna-Tattoos keltischer Muster rings um ihren Bauchnabel. Schwarzer Nagellack, zu viel Make-up und wild zerzauste Haare, die ihr ins Gesicht fielen, vervollständigten das Bild.

In erster Linie sah sie aus, als hätte sie Faiths Kleiderschrank geplündert.

Aber wenn sie in Docktown keine Aufmerksamkeit erregen

und die Leute dazu bringen wollte, mit ihr zu reden, musste sie sich kleiden wie sie. In der Regel bestand Buffys Detektivarbeit vor allem daraus, Dämonen und ihren Anhängern mit Gewalt gewisse Geheimnisse abzupressen. Sie war keine Frau mit tausend Gesichtern. Doch nachdem sie drei Nächte in ihrer üblichen Kluft in Docktown patrouilliert und keine Hinweise auf die drei brutalen Morde gefunden hatte, die dort in den letzten drei Wochen verübt worden waren, war sie gezwungen gewesen, sich zwei extrem schwierigen Prüfungen zu unterziehen. Die erste bestand darin, sich auf diese Weise zu verkleiden – sie kam sich wie eine Reklame für Schlampenmode vor –, während die zweite Prüfung sogar eine noch größere Herausforderung darstellte.

Um herauszufinden, wer die Leute in Docktown tötete, musste sich Buffy in *Geduld* üben.

»He, Schätzchen«, brummte ein stämmiger, brutal aussehender Mann mit zottigen Haaren und dichten, dunklen Koteletten. Er hatte sich mit elefantenhafter Anmut zu ihr an die Bar gestellt und darauf gewartet, dass sie seinen Popeye-Bizeps und den tätowierten Anker bemerkte.

Die Musik der Black Crowes dröhnte aus dem wummernden Lautsprechersystem, und am anderen Ende der Bar führten zwei Mädchen mit strähnigen Haaren miteinander einen verführerischen Tanz auf, sehr zum Vergnügen der johlenden Männer, die um sie herumstanden. Im Hintergrund spielten Matrosen und Fischer Pool und fluchten jedes Mal laut, wenn sie Geld verloren oder gewannen. An den Tischen drängten sich Leute, die Bier tranken und gebratene Venusmuscheln aßen und über den Fang des Tages schwadronierten.

Es war eine typische Nacht im *Fish Tank*. Wenn man in Docktown lebte, war die Chance groß, dass man seinen Lebensunterhalt mit dem Meer verdiente, entweder auf einem Fischerboot oder einem Handelsschiff arbeitete oder für eine der Reedereien oder Lagerhäuser tätig war, die das Hafenviertel prägten. Und die jungen Leute in Docktown, die von Arbeiterstolz erfüllt, aber noch nicht alt genug, um von der Schufterei ausgelaugt zu sein, trafen sich zum Abfeiern im *Fish Tank*.

Es hatte in den letzten drei Wochen drei grausige Morde in Docktown gegeben, alle zwischen dem *Fish Tank* und dem Kai. Es war möglich, dass Menschen die Täter waren, aber nicht wahrscheinlich. Nicht hier in Sunnydale, wo der Höllenschlund – ein Ort, an dem die Barriere zwischen der Erde und den Dämonendimensionen brüchig geworden war – Monster anzog wie eine Kerzenflamme die Motten. Das bedeutete, dass sich Buffy das Viertel genauer anschauen musste. Es war nicht direkt ihr Job, aber es *gehörte* zu ihrer Verantwortung. Sie war die Jägerin, das eine Mädchen auf der Welt, das auserwählt worden war, das Geschenk besonderer Kräfte zu erhalten, Kräfte, mit denen sie die Mächte der Finsternis bekämpfen musste.

Was nicht gerade ein Vergnügen war. Denn wenn es ein Vergnügen gewesen wäre, hätten die Mächte des Lichts nicht jemand *auswählen* müssen, um ihm diese Pflicht aufzuerlegen, nicht wahr? Es hätte einen Ansturm von Bewerbern gegeben. Aber es gab keinen Ansturm. Niemand wollte den Job haben.

Also blieb er an ihr hängen.

In dieser Nacht bedeutete dies, dass sie sich im *Fish Tank* herumtreiben und die Gespräche belauschen musste, um so vielleicht einen Hinweis darauf zu erhalten, wer hier unten die Menschen umbrachte, oder um zu sehen, ob sich jemand noch verdächtiger als gewöhnlich benahm. Sie war nicht Sherlock Holmes, doch als sie sich bedeckt gehalten hatte, war sie keinen Schritt weitergekommen.

Stattdessen war sie hier, demütigte sich selbst, indem sie viele Monate vor Halloween ein Kostüm trug und sich mit Idioten abgab wie diesem stämmigen kleinen Muskelpaket, das dringend eine Rasur, eine Dusche und eine Lektion in Sachen Manieren brauchte.

»He, Baby, hör zu, wenn ich mit dir rede.«

Buffy schenkte ihm ihr bestes falsches Cheerleaderlächeln. »Oh, tut mir Leid, hast du nicht bemerkt, dass ich dich ignoriere? Warte mal, besser so?« Sie warf ihre blonden Haare zurück, wandte sich ab und drehte ihm den Rücken zu.

Das Muskelpaket brabbelte etwas Unverständliches. Offenbar hatte ihm das Ausmaß seiner Kränkung die Sprache verschlagen. Buffy vermutete, dass es zwar daran gewöhnt war, von Frauen zurückgewiesen zu werden, aber dass die Mädchen im *Fish Tank* wesentlich mehr Energie in diese Zurückweisung investierten. Ihre Gedanken waren woanders. Sie nippte an ihrem Jungfrauen-Screwdriver – ein Glas Orangensaft – und betrachtete die Bar über den Rand ihres Glases. Unter normalen Umständen hätte sie nach jemandem Ausschau gehalten, der etwas schäbig daherkam und irgendwie zwielichtig und verdächtig aussah. Aber im *Fish Tank* traf diese Beschreibung auf sämtliche Stammgäste zu.

Dennoch gab es in der Bar einen Gast, der Buffys Aufmerksamkeit erregt hatte. Es war ein schlanker, braun gebrannter Mann in einem Straßenanzug und mit einer hellgrünen Krawatte. Alles in allem sah er völlig durchschnittlich aus. Viele Frauen hätten ihn halbwegs gut aussehend gefunden, aber nur die wenigsten hätten sich später an sein Gesicht erinnert. Vielleicht an das an den Schläfen grau werdende Haar und die aufdringlich grelle Farbe der Krawatte, aber sicher nicht an sein Gesicht.

Nicht zum ersten Mal bemerkte er, dass Buffy ihn anstarrte. Statt unsicher zu lächeln und sich von der Aufmerksamkeit einer Frau geschmeichelt zu fühlen – auch wenn es sich nur um eine heruntergekommene Barschlampe handelte –, wandte er den Blick ab und lockerte seine Krawatte. Der Typ war kein Dockarbeiter, und er war kein Matrose. Er war nicht der Skipper irgendeines Fischkutters und kein Fabrikarbeiter oder Lagerhauswächmann. Und es war nicht nur der Anzug, der ihn verriet. Er hätte durchaus all diese Dinge sein und soeben von einer Beerdigung oder einem Tag im Gericht kommen können.

Aber nein, seine gesamte Ausstrahlung, sein Auftreten, machte alle um ihn herum unmissverständlich darauf aufmerksam, dass er hier fehl am Platz war. Er zappelte herum, auf seiner Stirn perlte Schweiß, und er sah sich nervös um, als hätte er Angst, bemerkt zu werden, während er sich gleichzeitig nach Aufmerksamkeit sehnte.

Zuerst hatte sich Buffy gefragt, ob er auf jemand wartete und in diesem Lokal, wo er sicher sein konnte, nicht erkannt zu werden, ein Rendezvous mit einer heimlichen Geliebten hatte. Aber seit er hereingekommen war, waren eineinhalb Stunden vergangen – neunzig Minuten, in denen sie genug unerwünschte Annäherungsversuche abgeblockt hatte, um mehr Aufmerksamkeit zu erregen, als sie wollte –, und jetzt schien klar zu sein, dass der nervöse Mann mit der grellgrünen Krawatte keine Gesellschaft erwartete.

Aber seine Augen schienen blasser zu werden, während die Minuten verstrichen, und sie öffneten sich weiter, als er sich erneut umsah. Ein Lächeln spielte um seine Mundwinkel, als würde er ein Geheimnis kennen, von dem er wusste, dass die anderen im *Fish Tank* es gern erfahren würden. Das Lächeln wurde durch einen gequälten Ausdruck ersetzt, und die Augen des Mannes verengten sich verwirrt. Er griff sich an den Bauch, und Buffy hatte den Eindruck, als würde sein Jackett leicht in einem unsichtbaren Wind flattern.

»He.«

Buffy spürte einen Finger an der Basis ihrer Wirbelsäule.

»Ich rede mit dir, Schätzchen. Vielleicht solltest du dir dein Verhalten noch mal überlegen.«

Langsam drehte sie sich wieder zu dem Muskelpaket um. Seine Nüstern waren fast wie die eines Tieres gebläht, und der Mann schien sich zu straffen. Da war ein gefährliches Glitzern in seinen Augen, und seine Haltung wirkte bedrohlich. Seine Muskeln spannten sich, als würde er sie im nächsten Moment schlagen wollen.

Jetzt, da er wieder ihre Aufmerksamkeit hatte, starrte er sie lüstern an. »Sei bloß nicht so hochnäsig, Süße. Du musst Manieren lernen, wenn du hierher kommen willst. Fang am besten mit einer Entschuldigung an. Auf der Stelle.«

Buffy funkelte ihn an. Sie wusste nicht, ob sie ihn über der Musik und dem Gelächter und dem Klirren der Biergläser richtig verstanden hatte.

»Eine Entschuldigung?«

Das Lächeln verschwand und nur die Drohung und die Grausamkeit im Blick des Mannes blieben. »Ich werd hier nicht ohne rausgehen.«

Buffy warf ihre Haare zurück, aber es war keine flirtende Geste. Bedächtig und entschlossen trat sie zu dem Muskelpaket und hielt den Atem an, um nicht seinen üblen Mundgeruch inhalieren zu müssen. Er war kaum größer als sie, und Buffy stieß fast gegen ihn, als sie Nase an Nase voreinander standen.

»Dann«, sagte sie langsam, sorgfältig jede Silbe betonend, »solltest du vielleicht nicht rausgehen.«

Er hatte Arroganz verströmt, als wäre sie ein Teil seines Körpergeruchs, aber jetzt zögerte er unter ihrem grimmigen Blick. Unsicherheit trat in seine Augen, doch fast eine volle Minute lang hielt er der Intensität ihrer Nähe und ihres Ärgers stand. Aber schließlich gab er nach und senkte den Blick. Er schwieg, als überlegte er, ob er das letzte Wort haben musste, doch dann drängte er sich schweigend an den Gästen an der Bar vorbei und warf ihr noch einen letzten, ängstlichen Blick zu.

Mehrere Frauen, die ihn zu kennen schienen, kicherten spöttisch und verkniffen sich ein höhnisches Lächeln, als er an ihnen vorbeiging. Eine von ihnen hob ihr Bierglas und prostete Buffy zu. Als hätte Buffy die Maske der Selbstverständlichkeit fallen gelassen, mit der sie in dieses Lokal gekommen war, nickte sie und winkte kurz, erfreut über die Geste und das Selbstbewusstsein der anderen Frau. Dieser kurze Kontakt brachte sie außerdem zu der Frage, ob sie den Leuten in der Bar nicht unrecht tat. Sie war sicher, dass die meisten von ihnen ehrliche und hart arbeitende Menschen waren. Aber es ließ sich nicht leugnen, dass das *Fish Tank* ein Etablissement war, in dem die Dinge regelmäßig außer Kontrolle gerieten.

Nun, dachte sie, zurück zu dem Typ mit der Krawatte.

Doch als sie sich umdrehte, stieß sie gegen einen hoch gewachsenen, hageren Mann, der so nahe stand, dass sie sein Gesicht zuerst nicht sehen konnte. Irgendwie hatte er es geschafft, sich lautlos an sie heranzuschleichen, und war jetzt nur mehr Zentimeter von ihr entfernt.

»He!«, protestierte Buffy und runzelte die Stirn, während sie einen Schritt zurücktrat und in blaugrüne Augen sah. Augen wie das Meer. »Ich halte nicht viel davon, wenn mir jemand auf den Pelz rückt.«

Das Gesicht des Mannes war wettergegerbt und bleich und sein Haar wolkenweiß, sodass die hellen Augen die einzigen Farbtupfer an ihm waren. Der Rest von ihm, vom Kopf bis zu den Zehen, der erbsengrüne Mantel und die dunkle Hose eingeschlossen, wirkte ausgebleicht und verblasst.

Als er den Kopf neigte und zu ihr sprach, kam nur ein krächzendes Flüstern heraus, als hätte er sich irgendwo heiser gebrüllt. Der Ausdruck auf seinem Gesicht war todernst, und Buffy schien, als wollte er ihr all die dunklen Geheimnisse des Universums anvertrauen – oder zumindest Dinge, die er dafür hielt.

»Sie kommen zurück«, krächzte der alte Seemann, denn seine Kleidung und sein Teint verrieten, dass er viele Jahre auf dem Meer verbracht hatte.

»Wie bitte? Wer kommt zurück?«

Meergrüne Augen funkelten, als sich Salz-und-Pfeffer-Brauen zusammenzogen.

»Die Kinder des Meeres«, flüsterte er grimmig, sie konnte seine Worte über der Musik kaum hören. Dann sah er sich um, als argwöhnte er, dass andere versuchen könnten, ihn zu belauschen. »Der Schatten des Leviathan taucht aus den Tiefen auf, und die Brut von Kyaltha'yan – die Herren der endlosen Weiten, die Waisen, die von den Alten zurückgelassen wurden –, sie kehren zurück. Ich höre sie im Rauschen der Brandung am Strand. Sie flüstern mir zu.«

Buffy zog eine Braue hoch. »Hu-uh.«

»Die Kinder des Meeres kehren zurück.«

»Das hat doch nichts mit der Schwimmmannschaft der Sunnydale High zu tun, oder?«, fragte sie, während sie ihn wachsam musterte. Er war ein unheimlicher Typ, so viel stand fest, aber sie hatte früher schon mit durchgedrehten alten Männern zu tun gehabt, die Unsinn redeten. Es gab keinen Grund zu der Annahme, dass seine Worte irgendetwas mit den brutalen Morden zu tun hatten, die sie heute Nacht hierher geführt hatten. In einer anderen Stadt hätte sich ihr der Zusammenhang aufgedrängt, doch hier ging es um Sunnydale. Die Stadt war ein Brennpunkt des Bösen und sonderbarer Geschehnisse, und das bedeutete, dass es auch nur ein Zufall sein konnte, wenn in der Nachbarschaft eines kauzigen alten Kerls, der etwas von Monstern brabbelte, grausige Morde stattfanden.

Vielleicht.

Dennoch konnte es sich lohnen, der Sache auf den Grund zu gehen.

»Ich werde mich später dafür hassen, aber könnten Sie vielleicht etwas genauer sein?«, schlug Buffy vor.

Der alte Mann kniff fast streng die Augen zusammen und nickte. »Du hörst sie also auch.«

»Tut mir Leid«, erwiderte sie. »Aber nein. Vielleicht, wenn ich mir eine Muschel ans Ohr halte?«

»Sie erwachen und sie müssen fressen.«

»Ist es nicht immer so?«

Doch noch während sie dies sagte, erregte etwas anderes ihre Aufmerksamkeit. Es war, als würde die Musik lauter werden, bis die Lautstärke einen fast ohrenbetäubenden Pegel erreichte.

Der Rhythmus der Leute, die sich in der Bar bewegten, veränderte sich ebenfalls – die Gäste rempelten einander an, sprangen so schnell von den Tischen auf, dass Stühle umkippten, und die Kellnerinnen ließen Tabletts fallen –, und im nächsten Augenblick sah Buffy, dass sich alle überstürzt von derselben Stelle entfernten.

Der Krawattentyp, dachte sie.

Und so war es auch. Die Leute im *Fish Tank* flohen vor ihm, sodass Flaschen und Gläser umkippten und zersprangen. Männer fluchten laut. Der alte Mann mit den schlohweißen Haaren drehte sich nicht einmal nach der Quelle der Schreie und des Durcheinanders um, sondern sah Buffy weiter erwartungsvoll an.

»Merken Sie sich, was Sie sagen wollten«, sagte sie zu ihm und drängte sich an ihm vorbei.

Die Flucht der Leute vor dem Mann mit der grellgrünen Krawatte war wie ein verrückter Exodus. Während sich Buffy mit den Schultern und Ellbogen ihren Weg durch die Menge bahnte, wurde ihr klar, dass sie anderen wehtun musste, um den Mann zu erreichen, von dem sie in dem Gedränge im Moment nur den Kopf sehen konnte.

Adrenalin schoss durch ihre Adern, und sie sprang auf die Bar. Eine der Kellnerinnen schrie ihr zu, sofort herunterzukommen, aber Buffy ignorierte sie. Sie rannte schnell über die hölzerne Theke, doch schon nach drei Schritten entdeckte sie, was die Leute in die Flucht geschlagen hatte. Da drehte sich ihr der Magen um und sie zögerte.

In einem Arm hielt der schlanke Mann im Straßenanzug die schrecklich zugerichtete Leiche einer rothaarigen Kellnerin in einer schwarzen Schürze. Ihr Körper war binnen Sekunden zerfetzt und verstümmelt worden, doch was er ihr angetan hatte, war zweifellos nur der Anfang. Der Mann war kein Mann mehr. Seine Hände waren schuppig und grün und dicke, lederige Schwimmhäute verbanden seine Finger, von denen jeder in einer langen Klaue endete. Seine Augen waren schwarze Scheiben, zu groß für sein Gesicht, sie schienen aus dem Schädel getreten zu sein, sodass seine menschlichen Augen an faserigen Muskelsträngen aus den Höhlen hingen. Sein Gesicht schälte sich und enthüllte graugrüne Schuppen, und aus den Seiten des Halses waren ihm Kiemen gewachsen und durchbohrten die Haut.

Aber am schlimmsten waren die dünnen, dornigen Ranken, die aus seinem oberen Brustkorb gebrochen waren und jetzt wie Tentakel durch die Luft peitschten, wie bei einer grausigen Mischung aus einem räuberischen Seeungeheuer und einer tödlichen Pflanze. In dem Moment, als Buffy zögerte, schoss einer dieser dünnen, tödlichen Fühler nach vorn und legte sich um den Hals eines Mannes, der ein Tischbein abgebrochen und es gewagt hatte, einen Schritt näher zu treten.

Das Knacken, mit dem sein Genick brach, hallte laut durch die Bar. Als sich der Tentakel löste, zerfetzten seine Widerhaken die Kehle des Mannes.

Als darauf neue Schreie durch den Raum gellten, war von der entsetzlichen Kreatur kein weiterer Laut mehr zu hören. Die Leute rannten zur Vorder- und Hintertür. Ein Alarm schrillte los, als jemand gewaltsam die Hintertür öffnete und in die Gasse dahinter floh. Fensterscheiben zersplitterten.

Die Tentakel peitschten nach den fliehenden Gästen, und die Kreatur wollte ihnen folgen.

»Nicht mit mir.« Buffy rannte über die Bar, ging auf der Theke in die Hocke und versetzte dem Monster einen wuchtigen Tritt gegen den Kopf.

»Lass mich raten«, sagte sie. »Du hast verdorbenen Fisch gegessen?«

Weitere Teile des menschlichen Gesichts, das die Kreatur getragen hatte, blätterten ab, und sie fuhr fauchend zu Buffy herum. Ihre dünnen Tentakel waren schneller, als sie erwartet hatte, und schlugen nach ihr. Einer zerfetzte ihre Hose und riss ihr linkes Bein auf. Die Jägerin fluchte laut, aber als die Tentakel erneut nach ihr peitschten, sprang sie einfach über sie hinweg. Die Widerhaken der Kreatur bohrten sich in die hölzerne Bar.

Buffy wollte diesem Wesen auf keinen Fall zu nahe kommen. Die Leute hatten sich unterdessen verteilt und drängten sich schreiend an beiden Enden des *Fish Tank*. Als die Tentakel abermals durch die Luft pfiffen und das Wesen sich auf sie stürzte, der Mund war nur noch ein rundes, widerliches Maul, schlug sie einen Salto rückwärts von der Bar und landete hinter ihm, wo sie fast über die Leiche des Barkeepers stolperte. In seiner Stirn klaffte ein großes Loch. Offenbar hatte die Kreatur einen ihrer Tentakel durch seinen Schädel getrieben.

»Tut mir Leid«, murmelte sie, obwohl ihre Worte im Dröhnen der Musik untergingen.

Die Jägerin fuhr zu den Flaschenreihen unter dem Spiegel hinter der Bar herum. Ihre wenigen Flirts mit dem Alkohol hatten böse geendet, doch sie kannte den Unterschied zwischen siebzigprozentigem Whisky und hundertfünfzigprozentigem Rum – vor allem wusste sie, dass der erste nur klebrig war, während es sich bei Letzterem, weit wichtiger, um eine brennbare Flüssigkeit handelte.

Aus den Augenwinkeln sah Buffy, wie ein Tentakel nach ihr schlug. Sie duckte sich, als der Fühler dicht neben ihr durch die Luft schwirrte und Schnapsflaschen sowie den großen Spiegel zerschmetterte. Aber sie hatte sich nicht schnell genug bewegt, und die nadelspitzen Widerhaken an den Seiten des seilähnlichen Tentakels schlitzten ihr die Schulter auf. Während um sie herum die Scherben des Spiegels und der Flaschen zu Boden regneten, fluchte sie, nahm die unbeschädigte Rumflasche vom Regal und warf sie nach dem Wesen.

Es schlug nach der Flasche, sodass sie zerbarst und das Wesen, das einmal ein Mensch gewesen war, mit Alkohol überschüttete. Es kreischte, als hätten die Tropfen Rum es gestochen. Der Schmerzensschrei schien tief aus seinem Innern zu kommen und nicht aus den letzten Überresten des menschlichen Gesichts, die noch an seiner glotzäugigen, schuppigen Fratze baumelten.

Buffys Blick glitt an der Bar entlang. Aschenbecher, Aschenbecher, Erdnüsse, Aschenbecher. Keine Streichhölzer. Wieder pfiffen seilähnliche Tentakel durch die Luft und griffen nach ihr, aber sie sprang über den toten Barkeeper und zog sich tiefer in den Raum zurück. Sie entdeckte, was sie suchte, am Ende der Bar, eine vergessene Packung Camel Lights und eine kleine Schachtel Streichhölzer, die aus einem Lokal stammte, das mehr Klasse hatte als das *Fish Tank*.

Sie öffnete die Schachtel, nahm ein Streichholz heraus und blickte alarmiert auf, als die Kreatur sich erneut auf sie stürzte. Buffy war so auf ihr Ziel konzentriert gewesen, dass sie sich selbst in eine Ecke manövriert hatte und jetzt in der Falle saß. Das Wesen stank nach Meer und fauligem Fisch und etwas wie heißem Teer, und als sie in die glänzenden, feuchten, riesigen Augen blickte, fand sie dort eine bösartige Intelligenz, die sie zuvor nicht bemerkt hatte. Das war nicht nur ein geistloses Monster. Es war eine denkende, vernunftbegabte Bestie, die sie tot sehen wollte.

Der groteske runde Mund des Ungeheuers klaffte weit, als es mit sämtlichen Tentakeln, die aus seinem Rumpf wuchsen, nach ihr schlug. Buffy sprang auf die Bar und dann in die Luft – und die Tentakel verfehlten sie nur knapp, als sie über die Kreatur hinweg einen Salto schlug.

Mitten im Sprung zündete sie das Streichholz an und ließ es fallen.

Flammen loderten hinter ihr auf, als sie in der Hocke landete und über den Boden schlitterte. Die Hitze des plötzlich aufflackernden Feuers versengte ihre Arme und den entblößten Bauch. Buffy sprang auf, packte einen Stuhl und hob ihn hoch, um die schuppige Bestie abzuwehren, während sie herumwirbelte.

Die Kreatur kreischte laut, ein ohrenbetäubender Schrei, der wie eine Mischung aus quiekenden Delfinen und knirschenden Metallgetrieben klang. Die Bestie hatte sich zu ihr umgedreht und stapfte auf sie zu, in Flammen gehüllt, die sich ausbreiteten und sie verzehrten, als würde sie aus Öl bestehen. Feurige Tentakel griffen nach Buffy, aber sie wehrte sie mit dem Stuhl ab.

»Runter mit dir!«, brüllte sie.

Und das Wesen ging zu Boden.

Was auch immer den Körper des Mannes mit der grellgrünen Krawatte getragen hatte, stolperte jetzt und brach in einem Haufen aus brennendem, rauchendem, stinkendem schwarzen Fleisch zusammen, aus dem eine graue Flüssigkeit quoll. Die Bestie zuckte einmal, zweimal, und rührte sich nicht mehr. Flammen loderten von dem toten, verkohlten Wesen auf, und Buffy spürte, wie sich ihr der Magen umdrehte.

Aus den Sprinklern an der Decke prasselte ein kalter Regenschauer, der die Flammen löschte und daran hinderte, sich weiter auszubreiten. Buffy marschierte durch die jetzt leere Bar und schlüpfte durch die Hintertür nach draußen in der Hoffnung, den neugierigen Fragen der Leute, die aus dem Lokal geflohen waren, und der Gaffer zu entgehen, die sich inzwischen mit Sicherheit versammelt hatten.

Sie hatte gefunden, wonach sie gesucht hatte, aber sie empfand keine Befriedigung darüber. Buffy hoffte nur, nie wieder einem dieser Wesen zu begegnen.

1

Abgesehen von gelegentlichen Wundern wurde es in Sunnydale, Kalifornien, nie richtig Winter. Genauer gesagt, der milde Herbst ging einfach in den warmen Frühling über, der anhielt, bis der sonnige Sommer wieder einkehrte. Dennoch war dieser spezielle Frühlingstag vergleichsweise heiß. Obwohl es früh war, lag die Temperatur bereits bei über zwanzig Grad ... Es war die Art Frühlingstag, die einem wie ein Geschenk oder ein gestohlenes Geheimnis vorkam, das man am besten nutzte, bevor irgendeine höhere Macht bemerkte, dass man es sich angeeignet hatte, und es einem wieder wegnahm.

Buffy blinzelte und hob eine Hand, um die Augen vor dem grellen Sonnenlicht zu schützen, das durch das offene Autofenster fiel. Es war eine lange Freitagnacht und ein früher Samstagmorgen gewesen – zu früh und ohne Zeichentrickfilme als Belohnung. Salzige Luft wehte durch das offene Fenster und spielte mit den wenigen Strähnen ihrer blonden Haare, die dem an diesem Morgen hastig gebundenen Pferdeschwanz entronnen waren.

Aus dem Radio drang lauter Bubblegumpop, und Xander, der am Lenkrad saß, sang mit, auf jene eher unbewusste Weise, von der er später nichts mehr würde wissen wollen. Buffys Mutter hatte ihnen für den Tag das Auto geliehen, und jetzt saßen die sechs – Xander und Anya, Willow und Tara und Buffy und ihre kleine Schwester Dawn – dicht gedrängt im Wagen, zusammen mit einem Football, einem Frisbee, einer Kühltasche, die ungefähr die Form und Größe eines Mausoleums hatte, und einem Stapel Handtücher.

Xander bog erneut ab, und die Sonne schien Buffy jetzt direkt ins Gesicht. Ein lautes Stöhnen entwich ihrer Brust.

»Helles Licht«, murmelte sie.

Neben ihr, eingezwängt zwischen Buffy und Tara, lehnte sich Dawn an ihre große Schwester. »Jammerlappen«, sagte sie. »Reiß dich zusammen. Strandtag. Du erinnerst dich doch an Strandtage, oder? Anscheinend vergisst du die halbe Zeit, dass wir in einer Stadt mit einem Strand leben.«

Buffy warf ihr einen Seitenblick zu. »Ich bin schon oft am Strand gewesen.«

Tara wölbte eine Braue. »Wann?«, fragte sie unschuldig.

Einen Moment lang zögerte Buffy. Dann zog sie die Brauen zusammen. »Oft.«

Auf dem Vordersitz drehte sich Anya zwischen Xander und Willow um und sah sie an. »Ich kann mich nicht erinnern, dass du jemals an den Strand gegangen bist, außer du musstest irgendwas töten.«

Anya musterte sie auf die Weise, mit der sie alles und jeden musterte, mit einer fast wissenschaftlichen Neugier, als würde sie ständig versuchen, die Welt um sie herum zu verstehen. Was durchaus Sinn machte, wenn man bedachte, dass sie mehr oder weniger tausend Jahre als Rachedämon verbracht hatte. Jetzt versuchte sie, sich in dieser Welt zurechtzufinden. Sie hatte sich verliebt und Freunde gefunden – oder zumindest Xanders Freunde. Anya neigte dazu, zur falschen Zeit das Falsche zu sagen, was hauptsächlich eine Folge ihres zügellosen Egoismus' und eines völligen Mangels an Einfühlungsvermögen war – eine Eigenschaft, die Buffy manchmal sogar liebenswert fand.

Heute jedoch nicht.

»Das zählt«, murmelte sie, legte ihren Kopf an den Sitz und schloss die müden Augen.

»Nein, das tut es nicht«, wehrte Anya ab. »Xander, zählt das?«

Ein angedeutetes Lächeln umspielte Buffys Mundwinkel, und sie öffnete wieder die Augen. Xander zappelte angesichts der Frage nervös hinter dem Lenkrand, wieder einmal zwischen der Loyalität gegenüber seinen Freunden und der Vorliebe seiner Freundin hin und her gerissen, all das laut auszusprechen, worüber andere höfliches Stillschweigen bewahrten.

»Nun, ohne den Spaß und, ihr wisst schon, die Sonne, die so viel zu dem Stranderlebnis beiträgt ... womit ich nicht behaupten will, dass der Sand und die Brandung im Dunkeln keinen Spaß machen ... in anderen Städten als dieser«, schwafelte er freundlich. Dann blickte er in den Rückspiegel und bemerkte, dass Buffy ihn ansah, und seine Augen leuchteten auf eine Weise auf, die allein Xander eigen war. »Aber, he, in der Highschool waren wir häufig am Strand. Wir sind ständig hingegangen.«

Willow warf Xander einen skeptischen, ironischen Blick zu. »Ja, *wir* sind ständig hingegangen. Buffy aber nur – wie oft? – zweimal?«

Sie drehte sich ebenfalls auf dem Sitz um, und jetzt hatten alle ihre Aufmerksamkeit auf Buffy gerichtet, die seufzte und sich gerade hinsetzte.

»Mehr als zweimal.«

»Dreimal?«, schlug Dawn hilfsbereit vor.

»Ich bin tausendmal hingegangen. In der Highschool«, beharrte Buffy.

Tara strich ihre langen, hellbraunen Haare hinter die Ohren. Sie war die stets Einfühlsame, der offenbar nicht gefiel, dass die anderen Buffy auf den Arm nahmen. »Nun«, sagte sie, »wichtig ist, dass wir jetzt hingehen. Nach der vielen Arbeit in der letzten Zeit hast du dir einen freien Tag verdient.«

Buffys Miene hellte sich beträchtlich auf. »So ist es, nicht wahr?«

Willow lächelte Tara liebevoll an und drehte dann den Kopf, um Buffy erneut anzusehen. »Genau. Wenn du deine gute alte Sonnenlichtaversion nicht überwindest, wird bald niemand mehr die Jägerin von den Gejagten unterscheiden können.«

Ein nicht allzu ernst gemeintes Stirnrunzeln huschte über Buffys Gesicht. »Das wäre jammerschade«, meinte sie, endlich hellwach und in der Lage, den Morgen und die Zeit mit ihren Freunden zu genießen – die seltenen Stunden, in denen sie ein Teil von etwas sein konnte, das nichts mit Tod und Verstümmelung zu tun hatte. Ihre Mutter war vor kurzem ins Krankenhaus eingeliefert worden, und sie und Dawn waren vorübergehend in Panik geraten. Sie waren beide sehr beunruhigt gewesen, aber inzwischen schien ihre Mom sich wieder zu erholen, und Buffy hatte dem Vorschlag, einen Tag am Strand zu verbringen, zum Teil deswegen zugestimmt, weil Dawn ihn so dringend zu brauchen schien.

Und sie war klug genug, um zu erkennen, dass vielleicht nicht nur Dawn diesen Tag brauchte. Obwohl sie sich geschworen hatte, beim nächsten Mal, wenn die Summers-Schwestern den Strand besuchten, ihre Mutter mitzunehmen, war Joyce der Anstrengung noch nicht gewachsen, doch das würde sich bald ändern.

Xander bog nach links ab und alle wurden noch stärker gegeneinander gedrückt. Das Sonnenlicht fiel durch die Fenster, und Buffy blinzelte erneut gegen das Gleißen an.

»Noch immer hell«, sagte sie. »Kann man denn nichts dagegen unternehmen?«

Anya nahm eine Sonnenbrille vom Armaturenbrett und reichte sie Buffy. Sie war zu groß, zu rot und erinnerte sie zu sehr an ihre Mom. Buffy gab sie zurück.

»Ich werde lieber leiden.«

»Solange du es schweigend tust«, erwiderte Anya.

Verdrossen lehnte sich Buffy zurück und gab sich dem Wind und der Sonne hin. Dawn erzählte von einem neuen Jungen in der Schule namens Spencer, den sie, wie sie es ausdrückte, »einfach süß« fand. Willow und Tara erkundigten sich höflich nach ihm und ihrer Klasse. Xander stellte auf eine verblüffend väterliche Art, die Dawn missfiel, ein paar Fragen – was sie machten, wo sie wohnten – nach Spencers Familie. Spencer sei niedlich, erklärte sie, aber er hatte sie noch nicht einmal bemerkt.

»Das wird er noch«, versicherte Anya. »Das tun sie immer. Die Jungs, meine ich. Sie können eben nicht anders. Den Mädchen hinterhersehen. Dann machen sie dir Hoffnung, und du denkst, dass sie anders sind, und dann sind sie so grausam und herzlos, dich zu enttäuschen, und du bist gezwungen, sie auf irgendeine schreckliche, körperliche Weise zu quälen, damit sie einen Bruchteil deines Schmerzes spüren, weil sie nur das Körperliche verstehen können.«

Im Wagen herrschte Schweigen.

»Du bist die Expertin«, erwiderte Dawn verunsichert.

»Ja!«, rief Anya glücklich, als wäre dies ein Moment einer wundervollen Offenbarung. »Ja, das bin ich.«

»Und wir haben jede Menge Spaß!«, erklärte Xander.

»Das haben wir in der Tat«, sagte Willow und nickte, um ihre Worte zu unterstreichen. »Es gibt nicht genug Tage wie diesen.«

Sie ging nicht näher darauf ein, aber das musste sie auch nicht. Alle im Wagen wussten instinktiv, was sie meinte. In den letzten Jahren hatten sie einen beträchtlichen Teil ihres Lebens in einem Zustand permanenter Krise verbracht. Zum Teil fühlte sich Buffy deswegen schuldig, schließlich war sie für das Chaos in ihrem Leben verantwortlich. Dennoch war sie zutiefst dankbar dafür, dass sie zu ihr hielten.

So viel hatte sich verändert, seit Buffy nach Sunnydale gekommen war und zuerst Xander und Willow kennen gelernt und mit ihnen eine tiefe, dauerhafte Freundschaft geschlossen hatte. Sie hatten so viel durchgemacht. Xander hatte an Stabilität und Entschlossenheit gewonnen, seit er sich in Anya verliebt hatte. Ihre Herkunft und ihre Unbeholfenheit beim Umgang mit ihrer neu gewonnenen Menschlichkeit schienen ihn nur noch stärker an sie zu binden. Und seit Tara in Willows Leben getreten war und ihr Liebe und Wärme schenkte, war sie zu einem viel selbstsichereren Menschen geworden, eine Veränderung, die sich am meisten in ihren außergewöhnlichen Fähigkeiten als Hexe bemerkbar machte.

Und Buffy war bloß Buffy. Die Jägerin. Sie erledigte ihren Job, versuchte herauszufinden, warum sie keine funktionierende Beziehung mit einem Jungen eingehen konnte, und bemühte sich, Dawn vor Schaden zu bewahren.

So viel hatte sich verändert, aber während sie dort mit ihren engsten Freunden im Wagen saß, dachte Buffy, dass Veränderungen vielleicht gar nicht so schlimm waren. Aus dem Radio drang jetzt der kehlige, groovende Gesang irgendeiner R&B-Diva, und Dawn gab Xander für irgendeine freche Bemerkung, die er gemacht hatte, einen Klaps gegen den Hinterkopf, während Willow sich auf die gelbe Ampel vor ihnen konzentrierte und sie mit ihrer Magie daran zu hindern versuchte, auf Rot umzuschalten.

Es ist gut, dachte Buffy. Was wir hier spüren, ist Magie.

Xander trat auf die Bremse. »Was zum Teufel?«

Buffy hatte den ganzen Morgen gebraucht, um das Geschenk zu akzeptieren, das dieser Morgen darstellte. Die Dunkelheit, die gewöhnlich ihr Leben bestimmte, lag hinter ihr, und sie genoss einen Moment des Glücks. Doch in diesem Augenblick endete dieser Moment. Alle im Auto richteten sich wachsam auf und spähten aus den Fenstern.

Sie waren in eine Straße eingebogen, die am Strand entlangführte und von Autos verstopft war. Neue Kleintransporter standen halb auf dem Wegsaum, von denen lange Kabel zu Kameramännern mit schwerer Ausrüstung auf den Schultern führten. Streifenwagen sprenkelten den Strand, und Männer und Frauen in der Uniform des Sunnydale Police Departments standen herum und überwachten die Aktivitäten einer Gruppe grimmig dreinblickender Leute mit Schildern in den Händen. Buffy konnte ein großes PETA-Transparent erkennen, aber die Schilder aus der Ferne nicht lesen.

Der Parkplatz schien sehr weit entfernt zu sein.

»PETA?«, sagte Buffy. »Wogegen protestieren die denn?«

»Sie sind nicht die Einzigen«, stellte Willow fest und steckte den Kopf durch das Fenster. »Greenpeace und ASPCA sind ebenfalls hier. Das sieht wie eine Demo oder so aus.«

»Gegen was?«, fragte Xander stirnrunzelnd.

»Gegen unseren Strandtag, würde ich sagen«, erwiderte Anya. »Es ist schrecklich gedankenlos von diesen Leuten, hier ein derartiges Spektakel zu veranstalten.«

»Ja«, stimmte Buffy zu. »Aber was ist der Grund für ihren Protest?«

»Wahrscheinlich geht es um die Seelöwen«, warf Tara ein.

Da das Auto jetzt im Verkehr feststeckte, drehte sich sogar Xander zu ihr um und sah sie an.

»Was soll das heißen?«

Tara blinzelte mehrmals. Im Zentrum der Aufmerksamkeit zu stehen, bereitete ihr Unbehagen. »Kalifornische S-Seelöwen. Die gibt's hier überall.«

»Ist es nicht schon immer so gewesen?«, fragte Buffy verwirrt.

Dawn seufzte und warf Buffy den gewissen Blick zu, den nur kleine Schwestern beherrschen. »Siehst du nie die Nachrichten? Liest du nie die Zeitung?« Sie sah die anderen an. »Ohne auf der Suche nach unheimlichen Viehverstümmelungen oder so zu sein, meine ich.«

»Die Seelöwen sind neu?«, warf Willow hilfsbereit ein. »Neue Seelöwen?«

»Nicht neu«, erklärte Tara. »Es sind nur ... so viele. Die Leute da p-protestieren wahrscheinlich, weil sich die Schifffahrtsgesellschaften weigern, ihre Arbeit einzustellen, obwohl sie die Seelöwen damit umbringen. In den letzten Tagen treiben sich so viele vor der Küste herum, dass sogar die H-Handelsschiffe Schwierigkeiten haben, aufs Meer zu kommen, ohne sie zu rammen.«

Xander nickte bewundernd. »Das sind eine Menge Seelöwen.«

Und genauso war es.

Als sie endlich einen Parkplatz gefunden und sich ihren Weg durch das Chaos zum Strand gebahnt hatten, bemerkten sie, dass die lokalen Behörden Gebiete im Norden und Süden, wo es mehr Felsen und weniger Strand gab, abgesperrt hatten. Vor dem langen Streifen aus ausgebleichtem Sand, wo die meisten Leute schwammen, sonnenbadeten und Volleyball spielten, war hin und wieder ein Seelöwe im Wasser zu sehen. Aber hinter den Absperrungen, wo sich nur das Gesindel und die hartgesottenen Surfer hinwagten, lagen Dutzende von Seelöwen auf den Felsen und in der Brandung, mehr als Buffy je gleichzeitig an einem Ort gesehen hatte.

Es war irgendwie cool und gleichzeitig irgendwie entnervend. Und der Lärm von der Straße war auch keine große Hilfe. Doch nach einer Weile wuschen die Wärme der Sonne und die salzige Meeresbrise die Spannung fort, die von den Demonstranten und den Medienleuten mitgebracht worden war. Buffy und ihre Freunde diskutierten über die Rechte der Seelöwen und das Recht der TV-Sender, ihrer Arbeit nachzugehen, und darüber, wie die Chancen standen, dass irgendeine Hilfsorganisation die Tiere sicher und schnell aus dem Wasser holen konnte. Aber sie unterhielten sich auch über andere Dinge und redeten zeitweise überhaupt nicht. Das war schließlich der Sinn eines derartigen Tages: sich zu entspannen, an nichts zu denken und alle Sorgen einfach zu vergessen.

Denn in der letzten Zeit schien es in der Stadt eine ungewöhnlich hohe Vampiraktivität zu geben. Buffy war entschlossen, ein paar Stunden lang nicht daran oder an irgendetwas anderes zu denken, das mit ihrer Verantwortung zu tun hatte.

Sie hatte in der vergangenen Nacht eine Begegnung mit etwas wahrhaft Grausigem und anschließend einen besonders entsetzlichen Albtraum gehabt. Aber sie war damit fertig geworden. Buffy hatte sich diesen Tag verdient und dachte nicht daran, sich ihn von einer Horde niedlicher Meeressäuger verderben zu lassen, die sich unerklärlicherweise dazu entschlossen hatten, sich an den Stränden von Sunnydale zu versammeln und die Schifffahrtswege vor der Küste zu versperren.

Dawn allerdings wollte es nicht dabei bewenden lassen.

Sie waren schon seit fast zwei Stunden am Strand – das Radio war ein wenig zu laut, halb volle Wasserflaschen steckten im Sand, Freizeitschuhe und Sandalen beschwerten die Ränder der Handtücher, halb aufgegessene Hühnchensalatsandwiches waren wieder in die Kühltasche gewandert, nachdem ein Windstoß den Sand aufgewirbelt hatte, sodass sie wie Schotter schmeckten –, aber Dawn schien nicht in der Lage zu sein, sich auf etwas anderes als das Los der Seelöwen zu konzentrieren.

Als Buffy sich zurücklehnte, die Augen schloss und das Gefühl der Sonne auf ihrer Haut genoss, fing Dawn wieder damit an.

»Es scheint mir einfach nicht richtig zu sein«, sagte die jüngere Summers. »Ich meine, hier sind wir und hängen herum, als wäre nichts passiert.«

Buffy tat ihr Bestes, um sie zu ignorieren, und hoffte, dass Willow oder Tara die andere Seite dieser Unterhaltung bestreiten würden, an der Dawn so interessiert zu sein schien. Sie saßen unter dem Schirm, den sie aufgestellt hatten, und waren fast ganz vor der Sonne geschützt. Doch zu Buffys Überraschung war es Xander, der antwortete, nachdem er sich vorübergehend aus seiner andächtigen Bikinibeobachtung gerissen fühlte.

»Nur eine Idee, Dawnie«, sagte Xander, »aber könnte es vielleicht daran liegen, dass in Wirklichkeit *gar nichts* passiert ist?«

»Okay, wenn du *blind* bist«, seufzte Dawn. »Oder siehst du nicht all diese niedlichen kleinen Burschen in, na, den Straflagern auf den Felsen dort drüben?«

Widerwillig hob Buffy den Kopf und starrte ihre Schwester an. Dawn hatte sich auf beide Arme gestützt. Ihre langen Haare fielen ihr über den Rücken, die großen Augen waren hinter einer modischen Sonnenbrille verborgen. So unbehaglich sich Buffy in ihrem eigenen Bikini auch fühlte, Dawns Aufzug wirkte noch gewagter, auch wenn Buffy insgeheim zuzugeben bereit war, dass diese Meinung möglicherweise ein Fall von Große-Schwesteritis sein mochte. Einer der Gründe dafür, dass sie den Strand zu meiden versucht hatte, war der Wunsch, zu verhindern, dass Dawn von irgendwelchen Kerlen begafft wurde. Und das Letzte, was Buffy wollte, war, dass ein Haufen Fernsehkameras sie dabei filmte, wie sie eine Horde minderjähriger Jungs im Sand blutig schlug.

»Hast du bedacht, dass sie die Felsen vielleicht *mögen*?«, fragte Buffy.

Dawn schob ihre Brille nach unten, um sicherzugehen, dass ihre Schwester das Missfallen in ihrem Blick sah. »Ist dir vielleicht was entgangen? Wir sollten dort drüben sein und protestieren, statt hier importiertes Wasser zu trinken und es uns mit glitschiger Lotion gemütlich zu machen.«

Unter dem Schirm hatte Willow Taras Schultern mit Sonnenkrem eingerieben. Sie warf Dawn einen verärgerten Blick zu.

»He, was soll das heißen?«

»Keine Beleidigung«, wehrte Dawn ab. »Aber sind wir etwa besser als die Fischer oder die Typen, denen die Tanker und Frachter und so gehören? Sicher, die Boote sind zuerst nicht mehr ausgelaufen. Aber dann haben die mürrischen alten Männer, denen die Reedereien gehören, entschieden, dass es dem Geschäft zu sehr schadet, sich um ein paar Seelöwen zu kümmern, also haben sie die Schiffe wieder hinausgeschickt. Jetzt sterben eine Menge Seelöwen.«

»Dawn«, sagte Tara sanft, »wir sind hier, um zu schwimmen und ein wenig Frisbee zu spielen. Wir töten keine Tiere.«

»Aber wir helfen ihnen auch nicht«, konterte Dawn. »Die Strandpatrouille hält die Seelöwen zurück, damit wir hier sein können. Stattdessen sollten sie vielleicht herausfinden, warum die Seelöwen überhaupt hier herumhängen. Vielleicht haben sie Angst, im Wasser zu bleiben. Vielleicht ist es vergiftet oder so.«

Anya verdrehte die Augen, als sie sich aufsetzte. »Können wir bitte über etwas anderes reden? Irgendetwas anderes? Es muss nicht mal Sex sein. Die Börse, japanische Zeichentrickfilme, Ritualmorde, irgendetwas anderes?«

Buffy ignorierte sie und richtete ihre Aufmerksamkeit weiter auf Dawn. »Du meinst also, sie sollten den Strand schließen, während sie das Rätsel der Seelöwen untersuchen?«

Dawns Brauen schossen nach oben. »J-ja. Wir sollten hier einfach nicht sitzen. Es fühlt sich falsch an.«

»Weißt du was?«, sagte Xander plötzlich. »Wo du Recht hast, hast du Recht.« Er stand auf und wischte sich den Sand von den Beinen.

Alle sahen ihn überrascht an. Aber wahrscheinlich war Dawn von allen am meisten verblüfft.

»Du gehst doch nicht, oder?«, sagte Anya verwirrt.

»Nein«, erwiderte Xander und lächelte freundlich. »Ich gehe surfen.«

»Aber ... aber was ist mit den Seelöwen?«, fragte Dawn unglücklich.

Xander schenkte ihr ein verlegenes Grinsen. »Tut mir Leid, Kurze. Hier geht's um die Scooby Gang. Nicht die Art Rätsel, die wir lösen.«

Mit diesen Worten hob er sein Surfbrett auf und marschierte zum Meer. Als Buffy sah, wie enttäuscht ihre Schwester zu sein schien, tat ihr Dawn ein wenig Leid, aber wenn man bedachte, dass sie so dazu gebracht wurde, endlich das Thema zu wechseln, war ihre Enttäuschung ein geringer Preis.

Buffy lehnte sich zufrieden zurück, um sich zu entspannen. Wenn ihre Vergangenheit ein verlässlicher Anhaltspunkt war, würde es wahrscheinlich sehr lange dauern, bis sie wieder einen Tag am Strand verbringen konnte. Daher wollte sie diesen Tag so intensiv wie möglich genießen.

Glückseligkeit.
Xander saß auf seinem Surfbrett und streckte die Hände ins Wasser. Salzige Gischt wirbelte um seine Handgelenke in sich ständig verändernden Mustern. Er spürte, wie ihm die Sonne auf den Rücken brannte, doch es kümmerte ihn nicht. Das Surfbrett hob und senkte sich sacht mit den Wellen, die unter ihm dahinrollten. Er sah zu, wie näher am Strand ein paar Jungs – traditionelle kalifornische Surfer mit zu langen blonden Haaren, die scharf mit ihrer dunklen Sonnenbräune kontrastierten – auf einer riesigen, weißgekrönten Welle ritten und dann in entgegengesetzte Richtungen davonglitten. Einen Moment später verschwanden sie, als das Wasser über ihnen zusammenschlug.

In Ordnung, sie sind also nicht vollkommen, dachte Xander. Aber das war ein schwacher Trost. Er hatte schon immer gern gesurft, doch obwohl er mit Sicherheit mehr Zeit am Strand verbrachte als Buffy, hatte er nie genug Zeit investiert, um ein wirklich guter Surfer zu werden. Seit er nicht mehr auf der Highschool war, arbeiten und neben der Vampirjagd noch anderen Pflichten genügen musste, fand er noch weniger Gelegenheit zum Üben.

»Ah, nein, nein«, flüsterte er vor sich hin, während er sich über das Brett beugte und sich etwas Wasser ins Gesicht spritzte. »Die verderben einem echt den Spaß.«

Er holte Luft und sah sich erneut um. Sonne. Wellen. Zehn oder fünfzehn Meter zu seiner Linken entdeckte er ein Trio alter Surfer – Mittdreißiger, die am Wochenende die harten Kerle spielten. Auf seiner rechten Seite sah er zwei Mädchen in sportlichen, hochgeschlossenen einteiligen Badeanzügen, die sie keineswegs weniger attraktiv machten. Er hätte vielleicht befürchtet, sich vor der kurvenreichen Rothaarigen und ihrer durchtrainierten, schlanken blonden Freundin zum Narren zu machen, wenn er vor ihren Augen nicht bereits ein paar wirklich üble Stürze hingelegt hätte.

Es spielte keine Rolle.

Glückseligkeit.

Keine Arbeit, keine Monster, keine Sorgen.

Er atmete tief durch und schaute sich um. Er blinzelte gegen das grelle Sonnenlicht an und fand, was er suchte. In einiger Entfernung, Richtung Strand rollend, gab es eine perfekte Welle. Sie war hoch und fiel sanft ab. Ihr Kamm wies nur einen Hauch weißer Gischt auf.

Sofort beschleunigte sich Xanders Herzschlag. Er beugte sich tief über das Brett und paddelte zum Strand. Er warf einen weiteren kurzen Blick nach hinten und versuchte, den Moment abzuschätzen, in dem die Welle ihn erreichen würde. So gut er konnte, änderte er den Winkel der Brettspitze, sodass sie auf die Welle ausgerichtet war und nicht auf das Ufer.

Irgendwo links von ihm riefen sich die drei Wochenendsurfer etwas zu und versuchten ebenfalls, die Welle zu erreichen. Das Dröhnen eines Bootsmotors drang an sein Ohr, zusammen mit dem fernen Lärm der Demonstranten am Strand und der zahlreichen Radios, die in eine Art musikalischen Kampf verwickelt waren. Xander verdrängte alles. Er konnte manchmal etwas schusselig sein, sicher, doch ganz gleich, was sein Vater sagte, er war perfekt in der Lage, sich zu konzentrieren, wenn die Situation es erforderte. Und Surfen verlangte eine Menge Konzentration.

Verdammt, dachte er, als er sich abermals umsah. Er würde sie nicht erreichen. Er war zu weit entfernt. Die Welle brandete heran und hob sich noch höher über den Meeresspiegel, doch sie würde ihn passieren, bevor sie brach.

Das durfte er nicht zulassen. Anya würde wütend werden, wenn er sie zu lange am Strand allein ließ, und er konnte nicht den ganzen Tag auf eine weitere perfekte Welle warten. Er durfte sie nicht verpassen. So schnell er konnte, paddelte er weiter. Die Spitze des Surfbretts bewegte sich im Rhythmus seiner Bewegungen hin und her.

Ein letzter Blick zurück verriet ihm, dass die Welle ihn fast erreicht hatte. Aus den Augenwinkeln sah er, dass die Blondine sie verpasst hatte, aber die Rothaarige richtete sich bereits auf ihrem Brett auf. Xander tat dasselbe, zog eilig seine Beine aus dem Wasser, balancierte unsicher auf dem Surfbrett und fiel fast ins Meer, bevor der eigentliche Surf begann.

In dem Moment, als er sein Gleichgewicht zurückgewann, war die Welle über ihm. Er spürte, wie er von Meerwasser überschüttet wurde, als sich ihr Kamm weiß färbte und zu brechen begann. Das Meer hob sich unter ihm, und er hielt die Arme ausgestreckt, als würde er auf einem Drahtseil balancieren, und seine Zehen bohrten sich in das Brett, während ihn die Wucht der Welle nach vorn trug.

»Ja!«, schrie er den Möwen zu, die über ihm kreisten.

Xander ritt die Welle. Er übte präzisen Druck mit seinen Füßen aus, verlagerte ein wenig sein Gewicht und surfte auf dem Kamm, während die Woge Richtung Strand rollte. Mit einem triumphierenden Adrenalinstoß glitt er quer über den Kamm und spürte die Gewalt des Wassers, als er die Welle durchstieß und jede Sekunde unter ihr begraben zu werden drohte. Aber er hatte die Kontrolle, er würde es schaffen, und er betete, dass Anya und die Wochenendsurfer und die beiden hübschen Mädchen ihn beobachteten – Teufel auch, dass die Fernsehkameras am Strand alle auf ihn gerichtet waren.

Konzentrier dich!, ermahnte er sich.

Er schoss vor der Welle dahin, während sie bereits an Kraft verlor. Xander hatte es geschafft. Es war der beste Surf seines Lebens.

In diesem Moment entdeckte er die glatten, dunklen Gestalten, die dicht unter der Oberfläche der Welle durch das Wasser glitten. Es waren vier, vielleicht mehr, und dahinter waren noch andere, wie eine seltsame, flinke Armee, die aus den Tiefen des Meeres angriff. Nur dass sie nicht angriffen. Sie schwammen einfach. Existierten einfach.

Xander drehte seinen Körper und versuchte verzweifelt, die Richtung des Brettes zu ändern, um eine Kollision zu vermeiden. Aber es war zu spät. Als das Surfbrett mit den Seelöwen kollidierte, verlor er den Halt. Das Brett bohrte sich in weiches, öliges Fell und fettes Fleisch, und Xander flog mit rudernden Armen vom Brett. Das Wasser raste auf ihn zu.

Kurz bevor er im Meer landete, rollte die Welle über ihn hinweg und schleuderte das Surfbrett gegen ihn, sodass alle Luft aus seiner Lunge entwich. Es traf seine Schulter so hart, dass er spürte, wie Knochen brachen, und er es in seinem Kopf knacken hörte. Schmerz durchzuckte ihn, und dann zog ihn das Wasser nach unten, während die Welle auf ihm lastete.

Das Salzwasser brannte in seinen Augen, als er sich nach dem Licht umsah und festzustellen versuchte, wo oben war. Er schluckte Meerwasser, und der Magen drehte sich ihm um. Er hatte das Gefühl, sich übergeben zu müssen, und wurde von Panik übermannt. *Was ist, wenn ich sterbe? Was ist, wenn ich ertrinke?*

Schwarze, ölige Gestalten glitten im Wasser an ihm vorbei. Ein Seelöwe prallte gegen ihn und stieß gegen seine Schulter, wo ihn das Brett getroffen hatte, und er verlor vor Schmerz fast das Bewusstsein. Er schluckte einen weiteren Mund voll Meer. Mit letzter Kraft schwamm Xander nach oben und spürte, wie seine Hand die Oberfläche durchbrach.

Da schmeckte er etwas anderes im Wasser. Etwas Schreckliches.

Blut.

Durch das verfärbte Wasser sah er, wie sich etwas so schnell von ihm entfernte, dass es nur noch ein Schemen war. Es ließ etwas Zerfetztes und Regloses zurück, etwas, das im Meer trieb und eine dunkle Blutspur hinter sich herzog. Ein Seelöwe, entzweigerissen ... aber wo war die andere Hälfte?

Entsetzt versuchte er wegzukommen, davonzuschwimmen, und seine Füße berührten den Meeresgrund. Ein Schauder der Erleichterung durchlief ihn, und er stand auf. Xander hielt sich die Schulter, während er sich wild umschaute und das Wasser nach dem toten Seelöwen absuchte, dem halben Kadaver, den er unter den Wellen entdeckt hatte. Er hoffte, dass das, was das Tier zerrissen hatte, nicht mehr in der Nähe war.

Zu seiner Linken hörte er ein Platschen. Er fuhr herum, sah aber nichts. In einiger Entfernung waren Dutzende Seelöwen im Wasser, näherten sich dem Strand und gesellten sich zu den anderen, die sich dort versammelt hatten. Sie flohen vor irgendetwas.

Vielleicht hat Dawn Recht, dachte Xander. Vielleicht haben sie Angst.

Dann ließ ihn der Schmerz in der Schulter erneut zusammenzucken, und er vergaß die Seelöwen, ob sie nun tot oder lebendig waren. Er entdeckte sein Brett, das an den Strand trieb, und hielt darauf zu. Er wusste, dass er ins Krankenhaus musste, und fürchtete sich davor.

Xander machte sich keine Illusionen über seine Verletzung. Es würde eine Weile dauern, bis er wieder surfen konnte. Aber wenn er bedachte, was alles hätte passieren können, wenn ihn das Brett ein paar Zentimeter höher getroffen hätte – am Hals oder am Kopf –, dann hatte er seiner Meinung nach nur einen geringen Preis entrichtet.

Chinesisches Essen und japanische Monsterfilme, die er sich zusammen mit Anya ansah, konnten auch Spaß machen. Und das auf eine wesentlich sicherere Weise.

Aber zuerst das Krankenhaus.

Buffy hatte die Friedhöfe noch nie so still vorgefunden. In den meisten Orten war dies für Friedhöfe typisch, den Orten, wo die Highschoolkids nach ein paar Bier ungestört unter den Schatten der ausgebreiteten Schwingen von Marmorengeln oder vor den Mausoleen der Toten fummeln konnten. Was sehr romantisch war. Doch in Sunnydale lernten die Teenager sehr schnell, dass man Partys besser bei sich zu Hause feierte. Es gab Wesen in der Dunkelheit, die an andere Arten von Intimität interessiert waren als durchschnittliche Siebzehnjährige.

Vampire.

Natürlich gab es auch noch andere Wesen. Aber auf den Friedhöfen musste man sich am meisten vor Vampiren in Acht nehmen. Buffy machte das schon länger, als sie sich erinnern konnte. Sie durchstreifte die Totenstätten und abgelegenen Gassen, um ihre Stadt – und ein paar Mal auch die Welt – vor dem Bösen – mit einem großen *B* – zu schützen.

Die letzten Nächte war sie so sehr mit den brutalen Morden beschäftigt gewesen, die anscheinend auf das Konto des Tentakeltyps von letzter Nacht gingen, dass sie keine Zeit für ihre üblichen Patrouillen gefunden hatte. Die Blutsauger schienen irgendwie gespürt zu haben, dass sie anderweitig beschäftigt war, denn es hatte eine große Zahl von Vampirangriffen gegeben. Einigen Opfern war nur ein wenig Blut abgezapft worden, während andere gleich völlig ausgesaugt worden waren.

Wenn man die »Grabschändungen« bedachte, von denen die Zeitung berichtet hatte – höchstwahrscheinlich hatten einige Vampire ihre Gräber verlassen –, musste sie vermutlich dankbar sein, dass nur drei der Menschen, die in der vergangenen Woche überfallen worden waren, ihr Leben verloren hatten. Giles argwöhnte, dass das Überleben der anderen Opfer auf eine gewisse Eile der Vampire zurückzuführen war. Während sie nach ihrem Nest – oder ihren Nestern – Ausschau hielt, suchte sie gleichzeitig nach Antworten.

Etwas hatte die Vampire in Unruhe versetzt, und Buffy

wollte herausfinden, was das war. Doch um das zu können, musste sie zuerst einen Vampir finden. Und trotz der Tatsache, dass sie in der letzten Woche allgegenwärtig gewesen waren, erwies sich dies als ein äußerst schwieriges Unterfangen.

In Sunnydale gab es eine ganze Reihe von Friedhöfen, und sie hatte in dieser Nacht bereits die Hälfte von ihnen abgesucht, ohne auf einen einzigen Blutsauger zu stoßen. Der Mond leuchtete hell vom klaren Himmel, und die Luft war schwül und warm, feuchter als gewöhnlich in Südkalifornien, vor allem im Frühling. Der perfekte Tag war in eine unangenehme Nacht übergegangen. Selbst in ihrem dünnen blauen Baumwoll-T-Shirt fühlte sie sich unwohl. Schlimmer noch, sie langweilte sich. Xander hatte sich das Schlüsselbein gebrochen und ließ sich zu Hause von Anya pflegen. Und Willow und Tara hatten ihre eigenen Pläne für heute Nacht. Aber Buffy sagte sich, dass es ihr schon gelingen würde, *irgendetwas* zu finden, mit dem sie sich beschäftigen konnte.

»Hall-oooo«, rief sie, während sie mit schnellen Schritten über den Edgegrove-Friedhof marschierte. Er lag am Rand von Sunnydale und gehörte nicht zu ihrer normalen Patrouillenroute, doch die Suche auf den anderen Friedhöfen hatte nichts ergeben, und so hatte sie sich gedacht, ein paar Orte zu überprüfen, wo die Vampire vielleicht nicht mit ihrem Auftauchen rechneten. Vielleicht, hatte sie gedacht, waren sie inzwischen so klug, ihr Nest irgendwo anzulegen, wo sie nicht *zuerst* nachschaute.

»Jemand zu Hause?«

Die einzige Antwort bestand aus dem gedämpften Knattern eines vorbeifahrenden Autos, das einen neuen Auspuff brauchte. Sie hörte nicht einmal das Rascheln der Nachtvögel in den Bäumen oder der Nagetiere im Gras.

»Es war still«, murmelte sie einen hartgesottenen Detektiv imitierend vor sich hin. »Zu still.«

Aber so *war* es.

In der Mitte des Friedhofs, zwischen einer Gruppe von Grabsteinen, die für kalifornische Verhältnisse alt waren, blieb Buffy einfach stehen.

»Oh, zum Teufel damit!«

Die Nacht verstrich und ihre Suche hatte sie weit von der Innenstadt und den Wohnvierteln von Sunnydale weggeführt. Sie machte kehrt und lief den Weg zurück, den sie gekommen war. Ein Auto, dachte sie. Ein Auto wäre jetzt schön. Du darfst Moms Wagen nehmen, um zum Strand zu fahren, aber nicht, um Vampire zu jagen. Doch Buffy hatte keinen Führerschein, und ihre Patrouillen führten sie gewöhnlich nicht so weit an den Stadtrand. Frustriert beschleunigte sie ihre Schritte.

Eine knappe halbe Stunde später marschierte sie durch die Tür von *Willy's Alibi Room*, eine heruntergekommene Bar ohne den Charakter, der das *Fish Tank* von den anderen Kaschemmen in der Stadt unterschied. Das Gebäude hatte nichts Besonderes an sich, wenn man den Geruch aus der angrenzenden Gasse nicht mitzählte, wo die Müllcontainer aussahen, als wären sie seit langer Zeit nicht mehr geleert worden. Aber es hatte nichts von der trendigen, coolen Unauffälligkeit, die andere Undergroundklubs auszeichnete. Es war bloß eine Spelunke. Biergestank, Betrunkene, die Darts spielten. Männer, die nicht nach Hause wollten.

Das Einzige, was das *Willy's* von tausend anderen Kneipen in den dunklen Winkeln der amerikanischen Städte unterschied, waren die Gäste. Die meisten waren keine Menschen. Das *Alibi Room* war ein Treffpunkt für Dämonen und Vampire sowie gelegentliche menschliche Herumtreiber oder Möchtegernzauberer. Was bedeutete, dass der Besitzer, Willy, häufig Dinge mitbekam. Geheime Dinge.

In den Jahren seit ihrem Umzug nach Sunnydale hatte die Jägerin herausgefunden, dass Willy mit den richtigen Mitteln – etwas Geld oder ein paar motivierenden Schlägen – dazu gebracht werden konnte, ihr fast alles zu erzählen, was sie wissen wollte.

Buffy stieß die Tür auf und verzog voller Abscheu das Gesicht, als ihre Schuhe am Boden kleben blieben. Zwei Tarquel-Dämonen spielten im hinteren Teil des Raumes Pool. An den Tischen saßen weitere hässliche Kreaturen und an der Bar flirtete ein menschlicher Mann mit einer riesigen weiblichen Borqwa. Buffy schauderte angewidert.

Die Ventilatoren an der Decke surrten und verteilten die warme Luft, ohne Abkühlung zu bringen. Ihre Haare waren zu einem Pferdeschwanz zusammengebunden, aber einige Strähnen hatten sich gelöst, und Buffy blieb stehen, entfernte das Gummiband, strich die Haare zurück und befestigte sie wieder mit dem Band, sorgfältiger diesmal. Es ist zu heiß für so was, dachte sie und erinnerte sich wehmütig an den Strand, den sie früher an diesem Tag besucht hatte. Dort war es nicht so schwül gewesen und hin und wieder hatte ein kühler Wind geweht.

Willy entdeckte sie, noch bevor sie den Raum durchquerte und an den Tresen trat. Er versteifte sich hinter der Bar und verzog das wieselartige Gesicht zu einem falschen Lächeln.

»Jägerin!«, sagte er zu laut, um sie zu begrüßen und gleichzeitig die anderen Gäste zu informieren. »Was führt dich hierher?«

Sofort setzte der Exodus ein. Die Gäste blickten, von ihrem Wirt gewarnt, besorgt auf und wandten sich dann zur Tür, die Augen starr nach vorn gerichtet. Voller Angst, dass sie wegen ihnen hier sein könnte, wagten sie es nicht, Buffy anzusehen. Doch die meisten Dämonen, die ihre Sorgen im *Willy's* ertränkten, waren harmlose Verlierer und standen nicht auf Buffys Liste.

Sie war nicht wegen ihnen hier.

»Wo sind sie?«, fragte sie, als sie an die Bar trat.

Der Mann, der mit der Borqwa geflirtet hatte, verbarg sein Gesicht, als er und das Objekt seiner Begierde sich abwandten und zum Ausgang eilten. Buffy glaubte, in ihm einen Lokalpolitiker zu erkennen, aber wenn er übel riechende, rindsähnliche, gehörnte Dämonen als Tanzpartnerinnen bevorzugte, so war das im Moment nicht ihre Sorge. Sofern die Borqwa ihn nicht auffraß.

Buffy verdrehte die Augen und richtete ihre Aufmerksamkeit wieder auf Willy.

»Nun?«

Er schenkte ihr ein nervöses Grinsen, während er ein Whiskyglas füllte. Buffy war verwirrt, bis Willy den Whisky selber trank. Wenn er seine Nerven beruhigen musste, hatte er offenbar Informationen, die sie gebrauchen konnte.

Buffy seufzte, legte eine Hand an die Hüfte und funkelte ihn an. »Willy, haben wir uns nicht schon mal darüber unterhalten, wie sehr ich es hasse, mich zu wiederholen?«

Der kleine Mann strich seine öligen Haare zurück und goss sich ein weiteres Glas ein. Seine Knopfaugen wichen ihrem Blick aus. »Weißt du überhaupt, wie schlecht das fürs Geschäft ist?«

»Weißt du überhaupt, wie wenig mich das kümmert? Wo sind sie?«

»Wer sind *sie*?«

Das leise Rotieren der Ventilatoren war die einzige Bewegung in der Bar. Aus den Lautsprechern drang irgendein alter Rocksong. Buffy lehnte sich an die Theke und schüttelte den Kopf.

»Für so etwas ist es zu heiß. Ich dachte eigentlich, da dieses Lokal leer ist, müsste ich dir nicht wehtun, um deinen Ruf vor den Gästen zu wahren. Aber ich kann es machen, wenn du mich dazu zwingst. Die Vampire, Willy. Wir sind in der letzten Zeit von ihnen überflutet worden, als hätte jemand sie en gros eingekauft, und heute Nacht nichts. Wo? Sind? Sie?«

Das Grinsen war zurückgekehrt. Willy warf einen Blick auf die Uhr hinter der Bar und hob das Glas, dass der Whisky über den Rand schwappte. »Hast du beim Reinkommen den großen Truck draußen bemerkt? Er ist schwer zu übersehen. Ein grellgelber Möbelwagen?«

Buffy runzelte die Stirn. Sie hatte den Truck gesehen, aber ihr war nichts Verdächtiges daran aufgefallen.

»Hast du schon mal im Film gesehen, wie sie illegale Einwanderer über die Grenze schmuggeln?«, fuhr Willy fort. »Die Vamps sind in den letzten Tagen aus den Wäldern gekommen, weil sie ihre Nester räumen, Jägerin. Du solltest glücklich sein. Sie verlassen die Stadt.«

»Was?«, fragte Buffy. Sie hatte die Worte zwar verstanden, aber sie ergaben keinen rechten Sinn für sie. »Was meinst du damit, sie verlassen die Stadt? Alle?«

Willy stürzte das zweite Glas hinunter. Dann zuckte er die Schultern, während er sich mit einem Lappen den Whisky von den Fingern wischte. »Alle oder fast alle. Du siehst nicht begeistert aus.«

»Wo wollen sie hin? Und warum verschwinden sie?«, fragte sie, die Worte hervorstoßend, beunruhigt von dieser unwahrscheinlichen und deshalb verdächtigen Entwicklung.

»Keine Ahnung, wohin sie wollen«, erwiderte Willy. Sein Lächeln war verblasst. Ihre sichtliche Erregung schien ihn einzuschüchtern. »Was das Warum angeht, nun, vielleicht sind sie endlich klug geworden und wollen sich eine Stadt ohne Jägerin suchen. Alle paar Wochen kommt eine neue Bande in die Stadt, Touristen, die ihr Lager in der Nähe des Höllenschlunds aufschlagen wollen. Du pfählst sie. Dann tauchen die Nächsten auf. Eigentlich war klar, dass sie irgendwann zur Vernunft kommen würden.«

Buffys Erwiderung wurde vom Lärm eines Motors abgeschnitten, der vor der Bar angelassen wurde. Ein Truckmotor. Stotternd erwachte er zum Leben.

»Ich komme wieder«, versprach sie dem kleinen Mann.

»Ich werde hier sein«, antwortete Willy widerstrebend. »Aber ich habe nichts für dich.«

Die Jägerin rannte aus der Bar. Die Sohlen ihrer Schuhe gerieten in einer Alkohollache ins Rutschen, sodass sie fast das

Gleichgewicht verlor. Als sie durch die Vordertür stürmte, sah sie eben noch Bremslichter wie dämonische rote Augen aufleuchten, dann bog der gelbe Möbelwagen am Ende des Blocks um eine Ecke und verschwand außer Sicht.

Sie sah ihm verblüfft nach. Die Vampire hatten Sunnydale verlassen. Buffy wusste, dass sie eigentlich froh darüber sein sollte, und ein Teil von ihr war es auch. Aber vor allem war sie besorgt. Willy traute ihnen zu viel zu. Vampire waren nicht sonderlich klug. Entweder hatten sie etwas Unerfreuliches an einem anderen Ort im Sinn oder sie rannten einfach davon. Da die meisten von ihnen gewusst hatten, dass die Stadt von einer Jägerin beschützt wurde, bevor sie hierher gekommen waren, konnte es nicht Buffy sein, vor der sie wegrannten.

Trotz der Hitze fröstelte sie.

Wenn irgendetwas den Vampiren solche Angst machte, dass sie Sunnydale verließen, war Buffy nicht ganz sicher, ob sie wirklich wissen wollte, was das war.

2

Die Parade der Kameras war gekommen und gegangen. Die Strandpatrouille drehte hin und wieder ihre Runden und hielt sich dabei dicht am Straßenrand, um nicht auf herumwatschelnde Seelöwen zu stoßen. Auf der Küstenstraße fuhren Autos vorbei, von denen viele abbremsten, um sich das Spektakel anzusehen. Ein paar hundert Meter weiter den Strand hinauf saß eine Gruppe von Teenagern zusammen, die Bier tranken und sich Alltäglichkeiten zuriefen.

Jillian Biederstadt war empört. Nicht nur über die Tatsache, dass die Strandpatrouille keinen verdammten Finger gerührt hatte, um die betrunkenen Teenager zu vertreiben, obwohl das schon schlimm genug war. Was Jillian am meisten störte, war, dass sie bis auf Ian allein war. Die beiden waren alles, was vom Protest des Tages übrig geblieben war, von den Aktivisten, die es sich selbst zur Aufgabe gemacht hatten, die hilflosen Tiere zu beschützen, die sich noch immer im Wasser drängten und in immer größerer Zahl am Strand versammelten.

Sie saßen etwa sieben Meter von der sacht heranrollenden Brandung und eine Hand voll Meter von der Absperrung entfernt, die zwischen dem öffentlichen Strandbereich und dem felsigen Streifen aufgestellt worden war, auf dem sich die meisten Seelöwen aufhielten. Das Mondlicht glänzte auf dem Fell der Tiere, und Jillian staunte über ihre Schönheit und Unschuld.

Jemand hätte hier bleiben und dafür sorgen müssen, dass

ihnen niemand etwas zuleide tat. Denn das war genau das, was Jillian von den großen Konzernen erwartete. Sie hatte genug Bücher gelesen, um das zu wissen. Es war möglich, dass sie mitten in der Nacht versuchen würden, die Seelöwen vom Strand zu verscheuchen – sie vielleicht sogar zu töten –, wenn niemand da war, um sie bei ihrem Treiben zu beobachten. Als alle anderen gegangen waren, hatte sie gewusst, dass es jetzt von ihr abhing. Obwohl sie Ian erst an diesem Tag kennen gelernt hatte, hatte er ihr, als ihm klar geworden war, dass sie die Stellung halten würde, das Angebot gemacht, ihr Gesellschaft zu leisten. Er schien sich ehrlich darum zu sorgen, dass sie die ganze Nacht allein hier draußen bleiben würde.

Das war sehr freundlich von ihm, aber Jillian dachte nicht viel an den netten Mann, der bei ihr geblieben war. Stattdessen waren ihre Gedanken bei den Leuten, die die Seelöwen im Stich gelassen hatten.

»Ich kann es noch immer nicht fassen«, schnaubte sie zum vielleicht hundertsten Mal. Sie wusste, dass es monoton klingen musste, doch sie konnte nichts dagegen tun.

»Du hast Recht«, erwiderte Ian. »Was für eine Bande von Angebern. Sobald die Kameras weg waren ...«

»Genau.«

Jillian schwieg und warf ihm einen Seitenblick zu. Er sah wirklich nicht schlecht aus. Etwas schlaksig, sagte sie sich, und seine braunen Haare mussten dringend geschnitten werden. Aber er hatte freundliche Augen und eine kräftige Nase und schien hervorragend in Form zu sein. Und er war höflich.

Im Norden, hinter der Barrikade, bellten die Seelöwen. Mehrere von ihnen hatten sich südlich von den ungehobelten Teenagern auf den öffentlichen Strand gewagt, aber sie waren still und rührten sich nicht.

Ians Augen suchten ihren Blick. Jillian lächelte schüchtern und strich sich die langen, glatten blonden Haare hinter die Ohren.

»Ich weiß, dass ich das schon gesagt habe«, wandte sie sich an ihn, »aber es war sehr nett von dir, bei mir zu bleiben. Ich weiß das *wirklich* zu schätzen.«

Seine Augen funkelten vergnügt und ließen sein schräges Grinsen noch charmanter erscheinen. »Meine Mutter kommt aus England. Sie hat mich gut erzogen. Die Ritterlichkeit ist nicht wirklich tot, sondern nur ein wenig anämisch.«

Sie sahen sich noch einige Sekunden an, bevor Jillian den Blick abwandte und wieder hinaus aufs Meer schaute. Als Ian seine Hand senkte und ihre berührte, die im Sand lag, zog Jillian sie nicht weg.

»Wie lange willst du hier bleiben und Wache halten?«, fragte Ian.

Seine Stimme hatte ebenfalls einen vergnügten Unterton, aber der war so schwach, dass er unverkennbar nicht sticheln oder sie kritisieren wollte.

»Mindestens bis zum Morgen oder bis jemand anders kommt.«

»Die ganze Nacht«, sagte er.

»Die ganze Nacht.«

Ian stand abrupt auf und wischte Sand von der Kehrseite seiner Shorts. Überrascht und enttäuscht, dass er gehen wollte, sah Jillian zu ihm auf. Aber Ian lächelte noch immer.

»Ich habe eine Kühltasche mit Wasser, Saft und ein paar Snacks im Wagen. Außerdem ein paar Decken. Wenn wir die ganze Nacht hier bleiben müssen, können wir es uns auch bequem machen.«

Zum ersten Mal, seit der Rest der Demonstranten abgezogen war, vergaß Jillian, warum sie wütend war, vergaß sogar – einen Moment lang –, warum sie überhaupt am Strand saß.

»Hab nichts dagegen«, sagte sie.

Als Ian sich abwandte und den Strand hinaufging, sah sie ihm nach. Sie fragte sich, ob er wirklich das war, was er zu sein schien, und wunderte sich darüber, dass sie in einer derartigen

Situation einen netten, klugen Mann kennen gelernt hatte. Sie dachte daran, ihn einfach zu küssen, wenn er zurückkam.

Als er den Straßenrand erreicht hatte und auf die andere Seite wechselte, konnte Jillian ihn nicht mehr sehen, doch sie blickte trotzdem weiter hin, eingelullt und getröstet vom Rauschen der Brandung und der Meeresbrise.

Im nächsten Moment wurde sie aus ihren Gedanken gerissen. Etwas in ihrer Umgebung hatte sich verändert. Eine steile Falte furchte ihre Stirn, als sie herauszufinden versuchte, was es war. Dann begriff sie.

Die Seelöwen hatten aufgehört zu bellen. Sie waren völlig still. Sie hatten sogar das spielerische Herumplanschen im Wasser eingestellt. Neugierig und von der Sorge erfüllt, dass ihre Befürchtungen wahr wurden und die Fischer oder Schifffahrtsgesellschaften etwas gegen die Tiere unternahmen, drehte sich Jillian um und spähte in die Nacht hinter der Barrikade hinaus.

Sie sah Dutzende, vielleicht Hunderte Seelöwen auf der anderen Seite. Das ätherische Licht des Mondes glitzerte nicht nur auf ihrem glatten Fell, sondern auch in ihren Augen.

Ihre Augen.

Alle starrten sie an.

Ein Schauer überlief sie. Jillian überlegte fieberhaft. Das war unnatürlich. Total *falsch*.

Dann bemerkte sie, dass die Tiere sie nicht wirklich ansahen. Sie starrten, wie es schien, auf etwas hinter ihr. Da hörte sie, wie etwas Feuchtes über den Sand glitt.

Jillian drehte sich um.

Ihr Schrei brach ab, als sich etwas – kalt und scharf und feucht – um ihren Hals legte.

Jillian spürte den Sand zwischen den Zehen, als sie dicht über dem Boden in seinem Griff baumelte. Und dann spürte sie nichts mehr.

Die Mannschaft der *Heartbreaker* hatte die Netze vorbereitet und die Vorräte an Ködern überprüft, lange bevor die Morgendämmerung den östlichen Himmel über dem Hafenviertel von Sunnydale erhellte. Am Himmel war gerade das erste Licht aufgetaucht, als der Fischkutter mit den fünf erfahrenen Männern ausgelaufen war, die so früh am Morgen stets schweigend arbeiteten. Nicht weil sie müde waren, denn sie hatten sich schon lange daran gewöhnt, in aller Herrgottsfrühe aufzustehen, und auch nicht, weil sie sich nicht mochten, denn in Wirklichkeit waren sie wie eine Familie, einschließlich der Liebe und der Streitigkeiten, die dazugehörten. Die Männer arbeiteten schweigend, weil sie es schon immer so getan hatten.

Bis die Sonne aufging.

Bis der Tag zum Leben erwachte.

Dann gab es Kaffee und gutmütige Neckereien und Gelächter. Der Kapitän der *Heartbreaker* – Richie Kobritz – hatte nichts gegen ein wenig Spaß einzuwenden, so lange sie ihre Arbeit machten. Sein Erster Maat, Dan O'Bannon, hatte im Lauf der Jahre gesehen, wie eine Menge Crews in Docktown auseinander gefallen waren, weil ihre Kapitäne zu streng gewesen waren. Es bedeutete eine Menge Druck, so viel stand fest, für den Fang und das Einkommen der gesamten Besatzung und des Bootseigners verantwortlich zu sein. Aber Dan kannte niemand, der mit dem Druck besser zurechtkam als Richie. Der Kapitän war die Ruhe selbst.

Aber als sie an diesem Morgen ausgelaufen waren, hatte Dan bemerkt, dass die Stimmung unter der Crew ein wenig gedrückt war. Sie wurden langsamer wach und lachten seltener, und sogar der Morgen dämmerte langsamer, so unmöglich dies auch sein mochte. Das frühe Morgenlicht hatte einen seltsamen Stich und warf eine Art kränklich gelbes Licht auf die Wellen, bevor die Sonne ganz aufging und es vertrieb. Selbst Richie machte einen aufgeregten Eindruck, und das beunruhigte Dan mehr als alles andere.

Alles wirkte irgendwie ... verändert.

Dan glaubte, dass die anderen es auch gespürt hatten. Die Ringe unter Gordos Augen waren dunkler als je zuvor. Sima – dessen skandinavische Eltern sich geweigert hatten, ihm einen Namen zu geben, der ihn vor den Sticheleien seiner Schulkameraden bewahrt hätte – sah immer blass aus, trotz der langen Tage, die sie in der Sonne verbrachten, aber heute wirkte sein Gesicht fast fahl. Von der gesamten Crew schien nur Lucky Corgan unbeeindruckt zu sein, und das lag vor allem daran, dass Lucky nach dem Auslaufen keine Sekunde lang den Mund hielt.

Als Richie den Motor abstellte und sie die Netze auswarfen, beobachtete Dan die anderen. Es war noch immer früher Morgen, und die Sonne warf ein Farbenspiel über den Pazifik. Gold und Rot und Orange. Diese Zeit des Tages erschien ihm immer irgendwie unwirklich, aber heute war dieses Gefühl noch stärker. Es war die Stimmung seiner Träume, in denen er sich stets in vertrauten Umgebungen fand, die irgendwie fremdartig geworden waren.

Es ging ihm unter die Haut, wie sich alle verhielten, diese stille Art uneingestandener Spannung, die sich an Bord der *Heartbreaker* ausgebreitet hatte. Dan wollte alle anbrüllen. Doch sie machten ihre Arbeit, und so sagte er sich, dass es das Beste sei, bis zum Ende des Tages zu warten. Das Problem war bloß, dass alles immer schlimmer wurde. Stundenlang fischten sie an den besten Stellen, Kilometer von der Küste entfernt, doch die Netze waren jedes Mal leer, wenn sie sie einholten.

Nicht nur leicht. Leer.

Nach drei Stunden verlor Richie die Beherrschung. »Was zum Teufel ist das?«, brüllte er und hämmerte eine Faust gegen das Schott.

Die anderen waren verblüfft, sogar nervös, als sie zu ihm aufblickten und dann wieder die leeren Netze anstarrten.

»Wisst ihr«, begann Gordo zögernd, während er Dan statt

Richie musterte und es vermied, den Kapitän direkt anzusehen, »ein Morgen wie dieser bedeutet, dass der ganze Tag gelaufen ist. Wahrscheinlich sollten wir einfach in den Hafen zurückkehren.«

»Zurückkehren?«, wiederholte Richie mit aschgrauem Gesicht. »Bist du high?«

Dan legte eine Hand auf Richies mächtigen Bizeps. In der Geschichte dieser Crew hatte es nie eine richtige Schlägerei gegeben – eine Menge Streit, aber nichts Körperliches. Angesichts der Tatsache, dass er nur halb so groß wie die anderen Männer war – wobei Lucky die unübersehbar magere Ausnahme darstellte –, war Dan nicht darauf erpicht, dazwischenzutreten und sie davon abzuhalten, übereinander herzufallen. Aber das war zu viel.

»Cap«, sagte er zu Richie, »er hat bloß Angst. Wir sind heute alle ein bisschen daneben.« Dann warf Dan Gordo einen durchdringenden Blick zu. »Du weißt, dass wir nicht mit leeren Händen zurückkehren können. Wenn's wenig ist, okay. Aber wir haben nichts auf Eis liegen, Gordo. Nichts.«

Sima war auf den Knien und bereitete das Netz wieder zum Auswerfen vor. Doch bei diesen Worten hörte er einfach auf. Er hörte einfach auf zu arbeiten und kniete dort wie ein Junge, der gerade von seinem Vater ausgeschimpft worden war. Nur dass Sima fast zwei Meter groß und bullig gebaut war und seinen Vater wahrscheinlich entzweibrechen konnte.

»Vielleicht ist es das Beste«, sagte Sima.

Lucky schnaubte. »Oh, komm schon!« Der kleine Kerl befand sich auf der anderen Seite des Netzes, doch jetzt stand er auf und fuchtelte mit den Händen, während er sprach. »Ihr seid wohl nicht ganz bei Trost. Ich habe Kinder, versteht ihr? Ihr hört unten an den Docks das verrückte Geschwätz irgendeines Betrunkenen und führt euch wie verängstigte Babys auf!«

Dan starrte ihn an und sah zu Sima und Gordo hinüber. Dann begriff er. »Es geht hier um das, was Baker McGee gestern Nacht erzählt hat, nicht wahr? Um dieses Ding, das er angeblich gefangen hat?«

Als Erster Maat hatte Dan einigen Einfluss auf die Crew. Aber Richie war der Kapitän, und jetzt, da er sich beruhigt hatte, übernahm er wieder die Kontrolle über die Situation. Er musste nicht einmal einen Schritt auf die anderen Männer zugehen. Richie holte einfach Luft, verschränkte die Arme und warf ihnen einen Blick zu. Als er wieder sprach, war seine Stimme ruhig.

»Welches *Ding*?«

»Gestern Nacht im *Fish Tank*«, erklärte Dan. »Baker sagte, sie hätten gestern wenig gefangen, teilweise wegen diesem Ding, das sie mit einem der Netze hochgezogen haben. Er meinte, so etwas würde man sonst nur im Wissenschaftskanal sehen – wie einer dieser blinden, missgestalteten Fische, die tief unten am Meeresgrund leben.«

»Kein Fisch«, murmelte Gordo und kratzte sich am Hinterkopf. »Er sagte, es hätte Flossen wie Hände und Füße. Und Tentakel, wo sein Maul sein sollte. Er sagte, es wäre noch am Leben gewesen, als sie es raufholten. Und er sagte, es ... es hätte ihn *angesehen*. Als würde es ihn wirklich sehen, versteht ihr, und wäre furchtbar sauer.«

»Hu-uh«, brummte Richie und verdrehte die Augen. »Und wo ist dieses Ding?«

»Sie haben es wieder ins Meer geworfen«, erklärte Sima. Er richtete sich jetzt auf und sah Richie in die Augen. Der große Skandinavier hob trotzig das Kinn und ließ sich nicht einschüchtern. »Baker hat den ganzen Fang aufgegeben, um das Ding loszuwerden. Deshalb ist er auch mit halb leeren Laderäumen heimgekehrt.«

Richie schüttelte traurig den Kopf. »Um Gottes willen, Leute, so was wird nicht ohne Grund Fischgeschichten genannt, versteht ihr? Habt ihr vorher noch nie so etwas gehört? Vielleicht wollte Baker nur nicht zugeben, dass er einen schlechten Tag gehabt hat.«

»Du hast sein Gesicht nicht gesehen, Cap«, sagte Gordo leise. »Du hast sein Gesicht nicht gesehen, als er die Geschichte erzählt hat.«

Das Boot schaukelte leicht auf den Wogen des Pazifiks, und Dan bemerkte zum ersten Mal, wie ruhig das Wasser heute zu sein schien. Unnatürlich ruhig. Einen Moment lang schwiegen alle.

Dann lachte Lucky. Sein Lachen war zu hoch und gezwungen, ganz anders als sonst. Für Dan klang es wie Fingernägel auf einer Kreidetafel. Ein Schauer lief ihm über den Rücken.

»Quatsch«, sagte Lucky. »Das ist Quatsch. Das *Fish Tank* wurde gestern geschlossen. Wisst ihr warum? Jemand hat Jimmy Kelso abgemurkst.«

»Jimmy?«, sagte Dan. Er hatte das Gefühl, einen Schlag in den Bauch bekommen zu haben. Er hatte Jimmy immer gemocht und konnte nicht fassen, dass die anderen es nicht schon früher erzählt hatten. »Soll das ein Witz sein?«

»Sehe ich aus, als würde ich Witze machen?«, fragte Lucky. »Manchmal, wenn die Leute lachen, tun sie es nicht, weil irgendetwas komisch ist. Sondern weil's nicht komisch ist. Irgendein durchgeknallter Idiot bringt Jimmy um, verletzt ein paar andere Leute und zündet sich dann im *Fish Tank* selbst an. Die Sprinkler gehen los. So in der Art. Aber die Betrunkenen, die aus der Bar geflohen sind? Sie erzählen irgendwelchen Müll über den Typ, der es getan hat. Er soll wie eine Missgeburt aus einer Freakshow ausgesehen haben, mit Schuppen und zusätzlichen Armen und so. Angeblich ist ihm das Gesicht abgefallen. Ich meine, das ist tragisch. Jimmy wurde getötet, aber man muss wissen, was man glauben kann und was nicht.«

Dann sahen alle Richie an. Der Kapitän nahm seine Baseballkappe ab und enthüllte kurz geschnittene graue Haare, die bereits etwas schütter wurden. Dan war betroffen, als er den besorgten Ausdruck in Richies Augen sah.

»In letzter Zeit sind eine Menge Männer verschwunden. Ben Varrey. Lainie Bloomberg. Und Hank Kresky wurde ermordet. Aufgeschlitzt, wie ich hörte.«

Dan starrte ihn an. »Cap, so was passiert. Überall. Und Ben Varrey ist ein Blödmann. Das ist nicht das erste Mal, dass er vermisst wird. Er taucht schon wieder auf.«

Lange Zeit standen die fünf Männer auf dem Deck der *Heartbreaker*. Die kühle Meeresbrise war ein Segen unter der heißen Sonne, aber als eine Wolke am Himmel vorbeizog, fröstelte Dan. Das Wasser kam ihm plötzlich zu dunkel vor. Das Boot schaukelte leicht. Nach einer Weile setzte Richie Kobritz seine Kappe wieder auf.

»Werft die Netze aus«, befahl er. »Wir müssen unsere Arbeit machen.«

Dann wandte er sich ab und verschwand in seiner Kabine. Die Männer starrten ihm ein paar Sekunden nach, bis Dan in die Hände klatschte.

»Kommt schon, Jungs. Ihr habt den Mann gehört«, sagte er so munter wie möglich. »Wenn wir ohne Fang heimkehren, bekommen wir großen Ärger.«

Lucky nickte und machte sich wieder an die Arbeit. Er sang irgendeinen Countrysong vor sich hin, als hätte die ganze Szene niemals stattgefunden. Gordo und Sima zögerten eine Sekunde, bevor Gordo nickte und die beiden Männer Luckys Beispiel folgten. Dan schluckte und stellte fest, dass seine Kehle trocken war. Er lächelte vor sich hin. Wasser, Wasser überall, und kein Tropfen zu trinken, dachte er. Das hatte sein Vater immer gesagt, wenn sie zum Fischen hinausgefahren waren, aber Dan hatte keine Ahnung, woher dieser Spruch stammte.

Er atmete ein und zwang sich, übers Deck zu gehen und die Leinen zu überprüfen. Minuten später winkte Dan Richie zu, und der Motor erwachte brummend zum Leben. Die Netze waren im Wasser und wurden hinter dem Boot hergezogen. Er erlaubte sich einen kurzen Moment der Erleichterung. Er schloss die Augen und ließ die Sonne sein Gesicht wärmen.

Die *Heartbreaker* krängte hart nach backbord und dann wieder nach steuerbord. Dan fuhr schon seit Jahren zur See und stellte sich sofort breitbeinig hin, um nicht zu fallen. Er sah sich hastig um, bemerkte den verblüfften Ausdruck auf den Gesichtern der anderen Männer und wusste, dass ihre Verwirrung nur seine eigene widerspiegelte.

Richie schrie aus der Kabine: »Woher ist diese Welle gekommen?«

Aber Dan konnte ihm nicht antworten. Das Meer war wieder so ruhig wie zuvor, das Wetter perfekt, und die Wellen waren kaum hoch genug, um ihrem Namen Ehre zu machen.

»Achtung!«, rief Lucky.

Dan fuhr gerade rechtzeitig herum, um zu sehen, wie der kleine Mann seine dicken Handschuhe überstreifte. Lucky stellte sich am Heck des Bootes breitbeinig auf und griff nach unten. Eins der Netze musste sich verheddert haben. Sie konnten es nicht richtig hinter dem Kutter herziehen, wenn es ihm nicht gelang, es zu entwirren.

An jedem anderen Tag hätte Lucky gewartet, bis sie das Netz eingeholt hatten. Sie konnten es erneut auswerfen, noch einmal von vorn anfangen. Aber angesichts des leeren Laderaums durften sie keinen Moment verschwenden. Und es sah aus, als hätte es sich nur verheddert. Ein fester Ruck konnte es vielleicht entwirren.

Lucky packte das Netz. Seine Finger verschwanden eine, vielleicht zwei Sekunden lang in den Maschen, dann wurden seine Augen groß, und er stand über die Reling gebeugt da und starrte ins Meer.

»Gott«, murmelte Lucky. »Was zum ...«

Da heulte der Motor der *Heartbreaker* auf. Ob Lucky ebenfalls aufschrie, wusste Dan nicht, aber sein Gesicht verriet Entsetzen, als die Leinen quietschend ausrollten und das Netz vom

Schiff weggerissen wurde und zusammen mit Lucky im Wasser versank. Seine Finger umklammerten das Netz, und obwohl er losließ – Dan konnte es sehen –, war es bereits zu spät. Lucky ging über Bord und fiel ins Netz. Er schlug um sich, während er stürzte, sogar noch, als er unterging.

Der Bug des Schiffes hob sich in die Luft, und das Heck tauchte ins Wasser, während der Motor stotterte und winselte. Dan schrie Luckys Namen. Während er zur Reling rannte, registrierte eine leise Stimme in seinem Hinterkopf die Ironie. Gordo und Sima waren ebenfalls zur Stelle und versuchten, die Leinen mit der Winde einzuholen, zu beschäftigt, um auf das Wasser zu achten, wo Lucky untergegangen war.

Auf das Blut.

Und die dunklen, missgestalteten Wesen, die sich unter der Oberfläche bewegten.

Dan umklammerte die Reling mit weißen Knöcheln. Er konnte Richie aus der Kabine brüllen hören, was sie gefangen hätten. Dann schoss etwas aus dem Meer – grün-schwarz, mit silbernen Kanten, scharf wie Rasiermesser – und als es nach seinem Gesicht peitschte, ging ein Schauer aus Salzwasser über Dan nieder.

Schmerz durchzuckte ihn und war so stark, dass sein Verstand ihn neutralisierte, ausschaltete. Als Dan auf dem Deck des Schiffes aufschlug, spürte er nicht einmal, wie sein Schädel brach. Er hörte die Schreie seiner Schiffskameraden, doch sie waren so leise, so weit entfernt. Seine Augen waren offen, geblendet von der grellen Sonne am Himmel.

Dann verblasste die Sonne.

Es war fast Mittag, als Buffy den Zauberladen erreichte. Es war wärmer als am vergangenen Tag, doch die ungewöhnliche Schwüle der letzten Nacht war verflogen, und sie genoss den Spaziergang von zu Hause. Die Entwicklungen im *Willy's* hatten ihr so große Sorgen bereitet, dass sie zunächst Schwierigkeiten mit dem Einschlafen gehabt hatte. Doch schließlich war sie praktisch ins Koma gefallen und erst um zehn Uhr aufgewacht.

Jetzt, da sie sich dem Laden näherte, fühlte sie sich ausgeglichen und ausgeruht. Der Saum ihres Sommerkleides umspielte ihre Beine. Das Kleid war nicht die bevorzugte Aufmachung einer Vampirjägerin, aber angesichts des plötzlichen Verschwindens der Vampire konnte es nicht schaden.

Die Glocke über der Tür bimmelte hell, als Buffy die *Magic Box* betrat. Sie war überrascht, wie sehr sie sich hier zu Hause fühlte, wie problemlos sie sich alle an die neuen Umstände gewöhnt hatten, nachdem die Highschool auf so ... explosive Weise geendet hatte. Giles hatte in der Schulbibliothek immer sehr beschäftigt und sehr kompetent gewirkt, aber Buffy war nicht sicher, ob sie ihn als zufrieden hätte bezeichnen können. Während die früheren Besitzer ihn vernachlässigt hatten, erlebte der Zauberladen unter ihm einen anhaltenden Aufschwung. Giles hatte ihn vergrößert, gründlich sauber gemacht und für eine gemütliche Atmosphäre gesorgt.

In vielerlei Hinsicht passte diese Aufgabe viel besser zu ihm als sein Dasein als ihr Wächter. Der Wächterrat war eine internationale Organisation von Personen mit einem Hang zum Übernatürlichen – sie studierten es, benutzten es und bekämpften seine dunkleren Elemente. Dazu gehörte auch, dass sie seit der Gründung des Rates die Jägerinnen unterstützten. Eine Jägerin, ein Wächter.

Giles war Buffys Wächter gewesen, bis der Rat ihn gefeuert hatte, weil er sich zu sehr um sie sorgte. Was von ihrem Standpunkt aus eine ziemlich verdrehte Logik war. Als der Rat sich geweigert hatte, Angels Leben zu retten, hatte Buffy den Dienst quittiert, was dem Ruf des Rates in der übernatürlichen Spionagegemeinschaft sehr geschadet hatte. Als sie dahinter gekommen war, dass man sie dort brauchte, war es einfach gewesen, den Rat zu überreden, Giles wieder einzustellen. Das Blatt hatte sich gewendet.

Das war schön.

Es war Sonntagmorgen, und das Schild an der Tür verkündete, dass der Laden nicht vor ein Uhr öffnete. Deshalb war Buffy nicht überrascht, ihn bis auf Giles, Anya und Xander leer zu finden. Anya half bei der Führung des Geschäfts, doch der Mitleid erregende Ausdruck auf Xanders Gesicht und die Schlinge, in der sein Arm ruhte, ließen Buffy vermuten, dass er nur aus Sympathie hier war.

»Guten Morgen!«, sagte sie fröhlich.

Giles zog die Brauen hoch und sah auf die Uhr. »Nun, nicht mehr lange.«

Buffy legte den Kopf schief und blieb auf der Treppe stehen. »Sonntag, Giles. Schon mal davon gehört? Ein Tag der Ruhe.«

»Das sage ich ihm schon die ganze Zeit«, stimmte Xander nickend zu.

»Sei bloß still«, schalt Anya ihn. »Du solltest eigentlich zu Hause sein und dich erholen. Einen Ruhetag einlegen. Du solltest eigentlich mehrere Sonntage hintereinander haben.«

Wie gewöhnlich schenkte Giles dem Wortwechsel des Paares keine Aufmerksamkeit und blickte nicht einmal zu der Registrierkasse hinüber, hinter der sie standen. Er war vielmehr auf Buffy und den kleinen Stapel Bücher vor ihm auf dem Tisch konzentriert.

»Etwas Seltsames geschieht, Buffy. Etwas, das ich nicht ganz verstehe«, erklärte er.

Buffy wölbte eine Braue und warf Xander und Anya einen bedeutungsvollen Blick zu. »Ich verstehe es auch nicht, aber ich schätze, es heißt leben und leben lassen.«

»Das habe ich nicht gemeint«, wehrte er trocken ab. »Hast du heute Morgen die Zeitung gelesen?«

»Die Nachrichten sind immer schlecht.« Sie trat näher und sank ihm gegenüber auf einen Stuhl. »Und außerdem ist Mom noch immer nicht ganz gesund und hat mich heute Morgen zwei Stunden lang die Möbel im Wohnzimmer verrücken lassen. Dawn war bereits weg, um sich mit einigen Freunden ein Baseballspiel anzusehen. Nebenbei, die Möbel? Die stehen größtenteils wieder da, wo sie auch vorher standen.«

Giles sah sie einen Moment lang an. Dann nickte er knapp. »Wie schön. Vielleicht können wir uns jetzt, da du deine Umdekoration erledigt hast, ein wenig konzentrieren?«

»Ruhetag«, erinnerte Buffy ihn.

Der Ernst in seiner Stimme und seinem Gesicht verschwand. Er erlaubte sich ein sanftes, entschuldigendes Lächeln. »Ich fürchte nicht.«

»Verdammt. Glauben Sie, dass er ein Mythos ist? Der Ruhetag?«

»Buffy.«

Sie seufzte. »Oh, in Ordnung.« Buffy lehnte sich auf ihrem Stuhl zurück und verschränkte die Arme. »Ich habe gestern Nacht stundenlang Ausschau gehalten und nicht einen Vampir gesehen.« Sie erzählte ihm von ihrem Besuch im *Willy's* und der Enthüllung, dass die meisten, wenn nicht alle Vampire in Sunnydale die Stadt plötzlich mit unbekanntem Ziel verlassen hatten.

Während sie sprach, nahm Giles seine Brille ab und legte sie auf den Tisch neben die Bücher.

»Weg?«, fragte Xander und hob den Kopf. »Die Vamps sind weg? Bist du sicher?«

»Nicht ganz. Aber es gibt keinen Grund, etwas anderes anzunehmen. Die Friedhöfe waren gestern Nacht wie ausgestorben«, erwiderte Buffy. »Sogar noch mehr als sonst.«

»Bedeutet das, dass du in den Ruhestand treten musst?«, fragte Anya offenbar ehrlich besorgt. »Oder musst du in deinem Job nur mehr reisen?«

»Weder noch, fürchte ich«, warf Giles ein. Er setzte seine Brille wieder auf, betrachtete das Buch, das aufgeschlagen vor ihm lag, und tippte mit dem Finger auf die Seite. »Es ist viel beunruhigender. Ein weiteres Rätsel, auf das wir gut verzichten könnten.«

»Ein weiteres?«, wiederholte Buffy. »Warum treten sie immer in Massen auf?«

Giles schob seinen Stuhl zurück und ging zur Theke. Er nahm die Zeitung, kam zurück und breitete sie auf dem Tisch aus. Die in schlichtem Schwarzweiß gehaltene, aber irgendwie grell wirkende Schlagzeile auf der Titelseite lautete: TOD IM SAND! Darunter, in kleineren Buchstaben und weniger sensationslüstern: SEELÖWEN-DEMONSTRANTIN ERMORDET. AM STRAND VERSTÜMMELT.

»Ich habe dich gefragt, ob du die Zeitung gelesen hast, Buffy, weil es so aussieht, als wäre das, was du vorgestern Nacht im *Fish Tank* getötet hast, entweder nicht verantwortlich für die Verstümmelungen oder...«

»... oder nicht das einzige Monster«, beendete Buffy den Satz für ihn.

Sie griff nach der Zeitung und überflog die ersten Sätze. Jillian Biederstadt war spät nachts ermordet und grausam verstümmelt worden, nicht weit von den Absperrungen entfernt, die man aufgestellt hatte, um die Seelöwen von den Strandbesuchern fern zu halten. Mehrere Teenager, die in einiger Entfernung campiert hatten, waren ihr zu Hilfe geeilt, als sie ihre Schreie hörten, und hatten gesehen, wie jemand ins Wasser gesprungen war. Zu diesem Zeitpunkt war die Frau bereits tot gewesen. Ein Mann, der mit ihr zusammen gewesen war – Ian Poston –, hatte sie identifiziert.

»Armer Kerl«, meinte Buffy, als sie von dem Artikel aufblickte. »Er war nur eine Minute weg.«

»Der Glückspilz«, sagte Xander. »Wäre er nicht gegangen, um etwas zu essen aus dem Wagen zu holen, wäre er jetzt auch Hackfisch.«

Buffy runzelte die Stirn. »Hackfisch?«

»Klein gehackter Fisch. Wird als Köder benutzt, um große Fische, Haie eingeschlossen, zu fangen«, erklärte Anya hilfsbereit. »Er hat dieselbe Analogie benutzt, als Giles uns vorhin die

Zeitung gezeigt hat. Es hat irgendetwas mit *Der weiße Hai* und jemand namens Grody zu tun.«

Xander seufzte und schüttelte den Kopf. »Brody. Es war Brody.«

»Okay, Schatz. Entspann dich.«

Er lächelte, aber Buffy konnte erkennen, dass er sie damit nur beschwichtigen wollte. Xander setzte sich auf den Tresen, schlug die Beine übereinander und drückte dabei seinen Arm an den Körper, um das gebrochene Schlüsselbein nicht zu belasten.

»Erinnert sich denn niemand daran, was ich gestern im Wasser gesehen habe? Ihr wisst schon, als ich fast ertrunken wäre? Entzwei gebissener Seelöwe. Blut im Wasser. Lauter so lustige Sachen. Und das Ungeheuer der Schwarzen Lagune schwamm auf und davon.«

Giles sah ihn an. »Das *echte* Ungeheuer? Du weißt, dass es nur ein Film war?«

Buffy runzelte die Stirn. »Du warst verletzt und ... hast etwas von Seelöwen und Filmungeheuern gefaselt. Wir dachten, du stehst unter Schock.«

»Hallo?«, sagte Xander kopfschüttelnd. »Ich *stand* unter Schock. Gebrochene Knochen. Unterwassergrauen. Aber ich habe es trotzdem gesehen.«

»Ooh«, machte Buffy und fuchtelte mit der Hand. »Vielleicht war es einer der Jungs aus dem Schwimmteam.«

»Daran habe ich auch schon gedacht«, räumte Giles ein. »Allerdings hat Xander gesagt, dass er sich nicht sicher ist, wie es aussah. Es war zu dunkel, und alles ging zu schnell, und er war einer Ohnmacht nahe.«

Der Wächter warf Xander einen verweisenden Blick zu. Xander zuckte verlegen die Schultern und stöhnte dann vor Schmerz.

»Ich habe diese Möglichkeit zunächst nicht in Betracht gezogen. Vor allem wegen ...«

»Den Seelöwen«, unterbrach Buffy.

Giles verschränkte die Arme. »Ja, genau. Vielleicht solltest du öfter lange schlafen.«

Buffy funkelte ihn einen Moment an und wandte sich dann an Xander und Anya. »Wir haben uns gefragt, was die Seelöwen an den Strand getrieben hat. Jetzt wissen wir es. Was auch immer die Leute an Land verstümmelt, hat anscheinend nichts gegen einen kleinen Appetithappen in Gestalt eines Seelöwen einzuwenden.«

»Was ist mit den Vampiren?«, fragte Xander. »Denkt ihr, sie laufen auch vor diesen Wesen davon? Ich glaube nicht, dass ich die Monstrosität kennen lernen will, die einfach dadurch, dass sie in die Stadt kommt, den Höllenschlund von Vampiren befreit.«

»Es gibt keinerlei Hinweise darauf, dass irgendwelche Vampire von diesen ... Seeungeheuern getötet wurden. Aber wir müssen diese Möglichkeit in Betracht ziehen.«

»Vielleicht sind sie gar nicht verschwunden, weil sie Angst davor haben, gefressen zu werden«, sagte Anya. »Vielleicht hatten sie einfach ... *Angst*, versteht ihr? Was auch immer diese Wesen sind, es könnte sein, dass sich die Vampire vor ihnen fürchten.«

Das gute Gefühl, das Buffy den ganzen Morgen über gehabt hatte, war im Lauf der Unterhaltung verblasst und einer grimmigen Besorgnis gewichen, einer Spannung, die ihr nur zu vertraut war. Plötzlich fühlte sie sich in ihrem Kleid fehl am Platz, kam sich sogar ein wenig albern vor. Buffy sah Giles an und wies dann auf den Bücherstapel. »Was haben Sie gefunden?«

»Nicht viel, fürchte ich. Deine Beschreibung der Kreatur aus dem *Fish Tank* trifft auf keinen der bekannten Dämonen zu. Allerdings entspricht ihr menschliches Äußeres einem gewissen David Trebor, Vizepräsident einer Softwarefirma aus San Diego, der vermisst wird, seit er letzten Dienstag mit seiner Jacht den Jachthafen verlassen hat.«

»Hatte er Gilligan bei sich?«, fragte Xander.

Giles ignorierte ihn und fuhr fort. »Entweder hat irgendetwas die Erscheinung von Mr. Trebor angenommen oder er wurde irgendwie in dieses ... Wesen verwandelt. Es gibt ein Dutzend dämonische ozeanische Spezies, die für diese Morde verantwortlich sein können, aber ich denke nicht, dass eine von ihnen sich als Mensch verkleiden kann. Wir brauchen eine bessere Beschreibung, bevor wir exakt feststellen können, mit was wir es zu tun haben und wie wir es aufhalten können.«

Buffy sah ihn ernst an. »Feuer hat ziemlich gut funktioniert.«

Sie stand auf. Die Beine ihres Stuhles quietschten, als sie ihn zurückschob. »Forschen Sie weiter. Stellen Sie fest, ob es irgendein Mittel gegen diese Tentakeltypen gibt. Ich werde mich mal am Strand und in Docktown umsehen. Vielleicht kann ich Ihnen die Beschreibung besorgen, die Sie brauchen. Wenn es so viele von diesen Wesen gibt, dass alle Seelöwen in Südkalifornien das Meer verlassen und sonnenbaden, muss jemand sie gesehen haben. Vielleicht sind sie schon an Land gekommen. Irgendwo könnte sich eine Höhle oder ein Nest befinden.«

»Warte, ich komme mit«, bot Xander an.

Buffy warf einen Blick auf seine Schlinge. »Nicht mit einem gebrochenen Flügel. Tut mir Leid.« Sie öffnete die Tür und trat ins Sonnenlicht, das jetzt aus irgendwelchen Gründen nicht mehr so warm wirkte.

»Wenn du irgendetwas findest ...«, begann Giles.

Die Jägerin drehte sich mit der Hand am Türknauf auf der Schwelle des Zauberladens um. »Wenn ich sie finde, werde ich sie fragen, was sie wollen. Warum sie hier sind. Danach werde ich sie höflich bitten zu verschwinden.«

»Und wenn sie bleiben wollen?«, fragte Anya.

Buffy spürte, wie sich ein kaltes Lächeln auf ihrem Gesicht ausbreitete.

»Dann sind sie Hackfisch.«

3

Als Geoff, Slade und Moon an diesem Morgen im Jachthafen ihre Tauchgeräte verluden, hatte ihnen der Typ von dem Schlipp neben ihrem Boot geraten, sich gar nicht erst die Mühe zu machen und hinauszufahren. Es hieß, dass so viele Seelöwen im Wasser waren, dass es schwierig war, um sie herum zu navigieren.

Geoff hatte natürlich von den Seelöwen gehört. Es war in den Nachrichten gemeldet worden. Nichts war besser für die Lokalnachrichten als ein paar tote Tiere und eine Horde von lärmenden Demonstranten. Als der Typ versucht hatte, sie zu warnen, hatte er eine halbe Sekunde daran gedacht, einfach herumzuhängen, an dem Boot zu arbeiten und ein paar Bier zu trinken. Aber Slade und Moon sahen ihn an, als hätte er den Verstand verloren. Sie hatten ihre Ausrüstung verstaut. Sie wollten tauchen. Geoff hatte ihnen nicht widersprechen wollen. Er wollte ebenfalls tauchen. Die kleinen Tiere taten ihm Leid, sicher, doch es gab Grenzen. Außerdem war sein Boot viel kleiner als ein Frachter oder sogar ein Fischkutter, und er sagte sich, dass er um sie herumfahren konnte. Und wenn es dort unten ein paar Seelöwen *gab*, umso besser.

Und so waren sie mit dem Boot in See gestochen, hatten ihre Ausrüstung angelegt und waren ins Meer gesprungen.

Geoff hatte mehr als nur ein paar Seelöwen gesehen. Er hatte Dutzende der Tiere im warmen Pazifikwasser entdeckt. Schon vor dem Tauchgang waren sie um das Boot geschwommen. Er hatte sorgfältig darauf geachtet, keines von ihnen zu rammen, doch ihm war klar, dass ein größeres Boot wesentlich mehr Schwierigkeiten damit haben würde. Besonders unheimlich war jedoch, dass er unter Wasser erkennen konnte, dass alle in dieselbe Richtung schwammen.

Zur Küste.

Zum Strand.

Aber die Seelöwen waren nicht die einzigen Tiere, die er und die Jungs im Meer gesehen hatten. Während er jetzt im Boot saß, schauderte er und fragte sich, ob sein Gesicht so blass war, wie er vermutete. Im Heck half Moon, Slades Fußknöchel zu verbinden, wo ihn etwas gepackt hatte, als er aus dem Wasser steigen wollte.

Es hatte versucht, ihn in die Tiefe zu ziehen. Slade hatte seinen Fuß losgerissen, doch was auch immer ihn festgehalten hatte, hatte den Taucheranzug zerschnitten und ihm eine tiefe Wunde am Knöchel zugefügt. Sie blutete ziemlich stark. Wahrscheinlich würde er nicht daran sterben, aber Geoff dachte noch immer, dass sie Slade so schnell wie möglich zu einem Arzt bringen sollten, und statt zum Jachthafen zurückzukehren, steuerte er das Boot zum Strand. Sie konnten es an Land ziehen, einen Rettungsschwimmer oder die Strandpatrouille alarmieren und Slade schneller medizinisch versorgen lassen, als wenn sie zuerst die ganze Küste entlangschipperten.

Der Motor brummte, während sie durch die Wellen pflügten. Geoff wusste, dass wahrscheinlich Seelöwen im Wasser waren und das Boot sie verletzen konnte, doch im Moment war ihm das ziemlich egal.

»Jesus«, hörte er Slade hinter sich murmeln. »Was zum Teufel war das dort unten?«

»Ein Hai«, antwortete Moon ruhig.

»Das war kein Hai, Mann. Es war unmöglich ein Hai«, beharrte Slade.

Geoff drehte sich halb um, damit seine Worte nicht im Wind und dem Dröhnen des Bootes untergingen. »Es muss einer gewesen sein«, sagte er. »Es muss ein Hai gewesen sein. Was hätte es sonst sein können?«

Keiner der beiden anderen Männer hatte darauf eine Antwort. Geoff auch nicht. Aber eins wusste er. Was auch immer unter Wasser gewesen war, es hatte sich nicht um einen Hai gehandelt.

Sie glitten an ufernahen Häusern vorbei, die Millionen wert waren, und dann sah Geoff vor sich den Strand. Aber heute waren keine bunten Sonnenschirme aufgestellt. Niemand war im Wasser. Keine Surfer, keine Windsurfer, keine WaveRunner. Der Strand war unter einer wimmelnden Masse aus Braun und Schwarz begraben.

Er nahm etwas Gas zurück. Seine Finger fühlten sich fast so taub an wie sein Gehirn. Der Motor schnurrte, als das Boot langsamer wurde, und Geoff blickte zum Ufer hinüber. Sie glitten durchs Wasser und näherten sich dem Strand.

»Das soll wohl ein Witz sein«, flüsterte er vor sich hin.

Moon tauchte hinter ihm auf. »Geoff, was ...«

Er brach mitten im Satz ab, und Geoff wusste genau warum. Moon hatte gerade einen Blick auf den Strand geworfen.

»Was ... was ist das?«, fragte Moon.

Geoff konnte seine Augen nicht abwenden. »Seelöwen«, antwortete er. »Das ist alles ... es sind nur Seelöwen.«

»Wie es aussieht, ist der Strand geschlossen«, sagte Moon.

Aber Geoff hatte bereits die hellorangenen Badeanzüge einiger Rettungsschwimmer und einen Jeep der Strandpatrouille ausgemacht. Außerdem parkten auf dem Bürgersteig über dem Sand zwei Streifenwagen.

»Geoff! Warum fährst du langsamer?«, fauchte Slade. Seine Stimme verriet mehr als nur ein wenig Panik. »Ich verblute hier.«

Besorgt fuhr Geoff herum und sah auf dem Boden seines Bootes mehr Blut, als er erwartet hatte.

»Okay, okay, wir legen an«, sagte er und gab wieder Gas. Geoff versuchte, nicht an das zu denken, was Slade nach unten gezogen und ihn geschnitten hatte, oder an die anderen Dinge, die er unter Wasser gesehen hatte. Vor allem diese Dinge. Er wünschte, er könnte sie für immer aus seinem Gedächtnis löschen.

Geoff versuchte, den Seelöwen auszuweichen, als er das Boot an den Strand steuerte, aber der Rumpf bekam drei oder vier weiche Schläge ab, bevor das kleine Schiff endlich auf den Sand glitt. Er hoffte, dass er keines der Tiere getötet hatte, aber selbst wenn, wäre dies noch immer besser als die andere Möglichkeit – nämlich dass das, was das Boot gerammt hatte, überhaupt kein Seelöwe gewesen war.

Eine Pfeife ertönte, schrill und laut. Ein Rettungsschwimmer, der versucht hatte, die Seelöwen zu einer Absperrung zu scheuchen, die den Strand teilte, hatte sich umgedreht und marschierte jetzt mit der Pfeife im Mund auf das Boot zu. Zwei Cops näherten sich ebenfalls dem Wasser. Alle drei umrundeten vorsichtig die Seelöwen, die sie anbellten, aber nicht angriffen. Geoff hätte eigentlich erwartet, dass die Seelöwen fliehen würden, aber die Tiere starrten die Eindringlinge nur an und rührten sich nicht von der Stelle.

Kein Respekt vor den Behörden, dachte Geoff, und spürte einen Anflug von Hysterie.

»Was machen Sie da?«, schrie der Rettungsschwimmer ihnen zu. »Sind Sie blind? Sie können hier nicht anlegen.«

Der Cop, der die Führung übernommen hatte – ein älterer Mann ohne Kinn und mit einem dichten grauen Schnauzbart –, war direkter. »Der Strand ist geschlossen, Sohn. Schaffen Sie Ihr Boot sofort weg von hier.«

Geoff wies mit dem Daumen über die Schulter auf Slade und Moon. »Mein Freund ist verletzt. Wir waren unten und irgendwas – irgendetwas hat ihn gepackt und böse geschnitten. Er braucht einen Arzt.«

Der Rettungsschwimmer sah zu den Cops hinüber, die ihm mit einem Wink bedeuteten, weiterzugehen und im Boot nachzusehen. Schließlich hatten die Polizisten nicht vor, mit ihren polierten schwarzen Schuhen ins Wasser zu waten. Der Rettungsschwimmer starrte die niedrigen Wellen an, die an den Strand brandeten, als hätte er noch nie zuvor Wasser gesehen. Unsicher, als würde er über heiße Kohlen laufen, drückte er sich am Boot entlang und ging ins Wasser, bis es ihm bis zu den Schienbeinen reichte. Kein Stück weiter.

Es war fast so, als hätte der Mann Angst vor dem Wasser. Vielleicht hast du den falschen Job, Alter, dachte Geoff.

Dann reckte der Rettungsschwimmer den Kopf und blickte ins Heck. Geoff drehte sich um und sah Moon im Boot kauern, die Füße voller Blut. Slade war in sich zusammengesunken, mit weit offenem Mund, die noch immer feuchten schwarzen Haare zerzaust. Er sah aus, als hätte er zu viel getrunken und wäre eingeschlafen.

Moon blickte verzweifelt auf. »Er hat das Bewusstsein verloren.«

Der Krankenwagen traf knappe zehn Minuten später ein. Geoff hatte Moon beim Boot zurückgelassen, stand auf dem Bürgersteig und verfolgte, wie ihr Freund in den Fond der Ambulanz geladen wurde. Die Sanitäter schienen mehr als nur ein wenig besorgt wegen Slades Blutverlust zu sein, doch sie versicherten Geoff, dass er wieder gesund werden würde. Als der Krankenwagen davonfuhr, sah Geoff ihm lange Zeit nach. Dann wandte er sich ab, um zum Strand zurückzukehren.

Die junge Frau stand direkt hinter ihm.

Sie trug ein dünnes Sommerkleid, das in der Meeresbrise um ihre Knie tanzte. Sie war nicht für den Strand angezogen, sofern sie darunter keinen Badeanzug trug, und Geoff glaubte nicht, dass dies der Fall war. Er schätzte sie auf zwanzig, doch sie konnte auch drei Jahre jünger oder älter sein. Sie war ein hübsches kleines Ding, aber da war etwas in ihrem Auftreten, eine

Art Wachsamkeit, die sie älter erscheinen ließ, als sie in Wirklichkeit war.

»Was ist passiert?«, fragte sie. Ihr Blick huschte zum Krankenwagen hinüber, der auf der Küstenstraße verschwand, und kehrte dann wieder zu ihm zurück.

Geoff fühlte sich sehr schwach, doch er riss sich zusammen und fuhr sich mit den Händen durchs Haar.

»Ein Freund von mir ist verletzt worden. Er hat sich böse geschnitten. Sie mussten ihn ins Krankenhaus bringen.«

Die blonden Haare der Frau fielen ihr ins Gesicht und sie warf sie zurück, sodass sie hinter ihr im Wind flatterten. Sie war hübsch, keine Frage, aber es war die Intensität in ihren Augen, die sie schön machte.

»Sie waren tauchen?«, fragte sie, während ihr Blick an ihm nach unten wanderte. Er trug noch immer seinen feuchten Taucheranzug.

Selbstbewusst sah Geoff zum Strand hinunter, wo Moon einen Eimer genommen hatte und das Blut von den Planken des Bootes wusch.

»Ja.«

»Aber was hat ihn angegriffen? Wie sah es aus?«

Geoff versteifte sich. Er fröstelte plötzlich, als er sich wieder der Frau zuwandte, und jetzt war die Intensität in ihren Augen fast zu viel für ihn.

»Ich habe nicht gesagt, dass er angegriffen wurde.«

»Nein«, erwiderte sie mit einem traurigen Lächeln. »Nein, das haben Sie nicht. Ich bin sicher, dass er wieder gesund wird. Ehrlich. Ich war nur – er ist nicht der erste Mensch, der verletzt wurde. Ein Freund von mir wurde angegriffen, und ich habe mich nur gefragt, was Sie gesehen haben.«

Er blickte ihr jetzt direkt in die Augen. »Sie werden mir nicht glauben, wenn ich es Ihnen sage.«

Sie erwiderte unbeeindruckt seinen Blick. »Sie wären überrascht, wenn Sie wüssten, was ich alles glaube.«

Einen langen Moment starrte Geoff sie weiter an. Schließlich wandte er die Augen ab. »Vielleicht«, sagte er, dann sank seine Stimme zu einem Flüstern herab. »Hauptsächlich Seelöwen. Nicht viele Fische, was mir von Anfang an seltsam vorkam. Dann glaubte ich zwischen den Seelöwen etwas anderes zu sehen. Zuerst hielt ich es für einen anderen Taucher, wegen den Flossen und allem ... aber es hatte einen Schwanz. Und all diese Dinger wuchsen aus seiner Brust wie ... wie Seeanemonen oder so.«

Er warf die Hände hoch. »Ich weiß, es klingt verrückt, nicht wahr? Ich habe es nur eine Sekunde lang gesehen. Wahrscheinlich war es bloß Einbildung. Vielleicht ein anderer Taucher, der Seetang oder was auch immer geschnitten hat.« Er schenkte der Frau ein nervöses Grinsen und zuckte die Schultern.

Doch sie lächelte nicht. »Aber was hat Ihren Freund dann geschnitten? Was hat ihn angegriffen?«

Geoffs Mund wurde trocken. »Ich weiß es nicht.«

Sie legte ganz sachte eine Hand auf seinen Arm. »Ich bin sicher, dass er wieder gesund wird.« Dann wandte sie sich ab.

Geoff lag noch etwas auf der Zunge. Er sah sich um und stellte fest, dass die Cops und der Rettungsschwimmer weit genug entfernt waren. Wenn man von Moon unten im Boot und der Strandpatrouille am Ende des Strandes absah, war niemand mehr in der Nähe.

»He.«

Sie blickte zu ihm zurück. Es sind die Augen, dachte er wieder. Ohne diese Augen wäre sie vielleicht nur ein hübsches kalifornisches Mädchen in einem Sommerkleid gewesen. Aber dann begriff er, dass es nicht nur an ihren Augen lag. Es waren ihre Bewegungen. Sie bewegte sich, als wäre sie bereit zu kämpfen.

»Als wir auftauchten, nachdem ich dieses – dieses Ding – gesehen hatte, glaubte ich noch etwas anderes zu sehen.«

Die Frau wartete.

Die Bilder erschienen wieder vor Geoffs geistigem Auge, und er blinzelte mehrmals, um sie zu vertreiben. Sie wollten nicht verschwinden.

»Leichen«, sagte er. »Ich dachte, ich würde ein paar tote Kerle sehen, alle ... alle mit gebrochenen Knochen und seltsam verdreht.«

Das war es. Er konnte nicht mehr dazu sagen. Die Frau starrte ihn nur einen weiteren Moment lang an. Geoff fühlte sich krank. Er wandte sich von ihr ab, ging zum Strand hinunter und bewegte sich durch die Seelöwen, als wären sie eine Leprakolonie. Er wollte nur noch das Boot zum Jachthafen zurückbringen und nach Hause gehen, sich einen Film ansehen, Videospiele spielen oder etwas in der Art.

Aber nicht schlafen. Das Letzte, was er wollte, war träumen.

Buffy ging, so schnell sie konnte, ohne zu laufen, nach Docktown. Sie achtete kaum auf ihre Umgebung. Ihre Füße suchten sich ihren Weg, ohne dass sie einen bewussten Gedanken daran verschwenden musste. Der Strand wich einem exklusiven Küstenanwesen und dann einer Reihe von Cottages, denen mehrere Blocks aus Stadthäusern mit Blick aufs Wasser folgten. Eine Weile führte die Straße so nahe am Meer entlang, dass nichts außer Sand dazwischen lag. Als die Straße wieder landeinwärts abknickte, wurde der Sand durch Lagerhäuser und ein oder zwei Fabriken ersetzt. Kurz darauf war Buffy von Tankstellen und billigen Bars und Reihenhäusern umgeben, und die Kais lagen vor ihr.

Docktown.

Die Sonne war weiter über den Horizont gewandert und hing jetzt draußen über dem Meer. Buffy hatte den ganzen Weg in einer Art Trancezustand zurückgelegt, innerlich frustriert. Der Mann in dem Boot hatte völlig verängstigt gewirkt, und ihr kam der Gedanke, dass es nicht nur an den Wesen lag, die er unter Wasser gesehen hatte, oder der Sorge, dass sein Freund an dem Blutverlust sterben würde. Irgendetwas anderes ging ihm unter die Haut, irgendein namenloses Gefühl der Beklommenheit und der Furcht.

Sie verstand ihn, denn sie fühlte es auch.

Was auch immer dieses neue Grauen war, das nach Sunnydale gekommen war, es hatte diese Furcht mitgebracht. Ein allgemeines Unbehagen hatte sich über die gesamte Stadt gelegt, und Buffy fragte sich, ob die Kreaturen vielleicht irgendwelche Pheromone verströmten, die dieses Gefühl erzeugten, oder ob es sich um etwas Simpleres handelte, irgendeine instinktive, urtümliche Reaktion auf ihre Anwesenheit.

Als sie sich den Docks näherte, versuchte sie das Unbehagen abzuschütteln. Die Lösung für all diese Probleme – die Morde und die Angriffe und dieses schleichende, unheilvolle Gefühl – war denkbar schlicht und direkt. Finde die Seeungeheuer und töte sie.

Buffy passierte eine Gruppe von Dockarbeitern, die einen Frachter namens *The Sargasso Drifter* beluden. Sie hielten inne und sahen ihr nach – dieser Frau in dem dünnen Baumwollkleid –, aber keiner von ihnen pfiff oder brüllte irgendwelche Obszönitäten. An jedem anderen Tag wäre sie erleichtert gewesen, doch heute entnervte sie dieser Umstand nur noch mehr. Denn Pfiffe und Anzüglichkeiten wären normal gewesen – das Schweigen der Männer war unnatürlich.

Sie ignorierte ihre stummen Blicke, denn das waren nicht die Männer, mit denen sie sprechen wollte. Weiter die Docks hinunter wurde der Fischgeruch in der Luft stärker. Er kam ihr wie eine unsichtbare Wolke vor, die sich in ihre Nüstern schlich und in ihren Haaren und ihrer Kleidung festsetzte. Aber Buffy sah ihr Ziel vor sich, eine Ansammlung von kleineren Schiffen und Docks, wo die Fischerboote ihren Fang einbrachten. Ein halbes Dutzend Boote lag jetzt dort vor Anker. In ihrer Mitte entluden eine Reihe von braun gebrannten Männern große

Metalleimer voller Eis und Fisch von dem Deck eines Bootes namens *Bottom Feeder*.

Buffy ging direkt auf sie zu, aber erst als sie ihre Arbeit unterbrachen und sie, da sie in ihrem Kleid am Dock völlig fehl am Platze wirkte, neugierig ansahen, dämmerte ihr, dass sie keine Ahnung hatte, wie sie mit ihnen ins Gespräch kommen sollte. Bei dem Mann am Strand hatte sie damit kein Problem gehabt. Sein Freund war verletzt gewesen. Das hier war was anderes. Es wäre doch ziemlich seltsam, wenn sie sich unumwunden erkundigte, ob die Männer etwas Ungewöhnliches bemerkt hatten? Sie würden sie vielleicht einfach abblitzen lassen.

»Hi«, sagte sie. Ihr gingen ein Dutzend Möglichkeiten durch den Kopf, das Gespräch zu beginnen, aber keine davon kam ihr richtig vor.

Dann runzelte der Mann, der ihr am nächsten war, die Stirn. Sein dunkles Gesicht war zerfurcht, ein grauweißer Bart kontrastierte scharf mit seiner Haut.

»Ich kenne dich«, sagte der Mann. Seine Stimme klang heiser. Vielleicht lag das an zu vielen Zigaretten oder den vielen Jahren, die er auf dem Meer verbracht hatte.

»Das bezweifle ich irgendwie«, erwiderte Buffy, die noch immer überlegte, wie sie das Eis brechen konnte.

»Nein, im Ernst«, sagte der alte Fischer. Dann lachte er leise und kehlig. »Du bist dieses Mädchen, das vorgestern Nacht im *Fish Tank* war. Du hast dieses Ding ...«

Er brach mitten im Satz ab und kniff den Mund zusammen, als er sich wieder genau daran erinnerte, gegen was sie gekämpft hatte. Der ältere Mann – der in Wirklichkeit vielleicht gerade mal fünfundvierzig und nur durch seinen Beruf äußerlich gealtert war – hatte sie gesehen, obwohl sie ihn nicht unter den Gästen bemerkt hatte, die in jener Nacht aus dem Klub geflohen waren. Und er erkannte sie wieder, doch jetzt, als er darüber nachdachte, schien er nicht mehr über die Ereignisse im *Fish Tank* sprechen zu wollen.

Buffy konnte es ihm nicht verübeln. Aber sie musste ihn zum Reden bringen.

»Sie haben Recht«, sagte sie. »Das war ich.«

Die Aufmerksamkeit der anderen Besatzungsmitglieder war jetzt noch mehr auf sie gerichtet. Nach den Blicken, die sie dem älteren Mann zuwarfen, vermutete Buffy, dass er ihnen die Geschichte erzählt, sie ihm aber nicht wirklich geglaubt hatten.

»Es war ... ziemlich unheimlich«, erklärte Buffy.

Der alte Mann zog ein Tuch aus seiner Tasche und wischte sich damit die Stirn ab. »Das kannst du laut sagen. Aber du hattest keine Angst.«

»Ich *sah* nur so aus, als hätte ich keine Angst. Großer Unterschied.«

»Ich dachte, du wärst dort getötet worden. Habe dich nicht rauskommen sehen. Dann brach auch noch das Feuer aus ...« Seine Worte verklangen, und er musterte sie genauer. »Eine hässliche Sache.«

Buffy trat näher an den Fischer heran, und seine Crew – denn sie nahm jetzt an, dass es seine Crew und sein Boot, dass er der Kapitän war – machte sich wieder an die Arbeit.

»Ich bin Buffy Summers«, sagte sie und hielt ihm die Hand hin.

Er nahm sie und schüttelte sie. Seine Haut war schwielig und trocken, sein Händedruck kräftig. »Baker McGee. Kapitän der *Bottom Feeder*.«

Eine Sekunde lang sah sie ihn nur an. Dann kam sie direkt zum Thema. »Was war das Ihrer Meinung nach für ein Wesen in jener Nacht?«

Kapitän McGee schrie seiner Crew nervös ein paar Befehle zu, während die Männer weiteren Fisch ausluden. Er antwortete Buffy, ohne sie anzusehen. »Sah für mich wie ein Mensch aus. Vielleicht hatte er irgendwelche Drogen genommen. Wäre nicht das erste Mal.«

Sie ergriff sein Handgelenk. Überrascht – vielleicht von der

Stärke ihres Griffes – runzelte er die Stirn und richtete seine Aufmerksamkeit wieder auf sie.

»Wir beide wissen, dass es kein Mensch war«, sagte Buffy, die immer aufgeregter und frustrierter wurde. Sie starrte den Mann an und zwang ihn, ihr in die Augen zu sehen. »Hören Sie, ich weiß, dass Sie es fühlen können, weil ich es auch kann. Irgendetwas geht hier vor. Ich würde wetten, dass dies nicht die einzige seltsame Sache war, die Sie in der letzten Zeit gesehen oder gehört haben.«

Der Mann starrte sie skeptisch an. »Was kannst du schon dagegen unternehmen?«

»Sie dachten, ich wäre in jener Nacht getötet worden«, erwiderte sie. »Aber ich bin noch immer hier.«

»Also gut«, meinte er und straffte sich ein wenig. Dann erzählte McGee ihr von dem schrecklichen Wesen, das seine Crew vor zwei Tagen mit ihren Netzen eingeholt hatte, und während er sprach, stellten dieselben Männer ihre Arbeit wieder ein, um zuzuhören.

Als Buffy sie ansah, wandten sie kollektiv den Blick ab, aber sie hatte das Gefühl, dass sie es nicht taten, weil ihr Kapitän log. Sondern weil er die Wahrheit sagte.

»Und wir sind nicht die Einzigen mit einer derartigen Geschichte. Höre dich um, und du wirst andere finden. Die Bootseigner und Reedereien beschweren sich über die Seelöwen und unternehmen alles, um uns hinauszuschicken. Aber manche von uns hätten nichts dagegen, eine Woche zu warten, bis all das vorbei ist.«

»Was passiert, wenn es nicht vorbeigeht?«, fragte eins der Crewmitglieder.

Niemand hatte eine Antwort darauf.

Baker McGee ignorierte die Bemerkung. Doch im nächsten Moment wandte er sich von Buffy ab und machte sich wieder an die Arbeit. »Du willst herausfinden, was vor sich geht, Mädchen? Ben Varrey ist der Mann, mit dem du reden solltest.« Er schwieg und blickte zu ihr auf, während er sich bückte, um einen Behälter mit Eis und Fisch vom Boden zu wuchten. »Du hast ihn in jener Nacht in der Bar gesehen. Ein alter Kerl, der ständig was von Seeungeheuern und ähnlichen Dingen erzählte.«

Der Kapitän senkte den Blick, als würde er sich schämen. »Ich dachte immer, er wäre verrückt. Nur ein weiterer Spinner. In jedem Hafen gibt es welche von dieser Sorte.« Erneut sah er Buffy an. »Aber du wirst ihn suchen müssen. Niemand hat den alten Ben seit jener Nacht mehr gesehen, seit im *Fish Tank* die Hölle ausbrach.«

Buffy dachte darüber nach, und sie erinnerte sich an den alten Mann. In dem Chaos, das entstanden war, nachdem der andere Mann sein Gesicht abgerissen hatte und plötzlich zu einem Monster geworden war, hatte sie ihn und sein Geschwätz ganz vergessen. Jetzt versuchte sie, sich zu erinnern, wie er ausgesehen, was er gesagt hatte. Ein hagerer Mann in einem erbsengrünen Mantel, die Haare unglaublich weiß, der etwas von einer Rückkehr und einer Brut gefaselt hatte.

Ihr dämmerte jetzt, dass sein Gerede vielleicht wichtig war, und sie wurde wütend auf sich, weil sie sich nicht erinnern konnte. Aber in jener Nacht war sie auf etwas ganz anderes konzentriert gewesen, und wie Kapitän McGee gesagt hatte, gab es überall eine Menge Spinner. Vielleicht war dieser Ben Varrey ja gar kein Prophet. Aber wohin war er verschwunden?

Die Kinder des Meeres, dachte sie, als ihr seine Worte plötzlich wieder einfielen. Er sagte, die Kinder des Meeres kehren zurück. Was auch immer das heißen mochte.

Aber so sehr Buffy auch grübelte, an mehr konnte sie sich nicht erinnern. Ihre Gedanken wurden von den lauten Stimmen von McGees Crew unterbrochen. Einige Männer zeigten in eine Richtung. McGee selbst war an den Rand des Docks getreten und schirmte seine Augen vor der Sonne ab, während er am Kai entlangblickte, wo ein Fischkutter mit Schlagseite an einen felsigen Küstenstreifen getrieben war.

»Sind die etwa betrunken?«, fragte einer von McGees Besatzungsmitgliedern.

Einen Moment starrten alle nur. Mehrere Fischer liefen bereits zum Ende des Kais. Die Neuigkeit musste sich schnell verbreitet haben, denn einige der Dockarbeiter eilten an der *Bottom Feeder* vorbei, um zu helfen. Buffy stand neben Baker McGee und beobachtete, wie der treibende Kutter von den Wellen gegen die felsige Küste gedrückt wurde.

»Das ist die *Heartbreaker*«, erklärte McGee mit seiner heiseren Stimme. »Kobritz' Boot. Keine Betrunkenen an Bord.«

Als hätte er vergessen, dass er andere Aufgaben zu erledigen hatte, stapfte McGee den Kai hinunter, gefolgt von den anderen Männern, die dem sinkenden Schiff zu Hilfe kamen.

»Macht weiter, Jungs«, sagte McGee geistesabwesend. Der Rest der Crew widersprach nicht und setzte die Arbeit fort.

Buffy eilte an seine Seite. »Was ist los?«

»Keine Ahnung, Mädchen«, erwiderte der alte Mann mit gepresster Stimme. »Aber vielleicht willst du jetzt nach Hause gehen.«

Buffy war empört, ging aber nicht auf seine abschätzige Bemerkung ein, sondern ignorierte sie einfach. »Es sieht verlassen aus.«

Eine Sekunde lang wurde Baker McGee langsamer und blickte besorgt zu dem Boot hinüber, das er *Heartbreaker* genannt hatte. Dann schüttelte er den Kopf und beschleunigte seine Schritte wieder. Buffy bemerkte, dass er sie aus den Augenwinkeln beobachtete, als würde er sich daran erinnern, unter welchen Umständen er sie in jener Nacht im *Fish Tank* gesehen hatte.

»Wenn das Boot auf See aufgegeben wurde – hast du irgendeine Ahnung, wie groß die Chancen sind, dass es hier strandet, hundert Meter von seinem Liegeplatz entfernt?«

»Gering?«, vermutete Buffy.

McGee schob das Kinn nach vorn. »Es ist so gut wie unmöglich. Jemand muss es hierher gesteuert haben.«

Danach liefen sie schweigend zum Ende des Kais und erreichten den felsigen Küstenstreifen. Die Männer, die die *Heartbreaker* vor ihnen erreichten, wateten bereits zu dem Boot hinüber und riefen einander zu, auf die Leinen und zerrissenen Netze aufzupassen, die es im Wasser hinter sich herzog. Die Reling am Heck des Kutters war zerfetzt und verdreht. Metall stand in seltsamen Winkeln ab. Die Fenster der teilweise eingestürzten Kabine waren zerbrochen.

Buffy und Kapitän McGee stießen zu den anderen am Ufer, wo die *Heartbreaker* trieb und von der Brandung gegen die Felsen gedrückt wurde. Buffy streifte ihre Sandalen ab und stieg ins Wasser, aber McGee legte ihr eine Hand auf die Schulter.

»Das ist nicht deine Sache«, sagte der alte Kapitän.

Sie starrte ihn einen Moment an, bevor sie verstand. Er gehörte einer Subkultur mit eigenen Regeln des Stolzes und der Ehre und des Respekts an. Es war nicht ihre Angelegenheit. Sie gehörte nicht hierher. Die Küstenwache sicherlich, aber nicht irgendein Collegemädchen in einem Sommerkleid. So sehr sie den Gedanken auch hasste, sie verstand ihn. Buffy hatte Jahre damit verbracht, keine Aufmerksamkeit auf sich zu lenken und ihren Status als Jägerin geheim zu halten. McGee hatte sie in jener Nacht im *Fish Tank* gesehen, aber die anderen nicht. Sie konnte warten. Einfach warten, bis sie das Boot durchsuchen oder die Küstenwache riefen, damit diese es zu seinem Liegeplatz schleppte.

Buffy nickte McGee zu, der die Geste erwiderte und dann ins Wasser watete. Die Wellen schwappten gegen seine Beine, als er sich tiefer hineinwagte. An der *Heartbreaker* stemmten zwei Männer einen dritten aus dem Wasser und auf das Deck des herrenlosen Bootes, während andere ihr Bestes versuchten, es zu stabilisieren.

Der Mann auf dem Deck war ein stämmiger, bärtiger Dockarbeiter, den Buffy gesehen hatte, als sie vorhin an ihnen vorbeigekommen war. Von ihrem Platz an der Felsenküste aus konnte sie sehen, wie sich der Mann neugierig auf dem Deck umschaute.

»Nichts!«, schrie er. »Absolut nichts.«

»Sieh in der Kabine nach, Holly!«, rief McGee ihm zu.

Der stämmige Mann mit dem unwahrscheinlichen Namen Holly nickte und ging vorsichtig zu der teilweise eingestürzten Kabine. Die Tür mit dem zersplitterten Sichtfenster hing schief in den Angeln und schwang knarrend hin und her. Holly steckte den Kopf hinein und erstarrte einen Moment, bevor er ruckartig zurückwich.

Als er sich umdrehte, sah Buffy, dass sein Gesicht nacktes Grauen ausdrückte.

Holly sprang, ohne zu zögern, von der Steuerbordseite der *Heartbreaker* ins brusttiefe Wasser. Als er sich aufrichtete und die Wellen über ihm zusammenschlugen, schrie er seinen Gefährten zu: »Weg mit euch!« Er gestikulierte wild. »Haltet euch bloß fern von dem Boot. Wir sollten es verbrennen. Irgendjemand sollte es verbrennen.«

Buffy hatte sich bereits in Bewegung gesetzt. Sie watete in die Brandung und näherte sich dem Kutter. Weiter draußen, im Schatten der *Heartbreaker*, drehte sich Baker McGee zu ihr um, und sie konnte die Furcht in seinen Augen sehen. Er hatte in der letzten Zeit zu viele unheimliche Dinge erlebt.

Aber Buffy hatte erst knietiefes Wasser erreicht, als sich in der Kabine des Fischerbootes etwas rührte. Zerbrochenes Glas knirschte, als es sich bewegte, und dann tauchte es hinter den geborstenen Fenstern auf. Buffy blieb stehen. Es war ein Mann.

»Lucky?«, hörte sie Baker McGee rufen. »Lucky, bist du das?«

Holly eilte ans Ufer und war jetzt fast auf gleicher Höhe mit Buffy. Als er McGees Stimme hörte, drehte er sich zu den Männern um, die noch immer im Wasser waren, und schüttelte den Kopf, so schnell, dass er am ganzen Körper zu zittern schien.

»Nein!«, schrie Holly. »Ihr habt es nicht gesehen! Verschwindet von dort. Holt Benzin, irgendwas, das brennt.«

In diesem Moment trat Lucky auf das Deck und war deutlich zu sehen. Buffy fluchte gepresst. Der Mann an Bord der *Heartbreaker* – der letzte Überlebende der Kutterbesatzung, vermutete sie – war kein Mensch mehr. Wie bei dem Mann mit der grellgrünen Krawatte im *Fish Tank* hing seine Haut in Fetzen an ihm. Dünne, mit Widerhaken besetzte Tentakel waren durch seine Brust gebrochen und tanzten in der Luft, peitschten und wirbelten, als hätten sie einen eigenen Willen.

»Seine Augen!«, schrie das Wesen, das einst den Namen Lucky getragen hatte. Die Stimme war ein gequältes Heulen, nicht mal mehr menschlich. »Er wird euch alle holen. Und seine Augen sind riesig ... so riesig.«

Buffy rannte tiefer ins Wasser und stemmte sich gegen die Wellen, um den Kutter zu erreichen, bevor jemand getötet wurde. Die Fischer und Dockarbeiter schrien. Sie schwammen, wateten und stolperten zum Ufer. Alle bis auf Baker McGee, der zu dem plappernden Monster aufblickte, das über ihm auf Deck stand.

»*Lucky*«, keuchte McGee. »Großer Gott. Oh, Junge. Oh, nein.«

Buffy hatte keinen Zweifel, dass McGee ein toter Mann war. Das Wasser machte sie langsam. Sie konnte ihn unmöglich vor diesen dünnen, rasiermesserscharfen Stacheldrahttentakeln erreichen. Jeden Moment konnte das Wesen ins Wasser springen und McGee töten.

Doch als Lucky sich bewegte, sprang er nicht ins Wasser. Das Ding, das ein Mann gewesen war, hob die rechte Hand, in der es etwas Klobiges und Schwarzes hielt. Buffy brauchte nur einen Moment, um zu erkennen, was es war – das einzige Objekt an Bord eines Fischerboots, mit dem vollbracht werden konnte, was getan werden musste. Offenbar regte sich in dem Monster noch etwas von dem Mann Lucky, der eine Leuchtpistole in der Hand hielt.

Die Kreatur steckte die Leuchtpistole in den Mund und drückte ab.

»Lucky!«, schrie McGee über das Krachen des Schusses hinweg.

Das Ding fiel tot aufs Deck der *Heartbreaker*.

Buffy war sprachlos. Damit hatte sie am wenigsten gerechnet. Was auch immer von dem jungen Fischer Besitz ergriffen, was auch immer ihn infiziert und verwandelt hatte, sie wusste, dass Lucky eine unglaubliche Willenskraft aufgebracht haben musste, um es zu töten – vor allem, da dies bedeutet hatte, auch sich selbst zu töten.

Als sie Baker McGee erreichte, sah sie die Tränen in den Augen des alten Kapitäns.

Die Sonntagnächte waren in der Innenstadt von Sunnydale normalerweise sehr ruhig. Sicher, es waren einige Leute unterwegs, die im *Espresso Pump* fünf Dollar für Designerkaffee oder aromatisierten Tee zahlten oder an den Schaufenstern der Damenmodeboutiquen vorbeischlenderten, die am Wochenende um achtzehn Uhr schlossen. Aber alles in allem waren die Sonntagnächte ruhig. Die ideale Gelegenheit für das Sun Cinema, etwas Interessantes oder Ausgefallenes zu zeigen. In letzter Zeit stand Sonntagnacht immer eine klassische Doppelvorstellung auf dem Programm.

An diesem Abend wurden zwei klassische Horrorfilme des italienischen Regisseurs Dario Argento präsentiert. *Suspiria* und *Tenebrae*. Und das Einzige, das Spike von einem Kinobesuch hätte abhalten können, war Sonnenschein.

Der Vampir stand in der kurzen Schlange und grinste wie ein Schuljunge. Argento war der Meister. Niemand verstand sich so gut auf Horror wie er. Kein anderer Filmemacher auf der Welt konnte es mit ihm aufnehmen, wenn es darum ging, Albträume auf die Leinwand zu übertragen. Sicher, einige seiner Filme waren auch auf Video erhältlich, aber im Kino bekam man sie nur noch selten zu sehen.

Natürlich hatte Spike auch eine Vorliebe für Seifenopern. Er war immer ein Romantiker gewesen. Doch Argento hatte etwas wundervoll Perverses an sich, das der anderen Seite von ihm gefiel. Und so stellte er sich zusammen mit den Schwachköpfen und Ewiggestrigen in eine Schlange. Er trug absichtlich keinen Trenchcoat, da er verhindern wollte, dass die Leute ihn fragten, ob ihm nicht heiß sei. Temperaturveränderungen beeindruckten seine Art nicht sehr, und er wollte keine Aufmerksamkeit erregen. Er stand dort in seinen Stiefeln und seinem schwarzen T-Shirt, schob seine Packung Zigaretten unter den hochgekrempelten Ärmel und bildete sich ein, ein wenig wie James Dean auszusehen.

Er hatte eine der Zigaretten aus der Packung genommen und steckte sie sich zwischen die Lippen, zündete sie an und verstaute das Metallfeuerzeug wieder in seiner Jeans.

Der Teenager vor ihm bekam seine Eintrittskarte und ging weiter. Jetzt war Spike an der Reihe. Die Frau im Kassenhäuschen war eine vertrocknete alte Schachtel, und als sie sein Geld nahm und ihm die Eintrittskarte gab, sah sie finster die Zigarette an.

»Im Kino ist Rauchen verboten«, sagte sie säuerlich.

»Keine Sorge, Schätzchen«, antwortete er freundlich. Er hatte nicht vor, sich von ihr den Abend verderben zu lassen. »Wir wollen doch nicht gegen die Regeln verstoßen, nicht wahr?«

Spike steckte die Eintrittskarte in die Tasche, wandte sich von dem Kassenhäuschen ab und verließ das Kino. Er lehnte sich an die breiten Fenster einer Bank und inhalierte genießerisch. Als die Zigarette halb heruntergebrannt war, hatte sich die Schlange aufgelöst. Alle vierzig Leute in Sunnydale, die sich für Dario Argento interessierten, waren bereits hineingegangen.

Spike nahm einen weiteren tiefen Zug von seiner Zigarette

und blies den Rauch durch die Nüstern. Er musterte die größtenteils dunklen Schaufenster. Aus der offenen Tür des *Espresso Pump* zu seiner Linken drang Musik. Hier und dort schlenderten ein paar Leute über die Bürgersteige, auf dem Hin- oder Rückweg zu irgendwelchen Restaurants und Bars, wie er vermutete. Doch zu seiner Rechten, am Rand der Innenstadt, war alles still.

Er saugte den Rauch in die Lunge und stieß ihn langsam durch den Mund wieder aus. Dann runzelte er die Stirn.

In den dunklen Gebäuden zu seiner Rechten war alles still, doch die Straße war nicht völlig leer. Zwei Gestalten schlichen geduckt durch die Schatten und hielten sich dicht an die Ladenfronten. Er konnte sie in der Dunkelheit nicht genau erkennen, aber ihre Bewegungen kamen ihm merkwürdig vor.

»Na, was haben wir denn da?« Spike lächelte vor sich hin. Was auch immer sie waren, ihre seltsamen Bewegungen verrieten ihm, dass es sich nicht um Menschen handelte. Die Silhouetten ihrer Köpfe waren verzerrt und ihre Arme zu lang.

Glas splitterte, und die beiden Gestalten verschwanden in einem Gebäude einen halben Block weiter.

Spike sah zum Kino hinüber und dann auf seine Armbanduhr. Noch fünfzehn Minuten bis zum Beginn des ersten Films. Nichtmenschliche Wesen brachen in Sunnydale ein. Er konnte ein wenig Spaß haben, ohne dass die Jägerin etwas daran auszusetzen haben würde. Die Typen waren schließlich in kriminelle Machenschaften verstrickt.

Er ließ die Zigarette fallen und zertrat sie mit dem Absatz. Eilig, mit beschwingten Schritten, marschierte er über den Bürgersteig. Sekunden später erreichte er die Stelle, wo die Gestalten eine Fensterscheibe eingeschlagen hatten, um in das Gebäude einzudringen. Er war überrascht, dass kein Alarm ausgelöst worden war, doch dann sah er das Messingschild neben der Tür, das ihm verriet, dass in dem Haus der Sunnydaler Geschichtsverein untergebracht war, und er verstand.

Warum sollte jemand in dieses verstaubte alte Gebäude einbrechen? Schließlich gab es dort, anders als in einem richtigen Museum, nichts von großem Wert.

Mit einem breiten Grinsen, das sich gründlich von dem unterschied, das er vorhin aufgesetzt hatte – es war dieses Mal lauernd und räuberisch –, stieg Spike durch das eingeschlagene Fenster.

Dann bemerkte er den Geruch, stolperte, schnitt sich die Hand an dem zersplitterten Glas und fluchte gepresst.

Aber der Schmerz war nicht das Problem. Er hob die Hand zum Mund und saugte mit aufgerissenen Augen an der Schnittwunde, während er rückwärts durch das Fenster kletterte und auf den Bürgersteig zurückwich. Besorgt spähte er in das dunkle Gebäude und blickte dann hinauf zu den Fenstern im ersten Stock. Nichts deutete darauf hin, dass ihn jemand entdeckt hatte. Er war zutiefst erleichtert.

Spike rannte über den Bürgersteig zurück zum Kino. Er zog seine Eintrittskarte aus der Tasche, ging hinein und fand einen Sitz unweit der Frontseite, so weit wie möglich vom Eingang entfernt.

Der letzte Vampir in Sunnydale hatten ihren Geruch erkannt. Er hoffte nur, dass sie sich nicht an seinen erinnerten.

4

Kurz nach zehn Uhr am Montagmorgen übergab Giles den Zauberladen widerwillig in Anyas Obhut und schlenderte zum *Espresso Pump*. Es war am Wochenende sehr warm gewesen, und er war froh, dass es sich erheblich abgekühlt hatte. Der Tag fühlte sich eher wie Frühling an. Der Spaziergang war eine angenehme Abwechslung, und montagmorgens war im Laden nie besonders viel los – was, wie er vermutete, für alle Läden galt.

Buffy hatte vorgeschlagen, sich mit ihm vor der Universität im *Espresso Pump* zu treffen, und Giles hatte zugestimmt. Es war schön, hinter der Ladentheke hervorzukommen, und er hatte nichts gegen eine gelegentliche Tasse Kaffee einzuwenden. Natürlich würde er keinen Espresso oder eine dieser Kreationen trinken, die mehr wie Dessert als richtiger Kaffee schmeckten. Bei dem einen Mal, als er im *Espresso Pump* schlichten Tee statt irgendeine Art Kaffee bestellt hatte, hatte er damit seltsame Blicke geerntet. Offenbar wurde man dort für verrückt gehalten, wenn man Tee wollte, und das kam ihm fast blasphemisch vor.

Es war kurz nach zehn, als er durch die offene Tür des *Espresso Pump* trat. Giles sah überrascht, dass nicht nur Buffy bereits eingetroffen war, sondern dass sie von Willow und Tara begleitet wurde. Er hatte keine Ahnung, ob eins der drei Mädchen am Montag*morgen* Vorlesung hatte, aber wenn dem so sein sollte, hatten sie offenbar keine Eile, zur Universität zu gehen.

Eine der Kellnerinnen, eine hübsche Mittdreißigerin mit kurzen blonden Haaren und elfenhaften Gesichtszügen, winkte ihm zu, als er eintrat.

»He, Rupert!«

»Tawny, hallo«, erwiderte Giles, während sich ein warmes Lächeln auf seinem Gesicht ausbreitete.

Ihre Augen funkelten. »Du kommst nicht oft genug hierher.«

»Das stimmt«, nickte er.

Ein Gast winkte, um ihre Aufmerksamkeit zu erregen, und Tawny eilte davon. Giles sah ihr nach, zog bewundernd die Brauen hoch und ging dann zu der Nische mit den drei UC-Sunnydale-Studentinnen. Alle drei Mädchen starrten ihn an, als er sich setzte.

»Was?«, fragte er, plötzlich befangen.

Willow und Tara lächelten unschuldig. Buffy zuckte andeutungsweise die Schultern. »Nichts, tut mir Leid. Es ist nur so ... wir sind an den galanten, flirtenden Giles nicht gewöhnt.«

Die Miene des Wächters erhellte sich. »Galant? Nun ja, es erfordert ein gewisses Maß an Stil.«

»Es ist beunruhigend.«

Giles sah sie gelassen an. »Weißt du, Buffy, eines Tages wirst du in meinem Alter sein, und irgendeine Person in den Zwanzigern wird entsetzt darüber sein, wie alt *du* bist.«

»Nicht unbedingt. Ich könnte Glück haben und vorher von irgendeinem Höllenmonster gefressen werden. Oder die alten dunklen Götter verschlingen die Erde.«

Auf der anderen Seite des Tisches schmiegte sich Willow an Tara und sah Buffy wehmütig an. »Buffy amüsiert sich immer über die seltsamsten Dinge.«

Tara nickte der Jägerin ermutigend zu. »Sie sieht eben nur das Positive. Wovon es nicht besonders viel gibt, wie wir wissen. Aber das macht ihre Leistung nur noch außerordentlicher.«

Buffy sah Giles unübersehbar zufrieden an.

»Nicht dass ich diese Abschweifungen nicht zu schätzen weiß – eigentlich lebe ich dafür –, aber mir behagt der Gedanke nicht, Anya den Laden zu lange zu überlassen. Dürfte ich vorschlagen, dass wir zur Sache kommen?«

Willow blickte leicht vergrätzt drein und setzte sich gerader hin. »Das haben wir getan, bevor Sie hereingekommen sind, Mr. Miesepeter. Vielleicht wollen Sie uns erzählen, was es Neues von der Seeungeheuerfront gibt?«

Alle drei sahen ihn an. Doch bevor Giles antworten konnte, kam Tawny an ihren Tisch. Sie musterte die drei Mädchen einen Moment lang und fragte sich offenbar, was er mit ihnen zu tun hatte. Aber dann lächelte sie freundlich und konzentrierte sich auf Giles.

»Ich habe mit Aimee getauscht, um deinen Tisch zu bedienen«, sagte sie mit leiser Stimme, als wäre es ein Geheimnis. Giles erwiderte ihr Lächeln, ehe sie fortfuhr und sich an alle wandte. »Also, was kann ich euch bringen?«

Alle vier bestellten – die drei Mädchen nahmen Mochaccinos und Giles einen schlichten Milchkaffee –, dann eilte Tawny davon. Als sie fort war, wandte der Wächter seine Aufmerksamkeit wieder dem aktuellen Problem zu.

»Na schön, ich muss gestehen, ich habe nur wenig herausgefunden, das ...«

»Keine Sorge«, unterbrach ihn Willow mit einem verschmitzten Gesichtsausdruck. »Diese Kellnerin hat ein Auge auf Sie geworfen.«

»Was?«, entfuhr es Giles. »Gewiss nicht. Ich leugne nicht, dass wir ein wenig geflirtet haben, aber ...«

»Es stimmt«, sagte Buffy nickend.

Giles sah Hilfe suchend Tara an, doch die stille junge Hexe nickte nur beifällig.

»Es stimmt«, bestätigte Tara. »Sie mag Sie.«

»Ich finde es süß. Ehrlich«, versicherte Buffy ihm.

»Kehren wir jetzt zu der Stelle zurück, wo Ihre Nachforschungen nichts ergeben haben«, drängte Willow.

Tara warf ihrer Freundin einen Seitenblick zu.

Willow ballte die Faust und drohte ihr, und die beiden grinsten auf die geheimnisvolle, wissende Art, die nur Liebenden eigen ist. Im Rückblick erstaunte es ihn, dass er nicht schon früher erkannt hatte, dass Willow und Tara mehr als nur Freundinnen waren.

»›Nichts‹ trifft nicht ganz zu«, erklärte Giles. »Sicher, ich habe nichts Neues über die Männer herausgefunden, die anscheinend irgendwie verwandelt wurden, oder über das, was dafür verantwortlich ist. Allerdings habe ich eine Datenbank über Meeresdämonen und andere Monster angelegt, die für den gestrigen Angriff auf das Fischerboot infrage kommen. Ich werde sie mit diesem infektiösen Metamorphose-Pheromonen und anderen Ereignissen der jüngsten Zeit, wie der Flucht der Vampire und dem Zwischenfall gestern Nacht im Aquarium vergleichen...«

»Aquarium?«, fragte Tara. »Was ist im Aquarium passiert?«

Giles sah Willow mit hochgezogener Augenbraue an. Er war froh, zumindest *eine* neue Information zu haben. »Ein Wachmann wurde getötet, und die Bewohner der Einrichtung sind verschwunden.«

Buffy starrte ihn an. »Mit den Bewohnern meinen Sie die Fische?«

Tawny brachte ihre Bestellung, und in der Nische wurde es still, als sie vorsichtig die Gläser und die Tasse servierte. Sie zögerte einen Moment, bis Giles ihr dankte und freundlich lächelte, dann ging sie davon.

»Fische, ja«, fuhr Giles fort. »Aber nicht nur die Fische. Einfach alles. Pinguine, Schildkröten... alles. Keine Spur von Blut. In wenigen Stunden hat es jemand geschafft, die gesamte Sammlung des Aquariums abzutransportieren.«

Tara beugte sich über ihren Mochaccino, blies hinein, um ihn abzukühlen, und blickte hinter dem langen, glatten Vorhang aus Haaren auf, hinter dem sie sich so oft versteckte. »Wow«, sagte sie bewundernd. »Ich schätze, da hat jemand zu oft *Free Willy* gesehen.«

Willow hob ihr Kinn. »He, keine Wows. Wir haben die ganze Nacht recherchiert und alles andere stehen und liegen lassen. Wir haben ... Infos. Neue Infos.«

»Das ist kein Wettstreit, Willow«, erinnerte Giles sie.

Sie strich sich eine rote Haarlocke hinter das Ohr. »Ich weiß. Aber wenn man arbeitet und nur ein paar Stunden schläft, ist der Konkurrenzkampf manchmal die einzige Motivation, die einen wach hält.« Dann, als sie Tara ansah, kehrte das geheimnisvolle Lächeln zurück. »Zu anderen Zeiten ...«

»Was habt ihr herausgefunden?«, unterbrach Giles.

»Zunächst einmal war das Aquarium nicht der einzige Ort, wo gestern Nacht eingebrochen wurde. Niemand wurde getötet, aber irgendjemand hat ein Fenster eingeschlagen und kriminellerweise den Sunnydaler Geschichtsverein ausgeraubt.«

»Du siehst dir wieder Polizeiserien an«, sagte Buffy.

Willow ignorierte den Kommentar, doch Tara lächelte.

»Es wurden einige Artefakte gestohlen«, fuhr Willow fort. »Gegenstände aus der Zeit, bevor Sunnydale eine Stadt war und Fischerboote hier anlegten. Es waren definitiv keine indianischen Artefakte, oder wenigstens sagt das der Geschichtsverein.

Ich habe in der letzten Zeit nicht viel Gelegenheit gehabt, im Internet nachzuforschen, aber ich suche nach allen Informationen über diese Art Transformation, die ich finden kann. Außerdem denke ich, dass ich den verrückten alten Kerl aufgespürt habe, nach dem Buffy gesucht hat, Ben Varrey.«

Buffy wischte sich etwas Schlagsahne von der Lippe und sah Willow an. »Wirklich? Wie hast du das geschafft? Keiner seiner Docktown-Kumpel schien zu wissen, wo er steckt ... Moment, du willst mir doch nicht sagen, dass er auf dem Friedhof liegt, oder?«

»Nein, aber das war der erste Ort, wo ich nachgesehen habe«, gab Willow zu. »Es stellte sich heraus, dass der alte Kerl in der Nacht, in der du den gruseligen Fischmann in Docktown getötet hast, dermaßen auf den Straßen randaliert hat, dass ihn die Cops nach Charles Dexter gebracht haben.«

»Wer ist Charles Dexter?«, fragte Buffy, während sie einen weiteren Schluck Mochaccino trank.

»Es ist kein Wer, Buffy«, korrigierte Giles sie mit einem besorgten Stirnrunzeln. »Charles Dexter ist ein psychiatrisches Krankenhaus unweit vom Crestwood College.« Der Wächter wandte sich an Willow. »Gute Arbeit.«

Tara nickte zustimmend. »Sie hat magische Finger.« Dann, als würde ihr dämmern, dass die Worte irgendwie unpassend klangen, richtete sie sich auf und sah die anderen an. »An der Tastatur.«

Giles räusperte sich, nahm seine Brille ab und putzte sie nachdenklich mit einer Serviette vom Tisch. »Ja, Willow. In der letzten Zeit hast du dich so oft auf deine magischen Kräfte konzentriert, dass man deine Fertigkeit im Umgang mit weltlichen Nachforschungsmethoden leicht vergisst. Du hast mich zweifellos übertrumpft.«

Er setzte die Brille wieder auf und musterte sie. »Bist du zufrieden?«

»Yep!«, sagte Willow und lächelte glücklich.

Giles musste unwillkürlich grinsen und schüttelte den Kopf. »In Ordnung. Ich nehme an, ich sollte mich jetzt wieder meinen Nachforschungen widmen. In der Zwischenzeit, Buffy, könnte ein Gespräch mit Ben Varrey ergeben, dass er etwas weniger verrückt ist, als sich die Behörden vorstellen können.«

Die Jägerin seufzte. »Toll. Schickt Buffy ruhig in die Klapse. Ich wusste, das war nur eine Frage der Zeit.«

Helen Fontaine rekelte sich unter der Bettdecke, noch nicht bereit, ganz wach zu werden. Sie war sich der Welt um sie herum, sah man von dem weichen Laken ab, das nach ihrer Körperlotion und dem Rasierwasser ihres Mannes Steven roch, noch kaum bewusst und vergrub den Kopf tiefer in ihrem Kissen. In nächsten Moment, als sie wieder einnickte und von brutalen, in Leder und Fell gekleideten Männern auf Pferden träumte, wurden ihre Atemzüge regelmäßiger. Doch es war kein angenehmer Traum.

Das Telefon trillerte neben ihrem Kopf und Helen griff danach, noch bevor sie die Augen aufmachte. Schließlich, während sie den Hörer ans Ohr drückte, langsam die Augen aufschlug und dem Tageslicht aussetzte, wurde sie ganz wach.

»Hallo?«

»Komm aus dem Bett, Faulpelz.«

Helen lachte leise. »Steven. Du solltest hier drinnen bei mir und nicht *dort* sein. Wo bist du überhaupt?«

»Ich muss gleich ins Gericht in Brooklyn. Ich dachte, du brauchst vielleicht eine kleine Aufmunterung, um heute Morgen aus dem Bett zu kommen, nachdem du gestern Nacht so lange gearbeitet hast.«

Sie lächelte vor sich hin. »Das Telefon ist nicht die Art Aufmunterung, die ich mir vorstelle. Und außerdem bin ich meinem Termin voraus. Bei dieser Geschwindigkeit werde ich Monate vorher liefern können. Terry wird nicht wissen, womit er die Zeit totschlagen soll.«

In der vergangenen Nacht, wie in so vielen anderen Nächten, war Helen bis weit nach Mitternacht auf gewesen und hatte an ihrem Buch gearbeitet, *Dschingis Khan und seine Zeit*. Terry war ihr geduldiger Redakteur, der viel länger als geplant auf ihre zwei vorherigen Bücher hatte warten müssen. Helen war entschlossen, dieses rechtzeitig abzuliefern.

»Hauptsache, es wird pünktlich fertig, Schatz«, sagte Steve. »Hetz dich nicht ab, um es früher fertig zu bekommen. Wenn du es pünktlich ablieferst, wird er darüber genauso glücklich sein.«

»Eher ekstatisch, wenn ich an die letzten Bücher denke«, erwiderte Helen. »Wann kommst du nach Hause?«

Steven schwieg einen Moment, und als er wieder sprach, war sein Ton grimmig. »Nun, wenn mein Mandant ganz ehrlich zu mir gewesen ist, wahrscheinlich rechtzeitig genug, um ein verspätetes Mittagessen einzunehmen. Wenn er der Lügenbold ist, für den ich ihn halte, wahrscheinlich gegen neun.«

Sie sagten ihre Ich-liebe-dichs, und Helen legte den Hörer auf. Das Sonnenlicht fiel durch die offenen Fenster des Schlafzimmers im alten Federal Colonial Building, in dem die Eheleute lebten, seit sie vor sechs Jahren geheiratet hatten. Das Licht erhellte den zerkratzten, unebenen Holzboden und die knochenweißen Laken und wärmte Helen, während sie dort lag. Sie streckte sich erneut und war versucht, wieder einzuschlafen, aber schließlich richtete sie sich auf und schwang die Beine über die Bettkante. Heute war ein Recherchetag. Sie musste noch einmal nach Manhattan fahren. Die Zugfahrt von Dobbs Ferry dauerte nicht lange, doch sie wollte es hinter sich bringen, für den Fall, dass Steven wirklich früher nach Hause kam.

Helen stand auf, streifte ihr Nachthemd über den Kopf, trat an die Kommode, um das Radio einzuschalten, ging dann ins Bad und drehte die Dusche auf. Klassische Musik erfüllte den Raum und hallte durch den Korridor. Helen Fontaine und ihr Mann Steven Gershman mochten alle Arten von Musik. Aber am Morgen und zur Schlafenszeit konnte klassische Musik wunderbar beruhigend sein.

Helen war immer zu ernst, immer zur sehr mit ihrer Arbeit beschäftigt, um sich wirklich entspannen zu können. Aber Stevens Erfolg als Anwalt brachte eine Art Freiheit mit sich, die sie vorher nie gekannt hatte, und sie fand das Schreiben fast so beruhigend wie Vivaldi. Nur wenn sie recherchierte, war sie noch so besessen wie früher.

Als Helen aus der Dusche stieg, trillerte das Telefon wieder. Sie wickelte sich ein großes weites Handtuch um den Leib und eilte an den Apparat.

»Hallo?«

»Und wie geht's mit dem neuen Buch voran?«

Die Stimme am anderen Ende der Leitung sprach deutlich und moduliert, mit einem britischen Akzent. Sie brauchte einen Moment, um sie einzuordnen, aber nur, weil er sie noch nie zu Hause angerufen, nie direkt mit ihr gesprochen hatte, sondern nur auf Konferenzen, an denen auch andere Leute teilgenommen hatten.

»Mr. Travers?«

»Hallo, Ms. Fontaine. Ich hoffe, es geht Ihnen gut?«

Als wäre Travers draußen vor dem Fenster und nicht auf der anderen Seite des Atlantiks, zog Helen das Handtuch enger um sich und setzte sich sittsam aufs Bett.

»Ja. Ja, Sir, und Ihnen?«

»Ich bin ein wenig unkonzentriert, um ehrlich zu sein. Hatten Sie mir von dem Buch erzählt? Worum geht es noch gleich? Dschingis Khan?«

»Ja.«

»Ausgezeichnetes Thema. Ich bin sicher, dass Sie gute Arbeit leisten. Ich hoffe, Sie kommen gut voran, Ms. Fontaine, denn Sie werden Ihre ... zweite Karriere einige Zeit vernachlässigen müssen. Die Direktoren haben einen Auftrag für Sie.« Eine lange Pause trat ein, bevor Quentin Travers, ein Mitglied des Direktoriums des Wächterrats, zwei weitere Worte hinzufügte.

»In Sunnydale.«

Helen war einen Moment lang sprachlos. Ihr stockte der Atem. *Sunnydale*. Wo sich die Jägerin befand. Natürlich kannte sie die Geschichte der Jägerin – oder der Jägerinnen, wenn sie die arme Faith mit einbezog, das Mädchen, das jetzt im Gefängnis saß –, aber Helen hatte sich nie vorstellen können, dass sie irgendwann Kontakt mit ihnen aufnehmen würde. Sie hatte keine Erfahrungen im Außeneinsatz, und derartige Aktivitäten wurden normalerweise erfahreneren Wächtern und jenen überlassen, die für die Zentrale in London arbeiteten.

»Mein ... mein Mann ...«

»Sie müssen sich eine Entschuldigung einfallen lassen, meine Liebe. Sie werden sich gegen Mittag mit unserem Agenten Mr. Daniel Haversham in der Manhattaner Niederlassung treffen. Die anderen Wächter, die dort stationiert sind, werden Sie über die neuesten Entwicklungen informieren und Ihnen einige sehr interessante Artikel in der heutigen *Sunnydale Times* zeigen, Artikel, die womöglich mit recht sensiblen Ratsangelegenheiten in Zusammenhang stehen. Ihr Flugzeug nach Westen startet um halb sechs.«

Helens Gedanken überschlugen sich. Sie musste packen. Sie musste sich beeilen! Mit dem Zug in die City fahren, um Daniel zu treffen – den sie von mehreren Besuchen im Niederlassungsbüro kannte – und dann weiter zum Flughafen. Aber wie sollte sie ihrem Mann erklären, dass sie überstürzt nach Kalifornien reisen musste? Das würde Ärger geben, so viel stand fest. Und wie lange würde es dauern? Sie konnte ein paar Wochen erübrigen, mehr nicht.

Doch in erster Linie war sie dem Rat verpflichtet. Sie hatten sie trainiert, für ihre Ausbildung gezahlt, ihr Verbindungen in der Verlagswelt beschafft ... und ihre Großmutter würde es ihr nie verzeihen, wenn sie den Rat im Stich ließ.

Die Jägerin, dachte Helen aufgeregt, als sie sich anzog. So schwierig das Verhältnis zu dem Mädchen in der letzten Zeit auch gewesen sein mochte, dies war der Auftrag, den sich jeder Wächter erhoffte. Nicht dass sie zu *der* Wächterin des Mädchens berufen worden war, aber trotzdem ...

Es würde zumindest interessant werden.

Die Schatten waren länger geworden, als Rosanna Jergens einen Schluck aus der kleinen Coca-Cola-Flasche trank, die der Kellner ihr gebracht hatte. Sie saß an einem kleinen Tisch vor einem Restaurant an der Kreuzung zweier schmaler Gassen, die im Zentrum von Sevilla als Straßen galten. Das alte Stadtviertel war ein Labyrinth aus derartigen Gassen, von denen viele wirklich wunderschön waren, mit prächtigen Blumen, die in Kästen auf den Fensterbänken blühten. Hohe Holztüren, wie man sie nur in Spanien fand, führten zu Innenhöfen mit plätschernden Springbrunnen in der Mitte. Das Santa-Cruz-Viertel von Sevilla war besonders malerisch. Von Zeit zu Zeit rasselte ein Pferdewagen vorbei.

Diese Gassen und die Kirche, die sie überragte, wurden von zahlreichen Touristen besucht. Alle paar Meter gab es Geschäfte und Restaurants, doch ohne Karte würde sich jeder Neuankömmling im Gewirr von Santa Cruz stundenlang verirren.

Rosanna Jergens war kein Neuankömmling. Sie war auch keine Touristin.

Das Restaurant, vor dem sie saß, hatte am Nachmittag zwei Stunden geschlossen. Sie war bereits da gewesen, als es geschlossen und dann wieder geöffnet wurde. Obwohl sie eine aufgeschlagene Zeitschrift auf dem Tisch vor sich liegen hatte, schenkte Rosanna ihr nur wenig Beachtung. Hinter ihrer Sonnenbrille beobachtete sie die Kreuzung und wartete.

Ein Moped knatterte vorbei. Ein Mädchen in Lederhose klammerte sich an den muskulösen jungen Fahrer. Touristen mischten sich unter die Einheimischen. Rosanna seufzte und drehte knackend den Kopf nach links und rechts. Die Nachmittagssonne war zu weit über den Horizont gewandert, die gesamte Kreuzung war in die Schatten der Gebäude am Straßenrand getaucht.

Sie schob die Sonnenbrille auf den Scheitel und strich die schulterlangen rabenschwarzen Haare hinter die Ohren.

Dann sah sie ihn.

Der Dämon Matteius trat aus der Gasse links von Rosanna auf die Kreuzung. Er war lässig gekleidet – dunkle Hose und Schuhe und ein marineblaues Baumwolljackett – und trug ein in braunes Papier gewickeltes und mit einer dicken Kordel sicher verschnürtes Päckchen in den Armen. Darin befand sich ein Buch, das der Orden unbedingt haben wollte. Matteius sah recht menschlich aus – menschlich genug, um durch die Straßen einer großen Stadt zu wandern, ohne dass jemand den blauen Stich seiner Haut bemerkte –, aber eine dunkle Brille verbarg die brennenden Augen des Dämons und eine altmodische Melone seine Hörner. Der Hut würde natürlich Aufmerksamkeit erregen, aber nicht so sehr wie die Hörner.

Als Matteius näher kam und sich nervös umschaute, löste sich ein junger Mann – kaum mehr als ein Junge – von der Wand, an der er gelehnt hatte. Der Junge ließ seine Zigarette fallen und trat zu dem Dämon, während seine Augen besorgt hin und her huschten. Er griff in seine Tasche und brachte eine Packung Zigaretten zum Vorschein. Einen Moment lang glaubte Rosanna, dass er sich eine weitere anstecken würde, doch dann gab er die Packung Matteius. Der Dämon blickte zögernd auf das in braunes Papier eingewickelte Päckchen.

Der Junge starrte das Päckchen ebenfalls an.

Rosanna hob den Kragen ihres Kleides und sprach in das kleine Mikrofon, das dort versteckt war. »Grünes Licht.«

Ein Touristenpaar, das vorbeiging, wandte sich abrupt dem Dämon und dem Jungen zu. Das Knattern eines Mopedmotors ließ leise die Fensterscheiben klirren, und im nächsten Augenblick kamen der muskulöse junge Mann und seine Freundin in der Lederhose aus der Gasse gebraust.

»Sind Sie sicher, dass wir ihn nicht für das Labor brauchen?«, drang eine ruhige Stimme aus dem kleinen schwarzen Modul in Rosannas linkem Ohr.

»Absolut«, erwiderte sie. »Ich habe es Ihnen doch schon gesagt. Tun Sie ihm nichts zu Leide, wenn es möglich ist. Deshalb sind wir nicht hier. Wir haben bereits ein Dutzend von ihnen nach ihrem Tod seziert und andere in Gefangenschaft studiert. Wir brauchen nur das Buch.«

Eine Hand tauchte vor Rosanna auf und sie zuckte zurück, mit hämmerndem Herzen, aber es war nur der Kellner, der die leere Coke-Flasche abräumte.

»*Nada mas?*«, fragte er.

»*Gracias, no*«, antwortete sie, ohne ihn anzusehen.

Als Matteius dem Jungen das Päckchen geben wollte, stürzten sich die beiden »Touristen« – Valentin und Sato – auf sie und zogen Elektroschocker aus schwarzem Plastik aus den Falten ihrer Kleidung. Der Junge ging sofort zu Boden und zuckte spasmisch, als die Elektrizität durch seinen Körper fuhr. Aber Matteius war zu schnell für sie. Die Elektroden an der Spitze von Satos Schocker verfehlten ihn, als er sich zur Seite warf. Dann schlug der Dämon mit solcher Wucht zu, dass er Satos Arm am Ellbogen abriss. Der Mann brach schreiend zusammen. Blut spritzte aus seinem Armstumpf. Rosanna wusste, dass er in ein paar Minuten tot sein würde.

So viel zu dem Schocker.

Valentin ließ seinen fallen – er war für ein paar Minuten ohnehin nutzlos –, wich stolpernd zurück und schrie: »Tödliche Gewalt? Tödliche Gewalt!«

Er trug wie Rosanna eine Sprechgarnitur und schrie so laut in das Mikrofon an seinem Hemdkragen, dass sie ihren Kopfhörer aus dem Ohr reißen und ihn weiter entfernt halten musste. »Nein!«, fauchte sie. »Das ist die letzte Option. Verstanden? Letzte Option!«

Die Passanten flohen jetzt. Einige schrien, andere rannten einfach davon. Kellner standen in den Türen der kleinen Restaurants und alte spanische Frauen spähten aus den offenen Fenstern der Bodegas.

Matteius drückte mit einer Hand das Buch an seine Brust. Der anderen wuchsen plötzlich lange Klauen, die wie Stahl glänzten. Die Spitzen seiner Schuhe rissen auf, als ihm dort ebenfalls Klauen wuchsen. Der Dämon sprang fast zwei Meter in die Höhe und an die Wand des Hauses neben ihm, wo er seine Füße und die freie Hand in das Mauerwerk bohrte. Während er weiter das Buch an sich drückte, kletterte er eilig nach oben. Ein Stockwerk. Zwei.

Valentin hatte seine Waffe gezogen. Er gab einen einzigen Schuss auf den fliehenden Dämon ab. Die Zuschauer spritzten auseinander und sprangen in Deckung.

»Wir können ohne dieses Buch nicht zurückkehren, Rose!«, drang die Stimme des Mannes aus ihrem Ohrempfänger.

Sie fühlte sich krank, und ihre Kehle zog sich zusammen, als würde dort etwas festsitzen. Verdammt, dachte Rosanna. Dann fluchte sie laut.

»In Ordnung! Tödliche Gewalt!«

Das Moped brauste auf den Bürgersteig und das Mädchen in der Lederhose sprang ab. Sie hielt bereits eine Waffe in beiden Händen. Sie positionierte sich Schulter an Schulter neben Valentin, und die beiden gaben drei oder vier Schüsse hintereinander ab. Die Kugeln durchsiebten Matteius' Rücken. Blut spritzte an die Wand des Gebäudes und befleckte ein Fenster.

Der Dämon wurde langsamer. Ein letztes Mal krallte er seine Klauen in die massive Wand. Dann kippte Matteius nach hinten, und die Hand, die das Buch umklammert hielt, wurde schlaff und hing nutzlos an seiner Seite. Das Buch fiel in die Tiefe, überschlug sich mit flatternden Seiten, und Valentin fing es unten auf dem Bürgersteig auf.

Matteius hing dort, aus eigener Kraft und von seinem Selbsterhaltungstrieb an die Wand genagelt, ein toter Dämon, der an seinen Klauen vom ersten Stock eines Bodegahauses im Santa-Cruz-Viertel von Sevilla baumelte. Rosannas Team konnte ihn unmöglich da herunterholen, bevor die Polizei kam, was den spanischen Behörden sicher einiges Kopfzerbrechen bereiten würde.

»Wundervoll«, seufzte sie. Dann sprach sie in das Mikrofon an ihrem Kragen. »Verschwindet.«

Die meisten Leuten hatten noch immer die Köpfe eingezogen, während Valentin durch eine der schmalen Gassen rannte und Satos Leiche mehrere Meter von seinem Arm entfernt in einer Pfütze aus Blut zurückließ. Valentin würde seinen Weg durch das Labyrinth finden und am Treffpunkt zu ihnen stoßen. Satos Leiche würde für die Behörden nur ein weiteres Rätsel sein. Die beiden Agenten auf dem Moped – Mira und Paolo – rasten mit Höchstgeschwindigkeit die Straße hinunter. Es gab so viele verdammte Mopeds in dieser Stadt, dass man sie niemals finden würde.

Rosanna blickte sich um und sah, dass die meisten Leute dem Moped nachstarrten oder in die Richtung schauten, in der Valentin verschwunden war. Nur ihr Kellner sah sie an, als sie ihren Kopfhörer wieder in ihr Ohr steckte. Sie lächelte ihn an, winkte ihm freundlich zu und nahm mehrere Geldscheine aus ihrer Tasche. Sie ließ das Geld zusammen mit der Zeitschrift, die sie nicht gelesen hatte, auf dem Tisch liegen und folgte der dritten Abzweigung der dreiteiligen Kreuzung.

»Alles klar«, sagte sie in ihr Kragenmikrofon.

»Gute Arbeit, Rosanna«, antwortete eine andere Stimme, die ihrer Vorgesetzten, Astrid Johannsen.

»Eigentlich nicht«, erwiderte Rosanna bekümmert. »Es hätte nicht dazu kommen dürfen. Das war nicht unsere Absicht.«

Eine lange Pause folgte, während sie schweigend über den schattigen Bürgersteig eilte und dann durch die offene Tür eines Hauses schlüpfte, das für neun Uhr abends Flamenco versprach. Sie würde das Gebäude auf der Vorderseite wieder verlassen und auf den großen Platz vor der Kirche treten, ein Touristenmekka, und die Sache wäre gelaufen. Sie würde einfach im Gedränge untertauchen.

»Nun, vielleicht wird Ihr nächster Auftrag planmäßiger ablaufen.«

Rosanna runzelte die Stirn und wünschte, den Ausdruck auf dem Gesicht ihrer Vorgesetzten sehen zu können. »Astrid, ich habe ab heute zwei Wochen Urlaub.«

»Zwei Wochen Urlaub, ja. Aber nicht ab heute.«

Rosanna blieb mit einem Seufzer an der Straßenecke stehen, nicht weit von einer Reihe Kutschen entfernt, die auf Kunden warteten.

»Wo?«, fragte sie.

»Kalifornien.«

In früheren Zeiten – als die Menschen in Amerika die Dinge noch als das bezeichneten, was sie waren, anstatt sie nebulös zu beschönigen – hätte man das Charles-Dexter-Institut eine Irrenanstalt genannt. Umgangssprachlich Irrenhaus, Klapsmühle oder kurz Klapse. Richtiger wäre Nervenheilanstalt oder psychiatrisches Krankenhaus gewesen. Letzteres war auch noch immer in Gebrauch, doch Buffy sagte sich, dass es nur eine Frage der Zeit war, bis der offizielle Name Dieser-Ort-wo-man-dich-hin-bringt-wenn-Pause-*du-weißt-schon* lauten würde.

Das Institut, das, wie sie festgestellt hatte, von den Einheimischen kurz als das Dex bezeichnet wurde, stand auf dem Kamm eines kleinen Hügels inmitten eines herrlichen Anwesens mit Blick auf das Gelände des exklusiven Crestwood Colleges. Obwohl es eine private Einrichtung war und einer Stiftung gehörte, die zur Wende des vorigen Jahrhunderts von der Familie Dexter gegründet worden war, nahm das Dex, um der Stadt und dem Staat Kalifornien zu helfen, hin und wieder auch mittellose Patienten auf. Buffy war sich sicher, dass es dafür durch gewisse Steuererleichterungen und andere Privilegien entschädigt wurde. Aber zumindest bedeutete es, dass die Leute, die psychiatrische Hilfe brauchten, eine Anlaufstation hatten.

Willow und Tara waren unterdessen auf den Campus zurückgekehrt, um ihre jeweiligen Kurse zu besuchen. Ihre Mom erholte sich noch immer, doch sie war für ein paar Stunden in die Galerie gegangen. Giles und Anya waren in der *Magic Box*, kümmerten sich um die Kunden und setzten gleichzeitig ihre Recherchen fort. Das ließ ihr keine andere Wahl, als die letzte Person, die zurzeit auf der Straße sein sollte, darum zu bitten, sie mit dem Auto zu ihrem Ziel zu bringen.

Xander zuckte zusammen, als er in die lange Zufahrtsstraße bog, die durch das sorgfältig gepflegte Gelände des Dex führte. Rasensprinkler sprühten Wasser über das Gras und das Brummen eines leistungsstarken Rasenmähers drang durch die offenen Fenster von Xanders Wagen, obwohl Buffy niemand sehen konnte, der den Rasen mähte.

»Bist du okay?«, fragte Buffy ihn.

Xander steuerte das Auto mit einer Hand den Hügel hinauf. »Ich sollte wirklich nicht fahren. Wenn ich nicht zur Arbeit gehen kann, finde ich es ein wenig unehrlich von mir, dich durch die Stadt zu kutschieren.«

Buffy warf ihm einen zweifelnden Blick zu. »Dir ist klar, dass HBO *Echter Sex* nur spät Nachts zeigt?«

Xander seufzte. »Bitte, Buffy. Ja, das weiß ich.« Er schüttelte traurig den Kopf. »Du scheinst wenig von mir zu halten.« Er lenkte den Wagen auf einen Parkplatz, parkte ein und stellte den Motor ab, bevor er Buffy ansah. »Kennst du vielleicht die genaue Sendezeit, denn ich habe es in der Fernsehzeitschrift nicht gefunden?«

»Nein«, erwiderte sie spitz. »Und Schluck. Ich wusste, dass ich dich loseisen musste, bevor du völlig durchdrehst.« Buffy streckte die Hand aus und berührte seinen Arm. »Ich weiß deine Hilfe zu schätzen, Xander.«

»Ach was. Ist mir ein Vergnügen. Ein Mann kann nur eine begrenzte Menge an Emeril und *Hinter der Musik* ertragen.«

Buffy schloss die Tür, betrachtete die malerische Landschaft und ließ den Blick zu dem schlichten weißen, bungalowähnlichen Gebäude schweifen, vor dem ein Brunnen mit einem Trio Wasserspeier stand. Buffy kam es mehr wie ein Seniorenheim als eine Nervenheilanstalt vor, aber zumindest war es ein schöner, sonniger Tag ohne die Hitze, unter der sie am Wochenende gestöhnt hatten.

Sie beugte sich durchs Fenster. »Warte hier draußen auf mich.«

Xander holte tief Luft, schob seinen Sitz so weit wie möglich zurück und schloss die Augen. »Weck mich einfach, wenn du fertig bist.«

Ein Lächeln huschte über Buffys Gesicht, als sie zum Eingang des Dex ging. Riesige Topfpflanzen säumten die Tür, die sich automatisch vor ihr öffnete. Klimatisierte Luft schlug ihr entgegen, als sie in das helle, sterile Foyer trat, das aus einem kleinen Wartebereich mit teuren Lehnstühlen, einem Aufzug, einer Treppe zu ihrer Rechten und dem Empfangspult in der Mitte bestand, hinter dem ein kleiner, dünner Typ mit olivdunkler Haut und einem dicken Schnauzbart saß. Buffy fand, dass er mehr wie ein Hotelconcierge als ein Krankenhausrezeptionist aussah.

»Hi!«, sagte sie fröhlich, als sie näher trat.

Der Mann setzte sein professionellstes Lächeln auf – genau dasselbe, das die Leute hinter dem Tresen des *Blockbuster* trugen. »Guten Tag. Was kann ich für Sie tun?«

Buffy ließ ihr eigenes Lächeln verblassen und senkte traurig den Blick, als sie antwortete. »Ich bin ... ich habe gerade erfahren, dass mein Großvater hier ist. Ich habe ihn seit ein paar Wochen nicht mehr besucht, und als ich in seiner Wohnung vorbeischaute ...«

Beschämt legte sie ihre Hand an die Stirn, als wollte sie ihre Augen verstecken. »Ich komme mir so schuldig vor. Vielleicht hätte ich ihn viel früher besuchen sollen.« Dann schüttelte sie den Kopf und straffte sich, als würde sie ihre Fassung zurückgewinnen. »Es tut mir Leid. Schließlich werden Sie nicht dafür bezahlt, nicht wahr? Ich würde bloß ... könnte ich meinen Großvater sehen?«

Zu ihrer Überraschung schien das Gesicht des Rezeptionisten ehrliches Mitgefühl auszudrücken. »Wie ist sein Name, Miss?«

»Benjamin Varrey.«

Der Rezeptionist hackte den Namen in die Tastatur eines Computers hinter dem Pult. Nach einem Moment runzelte er die Stirn. »Hier sind keine Verwandten aufgeführt, Miss ...?«

»Summers. Das überrascht mich nicht. Meine Eltern sind geschieden, und er ist der Vater meines Vaters. Mein Dad ... ist schon lange nicht mehr bei uns. Ich schätze, ich bin die einzige Blutsverwandte, die ihn in den letzten Jahren besucht hat. Und er ist nicht ganz ... bei sich, nicht wahr?«

Der Rezeptionist nickte. »Sie müssen ein Formular ausfüllen, Miss Summers.«

Buffy dämmerte, dass ihre Scharade funktionierte, und versuchte ihre Überraschung zu verbergen. Giles hatte gemeint, wenn der alte Mann keine anderen Verwandten hatte, würden sie vielleicht erleichtert sein, dass sich jemand – irgendjemand – bei ihnen meldete, denn das bedeutete, dass sie ihre normalen Sätze in Rechnung stellen konnten, statt sich mit dem begnügen zu müssen, was der Staat zahlte.

Sie zwang die Traurigkeit zurück auf ihr Gesicht. »Sicher. Kein Problem. Aber müssen wir das jetzt tun? Kann es nicht eine Stunde warten? Ich ... habe einfach das Gefühl, ihn im Stich gelassen zu haben, verstehen Sie? Manchmal verliert er den Kontakt zur Realität, und ich bin die Einzige, die ihn zurückholen kann.«

Der Rezeptionist zögerte einen Moment und lächelte dann. »Natürlich. Ich werde jemand holen, der Sie zu ihm bringt, und Sie können mit einer der Schwestern sprechen, bevor Sie gehen. Ich bin sicher, dass sich Ihr Großvater über etwas Gesellschaft freuen wird.«

Ja, dachte sie, sofern er nicht klar genug ist, um den Schwestern zu sagen, dass er keine Enkelin hat, oder wenn doch, dass ihr Name nicht Summers ist.

Buffy setzte sich und bereitete sich geduldig auf eine längere Wartezeit vor, aber nur ein paar Minuten vergingen, bevor ein breitschultriger Pfleger die Treppe herunterkam und sie aufforderte, ihm zu folgen. Sie fuhren mit dem Aufzug in den dritten Stock. Buffy hatte sich gepolsterte Wände und Patienten in Zwangsjacken vorgestellt, die herumwanderten, vor sich hin brabbelten oder Gespräche mit eingebildeten Begleitern führten. Doch als die Aufzugtüren aufglitten, führte der Pfleger sie in einen Korridor, der mehr an ein Fünfsternehotel erinnerte.

»Wir haben Ihren« – der Pfleger sah im Gehen auf ein Klemmbrett in seiner Hand – »Großvater in einen Besuchsraum gebracht, wo Sie beide ungestört miteinander reden können, weit weg von der Station.«

Buffy hörte in einem der Zimmer einen Fernseher plärren. Vom Ende des Ganges drang lauter Gesang. »Vielen Dank«, sagte sie.

Einen Moment später zog der Pfleger einen Schlüsselbund aus der Tasche. Er steckte einen Schlüssel in das Schloss einer dicken Eichentür, stieß sie auf, trat ein und sah sich prüfend um, bevor er Platz machte und Buffy hereinließ.

Der Raum war sehr dunkel. Durch die heruntergelassene Jalousie des großen Fensters an der gegenüberliegenden Wand fiel nur wenig Sonnenlicht. Ben Varrey sah dünner als in Buffys Erinnerung aus, und sein weißes Haar war kurz geschnitten. In dem Pyjama und dem himmelblauen Morgenmantel, die das Dex ihm gegeben hatten, und mit seiner neuen Frisur hätte Buffy ihn auf der Straße nicht erkannt. Er wirkte nicht mehr wie der alte Seebär, den sie im *Fish Tank* kennen gelernt hatte.

Varrey drehte sich nicht um, als sie den Raum betraten. Der Pfleger schwieg einen Moment und sah dann von dem alten Mann zu Buffy.

»Zehn Minuten.« Er schloss die Tür, als er ging.

Sobald Buffy mit dem seltsamen alten Kauz allein war, fühlte sie sich auf eine Weise nervös, die sie von ihren Kämpfen gegen Dämonen oder Vampire nicht kannte. Das waren reale Monster. Sie konnte sie niederschlagen und dafür sorgen, dass sie nie wieder aufstanden. Aber wie kämpfte man gegen Geisteskrankheit?

»Mr. Varrey?«

Er steckte die Finger zwischen die Blenden der Jalousie und drückte sie ein wenig auseinander, sodass ein Streifen grellen Sonnenlichts seine Augen erhellte. Der alte Mann zuckte zusammen und zog die Hand zurück. Die Blenden schlossen sich mit einem metallischen Klappern. Er fröstelte, als wäre ihm kalt, und drehte langsam den Kopf, um über seine Schulter zu sehen. Seine Augen verengten sich.

»Du bist nicht wirklich meine Enkelin, nicht wahr?« Die Stimme des alten Mannes klang noch immer rau, aber er sprach jetzt sanfter und konzentrierter als bei ihrer ersten Begegnung, bei der er verrücktes Zeug gebrabbelt hatte.

Buffy zögerte einen Moment, schüttelte dann den Kopf und trat tiefer in den Raum. »Nein«, gab sie zu und setzte sich auf einen Lederstuhl mit hoher Rückenlehne. »Nein, das bin ich nicht.«

Ein trockenes Kichern drang aus Ben Varreys Mund, und er schaukelte leicht hin und her. »Das ist eine Erleichterung.« Seine Finger drückten erneut die Blenden auseinander, und er richtete seine Aufmerksamkeit wieder auf den Rasen draußen. »Ich hatte Angst, dass du wirklich meine Enkelin bist und ich dich nur vergessen habe.«

Er warf ihr einen kurzen Blick zu. Seine Miene war jetzt ernst. »Ich bin schließlich in der Klapse. Da fragt man sich schnell, ob man so verrückt ist, wie sie hier behaupten.«

Einen langen Moment schwiegen die beiden. Buffy war nicht sicher, wie sie anfangen sollte. Hier ging es nicht darum, Willy den Kopf zu waschen oder Vampire zu pfählen. Es war eher so, als würde sie einen kranken Verwandten im Krankenhaus besuchen. Sie hatte Krankenhäuser nie gemocht, seit sie ein kleines Mädchen gewesen war, doch dieser Ort war noch viel, viel schlimmer. Ganz gleich, wie freundlich das Gebäude auch äußerlich wirken mochte, das Innere kam ihr bösartig vor. Sie wusste, dass es lächerlich, dass es genau diese Art mittelalterlichen Denkens war, die selbst heute noch so viele Menschen wegen ihrer Geisteskrankheit stigmatisierte. Aber sie konnte nichts dagegen tun.

Dennoch wirkte der alte Mann nicht so durchgedreht wie in jener Nacht im *Fish Tank*. Er kam ihr nachdenklich, sogar traurig vor, während er aus dem Fenster schaute, und sie konnte nicht erkennen, ob er sich nach der Freiheit sehnte oder darauf aus war, Ärger zu machen. Nur das leichte Zucken und Schaudern waren seltsam. Während Buffy ihn ansah, geschah es wieder. Leichte Krämpfe erschütterten seinen ganzen Körper.

Schließlich konnte sie die Stille nicht mehr ertragen.

»Nun, erinnern Sie sich an mich? Ich war in jener Nacht im *Fish Tank*.«

»Ich erinnere mich«, erwiderte er, ohne sich umzudrehen. »Ich weiß auch, wer du bist. Oder was. Du bist das kleine Mädchen, das die Monster bekämpft. Ich habe von dir geträumt.«

Buffy runzelte die Stirn. Er träumt von mir, dachte sie. Wundervoll. Was hat das bloß zu bedeuten? Aber sie sagte nur: »Das bin ich. Sie waren in jener Nacht ziemlich verängstigt. Sie sagten, jemand würde zurückkehren. Die Kinder des Meeres oder so. Können Sie mir mehr darüber erzählen, Mr. Varrey?«

Während Buffy sprach, wurde der alte Mann ganz ruhig, als wäre er an seinem Platz festgefroren. Dann hob er langsam, mit zitternden Fingern, seine rechte Hand und zog an der Kette, mit der sich die Blenden schließen ließen. Jetzt wurde der Raum nur noch von zwei gelben Deckenlampen erhellt, und als sich Ben Varrey zu ihr umdrehte, sah seine Haut gelblich aus. Sein

Gesicht war schlaff, und Buffy dachte, dass der Mann irgendwie hohl wirkte. Leer.

Das Zittern breitete sich von seiner Hand über seinen Arm aus, und er senkte den Kopf. Speichel tropfte von seiner Unterlippe. Buffy war angewidert, aber was sie wirklich verstörte, waren die Tränen, die über seine Wangen rannen. Sie stand von dem Stuhl auf, zögerte jedoch und wusste nicht, was sie für den alten Mann tun konnte.

»M-mein Haus. Geh zu meinem H-haus«, stotterte er, während er sie traurig ansah. Ein Krampf schüttelte ihn, und als er die Muskeln seines Gesichts erfasste, sah es fast so aus, als würde sich dort, unter seiner Haut, etwas bewegen und über den Knochen gleiten.

Seine Augen füllten sich mit Blut. Als er wieder sprach, war seine Stimme ein tiefes Krächzen, als wäre etwas in ihm zerrissen. Blutiger Speichel flog aus seinem Mund.

»Sie sind die Kinder des Meeres, die Nachfahren der Alten, die diese Welt für sich beanspruchten, als sie jung war, und die in die Bereiche jenseits von Raum und Zeit verbannt wurden und zurückkehren werden, um erneut auf Erden zu wandeln. In all den Zeitaltern der Erde sind ihre Kinder, die Moruach, immer hier gewesen, tief unten im Meer, und haben auf diesen Moment gewartet.

Der Moment ist gekommen.«

Vom Korridor drang das Klirren von zerbrechendem Glas. Als Nächstes begann das Schreien. Buffy warf einen Blick zur Tür und schaute sich dann im Zimmer nach etwas um, das sie als Waffe benutzen konnte. Als sie wieder den alten Mann ansah, war die Brustseite seines Pyjamas blutdurchtränkt, und etwas hatte sich seinen Weg aus seiner Brust gebahnt, ein langer schwarzer Tentakel, der mit glänzenden Widerhaken besetzt war.

»Die Moruach sind hier.«

5

Der alte Mann fiel auf die Knie. Ersticktes Husten drang aus seinem Mund. Er würgte, keuchte und übergab sich dann laut, doch was aus ihm herauskam, war nicht die letzte Mahlzeit, die er gegessen hatte, es war ein ausschwärmendes Nest aus dünnen, stacheligen Tentakeln, die durch den Raum peitschten, als besäßen sie Augen. Buffy machte einen Salto rückwärts und landete hinter ihrem Stuhl. Die gezackten Fühler zerfetzten das Lederpolster mit einem hässlichen, reißenden Geräusch.

Buffy fluchte. Kein Kamin, also auch kein Schürhaken. Keine Stehlampen. Nicht einmal ein Tisch mit Beinen, die lang und dick genug waren, um ihr als Waffe zu dienen. Und vom Korridor ertönten ein Krachen und noch mehr Schreie.

Das Wesen, das Ben Varrey gewesen war, kam schwankend wieder auf die Beine, und sie sah, dass sich das Fleisch seines Gesichtes ablöste und das schuppige Ding unter den hervorquellenden Augen sowie ein rundes Maul mit einem Ring aus Rasiermesserzähnen enthüllte. Schwimmhäute waren durch die Haut an den Händen des alten Mannes gebrochen. Er hob die Arme, während die Tentakel erneut nach ihr schlugen. Sie dachte an die griechische Mythologie, an die Kreaturen, deren Haare aus Schlangen bestanden. Gorgonen wurden sie genannt. Die stachelbesetzten Tentakel, die aus seiner Brust peitschten, erinnerten sie an Gorgonen.

Buffy trat gegen die Rückenlehne des Stuhls, von dem sie

gerade aufgesprungen war, und schleuderte ihn durch den Raum, dass er gegen die Kreatur prallte. Varrey wankte leicht und sank auf ein Knie, während er sich weiter in was auch immer verwandelte.

Die Jägerin wollte nicht sehen, zu was er wurde. Draußen schrien Menschen, und sie musste herausfinden, was vor sich ging. Außerdem sagte sie sich, dass sich draußen vielleicht etwas befand, das sie als Waffe benutzen konnte.

Sie drehte dem Ding, das rasend schnell die Hülle zerfetzte, die einst Ben Varrey gewesen war, den Rücken zu, rannte zur Tür und riss sie auf. Der gut aussehende, kräftige Pfleger, der sie hierher gebracht hatte, war auf der anderen Seite des Korridors und versuchte einen männlichen Patienten zu beruhigen, der nur in Boxershorts mit Herzmuster in der Tür seines Zimmers stand.

»He!«, fauchte Buffy.

Der Pfleger drehte sich zu ihr um. »Miss Summers. Ich weiß nicht genau, was passiert ist, aber Sie müssen zurück ...«

»Schlüssel!«, verlangte sie und hielt ihm die ausgestreckte Hand hin.

Er runzelte die Stirn. »Ich werde nicht ...«

Buffy hörte hinter sich ein Zischen in der Luft und sah, wie der Blick des Pflegers an ihr vorbeiging und der Mann entsetzt die Augen aufriss. Sie wirbelte, ohne zu zögern, herum, duckte sich und griff nach dem Türknauf. Das Wesen hatte sich jetzt fast vollständig verwandelt. Es war noch immer humanoid, aber sein Körper war von Schuppen bedeckt, und wo das Fleisch und Gewebe abgefallen waren, konnte sie mindestens drei zusätzliche Mäuler erkennen, alle rund und mit einem Ring aus kleinen, bösartigen Zähnen versehen.

Tentakel griffen nach ihr. Einer kratzte über die Haut an ihrem Hals und schnitt tief in sie ein. Ein zweiter traf ihr Bein und bohrte sich durch ihre Hose und ihre Haut in ihr Fleisch. Buffy zischte vor Schmerz und zog die Tür so wuchtig zu, dass die Tentakel eingeklemmt und abgetrennt wurden und zuckend zu Boden fielen. Der Fühler, der sich in ihr Bein gebohrt hatte, hing noch in ihrem Fleisch, sie riss ihn heraus und schrie auf, als greller Schmerz sie durchzuckte.

Buffy fuhr knurrend zu dem Pfleger herum und streckte wieder die Hand aus.

»Schlüssel!«

Mit geweiteten Augen gab der Mann ihr die Schlüssel und zeigte ihr, welcher zur Tür des Besuchsraums passte, während er darauf achtete, nicht in die Nähe der noch immer zuckenden Tentakel auf dem Boden zu kommen.

»Was zum Teufel ist das?«, flüsterte der Pfleger.

Buffy warf ihm einen düsteren Blick zu. »Mein Großvater.«

Der Patient in den Boxershorts sah sie aus seiner offenen Tür mitfühlend an und schnalzte mit der Zunge. »Armes Mädchen. Er sieht nicht besonders gut aus, dein Opa.«

Buffy zog eine Braue hoch. »Ich weiß. Es ist eine Schande. Außerdem ist es ansteckend.«

Wahnsinnig oder nicht, der Mann wich in sein Zimmer zurück und warf die Tür zu. Buffy drehte sich zu dem Pfleger um und gab ihm die Schlüssel zurück.

»Das sollte ihn für eine Weile drinnen halten. Bleiben Sie hier. Sorgen Sie dafür, dass Ihre Patienten in ihren Zimmern bleiben. Wenn etwas durch den Korridor kommt, fliehen Sie durchs Treppenhaus. Was auch immer Sie tun, öffnen Sie nicht diese *Tür*.« Sie wies auf die Tür des Besuchsraums.

Während sie dies tat, prallte etwas von innen dagegen und warf die Tür fast aus den Angeln. Das Geräusch von splitterndem Holz erklang, doch die Tür hielt.

»Sehe ich etwa wie ein Idiot aus?«

Buffy antwortete nicht. Sie wollte seine Gefühle nicht verletzen. Stattdessen wandte sie sich ab und rannte den Korridor hinunter zu der Stelle, von der die Schreie kamen. Nicht nur Schreie, sondern eine Art schrilles Stimmengewirr. Im Laufen bemerkte sie, dass dieser Korridor von einer Reihe Bäder, vielen Privatzimmern und zwei weiteren Besuchsräumen mit offenen Türen gesäumt wurde, doch davon abgesehen war er völlig steril und sah genau wie die anderen aus, durch die sie gekommen war. Hübsche Teppiche, hübsche Gemälde an der Wand, aber jetzt, nachdem sie das Gebäude betreten hatte, erinnerte das Dex ganz und gar nicht mehr an ein Hotel.

Es war ein Krankenhaus. Netter, sauberer, aber trotzdem ein Krankenhaus.

Sie hasste Krankenhäuser.

Vor ihr knickte der Korridor nach rechts ab und endete an zwei Stahltüren, die in einen anderen Flügel führten. Die Türen mit den kleinen, rechteckigen Sichtfenstern standen sperrangelweit offen. Auf der anderen Seite bestand der Boden aus Linoleum, die Wände waren schmucklos, und die Patienten kauerten nur in Pyjamas oder Nachthemden auf dem Boden oder in ihren Zimmern und schrien und murmelten vor sich hin. Eine magere alte Frau schlug wild um sich, als wären die Schreie Moskitos, die sie stechen konnten.

Sieben Meter weiter befand sich ein Aufenthaltsraum für die Patienten. Der Boden war voller Blutflecken, ein junges Mädchen in Flanell war hingefallen und hatte sich zu einem fötalen Ball zusammengerollt. Buffy konnte nicht erkennen, ob ein Teil des Blutes von ihr stammte, aber sie wusste, dass es nicht allein ihres sein konnte. Das meiste davon gehörte dem Pfleger, dessen Kopf neben dem Mädchen auf dem Boden lag und dessen zerschmetterter Rumpf über einem umgekippten Stuhl am Rand des Aufenthaltsraums hing.

Buffy blieb stehen und konnte eine Sekunde lang nicht atmen. Zwei andere verängstigte Pfleger taten ihr Bestes, um zu verhindern, dass noch jemand starb. Jeder hielt einen fünfzig Zentimeter langen Elektroschockstab in der Hand. Buffy wollte nicht wissen, was die Pfleger in einem psychiatrischen Krankenhaus mit derartigen Geräten machten, aber wenn sie bedachte, mit was sie es hier zu tun hatten, bezweifelte Buffy, dass ihnen diese Waffen viel helfen würden.

Moruach, dachte sie.

Dieses Monster hatte keine Ähnlichkeit mit der Kreatur, in die sich Ben Varrey und dieser Fischer Lucky verwandelt hatte. Dies war etwas völlig anderes. Es hatte vier mandelförmige, bernsteinfarbene Augen, zwei an jeder Seite des flachen Kopfes. Als es sich aufrichtete, zischte und mit einem seiner langen Arme nach einem Pfleger schlug und die mit Schwimmhäuten versehenen Klauen sein Gesicht verfehlten, knirschte es mit den Kiefern. Buffy musste unwillkürlich an einen Hai denken, denn sein Maul war riesig und verfügte über drei Reihen dunkler Zähne. Ein Paar gerippte, gefährlich scharf wirkende Flossen begannen an seinem Kopf und zogen sich über den ganzen Rücken. Natürlich hatte die Moruach Kiemen, aber offensichtlich konnte sie auch außerhalb des Wassers atmen.

Sie hatte keine Beine. Ihr Körper glich dem einer Schlange, aber als Buffy beobachtete, wie sie sich aufrichtete und ihr ganzes Gewicht nur auf einem ein paar Dutzend Zentimeter langen flachen Schwanz ruhte, musste sie an eine Moräne denken, die sie einmal im Aquarium gesehen hatte.

Und die Moruach stank zum Himmel.

»Iiih«, machte sie und rümpfte die Nase. »Aus welchem Abwasserkanal bist du denn gekrochen?«

Bevor sie es verhindern konnte, versuchten die Pfleger einen gemeinsamen Angriff und stachen mit ihren Elektrostöcken nach dem Ding. Die Moruach zog den Kopf ein und rammte ihn gegen die Brust des Mannes, der ihr am nächsten war. Buffy hörte, wie sein Brustkorb brach. Der andere Pfleger war erfolgreich. Sein Stab berührte das Fleisch der Moruach und das Wesen zuckte zusammen, als es von Tausenden von Volt Elektrizität getroffen wurde.

Dann schlug es den Stab aus der Hand des Pflegers und senkte sein Vorderteil, sodass es mit seinem Schwanz ausholen konnte. Der Schwanz traf den Mann an der Brust, und Buffy hörte Knochen knacken, als der Mann gegen einen Stuhl geschleudert wurde und zu Boden rutschte.

»Okay, pass auf den Schwanz auf. Gut zu wissen«, murmelte Buffy.

Um sie herum kreischten die Patienten. Jene, die mehr in sich selbst versunken waren als die anderen, hatten sich in ihre innere Welt zurückgezogen und flüsterten oder wiegten sich in den Türen oder auf dem Boden hin und her. Einer ihrer Pfleger war getötet worden, wahrscheinlich vor ihren Augen, und die beiden anderen würden die Verletzungen, die sie erlitten hatten, vielleicht auch nicht überleben.

Buffy hielt sich am Rand des offenen Aufenthaltsraums. Sie würde nicht zulassen, dass das Monster über andere Menschen herfiel. Aber was zum Teufel machst du hier überhaupt?, dachte sie. Und wie bist du hereingekommen? Die Moruach schien zu zögern. Ihre Kiemen bewegten sich, während sie sich umsah.

»Wonach suchst du?«, fragte Buffy laut.

Die Moruach glitt zu Boden. Ihr aalähnlicher Körper schlängelte sich langsam auf sie zu. Als sie sie musterte, schienen ihre schwarzen Augen zu schrumpfen, und als Buffy den Blick dieser Augen erwiderte, wurde ihr klar, dass sie es nicht nur mit irgendeiner hirnlosen Bestie zu tun hatte. Das Monster war urtümlich, aber intelligent.

Die Moruach stürzte sich so schnell auf sie, dass sie ihr nicht ausweichen konnte. Buffy rannte auf sie zu, sprang in die Luft, drehte sich und versetzte ihr einen Tritt gegen den Kopf. Die Moruach gab einen derart schrillen Schrei von sich, dass Buffy vor Schmerz aufbrüllte und sich die Ohren zuhielt, als sie landete. Das Monster wurde nach hinten geschleudert, aber es war zu stark, zu schnell. Es richtete sich sofort wieder auf und griff erneut an, langsamer diesmal, sich hin und her wiegend und nach einer Lücke in ihrer Deckung suchend. Es hob seinen

Schwanz wie ein Skorpion und wartete darauf, dass sie näher kam.

Nach ein paar Sekunden, als sie nicht angriff, schien es sie zu vergessen und sah sich wieder um. Seine vier Bernsteinaugen richteten sich schließlich auf eine Stelle am Ende des Ganges, an der Buffy zuerst aufgetaucht war.

Dann setzte sich das Monster in Bewegung und glitt an ihr vorbei. Buffy stürzte auf die Moruach zu, die im Korridor hinter ihr offenbar entdeckt hatte, was sie suchte. An dem Schwanz vorbeizukommen war der schwierigste Teil.

Während Buffy rannte, fuhr die Moruach herum und duckte sich wieder. Sie knirschte mit den Haifischzähnen, riss den Schwanz hoch und schlug damit nach ihr. Die Wunde an ihrem Bein ließ Buffy die Zähne zusammenbeißen und zusammenzucken, doch sie sprang über die Moruach hinweg, die sie zu beißen und gleichzeitig mit ihrem Schwanz zu schlagen versuchte und mit beiden Versuchen scheiterte.

Es war das letzte Mal, dass sie diesen Trick einsetzen konnte. Das Ding war zu schnell und zu schlau, um noch einmal darauf hereinzufallen. Nicht dass es eine Rolle spielte. Sie war schon an ihm vorbei.

Hinter einer kleinen, in die Wand eingelassenen Glastür hing ein Feuerlöscher. Buffy schlug das Glas mit dem Ellbogen ein und riss den roten Kanister aus seiner Befestigung. Sie wirbelte in dem Moment herum, als die Moruach sich erneut auf sie stürzte. Ihre Finger fanden den Abzug des Feuerlöschers, und sie schmetterte der Moruach die Unterseite des Metallbehälters ins Gesicht, dass die Zähne in ihrem Maul splitterten.

Der flache, muskulöse Schwanz des Wesens peitschte auf sie nieder, und Buffy konnte ihm nicht ausweichen. Er traf sie an der Schulter, und sie landete hart auf dem Linoleumboden. Den Kanister hielt sie noch immer in den Händen. Die Moruach glitt auf dem Bauch näher und riss das große Maul auf, während ihr Körper nach vorn schoss.

Buffy rammte ihr den Feuerlöscher in den Hals. Die Moruach wollte zurückweichen, aber das ließ sie nicht zu. Sie packte ihren Kopf – den Oberkiefer mit der einen Hand, den Unterkiefer mit der anderen –, riss sie auseinander und brach ihr den Kiefer.

Die Moruach sank zu Boden, würgte an dem Feuerlöscher und war Sekunden später tot.

Buffy stand schwer atmend da, musterte dann den Korridor und den Aufenthaltsraum und starrte die Patienten an. Ihr fiel wieder ein, dass das Ding nach irgendetwas gesucht hatte.

»Wo ist es hergekommen?«, fragte sie und versuchte, die Patienten dazu zu bringen, ihr in die Augen zu sehen. »Kommt schon, Leute. Hallo? Ich habe das große böse Monster getötet. Kann mir irgendjemand sagen, woher es gekommen ist?«

Das Mädchen in dem blutigen Flanellpyjama löste sich aus seiner fötalen Haltung am Boden und wies durch den Aufenthaltsraum auf ein kleines Foyer mit einem Aufzug. Es war dunkel dort drinnen, und Buffy hatte es in dem Chaos nicht bemerkt, aber die Türen waren offen und enthüllten nur einen Fahrstuhlschacht samt Kabel.

»Wo führt der hin?«, fragte sie das Mädchen. »In den Keller?«

Das Ding hat nach Abwasserkanal gerochen, dachte sie stirnrunzelnd.

»Zwei«, sagte das Mädchen und grinste breit über das blutverschmierte Gesicht. »Zwei Keller. Eins und zwei. Zwei und eins. Eins-K. Zwei-K.«

Ein zweites Kellergeschoss, dachte Buffy. Dort unten sind Rohre, wahrscheinlich auch Wartungstunnel. Wer zum Teufel hat diese Stadt entworfen? Sie sind durch die Abwasserkanäle gekommen, um nicht entdeckt zu werden. Oder um sich vor der Sonne zu schützen? Sie leben im Meer und dürften für Licht nicht viel übrig haben.

Ein lautes Krachen hallte durch den Korridor, aus der Richtung, aus der sie gekommen war. Hinter einer Ecke näherten sich ihnen laute Schritte.

»He!«, schrie der kräftige Pfleger, den sie vor Varreys Zimmer zurückgelassen hatte, als er um die Ecke bog und in den blutbespritzten Korridor rannte. »He!«

Buffy starrte ihn an. Sie hatte das Wesen, in das sich Ben Varrey verwandelt hatte, fast vergessen und fragte sich jetzt, was es war, denn es gehörte sicherlich nicht derselben Spezies wie die Moruach an.

Wundervoll. Jetzt kann ich mich mit zwei völlig verschiedenen Spezies schleimiger Dämonen herumschlagen, dachte sie.

»Bricht es aus?«, fragte sie und sah sich besorgt nach einer Waffe um. So bösartig und hässlich die Moruach auch gewesen war – das, was aus Ben Varreys Körper geplatzt war, erschien ihr mindestens genauso abstoßend.

Der Pfleger schüttelte den Kopf. »Nein. Da ist noch was anderes. Irgendetwas randaliert im Aufzug. Die Türen – irgendwas schlägt von innen gegen die Türen.«

Buffy seufzte und straffte sich. »Schaffen Sie die Patienten von hier weg. Geben Sie Feueralarm. Bringen Sie so viele Leute wie möglich hier raus.«

»Wo wollen Sie hin?«, fragte er und starrte sie an, als hätte sie völlig den Verstand verloren. Er musterte die Wunde an ihrem Bein und die andere an ihrem Hals, aus der Blut tropfte und in roten Streifen über ihr T-Shirt sickerte.

Buffy lief durch den Aufenthaltsraum, wich den Leichen aus und bückte sich, um die beiden Elektroschockstäbe aufzuheben, die die Pfleger eingesetzt hatten. Sie hatten eine gewisse Wirkung gehabt. Nicht viel, aber immerhin. Und sie konnte kaum damit rechnen, dass ihr in absehbarer Zeit jemand ein Breitschwert reichte.

Ohne ein weiteres Wort sprintete sie zurück zur anderen Station und dann durch den sterilen, hotelähnlichen Korridor. Zuerst hörte und sah sie nichts Ungewöhnliches, doch kurz bevor sie die versperrte Tür des Besuchsraums erreichte, erschütterte ein donnernder Schlag die Aufzugtüren. Sie blieb davor stehen, nur ein paar Schritte vom Besuchsraum entfernt, und sah die massiven Dellen, die bereits in ihnen entstanden waren. Eine der Türen war aufgeplatzt. Klauen zerrten an dem zerfetzten Metall.

Noch mehr Moruach. Toll, dachte sie. Einige von ihnen waren durch den Aufzugschacht in dem anderen Flügel heraufgekommen, aber nicht *alle*.

Jetzt, da sie einen Brückenkopf eingerichtet hatten, würden die Moruach die Türen binnen Sekunden durchbrechen. Vor ihrem geistigen Auge sah sie sie an den Aufzugkabeln hochklettern und sich an die Innenseiten des Schachtes klammern. Das ohrenbetäubende Gekreische aus dem Fahrstuhlschacht verriet ihr, dass es mehr als nur eine waren, wahrscheinlich mehr als zwei.

Mit einem Grinsen drückte sie den Rufknopf des Aufzugs und hörte, wie sich unten die Kabine in Bewegung setzte. Im Schacht wurde das Kreischen lauter, und sie hörte ein Hämmern und lautes Poltern. Sie stellte sich vor, dass eine der Kreaturen den Halt verloren hatte, und lächelte.

Buffy würde ein paar Sekunden brauchen, um damit fertig zu werden. Doch wenn sie in die Aufzugkabine eindrangen, hatte sie ein Problem. Denn dann würden sich die Türen einfach öffnen.

Wie auf ein Stichwort bohrte sich eine Klauenhand durch den Spalt in den Türen und versuchte, sie auseinander zu drücken. Doch über dem Aufzug leuchtete die Zwei, und eine Sekunde später erklang mehrmaliges lautes Poltern, gefolgt von einem Kreischen, als der Fahrstuhl die Moruach nach oben trug.

Buffy wich in den Korridor zurück, spähte in beide Richtungen, um sich zu vergewissern, dass keine anderen Patienten herausgekommen waren – sie hatte keine Zeit, die Leute auf dieser Station zu evakuieren –, hielt in jeder Hand einen Elektrostab und wartete.

In diesem Moment explodierte in einem Schauer aus gesplittertem Holz die Tür des Besuchsraums und wurde, als das schreckliche Ding, das einmal Ben Varrey gewesen war, in den Korridor stürmte, aus den Angeln gerissen. Seine runden kleinen Mäuler öffneten und schlossen sich, als würden sie nach Fleisch schnappen, und die schlüpfrigen, mit glänzenden Widerhaken bedeckten schwarzen Tentakel an der Brust wanden sich angriffslustig. Im Gegensatz zu den Moruach war dieses Wesen humanoid – war sogar einmal menschlich gewesen –, aber jetzt war es nur mehr eine Verzerrung der menschlichen Form, als hätte es Ben Varreys Fleisch wie ein Kostüm auf einem Monstermaskenball getragen und würde diese Verkleidung nun ablegen.

»Hättest du nicht noch ein paar Minuten warten können?«, fragte Buffy. »Ich wäre schon zu dir gekommen.«

Der Aufzug machte *Ping* und die Türen glitten auf. Die Decke der Kabine war bereits aufgerissen. Schon hangelten sich die Moruach mit kräftigen Klauen abwärts. Ihr schuppiges Fleisch schabte über das Metall. Eins der sich schlängelnden Wesen entdeckte Buffy und funkelte sie mit seinem Quartett aus Bernsteinaugen an. Sie konnten jede Sekunde in den Korridor eindringen.

Buffy war zwischen den Moruach auf der einen und dem Albtraumwesen, das früher mal Ben Varrey gewesen war, auf der anderen Seite gefangen. Varrey stürzte sich auf sie. Seine rasiermesserscharfen Tentakel peitschten durch die Luft.

»Alle Jungs wollen mit mir tanzen«, seufzte Buffy. »Wo seid ihr alle gewesen, als ich in der Junior High war?«

Hinter ihr machte es abermals *Ping*, und sie hörte, wie die Aufzugtüren zugingen. Die Moruach polterte in der Kabine herum und sank schwer zu Boden. Buffy konnte spüren, wie verwundbar ihr Rücken war, als sie sich Ben Varrey zuwandte.

Die Tentakel, die aus seiner Brust wuchsen, griffen nach ihr, und Buffy hielt die beiden Elektrostöcke vor sich, als wären sie Kampfstäbe oder Gummiknüppel. Schlüpfrige schwarze Tentakel schlugen nach ihrem Gesicht, doch Buffy spürte den Schmerz in ihrem Hals und ihrem Bein und würde sich nicht noch einmal von den Widerhaken des Monsters aufschlitzen lassen. So schnell, dass ihre Bewegungen verschwammen, mit einer Geschwindigkeit, die die jedes normalen Menschen überstieg, riss sie die Arme hoch und wehrte die Angriffe der Tentakel ab. Bei jeder Berührung mit einem der Stäbe winselte die Kreatur und zog den versengten Fühler zurück.

Ein Stachel zerfetzte Buffys T-Shirt. Ein anderer glitt an dem Stab entlang und zerkratzte ihr fast den Handrücken. Sie hatte das Gefühl, in eine Art Hyperrealität übergetreten zu sein, in der jedes Nervenende auf die Veränderungen in ihrer Umgebung reagierte. Von den Aufzugtüren hinter ihr drang das Kreischen zerreißenden Metalls, und sie wusste, dass die Moruach das Hindernis bald überwunden haben würden. Doch sie hatte Ben Varrey zurückgetrieben, einige seiner Tentakel rauchten, und sie nutzte ihren Vorteil. Er wich unter ihrem Ansturm weiter zurück, unter dem Knistern der elektrischen Schläge, die sie ihm mit jedem Treffer verpasste.

»Ich bin noch nie auf Sushi abgefahren«, verriet Buffy, als sie ihn zurück in den Besuchsraum trieb, wo er seine grausige Verwandlung durchgemacht hatte. »Was aus dem Meer kommt, muss gekocht werden.«

Noch während sie die Worte aussprach, sah sie eine Lücke in seiner Deckung. Das Wesen strauchelte leicht und fuchtelte mit den Tentakeln, von denen einige verstümmelt waren und nutzlos an seiner Seite baumelten. Buffy versuchte nicht an den exzentrischen alten Mann zu denken, den sie bei ihrer Ankunft hier angetroffen hatte. Sie riskierte einen Angriff, näherte sich ihm geduckt und rammte beide Elektrostäbe in das Nest an seiner Brust, aus dem all die Tentakel wuchsen.

Das Ding stieß mit gurgelnder Stimme einen gequälten Schrei aus und stolperte weiter zurück, direkt gegen das breite Fenster und seine geschlossene Jalousie. Es bäumte sich in agonischer Wut auf, doch Buffy war bereits auf dem Sprung. Sie konnte das Kreischen der Moruach hören, die in den Raum eindrangen, und wusste, dass ihre Klauen jede Sekunde ihren Rücken zerfetzen würden.

Sie sprang mit einem leisen Knurren in die Höhe, versetzte dem Monster einen wuchtigen Tritt gegen den Kiefer und zertrümmerte die Zähne in dem runden, bösartigen Maul. Die Reste von Ben Varreys Fleisch lösten sich, als die tentakelbewehrte Kreatur rücklings gegen die Jalousie prallte, das Fenster zerbrach, die metallischen Blenden mit sich riss und in einem Schauer aus Glasscherben in die Tiefe stürzte.

Sonnenlicht flutete herein, Buffy blinzelte gegen das Gleißen an und hob die Hände, um ihre Augen abzuschirmen. Das Monster fiel drei Stockwerke nach unten, kreischend und gegen die Jalousie ankämpfend, in der sich seine Tentakel und Glieder verfangen hatten. Sie trat an das breite Fenster – frische Luft und warmes Licht durchfluteten den Raum und vertrieben die Dunkelheit – und spähte kurz nach draußen. Das Monster, das Ben Varrey gewesen war, lag leblos, wo es auf dem Boden aufgeschlagen war.

Buffy hörte hinter sich ein lautes Zischen, wirbelte blitzschnell herum und sah, wie der aalähnliche Schwanz einer Moruach im Korridor verschwand. In der Hoffnung, dass die Ben-Varrey-Kreatur tot war, nahm sie die Verfolgung der Moruach auf, da sie befürchtete, dass sie jeden töten würden, der ihnen über den Weg lief. Doch als sie in den Korridor stürmte, sah sie, wie sie sich durch die zerfetzten Aufzugtüren und die Falltür in der Decke der Kabine zurückzogen.

Buffy war sich ziemlich sicher, dass sie nach unten fliehen würden – in die Abwasserkanäle, die sie so furchtbar stinken ließen. Sie rümpfte bei dem Gestank im Korridor die Nase, während sie zum Aufzug eilte. Sie starrte ihn einen Moment an und suchte dann nach einem Schild, das ihr den Weg zur Treppe wies.

Die Moruach fürchten sich vor der Sonne, so viel ist klar, dachte sie. Als das Fenster im Besuchsraum zerbrochen war, hatten sie es nicht gewagt, sie anzugreifen. Aber sie nahm nicht an, dass sie deshalb geflohen waren. Sie hätten schließlich im Korridor auf sie warten können. Nein. Buffy glaubte jetzt, dass all die Moruach, die in das Dex eingedrungen waren und sich ihren Weg durch die zwei Fahrstuhlschächte gebahnt hatten, auf der Suche nach Ben Varrey gewesen waren ... oder zumindest um das zu vernichten, was aus ihm geworden war. Nun, da Ben tot war, hatten die Moruach keinen Grund mehr zu bleiben.

Also hatte sie einige Antworten gefunden.

Und noch mehr neue Fragen.

Draußen überzeugte sie sich, dass Varrey wirklich tot war, verfolgte, wie sich die ersten Schaulustigen einfanden, ging dann zum Wagen und klopfte ans Fenster.

Xander schlief mit weit offenem Mund und schnarchte leise. An seinem Kinn hing ein dünner Speichelfaden. Er sah irgendwie liebenswert aus. Buffy lächelte und schüttelte den Kopf, als sie auf den Beifahrersitz schlüpfte. Verlegen setzte er sich aufrecht hin und wischte sich mit seiner gesunden Hand das Kinn ab. Dann bemerkte er das Blut an ihrer Kleidung und die Menge, die sich versammelt hatte.

»Sind die Dinge dort drinnen außer Kontrolle geraten?«

»Nur kurze Zeit«, erwiderte sie, während sie die Tür zuzog.

»Die Sache mit dem Speichel bleibt unter uns, einverstanden?«, fragte Xander.

»Aber ich kann über das Schnarchen reden?«

Als er den Wagen anließ, wobei er den verletzten Arm an sich drückte, warf er ihr einen durchdringenden Blick zu. »Menschen schnarchen. Menschen, die schlafen, schnarchen. Manchmal.«

»Du hast so friedlich ausgesehen, dass ich dich fast nicht wecken wollte. Dann hätte ich das Muster des Sabbers detaillierter studieren können.«

»Oh, genau, als würden Jägerinnen nicht sabbern.«

Buffy lächelte. »Nur mit der richtigen Inspiration.«

Xander schüttelte den Kopf. »Ich bin nur ein Mitleid erregendes Exemplar der menschlichen Spezies, aber auch bemerkenswert selbstbewusst.«

»Das ist richtig«, bestätigte Buffy.

»Nun, wie ist es gelaufen? Hast du gefunden, wonach du gesucht hast?«

»Vielleicht«, sagte sie stirnrunzelnd.

»Und wir können jetzt nach Hause fahren?«

»Nein«, erwiderte Buffy. »Wir müssen zuerst nach Docktown.«

Xander warf ihr einen Seitenblick zu, als er den Wagen mit einer Hand die lange Zufahrt vor dem Dex hinunter steuerte. Buffy lächelte süß und klimperte demonstrativ unschuldig mit den Wimpern, sodass Xander kichern musste.

»Wie stets ist dein Wunsch mir Befehl.«

Selbst mit der Adresse, die Willow ihnen gegeben hatte, brauchten Buffy und Xander fast fünfundvierzig Minuten, um vom Charles-Dexter-Institut zum Hafenviertel zu fahren und Ben Varreys Haus zu finden, eine kleine Hütte in einer Seitenstraße von Docktown, zwei Blocks vom Meer entfernt. Einige heruntergekommene Cottages waren zwischen einem großen, baufälligen Apartmenthaus und einer alten Fabrik eingeklemmt, die wahrscheinlich früher die Chemikalien, die dort verwendet worden waren, in den Hafen von Sunnydale geleitet hatte. Die Fabrik stand leer und wurde vermutlich von Obdachlosen als Unterschlupf benutzt, doch Buffy war im Moment nur am Inhalt der Behausung des alten Fischers interessiert.

Sie waren beide überrascht, wie winzig die Hütte des Mannes war. Und obwohl er tot war, bemühten sie sich, kein allzu großes Durcheinander anzurichten, als sie es nach allem durchsuchten, das ihnen weiterhelfen konnte. Varrey hatte gesagt, dass es hier Informationen über die Moruach gab, und Buffy fand in der Tat ein paar vergilbte Unterlagen, ein Tagebuch, einige antike Tonscherben sowie ein paar andere Artefakte, die ihre Neugier weckten. Xander neben ihr war mit seinem gebrochenen Schlüsselbein und dem Arm in der Schlinge nur eine begrenzte Hilfe. Aber es dauerte nicht lange, bis Buffy alles in einen Karton gepackt hatte, den sie nach draußen zum Wagen trug.

Als sie stehen blieb und noch einen Blick in das kleine, muffige Cottage mit den vergilbten Fotos und Meeresbildern an den Wänden warf, überfiel sie tiefe Melancholie. Irgendetwas hatte den alten Ben Varrey infiziert und ihm das Leben genommen. Er war ein kauziger, einsamer alter Mann gewesen, der bei den anderen Alten in Docktown sehr beliebt gewesen war. Buffy hatte seinen Tod entsetzlich gefunden, doch jetzt, hier in seinem Haus, erkannte sie darin auch eine Tragödie.

Die Schatten dieser Tragödie lasteten schwer auf ihr, als Xander sie zurück zum Zauberladen brachte. Xander fuhr schweigend, nach diesem Besuch im Haus des alten Mannes ebenfalls bedrückt. Als sie unweit vom Laden parkten, warf Buffy ihm einen Seitenblick zu. Sie hatte Leute getroffen, die Xander nur flüchtig kannten, und fast alle hielten ihn für einen Clown, einen Burschen, der nichts ernst nehmen konnte. Wie blind muss man sein, dachte sie, um nicht zu sehen, wie absolut falsch das ist?

Xander nahm *alles* ernst. Er ging nur auf seine eigene Art damit um.

»He«, sagte Buffy, als sie aus dem Wagen stiegen.

Xander versuchte, mit einer Hand den Karton mit Varreys Sachen vom Rücksitz zu heben und sah sie mit hochgezogenen Brauen über das Wagendach hinweg an.

»Danke. Dass du den Chauffeur gespielt hast.«

Ein vergnügtes Funkeln trat in seine Augen. »Das ist die Erfüllung meines Lebens.« Er manövrierte den Karton heraus und stieß mit seiner Hüfte die Tür zu. »Ich gehe nach L. A. und werde Limousinenfahrer. Das oder Parkwächter. Ich werde entdeckt. Ich werde ein Star. Oder nur ein weiterer Landjunge mit großen Augen, dessen Hoffnungen und Träume von einer grausamen Stadt durchgekaut und wieder ausgespuckt werden.«

»Landjunge?«

Xander zuckte die Achseln. »Kam mir gerade passend vor.«

Buffy griff nach der Klinke, um die Tür der *Magic Box* zu öffnen, aber sie war versperrt. Sie sah das GESCHLOSSEN-Schild an der Tür mit einem Stirnrunzeln an und warf Xander einen Blick zu. Es war sehr spät am Nachmittag, doch der Laden hatte an Montagabenden normalerweise bis sieben Uhr geöffnet. Bis dahin waren es noch einige Stunden.

»Gib mir Rückendeckung«, wies Buffy ihn an.

Xander nickte und trat mit besorgtem Gesicht von der Tür zurück. Buffy konnte es ihm nicht verdenken. Anya arbeitete in dem Laden. Wenn irgendetwas Böses passiert war, hatte sie sich mitten im Geschehen aufgehalten.

Vorsichtig, kampfbereit klopfte Buffy laut gegen die Tür und trat zurück. Im Innern erklangen Schritte und einen Moment später wurde aufgeschlossen. Die Tür öffnete sich und ein grimmig dreinblickender Giles spähte vorsichtig nach draußen. Als er sie sah, entspannte er sich merklich.

»Buffy«, sagte er, während er zur Seite trat und die Tür weiter öffnete. »Bitte kommt herein. Wir haben auf euch gewartet.«

In seiner Stimme schwang ein Ernst mit, der Buffy absolut nicht gefiel. Doch als sie eintrat – Xander folgte mit dem Karton in der Armbeuge –, sah sie Willow, Tara und Anya am Tisch in der Mitte des Ladens sitzen, umgeben von Bücherstapeln. Der Anblick war so vertraut – ihre Freunde tief im Recherchenmodus, wie sie versuchten, ein Mittel gegen die neueste Krise zu finden –, dass sie sich ein wenig entspannte.

Aber als Giles hinter ihr die Tür schloss, stellte Buffy fest, dass sie nicht allein waren. Zwei Fremde standen neben dem Tresen, und ihr Aussehen verriet Buffy sofort, dass sie keine Kunden waren. Die Frau war etwa dreißig, mit langen, tiefschwarz gefärbten Haaren, gut gekleidet. Sogar aus der Entfernung gefielen Buffy ihre Schuhe. Doch was sie am meisten überraschte, war das liebenswürdige Lächeln auf dem Gesicht der Frau. Es wirkte seltsam aufrichtig, als wäre sie glücklich, hier zu sein.

Der Mann war eine andere Geschichte. Seine blonden Haare waren kurz geschnitten, die blauen Augen eisig und fast so kalt wie sein Gesichtsausdruck. Er hatte die Arme verschränkt und musterte sie, als wäre sie eine Art Experiment und er der Wissenschaftler, der Resultate erwartete.

»Hi«, sagte die Frau herzlich und durchquerte mit ausgestreckter Hand den Raum. »Sie müssen Buffy sein. Wir stören, fürchte ich. Warten auf Sie, wo es doch so aussieht, als wären Sie alle mitten in einer Krise.«

»Hi«, erwiderte Buffy skeptisch und schüttelte den Kopf.

»Ich bin Helen Fontaine«, sagte die Frau, als wäre dies bis jetzt streng geheim gewesen. Dann warf sie ihrem Begleiter einen kurzen Blick zu. »Das ist Daniel Haversham. Wir wurden gebeten, Ihnen einen Besuch abzustatten, und zwar vom ...«

»Vom Rat«, beendete Buffy für sie den Satz.

Helen lächelte. »Genau.« Dann wurde ihr Gesicht wieder ernst. »Ich weiß, dass Ihr Verhältnis zum Rat nicht immer das beste gewesen ist, Buffy, aber ich hoffe, Sie werden vorurteilslos an die Sache herangehen. Ich bin jedenfalls froh, dass wir alle wieder zusammenarbeiten.«

Buffy sah an ihr vorbei in die kalten blauen Augen von Daniel Haversham, dessen Gesicht ausdruckslos blieb.

»Wo ist Travers?«

Helen fuhr zusammen und wich ein, zwei Schritte zurück. »Mr. Travers hat mich persönlich beauftragt...«

»Ich habe schon einen Wächter.«

Dann ging im Gesicht der Frau ein Licht auf. Sie schüttelte den Kopf. »Oh, nein, Buffy, ich bin nicht hier, um Ihre Wächterin zu sein. Es hat zahllose Zeichen und Omen gegeben, die uns zu der Annahme verleiten, dass derzeit etwas Großes in Sunnydale geschieht. Sie haben sie ebenfalls gesehen, wie ich weiß. Seltsame Morde, das Verschwinden aller Meerestiere aus dem Zoo, die Massierung der Seelöwen am Strand... der Angriff auf dieses Fischerboot. Wir sind hier, um Ihnen zu helfen.«

Buffy sah noch immer skeptisch zu Giles hinüber, der die Augen zusammengekniffen hatte. Er war offenbar genauso skeptisch wie sie. Die Ratsagenten tauchten nie nur auf, um zu helfen, wenn sie nicht ein eigenes Interesse an dem Fall hatten.

»Warum?«, fragte sie.

Helen Fontaine schüttelte den Kopf. »Verzeihen Sie, wie bitte?«

»Warum?«

Die Frau wandte den Blick ab und seufzte dann, bevor sie erneut die Jägerin ansah. »Hören Sie, Buffy, vergessen wir für einen Moment die Rangordnung, okay? Ich habe noch ein anderes Leben, genau wie Giles eins hatte, ehe er Ihr Wächter wurde. Aber der Rat und seine Anstrengungen sind wichtig für mich. Er will die Wahrheit über das herausfinden, was uns aus der Finsternis bedroht, und es bekämpfen. Das ist ein nobles Unterfangen.

Nun, wie ich schon sagte, ich weiß, dass Ihr Verhältnis zum Rat nicht immer besonders gut gewesen ist. Ihre Methoden gelten als unorthodox, um es vorsichtig auszudrücken. Aber Sie haben es geschafft, so lange am Leben zu bleiben, weil Sie offenbar sehr gut in dem sind, was Sie tun. Hoffentlich wird sich die Lage eines Tages so weit beruhigen, dass diese Art Spannung nicht länger existiert. Aber im Moment muss ich Sie einfach bitten, mir zu vertrauen und zu glauben, dass ich Ihnen helfen will.«

Buffy runzelte die Stirn. »Sie sagten, Sie arbeiten für den Rat. Ist dies derselbe Rat, der mir half, meinen achtzehnten Geburtstag zu feiern, indem er alles daransetzte, mich zu töten, und Giles *feuerte*?«

Die Frau blinzelte verblüfft. Es war offensichtlich, dass sie keine Ahnung hatte, wovon Buffy redete.

Die Jägerin seufzte. »Finden Sie sich damit ab, Helen, Sie sind das Opferlamm. Travers ist ein Idiot, aber er ist nicht dumm. Er weiß, dass wir ihm niemals vertrauen würden. Deshalb hat er sie geschickt. Und all die wirklich beschissenen Dinge, die der Rat mir und Giles und allen anderen angetan hat? Nicht Ihre Schuld. Deshalb werde ich in den sauren Apfel beißen. Mit was haben wir es zu tun?«

Einen Moment herrschte Stille im Laden. Willow, Tara und Anya beobachteten das Geschehen wie ein Tennismatch. Xander hatte sich zu seiner Freundin gesetzt und den Karton mit Ben Varreys Habseligkeiten auf den Tisch gestellt. Doch Giles stand nur ein paar Schritte von Buffy entfernt. Er hatte die Arme verschränkt und sah Helen und ihren schweigsamen Begleiter, den grimmigen Mr. Haversham, misstrauisch an. Unter anderen Umständen hätte es fast komisch sein können, wie die beiden Männer stumm versuchten, sich gegenseitig in Grund und Boden zu starren.

Buffy wölbte eine Braue. »Nun?«

Die junge Wächterin zögerte. »Mr. Giles sagte, Sie sind unterwegs gewesen, um Nachforschungen anzustellen. Haben Sie ...«

»Ich habe nichts Derartiges gesagt«, unterbrach Giles und reckte das Kinn, während er auf Helen hinuntersah. »Ich sagte, dass wir festzustellen versucht haben, welche Dämonenspezies für die Vorfälle verantwortlich sein könnte, und dass Buffy losgegangen ist, um ein paar Dinge zu erledigen. Warum kommen wir jetzt nicht einfach zum Thema, Miss Fontaine? Erzählen Sie uns, was Sie wissen. Irgendetwas tötet Menschen, und wir haben keine Zeit, lange herumzureden.«

»Wenn wir unsere Informationen teilen ...«

Buffy kehrte Helen den Rücken zu und ging durch den Laden, um sich zu ihren Freunden auf die Tischkante zu setzen. »Teilen? Sie hören sich nicht so an, als wäre das ihre starke Seite«, sagte sie.

Anya sprang in einem plötzlichen Gefühlsausbruch vom Tisch, zeigte auf Haversham und rief gereizt: »Spricht er überhaupt nicht? Es ist irgendwie unheimlich, dass er nur da herumsteht und diese Sache mit den Augen macht.«

Helens Stimme wurde sanft. »Daniel spricht tatsächlich nicht. Ich fürchte, das hat er seit Jahren nicht mehr getan.«

Alle Aufmerksamkeit war jetzt auf Haversham gerichtet.

Nach einem Moment räusperte sich Giles. »Kann er nicht sprechen oder will er nicht?«

Die Frau warf ihrem stummen Begleiter einen Blick zu. »Offen gestanden bin ich mir nicht sicher. Irgendein Trauma, schätze ich, aber ich hatte immer das Gefühl, es steht mir nicht zu, ihn zu fragen.«

Haversham nickte ihr knapp zu, als wollte er ihr für ihre Rücksichtnahme danken.

»Anya, setz dich«, befahl Xander.

»Es ist unheimlich. Er macht mich nervös!«, sagte sie, kehrte aber widerwillig an ihren Platz zurück.

Sie waren in eine Sackgasse geraten, eine Folge ihres Misstrauens. Buffy sah Giles und dann wieder Helen Fontaine an. Beide warteten darauf, dass die Frau ihren nächsten Schritt machte. Schließlich nickte die jüngere Wächterin.

»Bei den Kreaturen, die für die Morde verantwortlich sind, handelt es sich um eine Rasse namens Moruach. Sie stammen wahrhaft aus der Urzeit, Kinder der Alten, vor Millionen von

Jahren zurückgelassen. Sie hausen in Höhlen und Gräben unter dem Meer. Wir wissen nicht, was sie hierher gebracht hat, aber sie sind wild, praktisch ohne Verstand. Ihre Aufgabe besteht ganz einfach darin, sie aufzuspüren und zu töten, sie vollständig aus Sunnydale zu vertreiben, bevor noch mehr Menschen umgebracht werden.«

Buffy schnaubte, aber Giles ergriff das Wort, ehe sie etwas sagen konnte.

»Abgesehen davon, dass uns der Rat Befehle geben oder Forderungen an uns stellen will«, begann Giles und sah Helen streng an, »fürchte ich, dass diese Situation ganz und gar nicht ›einfach‹ ist. Was auch immer diese Moruach sind – sofern sie die Morde begangen haben –, sie sind hier nicht allein. Die Monster, mit denen wir es bis jetzt zu tun bekommen haben, sind transformierte Menschen gewesen, Leute, die mit irgendeinem dunklen Fluch infiziert wurden, der sie in Seeungeheuer verwandelt hat. Haben Sie irgendeine Erklärung dafür?«

Helen blinzelte und sah zu Boden. Sie blickte kurz zu Haversham auf, bevor sie den Kopf schüttelte. »Keine Ahnung. Das gehört gewiss nicht zu den Dingen, zu denen die Moruach historisch in der Lage gewesen sind. Aber ich versichere Ihnen, dass sie eine ernste Gefahr darstellen. Löschen Sie sie aus und Ihr Problem ist gelöst.«

Oder vielleicht nur *ihr* Problem, dachte Buffy. Sie hatte keinen Zweifel, dass Helen Fontaine, so aufrichtig sie auch sein mochte, irgendetwas zurückhielt. Quentin Travers hatte ihr den Marschbefehl gegeben, und sie hatten offenbar beide nicht vor, Buffy oder Giles in das einzuweihen, was wirklich vor sich ging.

Buffy machte auf dem Absatz kehrt, ging zur Tür und öffnete sie weit. »Danke, dass Sie vorbeigeschaut haben. Wir werden Ihre Bitte prüfen und uns mit Ihnen in Verbindung setzen.«

Buffy blickte an den beiden Ratsagenten vorbei und sah, dass ihre Freunde lächelten.

Willow schnalzte laut mit der Zunge. »In dieser Akte über Buffy, die Sie gelesen haben, steht da nirgendwo, dass sie es nicht mag, wenn man ihr sagt, was sie zu tun hat? Alles nur eine Frage der Vorgehensweise.«

Helen dämmerte, dass sie so nicht weiterkam, und wurde gleichermaßen bekümmert und ärgerlich. Sie ignorierte Buffy und wandte sich stattdessen an Giles.

»Mr. Giles, Sie sollten Ihre Entscheidung noch einmal überdenken. Sie kennen die Arbeit des Rates. Welche Missverständnisse es auch immer gegeben haben mag, Sie sind ein Mitglied, Sie sind ein Wächter, genau wie Ihr Vater und Ihre Großmutter. Der Kampf gegen die Finsternis ist größer als ein einzelnes Mädchen.«

Giles trat zu ihr und starrte ihr in die Augen, bis sie gezwungen war, den Blick zu senken. »Wie können Sie es wagen, von meiner Familie zu sprechen, als würden Sie irgendetwas über mich oder mein Leben wissen?«

Dann sah er zu Haversham auf, obwohl er sich unmissverständlich an beide gewandt hatte.

»Verschwinden Sie.«

Helen Fontaine marschierte seufzend und mit rotem Gesicht aus dem Zauberladen, dicht gefolgt von dem stummen Mr. Haversham. An der Tür drehte sie sich ein letztes Mal zu Buffy um.

»Der Rat der Wächter übernimmt offiziell die Kontrolle über diese Situation, Miss Summers«, sagte die Frau steif. »Ob mit oder ohne Ihre Hilfe.«

»Das nächste Mal, wenn Sie vorbeischauen, kaufen Sie etwas«, erwiderte Buffy. »Dies ist schließlich ein Geschäft, nicht wahr?«

Dann schlug sie der Frau die Tür vor der Nase zu und drehte sich zu den anderen um, die sie erwartungsvoll anschauten. Mit oder ohne Ihre Hilfe, hatte die Frau gesagt.

»Hu«, sinnierte Buffy. »Will ich überhaupt wissen, was sie damit gemeint hat?«

6

Nichts fühlte sich für Willow richtig an. Es war, als würde eine Wolke aus bösen Absichten die Luft um sie herum durchdringen. Zu viel Tod, zu viele Rätsel, zu viele Fragen, und keine Zeit, Atem zu holen und die Antworten zu finden. Als Buffy die Tür des Zauberladens schloss und die beiden Besucher vom Rat aussperrte, rückte Willow mit ihrem Stuhl etwas näher an Tara heran und streckte ihre Hand aus. Tara senkte leicht das Kinn, sodass die Haare ihre Augen in tiefe Schatten tauchten.

Sie spürt es auch, dachte Willow.

Die beiden Mädchen hakten ihre Finger ineinander und verfolgten, wie Buffy die Treppe herunterkam und an den Tisch trat, an dem sie mit Xander und Anya saßen. Die Jägerin blickte zu Giles auf und zuckte die Schultern.

»Nett von ihnen, dass sie vorbeigeschaut haben, meinen Sie nicht auch?«

»Du hättest sie sehen sollen, bevor du hier ankamst«, sagte Willow in dem Versuch, die Stimmung im Raum zu heben. »Das war eine richtig tolle Spannungsfiesta.«

Xander an ihrer Seite nickte nachdrücklich. »Wow, ja, jammerschade, dass wir das verpasst haben. Vielleicht ist es noch nicht zu spät, sie zurückzuholen?«

Anya sah ihn streng an. »Hör auf damit. Jede Minute sinnloses Geschwätz ist eine weitere Minute, in der die Kunden davon abgehalten werden, mir ihr Geld zu geben.«

»Mein Geschwätz ist nicht sinnlos«, korrigierte Xander sie. »Es ist ...«

Sie warf ihm einen vernichtenden Blick zu.

»... außerdem nicht immer willkommen oder angebracht.«

»Wir könnten uns in den Trainingsraum verziehen, damit du den Laden wieder öffnen kannst«, schlug Tara vor.

»Ein paar weitere Minuten können nicht schaden«, erwiderte Giles mit einem schnellen Blick zu Anya. Dann wies er auf den Karton, den Xander auf den Tisch gestellt hatte. »Buffy, was habt ihr herausgefunden?«

Während Buffy ihnen die Geschichte von ihrem Besuch im Charles-Dexter-Institut erzählte, spürte Willow, wie Tara ihre Hand fester umklammerte. Ihre eigene Kehle war trocken, und obwohl es im Laden warm war, durchlief sie ein Schauder, als sie zuhörte. Sie hatten gegen eine Menge grausiger Wesen gekämpft, seit die Jägerin nach Sunnydale gekommen war, hatten mehr über das gelernt, was in den Schatten lauerte, als sie je wissen wollten, aber das hier war viel schlimmer. Es war schon schlimm genug, wenn Vampire ihrer menschlichen Beute in der Stadt nachstellten, doch dies war um so vieles fremdartiger, so zutiefst unheimlich, dass Willow äußerst beunruhigt war.

Das Licht vor den wenigen Fenstern an der Frontseite des Ladens war unterdessen verblasst und von Schwärze ersetzt worden, und als Buffy von dem Ding berichtete, in das sich Ben Varrey verwandelt hatte, und von den Kreaturen, deren Kommen er prophezeit hatte, den Moruach, rückte Willow noch näher an Tara heran. Sie bemerkte, dass Anya und Xander sich ebenfalls aneinander zu schmiegen schienen. *Wir sind wie kleine Kinder, die am Lagerfeuer Geistergeschichten erzählen*, dachte Willow.

Warum?

Sicherlich hatten sie früher schon mit Mysterien zu tun gehabt, die so unergründlich gewesen waren wie dieses. Mit ähnlich schrecklichen Monstern. Plötzlich wuchs eine Gewissheit in ihr, über die sie jedoch schwieg, während Buffy ihren Bericht über die Ereignisse im Dex beendete.

»Und wir versuchen jetzt zwei Spezies von Wasserdämonen zu identifizieren?«, fragte Tara.

»Und was zum Teufel treiben sie hier zur selben Zeit?«, fügte Anya hinzu. »Ist jetzt Wasserdämonenkarneval oder so? Ich kann mir nie die Daten der großen Festtage merken.«

Xander starrte sie entsetzt an. »Manchmal will ich wirklich nicht wissen, ob du Witze machst.«

Aber Giles hatte sich bereits in Bewegung gesetzt. Er ging zum Tisch und kramte in dem großen Stapel Bücher, die sie für ihre Recherche benutzt hatten. Der Wächter nahm zuerst eins, dann ein zweites und schließlich ein drittes, bevor er in einem Werk blätterte und schließlich mit dem Finger auf eine Seite zeigte.

»Hier ist es ja. *Moruach*. ›Eine legendäre Rasse von Meereskreaturen mit den physischen Attributen mythischer Seeschlangen, aber von menschlicher Größe. Es existieren mehrere Berichte, die darauf hindeuten, dass diese Wesen mehr als nur Legenden waren und vielleicht wirklich existiert haben. Zu ihrem Lebensraum gehörten die pazifischen Inseln und generell der Pazifische Ozean. Allerdings geht der jüngste Bericht auf das späte sechzehnte Jahrhundert zurück, deshalb kann man davon ausgehen, dass die Moruach entweder ausgestorben oder rein mythische Wesen sind. Falls es sie wirklich gegeben hat, dürften sie mehr als nur eine Legende über Kreaturen aus dem Meer inspiriert haben.‹«

Während Giles las, hatte Buffy den Karton geöffnet, den sie und Xander mitgebracht hatten, und entnahm ihm einige kleine Artefakte sowie ein paar alte, zerknitterte Dokumente. Willow beugte sich nach vorn und sah, dass sowohl die Pergamentpapiere als auch die Artefakte – Scherben zerbrochener Töpferwaren – mit groben Bildern versehen waren, die die meisten Leute für traditionelle Seeungeheuer halten würden. Aber der Künstler hatte ihnen Arme gegeben. Die Bilder auf den Tonscherben waren von fließenden Linien durchzogen und umgeben.

»Aber wo haben sich die Fischtypen die letzten fünfhundert Jahre versteckt?«, fragte Xander.

»Vielleicht haben sie eine Art Winterschlaf gehalten«, vermutete Giles, während er die Artefakte studierte und nach einem der Pergamente griff. Er musterte es durch seine Brille.

Aber Willow konzentrierte ihre Aufmerksamkeit auf die Tonscherben. Sie streckte die Hand aus und betastete eins der Bruchstücke. Die gesplitterten Kanten waren von der Zeit geglättet.

»Vielleicht sind sie nirgendwohin gegangen«, schlug sie vor. »Vielleicht sind sie die ganze Zeit dort unten und nur nicht besonders gesellig gewesen.«

»Aber warum jetzt?«, fragte Buffy. »Sie haben sich einfach entschlossen, uns einen Besuch abzustatten? Und erzählt mir nicht, dass es am Höllenschlund liegt, denn der spuckt schon seit Äonen alle möglichen Monster aus. Irgendetwas muss diese Burschen aufgeschreckt haben. Sie tauchen auf, greifen Fischerboote an, vertreiben die Seelöwen aus dem Meer und die Vampire aus der Stadt, töten einen Haufen Menschen und stehlen alle Fische und Tiere aus dem Zoo, die Haie und alles? Irgendjemand oder irgendetwas ist in den Geschichtsverein eingebrochen und hat Artefakte aus der Frühzeit Sunnydales gestohlen. Ich schätze, sie haben diesem Zeug hier geähnelt. Und was ist mit dem, was Leuten wie Ben Varrey und dem Typ auf der *Heartbreaker* zugestoßen ist?«

»Jesses«, protestierte Anya, »eins nach dem anderen.«

Buffy legte die Hände auf den Tisch, beugte sich nach vorn und sah den Bücherstapel an. »Ich will damit nur sagen ... die Lagunenjungs ... sind nicht auf Urlaub hier.«

Tara hatte eine der Tonscherben aufgehoben und lehnte sich auf ihrem Stuhl zurück. Willow warf ihr einen Blick zu und stellte fest, dass die Stirn ihrer Freundin tief gefurcht war. Während Tara das Bruchstück studierte, strich sie ihre Haare hinter die Ohren und nagte leicht an ihrer Unterlippe. Willow ignorierte die anderen einen Moment und lehnte sich zu ihr hinüber.

»Was ist?«

Tara folgte mit einem Finger einer gewundenen Linie, die sich zwischen den gezeichneten Moruach schlängelte. »Das.« Sie sah zu Buffy auf. »Die Moruach haben keine Tentakel, richtig? Du sagtest, dieses andere Wesen hatte welche, das Wesen, in das sich Ben Varrey verwandelt hat?«

Buffy nickte. »Yep. Nur die Menschen haben Tentakel. Was sich zugegebenermaßen ziemlich unheimlich anhört.«

Tara tippte die Tonscherbe an und sah sich, plötzlich selbstbewusster, im Raum um. »Was ist dann d-das?«

Willow starrte sie an. Das Gefühl der Furcht, das sie vorhin beschlichen hatte, kehrte zurück, begleitet von ihrer früheren Gewissheit. Sie nahm Tara die Scherbe aus der Hand und studierte sie einen langen Moment, und als sie aufblickte, dämmerte ihr, dass alle sie anstarrten.

»Was?«, fragte sie.

»Du hast dieses *Hmm*-Gesicht«, stellte Xander fest.

Giles hielt noch immer das Buch in der Hand, in dem er die Beschreibung der Moruach gefunden hatte. Jetzt legte er es auf den Stapel zurück. »Ja, Willow, wenn dir irgendetwas aufgefallen ist, lass es uns wissen.«

»Okay. Aber es könnte ein wenig ausgeflippt klingen.«

Buffy zog eine Braue hoch. »Im Vergleich zu was?«

Willow lächelte, aber nicht lange. Wieder durchlief sie ein Schauder, und sie fröstelte. »Fühlt ihr euch irgendwie seltsam? Anders, meine ich. Nach allem, was wir schon erlebt haben ... Ich schätze, ich will damit sagen, habt ihr mehr ...«

»... Angst«, beendete Buffy den Satz für sie. Ihre Stimme klang hohl.

Willow warf den anderen einen kurzen Blick zu und nickte. »Aber vielleicht ist *Angst* nicht das richtige Wort. Es macht mich nur so kirre – ich habe dieses Wort schon ewig nicht mehr benutzt, aber es passt genau –, wie ich es vorher nur ein paar Mal erlebt habe.«

»Als würde es jetzt, da die Sonne untergegangen ist, nie wieder Tag werden«, warf Tara leise ein.

Willow nickte. »Ich glaube, das ist nicht natürlich.«

Xander hob seine gesunde Hand. »Und wie bist du darauf gekommen? Die Fischtypen, die Oktopusleute – was hat dich darauf gebracht?«

»Es gibt keinen Grund für Sarkasmus, Xander«, tadelte Giles ihn. Er nahm die Brille ab und setzte sich mit einem nachdenklichen Gesichtsausdruck auf den nächsten Stuhl. »Willow, du denkst, dass durch die Gegenwart der Moruach das normale Gefühl der Furcht oder des Entsetzens, das wir haben, verstärkt wurde? Dass sie irgendeine Art Pheromon verströmen, das diesen Effekt auslöst?«

Sie zuckte die Schultern. »Ich weiß es nicht. Aber ich denke, irgendetwas löst dieses Gefühl in uns aus. Und wahrscheinlich auch in allen anderen in Sunnydale.«

»Und die Seelöwen!«, sagte Anya hastig. »Vergesst die Seelöwen nicht!«

»Zur Hölle mit den Seelöwen«, knurrte Xander. »Oder haben wir nicht alle mein gebrochenes Schlüsselbein gesehen?«

Willow war froh, dass Dawn nicht da war und sein Gerede hörte. Buffys kleine Schwester hatte ein besonderes Interesse an den Problemen der Seelöwen und den Protesten gegen die Schifffahrts- und Fischereigesellschaften, deren Boote die Tiere in den Gewässern vor Sunnydale rammten. Willow konnte sie verstehen – sie hatte sich in der Vergangenheit, wann immer sie Zeit hatte, ebenfalls für Tier- und Umweltschutzfragen engagiert –, aber sie verstand auch Xanders Sichtweise. Deshalb war es umso besser, dass Dawn zu Hause war und sich mit Mrs. Summers einen Film anschaute.

Giles beugte sich nach vorn und nahm zwei der antiken Tonscherben. Er schien sie in den Händen zu wiegen, und Willow fragte sich, ob er dasselbe dachte wie sie: Wer hatte sie gemacht und wie alt waren sie? Schließlich schüttelte Giles den Kopf.

»Es erscheint mir nahe liegend, dass es irgendeinen Zusammenhang zwischen den Moruach und diesen ... infizierten Menschen ... diesen Mutationen gibt. Doch wenn man die Wildheit ihres Angriffs auf das Dexter-Institut und die Tatsache bedenkt, dass Buffys Beschreibung dieser Ereignisse darauf hindeutet, dass es ihnen dabei ausschließlich um Ben Varrey ging, halte ich es für wahrscheinlich, dass die Moruach ihn zu töten versucht haben. Oder diese Mutation, in die er sich verwandelt hat. Vielleicht irre ich mich, doch ich denke nicht, dass die Moruach für das verantwortlich sind, was Varrey und diesen Fischer befallen hat. Es ist durchaus möglich, dass es sich bei den Leute, die mit diesem ›Virus‹ infiziert sind – sofern wir es so bezeichnen können –, um die natürlichen Feinde der Moruach handelt.

Wenn sich diese Hypothese als richtig erweist, ist es denkbar, dass die Moruach die Gegenwart dieser Infektion, dieser menschlichen Monster irgendwie spüren können und ihnen nachstellen.«

Buffy klopfte auf den Tisch. »Aber was ist dafür verantwortlich, dass sich diese Leute verwandeln? Was infiziert sie?«

Giles blickte zu ihr auf. »Ich weiß es nicht.«

»Toll«, seufzte Buffy. »Und wann tauchen die riesigen, menschenfressenden Krabben auf?«

Alle schwiegen. Keiner sah Buffy in die Augen, als sie sich umschaute. Dann schüttelte die Jägerin den Kopf.

»Nein, nein. Sagt mir bloß nicht, dass es riesige ...«

»Nicht direkt«, unterbrach Willow in dem Versuch, hoffnungsvoll zu klingen.

»Aber es hat ein paar Entwicklungen gegeben, über die du Bescheid wissen solltest«, fügte Giles hinzu.

Die Luft in der *Magic Box* war plötzlich zu warm geworden, lastend und stickig. Als hätte sie es zur gleichen Zeit wie Willow gespürt, stand Anya auf und ging nach hinten, um mehr Licht zu machen und die Klimaanlage aufzudrehen. Sie erwachte sofort summend zum Leben, aber Anya kam nicht zurück. Sie blieb hinter dem Tresen und der Registrierkasse stehen und konnte es offenbar kaum erwarten, dass die Besprechung endete und sie den Laden wieder öffnen konnte.

»Zum Beispiel?«, drängte Buffy.

Giles sah Willow an. »Möchtest du?«

»Sicher«, sagte sie und konzentrierte sich auf Buffy. »Es hat gestern Nacht drei weitere grausame Morde in der Stadt gegeben. Einer in Docktown. Die beiden anderen jedoch die Küste rauf am Whitecap Drive.«

Buffy runzelte die Stirn. »Im feudalen Neubaugebiet? Wo all die großen neuen McGeld-Häuser stehen?«

Willow nickte. »Außerdem sind mindestens sieben Personen verschwunden. Vier davon waren Demonstranten, die wegen der Sache mit den Seelöwen vor einer der Schifffahrtsgesellschaften protestiert haben. Die beiden anderen waren Mitglieder der Crew der *Bottom Feeder.*«

»Das Fischerboot, auf dem Baker McGee der Kapitän ist?«, fragte Buffy. »Die Männer, die sich um die *Heartbreaker* gekümmert haben, als sie an Land trieb?«

»So ist es«, bestätigte Giles.

»Es gibt noch mehr«, fügte Willow hinzu. »Ein Frachter der Hendron Corporation mit importierten Elektronikteilen wird vermisst.«

Buffy starrte sie an. »Vermisst? Ein derart großes Schiff geht nicht verloren. Nimmt man an, dass es gesunken ist?«

Giles räusperte sich. »Noch nicht. Die Küstenwache sucht

noch danach. Wenn es gesunken ist, war offenbar kein stürmisches Wetter dafür verantwortlich.«

Buffy streckte mit einem geistesabwesenden Ausdruck in den Augen die Hand aus und nahm eins der Pergamente, die sie aus Ben Varreys Haus mitgebracht hatte. Sie starrte einen langen Moment die Zeichnung einer Moruach an und ließ das Blatt dann wieder auf den Tisch flattern. Sie schob ihren Stuhl zurück, sodass die Beine über den Boden schabten, und sah, während sie aufstand, zu Anya hinüber.

»Ich schätze, du kannst jetzt aufmachen.«

»Klar«, meinte Anya trocken. »Kurz vor Ladenschluss.«

Buffy ignorierte sie. »Xander, fahr zu meinem Haus und hole Dawn ab. Sie hat sich heute um Joyce gekümmert, aber ich weiß nicht, was sie für heute Abend geplant hat. Ich bin mir ziemlich sicher, dass sie vorher mit den Demonstranten am Strand herumgehangen hat. Ich will nicht, dass sie noch einmal allein ans Wasser geht. Bring sie her. Dann sprich mit jemand von der Küstenwacht, und versuche, etwas über den verschwundenen Frachter herauszufinden.

Willow, du und Tara, ihr redet mit Baker McGee. Wir müssen feststellen, wo sich der Rest seiner Crew und die anderen Männer befinden – die Dockarbeiter –, die geholfen haben, die *Heartbreaker* hereinzuholen. Sie sollten alle auf Anzeichen einer ... Verwandlung überprüft werden. Ich weiß nicht, ob es irgendeine Magie gibt, mit der ihr beide die Transformation verhindern könnt, aber denkt drüber nach. Ansonsten wird sich ein richtiger Arzt darum kümmern müssen.«

Buffy drehte den Kopf und sah Giles an. Ihr Blick war kalt und grimmig. »Ich weiß nicht, gegen was wir hier kämpfen. Jedenfalls nicht nur gegen meine Lagunenjungs. Wir wissen jetzt einiges über die Moruach, aber es muss noch mehr geben. Ich fürchte, ich habe die Fontaine-Tussi etwas zu früh weggeschickt. Aber egal. Fordern Sie ein paar Gefallen ein. Finden Sie einen Experten. Wir müssen mehr über die Moruach erfahren.

Und wir sollten besser herausfinden, was diese Infektion ist, wie sie sich ausbreitet und wie man verhindern kann, dass noch mehr Leuten Tentakel wachsen.«

Giles nickte. »Natürlich.«

Willow sah Tara an und die beiden standen auf. Die Jägerin wandte sich ab und stieg zielbewusst die kurze Treppe zum Ausgang hinauf. Dann drehte sie das Schild um, sodass von draußen die GEÖFFNET-Seite zu sehen war.

»Wo willst du hin?«, fragte Willow.

Buffy stand als Silhouette vor dem Nachthimmel in der offenen Tür und blickte zurück in den Zauberladen.

»Mir scheint, dass die Vampire die Stadt nicht nur wegen den bösen Schwingungen verlassen haben. Wenn sie Angst haben, dann wissen sie wahrscheinlich, vor was sie fliehen. Vielleicht kann mir der einzige Vampir, der sich noch in Sunnydale aufhält, mehr sagen.«

Spike schlief in der kalten Steingruft, die sein Zuhause war, den Schlaf der Toten und träumte von Furcht erfüllte Träume. Es kam selten vor, dass Vampire träumten. Der Geist eines Wesens, das schon so lange auf Erden weilte, war eine Schatzkammer aus Erinnerungen, Leidenschaften und Begierden, aus Obsessionen und Schrecken. An manchen Tagen, wenn die verhasste Sonne hoch am Himmel stand, lag er in der Finsternis und die Träume und Albträume, die ihn heimsuchten, waren viel zu real, viel zu vertraut. Es gab Zeiten, in denen der Schlaf ihn in die Vergangenheit versetzte, in ein unbekanntes Reich unbewusster Ängste und Begierden. Für einen Unsterblichen bedeutete der Schlaf manchmal, dass er die Ereignisse lang zurückliegender Jahre noch einmal erlebte und die Gebeine von Dingen ausgrub, die in der Grabestiefe besser aufgehoben waren.

An diesem Tag, als der letzte Schimmer Sonnenlicht verblasste und die Dämmerung in den Abend überging, schlief

Spike unruhig. Er hatte sich sein Bett auf dem Grab gemacht, sich zusammengerollt und knurrte leise vor sich hin.
Und er träumte.
Träumte ... und erinnerte sich.
Cairns City. Wie so oft schon hat Europa Drusilla gelangweilt. Es gibt Zeiten, in denen sie sich nach einer raueren Umgebung sehnt und sich beschmutzen will. Ihre Sehnsüchte haben sie schon häufig in die Grenzstädte der Vereinigten Staaten geführt, aber inzwischen findet sie auch die öde.
Zahm.
Und wenn es etwas gibt, das Drusilla am meisten hasst, dann ist es Zahmheit.
Jetzt haben ihre Streifzüge sie auf die andere Seite der Welt und in eine andere Art Grenzstadt verschlagen. Cairns City liegt am nordöstlichen Rand von Australien, und Spike ist erstaunt, dass die Herrschaft des Königs so weit reicht. Wie kann man ein Land und ein Volk beherrschen, die so weit entfernt sind, dass sie sich ebenso gut auf einem anderen Planeten befinden könnten?
Es ist ein faszinierendes Land, ganz anders als der Rest der Welt. Spike will Australien erforschen.
Drusilla langweilt sich bereits.
Obwohl der Fluss, der durch die Stadt führt, jeden Tag neue Menschen herbringt und die Segel der Fischerboote und Handelsschiffe den Horizont schmücken, hat sie irgendwie mehr erwartet. Sie hat gehört, dass dies ein Land mystischer Stämme ist, kolonisiert von britischen Dieben und Mördern, und sie hat ein grausameres Volk erwartet. Nach den Wochen, die sie in Australien verbracht haben, hätte Spike ihr sagen können, dass es das Land ist, das grausam ist, aber Dru will nicht zuhören.
Cairns City ist laut und geschäftig, mit feuchten Pubs und Schlägereien, die mit bloßen Fäusten ausgetragen werden, frustrierte Männer, die hofften, auf den Goldfeldern im Landesinnern reich zu werden, nur um herauszufinden, dass sie sich für

einen Traum, dem nur wenige nachhängen, zum Grund der Welt vorgearbeitet haben. Zwanzig Jahre nach der Gründung der Stadt ändert sie sich bereits. Ihre Wildnis wird allmählich gerodet und eines nicht allzu fernen Tages verschwunden und der Zivilisation gewichen sein. Drusilla spürt dies und will diesem Prozess entfliehen.

Sie hat genug von der Zivilisation.

Ihm kommt – nicht zum ersten Mal – der Gedanke, dass sie immer auf dem Sprung ist. Fast aller Dinge wird sie überdrüssig, kaum dass sie ihr Interesse geweckt haben. Und Spike fragt sich, wie lange es dauern wird, bevor er so zivilisiert ist, dass sie nicht mehr bei ihm bleibt. Das ist nur ein flüchtiger Gedanke, den er schnell verdrängt und unterdrückt, doch irgendwie weiß er, dass er zurückkehren wird.

In der Nacht sind sie betrunken vom Whiskyblut einer Pubhure, und Drusilla grinst verführerisch, als sie unsicheren Schrittes zu den Docks spazieren. Sie fährt ihm mit den Fingern durch das Haar. Er freut sich, denn sie hat seit Tagen nicht mehr gelächelt und sich stattdessen in eine Decke aus Melancholie gehüllt, die ihm allmählich Sorgen macht.

Ironischerweise spürt Spike erst jetzt, als sie endlich etwas fröhlicher ist – die Pirouetten drehende, flüsternde verrückte Schönheit, die er liebt –, wie seine Entschlossenheit abbröckelt, dieses harte, wunderbare Land zu erforschen.

Doch es liegt nicht an Drusillas Wanderlust, denn sie ist launenhaft. Es liegt an etwas anderem, das ihn umtreibt, irgendeine unbekannte Bedrohung, die seine Haut prickeln und seine Nackenhaare zu Berge stehen lässt. Er hat es schon in den letzten zwei Nächten gespürt, und es ist seither stärker geworden. Je näher sie dem Wasser kommen, desto schlimmer wird es.

»Du gewinnst, Schatz«, sagt er zu ihr. »Wir nehmen das nächste Schiff, das ablegt.«

Es ist, als würde eine Last von ihm genommen.

In Sichtweite der Docks und der am Fluss vertäuten Schiffe und des Meeres dahinter bleibt Spike stehen und zieht Drusilla an sich. Ihr Lächeln ist ansteckend, und er grinst zurück, lacht leise. Sie liebkost seinen Hals, erzählt ihm flüsternd von den Liedern, die von den Schatten gesungen werden, und dem Summen des Whiskyblutes in ihrem Kopf. Und dann versteift sie sich und reißt die Augen auf und ihr bleiches Fleisch scheint noch bleicher zu werden. Ihr mädchenhafter, kindlicher Schmollmund verzieht sich furchtsam, als sie hinaus aufs Meer blickt.

»Sie kommen aus der Tiefe, Spike. Die Schlangen erwachen. Sie haben uns hier gespürt, ganz Bauch und Instinkt, sie kommen. Sie wollen das Mark aus unseren Knochen saugen.«

Zu einem anderen Zeitpunkt hätte er diese Bemerkung einfach abgetan, aber Spike hat gelernt, dass sich in Drusillas Gerede ein düsteres Wissen um zukünftige Geschehnisse verbirgt, doch in dieser Nacht ist sie nicht die Einzige, die etwas spürt. Mit dem Gefühl, angegriffen zu werden, dreht er sich in einer Seitengasse um.

Ein Schrei zerreißt die Dunkelheit, neugierig blicken sie hinunter zu den Docks. Der Schrei ist von einem Handelsschiff gekommen, einem stolzen Zweimaster. Ein Alarmruf antwortet, dann folgt ein weiterer Schrei, aber er drückt keinen Schmerz, sondern Grauen aus. Im Licht des Mondes können sie die Gestalt eines Mannes erkennen, der über das Deck taumelt und sich den Bauch hält, um dann vom Deck zu stolpern und ins Wasser zu fallen. Dann ist er fort.

Spike geht am Dock entlang. Er wird von der Gewalt und seiner Neugier angezogen und auf seltsame Weise von Furcht getrieben. Jeder Instinkt in ihm drängt ihn, kehrtzumachen und zu fliehen. Die bis ins Mark reichende Angst will ihn zwingen, von hier zu verschwinden. Aber er ist bereits ein toter Mann, und seit der Nacht, in der er gestorben ist, hat er nichts außer dem Verlust seiner Liebsten gefürchtet. Wo die Logik ihm das eine rät, wird er stets das andere tun. Wo nur ein Narr stehen bleiben und kämpfen würde, kann er es nicht erwarten, Blut zu schmecken, ganz gleich, ob es sein eigenes oder das seines Feindes ist.

Drusilla liebt ihn dafür. Die Rücksichtslosigkeit in ihm, seine Wildheit erregt sie.

Aber nicht in dieser Nacht.

Ihre Hand umklammert seine Schulter. »Spike. Nicht.«

Er dreht sich überrascht zu ihr um, sieht sie an und zuckt bei dem seltsamen Ausdruck in ihren Augen zusammen. Er braucht einen Moment, um zu begreifen, was in ihren Augen ihn so verunsichert.

Es ist die geistige Gesundheit.

In diesem Moment sieht Drusilla völlig normal aus.

Spike löst sich von ihr, wütend auf sich selbst, weil er sich fürchtet, und wütend auf sie, weil sie ihn zur Vorsicht mahnt. Er schreitet zum Ende des Docks, kneift die Augen zusammen und späht zu dem Handelsschiff hinüber, das draußen im Wasser vor Anker gegangen ist. Im Mondlicht sieht er etwas, das sich an den Rumpf drückt, und wie bei einem Bild, das sich erst nach einer Weile deutlich zeigt, kann er den Anblick nicht mehr vertreiben. Dort sind Wesen, die wie Blutegel am Schiffsrumpf kleben. Wesen mit langen, flachen Rümpfen, die in Schlangenschwänzen enden, und Klauen, die stark genug sind, um ihnen auch ohne Beine das Klettern zu ermöglichen.

Und auf dem Deck, in der Dunkelheit, vom Mondlicht umrahmt, hat eine der Kreaturen ihren Schlangenrumpf aufgerichtet. Stumm und reglos steht sie da, und Spike weiß, dass sie ihn beobachtet. Er kann den salzigen und feuchten, leicht fauligen Geruch des Wesens riechen.

Hinter ihm ruckt Drusillas Kopf nach vorn und ihre Reißzähne bohren sich in das Fleisch seines Nackens. Er schreit vor Schmerz auf, fährt herum, stößt sie von sich und sieht, dass sich ihr Gesicht verwandelt hat, von der inneren Bestie zur wahren Fratze des weiblichen Vampirs verzerrt.

»Verflucht, Dru!«, faucht er.

Sie wimmert wie ein geschlagenes Kind, grotesk und wunderschön mit ihren Fängen und ihren grausamen Augen und dem Schmollmund. »Sie werden uns die Eingeweide herausreißen, Spike. Ich kann es fühlen, kann sie in mir und hinter meinen Augen fühlen.«

Und dann steht Drusilla auf, kommt zu ihm und legt ihre Finger mit den spitzen Nägeln an seine Wange. Beschämt meidet sie seinen Blick. Aber sie spricht.

»Wir gehen jetzt.«

Bevor er antworten kann – bevor er zustimmen kann, denn das ist es, was er tun muss, da sein Herz allein Drusilla gehört –, fällt hinter ihnen etwas klatschend ins Wasser. Ein zweites und drittes Klatschen folgen. Spike fährt erneut herum und sieht, wie sich die vierte Kreatur vom Schiffsrumpf löst und im Wasser versinkt.

Das Wesen auf dem Deck ist verschwunden.

»Sie kommen«, flüstert er.

Und obwohl er weiß, dass es seinen Tod bedeutet, will ein Teil von ihm bleiben.

Spike löst seinen Blick vom Meer und nimmt Drusillas Hand, und zusammen tun sie etwas, das sie zutiefst verachten.

Sie fliehen.

Und sprechen nie wieder darüber.

Spike in seiner Gruft schauderte unter der dünnen Decke, streckte die Arme aus und griff in die Luft, als wollte er sich aus diesem Traum ziehen. Dann rollte er sich auf die Seite, beruhigte sich wieder und die Vergangenheit verschluckte ihn.

Venedig. Sie sind in ihrem Leben immer wieder hierher gekommen, obwohl es ihnen mehr als einmal fast das Leben gekostet hätte. Spike und Drusilla können sich nicht für längere Zeit von dieser Stadt fern halten. Sie ruft sie mit ihren schmalen Gassen und Wasserwegen, diesen unheimlichen Passagen, die nicht einmal während des Tages von der Sonne berührt werden. Abseits des breiten Canale Grande und seiner Nebenläufe ist das Labyrinth aus kleineren Kanälen, die sich durch das Herz der Stadt winden, fast immer in schattiges Zwielicht gehüllt. Das Tageslicht versucht mühsam, zwischen die Gebäude zu schlüpfen, bevor die Nacht vollends wieder einbricht.

Die Bewohner von Venedig sind mit den Schatten vertraut, denn sie haben ihr ganzes Leben mit ihnen verbracht. Die lichten öffentlichen Plätze sind beliebt, aber die meisten Menschen leben in den Schatten der Stadt, mit Blick auf das dunkle Wasser, das unter allen Brücken schwappt.

Eine Stunde vor Morgengrauen hat er Drusilla verlassen, die sich an seinem Körper und dem Blut eines Gondoliere gesättigt hat und in dem großen Bett in ihrem Hotel schläft. Er geht spazieren, genießt die Schatten und fragt sich, wohin ihre Sehnsucht sie als Nächstes führen wird.

Doch während er spazieren geht, löst sich seine Freude über ihren Besuch in Venedig auf und hinterlässt ein Unbehagen, wie es Spike seit fünfzig Jahren nicht mehr gespürt hat. Er erinnert sich sehr deutlich an das letzte Mal, als ihn dieses Gefühl beschlichen hat. Es quält ihn.

Cairns City.

Während er durch eine Gasse geht, die so schmal ist, dass er die Arme ausstrecken und die Wände auf beiden Seiten berühren könnte, fletscht er vor Furcht und Zorn die Zähne. Aber er geht weiter.

Schritt für Schritt spaziert Spike durch die steinerne Gasse, bis er zu einer Brücke über einem Kanal kommt. Es ist hier wie in einem Innenhof. Der Kanal knickt auf beiden Seiten ab, als hätten die Architekten dieser Stadt das Wasser hereingelassen, weil es hier fließen wollte, und nicht, weil sie es so geplant hatten. Hier gibt es nichts Malerisches, und jeder Gondoliere, der durch diesen Kanal fährt, muss an jeder Ecke einen Warnruf ausstoßen, wie sie es so oft tun, um andere zu warnen.

Aber zu dieser Stunde sind hier keine Gondeln unterwegs. Vielleicht niemals.

Spike steigt die Steinstufen der Brücke hinauf. Sein Fleisch ist kalt, gefroren, wie es scheint, und er hat sich noch nie so sehr wie ein Toter gefühlt. Dieses alte Gefühl hat ihn so mächtig, so vertraut, so intensiv erneut erfasst, als hätte es ihn nie verlassen.

Lauf, mahnt es ihn. Lauf zurück zu Drusilla.

Aber vor seinem geistigen Auge kann er das Deck dieses Schiffes in Australien sehen, wo unbekannte Wesen um das Great Barrier Reef schwammen. Er kann es als Silhouette vor dem Mondlicht sehen, dieses schreckliche, grausige Seeungeheuer, dieses perfekte Raubtier.

Und dort auf der baufälligen Steinbrücke im vergessenen Herzen von Venedig blickt er hinunter auf den Fluss und sieht die Bestie, wie sie aus dem Wasser zu ihm aufschaut, den langen, dünnen Leib ausstreckt und sich langsam bewegt, um nicht abgetrieben zu werden. Ihr Maul ist offen, und er starrt ihre Zähne an, ein schreckliches, hungriges Grinsen.

Er ist wie gelähmt.

Das ist unmöglich. Die Moruach – denn er hat in den vergangenen Jahren herausgefunden, was sie sind, oh, das hat er – leben im Wasser des Pazifiks, den sie, wenn überhaupt, nur sehr selten verlassen.

Aber dann gleitet sie aus dem Wasser, klammert sich mit mächtigen Klauen an die Steinwand, kriecht auf die Brücke und versperrt ihm den Weg, den Bauch dicht am Boden, mit vier schwarzen Augen, die ihn anstarren und dunkler sind als die tiefsten Schatten.

Langsam richtet sie sich auf und wiegt sich hin und her, als wäre sie eine Schlange, die von einem Bettler auf einem Marktplatz in Kairo aus ihrem Korb gelockt wird. Doch es ist nicht die Moruachkönigin, die wie hypnotisiert ist.

Und sie ist ihre Königin.

Er hat keine Ahnung, woher er das weiß, aber die Erkennt-

nis lauert in seinem Geist, vermischt mit der Furcht, dem Entsetzen, das ihn innerlich zerreißt und zur Flucht drängt. Aber er flieht nicht und spürt auch ihre Verwirrung.

Ganz aufgerichtet ist sie viel größer als er. Der seltsame Vorsprung auf ihrem flachen Kopf scheint seine Witterung aufzunehmen. Ihr Schlangenkörper gleitet auf ihn zu. Spike kann sich nicht bewegen, er ist vor Furcht und Staunen wie erstarrt, während sie ihn wie vor einer Umarmung umkreist.

Ihr Maul öffnet sich, und er spürt die Kälte ihres Atems, riecht den Gestank von verfaultem Fisch aus ihrem Bauch, und er weiß, dass sie tot ist. Wahrhaft tot. Sie hat ihn kampflos erwischt.

Aus ihrem Mund schießt eine dünne schwarze Zunge. Spike spürt, wie sie über seine Wange schabt, als sie ihn kostet. Er versteift sich und fragt sich, was die Königin – was dieses Monster – von ihm will.

Ihm wird wärmer.

Aber das liegt weder an ihrer frostigen Umarmung noch an seinem eigenen kalten Blut. Es ist die Morgendämmerung, die sich mit der Lautlosigkeit ihrer Schwester Nacht an sie herangeschlichen und sich in diesen seltsamen Einschnitt in der Stadt gewagt hat, dessen Bauweise ihn von so vielen anderen schmalen venezianischen Kanälen unterscheidet.

Am Horizont geht die Sonne auf und brennt auf sie beide nieder.

Spike schreit vor Schmerz auf, und die Königin der Moruach zischt und schützt mit den Klauen ihre Augen. Während die Kleidung des Vampirs glost, spürt er, wie sich der seltsame Bann auflöst, den sie über ihn geworfen hat, wie Furcht und Faszination verschwinden. Die Bestie wankt, betäubt und verwundbar.

»Du elendes Miststück!«, faucht Spike.

Hass und Scham durchfluten ihn, und obwohl seine Hand in Flammen aufgeht und er spüren kann, wie sich das Feuer durch sein Fleisch frisst, stürzt er sich auf die Königin der Moruach und packt sie an der Kehle. Das Feuer seiner Hand leckt nach ihr, und Spike stößt sie von der Brücke ins Wasser. Er will ihr wehtun, aber noch mehr wünscht er sich, dass sie einfach verschwindet.

Dann rennt er von der Brücke in eine Gasse, in die gesegnete Dunkelheit, und schlägt hastig die Flammen aus, die ihn bedrohen. Er hält sich in den Schatten, während er durch die Gassen und über die Kanäle eilt, die noch unberührt von der Morgendämmerung sind, und zu Drusilla heimkehrt.

In der Abenddämmerung werden sie Venedig verlassen.
Um niemals zurückzukommen.

Spike warf sich in seinen ruhelosen Träumen hin und her und murmelte im Schlaf vor sich hin. Der salzige Geruch des Meeres hing noch immer in seiner Nase, aber vielleicht bildete er sich das auch nur ein. Obwohl sich seine Träume veränderten, sich in schattige Winkel zurückzogen und Bildern wichen, die nicht seiner Erinnerung, sondern seiner Fantasie entstammten, sah er noch immer die Königin der Moruach vor sich. Das Gefühl ihrer Zunge an seinem Fleisch, ihres schlangenähnlichen Körpers, der sich um ihn geschlungen hatte, ihrer Kehle in seiner Hand, das Quartett der schwarzen Augen, die ihn durchbohrten – all das blieb im Hintergrund seiner Gedanken und vergiftete seine Träume, ein dunkles Wesen, das tief in seinem Unbewussten lauerte.

Wieder und wieder kehrte ihr Bild zu ihm zurück – auf dem Deck eines Handelsschiffes in Australien am Ende des neunzehnten Jahrhunderts und fünf Jahrzehnte später in einem Kanal in Venedig.

Ihr Maul öffnet sich. Sie schnappt nach seiner Kehle.

»Nein!«, schrie Spike, als er aus dem Schlaf hochschreckte. Seine Brust hob und senkte sich schnell in der Pantomime lebendiger Atmung, ein Kostüm des Lebens, das die meisten Vampire anlegten, um die Welt und oft auch sich selbst zu täuschen.

Dann hörte er auf zu atmen. In völliger Stille sah er sich in der Gruft um, spähte in jede Ritze und jeden Schatten, zutiefst verstört, obwohl er wusste, dass die Schrecken seiner Träume, seiner Vergangenheit ihm nicht in die wache Welt folgen konnten.

Dann fiel ihm ein, dass sie ihm doch gefolgt war. Dass die Königin der Moruach hier in Sunnydale war.

Und was zum Teufel machst du dann noch immer hier, du dämlicher Schwachkopf?, fragte er sich. Warum verlässt du nicht die Stadt wie der Rest der lokalen Blutsauger?

Wütend, die Lippen zu einem entschlossenen Strich zusammengekniffen, schlug Spike seine Decke zur Seite und tappte durch die Gruft, um seine Hose und ein Hemd anzuziehen.

»Zum Teufel«, sagte er laut.

Er wünschte sich nichts sehnlicher als davonzulaufen, aber seine erste Flucht vor den Moruach war auf Drus Konto gegangen. Und beim zweiten Mal hatte die Morgendämmerung die Dinge beendet, bevor er und die Königin ihren Streit austragen konnten. Er wusste, dass sie ihn in Venedig aufgespürt hatte. Es war die einzige Erklärung. Sie musste erkannt haben, dass er nicht der Typ war, der einfach davonlief, und das hatte sie so sehr fasziniert, dass sie ihn noch einmal in Augenschein nehmen wollte.

Nun, er würde diesmal nicht davonlaufen. Diesmal würde er herausfinden, was das alte Mädchen wirklich im Schilde führte. Wenn sie einen Partner suchte, nun, er würde sie enttäuschen müssen – sie war einfach nicht sein Typ. Und wenn sie ihn zu ihrem Abendessen machen wollte, nun, dann würden sie die Sache eben mit Zähnen und Klauen austragen müssen.

Spike wollte in seine Jacke schlüpfen, hielt jedoch inne. Eine kleine Rückversicherung könnte natürlich nicht schaden, dachte er.

Wie auf ein Stichwort trat Buffy die Tür ein. Sie wechselten einen fragenden Blick, und als sie sprachen, taten sie es gleichzeitig.

»Wir müssen reden.«

7

André Peters hatte den Urlaub schon seit über einem Jahr geplant – als Kapitän seiner eigenen Jacht auf einem Törn die Küste hinauf von L. A. bis nach Vancouver – und nichts würde ihn davon abhalten, seinen Plan durchzuführen. Er schuldete es Barb, die seit über vier Jahren darauf wartete, dass er sich frei nahm, und er schuldete es auch sich selbst. Heute waren sie endlich ausgelaufen, aber die Bürde der Reisekosten lastete schwer auf Andrés Schultern, und er fragte sich, wann diese Last weichen würde.

Als Anwalt, der in L. A. in der Unterhaltungsbranche tätig war, hatte er seine Karriere seiner Zuverlässigkeit zu verdanken. Dieser Urlaub hatte ihn bereits einen Mandanten gekostet, für den er fast zehn Jahre gearbeitet hatte – in denen seine erste Ehe gescheitert war und er Barb geheiratet hatte –, von dem großen Filmstudio, das eine Zusammenarbeit mit ihm in Erwägung gezogen hatte, ganz zu schweigen.

Er hätte zu Hause bleiben und arbeiten sollen. Aber André hatte seit seinen Flitterwochen mit Barb keinen Urlaub mehr genommen, sie hatten lange genug gewartet. Eines Tages würde er den Herzanfall bekommen, von dem er wusste, dass er unausweichlich war. Er konnte es sich lebhaft vorstellen. Er würde mit einem Milchkaffee in der Hand über den Santa Monica Boulevard fahren, telefonieren und einer Besprechung bei irgendeiner Produktionsgesellschaft entgegenrasen. Die

Sonne würde direkt in die Windschutzscheibe scheinen und ihn vorübergehend blenden, er würde auf die Bremse treten und aus seinen Gedanken hochschrecken, und plötzlich würde der Kaffee aus seiner Hand fallen und sich über das Polster ergießen. Schmerz würde durch seine Brust und seinen Arm zucken, und er würde gegen den vor ihm fahrenden BMW prallen.

Er wusste, dass es pervers war, sich das alles im Detail vorzustellen.

André hatte niemand von diesen Gedanken erzählt, nicht einmal Barb. Aber es war seine blühende Fantasie, die ihn überzeugt hatte, diesen Urlaub zu nehmen, ganz gleich, was daraus wurde. Man wusste nie, wann man eine neue Chance bekam. Warum arbeitete er so hart, wenn er sich so etwas nicht leisten konnte?

Aber die Tatsache, dass er den Auftrag verloren hatte, und die Frage, was in seiner Abwesenheit alles passieren mochte, quälten ihn trotzdem.

Er versuchte, diese Gedanken mit einem halb erzwungenen Lachen abzuschütteln. André atmete die salzige Luft ein, füllte seine Lunge und blähte die Brust. Er blickte nach Osten zur Küste hinüber und konnte in der Ferne Lichter sehen. Er wusste, wie lange sie bereits auf dem Meer waren, wie viele nautische Meilen sie zurückgelegt hatten, aber er fragte sich, welchen Teil der Küste er dort sah. Wem gehörten die Lichter? Welche Stadt passierten sie gerade?

In der Kabine der *Intellectual Property* holte er erneut tief Luft und lehnte sich auf dem bequemen Ledersitz zurück, von dem aus er seine Jacht steuerte. Sein Radar zeigte ihm weit im Westen ein anderes Schiff an, aber das war auch schon alles, sah man von der östlichen Küstenlinie und den dort vor Anker liegenden Booten ab. Das Radio plärrte leise, eine Softrockstation, die den Jazzsender ersetzte, den er in der Nähe von L. A. gehört hatte.

Er spähte wieder durch die Windschutzscheibe und wunderte sich, wie dunkel das Meer sein konnte. Die Nacht war größtenteils klar, doch von Zeit zu Zeit trieb ein dünnes Wolkenband am Mond vorbei, und dann zerschnitten nur die Lichter der Jacht die Dunkelheit.

»Schatz?«

André warf einen Blick zur Seite und sah Barb die Treppe vom Unterdeck heraufkommen. Das Lächeln auf ihrem Gesicht munterte ihn auf und milderte die Bürde, die ihm auf dem Herzen lag.

»Ich dachte, du möchtest vielleicht einen Kaffee«, sagte sie und reichte ihm den Becher mit dem Gummiboden, den er in der Kabine benutzte.

»Liebend gern. Und etwas Gesellschaft«, erwiderte André.

Barb kam herüber und beugte sich zu ihm hinunter, um seinen Nacken zu küssen. Dann ließ sie sich auf dem Sitz neben ihm nieder. Ihre blonden Haare waren mit einem dunkelgrünen Band zurückgebunden. Das Band passte zu der Farbe ihres gerippten Baumwollshirts, das ihre Rundungen betonte. Vorhin hatte sie einen Badeanzug getragen, doch mit Einbruch der Nacht war es kühler geworden, und sie hatte das T-Shirt und verwaschene Blue Jeans angezogen. Sie legte die Füße auf das Armaturenbrett, und André bemerkte, dass seine Frau barfüßig war. Er lächelte. Dieser Moment hatte etwas Kostbares an sich, er und sie allein auf dem Meer. Ihre Ehe war bis jetzt harmonisch verlaufen, und er liebte sie sehr, doch er hatte das Gefühl, dass diese Reise sie einander noch näher bringen würde.

»Ich bin so froh, dass wir das machen«, sagte er.

Barb drehte sich zu ihm um. Die Lichter des Armaturenbretts erhellten ihr Gesicht und die winzigen Lachfältchen um ihre grünen Augen.

»Ich auch. Ich möchte, dass du in den nächsten drei Wochen nur an mich denkst.«

Der Mond war hinter den Wolken verschwunden, und der Moment schien kostbarer zu sein als alle anderen, die sie bis jetzt miteinander geteilt hatten. Es gab nur noch sie und ihn. André beugte sich nach vorn, legte seine Finger um ihren Hinterkopf und zog sie an sich. Als sie sich küssten, raubte ihm die Weichheit ihrer Lippen den Atem.

Nur darum geht es, dachte André. Es ist richtig, hier zu sein.

Er lehnte seine Stirn an ihre. André konnte sehen, wie ihre Haut golden glänzte, als der Mond wieder hinter den Wolken hervorkam und sein Licht durch die Fenster der Jachtkabine fiel.

Barb sah nach rechts und blickte hinaus aufs Meer, vielleicht auf der Suche nach dem Mond. Ihr Gesicht verzerrte sich vor Entsetzen und sie schrie auf.

»André! Dreh bei! Oh, Jesus, dreh das Boot bei!«

Er riss ruckartig den Kopf herum. Seine Augen weiteten sich. Das Mondlicht hatte ein riesiges Schiff enthüllt, das direkt vor ihnen im Wasser trieb. Seine graue Wandung glänzte matt, aber André hatte keine Zeit, es nach Kennzeichen abzusuchen. Er fluchte laut, während ihm das Herz in der Brust hämmerte – vielleicht hatte er sich, was den Ort anging, wo er seinen Herzanfall bekommen würde, am Ende doch geirrt.

Aber nein, da war kein Schmerz. Nur Panik. Er hatte das Boot auf langsame Fahrt gestellt, schaltete den Motor fast ganz herunter und riss das Steuer hart nach steuerbord. Die Jacht neigte sich zur Seite, schaukelte leicht und trieb auf den mächtigen Frachter zu.

»Oh Gott, oh Gott, oh Gott!«, murmelte Barb immer wieder und hielt sich die Augen zu.

»He«, sagte er sanft.

Sie nahm die Hände runter, sah das Schiff drohend vor ihnen aufragen und stieß einen Seufzer unendlicher Erleichterung aus. Barb griff nach ihm, schmiegte sich an ihn, und zusammen starrten sie durch das Glas den Frachter an. Sie hatten ihn um knapp fünfzehn Meter verfehlt.

»Wir wären fast…« Sie brach ab und starrte ihn an. »Ich kann nicht glauben, dass wir ihn nicht gesehen haben.«

André erging es ebenso. Der Frachter war völlig dunkel, keine Positionslichter waren erkennbar, und es gab keine Beleuchtung an Bord, soweit er dies feststellen konnte. Da der Mond hinter den Wolken verborgen gewesen war und Barb ihn abgelenkt hatte, ließ sich leicht nachvollziehen, dass er das abgedunkelte Schiff vor ihnen nicht bemerkt hatte.

Aber das Radar brauchte kein Mondlicht und konnte auch nicht von seiner Frau abgelenkt werden. Es hätte das Schiff entdecken müssen, hatte es aber nicht getan.

»Ich verstehe das nicht«, sagte er kopfschüttelnd zu Barb. Er klopfte auf den Radarschirm, aber er wusste, dass es eine idiotische Geste war. »Es ortet ein Schiff im Westen und jetzt zwei kleinere Objekte im Norden und an der Küstenlinie. Aber das hier?« Er blickte an dem Frachter hinauf. »Nichts.«

»Das ist unmöglich«, erwiderte Barb.

André schluckte hart und starrte das abgedunkelte Schiff an. »Ja. Ja, das ist es.« Dann schaltete er den Motor vollständig ab und ging zur Tür der Kabine.

»Was hast du vor?«, fragte Barb mit einem Unterton in der Stimme, den er noch nie zuvor gehört hatte.

»Es mir näher ansehen.«

Sie starrte ihn an, als hätte er den Verstand verloren. »Den Teufel wirst du tun! Du wirst die Jacht ein gutes Stück von diesem Ding wegsteuern, der Küstenwache über Funk unsere Position mitteilen, und wenn sie auftaucht, verschwinden wir so schnell wie möglich von hier. Wir haben Urlaub, André. Wir werden uns keine Geisterschiffe ›näher ansehen‹, die nicht auf dem Radar auftauchen.«

Sein Herz schlug noch immer etwas zu schnell in seiner Brust. André lachte nervös, trat zurück in die Kabine und schloss die Tür hinter sich.

»Schatz, du weißt, dass es so etwas wie Geister nicht gibt.«

Aber nachdem er zu Barb gegangen war und sie umarmt, den Duft ihres Haares eingeatmet hatte, lenkte er die Jacht von dem treibenden Frachter weg und informierte über Funk die Küstenwache.

Jim Lawrence war dreiundzwanzig und hatte vor, bei der Küstenwache Karriere zu machen. Es gab so vieles an dem Beruf, das er liebte. Zum Beispiel das Meer, aber mehr noch war er stolz auf das, wofür die USKW stand. Männer wie er beschützten die Küsten der Vereinigten Staaten von Amerika, sie verbrachten ihre Tage damit, Menschen in Seenot zu helfen, und sie waren ein wichtiger Teil des nationalen Krieges gegen die Drogen.
Es war der wunderbarste Job, den sich Jim vorstellen konnte. Er wollte ihn für den Rest seines Lebens machen.
Aber in dieser Nacht fühlte es sich einfach nicht richtig an. Und wenn er dem Gedanken erlaubte, sich in seinen Kopf zu schleichen, so hatte es eine Menge Nächte gegeben, seit ihn dieses unheimliche Gefühl zum ersten Mal überfallen hatte. Draußen auf dem Wasser war normalerweise der einzige Ort auf der Welt, wo er glücklich war, frei. Aber in der vergangenen Woche war daraus der letzte Ort geworden, an dem er sein wollte. Jim behielt es für sich, aber er glaubte, eine ähnliche Besorgnis in den Augen einiger seiner Kameraden zu sehen.
Und jetzt das.
Michelle Brown war der Kapitän des rund vierunddreißig Meter langen Patrouillenbootes der Insel-Klasse. Mit ihren zweiundvierzig Jahren musste sie sich noch immer mit einigen der älteren Männer an Bord auseinander setzen, die der Meinung waren, dass Frauen nicht dienen sollten, doch Jim verehrte sie. Sie repräsentierte alles, was er an der Küstenwache bewunderte.
Michelle hatte Angst.
Was ihn entsetzte.
Die Crew des Küstenwachekutters bemannte die Suchschein-

werfer, die über den Rumpf des riesigen Frachters der Hendron Corporation tanzten. Er wurde schon seit Tagen vermisst. Er war auf keinem Radarschirm erschienen, von niemand gesichtet worden. Die Küstenwache hatte dem Aufsichtsratsvorsitzenden von Hendron mitgeteilt, dass er wahrscheinlich gesunken war.

Aber hier war er. So solide, dass die Metallhülle hohl klirrte, als Jim einen Vierteldollar dagegen warf, aber das verdammte Ding tauchte nicht auf dem Radar auf. Nicht im Mindesten. Als der Funkspruch mit den Koordinaten eingegangen war, hatte niemand dem Mann geglaubt. Das Schiff war auf dem Radar nicht zu sehen, wie konnte es also dort sein?

Wie? Vielleicht störte hier draußen – oder an Bord des Frachters – irgendetwas ihre Instrumente. Ihre Suchscheinwerfer huschten über das Deck, doch es war kein Lebenszeichen zu sehen, kein Laut zu hören. Es war eine riesige, stille, treibende Gruft.

Gruft. Er schauderte bei dem Wort. Aber Jim wäre unehrlich zu sich selbst gewesen, wenn er geleugnet hätte, dass genau das sein erster Eindruck gewesen war. Er versuchte sich nicht vorzustellen, was sie im Innern finden würden, versuchte sich auszumalen, was der Crew zugestoßen war, ohne seiner Fantasie wilde Spekulationen zu erlauben. Es war schwierig.

»Hier drüben!«

Spence Jewell hatte seinen Suchscheinwerfer so gedreht, dass er auf die Oberfläche des Meeres gerichtet war. Kapitän Browne wollte ihn schon anfauchen, während sie übers Deck stapfte, aber sie musste so wie Jim den Ausdruck auf Jewells Gesicht gesehen haben, denn sie schloss den Mund und eilte zu ihm. Jim war direkt hinter ihr.

Die drei starrten aufs Wasser, wo ein poliertes Holzstück trieb, das nur von einem anderen Boot stammen konnte.

»Sucht das Wasser ab!«, schrie Kapitän Browne.

Der Crew gefiel der Gedanke nicht, die Suchscheinwerfer

von dem Frachter zu wenden, aber sie gehorchte. Fünfzehn Minuten lang suchten sie die Wellen ab, fanden jedoch nichts. Nicht ein einziges Anzeichen dafür, dass hier irgendetwas passiert war, sah man von dem Holzstück ab.

Als sie die Koordinaten erreicht hatten, war die Jacht verschwunden gewesen. Der Typ, der sich über Funk gemeldet hatte, hatte erklärt, dass sie Urlaub machten und die Küste hinauffuhren und nicht warten wollten. Er riet ihnen, sich zu beeilen. Kapitän Browne hatte der Crew erklärt, dass er sich wahrscheinlich gelangweilt und die Fahrt fortgesetzt hatte.

Jim starrte das Holzstück an, das im Lichtkreis von Jewells Scheinwerfer tanzte, und er wusste, woher es stammte. Die Suchscheinwerfer waren wieder auf den verlassenen Frachter gerichtet. Kapitän Browne war am Funkgerät und redete mit dem Stützpunkt. Jim schüttelte den Kopf und ging in die Kabine, um mit ihr zu sprechen.

»Michelle«, sagte er leise, damit die Männer außerhalb der Kabine ihn nicht hören konnten.

Sie drehte sich um, das Gesicht erschöpft und blass, und hob einen Finger, um ihn zum Schweigen zu bringen. Nachdem sie das Funkgespräch beendet hatte, sah sie ihn wieder an.

»Captain«, korrigierte sie. »Wenn wir Dienst haben, nenn mich Captain.«

Er nickte. »Tut mir Leid.« Dann blickte er hinaus zu dem finsteren, bedrohlichen Frachter. Jim scharrte mit den Füßen, bevor er tief durchatmete und seine Gedanken laut aussprach. »Ich denke, wir sollten bis zum Morgen warten. Bis zur Morgendämmerung. Und einen weiteren Clipper herbeiordern.«

Michelle bedeckte den Mund mit der Hand und starrte das mysteriöse Schiff an, und er glaubte zu sehen, dass sie fröstelte.

»Ich stimme dem zu. Aber wir haben unsere Befehle.«

Dawn Summers saß zusammengesunken auf dem Beifahrersitz von Xanders Wagen, hatte die Arme verschränkt und starrte mürrisch aus dem Fenster. Das Licht der Straßenlaternen flackerte über die Kühlerhaube und brach sich an der Windschutzscheibe, während sie über die Straße rollten. Sie waren auf der Route 24 in südlicher Richtung unterwegs, aber trotz ihres Namens hatte sie für Dawn immer wie ein zweispuriger Highway ausgesehen. Das Einzige, was die Straße ihrer Meinung nach zu einem Highway machte, war die Tatsache, dass es nicht viele Ampeln gab.

Über den Häusern auf der rechten Seite der Route 24 verhüllte eine dünne Wolkendecke den Mond. Dawn schauderte, während sie sie betrachtete und darauf wartete, dass die Wolken weiterzogen und der Mond wieder in voller Pracht auf Sunnydale herunterschien. Aus irgendeinem Grund war das unheimliche Gefühl, das sie seit ein paar Tagen verfolgte, ohne das Mondlicht noch stärker. Sie schürzte verärgert die Lippen. Sunnydale war schon immer Gruselville gewesen. Warum störte sie das erst jetzt?

Sie schüttelte den Gedanken ab und konzentrierte sich stattdessen auf Xander. Früher einmal – damals, als sie ein Auge auf ihn geworfen hatte – hätte diese Wendung der Ereignisse sie begeistert. Eine Mondscheinfahrt mit Xander, er witzig und mit zerzausten Haaren und charismatisch und sie ganz aufgekratzt – das war wie ein Rendezvous. Aber sie hatte diese Schwärmerei überwunden – zumindest größtenteils –, und wenn sie den Gruselfaktor und die Tatsache bedachte, dass sie nur mit ihm zusammen war, weil Buffy ihn gebeten hatte, sie mitzunehmen, war Begeisterung eindeutig nicht das Wort, das ihre derzeitige Stimmung beschrieb.

Sie drehte sich auf dem Sitz und warf ihm einen durchdringenden Blick zu. »Lass es mich noch mal wiederholen. Du hast mich vor allem mitgenommen, damit du verhindern kannst, dass ich mich in einen Tintenfisch verwandle?«

Xander hielt mit seiner gesunden Hand das Lenkrad fest, sah sie von der Seite an und nickte. »Hauptsächlich. Für die Rechte der Seelöwen zu kämpfen hat sich als ein möglicherweise gefährliches Unterfangen entpuppt.«

Er richtete die Augen wieder auf die Straße und lachte leise. »Sag das fünfmal schnell hintereinander.«

»Ist das nicht ein Grund mehr, dass jemand bei diesen Leuten sein sollte?«, fragte Dawn. Sie rutschte auf ihrem Sitz hin und her und warf die Hände hoch. »Im Ernst. Wenn den Leuten unten am Strand oder in der Hendron Corporation von den Humanoiden aus der Tiefe oder was auch immer Gefahr droht, sollten wir zu ihnen gehen. Um zu verhindern, dass sie verletzt werden. Ist das nicht unsere Aufgabe?«

Xander bremste ab und als er sie wieder ansah, war überhaupt kein Humor mehr in seinen Augen, nur tiefe Besorgnis. »Nein, Dawnie. Das ist *Buffys* Aufgabe.«

Dawn senkte den Blick und sah finster drein. »Aber wir helfen ihr.«

»Yep. Wir helfen ihr«, stimmte Xander zu und bedachte sie mit einem kurzen Blick, während er versuchte, die Straße im Auge zu behalten. »Aber das ist auch alles, was wir tun. Wir sind die Rückversicherung. Die Scooby-Gang. Die Hilfsjäger. Sie ist das Hauptprogramm. Giles mag ja eine Menge wissen, doch Buffy ist die Auserwählte. Sie hat den Instinkt und die Fähigkeit.«

Dawn sank auf ihrem Sitz noch mehr in sich zusammen. »Und sie ist meine Schwester und will mich vor Schaden bewahren. Ganz gleich, was den anderen Leuten zustößt.«

»Das ist richtig, ja«, nickte Xander. »Warum ist das schlimm? Du bist kein kleines Kind mehr, Dawn-atello. Du weißt doch, wie es läuft, also warum stellst du dich dumm? Buffy wird alles tun, was nötig ist, um zu verhindern, dass das große Böse irgendjemand etwas zu Leide tut, aber du bist ihre Priorität. Sie muss klar denken können und das kann sie nicht, wenn sie sich sorgen muss, du könntest dich in die *Kleine Meerjungfrau* verwandeln.«

Dawn richtete sich widerwillig im Wagen auf. Sie sah wieder einige Sekunden aus dem Fenster, bevor sie sich erneut an Xander wandte.

»Kann schon sein.«

»Gut«, sagte Xander.

Er steuerte den Wagen mit einer Hand in eine Kurve. Die andere in ihrer Schlinge zuckte leicht, als wollte sie nach dem Lenkrad greifen, und er fluchte und fuhr zusammen. Sein gebrochenes Schlüsselbein musste übel wehgetan haben.

»Bist du okay?«, fragte sie, freundlicher jetzt.

Xander bremste weiter ab und umklammerte das Steuer fester. Durch die Lücken zwischen den Häusern auf ihrer Rechten konnte Dawn das Meer sehen.

»Mir geht's prima«, erwiderte er. Nach einem Moment warf er ihr erneut einen Seitenblick zu. »Keine Sorge. Du wirst wahrscheinlich nicht viel verpassen. Ich schätze, nach dem, was dieser Frau am Strand und den vermissten Leuten zugestoßen ist, wirst du dort jetzt nicht viele Seelöwensympathisanten sehen.«

Das machte Dawn traurig, denn sie fragte sich sofort, was mit den Seelöwen geschehen würde, wenn niemand für sie eintrat. Wenn die Monster sie nicht fräßen, würden die Boote sie töten, oder die Seelöwen würden sich in ihren Netzen oder Schiffsschrauben verfangen. Aber wenn sie ehrlich zu sich war, wusste sie, dass die meisten Leute es nicht riskieren würden, sich wegen einer Horde Seelöwen mit Dämonen anzulegen, ganz gleich, wie niedlich sie waren. Die Wahrheit war, dass das Schicksal der Seelöwen genauso von Buffy abhing wie das der Menschen, ohne dass eine der beiden Parteien davon wusste.

Dawn hatte im Grunde nicht viel dagegen, mit Xander herumzuhängen. Da sich ihre Mutter noch von ihrer Krankheit erholte, hatte sie Stunden damit verbracht, im Wohnzimmer Popcorn zu essen und sich Filme anzusehen. Allerdings gab es schlimmere Dinge, zum Beispiel die Verwandlung in ein schauriges, tentakelbewehrtes Seeungeheuer. Oder dass einem das Gesicht abfiel.

Die Scheinwerfer erhellten ein Schild mit der Aufschrift STÜTZPUNKT DER KÜSTENWACHE. Xander bremste und blinkte, bevor er rechts in eine kurze Straße bog und sich dem niedrigen, von einem Maschendrahtzaun umgebenen Gebäude näherte. Dahinter waren das Meer und die Masten mehrerer Boote zu sehen. Xander stellte den Motor ab und sie stiegen aus.

»Komm, Dawn Corleone. Es wird Zeit, dass wir uns an die Arbeit machen.«

»Ich komme«, sagte sie, lief um den Wagen herum und trat an seine Seite. »Aber hör mit den kindischen Spitznamen auf, sonst lasse ich deine Tarnung auffliegen.«

Xander verbeugte sich mit einem breiten Grinsen und scheuchte sie die Treppe vor dem Gebäude hinauf. »Was immer du sagst, Dawn Quixote.«

»Du bist *so* tot.« Sie boxte ihn leicht in den Magen, und Xander krümmte sich zusammen und keuchte vor Schmerz.

Als er sich wieder aufrichtete, schüttelte er kurz den Kopf und warf ihr einen resignierten Blick zu. »Das habe ich schon oft gehört.« Dann hellte sich sein Gesichtsausdruck auf. »Im Ernst, Dawnie, ich glaube nicht, dass du dich in einen Tintenfisch verwandeln wirst.«

Sie verharrte mit der Hand an der Tür und starrte ihn an. Sie versuchte die Besorgnis zu unterdrücken, die in ihr hochstieg. »Nun gut«, sagte sie. »Denn das wäre echter Mist.«

Sie betraten zusammen den Empfangsbereich. Hinter einem Schreibtisch saß ein Seemann in der weißen Uniform der Küstenwache und mit einem Headset auf dem Kopf. Seine Augenbrauen schossen hoch, als er sie entdeckte, und er entschuldigte sich bei der Person, mit der er telefonierte. Dann konzentrierte er sich wieder auf sie, bedachte Dawn mit einem seltsamen Blick und wandte sich an Xander.

»Kann ich Ihnen helfen?«

Als Dawn den Ausdruck auf dem Gesicht des Mannes von der Küstenwache sah, war sie froh, dass er sie nicht gefragt hatte, ob sie sich verirrt hatten.

»Das hoffe ich«, erwiderte Xander sehr ernst und professionell. »Mein Name ist Alexander Harris. Ich schreibe für die Studentenzeitung der UC Sunnydale und möchte mit dem Dienst habenden Beamten über die bizarren Dinge sprechen, die sich in der letzten Zeit ereignet haben. Vor allem über den von der Hendron Corporation vermissten Frachter.«

Der Gesichtsausdruck des Seemannes veränderte sich. Urplötzlich nahm er sie ernst. Dawn war beeindruckt, dass Xander fähig war, sich wie ein Erwachsener zu benehmen. Man konnte leicht vergessen, dass er nicht mehr als ein zu groß geratener Junge war.

Aber dann huschten die Augen des Mannes hinter dem Schreibtisch wieder zu Dawn, und er blickte skeptisch drein.

»Und du bist?«, fragte er Dawn.

Sie verdrehte die Augen. »Seine Schwester. Hören Sie, es war nicht meine Idee, hierher zu kommen. Geben Sie meiner Mutter die Schuld daran, weil sie nicht früher von der Arbeit nach Hause gekommen ist.«

Der Seemann lachte und richtete seine Aufmerksamkeit wieder auf Xander. »Sehen Sie, der Commander kann jetzt unmöglich mit Ihnen sprechen. Aber vielleicht hat der Offizier vom Dienst Zeit für Sie. Warten Sie einen Moment.«

Er nahm wieder das Telefonat auf, das er zuvor über sein Headset geführt hatte, leitete es weiter und rief dann jemand an, um ihr Anliegen zu erklären und zu fragen, ob der OvD verfügbar war. Als er das Gespräch beendet hatte, nahm er sein Headset ab, stand auf und streckte sich, als hätte er den ganzen Tag auf diesem Stuhl gesessen. Er war ein gut aussehender, kräftiger Bursche, und seine Uniform war gebügelt und saß perfekt.

Der Mann bemerkte, dass Dawn ihn anstarrte, und sie errötete und wandte den Blick ab.

»Was ist mit Ihrem Arm passiert?«, fragte er Xander.

»Ein Surfunfall.«

»Ja«, sagte er. »Davon hat es in der letzten Zeit eine Menge gegeben. Der OvD hat fünf Minuten Zeit für Sie. Im Vergleich zu den letzten Tagen ist heute Nacht nicht viel passiert. Mit einer großen Ausnahme.«

»Und die wäre?«, fragte Dawn.

Der Seemann lächelte. »Es sieht so aus, als würde dieser Frachter nicht mehr vermisst.«

Sie nahmen auf der anderen Seite des Empfangsbereichs Platz und warteten, bis eine Angehörige der Küstenwache mit hoch gesteckten Haaren sie abholte. Dawn konnte sie auf den ersten Blick nicht leiden. Die Frau war kalt und distanziert und hübscher als der weibliche Marineoffizier in *JAG*. Es störte sie immer, wenn eine Frau schön *und* intelligent, aber so undankbar war, dass sie ein ernstes Einstellungsproblem hatte.

Nicht dass ich Vorurteile habe oder so, dachte Dawn amüsiert, als sie und Xander der Frau eine Treppe hinauf und durch einen langen Korridor folgten.

Einen Moment später lösten sich ihre Gedanken auf und wichen einem großen geistigen *Wow*, als die Frau sie in einen riesigen Raum mit einer elektronischen Radarkarte von Südkalifornien an einer Wand und vielleicht einem Dutzend Leuten an Computerstationen in abgetrennten Nischen brachte. Sie konnten laute, von statischem Rauschen begleitete Gespräche hören, die offenbar zwischen einzelnen Booten und diesem Raum geführt wurden. Für Dawn sah er mehr wie der Kontrollraum eines Flughafens oder sogar wie eine kleinere Version der Missionskontrolle in Filmen wie *Apollo 13* aus als das, was sie erwartet hatte.

»Cool«, flüsterte sie.

Xander an ihrer Seite lächelte. »Sehr sogar.«

»Warten Sie hier«, sagte die Frau. Ihr Tonfall und der Ausdruck auf ihrem Gesicht verrieten ihnen sehr deutlich, dass sie keine Ahnung hatte, warum sich der OvD mit ihnen abgab.

Sie schritt durch den Raum zu einem zusammenstehenden Trio Officers. Der Mann, mit dem sie sprach, hatte schüttere Haare und trug eine Brille mit dicken Gläsern. Seine Uniform saß nicht so angegossen wie die von dem Burschen am Empfang, aber als er zu ihnen hinübersah, schenkte er ihnen ein warmes Lächeln, das Dawn gefiel.

Dann sagte einer der Officer, mit dem er zusammenstand, etwas zu ihm, das Dawn über den Lärm der vielen Funkgespräche nicht verstehen konnte. Der OvD – denn dafür hielt Dawn den Mann mit den schütteren Haaren – gab eine knappe Antwort, und eine Art Schatten verdüsterte seine Miene. Die Frau, die sie hierher gebracht hatte, wollte ihm folgen, aber der OvD wehrte sie ab.

»Ich bin Gavin Teller, der OvD der Gruppe«, erklärte er, als er sie erreichte und eine Hand ausstreckte. »Ich hörte, Sie haben einige Fragen an mich, Mr. ...?«

»Harris«, erwiderte Xander und schüttelte seine Hand. »Und das ist meine Schwester Dawn.«

Der OvD lächelte sie an. »Hast du auch Fragen, Dawn?«

»Eine Menge«, antwortete sie trocken und zog eine Braue hoch.

»Nein«, sagte Xander hastig. »Nein, sie hat keine, Sir.« Er kratzte sich mit seiner freien Hand am Hinterkopf. »Ich schreibe einen Artikel für die Zeitung der UC Sunnydale über die seltsamen Dinge, die in der letzten Zeit passiert sind. Mit den Seelöwen und diesem Fischkutter. Ich wollte Sie auch nach dem vermissten Frachter fragen, doch der Officer am Empfang hat uns erklärt, dass er nicht mehr vermisst wird. Können Sie uns irgendetwas darüber sagen?«

Der Mann runzelte hinter seiner Brille die Stirn. Die Gläser waren so dick, dass sie seine Augen größer erscheinen ließen.

»Das hat er gesagt, ja?« Teller schnalzte mit der Zunge. Aber dann kehrte sein Lächeln zurück, und er sah sich im Raum um. »Nun, es stimmt. Um genau zu sein, wir haben im Moment einen Kutter dort draußen. Der Frachter treibt. Wir machen uns natürlich Sorgen, dass der Besatzung etwas zugestoßen ist, aber ich habe gerade den Befehl gegeben, dass mehrere Seeleute an Bord gehen sollen.«

Dawns Kehle wurde trocken. Sie sah Xander nervös an und stellte fest, dass ihm auch nicht gefiel, was sie gerade gehört hatten. In Anbetracht der Moruach und der anderen Zwischenfälle oder bei dem Gedanken an das, was mit der Crew der *Heartbreaker* passiert war, würde sie jetzt keinen Fuß an Bord dieses Frachters setzen wollen.

»Äh, ist das eine gute Idee?«, fragte sie leise.

Der OvD runzelte die Stirn und sah sie durch diese verzerrenden Gläser an. »Wie meinst du ... es *ist* unser Job, junge Dame. Ich will dich nicht beleidigen, aber vielleicht solltest du deinen Bruder die Fragen stellen lassen.«

Er zwang das Lächeln zurück auf sein Gesicht, aber es kam Dawn unecht vor. Der OvD sah Xander mit einem Vielleicht-hätten-Sie-sie-zu-Hause-lassen-sollen-Blick an.

Aber Xander beachtete den OvD gar nicht, wie Dawn feststellte. Stattdessen starrte er den riesigen Radarschirm an der Wand an. Es waren dort eine Menge Schiffe zu sehen, und Dawn bemerkte, dass ein paar von ihnen Boote der Küstenwache waren, wie die Markierungen auf dem Monitor verrieten.

»Wo ist ... Sie sagten, Sie haben den Frachter gefunden?«, fragte Xander.

Tellers Miene verhärtete sich. »Er ist im Moment nicht auf dem Radar zu sehen.«

»Warum nicht?«

»Ich denke, der wichtigste Punkt ist, dass wir ihn lokalisiert haben, meinen Sie nicht auch?«, entgegnete der Mann scharf. »Jetzt können wir feststellen, was mit ihm passiert ist und in welcher Verfassung sich die Crew befindet.«

Dawn blickte durch den Raum zu derselben Gruppe Officers hinüber, zu der sich inzwischen mehrere andere gesellt hatten. Sie beugten sich über einen jungen Mann mit einem Headset, der auf seinen Computer starrte, dann auf den großen Schirm und wieder auf seinen Computer. Die Stimmen wurden lauter, sodass sie die Gespräche besser verstehen konnte. Zumindest einen Teil davon.

Sie hörte ganz deutlich, wie jemand durch das statische Rauschen sagte: »Es ist niemand an Bord. Der Frachter ist völlig verlassen.«

OvD Teller hörte es ebenfalls. Es war einer dieser Momente, in denen es plötzlich ganz still im Raum wird. Die Funkgespräche gingen weiter, doch die Leute im Raum schwiegen, während sie auf den riesigen Radarschirm blickten ... wo der Frachter nicht zu sehen war. Er war unsichtbar. Ein Geist.

»Nein, nein«, drang eine andere Stimme aus dem Funkgerät. »Hier ist noch jemand. Ich habe gerade ... habt ihr das gehört?«

Dawn ergriff Xanders Arm und flüsterte seinen Namen. Ihr Herz schlug so schnell, dass es wehtat, und sie biss sich auf die Unterlippe. Sie war den Tränen nahe. Xander sah sie an, und sie konnte erkennen, dass er den Atem anhielt.

Teller hatte den Blick wieder auf sie gerichtet und den Ausdruck auf ihren Gesichtern bemerkt. »Was?«, fragte er, offenbar hochgradig erregt. »Was ist los mit euch beiden?«

Xander stieß die Luft aus. »Vielleicht hätten sie ihn abschleppen sollen. Am Morgen.« Er zuckte die Schultern. »Das ist nur ein Vorschlag, aber schließlich bin ich ein ziemlicher Feigling, sodass ...«

Er wurde von von Statik untermalten Schreien unterbrochen, die durch den Raum gellten.

Als der OvD herumfuhr und zu den anderen lief, die sich um den jungen Funkoffizier drängten, nahm Xander Dawns Hand und sie eilten den Weg zurück, den sie gekommen waren.

»Diese Sache gerät außer Kontrolle«, murmelte er.

Dawn konnte ihn über den Schreien kaum hören.

Die Zelle maß dreieinhalb Meter im Quadrat, genau wie die anderen, in denen sie bisher ihre Strafe abgesessen hatte. Beton und Stahl. Aber sie war sauber und leer – in etwa so spartanisch, wie das Leben manchmal sein konnte – und das war gut. Denn es sorgte dafür, dass ihr Kopf frei blieb.

Sie hing in den Kniekehlen kopfüber von der oberen Pritsche. Ihre Zellengenossin Carrie saß auf ihren Schienbeinen, um ihr Halt zu geben und zu verhindern, dass sie von der Pritsche fiel. Carrie war ein großes Mädchen.

Während sie dort hing und Carrie auf sie hinunterblickte, zog sie ihren Körper nach oben und keuchte dabei vor Anstrengung, die Ellbogen hinter dem Kopf, sich abwechselnd nach rechts und links drehend, während sie sich hochstemmte. Das tat gut. Becca, ihre Zellengenossin vor Carrie war kaum schwer genug gewesen, um ihr Halt zu geben. Mit Carrie – die nicht wirklich fett, sondern eine absolute Amazone von einer Frau war – konnte sie richtig trainieren.

»Einhundertsiebenundzwanzig«, zählte sie schnaufend. »Einhundertachtundzwanzig.«

»Gut, du bist unglaublich«, sagte Carrie und sah sie bewundernd an. »Ich könnte das nie. Ich glaube nicht, dass ich jemand kenne, der auch nur halb so diszipliniert ist wie du.«

»Einhundertneunundzwanzig«, keuchte sie und hielt mit nach oben gebeugtem Körper inne. »Wenn ich mich wegen dir verzähle, breche ich dir das Genick.«

Carrie kicherte mädchenhaft, ein Laut, der seltsam wirkte,

wenn man bedachte, was für eine kräftige Frau sie war. »Ja. Hu-uh.«

Ihre Zellengenossin nahm sie nicht ernst. Carrie hatte keine Ahnung, wozu sie fähig war, und das war durchaus in Ordnung. Was auch immer sie sagen mochte, sie versuchte, all das hinter sich zu lassen, die Gewalttätigkeit und den Drang, der Welt mit den Fäusten ihren Willen aufzuzwingen. Aber in einer Hinsicht hatte Carrie Recht. Die Übungen, die sie machte, dienten nicht dazu, sich in Form zu bringen oder in Form zu halten. In Kampfform, ja, aber deshalb musste sie nicht trainieren.

Es ging um Disziplin.

Das war etwas, das sie sich selbst beibringen musste. Obwohl sie dabei war, sich der Welt und der Möglichkeit zu öffnen, dass nicht alle gegen sie waren, dass sie eine neue Bestimmung für sich finden konnte, musste sie gleichzeitig nach innen schauen und ihre Energie darauf konzentrieren, Tag für Tag ihre Strafe abzusitzen, ihr Temperament zu zügeln und sich auf das Leben *danach* vorzubereiten.

Disziplin. Ohne sie hätte sie hier nicht eine Woche überstanden.

Sie war es, die ihr half, sich zu konzentrieren. Die ihr zu hoffen half und an sich selbst zu glauben.

»Einhundertvierunddreißig«, schnaufte sie, spürte das Brennen in ihrem Unterleib und genoss es. »Einhundertfünfunddreißig«, keuchte sie, während sie ihren Körper nach oben wuchtete und das Spiel ihrer Muskeln spürte.

Ein abruptes Hämmern an den Gitterstäben der Zelle unterbrach ihr Training. Sie verharrte wieder mitten in der Bewegung, blickte auf und sah Bridwell, einen stiernackigen Wärter, der mit seinem permanent finsteren Gesichtsausdruck geboren worden zu sein schien.

»He. Harte Braut. Du hast Besuch.«

Bridwell schlug die Insassen nie, sofern sie nicht randalierten, aber er brauchte eine Lektion in Sachen Benehmen. Er war eine ihrer größten Herausforderungen gewesen. Wenn sie den Drang bezähmen konnte, ihm ein neues Gesicht zu verpassen, war das ein Schritt in die richtige Richtung.

»Die Besuchszeit ist schon lange vorbei«, sagte sie und beendete ihre Übung. Dann klopfte sie auf Carries Knie, damit ihre Zellengenossin von ihr runterging, packte die obere Pritsche mit beiden Händen und ließ sich sanft nach unten gleiten. Dann baute sie sich mit verschränkten Armen vor Bridwell auf. »Was ist das für ein Spielchen, Bridie?«

Der Wärter lief rot an. »Ich habe dir gesagt, du sollst mich nicht so nennen, Mädchen.«

Sie warf ihm mit einem flirtenden Grinsen einen Handkuss zu. »Dann bringen Sie sie her, diese Besucher.«

Bridwell gab jemand auf dem Korridor einen Wink, und einen Moment später betraten zwei Personen die Zelle. Die Frau war dünn und attraktiv und hätte in ihrem modischen braunen Anzug wie eine Geschäftsfrau gewirkt, hätte sie ihre Haare nicht so schwarz gefärbt, dass sie an einen Gruftie erinnerten. Der Mann hatte ein grimmiges Gesicht und ein kantiges Kinn, und seine kühlen blauen Augen und der kurze Haarschnitt ließen ihn irgendwie einschüchternd erscheinen. Er wirkte ohne Uniform fehl am Platze.

Sie starrte die Besucher an und hob trotzig ihr Kinn. »Wer sind Sie denn?«

Die Frau sah nervös aus, als wollte sie lieber überall anders auf der Welt sein, bloß nicht hier, doch nach einem kurzen Blick zu ihrem Begleiter trat sie einen Schritt tiefer in die Zelle und verschränkte die Arme.

»Quentin Travers hat mit dem Staat eine Vereinbarung getroffen, dass Sie vorübergehend in unsere Obhut übergeben werden. Das heißt, wenn Sie eine Weile hier raus möchten.«

»Sie sind Amerikanerin.«

Die Frau runzelte die Stirn. »Ja?«

»Quentin Travers hat versucht, mich zu töten.«

Der Begleiter der Frau drehte sich um und funkelte Bridwell an, der versuchte, näher zu treten und zu hören, was gesprochen wurde. Der Wärter warf dem Mann einen verdrossenen Blick zu und machte eine obszöne Geste. Oben auf ihrer Pritsche verfolgte Carrie neugierig die stumme Auseinandersetzung.

»Wenn Sie eine Entschuldigung erwarten, kennen Sie Travers offenbar nicht sehr gut«, sagte die Frau. Dann zuckte sie die Schultern. »Ich dachte, Sie wären inzwischen an Erlösung interessiert. Sie könnten jederzeit hier ausbrechen, trotzdem bleiben Sie. Warum sollten Sie das tun, wenn Sie nicht für die Sünden der Vergangenheit büßen wollen? Nun, vielleicht können Sie in dieser Hinsicht eine aktivere Rolle übernehmen. Zumindest für eine Weile.«

»Sie bitten mich, Ihnen zu helfen?«

»Ja.«

»Wo ist Buffy?«

Die Frau versteifte sich, atmete aus und senkte die Arme. »Sie ist nicht dabei.«

Faith lächelte.

»In Ordnung. Packen wir's an.«

8

Über einer Anhöhe am anderen Ende der Straße tauchten Scheinwerfer auf. Buffy, mit der schweren Streitaxt an der Seite, und Spike sprinteten über die Fahrbahn, um nicht gesehen zu werden. Sie bewegten sich größtenteils durch Hinterhöfe und Nebengassen, aber es war nicht einfach, Sunnydale mit einer antiken Waffe in den Händen zu durchqueren. Pflöcke waren viel einfacher zu verbergen, aber sie hatte den Zauberladen mit leeren Händen verlassen und geplant, dorthin zurückzukehren, bevor sie auf Patrouille ging.

Wahrscheinlich wäre es besser gewesen, zuerst in den Laden zu gehen, dachte sie, während die beiden geduckt durch die Schatten neben einem erhöhten Swimmingpool liefen. Ein paar Türen weiter bellte ein Hund. Die Leute im Hinterhof – dem Geruch nach grillten sie – schrien den Köter an, still zu sein. Er bellte weiter, bis sie durch zwei weitere Hinterhöfe geschlichen waren und die Dolphin Street erreichten.

Es hatte sich herausgestellt, dass Spike nicht nur wusste, was die Moruach waren, sondern dass er ein paar Mal sogar ihrer Königin begegnet war.

»Das haut mich um«, hatte Buffy gemurmelt, als er es ihr erzählt hatte. »Du bist ziemlich weit herumgekommen, nicht wahr?«

Spike hatte breit gegrinst. »Ja. Ich schätze, das stimmt.«

»Und jetzt bist du stubenrein«, hatte sie erwidert.

Das hatte das Grinsen von seinem Gesicht gewischt und ihm die Laune verdorben. Doch er war entschlossen, ihr beim Aufspüren der Moruach zu helfen, deshalb kümmerte es Buffy nicht sonderlich, wie seine Stimmung war. Sie konnte einen missgelaunten Spike ertragen, wenn er es ihr ermöglichte, die Höhle oder das Nest zu finden, wo sich die Moruach versteckten. Sicher war, dass Spike die Witterung der Moruach aufgenommen hatte. Er hatte keine Ahnung, was die anderen Wesen waren – oder was Menschen mutieren ließ –, doch Buffy sagte sich, dass es ein guter Anfang sein würde, wenn sie die Moruach fanden.

An der Kreuzung Dolphin und Gaudett blieben sie stehen. Gaudett war eine Hauptstraße, auf der dichter Verkehr herrschte. Sie hätten einen direkteren Weg nehmen können, aber der hätte sie quer durch die Innenstadt geführt, und das konnten sie mit dem Mordwerkzeug in Buffys Hand nicht riskieren.

Im Verkehr öffnete sich eine Lücke, und sie eilten über die Straße zu dem Parkplatz eines Einkaufszentrums, das zu dieser Zeit in einer Montagnacht geschlossen war. Das war hilfreich. Buffy wechselte die Axt in die andere Hand und hoffte, dass das Metall nicht das Licht eines Scheinwerfers reflektieren und die Aufmerksamkeit auf die Klinge lenken würde.

Sie rannten über den Platz, vorbei an den abgedunkelten Ladenfronten, und Buffy sah zu Spike hinüber. Er hatte seinen schwarzen Trenchcoat angezogen, und selbst aus der Nähe konnte sie die Axt, die er trug, nicht sehen, eine Zweitausgabe der Waffe in ihren Händen. Sie stammten aus seiner Privatsammlung – die er, wie sie überzeugt war, aus der Privatsammlung eines *anderen* gestohlen hatte. Es war ihr zuerst sinnvoll erschienen, sich nicht mit dem Umweg über die *Magic Box* aufzuhalten, aber sobald sie den Friedhof verlassen hatten und nach Docktown aufgebrochen waren, hatte Buffy es sich anders überlegt.

Doch jetzt ist es zu spät, um umzukehren, dachte sie.

»Es wäre schön, wenn man diese Wesen mit weniger auffälligen Waffen töten könnte«, murmelte Buffy.

Spike lachte leise. »Ja. Na ja, du könntest versuchen, die Riesenaalwesen zu pfählen, Jägerin, aber ich bin mir nicht sicher, ob es funktionieren würde. Ihre Angst vor der Sonne macht sie nicht gleich zu Vampiren.«

»Sagt der Typ mit dem langen Jackett, unter dem er tödliche Waffen verstecken kann. Es ist ein wenig heiß für diese Aufmachung, meinst du nicht auch?«

»Heiß ist ein relativer Begriff. Es stört einen nicht besonders, wenn man ... kaltblütig ist.«

»Und das bist du wirklich«, erwiderte Buffy.

Am Ende des Einkaufszentrums bogen sie nach links ab, zwängten sich zwischen zwei blauen Müllcontainern hindurch und kletterten über einen Maschendrahtzaun. Dahinter lag ein Hang, der zu einem großen Kreis am Ende einer Wohnstraße führte, deren Namen Buffy nicht kannte. Mit einem kurzen Blick vergewisserten sie sich, dass niemand in der Nähe war, und rannten die Straße hinunter zu einer weiteren verkehrsreichen Hauptdurchgangsstraße am anderen Ende.

»Du hast mir von deinen Abenteuern mit den Meeraffen erzählt«, sagte Buffy, obwohl sie sicher war, dass Spike einiges für sich behalten hatte. »Aber du hast mir noch immer nicht erklärt, warum alle anderen Vampire Sunnydale so überstürzt verlassen haben, als würde der Morgen in der Sahara dämmern.«

Buffy hielt die Axt am Ende des Schaftes, dicht unter der Klinge, und beschleunigte ihre Schritte. Spike blieb an ihrer rechten Seite, obwohl sie eine gewisse Zögerlichkeit bei ihm spürte. Während sie rannten, warf er ihr einen Seitenblick zu.

»Du bist eifersüchtig.«

»Was?«, fauchte sie.

»Ja«, sagte der Vampir spöttisch grinsend. »Die mächtige

Jägerin ist sauer, weil Monster in die Stadt kommen, die Furcht erregender sind als sie.«

»Meinst du das im Ernst? Ich bin bloß wütend, weil sie lebend aus der Stadt entkommen sind. Alles andere interessiert mich nicht.«

»Das glaube ich nicht. Ich denke, dein Ruf bedeutet dir mehr, als du zugeben willst«, sagte Spike fröhlich.

»Und deine Meinung ist wichtig, weil ...?«

»Vielleicht ist sie es nicht«, räumte Spike ein. »Aber du bist trotzdem eifersüchtig.«

»Wenn du es sagst«, brummte Buffy abfällig und bedeutete ihm so, dass das Thema für sie erledigt war.

Spike antwortete zunächst nicht. Sie schwiegen beide, während sie über eine andere verkehrsreiche Straße rannten und dann dem Zaun folgten, der den ehemaligen Footballplatz der Sunnydale Highschool umgab. Buffy spähte durch den Zaun und über den Platz, wo sie undeutlich die schwarze, gezackte Silhouette der ausgebrannten Ruine erkennen konnte. Es war unheimlich, wie sie dort stand, ein Leichnam, erfüllt von den Geistern jahrzehntelanger Teenagerangst.

Wenn es jetzt noch nicht dort spukt, wird es nicht mehr lange dauern, dachte sie. Wenn man sie nicht bald abreißt, werde ich sie am Ende noch mal in die Luft jagen müssen.

»Also«, drängte sie, während sie am Zaun entlangliefen, »was ist so unheimlich an den Fischtypen?«

Spike blickte ebenfalls über das Footballfeld. Eine tiefe Falte furchte seine Stirn. Er griff in sein Jackett, zog die Axt heraus und ließ sie wie Buffy an seiner Seite hängen.

»Meine Art hat nicht viele natürliche Feinde, verstehst du? Dazu gehörst natürlich du«, sagte er mit einem verrückten Lächeln auf dem Gesicht, als er sie ansah und mit ihr Schritt hielt.

Dann blieb er stehen und wandte sich ihr zu. Einen Moment lang sah er auf sie hinunter, nur Zentimeter von ihr entfernt, und die Klingen der beiden antiken Äxte stießen leise klirrend aneinander. Buffy trat einen Schritt zurück.

»Respektiere die Privatsphäre«, warnte sie ihn.

Sein Blick irrte umher, über das Feld und dann hinauf zum Mond. »Richtig. Nun, die Moruach fressen eigentlich alles. Aber nach allem, was ich gehört habe, jagen sie keine Menschen.«

»Sie haben...«

»... einen Pfleger in einer Klapsmühle getötet. Ja, das hast du erzählt. Und sie haben auch versucht, dich zu erledigen. Aber es klingt nicht *so*, als hätten sie damit angefangen. Die Pfleger haben versucht, sie aufzuhalten, genau wie du. Vielleicht hast du ihnen keine Wahl gelassen. Ich sage dir nur, was ich gehört habe, und danach stellen sie keinen Menschen nach. Möglicherweise mögen sie ihren Geschmack nicht. Sie fressen alles, was im Meer ist. Und auch ein paar Landtiere. Aber am meisten mögen sie Beute, die mit ein wenig Magie gewürzt ist, ein wenig Dunkelheit. Sie haben eine besondere Vorliebe für Vampire, vielleicht mit etwas Tatarsoße serviert. Sie existieren schon seit langer Zeit. Seit der Zeit der ersten Vampire, seit den Tagen, als die Herrschaft der Dämonen über diese Welt endete.

Aber wir erinnern uns. Wir Vampire, meine ich. Bei den Menschen gibt es so etwas wie das kollektive Gedächtnis, instinktive Erinnerungen, die genetisch weitergegeben werden. Bei uns ist es nicht anders. Selbst wenn ein Vampir noch nie von den Moruach gehört hat, weiß er sofort, dass er in Schwierigkeiten steckt, wenn er ihren Geruch wittert. Manche Vamps sind in dieser Hinsicht allerdings empfänglicher als andere.«

»Wie Drusilla«, sagte Buffy.

Spike kniff die Augen zusammen. »Ja. Wie Dru.«

Buffy zögerte einen Moment. Spike wandte sich ab, doch sie ergriff seinen Arm. »Wir alle haben etwas gespürt. Aber das ergibt keinen Sinn, wenn die Moruach keine Menschen jagen. Von den brutalen Morden in der vergangenen Woche ganz zu schweigen.«

»Ich kann dir in dieser Hinsicht nicht helfen«, meinte er schulterzuckend. »Aber du hast selbst gesagt, dass noch etwas anderes hier vorgeht. Vielleicht machst du dir deswegen ins Hemd.«

Buffy ließ seinen Arm los und schürzte abfällig die Lippen. »Halte mein Hemd da raus.« Sie verdrehte die Augen. »Und ich *kann nicht* glauben, dass ich das gesagt habe. Können wir jetzt bitte weitergehen? Es wird die ganze Nacht dauern, Docktown mit dir als meinen Bluthund zu durchsuchen.«

Aber Spike schenkte ihren Worten keine Beachtung. Wieder wanderte sein Blick über das Footballfeld. Buffy drehte den Kopf, um zu sehen, was ihn so sehr ablenkte, aber da waren nur die rußigen Überreste der Sunnydale High.

»Hölle an Spike? Bitte melden, Spike.«

Obwohl sie das nicht für möglich gehalten hätte, wirkte er jetzt noch bleicher als gewöhnlich. Er schien sich im nächsten Moment übergeben zu müssen, und als sie sah, wie er die Lippen zusammenpresste, und den Ausdruck in seinen Augen bemerkte, dämmerte Buffy, dass Spike Angst hatte.

Seine Nasenflügel blähten sich zornig, als wäre die Furcht der erste Feind, den er bezwingen musste. Als er die Zähne fletschte, sah sie, dass sie länger geworden waren. Er schüttelte sich, straffte die Schultern und warf ihr einen Blick zu, während er sich dem Zaun näherte.

»Es sieht so aus, als müssten wir nicht bis nach Docktown laufen.«

Willow war überrascht gewesen, als sie festgestellt hatte, dass Baker McGees Adresse im Telefonbuch stand, nicht weil es bedeutete, dass er ein Haus gekauft oder zumindest gemietet hatte – er war schließlich der Kapitän eines erfolgreichen Fischerboots –, sondern weil er unter *Baker* McGee aufgeführt war. Sie war überzeugt gewesen, dass dies nicht sein richtiger

Name, sondern ein Spitzname war, den ihm die anderen Seeleute gegeben hatten. Aber nein, hier stand er, unter der Adresse Chesbro Street 15.

Da Xander anderweitig beschäftigt war, hatte Giles widerwillig Willow und Tara seinen Wagen geliehen, unter der Bedingung, dass Tara fuhr. Willow war gekränkt gewesen, doch Giles hatte darauf bestanden und erklärt, dass er zwar keinen Grund zu der Annahme hatte, dass Willow eine schlechte Fahrerin war, er aber vermutete, dass Tara vorsichtiger fuhr.

Dem konnte sie nicht widersprechen.

Obwohl sie auf dem Stadtplan von Sunnydale eingezeichnet war, hatte es sich als unerwartet schwierig erwiesen, die Chesbro Street zu finden. In diesem Teil der Stadt gab es ein Labyrinth schmaler Straßen, von denen viele in Sackgassen endeten. Sie mussten mehrmals umdrehen und die Straße zurückfahren, die sie gekommen waren, und stellten bei anderen Gelegenheiten fest, dass eine Abzweigung zwar auf der Karte vermerkt war, sie aber nicht zu der angekündigten Straße führte. Auf seltsame Weise erweckte dies in ihnen das Gefühl, dass einige Straßen fehlten – als gäbe es ein paar schmale Gassen, die man mit dem Auto einfach nicht erreichen konnte.

Das war natürlich unmöglich, sofern es keine übernatürlichen Einflüsse gab. Doch auch wenn Willow und Tara Hexen waren, schrieben sie es einem Fehler bei der Erstellung des Stadtplans zu, bis ihnen schließlich aufging, dass eine der Straßen, durch die sie schon mehrmals gefahren waren, drei verschiedene Namen hatte, je nachdem, wo man in sie einbog.

»Da ist es«, sagte Tara, während sie mit beiden Händen das Lenkrad festhielt. Der Wagen rollte im Schritttempo weiter, bis sie auf die Bremse trat.

Willow spähte durch die Windschutzscheibe, und dort war es, ein Schild, auf dem sehr deutlich CHESBRO STREET stand. Ein Schild, an dem sie bereits drei Mal vorbeigefahren sein mussten.

»Der Göttin sei Dank«, flüsterte Tara.

»Wir sollten keinem verraten, dass wir uns verirrt haben«, sagte Willow. »Das würde nur unser Image als mächtige, böse Hexen ruinieren.«

»Abgemacht«, stimmte Tara zu, als sie um die Ecke bog.

Einen Moment später entdeckte Willow auf der rechten Seite die Nummer fünfzehn. Sie hatte eine Hütte am Meer mit einem Boot auf einem Anhänger in der Auffahrt erwartet – eine Annahme, die nicht weit hergeholt war –, und der Anblick von Baker McGees Haus war für sie ein Schock. Es war ein Arbeiterviertel, wo die meisten Häuser einen neuen Anstrich und die Vorgärten mehr Pflege brauchten. Baker McGees Haus war ein kleines, weiß getünchtes Cottage, dessen Rollläden, Zierleisten und Türen blau gestrichen waren. Das Haus war von innen warm erleuchtet, und auf der kleinen Veranda stand eine hölzerne Schaukel, die sich sacht im Wind bewegte, zusammen mit dem Glockenspiel, das in der Nähe hing. Der Rasen war perfekt gepflegt.

»Es ist so ... schön«, sagte Willow.

»Du klingst enttäuscht«, erwiderte Tara, als sie den Motor abstellte und ihren Sicherheitsgurt löste.

Willow nickte bedächtig. »Weil ich denke, dass dies das falsche Haus ist.«

Tara warf ihr einen fragenden Blick zu. »Warum?«

»Nach den Informationen, die wir online eingeholt haben, wissen wir, dass er nicht verheiratet ist. Keine Kinder. Er ist der Kapitän eines Fischerboots und lebt allein, Tara. Sieh dir das Haus an. Es kann nicht Baker McGee gehören.«

Ein sanftes Lächeln huschte über das Gesicht ihrer Freundin und sie strich eine Haarsträhne hinter ihr Ohr. »Noch einmal, warum? Bewerte nicht immer gleich alles, Schätzchen. Und vertraue deiner Spürnase. Das ist die Adresse. Es ist sein Haus. Vielleicht ist er einer dieser Männer, die Sinn für Ordnung haben. Nur weil er auf einem Boot arbeitet, heißt das noch lange nicht, dass er schlampig sein muss.«

Willow öffnete die Tür und stieg aus. »Schuldig im Sinne der Anklage. Doch angesichts der Männer, die ich bisher kennen gelernt habe, wird man mir vergeben, wenn ich denke, dass nur britische Männer reinlich sind.«

»Kein Grund zur Sorge«, meinte Tara, als sie Giles' Schlüssel in die Tasche steckte. »Vergebung lässt sich immer verdienen.«

Sie folgten dem Weg zur Haustür, wo zwei Außenlampen die drei Stufen erhellten. Willow klingelte, die beiden Mädchen warteten und hörten, wie das Echo im Innern verklang. Es war still dort drinnen, trotz des Lichts, das durch die mit Gardinen verhangenen Fenster fiel. Obwohl ihr der Gedanke gekommen war, dass McGee infiziert sein konnte, dämmerte Willow erst jetzt, in der Stille nach dem Klingeln, in welche Gefahr sie sich begaben.

»Tritt zurück«, sagte Willow.

Sie und Tara stiegen die Treppe hinunter, ohne die Tür aus den Augen zu lassen. Als sich nach einer halben Minute noch immer nichts rührte, sah Willow Tara an und zuckte die Schultern. Sie war versucht, einfach wegzugehen, doch das konnten sie nicht tun. Baker McGee war ihr einziger Anhaltspunkt. Er musste in der Lage sein, die anderen Männer zu identifizieren, die an jenem Tag am Kai gearbeitet hatten.

Willow stieg wieder die Treppe hinauf.

»Sei vorsichtig«, flüsterte Tara, und als Willow sich umschaute, sah sie, dass die Finger an der rechten Hand des anderen Mädchens eine Art purpurnes Leuchten umgab.

»Halt dich zurück«, sagte Willow.

Tara nickte, während das magische Leuchten verblasste. Sie wussten beide, dass es schwer sein würde, McGees Vertrauen zu gewinnen, wenn sie vor seinen Augen zauberten, und sie waren sicher, dass sie noch vor dem Ende der Nacht jede Unze magischer Energie brauchen würden, die sie aufbringen konnten. Es wäre also keine gute Idee, sie vorzeitig zu verschwenden.

Willow streckte die Hand aus und wollte erneut klingeln, als die Tür geöffnet wurde. Sie keuchte leicht, denn sie hatte keine Schritte oder Bewegungen im Innern gehört, und war daher überrascht.

Aber dann sah sie den Mann im Innern des Hauses und sie entspannte sich. Mit seinem grauweißen Bart, dem wettergegerbten Gesicht und den freundlichen Augen sah er wie der dünnere Bruder des Weihnachtsmanns aus. Sein Gesicht zeigte einen verwirrten Ausdruck, und Willow konnte es ihm nicht verdenken. Er war ein älterer, allein stehender Mann in einer Familienwohngegend und wahrscheinlich nicht daran gewöhnt, dass mitten in der Nacht attraktive Collegemädchen vor seiner Tür auftauchten.

»Mal sehen«, begann McGee. »Ihr seid zu alt, um Pfadfinderinnen zu sein. Nicht konservativ genug gekleidet, um Zeugen Jehovas zu sein. Ihr bringt mir auch keine Pizza, die ich ohnehin nicht bestellt habe.«

»Ich bin Willow, Mr. McGee«, sagte sie. »Und das ist Tara. Wir sind Freunde von Buffy.«

Seine Augen huschten nach rechts und links und dann bedeutete er Willow mit einem Wink fortzufahren. »Und Buffy ist ... die Kandidatin für das Amt des Bürgermeisters? Die Spendensammlerin einer Wohltätigkeitsorganisation?«

Willow zögerte. Der Mann wich entweder dem Thema aus oder er hatte Buffys Namen wirklich noch nie gehört.

Tara trat zu ihr auf die Treppe. »Sie ist das Mädchen aus dem *Fish Tank*. Sie hat Ihnen geholfen, als die *Heartbreaker* in den Hafen trieb.«

Jetzt wich aller Humor aus Baker McGees Gesicht. Seine gebräunten Züge erblassten und seine Augen verengten sich. Aber er nickte.

»Richtig. Buffy. Was kann ich für euch tun?«

Willow sah Tara an und zog Kraft aus ihrer Gegenwart. Manchmal fühlte es sich an, als wären sie eine Person, und wenn sie zusammenarbeiteten, hatte Willow das Gefühl, alles erreichen zu können. Das bezog sich auch auf ihre Magie. Zusammen waren sie mächtiger, größer als die Summe ihrer Teile.

Und so stand sie dort auf der Treppe und erklärte McGee, warum sie gekommen waren, dass das, was Henry »Lucky« Corgan zugestoßen war, unter Umständen ansteckend war und sich vielleicht auf alle Leute übertragen hatte, die zugegen gewesen waren, als er auf dem Deck der *Heartbreaker* Selbstmord begangen hatte. Willow erzählte ihm von ihrer Furcht, dass dies auch auf die Mitglieder seiner Crew zutreffen könnte, die vermisst wurden, und dass McGee dringend ins Krankenhaus musste. Aber erst, wenn er ihnen geholfen hatte, den Rest seiner Crew und die Dockarbeiter zu finden, die an jenem Tag dabei gewesen waren.

Der Mann schien vor ihren Augen zu altern, das Gewicht jedes Wortes ihn mehr und mehr zu erschöpfen. Er schien alles zu verarbeiten, was Willow gesagt hatte, und nicht zu bemerken, wie unhöflich es war, das Gespräch auf der Türschwelle statt im Haus zu führen. Willow konnte es ihm verzeihen. Es war einfach zu viel auf einmal.

»Ich weiß, dass es schwer zu verstehen ist«, sagte sie.

»Schon für *uns* ist es schwer zu verstehen«, fügte Tara hinzu.

»Aber wir sollten uns beeilen ... wenn wir verhindern wollen, dass noch jemand getötet wird.«

Bei diesen Worten zuckte McGee zusammen. Dann seufzte er, nahm seine Schlüssel von einem Haken neben der Tür und trat zu ihnen auf die Treppe. Willow und Tara machten ihm Platz, während er die Tür abschloss, die Schlüssel in die Tasche steckte und sich dann zu ihnen umdrehte und die Hände hob.

»Gehen wir«, sagte Baker McGee. »Und macht euch keine Sorgen, ob ich die Lage verstehe. Ich habe gesehen, was mit Lucky und diesem Typ in jener Nacht im *Fish Tank* passiert ist. Ich werde nicht zulassen, dass es auch mit mir geschieht. Oder sonst jemand, wenn ich etwas dagegen tun kann.«

Willow lächelte. »Dann *können* wir es vielleicht. Etwas dagegen tun, meine ich.«

Sie fuhren durch die ganze Stadt, und wo immer sie hinkamen, schien es, als wäre Baker McGee bekannt und willkommen. Ihre ersten Zwischenstopps legten sie bei den Häusern der Mitglieder seiner Crew ein, die nicht vermisst wurden. Zwei waren daheim und versprachen, am nächsten Morgen sofort zu einem Arzt zu gehen und sich gründlich untersuchen zu lassen. Ein dritter Mann, Frank Austin, hatte einen Streit mit seiner Frau gehabt und war von ihr hinausgeworfen worden. Aber McGee rechnete damit, Austin im *Fish Tank* zu finden.

Sobald sie die Spelunke erreicht hatten, blieben Willow und Tara an der Tür stehen, während McGee sich umsah. Das *Fish Tank* war ein Lokal, das sie unter normalen Umständen nicht betreten hätten, und Willow argwöhnte, dass einige der anderen Leute in der Bar dies spürten, denn viele von ihnen blickten in ihre Richtung und tuschelten miteinander.

»S-sag mir, dass ich nicht paranoid bin«, bat Tara, während ihre Augen in dem Versuch hin und her irrten, den Spiegel hinter der Theke oder die Fenster oder den Boden anzusehen, alles, nur nicht die Leute, die sie anstarrten.

»Nein. Ich fühle mich auch ein wenig beobachtet«, gab Willow zu.

Ein seltsames Lächeln huschte über Taras Gesicht. Sie wandte sich Willow zu und flüsterte: »Sie sehen uns an, als hielten sie uns für lesbisch oder so.«

Die beiden Mädchen lachten leise und Willow hielt sich die Hand vor den Mund, um ihr Lachen zu verbergen. Es war eine Erleichterung, die Spannung, die sie fühlten, auf diese Weise abzubauen. Unterschwellig jedoch blieb der Grund dafür bestehen. Als ihr klar geworden war, was sie für Tara empfand, und es nicht nur hingenommen, sondern freudig begrüßt hatte, hatte Willow sofort gewusst, dass es auch Zeiten geben würde, in denen irgendwelche Ignoranten sie nicht verstehen oder respektieren würden. Die Schwingungen im *Fish Tank* verrieten ihr, dass sie als Außenseiter galten, weil sie anders waren.

Als Baker McGee durch die Bar zu ihnen zurückkehrte, waren beide Mädchen erleichtert. Willow hakte sich trostsuchend bei Tara ein, und es kümmerte sie nicht im Geringsten, ob es irgendwer sah. McGee für seinen Teil schien es nicht zu stören.

»Austin ist nicht hier«, sagte der Kapitän tief besorgt. »Ich habe mit ein paar von den Männern gesprochen, die an jenem Tag am Dock gearbeitet haben. Wie sich herausstellte, wird einer ihrer Kumpel seit diesem Morgen vermisst. Sie werden morgen zu einem Arzt gehen, und sie haben mir die Adressen der übrigen Jungs gegeben, die bei der *Heartbreaker* geholfen haben. Und die einiger Bars, in denen sie sein könnten. Wenn wir sie finden, finden wir wahrscheinlich auch Austin.«

»Vielleicht s-sollten wir zuerst in den Bars nachsehen«, schlug Tara vor. »Auf diese Weise spüren wir mehr von ihnen schneller auf und ersparen uns einige Zwischenstopps.«

Die drei einigten sich und waren kurz darauf wieder unterwegs. Obwohl Willow sicher war, dass er ein zäher alter Bursche sein musste, nahm sie aus Rücksicht auf McGees Alter auf dem Rücksitz Platz. Sie hatten schon bei ihrem ersten Halt Glück, einer Poolhalle namens *Felt Up*, wo zwei der Dockarbeiter mit ihren Freundinnen Billard spielten. Es war fast komisch, wie sie McGee ansahen und dann Willow und Tara musterten und sich fragten, was der alte Fischer mit diesen beiden Collegemädchen zu tun hatte. Aber weder Willow noch Tara lächelten. Sie wollten sicher sein, dass die Männer den Ernst der Lage begriffen.

Schließlich überzeugte McGee sie, zu einem Arzt zu gehen, obwohl die Männer, wie die anderen zuvor, darauf bestanden, bis zum Morgen zu warten. Willow wäre glücklicher gewesen, wenn sich alle einverstanden erklärt hätten, sofort zu gehen, doch sie wusste, dass es nichts bringen würde, Druck auszuüben. Wenigstens würden sie gehen. Sie würde sich damit zufrieden geben müssen.

Nachdem sie das *Felt Up* verlassen hatten, klapperten sie einige Bars ab, die nach ihren männlichen Besitzern benannt waren. In einer Bar ohne Namen spürten sie einen riesigen, kahlköpfigen, stiernackigen Dockarbeiter mit dem ungewöhnlichen Namen Dazy auf. Keines der Mädchen fragte, woher Dazy seinen Spitznamen bekommen hatte, und auch nicht, warum es ihn nicht störte, dass die Leute ihn so nannten. In dieser namenlosen Bar, der schmierigsten, übelsten Kaschemme, die sie bisher besucht hatten, waren sie die einzigen Frauen und die Zielscheiben traniger Blicke der müden, betrunkenen Männer, deren kollektive und undefinierbare Verzweiflung Willow zu Tränen rührte. Sie gingen, bevor McGees Gespräch mit Dazy zu Ende war, und warteten auf dem Bürgersteig vor dem Lokal auf den alten Mann.

Er kam nach ein paar Minuten heraus, und sie schwiegen, während sie wieder in den Wagen stiegen. Tara ließ den Motor an und warf dem Mann einen Blick zu. »Wohin jetzt, Mr. McGee?«

»Nenn mich Baker«, bat er. »Mr. McGee macht mich alt.« Dann lachte er und sah Willow an, dann wieder Tara. »Ich weiß, ich weiß, ich *bin* alt. Aber sagen wir einfach, dass ›Mr. McGee‹ mich daran erinnert.«

»Also Baker«, stimmte Tara zu.

McGee nickte. »In Ordnung. Der nächste Halt ist *Hollywood Lanes*.«

Willow runzelte die Stirn. »Die Bowlinghalle?«

»Seeleute können nicht bowlen?«, fragte McGee, als Tara den ersten Gang einlegte, den Wagen wendete und zur Route 16 fuhr.

»Nein. Ich meine ja, natürlich«, erwiderte Willow. »Ich bin nur ... lange nicht mehr dort gewesen.«

Hinter dem Lenkrad blickte Tara in den Rückspiegel. Willow bemerkte, dass ihre Freundin sie ansah, und lächelte verlegen.

»Du bowlst?«, fragte Tara. »Du hast mir nie erzählt, dass du bowlst.«

»Gebowlt habe. Vergangenheitsform. Vergangen wie mein elfter Geburtstag, an dem ich zum letzten Mal gebowlt habe. Ein Gruß an die Erinnerungen an jene Katastrophen und Peinlichkeiten, zu denen auch mein Geständnis gehörte, dass ich mich in Jimmy Gorka verknallt hatte, den stellvertretenden Manager, und der Fehlwurf mit der Kugel, die ihn zwei Minuten später von den Beinen riss. Das gab eine Menge Tränen und Demütigungen und hat mich dazu gebracht, mein Zimmer tagelang nicht zu verlassen. Frag Xander. Er wird dir alles erzählen.«

McGee hatte sich halb auf seinem Sitz gedreht und musterte sie mit einem großväterlichen Lächeln. »Du kannst im Wagen warten, wenn du willst. Ich möchte nicht, dass du Erinnerungen ausgräbst, die besser begraben bleiben.«

»Zu spät«, seufzte Willow. »*Hollywood Lanes*, der Fluch meines elften Jahres.«

Wieder suchte Tara im Rückspiegel Willows Blick. »Keine Sorge. Ich habe dich bekommen. Jimmy Gorkas Verlust ist mein Gewinn.«

Willow grinste.

Den Rest der Fahrt verbrachten sie größtenteils schweigend. Alle dachten an das, was geschehen war. Willow hoffte, dass McGee sich nicht zu große Sorgen wegen der Möglichkeit machte, infiziert sein zu können, gleichzeitig war sie erleichtert, dass er bisher keine Symptome gezeigt hatte. Nicht nur, weil sie den alten Mann mochte und nicht wollte, dass er starb, sondern auch, weil nichts verhindern konnte, dass sie und Tara, wenn er infiziert und ansteckend war, es sich ebenfalls holen würden.

Bis jetzt hatten Giles' Nachforschungen noch nichts ergeben. Willow fragte sich, ob es nicht voreilig gewesen war, die Leute wegzuschicken, die der Wächterrat mit der Lösung des Problems beauftragt hatte. Aber jetzt war es zu spät. Wie immer lag es nun an ihnen. Gemeinsam würden sie herausfinden, was in Sunnydale vor sich ging, und es aufhalten, bevor es noch schlimmer wurde.

Hoffte sie.

Noch während ihr diese Gedanken durch den Kopf schossen, sah sie vor sich das große HOLLYWOOD-LANES-Schild mit seinem bizarren Logo in Form einer Filmkamera leuchten, deren Scheinwerfer auf Bowlingkegel gerichtet war, die sich verhielten, als wären sie gerade von einer nichtexistenten Kugel getroffen worden. Tara blinkte links, bremste und bog ab.

Reifen quietschten und eine alternde Corvette raste mit laut dröhnendem Motor vom Parkplatz.

»Tara!«, schrie Willow.

Aber Tara reagierte bereits. Sie riss das Lenkrad hart nach rechts, rutschte zur Seite und kam zum Stehen, als die Corvette, bevor der Fahrer den Wagen wieder unter Kontrolle bekam, zu weit auf ihre Fahrspur schlingerte. Die Corvette verfehlte sie nur knapp. Während sie vorbeischoss, blickte Willow aus dem Fenster und sah, dass der Fahrer des anderen Wagens sie anstarrte, die Augen vor Furcht wild aufgerissen. Dann heulte der Motor der Corvette noch lauter auf, und der Wagen raste die Straße hinunter. Das Dröhnen verklang in der Ferne.

»Idiot«, murmelte Tara wütend.

»Wahrscheinlich betrunken«, fügte McGee hinzu.

Willow glaubte nicht, dass der Mann das eine oder andere war. Die Furcht, die in ihr gelauert hatte, veränderte sich jetzt. Sobald ihr klar geworden war, dass sie von außen erzeugt wurde, dass alle betroffen waren, hatte sie leichter damit umgehen können. Aber diese neue Furcht war anders. Sie war real.

Sie spähte über den Parkplatz zum Eingang des *Hollywood Lanes* und fragte sich, was den Mann so verängstigt hatte. Natürlich konnte es einen völlig normalen Grund dafür geben. Vielleicht hatte er zu Hause angerufen und erfahren, dass seine

Mutter krank oder ein geliebter Mensch einen Autounfall gehabt hatten.

Doch irgendwie wusste sie, dass dies nicht der Grund war.

Tara parkte den Wagen in einer leeren Bucht, drei Reihen von der Frontseite entfernt. Im *Hollywood Lanes* war die Hölle los, als sie sich dem Eingang näherten. Die Türen standen weit offen und Musik drang heraus. McGee führte sie hinein. Tara sah sie forschend an, und Willow konnte in ihren Augen erkennen, dass es nicht nur Mitgefühl wegen der Tragödie an ihrem elften Geburtstag war. Sie spürte es auch, ganz gleich, ob sie die Furcht im Gesicht des 'Vette-Fahrers gesehen hatte oder nicht.

Seite an Seite betraten sie das *Hollywood Lanes*.

Willow blieb stehen und hielt den Atem an, während sie sich erstaunt umschaute. Der Laden sah ... normal aus.

Das Rumpeln der Kugeln, die über die Bahnen rollten, und das Krachen, mit dem sie gegen die Kegel prallten, übertönte die Musik. Die Wände waren mit Tinseltown-Szenen und den Gesichtern berühmter Schauspieler bemalt, und die Lampen über jeder Bahn flackerten im Rhythmus der Musik. Es roch hier noch genauso, wie sie es in Erinnerung hatte – etwas abgestandener Schweiß, Popcorn und ein irgendwie metallischer Geruch wie von einer durchgebrannten Sicherung.

Normal.

Die Bahnen waren etwa zu einem Drittel belegt. Es gab mehrere Paare und einige kleine Gruppen Teenager sowie ein halbes Dutzend Kerle, die laut lachten und johlten, während sie bowlten. Sie standen am anderen Ende der Halle, und Willow nahm an, dass sie vielleicht ein paar der Männer gefunden hatten, die sie suchten.

Der Einzige, der fehlte, war Jimmy Gorka – was sie allerdings nicht kümmerte. Hinter dem Tresen, wo die Gäste bezahlen und Bowlingschuhe ausleihen konnten, stand eine Frau mit strähnigen schwarzen Haaren und einem T-Shirt mit dem Aufdruck des *Hollywood-Lanes*-Logos auf dem Rücken. Sie drehte ihnen die Seite zu und verfolgte das Treiben auf den Bahnen.

»Dort drüben«, sagte McGee und deutete auf die sechs Männer am anderen Ende der Halle. Das Klappern der Kegel und lautes Triumphgeheul verrieten Willow, dass jemand einen Strike geworfen hatte. Sie lächelte. Die Furcht, die sie gespürt hatte, musste am Ende doch grundlos gewesen sein. Allerdings erklärte das nicht den Ausdruck auf dem Gesicht des Mannes am Steuer der Corvette.

Als sie den Fronttresen passierten, sah sie wieder die Frau in dem *Hollywood-Lanes*-T-Shirt an. Aus diesem Blickwinkel konnte Willow ihr Gesicht erkennen – wie sie sich auf die Lippe biss und schwarze Mascarastreifen auf ihre Wangen weinte. Die Frau bemerkte, dass Willow sie anstarrte, und bedeutete Willow mit den Augen und der Andeutung eines Kopfnickens, umzukehren und die Halle zu verlassen.

Ihre Augen waren rot und geschwollen und voller Entsetzen.

Willow stieß gegen McGee, der in der Lobby abrupt stehen geblieben war und die Männer anstarrte.

»Baker, was ist los?«, fragte Tara.

»Der ... der Kerl mit der Baseballkappe«, stotterte McGee.

Zu den Männern, die zwei Bahnen in Beschlag genommen hatten, gehörte einer mit einer Oakland-A-Kappe. Er hatte graue Bartstoppeln und mächtige, muskulöse Arme.

»Was ist mit ihm?«, fragte Tara.

Willow sah zu der Frau hinter dem Tresen zurück, die den Kopf abgewandt und eine Hand vor den Mund geschlagen hatte, als wollte sie einen Schrei unterdrücken. Aber sie erinnerte sich an die Augen der Frau, die sie gedrängt hatten, die Halle zu verlassen.

»Das ist Richie Kobritz. Er ist ... war der Kapitän der *Heartbreaker*. Er ist mit dem Boot ausgelaufen und ... nicht zurückgekehrt. Er kann nicht ...«

»Wir sollten gehen«, unterbrach Willow. »Sofort.«

In diesem Moment drehte sich einer der Männer, der gerade einen Wurf verpatzt hatte, mit einem Grinsen auf dem Gesicht zu den anderen um. Die Brustseite seines Hemdes war zerrissen und dunkel von Blut. Aus dem zerfetzten Stoff hing eine Masse dunkler, dünner Tentakel, die unruhig hin und her peitschten.

Im selben Moment drehten sich alle Männer auf diesen beiden Bahnen zu Willow, Tara und McGee herum.

»Verschwindet!«, kreischte die Frau hinter dem Tresen. »Verschwindet sofort von hier!«

Denn es waren nicht nur die Männer in dieser hinteren Ecke, die starrten und fauchten und deren Kleidung in Bewegung geriet, als sich stachelige Tentakel durch die Risse und Knopflöcher bohrten. Die Teenager auf den mittleren Bahnen bewegten sich ebenfalls, genau wie die Paare, die in der Halle verteilt waren.

Große Göttin, dachte Willow. Was auch immer diese Leute übernommen hat, was auch immer aus ihnen geworden ist, sie sammeln sich. Sie sind heute Nacht hierher gekommen ... wie ein Schwarm.

Aber das ergab keinen Sinn. Wenn alle zu diesen ... Wesen geworden sind, fragte sich Willow, warum stehen sie dann hier herum und bowlen? Und dann kam ihr der Gedanke, dass sie sich vielleicht versammelt hatten, weil sie den Beginn der Metamorphose gespürt hatten und nun einfach darauf warteten, dass es passierte. Sie hatten sich versammelt, um gemeinsam auf ihre Verwandlung in Monster zu warten.

Willow schauderte.

Hinter dem Tresen richtete sich neben der schreienden Frau eine andere Gestalt auf. Sie trug genau wie sie ein *Hollywood-Lanes*-T-Shirt, aber die Brustseite war zerfetzt und blutig. Die rasiermesserscharfen Tentakel, die sich entrollt hatten und durch die Luft peitschten, tätschelten die arme, verängstigte Frau. Einen kurzen Moment lang erstarrte Willow, überzeugt, dass sie in das Gesicht von Jimmy Gorka blicken würde, wenn sie ihn ansah.

Aber dann bemerkte sie, dass die Kreatur kein Gesicht hatte, dass nur zerfetzte Überreste der Haut zurückgeblieben waren, ersetzt durch eine grausige Fratze mit riesigen Augen und einem mit kleinen, spitzen Zähnen gefüllten runden Maul. Das Wesen, das früher mal ein Angestellter des *Hollywood Lanes* gewesen war, hob die Hand. An seiner Handfläche, in der Mitte des Tellers, klaffte ein weiteres dieser Mäuler, ein rundes kleines Loch, das hungrig mit den Zähnen klapperte.

Als die Frau mit den Mascaratränen wieder zu schreien begann, war es diese Hand, die sich auf ihr Gesicht legte.

Das Schreien brach ab.

Und Willow wusste, was den verängstigten Mann dazu gebracht hatte, mit dem Wagen vom Parkplatz zu rasen. Von der Frau hinter dem Tresen abgesehen, war er der einzige normale Mensch in der Bowlinghalle gewesen.

»Laufen Sie!«, schrie Willow McGee zu und packte Taras Hand. Zusammen flohen sie zu der Doppeltür, die noch immer weit offen stand. Aus der hell erleuchteten Bowlinghalle fiel Licht auf den Parkplatz.

Die Tür lockte mit dem Versprechen der Sicherheit. Willow und Tara waren Hexen, aber sie verfügten nicht über die Macht, all diese Wesen zu töten. Dafür brauchten sie Verstärkung. Wenn sie es nur bis zum Wagen schafften ...

Aber die offene Tür wurde plötzlich von riesigen Gestalten versperrt, dunkler als die Nacht draußen, schwarze Silhouetten, die alle drei abrupt stehen bleiben ließen.

»Da sind noch mehr von denen!«, brüllte McGee.

Dann bewegten sich die Wesen ins Licht, und Willow wusste, dass er sich irrte. In was auch immer sich die Leute in der Bowlinghalle verwandelt hatten, diese Neuankömmlinge waren nicht wie sie. Sie waren nie Menschen gewesen. Sie waren riesige, schlangenähnliche Kreaturen: Hai, Fisch und Aal in

einem, mit langen Armen und scharfen Klauen und Mäulern voller Zahnreihen.
Die Moruach.
Willow riskierte einen Blick über die Schulter und sah, wie sich die mutierten Menschen verteilten und offenbar auf einen Kampf vorbereiteten. Alle zischten, während sie ihre menschliche Haut und Gesichter abrissen und enthüllten, in was sie sich verwandelt hatten. Die Moruach auf der einen Seite, diese Wesen auf der anderen.
Und wir sitzen in der Mitte fest, durchfuhr es Willow.
Tara an ihrer Seite flüsterte: »Ich liebe dich.«
So wie sie die Worte aussprach, klang es, als hätte sie Angst, dass dies das letzte Mal sein konnte, dass sie sie aussprach.

9

Rupert Giles fürchtete sich.
Die Angst war natürlich allgegenwärtig. Da er in Sunnydale lebte und über die Jägerin wachte, mangelte es niemals an Furcht. Hier konnte jeden Moment alles Mögliche passieren, und das Mädchen, das vor seinen Augen so schnell von einem Teenager zu einer ungewöhnlichen Frau herangewachsen war, riskierte in jeder einzelnen Nacht sein Leben. Als er zum Wächter ausgebildet worden war, hatte er Dutzende von Tagebüchern jener Männer und Frauen gelesen, die für das Training früherer Jägerinnen verantwortlich gewesen waren. Sie waren alle unterschiedlich – einige waren streng und grimmig, bei anderen verrieten die Worte die Liebe, die sie für ihre Mündel empfanden, und wiederum andere drückten den Wunsch nach leichteren Aufträgen aus. Und dennoch gab es in den Journalen dieser Wächter – verstreut in Raum und Zeit – eine Konstante, eine tiefe, unvergängliche Melancholie.
Sie wussten genau wie er, dass sie die Jägerinnen, mit denen sie jeden Tag zusammenarbeiteten, trotz ihres höheren Alters wahrscheinlich überleben würden. Giles war keineswegs alt, doch er war auch kein junger Mann mehr. Er konnte den Horizont sehen, der das Ende seines körperlichen Lebens darstellte, und war deswegen tief besorgt. Er fragte sich, wann es so weit sein würde, wie viel Zeit ihm noch blieb, was er in der Welt bewirken konnte – ob man sich an ihn erinnern würde.

Dennoch hatte er fast nie Angst um sich selbst. Giles sorgte um Buffy, fürchtete, dass sie verwundet oder getötet wurde, und den Schmerz, den ihr Tod für ihre Familie und ihre Freunde und sein eigenes Herz bedeuten würde.

Aber was ihn selbst anging, nun, das Ende würde kommen, wenn es kam, und er würde bis zuletzt dagegen ankämpfen. Er hatte sich Vampiren und Dämonen und den Geistern von toten Geliebten gestellt. Sie hatten ihm vielleicht in jenem entscheidenden Augenblick, in dem es töten oder getötet werden hieß, Angst eingeflößt, doch derartige Ereignisse ließen ihn nicht in seiner Entschlossenheit wanken. Von dem Moment an, als er sich endgültig dem Leben eines Wächters verschrieben hatte, hatte er sich verpflichtet, gegen die Finsternis anzutreten, ganz gleich, wie hoch der Preis sein mochte.

Aber heute Nacht fürchtete Rupert Giles nicht um sein Haus oder um Buffy, sondern um sich selbst. Er konnte die Angst nicht bezwingen, die sich in dieser Nacht in ihm festgesetzt hatte. Ein ständiger Schauder lief ihm über den Rücken, und sein Herz klopfte zu schnell. Er stand in der Mitte des Zauberladens, umgeben von Büchern und Artefakten und Kräutern und allem anderen, was die Anwender von Magie benötigten – von den Hexen über den Magier bis hin zu den wahren Zauberern –, um jeden nur vorstellbaren Zauber zu bewirken. Hier und hinten im Trainingsraum standen außerdem Vitrinen mit Waffen. Alles, was er brauchte, um sich zu verteidigen, war in Griffweite, und trotzdem streckte unter seiner Haut ein schleichendes Grauen seine langen Finger aus und drohte ihn jeden Moment in Panik zu versetzen.

In der *Magic Box* brannten alle Lichter. In jeder anderen Nacht nach Ladenschluss hätte er nur die Lampen hinter dem Tresen und die auf dem Tisch brennen lassen, wo er seine Nachforschungen anstellte, in Büchern blätterte, nach weiteren Informationen über die Moruach und diese anderen Kreaturen in Sunnydale suchte. Aber diese Nacht war nicht wie jede andere.

Er hatte Anya losgeschickt, um aus einem Geschäft in der Innenstadt ein paar Sandwiches zu holen. Es waren vielleicht zehn Minuten verstrichen, seit sie gegangen war, doch diese Minuten waren ihm wie eine Ewigkeit vorgekommen, das Ticken der Uhr hinter dem Tresen hatte unglaublich laut geklungen.

Über den Tisch gebeugt versuchte er, sich auf das Buch zu konzentrieren, das er aufgeschlagen hatte – ein staubiger, alter, in Leder gebundener Wälzer, den er aus einem Karton im Keller geholt hatte, ein Karton, der nicht nur unangetastet geblieben war, seit er seinen Job als Bibliothekar der Sunnydale High aufgegeben, sondern seit er seine Sachen gepackt hatte, um von London nach Kalifornien zu ziehen. Jede Sinneswahrnehmung war geschärft, das Gefühl des dicken Papiers zwischen seinen Fingern, das Rascheln, wenn er die Seite umblätterte, der Geruch von Staub in der Luft.

Von draußen drang ein lautes Klacken an sein Ohr, gefolgt von Geschrei. Er sah nervös zur Tür, bis ihm dämmerte, dass er das Geräusch schon einmal gehört hatte. Irgendein Teenager, der Kunststücke auf einem Skateboard machte, Freunde, die sich anschrien.

Er starrte die Seite an. Er konnte sich nicht konzentrieren.

»Zum Teufel!«, brüllte er und schlug so hart auf den Tisch, dass die Bücher hochsprangen und ins Rutschen gerieten.

Er kam sich idiotisch vor, als er nach ihnen griff und sie aufzufangen versuchte, bevor sie auf den Boden fielen. Es gelang ihm, den Stapel am Absturz zu hindern, doch das dicke Buch, in dem er geblättert hatte, landete mit dem Rücken auf dem Boden. Das Buch war so alt, dass der Rücken aufplatzte und es in zwei Teile zerfiel.

»Verflucht!«, fauchte Giles, wütend auf sich selbst und den Einfluss, der auf ihm lastete, die Furcht, die sich zu ihm vorgearbeitet hatte. Er hob beide Teile des Buches auf und presste sie zusammen, als würden sie auf magische Weise wieder miteinander verschmelzen. Dann schüttelte er den Kopf und ging einige Sekunden auf und ab. »Hör auf damit, Giles. Du benimmst dich wie ein totaler Trottel.«

Er seufzte, schüttelte den Kopf und stellte fest, dass er sich etwas besser fühlte. Der Fluch und der Zorn hatten geholfen. Obwohl er wusste, dass man ihn für einen kühl denkenden Analytiker hielt, fragte er sich, ob der Gefühlsausbruch irgendwie geholfen hatte, die Furcht zu filtern und das zu neutralisieren, was ihn beeinträchtigte und ihm solche Angst einflößte.

Er holte tief Luft, beruhigte sich weiter und spürte, wie sein Herz langsamer schlug. »In Ordnung«, murmelte er in den leeren Laden. »In Ordnung. Reiß dich zusammen.«

Jetzt führe ich auch noch Selbstgespräche, dachte er.

Statt sich wieder zu setzen, wanderte er mehrmals im Laden auf und ab, spähte in die Schatten und vergewisserte sich, dass er tatsächlich allein war. Dann blieb er am Ausgabetresen stehen und legte die beiden Hälften des Buches nebeneinander. Einige Seiten waren herausgerissen, und er schnalzte mit der Zunge, als ihm klar wurde, dass es Arbeit kosten würde, den Band zu restaurieren.

Das Buch war in der Mitte eines Kapitels über polynesische Wasserdämonen auseinander gefallen. Giles hatte einiges über Wassermonster und Dämonen im Allgemeinen gelesen und nach Hinweisen auf die Moruach gesucht, doch keine gefunden. Seine Augen taten ihm weh, von all den Variationen der Meerjungfraumythen, den Berichten über Nixen und Wassergeister, den Sagen von den Bonito-Jungfrauen und den blauen Männern von Minch. Kreaturen des Ozeans, hässlich und schön, böse und gut, natürlich und übernatürlich, Götter und Teufel und formwandlerische Scheußlichkeiten. Von den Behemoths und Leviathanen, den riesigen Seeschlangen der uralten Legenden ganz zu schweigen. Ein undurchdringlicher Morast aus Mythen.

Müßig griff er nach den losen Seiten und legte sie sorgfältig übereinander, um das Buch später zu restaurieren. Auf der letzten Seite war eine Zeichnung zu sehen, die exakt mit Buffys Beschreibung der Moruach übereinstimmte.

Es war eine grobe Skizze, von einer unsicheren, kindlichen Hand angefertigt. Aber es konnte nichts anderes sein. Auf dem breiten, flachen Kopf sah er die Antennen oder Fühler, die Arme waren lang und die Finger tödliche Klauen. Das Maul der Moruach war das eines Hais. Sie hatte den Schlangenkörper aufgerichtet und sah aus, als würde sie im nächsten Moment angreifen.

Die Bildunterschrift lautete: *Augenzeugenzeichnung eines »Drachenhais«, eines Vertreters einer Rasse, die die Höhlen des Ägir bewachen soll.*

»Drachenhai«, wiederholte Giles laut. Es war leicht vorstellbar, dass Leute, die keinen Namen für derartige Wesen hatten, die Moruach so nennen würden. Ihre Körper und Köpfe erinnerten an eine Kombination aus realen und imaginären Kreaturen.

Aber was ist dieser Ägir?, fragte sich Giles.

Er legte den hinteren Teil des Buches und die losen Blätter zur Seite, nahm die erste Hälfte, drehte vorsichtig die Seiten um, las die Kapitelüberschriften und überflog die Einträge über die Meermythen der polynesischen Inseln. Mehrere Minuten vergingen. Erneut baute sich die Furcht in ihm auf, und er spürte ein Kribbeln wie von Spinnenbeinen im Nacken. Aus den Augenwinkeln glaubte er zu sehen, wie sich die Schatten drohend bewegten.

Er schauderte, aber er war entschlossen, seine Arbeit fortzusetzen. Und dann sah er wieder den Namen. *Der Ägir.* Der Eintrag war kurz, weniger als eine Seite, und er las ihn rasch. Der Ägir war ein Riesenwesen, das in einem Graben oder einer Höhle tief im Ozean lebte. Den Legenden zufolge wurde er in alten Zeiten von den Bewohnern vieler polynesischer Inseln verehrt oder zumindest aus Furcht mit Tribut bedacht. In anderen Teilen der Welt gab es ähnliche Legenden über dieses Seeungeheuer. Im Lauf der Jahrhunderte war es entweder für einen rachsüchtigen Gott oder einen uralten Dämon gehalten worden, und das Buch zog Parallelen zu Mythen, die bis auf vorgeschichtliche Zeiten zurückgingen. Einige deuteten an, dass es sich um einen der so genannten Alten handeln konnte, Dämonen der Vergangenheit, die vor der Menschheit auf der Erde existiert hatten. Andere hielten ihn – dank der vielen Berichte über die zahllosen mächtigen Tentakel – für einen Riesenkraken.

Aber das sagte man von allen Seeungeheuern.

Der Ägir. Giles erschauerte erneut, als er den Eintrag noch einmal las. Auf einigen Inseln wurde er verehrt, indem man ihm Menschenopfer darbrachte. Jene, die behaupteten, ihn gesehen zu haben, berichteten von zahllosen Tentakeln ... die mit klingenähnlichen Widerhaken überzogen waren.

Giles konnte nicht atmen. Er starrte die Seite an. Griff dann nach dem Blatt mit der Zeichnung der Moruach.

Das Telefon klingelte.

Er schreckte mit hämmerndem Herzen und aufgerissenen Augen hoch. Dann seufzte er und schüttelte erneut wütend auf sich selbst den Kopf. Während er mit einem Finger die Seite mit der Passage über den Ägir markierte, nahm er den Hörer ab.

»*Magic Box*«, sagte er knapp.

»Hallo, Rupert. Ich lenke Sie doch nicht von Ihren Kunden ab, oder?«

Travers. Giles lehnte sich an den Tresen und drückte das Buch an sich. »Wir haben für die Nacht geschlossen. Was kann ich für Sie tun, Quentin? Es ist ziemlich spät, nicht wahr?«

»Nicht zu spät. Ich bin hier. In Sunnydale«, sagte der andere Mann.

Quentin Travers gehörte dem Direktorium des Wächterrats an. Er konnte ein übereifriger Hurensohn und außerdem vollkommen herzlos sein, aber Giles versuchte zu glauben, dass der Mann noch immer am Kampf und nicht nur am Ruhm interessiert war. Trotzdem hatte Travers ihn überredet, Buffy einem Test ihrer Fähigkeiten zu unterziehen, der sie fast umgebracht hätte, hatte Giles beleidigt, seine Methoden und seine emotionale Verbundenheit mit der Jägerin kritisiert, ihn gefeuert und ihn nur zwangsweise wieder eingestellt. Die Nachricht, dass er sich in der Stadt aufhielt, war, um es vorsichtig auszudrücken, nicht erfreulich.

»Ich werde Sie nicht zum Tee bei mir einladen«, erklärte Giles.

»Nein, das hatte ich auch nicht von Ihnen erwartet«, erwiderte Travers. »Ich rufe an, weil ich einen Bericht von meinen Leuten bekommen habe. Sie haben sie kennen gelernt, Fontaine und Haversham?«

»Sie ist eine Agentin, ja, keine Wächterin?«

»Richtig. Aber sie ist überaus tüchtig. Hat mehrere Bücher veröffentlicht, um genau zu sein. Eine richtige Gelehrte. Wir setzen große Hoffnungen in sie. Genau wie damals bei Ihnen.«

»Charmant wie stets«, sagte Giles kühl. »Was wollen Sie?«

»Sie haben sie weggeschickt. Das ist nicht gerade der Korpsgeist, der uns auszeichnet, nicht wahr?«

»Buffy wird sich von einem Ihrer Lakaien nicht vorschreiben lassen, was sie zu tun hat, Quentin. Sie haben das nach all dieser Zeit noch immer nicht gelernt?«

Travers schwieg einen Moment. Dann räusperte er sich. »Die Moruach müssen gejagt und ausgerottet werden. Sofort. Alle. Bis auf das letzte Exemplar. Sie stellen eine Gefahr dar, von der Sie sich keine Vorstellung machen.«

Giles spürte ein Unbehagen, das nichts mit der Furcht zu tun hatte, die ihn vorhin geplagt hatte. Das war typisch für Travers und den Rat. Sie wussten wie immer mehr, als sie sagten, wollten aber sowohl die Informationen als auch die Vorgehensweise kontrollieren.

»Erklären Sie das«, verlangte Giles.

»Vielleicht wenn die Jägerin etwas kooperativer ist«, erwiderte Travers. »Wir alle verfolgen dasselbe Ziel, Rupert. Wenn wir zusammenarbeiten, können wir es schneller erreichen, als wenn wir einzeln handeln. Es werden noch mehr Menschen sterben. Ich bin im Hotel Pacifica abgestiegen. Bringen Sie die Jägerin morgen Nachmittag zu mir. Sonst bleiben Sie auf sich allein gestellt. Der Rat hat inzwischen eigene Maßnahmen ergriffen. Wenn Sie sich entscheiden, nicht mit uns zusammenzuarbeiten, muss ich Sie davor warnen, uns in die Quere zu kommen.«

Bevor Giles antworten konnte, drang ein Klicken aus dem Hörer. Travers hatte aufgelegt. Giles starrte den Telefonhörer eine Sekunde lang an und legte ihn dann auf die Gabel. Während er in Gedanken die Worte des anderen Mannes durchging, ertappte er sich dabei, wie er die grobe Zeichnung des »Drachenhais«, der Moruach, anstarrte.

Klopf-Klopf-Klopf!

Giles fuhr herum und blickte zur Tür. Dann ging ihm auf, dass es Anya sein musste. Vielleicht hatte sie die Hände nicht frei oder ihren Schlüssel vergessen. Er stieß die Luft aus und schüttelte den Kopf. Das Mädchen trieb ihn manchmal in den Wahnsinn, aber er konnte etwas Gesellschaft gut gebrauchen. Vielleicht würde er dann nicht mehr so schreckhaft sein. Aber eins war sicher, sie mussten dieser Sache endlich auf den Grund gehen. Er war mit den Nerven am Ende.

Er schritt durch den Laden, entriegelte die Tür und öffnete sie. Die Glocken über seinem Kopf bimmelten.

Die Frau, die auf der Schwelle der *Magic Box* stand, war nicht Anya. Sie hatte die perfekteste seidige Alabasterhaut, die er je gesehen hatte. Sie trug ein leichtes Sommerkleid mit Spaghettiträgern, schwarz, mit karmesinroten Rosen bestickt. Ihre schulterlangen Haare waren tiefschwarz.

Sie war hinreißend.

Einen kurzen Moment, nicht mehr als ein Flüstern der Zeit

zwischen zwei Herzschlägen, dachte er, sie wäre die aus dem Grab auferstandene Jenny Calendar. Jenny, die er geliebt hatte. Jenny, die am Ende tot in seinem Bett gelegen hatte, von Rosen umgeben.

Aber nein, dies war nicht Jenny, die zurückgekehrt war, um ihn heimzusuchen.

Giles konnte nicht entscheiden, ob das, was er fühlte, Erleichterung oder Enttäuschung war.

»Sie sind Rupert Giles?«, fragte die Frau, und ihr leichter englischer Akzent vertrieb den Rest der Illusion. Ihre Augen musterten sein Gesicht und den Laden hinter ihm, geschäftsmäßig, aber nicht unfreundlich.

»Das bin ich. Und Sie sind?«

Sie streckte eine Hand aus und er nahm sie, spürte ihren warmen, vertrauensvollen Griff. Ihre Finger umschlossen die seinen und hielten sie etwas zu lange fest, während sie zu ihm aufblickte.

»Rosanna Jergens«, sagte sie, und als sie ihn ansah, fiel ihm erneut auf, wie schön sie war. »Ich brauche Ihre Hilfe.«

Die Axt in Buffys Hand fühlte sich warm an, fast so, als wäre sie ein Teil von ihr. Sie rannte über den Footballplatz zu der abgebrannten, zerfallenen Ruine, die – gleich einem grausigen Grabstein – alles war, was von dem Gebäude ihrer Highschool übrig geblieben war. Spike rannte an ihrer Seite. Sein schwarzer Trenchcoat bauschte sich hinter ihm. Schnell und von grimmiger Entschlossenheit erfüllt, liefen sie durch die Nacht zu den Gestalten, die sich durch das schwarze Innere der rußigen Ruine bewegten.

Spike schnüffelte. »Wir haben es mindestens mit ein paar von ihnen zu tun. Kann nicht genau sagen, wie viele. Was treiben Sie deiner Meinung nach in dieser Ruine? Nicht gerade der sicherste Ort für ein Nest, nicht wahr?«

»Keine Ahnung«, sagte Buffy gedämpft, während sie rannten, sich der Ruine näherten und nach der besten Stelle suchten, um in sie einzudringen.

Aber es stimmte nicht ganz, dass sie keine Ahnung hatte. Sie wusste nicht, was die Moruach mit der alten Highschool anstellen wollten. Aber sobald ihr klar geworden war, dass sie sich in ihr versteckten, hatte sie einen Hauch von Misstrauen gespürt, das stärker geworden war, als sie eine Tür entdeckt hatte, die relativ unbeschädigt und frei von Schutt zu sein schien. Sie war mit Brettern vernagelt worden, doch die Moruach hatten sie abgerissen, um sich Zutritt zu verschaffen.

Was treiben sie in dieser Ruine?, dachte sie und wiederholte damit Spikes Frage. Buffy biss die Zähne zusammen, als in ihr eine schreckliche Gewissheit wuchs. Was haben sie vor?

Mit einem kurzen Blick zu Spike, einen Finger an den Lippen, umklammerte sie die Axt fester, die er ihr geliehen hatte, und schlüpfte lautlos durch den Eingang in die Überreste der Sunnydale High. Das gesamte Gebäude knarrte bei jedem Windstoß. Buffy blinzelte und wartete darauf, dass sich ihre Augen an die Dunkelheit gewöhnten, während Spike leise hinter sie trat. Als sie ihn ansah, bemerkte sie, dass sich sein Gesicht verwandelt hatte, raubtierhaft und hässlich geworden war, mit langen Reißzähnen. Es war die Fratze des Vampirs, und sie verriet ihr mehr als alles andere, dass die bevorstehende Konfrontation mit den Muroach ihn nervös machte. Sogar Angst einjagte. Spike brauchte nie eine besondere Aufforderung zum Töten, doch Buffy spürte, dass er in dieser Nacht in erster Linie auf die Jagd ging, um sein eigenes Leben zu schützen.

Die Tür, durch die sie eingetreten waren, hatte früher als Notausgang gedient und lag nicht weit vom Büro des Direktors entfernt. Die Ironie darin entging Buffy, während sie vorsichtig durch den schuttbedeckten Korridor tappte. Verbogene Rohre ragten aus eingestürzten Wänden, Pfeiler und rußige Trümmer versperrten ihr den Weg, sie hatte das Gefühl, in dem Kadaver irgendeines urzeitlichen Riesentiers gefangen zu sein. An einer Wand lag ein Gewirr aus zertrümmerten Pulten. Sie waren durch ein Loch in der Decke herabgestürzt.

Bis auf das Ächzen von Stahl und verkohltem Holz und dem Puls des Nachtwinds war es still in der Ruine. Asche und Trümmer bewegten sich bei jedem Schritt, den Buffy und Spike machten. Sie kniff die Augen zusammen und spähte tiefer in die Überreste der Schule. Dabei kam ihr nicht zum ersten Mal der Gedanke, dass sie für diese Verwüstung verantwortlich war.

Sie hatte noch nie viel für Schulen übrig gehabt. Ein Glück für die UC Sunnydale, dass sie noch nicht dasselbe Schicksal ereilt hatte.

Was von dem Gebäude beiderseits von ihr übrig geblieben war, konnte nicht länger als Wände bezeichnet werden, denn selbst die Mauerreste, die noch standen, waren beträchtlich durchlöchert. Es war eine Art perverses Labyrinth aus Beton und Stahl und Schatten innerhalb von Schatten. Der Boden war rissig, und an einigen Stellen schienen die Spalten in verborgene Abgründe abzustürzen.

»Du hast hier gute Arbeit geleistet, Jägerin«, flüsterte Spike.

Sie funkelte ihn an, aber der Vampir nickte nur ermutigend. Die Wahrheit war, dass seine Worte – trotz des Vergnügens, das ihm das von ihr und ihren Freunden angerichtete Zerstörungswerk offenbar bereitete – ihren eigenen Gedanken entsprachen, die ihr eben erst durch den Kopf geschossen waren.

In der Dunkelheit zu ihrer Linken rührte sich etwas, sie erstarrte und spähte durch eine Lücke zwischen zwei Wandfragmenten. Auf der anderen Seite bewegte sich eine Gestalt. Sie hielt sich dicht am Boden und war viel schneller als jeder Mensch.

Da hörte sie eine Bewegung in den Überresten des Hauptkorridors und blickte in diese Richtung. Am anderen Ende zwängten sich zwei schlangenähnliche Gestalten durch ein

Loch, das in die Trümmer der Bibliothek der Sunnydale High führte. Der Wind wurde stärker, und das Gebäude knarrte lauter als zuvor. Buffy und Spike gingen weiter und näherten sich der Bibliothek. Sie passierten ein Treppenhaus zu ihrer Rechten, und Buffy erhaschte einen Blick auf ein Quartett roter Augen in der Dunkelheit, die sie von unten anstarrten.

An einigen Stellen über ihr waren nur der Himmel und die Sterne zu sehen, in anderen Bereichen war der erste Stock noch intakt. Als sich etwas über den Boden über ihren Köpfen bewegte, regneten von der rissigen Decke Asche und Staub auf sie herab. Dann dämmerte ihr abrupt, wie töricht sie gewesen war. In den Geschichten über seine Begegnungen mit der Moruachkönigin hatte Spike es ihr erklärt. Er kannte den Geruch dieser Kreaturen, aber sie kannten auch seinen. Es war nicht nur die Moruachkönigin, die Spikes Witterung aufnehmen konnte und ihn wieder erkennen würde ... Sie jagten Vampire. Sie hatten gewusst, dass Spike hier war, seit er das Gebäude betreten hatte.

Um sie herum wurde ein Zischen laut, als würde nach all der Zeit noch Dampf aus den langen, beschädigten Rohren austreten. Aber es waren nicht die Rohre. Sie konnte nicht einmal wütend auf Spike sein, denn es war ihr eigener Fehler. Nicht dass sie auf die Verfolgung der Moruach verzichtet hätte, aber sie wäre vielleicht anders vorgegangen.

Hätte zum Beispiel einen Plan entwickelt.

Ein Knarren drang von der Decke über ihnen, doch diesmal wusste Buffy, dass es nicht der Wind war. Sie spähte durch den verwüsteten Korridor und sah, wie eine weitere Moruach in die Bibliothek schlüpfte.

»Sie wissen, dass wir hier sind«, flüsterte sie.

»Nun ja«, erwiderte Spike leise. »Wie bist du darauf gekommen? Weil wir umzingelt sind wie Butch und Sundance in Bolivien?«

»Du siehst darin kein Problem?«

Spike zuckte die Schultern. Seine Lippen enthüllten die Reißzähne, und seine gelben Augen leuchteten in der Dunkelheit. »Ich dachte, es wäre alles ein Teil deines Meisterplans. Die typische Vorgehensweise der Jägerin. Du gehst rein und tötest alles, was sich dir in den Weg stellt.«

Buffy funkelte ihn an. »Ich hasse dich.«

Er lächelte nur sein grausiges Lächeln.

Durch Löcher in den Wänden auf beiden Seiten sah Buffy, wie sich die Moruach bewegten. Sie handelte sofort. Sie packte Spikes Arm und zog ihn mit sich, dann sprangen sie über Trümmer hinweg und eilten ohne einen weiteren Versuch, leise zu sein, durch den verwüsteten Gang. Es gab schließlich keinen Grund mehr dafür, denn die Moruach waren hinter ihnen her. Die Decke stürzte über der Stelle ein, wo sie noch einen Moment zuvor gestanden hatten, und zwei der Schlangenwesen landeten krachend auf dem Boden. Andere stürmten aus dem teilweise blockierten Treppenhaus und zwängten sich durch Löcher in den Wänden. Buffy sah sich um und musterte die flachen Köpfe und glänzenden Zahnreihen, die länglichen Aalkörper, die tödlichen Klauen und die roten Augen, viel zu viele Augen.

»Es sind sieben«, sagte sie, als sie und Spike, dicht gefolgt von den Moruach, über einen Balken sprangen, der vor ihnen den Korridor versperrte.

Dann gaben die Seeungeheuer jenes schrille Quietschen von sich, das in Buffys Ohren klang, als würden Delfine ermordet werden.

»Wir laufen in die falsche Richtung, Buffy! Der Ausgang ist dort hinten, wo wir reingekommen sind!«

»Der ganze Ort ist ein Ausgang«, fauchte sie. »Aber wir verschwinden erst, wenn wir gesehen haben, was sie hier treiben.«

Noch während sie dies sagte, schlängelten sich zwei Moruach durch ein Loch in der vor ihnen liegenden Wand und stürzten sich auf sie und Spike. Sie saßen jetzt in der Falle. Buffy hatte nichts dagegen. Vielleicht hatte Spike, was ihre Vorgehensweise betraf, ja Recht.

Dicke Rohre hingen von den Überresten der Decke. Sie warf einen Blick nach oben, um sich zu vergewissern, dass dort keine weiteren Monster lauerten, wirbelte herum und baute sich Rücken an Rücken mit Spike auf, während die Moruach immer näher kamen. Einige richteten ihre flachen Schlangenrümpfe auf, andere glitten bäuchlings über den Boden.

»Was jetzt?«, fragte Spike. »Buffy!«

»Töte alles, was sich dir in den Weg stellt«, murmelte sie.

Dann stieß sie Spike hart gegen die Wand, wich zurück und zeigte auf ihn. »Hier, Jungs. Frischer Vampir! Holt euch euren frischen Vampir!«

Insgesamt hielten sich im dem Korridor neun Seeungeheuer auf. Alle bis auf zwei stürzten sich auf Spike. Er schrie ihnen Obszönitäten zu, schwang seine Axt und knurrte die Moruach zähnefletschend an, während sie sich ihm näherten. Dann hatte Buffy keine Zeit mehr, Spike weiter im Auge zu behalten. Eine der Moruach schlängelte sich über den Schutt auf sie zu, während die andere sich dicht an der Wand hielt und auf eine Lücke in ihrer Deckung lauerte.

Buffy wartete nicht, bis sie angegriffen wurde.

Sie rannte auf die Kreatur zu, die sich über den Boden schlängelte, und hielt die Axt in ihrer rechten Hand. Kopf und Rumpf der Moruach ruckten hoch, die Klauen schlugen nach ihr, Buffy fuhr herum, ließ die Klinge der Axt niedersausen und hackte der Moruach einen ihrer Arme ab. Die Bestie riss ihr riesiges Maul auf und gab ein Kreischen von sich, das Buffy fast taub machte. In diesem Moment der Ablenkung holte die Kreatur mit dem Schwanz aus und traf sie am Kopf. Der Schlag war so gewaltig, so wuchtig, dass er ihr mit Sicherheit das Genick gebrochen hätte, hätte sie ihn nicht kommen sehen und ihm nachgegeben.

Aber sie sah ihn kommen. Er traf sie und sie wich zurück,

fuhr herum und attackierte die Moruach, die sie angegriffen hatte. Ihr Maul war gierig aufgerissen, die Klinge der Axt verschwand in dem Schlund und schlug den Kopf oberhalb der Zunge ab.

Die Kreatur, die sich an der Wand gehalten hatte, stürzte sich nun von der Seite auf sie, noch ehe das tote Monster zu Boden fiel. Buffy hatte das Gleichgewicht verloren, bot ein perfektes Ziel, doch sie tat das Einzige, was sie tun konnte. Sie warf sich nach vorn, schlug dicht über dem Boden einen Salto und bereute es sofort. Der Boden war das Territorium der Moruach. Sie waren Kriechtiere, für den Kampf hier unten wie geschaffen.

Als sie sich aufrichtete, um sich dem Monster zu stellen, stürzte es sich bereits mit klappernden Haifischzähnen auf sie. Es hatte die Arme ausgestreckt und griff mit den Klauen nach ihr, sodass ihr keine Zeit mehr blieb, ihre Axt zu schwingen.

Buffy verpasste dem Monster einen Tritt in den Unterleib und schmetterte ihm dann den Axtgriff ins Gesicht. Es schlug nach ihr, traf mit zwei Klauen ihre Schulter und schlitzte ihr die Haut auf. Sie spürte es nicht einmal, das Adrenalin, das durch ihre Adern schoss, verhinderte es. Hinter ihr war der Balken, über den sie und Spike gesprungen waren, aber die meisten Moruach waren unter ihm hindurchgeglitten.

Perfekt, dachte sie.

Sie fuhr blitzschnell herum und schlüpfte mit der Axt in der Hand unter den Balken. Sie hörte die Moruach knurren und wusste, dass sie ihr jede Sekunde folgen würde. Buffy kam hoch und sprang auf den Balken.

Als die Moruach unter den Balken glitt, ließ sie die Axt niedersausen und spaltete ihr mitten zwischen den beiden roten Augenpaaren den Kopf.

Spike brüllte sie fuchsteufelswild vor Wut an.

»Du bescheuerte Jägerinnenschlampe, was für ein Spielchen treibst du?«, kreischte der Vampir.

Buffy sprang wieder über den Balken und sah, dass sich der

Kampf näher an das Loch in der Wand verlagert hatte, das in die Bibliothek führte. Das war gut. Der eigentliche Eingang wurde von heruntergefallenen Trümmerbrocken versperrt, und sie wollte durch das Loch in die Überreste des Raumes spähen. Doch zuerst musste sie Spike helfen.

Er hatte bereits zwei der Moruach getötet. Der Boden war rutschig von ihrem dunklen Blut. Fünf waren noch übrig, und sie hatten ihn schon übel zugerichtet. Irgendwie hatte er es geschafft, tödlichen Verletzungen zu entgehen, doch jetzt hatten sie ihn in die Ecke gedrängt, und während er die Axt schwang und sie in den Brustkorb einer der Kreaturen bohrte, schlitzte ihm eine andere mit ihren Klauen das Gesicht auf.

Buffy hielt die Axt weiter in der rechten Hand, sprang hoch, packte ein dickes, frei liegendes Rohr an der Decke, schlang ihre Beine um die Schultern einer Moruach, nahm dann ihren Kopf in den Würgegriff und drehte ihn ruckartig. Das Knacken, mit dem ihr Genick brach, hallte durch die zerstörte Schule. Die Moruach hatten sie jetzt entdeckt, und ein paar von ihnen wandten sich von Spike ab.

Buffy zog sich hoch, winkelte ihre Beine um das Rohr und ließ sich, die Axt in beiden Händen, nach unten schwingen. Dann löste sie die Klammer, schlug einen Salto und landete auf beiden Füßen im Schutt. Die Moruach stürzten sich sofort auf sie, und sie spürte, wie Klauen ihren Rücken und ihr Bein aufschlitzten, aber sie trieb die Axt in die Schulter einer anderen Bestie. Als diese das bekannte Kreischen von sich gab, fürchtete Buffy, dass ihre Ohren zu bluten anfangen würden.

Die Axt wurde ihr aus den Händen gerissen, aber sie schlug blitzschnell mit den Fäusten zu, sprang hoch und verpasste einer der Moruach einen wuchtigen Tritt, der sie zur Bibliothek zurücktrieb. Spike hatte unterdessen eine weitere Bestie getötet, sodass nur noch diese eine übrig war.

Die Moruach funkelte sie mit ihren roten Augen an und floh

dann mit bemerkenswerter Geschwindigkeit durch das Loch in der Wand.

Spike eilte zu Buffy. Blut tropfte aus einer Schnittwunde an seiner Stirn, seine Kleidung war an einem halben Dutzend Stellen zerrissen und enthüllte weitere Wunden. Als er zu ihr trat, humpelte er leicht.

»Was für ein Spielchen treibst du, Jägerin?«, knurrte er wieder. »Ich wäre fast getötet worden.«

Buffy zog eine Braue hoch. »Ich dachte, du bist ein großer Junge, Spike, der allein auf sich aufpassen kann. Außerdem waren sie hinter dir her. Hätte ich dich nicht benutzt, um sie abzulenken, wären wir jetzt vielleicht beide tot. Oder ist dir entgangen, dass wir es mit einer ganzen Horde von Meeraffen zu tun hatten?«

»Also bin ich jetzt der Köder?«, fragte er, noch immer wütend.

»Allerdings.« Buffy wandte sich von ihm an und eilte zu dem Loch in der Wand.

Aber Spike war noch nicht fertig mit ihr. »Sieh mich an!«, schrie er. »Ich bin verletzt, Jägerin. Überall voll Blut. Meine Klamotten sind ruiniert. Sieh dir nur mal meinen Mantel an!«

Buffy hatte bereits gesehen, dass der Mantel arg ramponiert war und ihm in Fetzen vom Leib hing. Allerdings hatte sie den Eindruck, dass Spike den Schutz, den er ihm geboten hatte, nicht recht zu schätzen wusste. Ohne seinen Mantel hätte er weit schlimmere Verletzungen davongetragen.

»Du bist ein Vampir«, sagte sie. »Die Wunden werden heilen. Also, willst du nur herumstehen und jammern oder kommst du mit?«

Er murmelte etwas Unverständliches, und sie schaute sich um und sah, wie er den zerfetzten Mantel abstreifte und im Schutt zurückließ. Die blutigen Schnitte an seinem rechten Arm verheilten bereits.

Buffy blieb vor dem Loch in der Wand stehen, holte tief Luft und sprang dann mit der Axt in der Hand durch die Öffnung. Sie landete geduckt auf geschwärztem, rissigem Beton, der geschmolzen und dann wieder erstarrt zu sein schien. Es war allerdings nicht völlig dunkel in der zerstörten Bibliothek. Mondlicht fiel von oben in die Ruine, und sie konnte sehen, dass der Raum leer war. Offenbar hatten sich hier andere Moruach aufgehalten, dessen war sie sich sicher, doch sie waren geflohen, als sie und Spike in dem Kampf auf dem Korridor die Oberhand gewonnen hatten. So überstürzt geflohen, dass sie sich nicht die Mühe gemacht hatten, die Fackeln zu löschen. Und sie hatten Spuren ihrer Anwesenheit zurückgelassen.

In dem Raum lagen zwei Leichen. Eine war einmal ein Mensch gewesen, ein Police Officer oder Wachmann, nach den Überresten seiner Uniform zu urteilen. Der andere Leichnam war nicht menschlich. Es war eine Meeresschildkröte, ein gewaltiges Tier mit einem Panzer von der Größe einer kleinen Kommode. Die Schildkröte lag auf dem Rücken, die weiche Bauchseite war aufgerissen und die Eingeweide waren im Raum verteilt.

Spike pfiff bewundernd. »Hier hat sich jemand köstlich amüsiert.«

Buffy runzelte die Stirn und ging an den Toten vorbei in die Mitte des Raumes, wo Spike stand. In einem großen, vom Schutt befreiten Bereich war mit Blut ein riesiges Symbol auf den rauen Beton gemalt worden. Es war nicht die Art Pentagramm oder druidische Runen, an die sie gewöhnt war. Dies war ein seltsames Zeichen, das fast wie die Geometrie eines Verrückten aussah, nicht aus Wirbeln und Kreisen bestehend, sondern aus harten Kanten und geraden Linien und unheimlichen Konfigurationen. An den Rändern waren kleine Symbole zu sehen, bei denen es sich vielleicht um Buchstaben oder Hieroglyphen handelte.

Spike atmete tief ein. »Das Blut ist frisch.«

Buffy nickte und deutete auf die Zeichnung am Boden.

»Sieht aus, als hätten wir sie bei irgendwas gestört. Ich glaube nicht, dass sie fertig geworden sind.«

»Fertig mit was?«, fragte Spike. »Also versuchen sie irgendwas zu beschwören?«

Sie warf ihm einen Blick zu, von dem sie hoffte, dass er ihm verraten würde, wie Recht er mit seiner Vermutung hatte. »Wo befinden wir uns, Spike? Denk drüber nach. Sie versuchen den Höllenschlund zu öffnen.«

Er verzog die Lippen zu einer Art Schmollmund und versteifte sich. »Nun ja.« Er grinste spöttisch. »Natürlich wusste ich das. Ich wollte nur sehen, ob du auf Zack bist.«

»Ja, danke. Gut, dass ich dich dabei habe.«

»Das stimmt. Aber trotzdem, Jägerin, gibt es keine Möglichkeit, das verfluchte Ding ein für alle Mal zu schließen? Es einfach zu versperren und den Magneten abzuschalten, der all die Irren in die Stadt zieht?«

Sie wölbte eine Braue. »Was hat *dich* hierher gebracht?«

»Nun ja, sicher, aber ich habe nicht versucht, die beschissene Welt zu vernichten, oder? Im Gegenteil, ich habe dir mindestens einmal geholfen, sie zu retten.«

Buffy musterte ihn einen Moment und sah dann wieder die seltsamen Markierungen auf dem Boden und die Mischung aus Menschen- und Schildkrötenblut an. »Wir tun, was wir können. Aber es gibt einfach Orte auf der Welt, wo der Stoff, der uns von ihnen trennt, durchlässiger ist. Dünner. Ich schätze, es hilft auch nicht gerade, dass es hier so viele derartige Aktivitäten gibt.«

Sie sah ihn wieder an. »Geh los und suche einen Fotoapparat.«

Spike kniff die Augen zusammen. »Wofür?«

»Wenn sie diesen Ort für ihre Machenschaften brauchen, werde ich ihn niederreißen. Das Dach, die Wände, damit sie es schwerer haben, ihr Treiben fortzusetzen. Wir werden ihn außerdem im Auge behalten müssen. Aber ich will ein paar Fotos für Giles schießen, bevor ich mich ans Werk mache.«

»Und gibt es einen Grund dafür, dass du nicht deinen eigenen Fotoapparat holen kannst? Vielleicht ist es dir nicht aufgefallen, aber ich bin derjenige mit dem Hinkefuß, und du hast zwei völlig gesunde Beine.«

Sie starrte ihn an. »Du willst allein hier bleiben? Jetzt, da sie deine Witterung aufgenommen haben und wissen, dass du hier bist? Nur zu!«

»Wenn ich es mir recht überlege, sollte ich gehen, nicht wahr?«

»Ganz meine Meinung.«

Die Außenmauer der Bibliothek war von Löchern übersät, wo Teile von ihr entweder eingestürzt oder von der Explosion durchsiebt worden waren, die die Schule zerstört hatte. Die Moruach hatten nicht die geringste Schwierigkeit gehabt, einen Weg nach draußen zu finden, als sie sich zum Rückzug entschlossen hatten. Spike zögerte, bevor er ging, und schnüffelte, bis er sicher war, dass sich in der unmittelbaren Umgebung keine Moruach befanden. Dann schlüpfte er ohne ein weiteres Wort nach draußen.

Buffy setzte sich auf den Betonboden und stützte die Arme auf die Knie. Ihr Blick wanderte zu dem Kreis. Den toten Mann und die ausgeweidete Schildkröte übersah sie geflissentlich. Doch etwas zog ihre Aufmerksamkeit auf sich: ein Trümmerbrocken, der im flackernden Kerzenlicht glänzte. Er bestand nicht aus Beton.

Sie stand auf und ging hinüber, hob ihn auf und stellte fest, dass es sich um eine große Tonscherbe handelte, in die seltsame Bilder graviert waren. Plötzlich dämmerte ihr, dass sie andere Bruchstücke dieses Gefäßes gesehen hatte – es musste zu derselben Schüssel oder Vase gehören, deren Scherben sie in Ben Varreys Haus gefunden hatte.

Der Einbruch in den Geschichtsverein, dachte sie. Angeblich waren nur Artefakte gestohlen worden, die aus der Zeit vor der Gründung Sunnydales stammten. Die primitive Gravur zeigte lange Linien, bei denen es sich um Tentakel handeln konnte, genau wie bei den anderen. Aber dieses Stück offenbarte außerdem einen Teil des Wesens, zu dem die Tentakel gehörten.

Das Wesen war grausig, mit zu vielen Augen und einem riesigen runden Maul voller gezackter Zähne und Tentakel, die fast überall aus seinem Körper wuchsen. Ein mächtiges Pseudopodium, das aus dem Unterleib ragte, konnte ein Schwanz oder ein einzelnes Bein sein. Es hatte keinen Kopf, nur einen fetten Körper mit seltsamen, unnatürlichen Konturen. Buffy musste sofort an die schreckliche Metamorphose von Ben Varrey und Lucky und an den Mann mit der grünen Krawatte im *Fish Tank* denken.

Aber das war noch nicht das Schlimmste.

Das Schlimmste war, das rechts daneben eine Moruach eingraviert war. Mehrere, um genau zu sein. Und im Vergleich zu diesem Wesen waren sie winzig. Liliputaner.

»Oh«, sagte sie trocken. »Wundervoll.«

Sie fragte sich, wie schnell ihre Mutter das Haus verkaufen konnte, damit sie wegziehen konnten – irgendwohin. Aber es war ein müßiger Gedanke, nur eine flüchtige Überlegung. Buffy Summers würde nirgendwohin gehen. Sie war die Jägerin.

Aber wie zum Teufel kann man dieses Wesen töten?, dachte sie und starrte wieder die Tonscherbe an.

Buffy ließ sich in der Ruine ihrer Vergangenheit nieder und wartete auf Spikes Rückkehr. Die Fackeln brannten langsam ab, und die Schatten um sie herum wanderten, während die Furcht wieder in ihre Knochen kroch und ihr unter die Haut glitt.

In der Dunkelheit überlief sie ein Schaudern.

10

Willow spürte, wie sich Taras Griff verstärkte, und die beiden drückten sich aneinander. Aus dem Nichts – an einem Ort, der nicht auf der Erde lag – kam Wind auf und blies ihnen die Haare ins Gesicht. Instinktiv vereinigten sie ihre Kräfte. Die Magie durchfloss sie und sprang von der einen auf die andere über, und um ihre eingehakten Finger glühte das vertraute grüne Licht auf.

Wenn sie sich auf diese Weise vereinigten und die Magie sie durchströmte, war es die intimste Verbindung, die sie beide kannten. Manchmal konnten sie gemeinsam Zauber wirken, ohne ihre Pläne in Worte oder selbst Gedanken fassen zu müssen. Ihre Gefühle genügten.

Baker McGee schrie ihnen zu, mit ihm zu kommen, zu rennen.

Willow und Tara blieben weiter stehen. Eine übernatürliche Ruhe überkam beide. Tara strich sich mit der freien Hand die Haare aus den Augen, und Willow konnte die Bewegung spüren, als wäre es ihre eigene.

Die Moruach stürzten sich auf sie, riesige, schreckliche Albtraumbestien mit tropfnassen Körpern, die nach Abwasserkanal stanken und eine Schleimspur hinter sich herzogen. Zuerst waren es zwei, dann vier und schließlich fünf.

Zusammen hoben die Hexen ihre Hände und wurden in das grüne Licht getaucht. Der Wind im *Hollywood Lanes* umtoste sie, als befänden sie sich im Auge des Sturmes. Und genauso war es auch. Vielleicht war es Instinkt oder Intuition, die ihnen erlaubte, so harmonisch zusammenzuarbeiten, aber vielleicht konnte Willow auch wirklich spüren, wie Taras Geist ihren eigenen berührte. Jedenfalls öffneten sie in diesem Moment gleichzeitig die Münder und schrien die Zauberformel.

»Emptum articulus!«

Willow fühlte sich, als wäre ihr etwas aus der Brust gerissen worden. Sie brüllte vor Schmerz, nur um festzustellen, dass Tara an ihrer Seite ebenfalls gellend aufschrie. Der Wind wurde heiß und fauchte an ihnen vorbei, blies von hinten und ließ ihre Haare fliegen und ihre Kleidung am Körper flattern. Der Zauber war schwierig. Sie hatten über ihn gesprochen, ihn aber nie zuvor ausprobiert. Aber seine Macht erfüllte den Raum, und ein hellblaues Licht verschluckte die schlangenähnlichen Seeungeheuer und blitzte auf ...

... und die Moruach waren verschwunden.

Baker McGee schrie den Namen Gottes. »Wie zum Teufel habt ihr das gemacht?«

Willow hatte weiche Knie vor Erschöpfung und konnte kaum stehen, aber irgendwie stolperten sie und Tara zur Tür. Als sie näher kamen, sahen sie, wie die Moruach aus einem offenen Kanaldeckel kletterten und zum Gebäude glitten. Das war der Nachteil dieses Zaubers ... er teleportierte einen Feind nicht, sondern drehte nur die Uhr für ihn zurück und verschaffte der Hexe oder dem Zauberer auf diese Weise ein wenig Zeit.

»Aber nicht genug Zeit«, keuchte Tara und hielt sich die Brust.

»Wir können das nicht noch mal machen«, sagte Willow.

Sie hielten sich noch immer an den Händen, als sie vor der Tür stehen blieben, die geschlossen und verriegelt war. Dieser Ausweg war ihnen versperrt.

Als sie sich umdrehten, näherten sich ihnen langsam die

mutierten Menschen. Aus ihren zahlreichen bösartigen Mäulern drangen zischende Laute. Tentakel peitschten durch die Luft, und die spitzen Stacheln, die sie überzogen, pfiffen wie tausend winzige Sensen. Die Dockarbeiter und Seeleute und Teenager und die Paare mittleren Alters sammelten sich hinter der Kreatur mit dem *Hollywood-Lanes*-T-Shirt, die hinter dem Tresen hervorgekommen war. Alles in allem hätte sich Willow lieber den Moruach gestellt als diesen infizierten, transformierten Leuten. Die Moruach waren bloss Monster, wahrscheinlich Dämonen. Doch diese Geschöpfe waren einmal menschlich gewesen.

»Die Frau ... die Frau hinter dem Tresen«, sagte Tara mit bebender Stimme.

Willow erinnerte sich an das grausige Maul an der Handfläche des anderen Angestellten, als die monströse Kreatur das Gesicht der Frau gepackt hatte. Sie schüttelte den Kopf. Die Frau war hinter dem Tresen zusammengebrochen. Es war zu spät für ihre Rettung. Tränen traten in die Winkel ihrer Augen und sie biss sich auf die Lippen, um sie zurückzuhalten. Sie musste an Tara und Kapitän McGee denken. Hätte sie geglaubt, dass der Zauber, der die Uhr zurückdrehte, auch auf eine tote Frau wirkte, hätte sie es versucht, doch die Dinge funktionierten einfach nicht auf diese Weise.

»Zurück!«, rief Willow Tara zu.

Baker McGee war neben sie getreten und versuchte, sie mit seinem Körper abzuschirmen, als die drei zu einer Ecke zurückwichen, wo leise ein grosser Hockeytisch und mehrere Glücksspielautomaten summten. Das elektrische Geräusch übertönte selbst die Musik und das Zischen der Kreaturen.

»Keine Fenster«, sagte Tara. »Willow, hier hinten gibt es keine F-fenster.«

Willow sah sich um und stellte fest, dass Tara Recht hatte. Aber es gab zwei nebeneinander liegende Toiletten, eine für die Männer und die andere für die Frauen. Tara sah, wohin ihr Blick wanderte, und nickte, aber in diesem Moment scherten der Tentakelmann in dem zerrissenen, blutigen *Hollywood-Lanes*-T-Shirt und ein Wesen mit gierig klaffenden Mäulern an der Stirn und den Wangen – ein Wesen, das einst ein minderjähriges Mädchen gewesen war – nach links aus und schnitten ihnen den Weg zu den Toiletten ab.

Die Vordertür erbebte, als sich die Moruach dagegen warfen. Eine der Türhälften gab knirschend nach. Das Schloss wurde herausgerissen, Holz splitterte, und der Kopf einer Moruach durchbrach die Metalltür wie ein Rammbock. Ihr Quartett aus unheimlichen Bernsteinaugen suchte das Innere ab, dann öffnete sie das Maul und kreischte mit einer Stimme, die Willow durch Mark und Bein ging.

»Bereit für mehr Magie?«, fragte Tara atemlos. Ihre Nase hatte durch die Anstrengung des vorigen schwierigen Zaubers zu bluten angefangen.

»Kannst du?«, fragte Willow.

Tara nickte grimmig.

Willow ließ ihre Hand los und sie trennten sich. McGee starrte mit aufgerissenen Augen zuerst sie und dann die monströsen Menschen an, deren Fleisch abfiel und die grausigen Gestalten enthüllte, die sich darunter verbargen. Willow ließ mit einer schnellen Drehung des Handgelenks ein Trio Bowlingkugeln von einer der Bahnen aufsteigen. Sie hatte den Punkt erreicht, an dem ihr dies eigentlich keine Mühe mehr hätte machen dürfen, dennoch forderte die Anstrengung ihren Tribut. Doch sie machte weiter, formte mit ihren magischen Kräften eine unsichtbare Schleuder und katapultierte die Bowlingkugeln auf die Angreifer. Sie hatte perfekt gezielt. Die Kugeln trafen zwei Dockarbeiter und einen minderjährigen Jungen am Hinterkopf und ließen sie wanken. Einer der Dockarbeiter brach sogar zusammen und blieb mit verdrehtem Kopf liegen.

Aber die Tentakel an ihren Brüsten bewegten sich weiter wie

Schlangennester, und Willow dämmerte, dass sich die Überreste ihrer menschlichen Gehirne nicht mehr zum Denken eignen mochten.

Tara wirkte denselben Zauber. Sie war nicht so treffsicher wie Willow, aber es genügte, um ein paar der Wesen zurückzutreiben. Damit hatten sie sich ein paar weitere Sekunden erkauft, mehr nicht. In diesem Moment explodierte unter dem Ansturm der Moruach die Vordertür, und die Kreaturen glitten zum zweiten Mal ins *Hollywood Lanes*. Jetzt stießen sie alle ihre gellenden Schreie aus, unter denen Willow sich krümmte, während Baker McGee fluchte und sich die Ohren zuhielt.

Diesmal waren Willow, Tara und McGee den Moruach nicht im Weg, und die Kreaturen gönnten ihnen keinen einzigen Blick. Ihre langen, flachen Aalkörper bewegten sich erschreckend schnell, sie griffen die anderen Monster an, jene, die einst Menschen gewesen waren, und rissen sie in Stücke.

Willow sah zu den Toiletten hinüber und wusste, dass es höchste Zeit war. Noch immer versperrten ihnen zwei der Kreaturen den Weg. Sie griff nach Taras Hand, gemeinsam starrten sie die Monster an, und Willow fragte sich, ob der in dem *Hollywood-Lanes*-T-Shirt wirklich Jimmy Gorka war. Schließlich gelangte sie zu dem Schluss, dass sie es nicht wissen wollte.

»*Exussum!*«, schrien sie.

Die beiden Kreaturen kreischten, als sie in Flammen aufgingen.

»Weg hier!«, fauchte Tara. Sie packte McGees Hand und zog den alten Mann mit sich, während sie zur Damentoilette rannten. McGee protestierte nicht gegen die Wahl des Geschlechts.

Willow stieß die Tür auf, hielt sie offen, damit die anderen folgen konnten, und blickte dann zurück in die Bowlinghalle, um festzustellen, ob ihre Flucht irgendwelche Aufmerksamkeit erregt hatte. Auf den Bahnen tobte ein Krieg. Blut spritzte, Monster kreischten, und unwillkürlich bedauerten sie die Menschen, die so sehr litten und starben, aber auch die Moruach.

Was auch immer sie zu diesem Gemetzel antrieb, es war tragisch und hässlich und erfüllte sie mit Übelkeit.

»Gut«, murmelte McGee hinter ihr. »Sollen sich die Bastarde ruhig gegenseitig umbringen. Wir verschwinden von hier.«

Willow fuhr zusammen und drehte sich zu ihm um. Tara hatte sich bereits auf die Zehenspitzen gestellt und öffnete das Fenster auf der anderen Seite der Toilette. Es war gerade groß genug, um McGee durchzulassen, während die Mädchen keine Probleme haben würden.

Tara sah Willow an und drängte sie stumm zur Eile.

Während sie sich nacheinander durch das Fenster zwängten, warf ihr McGee immer wieder starre Blicke zu. Draußen rannten sie über den Parkplatz zu Giles' Wagen und Tara schlüpfte hinter das Lenkrad. Der Motor sprang problemlos an und brummte beruhigend. Willow dachte wieder an den Fahrer, der mit durchdrehenden Reifen von dem Parkplatz geflohen war. Jetzt kannte sie den Grund.

McGee wandte sich auf dem vorderen Sitz um, während Tara, so schnell Giles' Wagen es zuließ, vom Parkplatz raste.

»Ich habe schon einige unglaubliche Dinge gesehen«, sagte McGee. »Aber was ich in der letzten Woche erlebt habe, übertrifft alles andere. Zuerst dieses Mädchen, Buffy, die Dinge, die sie getan hat. Und diese Monster. Und jetzt ihr beide. Was zum Teufel *seid* ihr?«

Tara streckte ihre Hand zum Rücksitz aus und Willow ergriff sie dankbar, froh über den Trost und die Erleichterung, die ihr diese Berührung brachte. McGee hatte es nicht grausam oder gar verängstigt gesagt, nur voller Staunen. Sie dachte schon daran, es ihm zu erklären, überlegte es sich dann jedoch anders. Willow lächelte den alten Mann an.

»Nur ein paar Mädchen, die versuchen, Sie am Leben zu erhalten.«

Das Talisker-Haus hatte schon auf dem Kliff bei der Schmugglerhöhle gestanden, bevor Sunnydale gegründet worden war. Es war, um genau zu sein, der Grund dafür, dass man den Ort überhaupt Schmugglerhöhle genannt hatte. William Talisker war schottischer Herkunft, obwohl seine Familie schon in Amerika gelebt hatte, bevor es überhaupt ein Amerika gegeben hatte. Als jüngster von vier Söhnen war er nach den Goldfunden in Kalifornien im Jahr 1848 nach Westen gegangen. Doch im Gegensatz zu so vielen anderen Prospektoren hatte William Talisker ein Mittel gegen das Goldfieber gefunden.

Er war reich geworden.

Als die Bundesregierung die Genehmigung für den Bau einer transkontinentalen Eisenbahn erteilt hatte, war er zur Stelle gewesen, um einige der Dienste anzubieten, die am pazifischen Ende gebraucht wurden. Bei Ausbruch des Bürgerkriegs wurden die Eisenbahnaktivitäten nach Westen verlagert, und im Jahr 1862 befahl die nördliche Regierung den Bau einer Strecke westlich von Sacramento. Und William Talisker wurde noch reicher.

Als er 1879 in den Ruhestand trat, suchte er einen Ort, wo er in Frieden alt werden konnte. Einen Ort, wo er auf den Pazifischen Ozean blicken konnte, einen Ort, den das Wachstum, von dem er profitiert und das er sogar gefördert hatte, noch nicht erreicht hatte. Er fand diesen Ort in einem kleinen Weiler im südlichen Teil des Staates, wo sich bis jetzt nur eine Hand voll Familien niedergelassen hatten. Auf einem Kliff siebzig Meter über der sanften Brandung einer kleinen Bucht ließ er sich ein prächtiges Haus aus Stein bauen. Unter den wenigen Familien, die bereits in der Nähe siedelten, wählte er eine junge Frau aus, seine dritte. Die erste hatte er zurückgelassen, als er nach Westen gegangen war, wo er sie prompt vergaß. Die zweite war gestorben, während er den Bau der Eisenbahn beaufsichtigt hatte.

Sarah Talisker war neunzehn, als sie William heiratete, der

vierundfünfzig war und kränkelte, doch sie gebar ihm zwei Söhne, bevor sie einige Jahre später starb. Die Talisker-Jungen – Billy und Sam – waren wichtige Mitglieder der Gemeinde, als Sunnydale eine Stadt wurde und mit Richard Wilkins seinen ersten Bürgermeister wählte. Die Jungen waren geborene Forscher. Sie erkundeten jeden staubigen Winkel des weitläufigen Hauses sowie das umgebende Grundstück, lernten jeden Bewohner der Stadt, jeden Hügel und jedes Feld von Sunnydale kennen. Sie waren die Erben eines riesigen Vermögens, aber als Kinder stritten sie miteinander wie viele ganz gewöhnliche Jungen.

Am Rand ihres Anwesens entdeckten die Talisker-Jungen einen Spalt in der Erde. In dem Spalt – entstanden durch die Drift der Kontinente oder das Wandern der Gletscher oder ein weniger stürmisches natürliches Ereignis, das sie sich nicht vorstellen konnten – fanden sie eine Höhle. Ein System von Höhlen, um genau zu sein, verbunden durch Risse im Fels und der Erde, die oft wie natürliche Tunnel aussahen. Monatelang verbrachten sie jeden Tag, jede freie Minute mit der Erforschung der Höhlen und Tunnel mit Laternen und erfanden Geschichten über Monster, die dort hausen mussten. Im Lauf der Zeit stellten sie zu ihrer Freude fest, dass sie den Höhlen, wenn sie nur entschlossen genug waren, durch das gesamte Kliff folgen konnten und nur einen Meter über dem Meer wieder herauskamen, in jener stillen Bucht, an der die Küste eine Kluft gebildet hatte.

Sie wurden natürlich erwachsen und besuchten das Labyrinth der Höhlen immer seltener. Sarah starb schließlich, aber zu diesem Zeitpunkt waren die Jungen keine Jungen mehr. Sie waren Männer mit Frauen und eigenen Kindern, mit Hobbys und Vorlieben, die sie oft in Schwierigkeiten brachten ... und zu Schulden führten. Ihre Gläubiger – zu denen Bürgermeister Wilkins und andere einflussreiche Männer in der Stadt gehörten – waren nicht so verständnisvoll, wie die beiden Jungen, die so behütet und bei ihren Nachbarn beliebt aufgewachsen waren, vielleicht gehofft hatten.

Samuel und William Talisker jr. waren gezwungen, andere Wege zu finden, um sich ihren Lebensunterhalt zu verdienen. Die Gelegenheit kam, als der amerikanische Kongress ein Gesetz verabschiedete, das den Verkauf von Alkohol verbot und Prohibition genannt wurde. Für Sam und Billy war es wie der Gewinn des Jackpots. Sie erinnerten sich an die Bucht und die Höhlen, die Tunnel, die bis zum Hinterhof des Hauses reichten, das ihr Vater einst gebaut hatte.

Das Haus wurde vergrößert und ein neuer Flügel über dem Spalt errichtet, der in die Höhlen führte. Es war ein Kinderspiel, Kontakt zu kanadischen Geschäftsleuten herzustellen, deren Whiskyprofite von der Prohibition verringert wurden, und den Whisky mit Booten nach Südkalifornien zu schmuggeln. Die Schiffe ankerten in der Bucht, und die Waren wurden durch die Höhle und die Tunnel, durch siebzig Meter Stein und Erde, in das Talisker-Haus geschafft.

Fast ein halbes Jahr lang verdienten Sam und Billy mehr Geld, als sie sich jemals erträumt hatten, so viel wie ihr Vater in der Zeit des Goldrauschs. Sie führten ein luxuriöses Leben und gaben Partys, von denen man sich von Los Angeles bis San Francisco und darüber hinaus erzählte. Die Stars der aufblühenden Filmindustrie, Senatoren und Gouverneure und ausländische Diplomaten gehörten zu ihren Gästen.

Diese goldenen Tage dauerten an, bis das FBI die Haustüren aufbrach und das Geschäft beendete ... und die Talisker-Jungen ins Gefängnis brachte. Sie hatten einen Tipp bekommen, sagten die FBI-Agenten, von besorgten Bürgern aus Sunnydale. Obwohl sie keinen Beweis dafür hatten, wurde Sam und Billy im Nachhinein klar, dass zu diesen besorgten Bürgern auch der Bürgermeister höchstpersönlich gehörte. Es wäre klüger gewesen, dämmerte ihnen, den Bürgermeister an ihren Geschäften zu beteiligen. Aber als sie die Gefahr erkannten, war es bereits zu spät.

Das Haus wurde verkauft, sodass ihre Frauen und Kinder obdachlos wurden, und die Talisker-Jungen starben verarmt im Gefängnis. Sam wurde bei einer Schlägerei mit einem Wärter getötet. Billy starb zwei Jahre später an Krebs. Man hörte oft, wie ihre Witwen Eileen und Bernadette zueinander und zu jedem, der es hören wollte, sagten, dass sie das Gefühl hatten, verflucht zu sein. Ein lächerlicher Gedanke, fanden die Einwohner von Sunnydale. Es war Pech, mehr nicht. Die Jungen waren ein wenig zu leichtsinnig gewesen, aber im Grunde war es einfach Pech.

Das Anwesen hatte seitdem ein halbes Dutzend Mal den Besitzer gewechselt. Während viele dieser neuen Eigentümer nur eine vage Vorstellung von der Geschichte des Anwesens hatten, nannten sie es weiter das Talisker-Haus, da an der Haustür ein Schild hing, das diesen Namen trug und das Datum der Fertigstellung angab. Die derzeitigen Besitzer, Rick und Polly Haskell, wollten mehr wissen. Die Haskells hatten die Geschichte des Hauses gründlich erforscht, sie waren ebenso fasziniert von solchen Dingen wie die Leute, die im Heim & Garten-Kanal des Kabelfernsehens auftraten.

Außer der aufregenden Geschichte liebten Rick und Polly die Atmosphäre des alten Hauses, seine Größe und die Aussicht auf den Pazifik von der Spitze des Kliffs. Rick hatte von seinem Vater ein beträchtliches Vermögen geerbt und war selbst Anwalt, und obwohl sie schon sieben Jahre verheiratet waren, hatten sie erst jetzt entschieden, dass es an der Zeit war, Kinder zu haben. Und dieses Haus war der richtige Ort, um welche zu bekommen.

Sie würden natürlich vorsichtig sein, vielleicht sogar einen Zaun errichten müssen, um ihre Kinder vom Rand des Kliffs fern zu halten und sie vor dem Absturz in die Tiefe zu bewahren. Außerdem war der Keller des Flügels an der Rückseite des Hauses in den letzten fünfzig Jahren verfallen, sogar mit Brettern vernagelt worden, also würden sie dort unten für die nötige

Sicherheit sorgen müssen. Vielleicht mussten sie diesen Teil sanieren und – vorausgesetzt, die Geschichten über das Schmuggelgeschäft stimmten – die geheimen Gänge, die durch das Kliff führten, mit Beton füllen und versiegeln lassen.

Bald, schworen sie sich. Sie würden sich so bald wie möglich um diesen Flügel kümmern.

Im Moment lagen die Haskells schlafend in ihrem Mahagonibett, während im Hintergrund der Fernseher lief, weil Rick den Timer einzustellen vergessen hatte. Während Polly von ihrem vor langer Zeit gestorbenen Großvater träumte, konnte sie den Fernseher hören. Die Werbung war lauter als das eigentliche Programm, Polly bewegte sich unruhig im Bett und vergrub sich tiefer in die Kissen.

Ein lautes Klappern weckte sie.

Polly öffnete einen Spalt weit die Augen. Sie waren schwer vom Schlaf und brannten, und sie hätte sie ohne den Fernseher sofort wieder geschlossen. Ein leises Stöhnen entwand sich ihren Lippen. Es war zu warm und zu gemütlich im Bett, um sich auch nur einen Zentimeter zu bewegen, doch ihre Augen wanderten zum Fernseher. Die Decke bauschte sich um sie, und sie konnte nur die obere Hälfte des Bildschirms erkennen. Stimmen plapperten in dem flackernden grauen Licht des Schlafzimmers. Der Fernseher hatte sie geweckt. Am liebsten hätte sie Rick einen Ellbogen in die Rippen gebohrt. Polly Haskell liebte ihren Mann, doch manchmal konnte er eine richtige Plage sein.

Um ihre Lippen spielte ein müdes Lächeln. Widerwillig setzte sie sich auf der Bettkante auf. Nachts stand immer ein Glas Wasser auf dem Nachttisch, und sie griff danach, um einen Schluck zu trinken. Der Fernseher wäre kein so großes Problem gewesen, wenn ihr vergesslicher Mann ihr nur die Fernbedienung überlassen hätte.

Sie richtete sich auf, fuhr mit einer Hand durch die vom Schlaf zerzausten blonden Haare und strich dann ihr Nachthemd nach unten. Es war ihr im Schlaf über die Hüften gerutscht. Rick bekam unterdessen nichts von der Welt mit. Er hatte einen gesunden Schlaf und mehr als nur seinen Teil des übergroßen Bettes in Beschlag genommen, eingewickelt in die Decke, eine Hand auf dem Gesicht, sodass sie nur seinen Mund erkennen konnte, der sich zu einem kleinen O gerundet hatte.

Der große Tölpel. Polly grinste und seufzte dann, als sie um das Bett ging und die Fernbedienung von seinem Nachttisch nahm. Sie würde mehrere Minuten brauchen, um wieder einzuschlafen, und statt den Fernseher auszuschalten, stellte sie den Timer so ein, dass er in einer Stunde automatisch ausgehen würde. Dann legte sie die Fernbedienung wieder auf seinen Nachttisch zurück, damit er sie am Morgen nicht suchen musste.

Ihre Seite des Bettes schien schrecklich weit entfernt zu sein. Daher kniete sie sich neben seinen Beinen müde aufs Bett und wollte über ihn klettern.

Das Klappern erklang erneut, wie von Holz, das gegen Holz schlug, gefolgt von einem Rattern. Das war dasselbe Geräusch, das sie geweckt hatte, doch zum ersten Mal dämmerte Polly, das es nicht von dem Fernseher kam. Sie erstarrte auf Händen und Knien auf dem Bett und hielt den Atem an. Ihre Kehle zog sich zusammen und ihre Brust schmerzte, wo ihr Herz so stark hämmerte, dass es sich verkrampfte. Ein Prickeln lief über ihren Rücken. Jeder Quadratzentimeter ihrer Haut schien unter einer seltsamen, unheimlichen Spannung zu stehen. Sie legte den Kopf schief und horchte konzentrierter als je zuvor in ihrem Leben.

Irgendetwas regte sich tief in ihrem Haus.

»Rick«, flüsterte Polly mit bebender Stimme.

Er bewegte sich nicht einmal. Ärger stieg in ihr hoch, und sie drehte sich zu ihm um, versetzte ihm einen groben Stoß und zischte seinen Namen mit mehr Nachdruck, aber, wie sie hoffte, so leise wie zuvor. Ihr Mann rührte sich, und sie gab ihm einen dritten Stoß. Er öffnete die Augen.

»Polly?«, fragte er verwirrt und wischte sich mit dem Handrücken Speichel von der Wange. »Was ist los?«

Du hast mich geweckt, wollte sie sagen. Du hast den TV-Timer nicht eingestellt. Polly wünschte, eins dieser Dinge sagen zu können. Aber sie konnte es nicht. Stattdessen sagte sie: »Irgendjemand ist im Haus.«

Eine seiner Brauen zuckte hoch und das dazugehörige Auge öffnete sich gerade weit genug, um sie einen Moment lang anstarren zu können. Dann schloss er es wieder.

»Schlaf weiter, Polly. Das hast du dir nur eingebildet.«

Ehe sie antworten konnte, klang von unten ein langes Knarren herauf. Rick setzte sich hellwach auf. Er bedachte sie mit einem skeptischen Blick und sah dann den Boden an. Polly war erleichtert, dass ihr Mann mehr verärgert als verängstigt wirkte.

»Das bilde ich mir nicht ein«, sagte sie.

Rick nickte, legte wie sie den Kopf schief und horchte konzentriert auf weitere Geräusche. Aber ohne Erfolg. Im Haus war jetzt alles still. Nach ein paar Sekunden kroch sie zu ihrer Seite des Bettes und setzte sich neben ihn. Als eine weitere Minute verstrich, ohne dass etwas passierte, atmete sie ruhiger und stieß einen langen Seufzer aus.

Ihr Mann ergriff ihre Hand, um sie zu beruhigen. Er lächelte sanft. »Es ist ein altes Haus«, sagte er. »Sie machen Geräusche. Wenn du ein Klopfen gehört hast, waren es wahrscheinlich nur die Rohre. Vielleicht liegt es an der Hitze.« Ein boshaftes Lächeln huschte über sein Gesicht. »Oder es sind Ratten in den Wänden.«

Polly schlug ihm gegen die Brust. »Das ist nicht witzig.«

Ein weiterer gedämpfter Laut drang herauf, diesmal undeutlich. Es konnten die Rohre oder sogar die Ratten sein, obwohl sie an diese Möglichkeit nicht einmal denken wollte. Aber sie konnte es nicht mit Sicherheit sagen.

»Sollen wir die Polizei rufen?«, fragte sie.

Zuerst war ihr dies als natürliche Reaktion vorgekommen,

doch jetzt, nachdem ein paar Minuten vergangen waren, hatte sie, während sie es noch aussprach, das Gefühl, dass sie übertrieb. Sie waren neu in der Stadt und lebten in einem riesigen Herrenhaus aus dem neunzehnten Jahrhundert, einen Kilometer vom nächsten Nachbarn entfernt. Sie wollte auf keinen Fall die Polizei rufen und dann feststellen, dass sich nur ein Waschbär oder ein Stinktier oder eine herumstreunende Katze im Haus herumtrieb. Das Haus war unheimlich, sicher, aber daran würden sie sich gewöhnen müssen – und es war so schön, dass dies nur ein geringer Preis sein würde.

Rick holte tief Luft. Sie konnte in seinen Augen sehen, dass er lieber weiterschlafen wollte, doch er stieg aus dem Bett und schenkte ihr ein aufmunterndes Lächeln. Er war ein guter Ehemann, auch wenn er den Großteil des Bettes für sich beanspruchte.

»Setz dich neben das Telefon. Wenn es irgendeinen Grund zur Sorge gibt, werde ich schreien, und du rufst die Neun-eins-eins.«

»Das ist beruhigend«, sagte Polly mit skeptischer Miene. Sie nahm das schnurlose Telefon vom Nachttisch und drückte es an sich. »Ich werde hier nicht allein sitzen bleiben.«

Ricks Lächeln wurde einen Moment lang weicher. Er sah sich im Zimmer um, zögerte, ging dann hinaus in den Flur und in das Gästezimmer, wo er seine neuen Golfschläger an die Wand gestellt hatte. Er zog ein Siebener-Eisen heraus, packte es mit beiden Händen und führte sie dann die Treppe hinunter.

Im Foyer war es bis auf das Mondlicht, das durch die Fenster fiel, dunkel. Trotzdem konnten sie, noch bevor Polly Licht machte, erkennen, dass sich dort nichts bewegte. In der Helligkeit entspannte sie sich ein wenig und lockerte ihren Griff um das schnurlose Telefon. Sie hatte es so fest umklammert, dass ihre Knöchel schmerzten. Sie folgte Rick durch das Haus, von Salon zu Salon, vom Wohnzimmer ins Esszimmer und in die Küche, vom Wohn- ins Arbeitszimmer und kam sich inzwischen albern vor. Das Poltern war laut genug gewesen, um sie aus dem Schlaf zu reißen, und das zweite Geräusch war noch lauter gewesen, aber es war ein altes Haus. Es ächzte genau wie Menschen unter der Last des Alters ächzen.

An der Südseite des Hauses lag das riesige Familienzimmer, in dem die Haskells einen Pooltisch aufgestellt und eine Bar und einen großen Partyraum eingerichtet hatten. Es war sicher nicht ganz das, was Talisker im Sinn gehabt hatte, dachte Polly, aber trotz seines Alters war es jetzt ihr Haus. Ein modernes Haus.

In der Mitte des Familienzimmers senkte Rick den Golfschläger und sah sie an.

»Es führt von draußen kein Weg in den Keller. Es ist unmöglich, dass irgendwelche Tiere – oder Herumtreiber, was das betrifft – hineingelangt sind. Es war nichts. Wir sind es einfach nicht gewöhnt, so abgeschieden zu wohnen.«

Doch Polly hörte ihn kaum. Es gab noch immer einen Ort, wo sie nicht nachgesehen hatten. Sie blickte an ihm vorbei zu der großen Eichentür, die in den verlassenen Flügel des Hauses führte. Ihr Mann spürte, dass sie noch immer aufgewühlt war, drehte sich um und folgte ihrer Blickrichtung. Als ihm aufging, was sie da anstarrte, musterte er sie.

»Komm schon, Pol«, sagte er. »Sie ist versperrt. Da ist nichts ...«

»Das wissen wir nicht«, unterbrach sie. »Es könnten dort alle möglichen Tiere sein, und wir würden es nicht mal merken. Alles Mögliche könnte hereingekommen sein.«

»Schön, dann werde ich morgen einen Kammerjäger rufen und den Flügel gründlich durchsuchen lassen. Jetzt lass uns ins Bett gehen.«

Sie nickte, rührte sich aber nicht vom Fleck. »Sieh bitte nach. Überzeuge dich, dass nichts in den Flur gelangt ist.«

Auf der anderen Seite der Tür lagen ein kurzer Korridor, der den Hintereingang zur Küche darstellte, eine schmale hintere

Treppe, die in den ersten Stock führte, und eine mit Brettern vernagelte Tür, durch die man den verlassenen Flügel betreten konnte. Wenn irgendwas aus diesem Flügel ins Haus eingedrungen war, konnte es sich jetzt in der Küche oder sogar oben befinden.

Rick nickte, als er einsah, dass sie keine Ruhe geben würde, und ging zu der Eichentür hinüber, den Golfschläger locker in der Hand. Er zog die Tür auf und trat hindurch. Polly stellte überrascht fest, dass sie den Atem anhielt.

»Nichts«, rief Rick. »Können wir jetzt zu Bett gehen?«

Polly folgte ihm in den Korridor, der von einer einzelnen trüben Glühbirne erhellt wurde. Dies war ein vergessener kleiner Winkel des Hauses, den sie nur sehr selten betraten, um von der Küche in das Familienzimmer zu gelangen. Die Hintertreppe nahmen sie so gut wie nie. Polly beschloss spontan, gleich am nächsten Morgen sauber zu machen und den verlassenen Flügel zu putzen, auch wenn sie es sich im Moment nicht leisten konnten, ihn zu renovieren.

»Polly?«, fragte Rick und sah in seinen Boxershorts und dem weißen T-Shirt irgendwie albern und töricht aus, wie er da vor dieser mit Brettern vernagelten alten Tür stand. »Bett?«

Sie lächelte ihn an, ihren törichten Mann.

Das Monster brach mit einem entsetzlichen Kreischen durch das splitternde Holz, während Teile der Tür durch die Luft flogen. Seine mächtigen Klauen packten Rick an den Schultern und schleuderten ihn zu Boden.

Polly wusste nicht einmal mehr, dass sie das Telefon in der Hand hielt. Sie starrte mit aufgerissenen Augen und wollte nicht wahrhaben, was sie gerade gesehen hatte. Eine einzelne Träne rann über ihre Wange, und als das Monster nach ihr schlug, entglitt das Telefon ihrer Hand.

Polly Haskell flüsterte den Namen ihres Mannes.

Die Königin führte ihre Kinder in das menschliche Haus. Es war ungefüge und seine Geometrie eine Beleidigung für das Auge, wies weder die glatte Struktur der Welt unter den Wellen noch die perfekten Kanten des Reiches der älteren Götter auf, die sie in der langen Nacht vor der ersten Morgendämmerung der Erde gezeugt hatten.

Einer ihrer Scouts hatte den Spalt am Fuß des Kliffs in der Bucht entdeckt, der sich durch den Fels zog, der Schutz vor dem Wasser und den *Ägirie* bot, den Kreaturen ihres Feindes, von denen sie gejagt wurden. Der Ägir, Herr dieser missgestalteten Geschöpfe, war auf dem Weg zu ihnen, und seine Kreaturen versuchten, sie zu töten, um die Gunst des Ägirs zu gewinnen. Die Königin hatte zurückgeschlagen, die Ägirie aufgespürt und niedergemetzelt, bevor ihre Zahl zu groß wurde, um sie zu bezwingen. Sie vermehrten sich schnell, aber solange die Königin und ihre Gefolgsleute ihre Aufgabe hier in der menschlichen Welt erfüllten, bevor der Ägir selbst – der Alte – das Land erreichte, würde sie in der Lage sein, ihren Clan in Sicherheit zu bringen.

Sie würden endlich Frieden finden.

Es war ein Glück, dass ihre Scouts die Meerhöhle entdeckt hatten. Die Seelöwen flohen ebenfalls vor dem Bösen, dem näher kommenden Ägir. Die Moruach hatten ihren eigenen Namen für die Seelöwen, und obwohl die Königin und ihre Gefolgsleute diese Kreaturen selbst oft gegessen hatten, trauerte sie jetzt um sie, denn der Ägir und seine Sklaven, seine Kinder, würden über sie alle herfallen. Das Grauen, das die Seelöwen empfanden, hatte das Meer und die Luft durchdrungen und lag in jedem Atemzug und jedem Windstoß.

Die Seelöwen konnten diese Höhle nicht benutzen, aber die Moruach konnten es.

Sie hatten in der Höhle den Geruch von Menschen bemerkt. Der Geruch war sehr, sehr alt, aber er war noch vorhanden, und er führte sie durch die Tunnel und schmalen Spalten und von einer Höhle in die andere. Er hatte sie in das Haus geführt, die menschliche Unterkunft, die zunächst verlassen gewirkt hatte. Erst als sie eingedrungen waren und sich in ihm bewegt hatten, roch die Königin die Menschen, die sich in einem anderen Teil des Gebäudes aufhielten.

Der Geruch ihrer Angst war sehr stark gewesen.

Jetzt gehörte die Behausung den Moruach. Die Königin glitt die Treppe hinauf und durch Türen, stieß die Möbel um und verharrte in stummer Verwunderung vor dem sprechenden Kasten im Schlafzimmer. Es war schon viele Jahre her, seit sie das letzte Mal Kontakt zu den Menschen gehabt hatte, und sie waren in dieser Zeit offenbar noch bizarrer geworden.

Während sich ihre Kinder von Raum zu Raum bewegten, schlossen sie die Jalousien und Vorhänge, und wo es keine gab, stapelten sie die Möbel vor den Fenstern. Es war lebenswichtig, dass sie vor dem Tageslicht geschützt wurden. Dies war von jetzt an ihr Heim, ein perfektes Heim, mit seinen Tunneln, durch die sie für die Menschen unsichtbar und sicher vor der Sonne aus dem Meer kommen konnten.

Doch nicht für lange. Sie konnten sich keine lange Ruhe erlauben. Die Königin hatte sogar gehofft, das Haus noch in dieser Nacht verlassen zu können, doch dieser Wunsch wurde ihr nicht erfüllt. Die Scouts, die sie losgeschickt hatte, um den Zauber zu wirken und den Weg zu öffnen, hatten versagt. Die meisten waren getötet worden und nur eine Hand voll hatte überlebt, um zu ihr zurückzukehren. Sie würden wieder von vorne anfangen müssen, doch der Weg wurde jetzt bewacht. Von einem Menschen und einem Vampir, hatten ihre Kinder ihr berichtet.

Kein normaler Mensch, so viel war klar. Eine Kriegerin. Ein Champion.

Und es war auch kein normaler Vampir, denn sie hatte seinen Geruch an den Überlebenden des Gemetzels bemerkte und er hatte sie in helle Aufregung versetzt. Selbst jetzt, während die

Königin dies dachte, schauderte sie in freudiger Erwartung. Der Vampir war vor langer Zeit auf der anderen Seite der Welt nicht vor ihr geflohen. Er hatte nicht fliehen wollen. Er hatte keine Angst gehabt. Und später, in der Stadt, wo die Straßen aus Wasser bestanden, hatte er ihr getrotzt. Sie sogar verletzt.

Seine Wildheit faszinierte die Königin. Erregte sie. Es wäre gut, ihn wieder zu sehen, in seiner Nähe zu sein. Sie freute sich auf seinen Geruch und die weiche, tote Kälte seines Fleisches. Die Königin der Moruach fletschte die Zähne, und dünne schwarze Speichelfäden tropften aus ihrem Maul. Nach allem, was sie durchgemacht hatten, hatte sich die Welt in Leid und Kummer verwandelt. Sie hatte sich nicht vorstellen können, dass sie inmitten all dieses Leides etwas finden würde, das die Leidenschaft in ihr neu entfache.

Sie sehnte sich danach, ihn zu kosten. Ihn mit ihren Zähnen zu zerreißen und sein kaltes, klumpiges Blut zu trinken.

Es war gegen zwei Uhr morgens, als Buffy endlich ihr Haus vor sich sah. Im Wohnzimmer und im Zimmer ihrer Mutter im ersten Stock brannte noch Licht. Gewissensbisse plagten sie. Sie wollte nicht daran denken, dass ihre Mutter auf sie gewartet hatte. Aber ein anderer Teil von ihr war dankbar für das Licht und die Wärme, und insgeheim hoffte sie, dass ihre Mom noch wach war. Dawn war wahrscheinlich bereits zu Bett gegangen, und Buffy dachte, es wäre nett, ein paar Minuten allein mit ihrer Mom zu verbringen, bevor sie sich schlafen legte.

Spike hatte lange gebraucht, um mit dem Fotoapparat zurückzukommen, doch schließlich hatte Buffy ein paar Fotos von den blutigen Symbolen am Boden der verlassenen Schulbibliothek machen können. Sie hatte die Tonscherbe in einer kleinen Papiertüte aus einem Mülleimer verstaut und hielt sie jetzt in der Faust, wo sie gegen ihr Bein schlug, so wie sie es früher in der Grundschule immer mit ihrem Pausenbrot gemacht hatte.

Ihre Muskeln schmerzten und ihre Augen brannten vor Müdigkeit. Buffy hatte mit Spikes Hilfe einige der noch stehenden Mauern der Bibliothek zum Einsturz gebracht und die instabilen Überreste des unheimlichen Raumes demoliert, sodass die Stelle, wo die Moruach versucht hatten, den Höllenschlund zu öffnen, nun unter Schutt begraben war. Aber jetzt war sie erschöpft und schmutzig und von einem Dutzend kleine Schnitte und Kratzer bedeckt, die sie sich beim Kampf mit den Moruach und nicht bei ihrem Zerstörungswerk zugezogen hatte.

Doch obwohl sie dringend Schlaf brauchte, waren ihre Gedanken bei den Plänen für den folgenden Tag. Ihr schien, dass die Krise, vor der sie in Sunnydale standen, von zwei Gruppen ausging. Es gab die Moruach, die sich in den Schatten hielten und eine stumme Bedrohung darstellten, die sich jederzeit zu einer Art Crescendo steigern konnte, und die mutierten Menschen, die offen agierten und brutal zuschlugen. Die letzten Tage hatten ihr bewiesen, dass das, was die Moruach und ihre Gegenspieler vorhatten, gleichzeitig passieren würde.

Jetzt.

Aber sie hatte keine Zeit, sich mit dem Lösen von Rätseln zu beschäftigen. Schreckliche Dinge waren geschehen, und sie war überzeugt, dass sie das Schlimmste noch nicht erlebt hatte. Vor ihrem geistigen Auge konnte sie das Monster sehen, das auf die Tonscherbe in ihrer Papiertüte gemalt war, und sie erschauerte.

Sobald sie im Haus war, würde sie in der *Magic Box* anrufen. Giles war wahrscheinlich noch immer dort und schlief auf seinen Nachschlagewerken. Wenn nicht, würde sie versuchen, ihn zu Hause zu erreichen. Sie musste ihn über die jüngsten Ereignisse informieren und über das Ergebnis ihrer Nachforschungen. Sie konnten den Film gleich morgen früh entwickeln lassen, sodass er endlich etwas Handfestes hatte, mit dem er arbeiten konnte.

In der Zwischenzeit musste sie die Schule überwachen lassen.

Spike war mit der Anweisung zurückgeblieben, zu ihr zu kommen, falls noch mehr Moruach auftauchten, aber er würde seinen Posten kurz vor Sonnenaufgang verlassen müssen.

Wenn er überhaupt so lange durchhält, dachte Buffy. Denn sie wusste, dass sich Spike trotz seiner Prahlereien vor seiner nächsten Begegnung mit der Moruachkönigin fürchtete, und es konnte durchaus sein, dass er sich, als Buffy gegangen war, sofort in seine Gruft zurückgezogen hatte. Er wollte die Moruach töten, keine Frage, aber sie hatte das Gefühl, dass er nicht gerade begeistert von der Aussicht war, sich ihnen allein zu stellen.

Buffy gähnte, als sie daran dachte, wie früh sie am Morgen aufstehen musste, um sich um alles zu kümmern. Sie wollte herausfinden, wie Willow und Tara mit Baker McGee und den anderen zurechtgekommen waren, die womöglich dem Bösen, das Menschen in Monster verwandelte, ausgesetzt gewesen waren. Xander und Dawn waren ebenfalls unterwegs gewesen, um ein wenig Detektivarbeit zu leisten, und Buffy wollte feststellen, ob sie irgendetwas herausgefunden hatten.

Morgen, dachte sie. Als Erstes.

Buffys Herz war schwer vor Sorge und nagender Furcht, als sie zur Haustür ging und eine Hand in die Tasche schob, um ihre Schlüssel herauszuziehen. Aus den Augenwinkeln bemerkte sie eine Bewegung, fuhr nach rechts herum und sah eine dunkle Gestalt in das Licht aus den Wohnzimmerfenstern treten. Schwarze Lederhose und ein knappes beigefarbenes Baumwoll-T-Shirt, das mindestens eine Nummer zu klein war. Buffy starrte sie an und dachte an jene Nacht zurück, in der sie verdeckte Ermittlungen im *Fish Tank* durchgeführt hatte. Plötzlich erkannte sie, in wessen Haut sie in jener Nacht geschlüpft war.

Faith.

»Hey, B. Lange nicht gesehen.«

11

Buffy starrte Faith an und schüttelte den Kopf, um sicherzugehen, dass sie sich ihre Gegenwart nicht nur einbildete. »Was machst du denn hier?«, fragte sie.

»Ja, ich freue mich auch, dich zu sehen.« Faith hatte trotzig die Arme verschränkt und schenkte ihr ein verspieltes Grinsen. »Nebenbei, du siehst wahnsinnig gut aus.«

Die andere Jägerin wirkte in dem matten Licht aus dem Haus und dem Schein des Mondes am Himmel fast wie eine Geistererscheinung. Buffy starrte sie mehrere Sekunden lang an, zu müde, um zu wissen, wie sie mit dieser Wendung der Ereignisse umgehen sollte. Ihre Gefühle gegenüber Faith waren kompliziert, und ihr Erscheinen war das Letzte, das Buffy erwartet hatte. Buffy war vor langer Zeit gestorben – nur für einen Moment, denn Xander hatte sie mit einer Herzmassage wieder belebt –, und die kosmischen Mächte, die über diese Dinge wachten, hatten eine neue Jägerin berufen. Das Mädchen hatte Kendra geheißen. Und obwohl sie zäh und entschlossen gewesen war, hatte sie nicht sehr lange überlebt.

Nach Kendras Tod war Faith auserwählt worden. Aber nach Buffys Meinung hatte die höhere Macht, die über die Auswahl entschied, mit Faith einen Fehler begangen. Die junge Frau hatte schon Ärger gemacht, bevor sie die Jägerin geworden war. Die Einzelheiten ihrer Jugend waren vage – Faith hatte dafür gesorgt –, aber es war ziemlich klar, dass sie ein schwieriges

Leben gehabt hatte und vernachlässigt worden war, bevor der Wächterrat sie unter seine Fittiche genommen und ausgebildet hatte.

Soweit Buffy wusste, hatte Faith das Training gefallen. Sehr sogar. Ihre Wächterin war für sie zu einer Ersatzmutter geworden. Endlich hatte sie einen Platz gefunden, wo sie hingehörte. Aber dann war es zu einem Kampf mit einem uralten Vampir gekommen, der in den Sümpfen irgendwo unten im Süden seine eigene kleine Diktatur errichtet hatte, und der Vamp hatte Faiths Wächterin getötet. Faith war nicht in der Lage gewesen, ihn aufzuhalten, und sie hatte das Einzige getan, das ihr eingefallen war. Sie war nach Sunnydale geflohen und hatte sich Buffy angeschlossen.

Faith hatte nicht gewusst, wohin sie sonst gehen sollte.

Zuerst war Buffy skeptisch gewesen. Faith war anders, ein wildes Mädchen, sie nahm die Gaben, die das Dasein als Jägerin mit sich brachte dankbar an, die verstärkten körperlichen Fähigkeiten und die Erlaubnis, die Bösen zu verprügeln. Im Lauf der Zeit hatte es Buffy zu schätzen gelernt, dass es noch jemand auf der Welt gab, der wie sie war, eine Art Schwester. Eine Weile hatte sie Faiths emotionalere Einstellung zur Jagd sogar akzeptiert. Faith war sozusagen ein Teil der Familie geworden.

Aber Faith war dafür nicht geschaffen. Schon bei ihrer Ankunft, als sie die Neue in der Stadt gewesen war, hatte sie mit allen Mitteln versucht, cool zu sein und alle zu beeindrucken. Sie hatte fast jeden schlecht behandelt – vielleicht abgesehen von Xander –, aber Buffy gefiel nicht, dass sich Faith und Xander gut verstanden.

Und Faiths Eifersucht auf Buffy wuchs. Sie beneidete sie um ihre Familie, ihre Freunde, ihren Wächter. Sie hatte versucht, anderen zu vertrauen, und war in der Folge einiger unglücklicher Ereignisse zu der Überzeugung gelangt, dass es töricht war, überhaupt irgendwem zu vertrauen und dass Giles und

Buffy sie nie richtig akzeptieren würden. Faith wurde eine rücksichtslose Jägerin. Und eines Nachts tötete sie einen Mann.

Einen menschlichen Mann.

Es war natürlich ein Unfall gewesen, doch Faith hatte keinerlei Reue gezeigt, was für Buffy der unerfreulichste Aspekt der Ereignisse gewesen war. Schließlich hatte Faith sie alle verraten, sie hatte die Seiten gewechselt und war ein Werkzeug des Bürgermeisters von Sunnydale geworden, einem Möchtegerndämon, der die Stadt ein Jahrhundert lang manipuliert hatte. Der Bürgermeister war ein weiterer Elternersatz für sie und hatte ihr die Art Anerkennung gegeben, die sie ihrer Meinung nach von Buffy oder Giles nie bekommen würde.

Faith war ihr Feind geworden.

In gewisser Hinsicht schien das alles lange her zu sein, obwohl dies nicht wirklich der Fall war. Trotzdem, seitdem war viel passiert. Sie hatten sich gegenseitig fast umgebracht. Buffy hatte Faith für mehrere Monate ins Koma versetzt. Faith war erwacht und hatte erneut versucht, Buffy zu töten, doch als sie diesmal versagte, hatte sie einen selbstzerstörerischen Amoklauf begonnen. Es war, als hätte sie sich nach dem Tod gesehnt, um ihrem Leiden ein Ende zu bereiten.

Buffy hatte das nicht mehr interessiert. Sie hatte sich Faith einmal sehr nahe gefühlt und die andere Jägerin in ihr Leben gelassen. Aber Faith hatte ihr Vertrauen missbraucht, den Menschen, die Buffy liebte, wehgetan und auf jeden eingeschlagen, der ihr eine helfende Hand reichte. Schließlich war Faith nach Los Angeles gegangen, wo sie versucht hatte, Angel zu töten, Buffys Ex. Angel war ein Vampir, aber einer mit einer Seele, mit einem Gewissen, der sich bemühte, für die Sünden seiner Vergangenheit zu büßen.

Angel vergab ihr. Er tröstete sie. Er verstand sie.

Buffy wurde klar, dass Faith ihr ganzes Leben lang nur danach gesucht hatte. Nach jemand, der sie verstand. Sie hatte geglaubt, diesen Menschen in Buffy gefunden zu haben, doch

Buffy konnte nie wirklich verstehen, wie ihr Leben gewesen war und warum sie die Dinge getan hatte, die sie getan hatte. Aber Angel konnte es und tat es auch, und durch sein Beispiel dämmerte Faith, dass es für sie einen Neuanfang geben konnte. Durch Sühne.

Sie hatte sich den Behörden gestellt und war für die Verbrechen, die sie begangen hatte, ins Gefängnis gewandert.

Das Gefängnis.

Im Garten ihres Hauses, des Hauses, das Faith mehr als nur einmal mit ihrem Verrat entweiht hatte, starrte Buffy die andere Jägerin jetzt sprachlos an. Wie sollte sie reagieren, nach allem, was geschehen war? Wenn Faith büßen wollte, warum saß sie dann nicht in irgendeiner Zelle?

Faith warf ihre seidigen Haare zurück, trat vor und fuchtelte mit einer Hand vor Buffys Gesicht herum. »Hallo? Jemand zu Hause? Was ist los mit dir, B? Du siehst aus, als hättest du ein...«

Buffy gab ihr eine Ohrfeige. Das Klatschen hallte über den Rasen.

»Du hast ein kurzes Gedächtnis, dass du es wagst, hierher zu kommen, zu meinem Haus.«

Faith starrte Buffy mit drohend zusammengekniffenen Augen an und rieb sich die Wange. »In Ordnung. Das lasse ich dir durchgehen.« Sie schüttelte den Kopf. »Aber ich bin nicht hierher gekommen, um mit dir zu kämpfen.«

»Schön. Ich wollte nur sichergehen, dass du dir keine Illusionen machst. Vielleicht versuchst du, dein Leben in die richtigen Bahnen zu lenken, Faith. Ich hoffe es. Aber zwischen uns ist längst nicht alles okay. *Alles paletti* – das sagst du doch immer, nicht wahr? Nun, nicht zwischen uns.«

Faiths Augen bohrten sich in ihre, und das andere Mädchen kniff die Lippen zusammen. Nach einem langen Augenblick nickte sie. »Ich habe nichts dagegen. Du willst wissen, was ich hier mache? Warum ich hier die Zeit totschlage? Es hat nichts mit dir zu tun. Komm drüber weg oder lass es bleiben.«

Während die Jägerinnen einander anstarrten, verstrich fast eine ganze Minute. Ein Auto brauste auf der Straße vorbei, doch keine von ihnen gönnte ihm auch nur einen Blick. Schließlich nickte Buffy.

»Du hast meine Frage nicht beantwortet. Was machst du hier? Wie bist du rausgekommen?«

Faith lachte leise und schüttelte den Kopf. »Keine Sorge. Ich gehe wieder zurück.« Sie trat zur vorderen Veranda und setzte sich auf die Treppe. »Unsere Freunde vom Rat haben mich vom Staat Kalifornien *ausgeliehen*. Es ist nicht zu fassen. Sie haben Freunde in hohen Positionen. Haben einfach an ein paar Fäden gezogen. Und schon bin ich draußen, und wenn sie mit mir fertig sind, gehe ich wieder zurück. Aber das ist okay, richtig? Ich meine, ich bekomme ein wenig frische Luft und sammle im Krieg gegen die Finsternis vielleicht ein paar Punkte für die Heimmannschaft. Ich kann ein wenig Bewegung gebrauchen.«

Buffy funkelte sie an und machte sich nicht die Mühe, die Zweifel in ihrem Herzen zu verbergen. »Ich bin überrascht, dass sie das getan haben. Du und der Rat – ihr seid nicht gerade eine Gesellschaft gegenseitiger Bewunderung. Beim letzten Mal wollten sie dich tot sehen. Und du hast genauso über sie gedacht.«

»Komische Welt, nicht wahr?« Faith zuckte die Schultern. »Das Komischste ist, dass sie zu mir kamen, weil du nicht Ball spielen wolltest. Sie haben mir die Lage erklärt. Es geht um diese Moruachwesen, die die Leute von Sunnydale massakrieren. Der Rat will einen Kammerjäger, aber du spielst die Vorkämpferin für die ethisch korrekte Behandlung von Dämonen. Das klingt gar nicht nach dir, B. Ist es nicht unsere Aufgabe, die Menschen vor den Monstern zu schützen?«

Buffy musterte die andere Jägerin einen Moment lang. Hatte Travers Faith tatsächlich um ihre Hilfe gebeten, nach allem, was sie getan hatte, nur weil Buffy nicht mit ihm kooperieren wollte? Natürlich hat er das, ging ihr auf. Es gab wahrscheinlich wenig, das Quentin Travers nicht tun würde, um seine Ziele zu erreichen. Nun, Buffy war auf das Ansinnen des Rates nicht eingegangen, und sie war fest entschlossen, sich auch nicht auf Faith einzulassen, aber wenn die andere Jägerin wirklich hier war, um zu helfen, war es für sie und Sunnydale das Beste, wenn ihr Buffy zumindest die gegenwärtige Situation schilderte.

»Genau das *mache* ich auch. Ich habe nur nicht vor, blind irgendwelche Befehle zu befolgen. Hier geht mehr vor, als wir ahnen, und ich denke, der Rat hat Antworten, die er nicht teilen will. Die Moruach sind nicht die einzigen Monster in der Stadt, ich bin nicht einmal sicher, ob sie für die meisten Morde verantwortlich sind.

Es hat drei Tote gegeben, die garantiert auf ihr Konto gehen, aber man könnte argumentieren, dass sie es zur Selbstverteidigung getan haben. Alles in allem halte ich die anderen für bösartiger. Ich habe in den letzten vierundzwanzig Stunden etwa zehn Moruach getötet. Wenn es das ist, was getan werden muss, schön. Das ist der Job. Aber im Moment bin ich mehr an dem großen Bild interessiert. Ich will lieber herausfinden, was hier wirklich vor sich geht, als jeden Keller in der Stadt nach Monstern zu durchsuchen, die vielleicht gar keine wirkliche Gefahr darstellen.

Komm morgen in die *Magic Box*, wenn du über alles informiert werden willst. Ich werde nicht nach der Pfeife des Rates tanzen, doch wenn du schon mal hier bist, solltest du wenigstens wissen, womit du es zu tun hast.«

Faith starrte sie einen Moment nachdenklich an, dann stand sie auf. Sie entfernte sich mehrere Schritte von der Treppe, bevor sie sich noch einmal zu Buffy umdrehte.

»Danke, aber ich verzichte. Du machst dir zu viele Gedanken, B. Du hast auf der einen Seite gefährliche Killerseeungeheuer und auf der anderen wirklich gefährliche Mutantenfreaks? Sollen doch die Wächter herausfinden, was dahintersteckt. Giles und Travers können das übernehmen. Es gehört nicht zu unseren Aufgaben. Wir sind Jägerinnen. Wir sind Kriegerinnen. Wir gehen nach draußen und töten die Bösen, damit niemand sonst stirbt.«

Faith runzelte offenbar besorgt die Stirn und schüttelte den Kopf. »Ich wohne mit Travers und einigen anderen im Hotel Pacifica. Wenn du dich entschließt, das Richtige zu tun, komm vorbei.« Dann lächelte sie. »Seltsam. Nicht einmal in meinen wildesten Träumen habe ich mir vorgestellt, dass sich die Dinge so entwickeln würden.«

»Wie entwickeln?«, wollte Buffy wissen.

»Dass ich das gute Mädchen bin«, antwortete Faith mit einem leisen Lachen. »Und du die Rebellin.«

Sie wandte sich zum Gehen, zögerte dann aber ein letztes Mal und blickte zurück zu Buffy. »Nebenbei, ich habe hier draußen auf dich gewartet. Ich wollte nicht reingehen. Du und ich, wir verstehen uns nicht besonders, und ich hatte befürchtet, dass es Streit geben würde. Und darauf kann Joyce gut verzichten. Sie ist eine tolle Frau und ich habe sie nicht gut behandelt, als ich das letzte Mal hier war. Es tut mir Leid.«

Buffy starrte sie an. Eine derartige Entschuldigung hatte sie von Faith noch nie gehört, und sie hatte keine Ahnung, wie sie darauf reagieren oder ob sie sie überhaupt annehmen sollte.

Faith machte im nächsten Moment auf dem Absatz kehrt und ging davon. Buffy trat zur Treppe und setzte sich. Sie blieb dort eine Weile hocken, die Papiertüte noch immer in der Hand, und sah in die Nacht hinaus. In die Finsternis.

Trotz seiner malerischen Lage gehörte das *Sleepeasy Inn* zu der Sorte Hotel, die nur für Familien, Geschäftsreisende und Leute attraktiv war, die eine billige Unterkunft suchten. Sunnydale war absolut kein Touristenort, aber es hatte eine schöne Küste und deshalb auch eine Reihe bezaubernder Pensionen und gemütlicher Hotels mit Blick aufs Meer.

Doch das *Sleepeasy* war weder bezaubernd noch gemütlich, sondern nur ein großer Haufen Steinblöcke in der Tünche grell rosafarbener Flamingos und lag einen halben Block vom Meer entfernt.

Im Innern unterschied es sich nicht sehr vom Standard des *Comfort* oder *Holiday Inn*, und auf dem Balkon im siebten Stock, von dem aus man aufs Meer blicken konnte, ließ sich die hellrosa Stuckfassade leicht verdrängen.

Rosanna saß auf einem Plastikstuhl auf dem Balkon und nippte an einer Fünf-Dollar-Flasche Limonensoda, die sie aus der Minibar genommen hatte. Sie sah hinaus auf die Gischt und die sanft brandenden Wellen und versuchte, sich vorzustellen, dass sie den ganzen Pazifik überblicken konnte.

Das hätte sie beruhigen müssen, aber das tat es nicht. Sie konnte keinen Augenblick lang vergessen, dass das Meer nicht so wohlwollend war, wie es zu sein schien. Es war riesig, nach menschlichen Maßstäben fast unendlich, und es enthielt uralte Geheimnisse, wie man sie an Land nirgendwo finden konnte.

Der Orden der Weisen hatte sich der Enthüllung dieser Mysterien gewidmet. Er war bestrebt, die Geheimnisse des Universums zu lösen, in der Hoffnung, dass die Schatten vertrieben und die Wesen, die von der Menschheit für Monster gehalten wurden, ans Licht kamen und ein Teil der Welt werden konnten, die sie nicht länger fürchten musste. Es war ein ungeheures Unterfangen, eines, das die meisten wohl lächerlich finden würden. Selbst jene, die dem Orden angehörten, brauchten Zeit und eine Art psychologische Evolution, um die erhabene Mission zu akzeptieren, die vor Jahrhunderten ihren Anfang genommen hatte. Wie die Baumeister des alten Ägyptens mussten sie verstehen, dass das, was sie begonnen hatten, höchstwahrscheinlich nicht zu Ende geführt werden konnte, solange sie noch atmeten. Der Orden der Weisen bestand aus Männern und Frauen mit ähnlicher Hingabe und wurde von jenen angeführt, die verstanden, dass sie nur ein Teil des Prozesses waren, dessen Durchführung viele Generationen dauern würde.

Für Rosanna war dies der fundamentale Unterschied zwischen dem Orden und dem Wächterrat. Der Orden war geduldig und demütig und akzeptierte, dass seine Mitglieder bloß – wie sagte man noch gleich? – Rädchen im Getriebe waren. Aber die Wächter waren stolze, aufgeblasene Wichtigtuer, die nicht nur glaubten, dass sie an dem ewigen Kampf zwischen Chaos und Ordnung teilnahmen, sondern dass sie in diesem Konflikt eine entscheidende Rolle spielten, ihn sogar kontrollierten. Wie vermessen sie waren!

Erkannte denn keiner von ihnen, dass die Mächte, die in diesen ewigen Kampf verstrickt waren, sie nicht einmal bemerkten? Selbst die Jägerin, die Auserwählte, die von einer höheren Macht beauftragt worden war, Licht in die Dunkelheit zu bringen, war kaum mehr als ein Rädchen im Getriebe. Rosanna bewunderte Buffy Summers und Rupert Giles am meisten dafür, dass sie – nach den Berichten zu urteilen, die sie über ihre Abenteuer und ihre Konflikte mit dem Rat gelesen hatte – dies zu verstehen und ihre begrenzten Rollen im großen Plan der Dinge zu erkennen schienen.

Rosanna seufzte und nippte an ihrer Limonensoda, während ihr Blick die dunkle Oberfläche des Meeres nach einem Zeichen der darunter verborgenen Mysterien absuchte. Waren die Moruach jetzt dort, unter den Wellen? Und was lauerte außer ihnen sonst noch auf dem Meeresgrund?

Das Telefon in ihrem Zimmer klingelte. Rosanna stellte ihr Glas ab und ging hinein, nahm den Hörer ab und legte sich aufs Bett.

»Hallo?«

»Sind inzwischen alle eingetroffen?«

Die schrille Stimme am anderen Ende der Leitung gehörte ihrer Vorgesetzten Astrid Johannsen. Zwischen den Aufträgen war sie eine freundliche Frau, doch wenn Rosanna im Dienst war, kam Astrid stets direkt und ohne Umschweife zum Thema.
»Ja. Aber die Agenten des Rates sind bereits hier.«
»So schnell?«, fragte Astrid frustriert. »Ich dachte, die Jägerin hätte Vorbehalte gegen sie.«
»So ist es. Das gilt auch für ihren Wächter, Mr. Giles«, erklärte Rosanna und starrte die verputzte Decke an. »Angeblich arbeiten sie wieder mit dem Rat zusammen. Das ist die offizielle Version. Inoffiziell scheint die Jägerin weniger als je zuvor mit ihm kooperieren zu wollen. Es hat sie offenbar misstrauisch gemacht, dass der Rat nachdrücklich darauf bestand, die Moruach auf der Stelle auszurotten.«

Astrid antwortete nicht sofort. Als sie es tat, hatte Rosanna das Gefühl, dass ihrer Vorgesetzten der Themenwechsel gefiel.
»Glauben Sie, dass wir sie auf unsere Seite ziehen können?«
Jetzt war es Rosanna, die zögerte. Nach einem langen Moment setzte sie sich auf dem Bett auf und zog die Knie an die Brust. »Schon möglich. Aber lassen Sie mich eines klarstellen. Buffy ist nicht grundsätzlich dagegen, die Moruach zu töten. Sie braucht nur einen Grund. Wenn der Rat ihr einen geben kann, wird sie wahrscheinlich nicht protestieren. Sie ist schon zu lange die Jägerin.«
»Vielleicht sollten wir uns mit ihr unterhalten, wenn sie dem Einfluss ihres Wächters nicht direkt ausgesetzt ist«, schlug Astrid vor.
»Giles will inzwischen wieder für den Rat arbeiten, aber zwischen ihnen besteht keine Liebe mehr«, sinnierte Rosanna. »Der Einfluss, den er auf Buffy haben mag, hängt von seinen eigenen Gefühlen ab, nicht von den Zielen des Rates.«
Eine weitere lange Pause trat ein. Schließlich deutete ein leises Geräusch am anderen Ende der Leitung darauf hin, dass Astrid gekichert hatte.

»Nun«, sagte ihre Vorgesetzte, »dann möchte ich vorschlagen, dass Sie eng mit Mr. Giles zusammenarbeiten. Wenn wir ihn dazu bringen, den Wert der Ordensphilosophie zu erkennen, wird vielleicht auch die Jägerin die Seiten wechseln.«

Rosanna sah aus dem Fenster in die dahinter liegende Dunkelheit. »Das werde ich tun, Astrid. Aber wenn ich mich nicht irre, bin ich hier, um die Moruach zu studieren, Kontakt mit ihnen aufzunehmen und so viel wie möglich über ihre Zivilisation zu erfahren. Ich bin hier, um den Rat daran zu hindern, das zu massakrieren, was er nicht versteht. Ich bin nicht hier, um jemanden zu bekehren.«

»Rose, seien Sie nicht albern«, erwiderte Astrid und entspannte sich. »Was könnte unseren Zielen besser dienen, als die Jägerin auf unsere Seite zu ziehen? Sie wollen die langfristigen Ziele des Ordens unterstützen? Werben Sie die wichtigste Mitarbeiterin des Rates ab, und neue Rekruten, neue Weisen werden zu uns stoßen.«

Obwohl Rosanna eine derartige Handlungsweise unmoralisch erschien, konnte sie gegen diese Logik nichts einwenden.

»Sie sollten jetzt ein wenig schlafen«, wies Astrid sie an.

»Das werde ich. Aber warten Sie. Sie wissen, dass die Moruach nicht die einzigen Wesen hier sind? Es kommen noch andere Kreaturen aus dem Meer und töten die Menschen. Die Stadt ist nicht sicher. Wir sollten der Jägerin helfen, das Gebiet zu schützen. Wie schnell können Sie ein Team schicken?«

»Wir haben zurzeit eine Menge Feldoperationen laufen«, erwiderte Astrid. »Ich werde sehen, was ich tun kann.«

Aber ihre Stimme war wieder kalt geworden, und die beiden Frauen verabschiedeten sich schnell. Als Rosanna den Hörer aufgelegt hatte, sah sie wieder mehrere Minuten lang hinaus in die Dunkelheit, bevor sie aufstand und die Schiebetür schloss. Außerdem zog sie die Vorhänge zu und versperrte den Blick auf das Meer.

Rosanna glaubte nicht, dass irgendeine Hilfe kommen würde. Der Orden war schließlich auf eine Lösung bedacht, die noch Generationen in der Zukunft lag. Was bedeutete schon eine Hand voll Menschenleben im großen Plan der Dinge?

Sie waren nicht mehr als Rädchen in einem Getriebe.

Die Welt war grau. Nichts war jemals völlig schwarz oder weiß. Faith wusste dies so gut wie jeder andere. Sie hatte viel Zeit damit verbracht, inmitten all der Grautöne zu leben und ständig zwischen der Dunkelheit und dem Licht zu wechseln.

In Sunnydale gab es keinen Ort, der das allgemeine Grau der Dinge besser repräsentierte als *Willy's Alibi Room*. Hinter der Bar fragte das kleine Wiesel, dem das Lokal gehörte, die Dämonen und Vampire unter seinen Gästen nicht, auf welcher Seite sie im Krieg zwischen dem Licht und der Finsternis, zwischen Ordnung und Chaos standen. Sie waren für ihn nur Gäste. Das Geld war immer dasselbe, ganz gleich, wer es ausgab. All das bedeutete, dass im *Willy's* bösartige, anarchische Dämonen, aber auch solche verkehrten, die sich entschlossen hatten, friedlich unter den Menschen zu leben. Zählte man noch den gelegentlichen Möchtegernzauberer hinzu, der seinen Kummer darüber ertränkte, niemals Merlin sein zu können, sowie eine Hand voll mürrischer Vampire, die stets auf einen Kampf aus waren, dann hatte man eine typische Nacht im *Willy's*.

Aber diese Nacht war nicht typisch.

Als Faith die Bar betrat, war sie bis auf ein Trio X'ha-Guila-Dämonen, die im hinteren Teil Pool spielten, und Willy selbst leer, der vor statt hinter der Bar auf einem Hocker saß und eine Zeitung las.

Als sie hereinkam, sah er sie über seine Zeitung hinweg an und versteckte sich sofort wieder dahinter. Faith bemerkte die Furcht in seinen Augen, bevor die Zeitung ihr den Blick versperrte. Ihr gefiel, wie sehr ihn ihre Gegenwart einschüchterte, aber sie konnte nichts gegen die Gewissensbisse tun, die dieses Gefühl begleiteten.

»Nicht viel los«, stellte sie fest, während sie sich auf dem Hocker neben ihm niederließ. Die Zeitung war wie eine Trennwand zwischen ihnen, als wäre er ein Priester und sie eine Gläubige im Beichtstuhl.

Willy sagte nichts. Faith fand es bewundernswert, dass seine Hände nicht zitterten. Die Zeitung raschelte kein bisschen.

»Früher oder später werden deine Arme vom Hochhalten dieses Dings müde werden, Willy«, sagte sie. Sie überlegte, wie sie mit ihm verfahren sollte. Der leichteste Weg und wahrscheinlich auch der am ehesten zufrieden stellende war der Weg der Gewalt. Selbst wenn sie den Kerl vorher noch nie gesehen hätte, wäre ihr sofort aufgefallen, dass er etwas an sich hatte, das geradezu nach Schlägen schrie. Er war ein Lump, ein Betrüger, niemand, bei dem man darauf vertrauen konnte, dass er sein Wort hielt oder einem die richtige Summe Wechselgeld zurückgab, wenn man seine Zeche zahlte. Und dank der Gäste, die er hatte, war Willys Leben von permanenter Furcht beherrscht.

Faith hatte keine Lust, weiter darüber nachzudenken. Sie seufzte.

»Willy, hör zu«, sagte sie und starrte die Zeitung an, als könnte sie durch sie hindurchsehen. »Normalerweise würde ich dir einfach einen Schlag durch die *Sunnydale Times* verpassen. Aber dann würde ich mein Gesicht und meine Faust nur mit Druckerschwärze beschmutzen. Keiner von uns will sich dreckig machen. Du willst mich nicht hier haben. Ich will nicht hier sein. Erzähl mir also einfach, was du über die Moruach weißt. Wo kann ich sie finden?«

Ein lautes Klacken drang aus dem hinteren Teil der Bar, wo gerade eine neue Billardpartie begonnen hatte, gefolgt vom leisen Klicken der Kugeln, die vom Filzrand des Tisches abprallten. Die X'ha-Guila-Dämonen hatten sie bemerkt – Faith hatte aus den Augenwinkeln beobachtet, wie sie sie taxierten –, aber bis jetzt hielten sie sich zurück.

Willy ließ die Zeitung fallen. In seinen Augen lag eine Art Resignation, die Mitleid erregend war. Als er sprach, senkte er in der Hoffnung, dass die X'ha Guila nicht mithören konnten, die Stimme zu einem Flüstern.

»Du kannst mich zusammenschlagen, wenn du darauf aus bist, aber ich habe nichts für dich. Ich schwöre es bei Gott. Ich weiß, dass sie Meerdämonen sind. Ich weiß, dass welche hier sind. Aber wo, kann ich dir nicht sagen. Alle Vampire haben die Stadt verlassen, weil sie Angst vor diesen Wesen haben. Die meisten meiner anderen Gäste sind noch immer in der Nähe, soweit ich weiß, doch bis diese Krise vorüber ist, halten sie sich bedeckt.«

Faith runzelte die Stirn und sah langsam über ihre Schulter zu den drei Dämonen am Pooltisch hinüber. »Außer denen da.«

Willy blickte zu Boden. »Genau.«

Die Jägerin tätschelte seinen Kopf und hob die Zeitung auf, damit sich Willy wieder hinter ihr verstecken und so tun konnte, als würde er nichts mitbekommen. Ironischerweise fingen seine Hände in diesem Moment endlich zu zittern an.

Faith drehte ihm den Rücken zu und näherte sich dem Pooltisch. Die X'ha Guila befanden sich auf der weniger gruseligen Seite der humanoiden Skala, dennoch waren sie Dämonen von beträchtlicher Hässlichkeit. Die X'ha Guila gehörten einer völlig haarlosen Rasse an. Genau genommen besaßen sie auch keine Haut. Ihre Körper waren stattdessen von einer Reihe ledriger Platten bedeckt, die mehr an Schildpatt als an Fleisch erinnerten. Im passenden Licht – oder wenn es genug Schatten gab – konnten sie durchaus als Menschen durchgehen. Aber ein genauer Blick auf diese Panzerung genügte, um fast jeden in Angst und Schrecken zu versetzen.

In den ersten Wochen, nachdem sie die Auserwählte geworden war und mit ihrer Wächterin trainiert hatte, war Faith auf ein paar X'ha Guila gestoßen, die eine Frau mit einem Kinderwagen verfolgt hatten. Faith hatte natürlich eingegriffen, doch sie erinnerte sich noch immer an das Gefühl ihrer ledrigen Hände auf ihrer Haut und den Ekel, den sie empfunden hatte, als die Wächterin ihr erklärte, dass sie nicht hinter der Mutter her gewesen waren.

Daher waren ihre Hände, als sie jetzt auf den Pooltisch zuging, zu Fäusten geballt.

Der X'ha Guila, der sich über den Tisch beugte, um eine Kugel abzuschießen, war der Erste, der sie bemerkte. Seine Augen huschten nach links, dann hob er den Blick und richtete sich auf. Die beiden anderen konzentrierten sich auf den schwierigen Stoß, den er in Angriff genommen hatte, und bemerkten ihr Nahen erst, als der Spieler vom Tisch zurücktrat und sie lüstern angrinste.

Er hatte keine Zähne im Maul, nur eine Reihe kleinerer Platten, die demselben Zweck dienen mussten.

»Hallo«, sagte der Spieler, der jedes Interesse an dem Spiel verloren hatte. Er war der Größte von ihnen, und so wie die beiden anderen mit den Queues in Händen stumm daneben standen, wohl auch ihr Anführer, vermutete Faith.

Trotz ihres bizarren Äußeren wirkten die X'ha Guila wie typische Männer. Alle drei musterten sie von Kopf bis Fuß wie Metzger, die überlegten, wo sie ihr Messer ansetzen sollten.

»Lust auf ein Spielchen?«, fragte derjenige, der an der Reihe war.

Faith warf ihre Haare zurück und stemmte eine Hand in die Hüfte. »Ich bin nicht besonders an Spielchen interessiert. In der Stadt ist eine Horde Wasserdämonen aufgetaucht. Moruach. Ich will wissen, wo ich sie finden kann.«

Sie erwartete irgendwelche lahmen Ausreden und Sprüche von der Art, dass sie Dinge für sie tun konnten, die eine Horde Seeungeheuer nicht auf die Reihe kriegen würde. Selbst wenn sie wussten, wo die Moruach zu finden waren, blieben die X'ha

Guila Abschaum. Faith rechnete nicht damit, dass sie einfach mit der Wahrheit herausrückten.

Aber der Anführer überraschte sie. Er grinste mit seinen bösartig aussehenden Nichtzähnen. »Dann machen wir ein anderes Spielchen. Du stellst deine Fragen. Für jede Antwort, die du bekommst, legst du ein Kleidungsstück ab.«

Abscheu, gemischt mit Hass, stieg in ihr hoch.

»Abgemacht«, erwiderte Faith. »Wo sind die Moruach?«

Wieder das Grinsen. »Keine Ahnung.«

Faith schauderte und musterte die drei Dämonen. »Weiß es sonst einer von euch? Wenn nicht, wer weiß es?«

»Wow, wow, Schätzchen, das sind zwei weitere Fragen, und du hast noch nicht das Kleidungsstück abgelegt, das du uns nach der ersten schuldest«, sagte der Anführer.

Wieder grinste er, und diesmal, vom Hintergrundlärm fast übertönt – dem Surren der Deckenventilatoren, dem Brummen vorbeifahrender Autos und der leisen Musik aus den Lautsprechern –, konnte Faith, als sich die Platten der Kreatur mit ihrem veränderten Gesichtsausdruck aneinander rieben, eine Reihe von Klicklauten hören. Sie schluckte ihren Abscheu hinunter.

Der Anführer berührte mit der Spitze seines Billardqueues ihren Reißverschluss. »Ich sage, du fängst mit der Hose an.«

Faith packte die Spitze des Queues, bevor er ihn zurückziehen konnte. »Schön«, fauchte sie.

Dann riss sie ihm den Stock aus den Händen und schwang ihn im weiten Bogen durch die Luft. Der X'ha Guila sah ihn kommen, doch er war zu langsam, um sich rechtzeitig ducken zu können. Das dicke Ende des Billardstocks traf seinen Nasenrücken, er stolperte zurück und prallte unter einer Dartsscheibe gegen die Wand. Die Scheibe fiel von der Wand und traf ihn am Kopf, während er nach unten rutschte. Mehrere seiner Gesichtsplatten zerbrachen, lösten sich ab und enthüllten das rohe rosige Fleisch darunter.

»Du kleine...«, begann einer der anderen X'ha Guila.

Faith sprang auf den Pooltisch, trat ihm wuchtig ins Gesicht und trieb ihn zurück. Sie ging in die Hocke, griff mit der linken Hand nach der Achterkugel und warf sie nach dem dritten Dämon, der ihre Beine zu packen versuchte. Die Kugel traf das Wesen an der Schläfe, der X'ha Guila fiel auf den Pooltisch und glitt bewusstlos zu Boden.

Der Dämon, den sie getreten hatte, griff sie erneut an. Faith sprang vom Tisch, versetzte ihm einen Tritt ins Gesicht, der ihm knirschend die Nase brach. Dann setzte sie den gesplitterten Queue wie einen Pflock ein, rammte ihn in die Schulter des Dämons und nagelte ihn an die Wand, dass er laut aufschrie.

»Hör auf zu jammern, du großes Baby«, höhnte sie. »Du wirst leben. Was man von euren Opfern nicht gerade behaupten kann.«

Hinter ihr an der Wand kam der Anführer langsam wieder auf die Beine. Faith konnte ihn stöhnen hören. Sie wirbelte herum, nahm die Siebener- und Dreizehnerkugel mit einer Hand vom Tisch und warf sie so hart, dass sie rechts und links neben dem Kopf des Dämons in einer Staubwolke zerplatzten.

»Wenn ich dich hätte treffen wollen...«

»Schon kapiert«, stieß er hastig hervor. »Schon kapiert.«

Sie drehte sich zu dem anderen um, den sie mit dem zerbrochenen Queue aufgespießt hatte. »Die Moruach. Ihr habt also etwas zu sagen, das eurer Meinung nach so viel wert ist, dass ich mich dafür ausziehe? Nun redet schon. Verdammt, erzählt mir, was ich hören will, und ich werde vielleicht auf dem Tisch eine kleine Nummer für euch abziehen.«

In den Silberaugen des Dämons leuchtete Bedauern auf. »Ich... wir... keine Ahnung, Babe. Ich schwöre es. Wir sind gerade erst in die Stadt gekommen. Wir wissen nicht mal, was diese Moracks sind.«

Zorn kochte in ihr hoch. Faith drehte den Billardstock in seinem Fleisch und hörte, wie etwas zerriss. »Du lügst!«, fauchte sie.

Der X'ha Guila kreischte. Der Anführer rief ihr zu, damit aufzuhören, Faith fuhr zu ihm herum, griff nach zwei weiteren Billardkugeln und trat drohend auf ihn zu.

»Es stimmt«, sagte er. Seine Stimme war ein verängstigtes Flüstern. »Wir sind gerade erst angekommen.«

Ihr Zorn verließ sie mit dem nächsten Atemzug, und sie starrte die Dämonen an. Trauer drang ihr bis ins Mark, eine Art Melancholie, die sie seit dem Tag, an dem sie zugelassen hatte, dass man sie in eine Zelle sperrte, nur noch selten empfunden hatte. Sie warf die Billardkugeln mit einem Seufzer auf den Tisch, wandte sich ab und marschierte zur Bar.

Die Zeitung in Willys Händen zitterte, aber er hielt sie trotzdem hoch, als hätte Faith inzwischen vergessen, dass er sich dahinter versteckte. Sie hatte jetzt nicht einmal mehr die Energie, ihn zu schlagen.

»Du hast nicht erwähnt, dass sie gerade erst in die Stadt gekommen sind.«

Willy erstarrte. Seine Stimme drang hinter der Zeitung hervor. »Du ... du hast nicht gefragt. Ehrlich, ich weiß überhaupt nichts. Wenn ja, hätte ich Buffy bereits alles erzählt. Sie hätte mich dazu gezwungen. Als du hereinkamst, dachte ich, du wärest auf eine Schlägerei aus, und deshalb habe ich ...«

»... meinen Zorn auf jemand anders gelenkt«, beendete Faith den Satz.

Hinter der Zeitung trat eine lange Pause ein. Endlich sagte er: »Genau.«

Faith machte mit finsterer Miene auf dem Absatz kehrt und entfernte sich von der Bar. Sie riss die Tür auf und trat hinaus auf die dunkle Straße. Noch immer kochte sie vor Wut. Das Problem war, dass sie nicht genau wusste, auf wen sie wütender war – auf Willy, die X'ha Guila oder auf sich selbst. Sie wusste nur, dass es dort drinnen anders hätte laufen müssen.

»Faith.«

Die Stimme hallte über die Straße. Sie blickte auf, als ein Lastwagen vorbeidonnerte und ihr einen Moment lang das Blickfeld versperrte. Als er sie passiert hatte, sah sie den Mercedes, der auf der anderen Straßenseite parkte. Das Fahrerfenster war unten und die blonde, an eine Porzellanpuppe erinnernde Helen Fontaine, die hinter dem Lenkrad saß, spähte fragend zu ihr hinüber. Auf dem Beifahrersitz konnte Faith die Silhouette von Daniel Haversham erkennen.

Aber die Stimme hatte nicht Helen gehört, und Haversham war stumm. Ihr Blick wanderte zu dem SUV hinter dem Mercedes. Die Fahrertür öffnete sich und Quentin Travers stieg aus. Fast gleichzeitig öffnete sich die Beifahrertür und Tarjik erschien, ein Mann mit einem Turban, für dessen Anwesenheit weder Helen noch Travers, der ihn mitgebracht hatte, eine Erklärung geliefert hatte. Faith hatte keine Ahnung, ob er ein Wächter oder ein Agent war. Sie wusste nur, dass ihr nicht gefiel, wie er sie ansah, nämlich auf die gleiche Weise, wie die X'ha Gulia sie angesehen hatten, bevor sie sie auseinander genommen hatte.

»Haben Sie irgendwas herausgefunden?«, fragte Travers, während er auf sie zukam.

Faith wandte einen Moment lang die Augen ab, ehe sie seinen Blick erwiderte. »Nein. Willy war völlig ahnungslos. Aber da drin waren noch ein paar Dämonen. Ich dachte, sie wüssten vielleicht etwas, und habe sie mir vorgeknöpft. Wie sich herausstellte, haben sie nur mit mir gespielt. Ich habe sie wegen nichts fertig gemacht.«

Travers lächelte und lachte sogar leise. »Es waren Dämonen, mein liebes Mädchen. Das ist Grund genug. Wenn dort keine Antworten zu finden sind, setzen wir unsere Suche nach den Moruach eben fort. Es wäre praktisch gewesen, einen Hinweis zu bekommen, doch wir können es auch auf die harte Tour durchziehen.«

Er legte ihr eine Hand auf die Schulter. »Sie haben gute Arbeit geleistet, Faith. Es ist eine Schande, dass es zwischen

Ihnen und dem Rat Probleme gegeben hat. Aber wenn wir hier weiterhin gut zusammenarbeiten und Sie eines Tages frei von Ihren anderen ... Verpflichtungen ... sind, sehe ich keinen Grund, nicht mir Ihnen zu kooperieren. Missverständnisse haben zu gegenseitiger Entfremdung geführt. Dennoch hoffe ich weiter, dass wir lernen, einander zu verstehen.«

Aber ich verstehe *nicht*, dachte Faith. Es ergab für sie überhaupt keinen Sinn, dass sie sich offenbar schuldig fühlte, bloß weil sie ein paar Dämonen von einer Rasse, die mit Vorliebe kleine Kinder fraß, ein wenig Gewalt angetan hatte. Vor allem deshalb nicht, weil Travers, der in der Vergangenheit im Verbund mit den übrigen Ratsmitgliedern den Stab über sie gebrochen hatte, es anscheinend für eine durchaus angemessene Art hielt, ihren Abend zu verbringen. Okay, sie hatte keine Ahnung, ob diese X'ha Guila räuberisch waren oder nicht ... aber man kann sicher davon ausgehen, dachte sie.

Oder nicht?

Und selbst wenn sie es nicht waren ... diesmal tat sie das Richtige, oder? Sie befolgte ihre Befehle.

»Also arbeiten Sie weiter mit Miss Fontaine und Mr. Haversham zusammen«, wies Travers sie an. »Es gibt heute Nacht noch eine Menge zu tun.«

Als er zu dem Mercedes zurückging und sich in den Fond des Wagens setzte, hallte Travers' Stimme in ihrem Kopf nach. Sie haben gute Arbeit geleistet, hatte er gesagt.

Aber warum fühlt es sich dann wie früher an, als hätte ich mich von Travers' Seite auf die des Bürgermeisters geschlagen?, fragte sie sich. Warum fühlt es sich ... falsch an?

Das Wort kam ihr albern, fast lächerlich vor. Aber Faith hatte während ihrer Zeit hinter Gittern eine Menge über Richtig und Falsch nachgedacht, über das Licht und die Finsternis, über ihr Leben im Grau.

Als sich die Limousine vom Straßenrand löste, kehrten ihre Gedanken wieder zu diesem Punkt zurück, und sie fragte sich, wie es wohl wäre, in einer Welt zu leben, in der die Dinge schwarz und weiß waren, wo man leicht erkennen konnte, was falsch und was richtig war.

Sie sah Travers' Gesichtsausdruck im Rückspiegel. Er schien sehr zufrieden mit ihr zu sein. Das war gut, oder? Das musste bedeuten, dass sie dem Licht näher war als den Schatten.

Auf dem Parkplatz vor der Notaufnahme war alles still, aber Willow hatte auch nichts anderes erwartet. In Los Angeles mochte es in den frühen Morgenstunden eine Menge Opfer von Bandenkriegen und Autounfällen geben, aber dies war eine normale Nacht in Sunnydale, außerhalb der Schulferien. Vielleicht kamen ein paar Fälle von häuslicher Gewalt oder ein Kind mit einer üblen Magendarmgrippe vor, doch alles in allem ging es heute Nacht sehr ruhig zu.

Trotzdem hatte sie das schreckliche Gefühl, dass es nicht lange so bleiben würde. Jedenfalls nicht, wenn das, was im *Hollywood Lanes* geschehen war, sich auch an anderen Orten abspielte.

»Ihr könnt mich da vorne rauslassen«, sagte Baker McGee zu Tara, die hinter dem Lenkrad saß.

Willow sah im Rückspiegel, wie Tara die Stirn runzelte.

»Nein, wir kommen mit rein«, erklärte Tara. »Ehrlich, es kostet uns keine Mühe. Wir warten, bis Sie drankommen. Und wenn Sie morgen früh nach Hause gefahren werden möchten, rufen Sie einfach an. Ich hole Sie dann ab.«

Der alte Fischer lächelte sie warm an. Taras Besorgnis rührte ihn offenbar. Auf dem Rücksitz schüttelte Willow erstaunt den Kopf. Sie konnte noch immer nicht fassen, dass sie solches Glück gehabt und einen so wundervollen Menschen wie Tara gefunden hatte.

Aber noch während ihr diese glücklichen Gedanken durch den Kopf gingen, nagte etwas weniger Angenehmes an ihr.

Baker McGee kratzte sich alle paar Sekunden den Rücken seiner rechten Hand. Außerdem hustete er leicht, als wäre ihm etwas im Hals stecken geblieben. Zuerst war es ihr kaum aufgefallen, aber jetzt kratzte McGee seinen Handrücken heftiger.

Warum juckt es ihn so plötzlich?, dachte sie.

Im matten Schein der Armaturenbeleuchtung konnte Willow die Hände des Mannes nicht deutlich erkennen, aber sie fürchtete zu wissen, was sie sehen würde, wenn sie erst einmal im Innern des Krankenhauses waren. Abblätternde Papierhaut und darunter dunkelgrüne Schuppen.

Willow sagte nichts, während Tara den Wagen parkte. Die drei gingen zusammen zur Tür der Notaufnahme, wobei sich die Hexen einen Schritt hinter McGee hielten. Aber als die elektrischen Türen aufgingen, wurde die Nacht plötzlich von Sirenengeheul zerrissen. Willow erkannte, dass sie den Lärm von dem Moment an gehört hatte, als sie aus dem Wagen gestiegen waren, doch da hatte er noch fern geklungen, und sie war mit anderen Gedanken beschäftigt gewesen.

Jetzt drehten sich alle zu dem Krankenwagen um, der im Eiltempo die Auffahrt zur Notaufnahme heraufkam. Während sich das Fahrzeug dem Gebäude näherte, tauchten seine roten Lichter den Parkplatz und die Krankenhaustüren in karmesinrotes Flackern. Willow, Tara und McGee traten zur Seite, als sich die Türen der Notaufnahme öffneten und vier Mitarbeiterinnen des Krankenhauses mit einer Trage herausstürzten. In dem Stimmengewirr, das von ihnen ausging, konnte Willow nicht feststellen, wer Ärztin oder Schwester war.

Die Hecktüren des Krankenwagens schwangen bereits auf, als der Fahrer heraussprang.

»Passen Sie auf!«, schrie der Fahrer. »Der Typ ist auf irgendeinem Trip. Er hat versucht, sich das Gesicht abzureißen. Er ist mit Drogen voll gepumpt und randaliert noch immer.«

Willow konnte von ihrem Standpunkt aus nicht in das Innere

des Krankenwagens sehen, doch das musste sie auch nicht. Sekunden, nachdem die Türen aufgeschwungen waren, sprangen zwei Sanitäter heraus. Sie winkten die Krankenhaustrage weg, da sie ihre eigene benutzen wollten. Der Grund dafür wurde einen Moment später klar, als sie die Trage aus dem Krankenwagen wuchteten und ihre Metallbeine aufklappten.

Auf der Trage war ein Mann festgeschnallt, dessen Hände mit seinem eigenen Blut verschmiert waren. Er stemmte sich gegen die Gurte und brüllte etwas Unverständliches, und wo die Gurte in sein Fleisch schnitten, löste sich die Haut ab. Die Hälfte seines Gesichts war bereits abgerissen und enthüllte grausame amphibische Züge.

»Jesus!«, schrie eine der Krankenschwestern. »Was zum Teufel ist mit ihm los?«

»Das müssen Sie schon selbst herausfinden«, erwiderte einer der Sanitäter.

Fluchend und mit fassungslosen Mienen eilten die Krankenhausmitarbeiterinnen mit ihrem Patienten zurück in die Notaufnahme. Die Sanitäter folgten, spulten die medizinischen Daten des Mannes ab und warnten die Ärztin und die Schwestern davor, in die Nähe seiner Hände zu kommen.

Nachdem sich die Türen geschlossen hatten, waren Willow, Tara und McGee wieder allein auf dem Parkplatz. Nur das Brummen des Motors und das stumme Flackern des Rotlichts auf dem Krankenwagen leisteten ihnen Gesellschaft.

Baker McGee kratzte sich geistesabwesend den Handrücken.

»Ihr Mädchen hattet Recht«, sagte der alte Fischer. »Es breitet sich aus.« Als er sich zu ihnen umdrehte, waren seine Augen feucht. »Und ihr müsst nicht länger nach Frank Austin suchen.«

»War er das?«, fragte Tara.

McGee nickte. »Ich schätze, ich geh jetzt besser und lass mich untersuchen.«

Willow sah ihn einen langen Moment an, bevor sie sprach.

»Rufen Sie uns an, wenn wir Sie abholen sollen«, sagte sie. »Oder wenn Sie sonst was brauchen.«

Ein weiterer Augenblick verstrich schweigend, dann wandte sich McGee ab und betrat die Notaufnahme. Willow fragte sich, was die Ärzte sagen würden, wenn er ihnen seine Hände und die abblätternde Haut zeigte.

Tara stand da und starrte die Türen an. Willow berührte ihren Arm. »He, lass uns schlafen gehen.«

»Falls wir schlafen *können*«, erwiderte Tara.

»Ja. Falls wir es können.«

12

Die junge Frau hatte lange, kräftige Beine und marschierte selbstbewusst über den Rasen des UC-Sunnydale-Campus. Sie ignorierte den Gehweg, um schneller zum Wohnheim zu gelangen. Doch obwohl sie ihr Kinn reckte und die Schultern straffte, um durch ihre Haltung die Gewissheit auszudrücken, dass sie sich selbst verteidigen konnte, entfernte sie sich nicht zu weit von den Laternen, die den Weg säumten und Sicherheit versprachen. Warum sollte sie auch, so spät in der Nacht und allein?

Fast allein.

Spike bewegte sich durch die tiefsten Schatten, schlich von einem Baum zum nächsten und achtete darauf, nicht von ihr gesehen zu werden. Die Frau war nicht so wach, wie sie vorgab, ihre langen haselnussbraunen Haare waren zerzaust, als wäre sie gerade erst aus dem Bett gestiegen, und sie hatte mehr als nur einmal gegähnt und ihren Mund hinter einer Hand verborgen. Sie kam entweder von einer langen Studiensitzung in der Bibliothek oder von einem Stelldichein, aber die Falten in ihrer Bluse und die Tatsache, dass sie beim Anziehen einen Knopf vergessen hatte, deuteten auf Letzteres hin.

Er verfolgte sie, und es wärmte sein kaltes Herz.

Vor einer Weile hatte sich eine Regierungsorganisation aus Soldaten und Wissenschaftlern, die sich die Initiative nannte, in Sunnydale niedergelassen, und er war eine Zeit lang einer ihrer Gefangenen gewesen. Und eins ihrer Opfer. Die Initiative hatte einen Chip in Spikes Kopf eingepflanzt, der verhinderte, dass er Menschen etwas antat. Das Ergebnis war eine Art gespannte Koexistenz zwischen ihm und der Jägerin. Er konnte Buffy nicht töten und war nach ihren Maßstäben harmlos, sodass sie nicht einmal *versuchte*, ihn zu töten.

Aber ein Mann muss in Übung bleiben, dachte er. Ich will schließlich nicht einrosten.

Spike störte es mehr, als er zugeben wollte, dass er nicht länger seiner menschlichen Beute nachstellen konnte, dass das Blut, das er trank, aus Plastikbeuteln stammte, die er auf dem Schwarzmarkt kaufte, oder von Tieren statt aus den heißen, pochenden Adern des süßen jungen Dings, das er gerade verfolgte und das aussah, als hätte es gerade eine Nummer geschoben. Sicher, er vergnügte sich, indem er hin und wieder einen Dämon zusammenschlug, ein paar Drinks im *Willy's* kippte und Karten spielte – und um ehrlich zu sein, es war in gewisser Weise amüsant, Buffy und ihren Leuten dann und wann dabei zu helfen, die Apokalypse abzuwenden –, aber es war einfach nicht dasselbe.

Nicht so wie früher, als er auf den Straßen von Europa Angst und Schrecken verbreitet oder die Weltausstellung ins Chaos gestürzt hatte. Zusammen mit Dru.

Spike tröstete sich, so gut es ging, mit dem Wissen, dass die Jagd trotzdem noch einige Spannung bot. Vielleicht konnte er nicht mehr töten, aber jemand zu verfolgen war an sich schon ein Vergnügen und weckte seine Lebensgeister.

So wie jetzt.

Er huschte von Schatten zu Schatten, trat an einen Baum, legte seine Hand auf einen Ast und beobachtete sie durch das Laub. Sie war ein hübsches Ding und ihr Geruch, der vom Wind zu ihm getragen wurde, war verführerisch. Die Wunden, die man ihm zugefügt hatte, heilten bereits. Das Blut auf seiner Haut und an seiner zerrissenen Kleidung war getrocknet. Und trotz allem, was er in dieser Nacht durchgemacht hatte, hätte er die Frau mühelos einholen können.

Es war köstlich, dieses Wissen. Er hätte aus der Dunkelheit treten, seine Finger um ihren Hals legen und über ihren Körper wandern lassen können, während sie voll Grauen sein wahres Gesicht anstarrte – das Gesicht des Vampirs –, kurz bevor er seine Reißzähne in das blasse, zarte Fleisch ihrer Kehle schlug. Er schauderte bei der Erinnerung an lange Jahrzehnte derartiger Momente.

Als würde sie seinen Blick auf sich spüren, fröstelte sie, rieb sich den Nacken und sah sich dann hastig um, während sie versuchte so zu tun, als hätte sie überhaupt keine Angst, zu dieser nächtlichen Stunde allein über den Campus zu gehen.

»Das ist richtig, Süße«, flüsterte Spike. »Habe Angst. Man weiß nie, was einem im Dunkeln auflauert.«

Ein Drang überwältigte ihn, den er nicht kontrollieren konnte, und Spike floh in die Deckung der Bäume. Mit unnatürlicher Lautlosigkeit sprintete er durch die Nacht. Seine Schritte ließen kaum das Gras rascheln, während er auf die Frau zulief. Er konnte ihr nichts antun, konnte sie nicht *haben*, aber er konnte sie in Angst und Schrecken versetzen, und das würde sich gut und richtig anfühlen.

Ein schräges Grinsen huschte über sein Gesicht, als er zu ihr lief. Die Frau verlangsamte ihre Schritte und blieb stehen. Vielleicht spürte sie etwas. Der Eingang des Wohnheims war noch zwanzig Meter entfernt.

Spike atmete ihren Duft tief ein und erstarrte. Der Wind trug noch einen anderen Geruch zu ihm. Er sah sich nervös um und ahmte dabei unbewusst die Bewegungen der Frau nach, die er verfolgt hatte. Er bemerkte nicht einmal, dass sich sein Gesicht wieder verwandelte und die Fratze des Vampirs menschlicheren Zügen wich.

Moruach. Sie waren hier irgendwo in der Nähe. Oder waren erst vor kurzem hier gewesen. Jagten sie ihn? Spike wusste es nicht. Aber er hatte nicht vor, hier zu bleiben und es herauszufinden.

»He!«, fauchte die zerzauste Frau, als sie ihn ein paar Meter hinter sich entdeckte. »Hast du ein Problem?«

Spikes Oberlippe kräuselte sich. Er stand da und starrte sie an, und die Frau starrte dreist zurück. Wahrscheinlich hatte sie zu viel Angst, um sich einfach umzudrehen, zur Tür zu rennen und ihm den Rücken zuzukehren. Spike sehnte sich nach einer Zigarette, aber er hatte keine dabei.

»Ich?«, fragte er. Dann nickte er. »Ja. Ja, ich denke, ich hab eins.«

Der Vampir wandte sich ab und ging davon, während die Frau ihm nachsah. Als er sich ein paar Sekunden später umschaute, war sie bereits im Wohnheim verschwunden. Er beschleunigte seine Schritte und ließ den Campus und den Geruch eilig hinter sich.

Zumindest hoffte er das.

Aber als er wieder auf dem Friedhof war, den er sein Zuhause nannte, bemerkte er auch hier den Geruch der Moruach. Es war ein intensiver Meergeruch, Salzwasser mit einer Art öligem Aroma, und darunter der Gestank von verdorbenem Fisch. Spike sah sich auf dem Bürgersteig vor dem schmiedeeisernen Zaun um, der den Friedhof von der Straße trennte, und lief dann an ihm entlang. Als er den Friedhof halb umrundet hatte, kletterte er über den Zaun und sprang auf der anderen Seite hinunter.

Hier war der Geruch stärker.

Er hielt sich weiter im Schatten, aber er wusste, dass er sich nicht länger wie ein Raubtier benahm. Er versteckte sich in der Dunkelheit, weil er die Beute war. Und das wurmte ihn gewaltig.

»Schlampe«, flüsterte er in die Schatten. Aber nicht einmal Spike war sich sicher, ob er die Moruachkönigin meinte, deren Interesse für ihn nur dann schmeichelhaft war, wenn er sie ein Jahrzehnt oder so nicht gesehen hatte, oder die Jägerin, weil sie gegangen war, ohne ihn sicher nach Hause zu bringen.

Der Gedanke machte ihn wütend. Ich brauche keine mörderische Blondine als Babysitterin, dachte er.

Und er stand auf.

Und als er über den Friedhof zu der Gruft ging, die er in eine Art Apartment verwandelt hatte, bewegte er sich aus Trotz stolz und angeberisch. Der gesamte Friedhof stank nach den Seeungeheuern, wobei sich ihr Geruch vor seiner Gruft konzentrierte. Es war offensichtlich, dass sie nach ihm gesucht hatten und der Fährte seines Geruchs gefolgt waren. Spike ignorierte diesen Beweis ihrer Gegenwart und marschierte zum Eingang der Gruft, als wollte er sie herausfordern, ihn anzugreifen, falls ein paar von ihnen zurückgeblieben waren, um auf sein Eintreffen zu warten. Sicher wäre es hilfreich, wenn er, um die Chancen auszugleichen, Buffy dabei hätte, aber Spike hatte nicht vor, davonzulaufen oder sich zu verstecken. Wenn die Moruachkönigin ihren kleinen Paarungstanz beenden wollte, dann sollte sie ruhig kommen.

Doch nachdem er das Innere der Gruft betreten hatte, verriegelte er sorgfältig die Tür und schob einen schweren Marmorsarg davor.

Er war das Große Böse.

Aber er war nicht völlig verrückt.

Sobald Buffy im Haus war, versperrte sie die Tür hinter sich. Vampire brauchten eine Einladung, um hereinzukommen, aber alles andere ließ sich nur mit einem Riegel am Betreten ihres Hauses hindern. Sie legte die Papiertüte mit der Tonscherbe weg, die sie in der Highschool gefunden hatte. Sie lächelte, als sie das leise Plärren des Fernsehers aus dem Wohnzimmer vernahm. Trotz ihrer Erschöpfung ließ das Bild, das vor ihrem geistigen Auge auftauchte – ihre Mutter, die trotz der Wärme der Nacht unter einer Decke zusammengerollt auf der Couch lag –, sie ein wenig freier atmen.

Faiths Ankunft hatte sie nicht nur überrascht, sondern auch beunruhigt, was äußerst erstaunlich war, wenn man bedachte, was zurzeit in Sunnydale los war. Die Mysterien und die Morde, mit denen sie sich beschäftigte, waren schon belastend genug. Das Letzte, was sie jetzt brauchte, war ein Besuch der anderen Jägerin, deren Gegenwart die Lage stets komplizierte. Dafür gab es eine Menge Gründe, zu denen auch gehörte, dass Buffy das Gefühl hatte – und wahrscheinlich immer haben würde –, dass sie in Bezug auf Faith versagt hatte. Nicht dass sie sich für das, was der anderen Jägerin zugestoßen war, oder für irgendetwas, das Faith getan hatte, verantwortlich fühlte ... sie konnte lediglich den Verdacht nicht abschütteln, dass es damals, als Faith zum ersten Mal nach Sunnydale gekommen war, vielleicht einen Moment gegeben hatte, in dem sie, um zu verhindern, was schließlich geschehen war, anders hätte handeln müssen.

Sie verdrängte die frustrierenden Gedanken an Faith und ging ins Wohnzimmer, um ihre Mom zu wecken und zu Bett zu bringen.

Aber anstelle ihrer Mutter sah sie Xander, der es sich in einem Sessel im Wohnzimmer bequem gemacht hatte. Sein Kopf war zur Seite gerollt und Speichel sickerte ihm übers Kinn. Er schnarchte leise, und der Laut mischte sich mit dem Gelächter der Zuschauer der Mitternachtsshow, die über den Bildschirm flimmerte.

Dawn saß mit einem offenen Beutel Mikrowellenpopcorn auf dem Boden vor der Couch und versuchte, den Inhalt ihres Mundes zu kauen, während sie ihrer Schwester zuwinkte.

»He, du kommst früher, als ich dachte.«

Buffy warf ihr einen skeptischen Blick zu. Ihr lagen ein paar Fragen auf der Zunge, darunter die, warum Dawn während der Schulzeit noch so spät auf war. Aber das hätte sich ganz nach ihrer Mom angehört, und da ihre Mutter bereits zu Bett gegangen war, nahm Buffy an, dass sie die kleine Schlummerparty im Wohnzimmer wahrscheinlich erlaubt hatte.

Also begnügte sie sich mit der Frage, die ihr momentan am wichtigsten erschien.

»Warum sabbert Xander mitten in unser Wohnzimmer?«

Dawn warf Xander einen Seitenblick zu, um die Anschuldigung zu überprüfen, und gab ein angemessenes »Iiih« von sich, bevor sie sich zu ihm beugte und ihm einen Klaps aufs Bein gab.

»Was?«, stieß Xander hervor, wurde abrupt wach und sah sich mit geröteten Augen um. Er starrte zuerst Dawn und dann Buffy an. »Was ist passiert? Krisenmodus? Alarmstufe vier?«

Buffy lächelte und setzte sich aufs Sofa. »Nein. Wisch dir das Kinn ab.«

Xander fuhr sich mit der Hand übers Gesicht und verzog angesichts des Ergebnisses das Gesicht. Dann packte er den Saum seines T-Shirts und säuberte sich hastig das Kinn.

»Ekelhaft«, bemerkte Dawn ruhig.

»Yep«, stimmte Buffy zu.

Xander zuckte verlegen die Schultern. »Es ist spät. Dann passieren solche Dinge.«

Buffy beugte sich auf der Couch nach vorn. »Was ist los? Ich nehme an, ihr habt etwas herausgefunden?«

»Nö«, erwiderte Xander.

»Aber die Küstenwache«, fügte Dawn hinzu.

Buffy hörte zu, während sie ihren Besuch bei der Hendron Corporation schilderten, wo man sie abgewiesen hatte. Dann berichteten sie, was sich im Stützpunkt der Küstenwache südlich der Stadt ereignet hatte. Die Schilderung war Besorgnis erregend, vor allem, da Buffy den Ausdruck auf Dawns Gesicht bemerkte, als Xander die Schreie der Kuttercrew beschrieb, die an Bord des Frachters gegangen war.

»Tut mir Leid, dass du dir das anhören musstest«, sagte Buffy zu ihrer Schwester.

Dawn zog die Augenbrauen hoch. »Mir auch. Vor allem, wenn ich bedenke, dass ich mir das Ganze hätte ersparen können, wenn ich draußen gewesen wäre, um gegen die Behandlung unserer einheimischen Seelöwen durch die Schifffahrtsgesellschaften zu protestieren.«

Sie sagte es mit Humor, ein kleiner Seitenhieb gegen Buffys Besorgnis, aber auch mit einem Unterton, der andeutete, dass sie gut auf sich selbst aufpassen konnte. Das Traurige war, dass Buffy wusste, dass Dawn in jeder anderen Stadt wahrscheinlich guten Grund gehabt hätte, verärgert zu sein. Sie konnte besser auf sich achten und sich schützen als durchschnittliche Mädchen auf der Highschool.

»Wärst du draußen gewesen, um zu protestieren, hättest du dich wahrscheinlich in eins der Wesen auf dem Schiff verwandelt, statt sie nur zu hören.«

Das boshafte Funkeln verschwand aus Dawns Augen und ihr Gesicht wurde blass. »Oh«, machte sie. Ihr Mund formte einen kleinen Kreis.

»Du denkst also, dass die Wesen auf dem Frachter ehemals menschliche Tentakelmonster waren und keine natürlich geborenen Seeungeheuer?«, fragte Xander.

»Der Gedanke ist mir gekommen«, bestätigte Buffy. Sie überlegte einen Moment, stand auf und ging zum Telefon. »Ich muss Giles anrufen. Spike und ich sind heute Nacht auf ein paar Moruach gestoßen, und ich schätze, ich weiß, was sie hierher gebracht hat. Ich habe keine Ahnung, was mit den anderen los ist, warum sie diese Schlägereien im Stil der *West Side Story* anzetteln, aber wenigstens können wir anfangen, das Puzzle zusammenzusetzen.«

Xander fuhr sich mit den Händen durch das zerwühlte Haar. »Wir haben bereits mit ihm gesprochen«, sagte er mit einem ausgiebigen Gähnen. »Er faselte irgendwas vom Rat und den Weisen oder so.«

Buffy zögerte mit dem Telefon in der Hand. »Den Waisen? Wie in Waisenhaus?«

»Ich war zu sehr damit beschäftigt, völlig auszuflippen und

darauf zu hoffen, dass die Küstenwache Verstärkung anfordert, um auf irgendwelche Waisen oder Weisen zu achten.«

»Vielleicht hast du dich nur verhört«, warf Dawn ein.

Buffy nickte. »Was hat er sonst noch gesagt?«

»Wir sollen ihn am Morgen treffen. Seine Nachforschungen haben einiges ergeben, aber er hatte anscheinend keine Lust, mich einzuweihen.«

»Weil du ihm nicht richtig zugehört hast«, schalt Dawn ihn.

»Oh, und er hat von Willow und Tara gehört. Sie haben diesen McGee ins Krankenhaus gebracht. Ich schätze, sie haben einen Teil seiner Crew und ein paar von den anderen Leuten gefunden, die bei dem treibenden Schiff geholfen haben, als du unten am Kai warst und die Godzilla-Akne ausbrach.«

»Hat er gesagt, wie viele?«, fragte Buffy.

»Nicht direkt. Aber ich hatte den Eindruck, dass es mehr als nur ein paar waren.«

Dawn starrte Buffy an. »Du wirst dich doch nicht in einen Tintenfisch verwandeln, oder?«

»Nö«, erwiderte Buffy. »Dafür habe ich zu viel zu tun.«

»Wie zum Beispiel schlafen?«, fragte Xander hoffnungsvoll.

»Ein wenig. Aber morgen früh wird die Küstenwache diesen Frachter in den Hafen schleppen. Bis dahin müssen wir zur Stelle sein.«

Unterwegs auf Patrouille.

Faith fand es seltsam, diese Worte auch nur zu denken. Um genau zu sein, war seltsam nicht einmal das richtige Wort, um ihr Gefühl zu beschreiben. Sie hatte Monate hinter Gittern verbracht und versucht, inneren Frieden zu finden, was nicht einfach war, wenn man das Temperament bedachte, das seit ihrer Geburt ihr Eigen war. Mit sehr wenigen Ausnahmen hatte sie im Gefängnis nicht viele Freunde gewonnen. Die anderen Insassen – selbst die Wärter – schienen nur leben, um sie zu quälen, als würden sie für eine kosmische Macht arbeiten, die sie zwingen wollte, eine Linie zu überqueren, die sie nie wieder zu überschreiten geschworen hatte. Das bedeutete nicht, dass sie nicht bereit war, hin und wieder ein paar Schläge auszuteilen, doch sie wollte keinen Ärger mehr. Sie wollte ihre Ruhe.

Doch das hier war etwas anderes. Etwas völlig anderes.

Hier war sie, die Jägerin, auf Streife in Sunnydale, der Heimat des freundlichen Höllenschlunds. Es war nicht so wie damals, als sie zum ersten Mal in die Stadt gekommen war. Zu viel war seitdem geschehen. Aber es war trotzdem eine Belastung. Wenn sie ihre Gedanken ein wenig wandern ließ, war es Faith möglich, so zu tun, als wäre sie real, diese Illusion der Dinge, die vielleicht hätten sein können. Sie wusste, dass sie ins Gefängnis zurückkehren musste, wenn alles vorbei war, und das war okay für sie.

Sie würde ihre Zeit absitzen. Kein Problem.

Und wenn es so weit war? Wenn es sein musste, würde sie über den Graben springen. Im Moment war es einfach cool, eine Weile frei zu sein. Bei ihrem letzten Besuch in Sunnydale – nachdem sie aus einem Koma erwacht war, an das sie nicht gern zurückdachte – hatte sie wenig Zeit gehabt, sich die Stadt anzusehen. Selbst als sie hier lebte, waren ihr die Touristen gewaltig auf den Zeiger gegangen. Daher war Faith vor dieser Nacht nie am Strand gewesen.

Sie war allerdings ziemlich sicher, dass die Seelöwen neu waren. Die Tiere drängten sich am Strand, auf den Felsen und sogar auf dem Privatbesitz im Norden des öffentlichen Strandes. Der Strand selbst war geschlossen, und am Bürgersteig waren Absperrungen aufgestellt worden, um die Leute von den Seelöwen fern zu halten und die Tiere davor zu bewahren, von Autos überfahren zu werden. Alle paar Minuten brauste auf der Küstenstraße ein Streifenwagen vorbei, und Faith erstarrte jedes Mal. Draußen zu sein war großartig, aber wenn sie einen Cop sah, hatte sie das Gefühl, bei irgendetwas ertappt worden zu sein. Und dieses Gefühl gefiel ihr nicht.

Faith ging neben Daniel Haversham an der Betonabsperrung entlang. Er war kein Wächter, sondern ein Agent im Auftrag des Rates. Das bedeutete, dass er wahrscheinlich weniger vom Übernatürlichen verstand als ein gewöhnliches Ratsmitglied, aber es bedeutete nicht, dass er eine geringere Rolle bei den Kriegsanstrengungen spielte. Nach dem, was Faith von ihrer ersten Wächterin erfahren hatte, übernahmen die Agenten den Großteil der verdeckten Mantel-und-Degen-Operationen des Rates gegen das Übernatürliche.

Unglücklicherweise hatte Faith in der Vergangenheit ihre eigenen Erfahrungen mit den Ratsagenten gesammelt. Ein paar Mal hatten sie versucht, sie gefangen zu nehmen und nach England zurückzubringen, damit das Direktorium über ihre Leistung als Jägerin urteilen konnte. Als das nicht funktionierte, hatten sie einfach versucht, sie umzubringen.

Zu Faiths Anstrengungen, inneren Frieden zu finden, gehörte, dass sie sich bemühte, keinen Groll zu hegen. Zumindest nicht gegen Haversham. Travers war ein Bastard, keine Frage, aber Faith musste ihn nicht mögen, um zu wissen, dass ihre Zukunft mit der des Rates verknüpft war, und Travers war im Guten wie im Bösen der Mann, der immer dann in Marsch gesetzt wurde, wenn irgendeine Schmutzarbeit erledigt werden musste. Faith hätte ihm liebend gern in den Hintern getreten, aber das würde sie auch nicht weiterbringen.

Haversham war ein neues Gesicht für Faith. Er hatte in der Vergangenheit nicht versucht, sie zu erledigen. Außerdem spielten sie im Moment alle im selben Team. Dass er stumm war, konnte übrigens nicht schaden. Faith mochte es nicht, wenn ihre Männer zu geschwätzig waren. Sie hatte Haversham mehr als einmal dabei ertappt, wie er sie angestarrt hatte, hatte das Funkeln in seinen Augen gesehen, und jedes Mal hatte sie ihm ein wissendes Grinsen geschenkt, das besagte, dass er ihr nicht gewachsen sein würde.

Selbst jetzt warf ihr der Mann an ihrer Seite verstohlene

Blicke zu, und Faith beschleunigte ihre Schritte. Die Aufmerksamkeit elektrisierte sie. Es tat gut, die Kontrolle zu haben, nachdem sie so lange von niemand auf diese Weise angesehen worden war.

Helen, die zugeknöpfte Wächterin, die Faith aus dem Gefängnis geholt hatte, fuhr einen Mercedes mit getönten Scheiben, der ihnen folgte und gleichermaßen als Rückversicherung und Transportmittel diente. Faith fragte sich, ob Helen etwas für ihren Partner empfand.

Die Jägerin lächelte vor sich hin. Ich bin zu lange hinter Gittern gewesen, dachte sie.

»Was denken Sie, was mit ihnen los ist?«, fragte sie und wies auf die Seelöwen am Strand.

Sie warf Haversham einen kurzen Blick zu und schenkte ihm dann ein verschmitztes Grinsen als Entschuldigung. »Vergessen Sie's. Nicht weiter wichtig.«

Der Mond stand am Himmel, aber sein Licht schien das Meer nicht zu durchdringen, es erhellte nur die Oberfläche und die Kämme der einzelnen Wellen. Faith fragte sich, was dort unten lauern mochte. Ihr Gespräch mit Buffy hatte ihr verraten, dass ihre »große Schwester« wissen wollte, was die Moruach in Sunnydale trieben und was die Seeleute und Hafenarbeiter in Monster verwandelte.

Faith konnte es einfach nicht verstehen.

Es war nicht so, dass es sie nicht interessierte oder dass sie nicht neugierig war. Sie war nicht weniger an Antworten interessiert, so viel stand fest. Aber das gehörte nicht zu ihren Aufgaben. Der Rat übernahm die Nachforschungen und kümmerte sich um das Wie und Warum. Ihre Aufgabe war es, die Schreckgespenster aufzuspüren und zu töten, damit die Antworten auf diese Fragen ihre Bedeutung verloren.

So lange diese Antworten nicht beeinflussten, was sie zu erreichen versuchte, indem sie im Gefängnis blieb und ihre Zeit absaß. Dies war ein Krieg, in Ordnung, und sie war bloß eine

Soldatin. Travers war der General. Was sie, solange seine Interessen nicht mit ihren kollidierten, absolut nicht störte.

Faith blieb abrupt auf dem Bürgersteig stehen und schüttelte den Kopf, um ihre Gedanken zu vertreiben. »Jesus«, murmelte sie. »Mein Gehirn tut weh.«

Sie waren dem öffentlichen Strand von Norden nach Süden gefolgt, wo die Küstenstraße wieder landeinwärts führte. Direkt vor ihnen lag ein Labyrinth aus schmalen Straßen, die von einfachen Cottages gesäumt wurden, von denen die meisten als Ferienhäuser dienten und nur wenige das ganze Jahr über bewohnt waren. Helen Fontaine steuerte den Benz an ihre Seite und ließ den Motor aufheulen. Es war offenbar Zeit, weiterzuziehen und festzustellen, ob es irgendwo Ärger gab, obwohl die Nacht schon weit fortgeschritten war und bald in den Morgen übergehen würde.

Faith wandte sich dem Wagen widerwillig zu. Erst als die Seelöwen plötzlich bellten, dämmerte ihr, wie still sie vorher gewesen waren. Sie hatten sich bewegt und gedämpfte Geräusche von sich gegeben, die an einen Schwarm nistender Tauben erinnerten, aber nicht das laute Bellen, das sich jetzt zu einem ohrenbetäubenden Chor steigerte und über den Sand und die Wellen hallte.

Faith rannte zurück zu der Absperrung und sprang auf den Sims. Von dort spähte sie nach Norden und Süden und suchte nach dem Grund für die Aufregung der Tiere. Aber da war nichts. Zumindest nichts Sichtbares. Im Wasser vielleicht, aber so schwer eine Jägerin auch umzubringen sein mochte, sie ertrank fast genauso schnell wie jeder andere. Schließlich war sie kein verdammter Aquamensch.

»Was ist los, Faith?«, rief Helen und stieg aus dem Wagen. »Was sehen Sie?«

»Runter mit Ihnen«, zischte Faith und sprang wieder auf den Bürgersteig. »Verschwinden wir von hier. Wir durchsuchen Docktown, dann können Sie beide schlafen gehen, wenn Sie wollen. Ich fange am südlichen Ende der Stadt an und arbeite mich nach Norden vor. Travers will einen Blick auf eine Moruach werfen. Ich werde ihm eine bringen.«

»Selbst wenn Sie auf der Stelle anfangen, werden Sie die ganze Nacht und wahrscheinlich auch den morgigen Tag brauchen«, sagte Helen skeptisch.

»Ja, danke für Ihr Mitgefühl.« Faith sah zu Haversham hinüber und zog eine Braue hoch. »Ich komme schon früh genug ins Bett. Ich bin einfach noch nicht müde. Oder wussten Sie das nicht? Jägerinnen können die ganze Nacht wach bleiben.«

Der grimmige, muskulöse Mann errötete, wich ihrem Blick aus und glitt dann auf den Beifahrersitz des Benz. Helen war nicht dumm. Sie hatte Faiths Flirtversuch offenbar bemerkt, sich aber entschieden, ihn zu ignorieren.

»Also nach Docktown«, sagte die zierliche blonde Wächterin. »Steigen Sie ein.«

Faith öffnete die hintere Tür.

Irgendwo im Süden des Labyrinths aus Cottages zersplitterte Glas und ein Schrei gellte durch die Nacht.

Faith grinste, als sie sich auf dem Rücksitz niederließ. »Das ist mein Stichwort. Fahren Sie.«

Helen legte den Gang ein und sie rasten zu der Stelle, wo die Küstenstraße landeinwärts abbog. Die Wächterin lenkte den Wagen in eine schmale Seitenstraße zwischen den Cottages, die zu dieser späten Nachtstunde dunkel waren, ob nun jemand darin wohnte oder nicht. Der Schrei musste einige Leute geweckt haben, und das Dröhnen des Automotors würde vielleicht auch einige Aufmerksamkeit erregen, aber Faith bemerkte nur ein paar aufflammende Lichter, während sie durch das Viertel brausten. Die Fenster waren offen, sie lauschte konzentriert auf weitere Schreie, aber es war nichts zu hören.

»Halten Sie an«, sagte sie.

Die Reifen rutschten über den Sand, den der Wind vom Strand hergeweht hatte. Faith stieg aus dem Wagen und sah sich auf der dunklen Straße um. Sie hatten mitten auf einer schmalen Kreuzung angehalten, die gerade breit genug war, um zwei aus entgegengesetzten Richtungen kommende Autos passieren zu lassen. Das Straßenpflaster war von Furchen durchzogen und aufgeplatzt. Einige der Cottages waren drei Stockwerke hoch, andere so klein, dass sie mehr wie Holzschuppen aussahen.

Faith schloss die Augen und konzentrierte sich, sperrte den Lärm des Automotors aus. Ihre Haut prickelte, während sie auf der Straße stand und sich orientierte und anhand der Nähe des Meeres und der Brandung die Richtung bestimmte, aus der der Schrei gekommen war. Als sie die Augen wieder öffnete, blickte sie nach links, wo die Kreuzung nach Südosten führte.

Haversham stand direkt neben ihr. Er hatte sich so lautlos an ihre Seite begeben, dass sie kaum mitbekommen hatte, wie er aus dem Wagen gestiegen war.

»Ich gehe in diese Richtung«, sagte Faith und zeigte nach links. »Und Sie?«

Der Agent nickte. Faith bückte sich und sah durch das Fenster Helen an, deren Stirn vor Spannung gefurcht war. Sie wirkte nervös, als würde ein Pistolenschuss genügen, damit sie einen Herzanfall bekam. Faith fragte sich, wie oft sie schon im Feldeinsatz gewesen war, und nahm an, dass sie nur wenig Erfahrung hatte.

»Fontaine. Sie bleiben im Wagen. Rühren Sie sich nicht vom Fleck. Lassen Sie den Motor laufen und passen Sie auf. Oh, und hoffentlich ist der Kofferraum groß genug, um ein totes Seeungeheuer aufzunehmen.«

Die Wächterin wollte protestieren, aber sie schwieg.

Faith folgte der Straße, die von der winzigen Kreuzung nach Südosten führte. Haversham hielt ein paar Schritte Abstand und gab ihr Rückendeckung, und sie war überrascht, dass es sie nicht störte. Nicht weil sie an ihm interessiert war, sondern weil sie ahnte, dass es vielleicht gut sein würde, ihn im Fall eines Kampfes dabei zu haben.

Ihre Augen suchten die Schatten neben den Cottages und unter den überdachten Unterständen mit den geparkten Autos ab. Wenn die Moruach hier draußen waren, würden sie sich im Dunkeln aufhalten, so wie jedes andere Ungeziefer auch. Aber es gab in der Dunkelheit nichts, das nicht dorthin gehörte, nur die Silhouetten von Abfalleimern und Fahrrädern und eine fauchende Katze, die sich unter einem rostigen Chevy versteckte, als sie leise vorbeischlichen.

Faith zögerte und verlangsamte ihre Schritte. Irgendetwas stimmte nicht. Die Furcht, die sie eigentlich hätte spüren müssen, die chemisch erzeugte Angst, von der Travers gesagt hatte, dass sie von den Moruach verbreitet wurde, schien nachgelassen zu haben, seit sie aus dem Wagen gestiegen war. Sie hatte sie seit ihrer Ankunft in Sunnydale in der Luft gespürt, doch statt stärker zu werden, wurde sie immer schwächer. Das ergab keinen Sinn. Aber sie konnte Haversham nicht danach fragen.

Haversham war ebenfalls langsamer geworden, sodass sie jetzt beide im Schritttempo vorwärts kamen. Der Agent streckte plötzlich eine Hand aus, um Faith zu stoppen. Die Jägerin warf ihm einen Blick zu und sah, dass seine Augen auf etwas am Ende der Straße gerichtet waren. Faith konzentrierte sich auf die vor ihr liegende Dunkelheit und sah dann, was Havershams Aufmerksamkeit erregt hatte. Aus den Schatten auf der anderen Seite der Straße stolperte eine Frau unsicher auf sie zu. Sie hatte einen Arm an sich gedrückt und warf verstohlene Blicke in die Richtung, aus der sie gekommen war. In dem Moment, als Faith sie entdeckte, dämmerte ihr, dass sie überdies hören konnte, wie schwer sie atmete und wimmerte.

»He«, rief Faith.

Die Frau blickte auf. Ihre Augen waren riesengroß und schimmerten im fahlen Mondlicht zu weiß.

»Haben Sie geschrien?«

»Oh Gott«, keuchte die Frau, als sie die Richtung änderte

und auf Faith und Haversham zukam. »Sie müssen mich hier wegbringen. Sie kommen.«

»Cool. Ich habe mich schon gelangweilt.« Faith sah Haversham an. »Bringen Sie sie zurück zum Wagen. Öffnen Sie ...«

Ein lautes Zischen aus den Schatten zwischen den Häusern hinter der Frau fiel ihr ins Wort. Faith riss den Kopf herum und spähte in die Dunkelheit. Das Wesen, das auf die mondbeschienene Straße getreten war, war nicht menschlich, aber es war auch keine Moruach, wie Travers sie ihr beschrieben hatte. Es trug zum Beispiel Kleidung oder zumindest die Überreste von Kleidung. Sein Gesicht war grausig, wie ein Mensch, der Fischteile als Maske trug, mit großen schwarzen Augen und einem winzigen Maul. Genau genommen besaß es mehr als nur ein Maul. Aber das war nicht das Schlimmste. Das Schlimmste war das schwärmende Nest aus Tentakeln an seiner Brust. Die Fühler bewegten sich, als hätte jeder einen eigenen Willen – und Appetit. Das Wesen kam halb über die Straße und blieb, als Faith nicht wegrannte, stehen, zischte vernehmlich und starrte sie an, als würde es sie abschätzen.

»Haversham, was zum Teufel ist das?«, fragte Faith.

Aber es war die Frau, die antwortete. Sie weinte jetzt, als hätte die Gegenwart anderer Menschen irgendwie ihre Tränen freigesetzt, und trat dicht neben den stummen Ratsagenten.

»Es ist – es war mein Vater. Ich konnte ihn nicht erreichen und dachte ... vielleicht hat er einen Herzanfall oder so. Gott, Daddy ...« Sie weinte jetzt heftiger und versteckte sich hinter Haversham. »Wir müssen weg von hier.«

Faith kniff die Augen zusammen. »Vergessen Sie's.« Sie funkelte Haversham an. »Buffy sagte, dass hier etwas Unheimliches vor sich geht, das nichts mit den Moruach zu tun hat. Was auch immer diese Wesen sind, ich schätze, dass es einen Zusammenhang gibt. Zwei Arten von Seeungeheuern in der Stadt? Wahrscheinlich kein Zufall.«

Sie setzte sich in Bewegung, bereit, die zischende Kreatur mit den gezackt aussehenden Tentakeln an der Brust anzugreifen. Wenn sie einmal ein Mensch gewesen war, so war von der Person nur die zerfetzte, blutige Kleidung übrig geblieben.

»Nein!«, schrie die Frau.

»Verschwinden Sie von hier!«, fauchte Faith. »Sie müssen das nicht mit ansehen.«

Als sie sich dem Wesen näherte, verstummten all seine Mäuler. Tentakel peitschten von seiner Brust, und Faith sah jetzt, dass die mit schimmernden Widerhaken besetzten Fangarme nicht nur in ihrer Fantasie existiert hatten. Schön, dachte sie. Halt dich bloß fern von ihnen. Was viel einfacher gewesen wäre, wenn sie eine Waffe aus dem Kofferraum des Wagens mitgenommen hätte. Also zur Hölle mit den Feinheiten. Sie rannte direkt auf das Wesen zu, sprang hoch, drehte sich im Sprung und setzte zu einem Tritt an, der ihm sofort das Genick brechen würde.

Tentakel wanden sich um ihren Fußknöchel, bohrten sich durch das Leder ihrer Hose und schnitten in ihr Bein. Dann ließ das Wesen sie über dem Straßenpflaster baumeln, während andere Tentakel nach vorn schossen, sich um ihre Hüfte und ihr linkes Handgelenk schlangen und ihre Haut aufrissen.

Faith fluchte wütend und wand sich im Griff des Wesens. Sie warf sich nach vorn, packte mit der rechten Hand sein Bein und zog. Die Kreatur stürzte, und sie landeten beide auf der Straße. Faith rollte zur Seite. Einer der Tentakel riss und dunkle Flüssigkeit spritzte heraus, als sie sich befreite.

Sie kam wieder auf die Beine, und das Wesen zischte erneut, lauter diesmal. Faith sah Mäuler an seinen Armen und unter den Tentakeln an seinem entblößten Unterleib. Diesmal wartete es nicht, sondern ging sofort mit den stacheligen Tentakeln auf sie los.

Faith startete und achtete sorgfältig darauf, außerhalb der Reichweite dieser Tentakel zu bleiben. Sie sprang in die Luft, noch höher diesmal, doch anstatt anzugreifen, schlug sie einen

Salto über dem Wesen, landete hinter ihm und rammte den Ellbogen hart gegen seinen Hinterkopf. Sie hörte den Schädel brechen. Knochen splitterten, als es mit dem Gesicht aufs Straßenpflaster fiel. Sie sprang auf das Monster, packte seinen Kopf und hämmerte ihn gegen die Straße, einmal, zweimal, dreimal ...

»Ich blute. Wegen dir blute ich«, knurrte sie wütend.

Dann erschauerte sie, atmete tief durch und hielt den Atem an. Nein. So würde sie nicht vorgehen. Genau das hatte sie immer in Schwierigkeiten gebracht. Sie drückte ihr Knie auf den Rücken des Wesens, das sich wand und krümmte, um sich umzudrehen und die Tentakel zu befreien, die unter ihm eingeklemmt waren. Doch Faith griff ruhig und gelassen nach unten, packte den Kopf des Wesens, drehte ihn mit einem Ruck um und brach ihm das Genick.

Hinter ihr schrie die verletzte Frau gequält auf, die vor diesem Wesen geflohen war, diesem Monster, das einst ihr Vater gewesen war.

Faith richtete sich auf, drehte sich zu ihr um und sah das Grauen in ihrem Gesicht. Sie bedauerte ihren Mangel an Wissen und dass sie ihr nicht versichern konnte, dass dies die einzige Möglichkeit gewesen war. Was, wenn man diese Wesen wieder in Menschen verwandeln konnte?

»Es tut mir Leid, dass das passiert ist«, sagte sie.

»Was? *Was* ist passiert? Was ist mit *ihm* passiert?«

»Ich weiß es nicht«, erwiderte Faith bedauernd.

»Wir müssen von hier verschwinden!«, schrie die Frau sie an. »Ich habe Ihnen das doch gesagt! Wir hätten fliehen sollen.«

Faith starrte sie an. Der Kampf hatte nur Sekunden gedauert, höchstens zwanzig oder fünfundzwanzig. Wozu die Eile? »Es ist vorbei«, sagte sie. Aber die Frau hörte nicht zu.

»Wir müssen von hier verschwinden, bevor die anderen kommen.«

Die anderen. Die Worte hallten in Faiths Kopf wider, während ein Zischen die Straße erfüllte und von den Cottages ringsum zurückgeworfen wurde. Sie wirbelte herum, spähte in die Richtung, aus der die Frau gekommen war, und sah, wie sich in den Schatten sieben, vielleicht acht weitere Wesen bewegten.

Auf der vorderen Veranda des Cottages zu ihrer Rechten war ein Licht aufgeflammt, und Faith blickte auf, um der alten Frau, die die Tür öffnete, zuzurufen, dass sie ins Haus zurückgehen sollte. Um sich zu verstecken. Um die Polizei zu alarmieren.

Die Frau war kein Mensch mehr. Sie zischte, riss sich das Fleisch vom Gesicht und enthüllte darunter schwarze Augen. Ihr Schürzenkleid war blutgetränkt, und unter dem Blümchenmuster der Baumwolle bewegten sich Dinge.

Auch in den anderen Cottages gingen Lichter an. Noch mehr Türen öffneten sich.

Die Frau, die Faith gerettet hatte, fand schließlich ihre Stimme wieder und kreischte. Haversham ergriff Faiths Arm und zog daran. Die Jägerin sah ihn an und nickte.

»Ja. Verschwinden wir. Hier ist es zu gefährlich.«

Mit der verängstigten Frau in der Mitte rannten sie den Weg zurück, den sie gekommen waren. Das Zischen wurde zu einer Art Zirpen, wie von Grillen im hohen Gras, und noch mehr Türen wurden aufgerissen. Wesen tauchten aus den Schatten zwischen den Cottages auf und kamen auf sie zu. Noch ein paar Sekunden, dann würde ihnen jeder Fluchtweg abgeschnitten sein.

Der Motor des Mercedes brüllte auf, als er durch die schmale Straße auf sie zuraste. Die Scheinwerfer erhellten die Bewohner dieser kleinen Siedlung am Meer – enthüllten das, was aus ihnen geworden war. Die Reifen rutschten über den verstreuten Sand, dann schrie Helen Fontaine ihnen zu, endlich einzusteigen.

Haversham verharrte an der offenen Beifahrertür, zog eine Pistole unter dem Mantel hervor und feuerte auf die Kreaturen, die im Schwarm auf den Mercedes zukamen. Die Schüsse hallten von den Häusern wider, und Faith zuckte bei dem Lärm zusammen, während sie die entsetzte Frau auf den Rücksitz drückte und dann ebenfalls einstieg.

Die Türen waren noch immer offen, als Helen in den Rückwärtsgang schaltete und die Räder auf dem Pflaster durchdrehten. Als sie auf die Bremse trat und das Lenkrad herumriss, fielen die Türen zu. Im nächsten Moment rasten sie über die Küstenstraße und ließen das seltsame kleine Labyrinth aus Häusern hinter sich zurück. Faith hielt durch das rückwärtige Fenster nach den verdunkelten Cottages Ausschau und fragte sich, ob in ihnen noch irgendwelche Menschen wohnten und wie viele andere Leute infiziert worden waren.

Dann kam ihr plötzlich ein Gedanke. Sie warf der Frau an ihrer Seite einen Blick zu, bevor sie von ihr abrückte und sich an die Tür drückte. Ihre Augen wanderten von der schluchzenden, weinenden Frau zu Haversham und dann zu Helen, und sie fragte sich, wie lange es dauern mochte, bis sie sich selbst mit dem infizierte, das diese Leute dort hinten verwandelt hatte.

»Großartig«, murmelte Faith. »Einfach großartig. Ich werde Travers in den Hintern treten.«

Vor der Küste von Sunnydale, tief unter den Wellen, wo das Licht des Mondes nicht hinreichte, wälzte sich der Ägir mit ausgestreckten Tentakeln über den Meeresboden und suchte nach Nahrung, nach Lebewesen, die er in sein Maul zerren konnte. Doch nichts stillte seinen Hunger, denn es war nicht Nahrung, nach der sich der Ägir sehnte.

Es war Rache.

Rache, ja. Und dann Zerstörung und Schändung. Und Verehrung. Sein dumpfes, uraltes Gehirn erinnerte sich daran, wie er vor langer Zeit verehrt worden war. Es war viel zu lange her, seit der Ägir an Land gekrochen und die Erde unter ihm erbebt war.

Während das Meer über ihm kochte, griff der Ägir mit seinem bösen Geist hinaus und rief all jene, die von seiner Berührung vergiftet worden waren und sich verwandelt hatten. Sein Einfluss hatte sich unter den Menschen dieses Landes ausgebreitet, aber er hatte gerade erst angefangen. Er würde sie alle verwandeln, sie alle kontrollieren, und sie würden seine Kinder sein.

Er rief sie und spürte, wie sie sich regten, als sie antworteten.

Und tief unter den Wellen näherte sich der Ägir weiter der Küste.

13

Endlich kam der Dienstag.

In Anbetracht der Müdigkeit, die Buffy empfand, seit sie sich an diesem Morgen aus dem Bett gequält hatte, war sie dankbar für die Sonne und den blauen Himmel. Seit sie als Jägerin auserwählt worden war, hatte sie viele lange Tage erlebt, doch der zurückliegende Montag war ein Kandidat für den längsten aller Tage. Alles schien gleichzeitig zu passieren. Ein schlechtes Ereignis jagte das andere und zu viele Fragen blieben unbeantwortet.

Doch Buffy hatte trotz allem ein gutes Gefühl, als sie, die Papiertüte mit der Tonscherbe in der Hand, Richtung Innenstadt zur *Magic Box* spazierte. Die Luft war frisch und rein, und obwohl die Sonne warm auf ihre Arme schien, war es nicht zu heiß. Ein neuer Tag. Wenn Spike Recht hatte, mochten die Moruach die Sonne genauso wenig wie die Vampire und würden sich während des Tages verstecken. Das verschaffte ihnen etwas Zeit. Außerdem würden sie sich im Licht der Sonne leichter konzentrieren können.

Um einige Antworten zu finden.

Sie erreichte den Zauberladen später, als sie Giles in der vergangenen Nacht versprochen hatte, aber sie sagte sich, dass er sich inzwischen daran gewöhnt hatte. Doch da Xander – und wahrscheinlich auch Willow und Tara – letzte Nacht erst spät nach Hause gekommen waren, standen die Chancen gut, dass sich auch die anderen verspätet hatten.

Sie wurde erwartet, deshalb war die Tür der *Magic Box* nicht versperrt. Buffy trat ein – wie stets begleitet vom Bimmeln der Glocken über der Tür – und schloss sie schnell hinter sich. Willow und Tara standen an den Regalen und füllten sie auf. Sie sahen müde aus, doch als Willow zu Buffy hinüberblickte, machte sie den Versuch, sich ein Lächeln abzuringen, hatte aber nur teilweise Erfolg damit.

»He«, sagte Willow. »Du kommst nicht so spät, wie Giles erwartet hat. Du bekommst eine fette Zwei für deine Mühe.«

Buffy ging zu dem Tisch in der Mitte des Ladens und legte den Beutel mit der Tonscherbe auf die Platte. »Nur eine Zwei?«

»Werde ja nicht zu gierig.«

Tara stellte sehr vorsichtig kleine Ikonen auf ein Regal und arrangierte sie so behutsam wie eine Glasmenagerie. Buffy runzelte die Stirn.

»Ist das nicht Anyas Job?«

Tara nickte. »Sie und Xander sind noch nicht aufgetaucht. Willow und ich dachten, wir sollten helfen. Ich habe nichts dagegen. Es lenkt mich irgendwie von anderen Dingen ab.« Die normalerweise schüchterne Hexe sah Buffy offen in die Augen. »Wir haben gestern Nacht nicht sehr viel Schlaf bekommen. All diese ... Transformationen ... sie breiten sich aus. Wir müssen dem ein Ende machen, bevor es noch schlimmer wird.«

Sie zuckte die Schultern, wie um anzudeuten, dass es nicht ihre Aufgabe war, darüber zu sprechen. Buffy wusste, dass Tara sich nicht wirklich für ein Mitglied der Gruppe hielt – dass sie als Willows Freundin in gewisser Weise das fünfte Rad am Wagen war. Die Jägerin war da anderer Meinung. Tara war still, ja, aber auf ihre Art stark und sehr klug, ganz zu schweigen davon, dass sie eine Hexe war. Sie mochte sich in der Nähe der anderen nicht sehr wohl fühlen, doch Buffy war aus zahlreichen Gründen froh, sie bei sich zu haben, und wenn es nur dazu diente, Willow glücklich zu machen.

Das war eins der Probleme, wenn man älter wurde. Die

Leute, die man liebte, fanden Partner, die man nicht immer mochte. Buffy hatte eine Weile gebraucht, um Tara näher kennen zu lernen, und selbst jetzt kannte sie sie nicht besonders gut. Und Anya ... das war eine völlig andere Geschichte. Xander liebte sie, was für sie sprach. Und sie war nicht gerade Yoko Ono.

Die Zeit verging. Dinge änderten sich. Obwohl es nicht immer so zu sein schien, hatte sie das Gefühl, dass sich die meisten Dinge weder zum Besseren noch zum Schlechteren änderten ... sie änderten sich einfach.

Tara bewegte sich unbehaglich und machte sich wieder daran, Kristalle und Medaillons in das Regal zu räumen.

»Das werden wir«, versicherte Buffy ihr. »Wir werden dem ein Ende machen. Das ist unser Job.«

Willow hatte den Wortwechsel schweigend verfolgt, und als Buffy sie wieder ansah, lächelte sie sanft. Ihr bedeutete es eine Menge, dass Tara von der Gruppe akzeptiert worden war. Buffy verstand das nur zu gut. Ihre Beziehung mit Angel war nicht immer freudig begrüßt worden.

Die Jägerin schaute sich in dem stillen Laden um. »Okay, wir haben uns also aus dem Bett geschleppt, um hierher zu kommen. Wo ist ... «

»Guten Morgen, Buffy«, sagte Giles.

Er war gerade aus dem Trainingsraum im hinteren Teil des Ladens getreten und trug eine zerknitterte Version derselben Kleidung, die er in der vergangenen Nacht angehabt hatte. Nachdem er ihr einen guten Morgen gewünscht hatte, wartete Buffy auf die Bemerkung, die mit Sicherheit folgen würde. »Nett von dir, dass du zu uns gestoßen bist«, oder etwas in der Art. Aber Giles tadelte sie nicht für ihre Verspätung.

Buffy fragte sich, ob dies irgendetwas mit der Tatsache zu tun hatte, dass er nicht allein aus dem Hinterzimmer gekommen war. Seine Begleiterin war eine ernst wirkende Frau mit pechschwarzen Haaren und scharf geschnittenen Gesichtszügen.

Ihr Auftreten und der Anzug, den sie trug, verrieten, dass sie geschäftlich hier war, doch sie sah Giles fasziniert an, während der Wächter an den Tisch trat, an dem Buffy saß.

»Lange Nacht?«, fragte Buffy, während ihr Blick zu der Fremden in ihrer Mitte wanderte.

»Ziemlich. Wir haben eine Menge zu tun und sehr wenig Zeit.«

Giles rieb sich die müden Augen und strich sein Hemd glatt. Es war nicht das erste Mal, dass er die Nacht mit Nachforschungen verbracht hatte, aber normalerweise war er gewaschen und rasiert, wenn die *Magic Box* am Morgen öffnete. Bis dahin blieben noch ein paar Stunden, doch Giles schien keine Eile zu haben, nach Hause zu gehen und sich umzuziehen.

»Wollen Sie sich nicht zuerst um Ihre Kundin kümmern?«, fragte Buffy und nickte der Frau zu, die jetzt vor der Registrierkasse stand.

»Hm?« Giles' Stirn furchte sich und er sah sie über die Brille hinweg an. Dann dämmerte ihm, was sie meinte. »Oh. Tut mir Leid. Buffy Summers, Rosanna Jergens. Sie ist hier, um uns zu helfen.«

Buffy musterte die Frau erneut und runzelte die Stirn. »Noch eine Wächterin?«

»Eine Weise, um genau zu sein«, sagte Rosanna, als sie vortrat und Buffy die Hand reichte.

Die Jägerin stand auf, schüttelte sie höflich und ließ sie los. »Xander hat Sie gestern Nacht erwähnt. Sie sind also ein Waisenkind?«

»Eine Weise mit e«, korrigierte Giles, bevor er auf den Tisch deutete. »Warum setzen wir uns nicht? Xander und Anya werden in Kürze kommen, aber ich weiß nicht, ob wir auf sie warten sollen.«

Willow zögerte, bis Tara an den Tisch trat, und die beiden nahmen Buffy gegenüber Platz. Giles bot Rosanna einen Stuhl an, und sie setzten sich ebenfalls. Es war in diesen wenigen

Sekunden zu still im Laden, und die gedrückte Atmosphäre raubte Buffy den Rest des guten Gefühls, das der Morgen in ihr geweckt hatte. Irgendwie hatte es die Angst vertrieben, von der sie alle geplagt worden waren, doch jetzt kehrte sie mit voller Macht zurück.

Aber das änderte nichts an ihrer Entschlossenheit.

»Die Küstenwache schleppt wahrscheinlich bereits den Frachter in den Hafen«, sagte Buffy grimmig. »Wir sollten uns darum kümmern.«

Giles nickte. »Einverstanden. Rosanna, würden Sie bitte beginnen?«

Rosanna, dachte Buffy. Giles' Stimme hallte in ihrem Kopf wider, während ihr Blick von ihrem Wächter zu der Besucherin wanderte. Läuft etwa was zwischen den beiden?, fragte sie sich.

Das war ein alberner Gedanke. Giles war ein Mann und Rosanna sicherlich sein Typ. Sie hatte ihn fraglos beeindruckt. Aber Buffy kannte den Mann gut genug. Sie befanden sich im ernsten Krisenmodus, und er würde nicht zulassen, dass er über einen Flirt seine Pflicht vergaß.

Rosanna schob nach seinen Worten ihren Stuhl zurück und stand auf. Ihr Gesichtsausdruck verriet, dass die Frauen am Tisch sie beeindruckten. Das war eine nette Abwechslung, wenn man bedachte, dass der Rat Buffy immer wie ein kleines Mädchen und ihre Freunde wie nutzlose Herumtreiber behandelte.

»Ich werde es kurz machen«, sagte Rosanna. »Wenn Sie anschließend Fragen haben, werde ich sie gerne beantworten. Sie alle kennen den Wächterrat sehr gut. Aber möglicherweise ist Ihnen nicht klar, dass der Rat mehr tut, als nur die Jägerin zu überwachen und Dutzende von Mädchen zu lokalisieren und zu trainieren, die das Potenzial haben, Jägerinnen zu werden. Die Ratsmitglieder studieren auf der ganzen Welt übernatürliche Phänomene, sammeln okkulte Artefakte, schreiben historische Abhandlungen, schicken Forschungsteams in dunkle Dimensionen...«

»Sie tun was?«, fragte Giles, offenbar überrascht. »Das kann nicht Ihr Ernst sein.«

Die Frau wehrte seinen Protest ab. »Glauben Sie, was Sie wollen. Der Rat hat im Lauf der Jahrhunderte zahllose Aktivitäten entwickelt, unter anderem Kriege zwischen rivalisierenden Fraktionen geschürt, um sie auszuschalten – eine Art Genozid durch Manipulation.«

»Haben Sie irgendwelche Beweise dafür?«, erkundigte sich Giles.

»Wir haben gewisse Beweise, ja.«

Der Wächter starrte sie an. »Das klingt nicht besonders überzeugend.«

Rosanna zog eine Braue hoch und studierte ihn einen Augenblick lang. »Vielleicht sollten wir an einem anderen Tag darüber debattieren, was der Rat getan oder nicht getan hat. Überflüssig zu sagen, dass kein Zweifel daran besteht, dass seine Taten die menschliche Welt sicherer gemacht haben, aber der Orden der Weisen kritisiert seine Methoden. Wir sind in ähnliche Aktivitäten verstrickt, doch wir sind nicht darauf aus, nichtmenschliche intelligente Wesen auf dieser Existenzebene zu eliminieren, nur weil sie nicht menschlich sind. Wann immer es möglich ist, nehmen wir sie lieber gefangen als sie zu töten. Wir versuchen festzustellen, welche Gefahren von den verschiedenen Dämonen und ähnlichen Kreaturen ausgehen, und vernichten sie nur, wenn Leben auf dem Spiel stehen.«

»Die Vorkämpferin für die ethische Behandlung von Dämonen«, murmelte Buffy. »Und ich dachte, das wäre ein Scherz gewesen.«

»Okay«, sagte Willow bedächtig. »Irgendwas verrät mir, dass Sie und der Rat nicht gerade die besten Freunde sind.«

»Nicht einmal ansatzweise«, stimmte Rosanna zu und strich sich die schwarzen Haare aus den Augen. »Um ehrlich zu sein, man könnte uns als Rivalen bezeichnen. In dem Bestreben, gewisse Artefakte in unseren Besitz zu bringen und verschiedene archäologische Ausgrabungsstätten auf der ganzen Welt zu kontrollieren, sind der Orden und der Rat zu erbitterten Konkurrenten geworden. Die Rivalität reicht bis zum Kludden-Konflikt im zwölften Jahrhundert zurück.«

Buffy warf Giles einen Blick zu. »Das heißt?«

Giles hatte seine Brille abgenommen und klopfte mit dem Gestell sachte gegen die Tischplatte. Bevor er antwortete, setzte er sie wieder auf. »Die Kludden waren ein Stamm von Kobolden aus den Bergen Osteuropas. Im Jahr 1123 begannen sie einen Krieg und verließen ihre Festungen, um in jedem Dorf, in das sie kamen, die Männer, Frauen und Kinder zu massakrieren. Dann zogen sie sich zurück und fielen Jahre später erneut über die Menschen her. Der Rat schickte die damalige Jägerin los, um sie zu erledigen, aber ihre Streitkräfte waren zu groß. Im Jahr 1147 wurden in weniger als sechs Monaten drei Jägerinnen getötet.

Der Orden der Weisen führte seine eigenen Untersuchungen durch und unternahm eigene Anstrengungen, um das Gemetzel zu beenden. Die neue Jägerin – die offenbar nicht den Wunsch hatte, als vierte durch die Hände der Kludden zu sterben – ignorierte die Befehle des Rates und schloss sich zusammen mit ihrem Wächter dem Orden der Weisen an. Sie arbeiteten fast ein Jahrzehnt lang für den Orden, bis die Jägerin getötet wurde. Ihre ... Desertion ... ist eine Episode in der Geschichte des Rates, die dieser weitgehend verdrängt hat.«

Buffy sah Willow und Tara an, die beide so verwirrt dreinblickten, wie sie sich fühlte. »Und was war die Lösung des Ordens?«

Rosanna schenkte Giles die Andeutung eines Lächelns, ehe sie antwortete. »Offenbar ging es um Landstreitigkeiten unter der einheimischen Bevölkerung. Die Menschen jagten auf dem Land, das die Kludden beanspruchten, und hatten sogar einen Grabhügel der Kludden geschändet, weil sie in ihm irgendwelche Schätze vermuteten. Sobald die Jägerin sich dem Orden angeschlossen hatte, suchte sie die Kobolde auf, entdeckte den Grund für ihren Zorn und handelte einen Vertrag aus.«

»Wow«, machte Willow. »Die Jägerin als Friedensbotschafterin. Von diesem Teil der Jobbeschreibung habe ich noch nie etwas gehört.«

Buffy zog die Brauen hoch.

»Das soll nicht heißen, dass du nicht für den Frieden und so bist«, fügte Willow hastig hinzu.

Die anderen schenkten ihr wenig Aufmerksamkeit. Giles und Tara sahen Rosanna Jergens forschend an.

»Sie schlagen also vor, dass Buffy mit den Moruach verhandelt?«, fragte Tara nachdenklich.

Die Weise setzte sich wieder und lehnte sich auf ihrem Stuhl zurück. »Genau.«

Buffy schüttelte den Kopf. »Habe ich erwähnt, dass jedes dieser Wesen, das mir über den Weg gelaufen ist, versucht hat, mich zu töten?«

»Wirklich?«, fragte Rosanna. »Nach dem, was Rupert sagte, habe ich den Eindruck, dass die Moruach versuchen, die *Ägirie* zu töten, und dass Sie ihnen dabei in die Quere gekommen sind.«

Willow hob fast verlegen eine Hand. »Offiziell ahnungslos. Was ist ein *Aigärri*?«

Aber Buffy glaubte es zu wissen. »Lagunenleute. Die Leute, die sich verwandelt haben, wie Ben Varrey und die Männer aus Baker McGees Crew. Die Moruach, gegen die ich im Dex gekämpft habe, und jene, die dich und Tara im *Hollywood Lanes* überfallen haben, waren vielleicht auf der Jagd nach ihnen. Den Ägirie.«

Die Jägerin sah Rosanna und dann Giles an. »Soll ich euch mal was sagen? Ich frage mich, ob die Moruach wirklich böse sind. Man könnte argumentieren, dass sie die Pfleger im Dex in Selbstverteidigung getötet haben, aber lasst uns nicht vergessen, wie alles angefangen hat. Erinnert sich noch jemand an die brutalen Morde in Docktown? Nach der Größe der Bissmale an den Leichen zu urteilen, waren es die Typen mit den haifischgroßen Mäulern und nicht die mit den vielen kleinen.«

»Daran habe ich auch schon gedacht«, erwiderte Giles ruhigen Blickes. »Rosanna und ich glauben, dass diese Leute wahrscheinlich Ägirie waren, die noch nicht das letzte Stadium der Evolution erreicht hatten. Monster, die kurz vor ihrer Geburt standen. Wenn dem so ist und wenn die Moruach sie aufspüren können, scheint es logisch, dass sie derartige Leute jagen und die Infektion eindämmen, wenn du so willst, bevor sie sich ausbreiten kann.«

Buffy dachte über all das nach. »Ich weiß nicht. Vielleicht jagen sie keine Menschen. Aber niemand kann mir einreden, dass sie nicht gefährlich sind.«

»Das sage ich auch nicht«, erklärte Rosanna hastig. »Sie selbst haben Rupert erzählt, dass dieser Vampir, Spike, behauptet, dass die Moruach keine Menschen jagen. Dass sie Meeres- und Landtiere essen und Vampire für eine Delikatesse halten.«

Willow warf Buffy einen Blick zu. »Hast du das Wort Delikatesse benutzt?«

»Bestimmt nicht.«

»Jedenfalls sollten wir herausfinden, was die Moruach hier machen und was sie wollen, bevor wir weitere Schritte unternehmen, meinen Sie nicht auch?«

Buffy machte sich nicht die Mühe, der Frau zu erklären, dass sie fast dasselbe gestern Nacht zu Faith gesagt hatte.

»Sind Sie sicher, dass Sie nicht zum Rat gehören?«, fragte Buffy sie.

Rosanna zuckte zusammen, schürzte die Lippen und sagte nichts.

»Hören Sie, ich bin nicht dafür, irgendwas zu töten, solange ich nicht sicher bin, dass es getötet werden muss«, fuhr Buffy fort. »Das ist schon immer meine Einstellung gewesen. Aber diese Art von Entscheidung kostet Zeit, und die haben wir nicht. Wir wollen Leben retten – Menschenleben –, also müssen wir die Kontrolle über die Situation übernehmen. Sie wollen wissen, warum die Moruach hier sind? Nun, das kann ich Ihnen verraten.«

Buffy nahm die Tonscherbe aus der zerknitterten Papiertüte und schob sie über den Tisch zu Giles, der sie sorgfältig studierte und dann Rosanna zeigte.

»Die Moruach haben gestern Nacht versucht, den Höllenschlund zu öffnen. Ich habe Fotos von den Runen gemacht, oder was auch immer sie als Teil ihres Zaubers auf den Boden gemalt haben. Sie werden gerade entwickelt. Ich werde sie später am Morgen bekommen. Aber sie waren nicht da, um irgendwelche Ägirie anzugreifen, und sie haben zweifellos versucht, mich und Spike zu töten, damit wir sie nicht an ihrem Zauber hinderten. Wenn sie die Hölle auf Erden entfesseln wollen, spielt es keine Rolle, ob sie selbst einen Menschen nach dem anderen töten. Sobald sie den Höllenschlund öffnen, könnten wir alle sterben.«

Ihr Blick wanderte zu Giles. »Sie kennen dieses Lied. Wir haben es früher schon gesungen. Jetzt sage ich euch, was wir tun werden. Willow, Tara und ich fahren zum Stützpunkt der Küstenwache, um herauszufinden, was auf diesem Frachter vor sich geht. Ich wette, dass er voll von diesen Ägirie ist – wahrscheinlich die gesamte Crew des Schiffes. Es könnte ein Blutbad werden. Wir werden tun, was wir können. Wenn Xander und Anya auftauchen, geben Sie ihnen ein Handy und postieren sie vor der Highschool. Wir müssen den Ort überwachen, um sicherzugehen, dass die Moruach nicht zurückkehren. Ich habe dort, wo sie gearbeitet haben, die Überreste der Wände eingerissen, aber vielleicht setzen sie ihr Werk in einem anderen Teil der Ruine fort.

Heute Nacht, wenn Spike zum Spielen herauskommt, werde ich ihn als Bluthund einsetzen, um die Moruach aufzuspüren. Sie werden ihn genauso schnell wittern wie er sie. Wenn sie mich verstehen können, werde ich versuchen, mit ihnen zu verhandeln. Wer weiß? Vielleicht wollten sie nur etwas Gesellschaft, eine große Dämonenparty, und einige ihrer Gäste kommen durch den Höllenschlund. Wenn das nicht funktioniert, kann ich versuchen, sie zum Verlassen der Stadt zu überreden. Ansonsten müssen wir sie töten.«

Giles und Rosanna wechselten einen langen Blick. Die Weise sah resignierend zur Seite. Sie konnte nichts weiter dazu sagen. Buffy wusste, dass ihre Handlungsweise die einzige war, die unter den gegebenen Umständen einen Sinn ergab.

»In Ordnung. Machen wir uns an die Arbeit.«

Buffy und Giles wollten aufstehen, aber Willows erhobene Hand ließ sie zögern.

»Wartet«, sagte sie. »Was ist mit den Ägirie? Was ist mit ihnen los?«

Rosanna hatte sich das Tonfragment genauer angesehen. Sie deutete auf die Gravur des riesigen, grausigen Seeungeheuers auf der Scherbe. In ihrer Eile, etwas zu unternehmen und endlich loszuschlagen, hatte Buffy diese entscheidende Frage vorübergehend vergessen.

»Der Ägir«, sagte die Frau.

»Ein uralter Dämonengott aus den tiefsten Meeren, wahrscheinlich so alt wie die Welt selbst«, erklärte Giles. Er erzählte ihnen von den Mythen über den Ägir und seinen Verehrer und dass diese Legenden berichteten, dass er, im Gegensatz zu den anderen Alten, nicht bereits vor Äonen aus dieser Dimension geflohen war. »Die Moruach sind auf irgendeine Weise mit dem Ägir verbunden, aber wir wissen nicht genau wie.«

»Und die Leute, die verwandelt wurden«, sagte Tara leise und verschränkte die Arme, als wollte sie sich selbst tröstend umarmen. »Sie glauben, dass sie Anhänger des Ägirs sind? Dass sie deshalb Ägirie genannt werden?«

Rosanna legte die Tonscherbe mit einem lauten Klappern auf den Tisch. »Eigentlich denken wir, dass sie irgendwie durch den

Kontakt mit dem alten Ungeheuer oder durch seine bloße Nähe transformiert wurden. Sie haben sich infiziert und die Infektion breitet sich aus und erschafft weitere Ägirie. Ich bin sicher, wenn wir weitere Nachforschungen anstellen, werden wir herausfinden, dass jeder, der dieser schrecklichen Metamorphose unterzogen wurde, sich entweder im Wasser vor der Küste aufgehalten hat, wo sich der Ägir dem Land nähert, oder körperlichen Kontakt mit anderen Ägirie hatte. Wahrscheinlich ohne es zu wissen.«

»Ist es so ähnlich wie bei diesen Fleisch fressenden Bakterien?«, fragte Buffy.

»Nicht ganz«, erwiderte Giles. »Es scheint, dass die Geschwindigkeit, mit der sich die Infizierten verwandeln, von Opfer zu Opfer variiert. Und wir haben noch nicht genug Beobachtungen anstellen können, um herauszufinden, ob einige Leute immun oder weniger anfällig als andere sind. Aber wir müssen begreifen, dass dies kein wissenschaftliches oder medizinisches Problem, keine biologische Infektion ist, sondern eine übernatürliche. Dies ist keine Krankheit. Es ist das Böse.«

»Kann ich einfach ›Brr‹ sagen?«, warf Willow ein. Sie schüttelte den Kopf, als würde sie versuchen, in Gedanken ein Puzzle zusammenzusetzen. »Was ich immer noch nicht verstehe, wo ist die Verbindung? Wenn die Moruach, unsere ›Drachenhaie‹, die Ägirie zu töten versuchen, dann macht das ziemlich klar, dass sie dem Ägir nicht dienen. Liegen sie im Krieg mit ihm?«

»Sicher, warum nicht?« Buffy seufzte. »Ein Bürgerkrieg zwischen Seeungeheuern. Und wo sollten sie ihn sonst austragen als im guten alten Sunnydale?«

Die Tür sprang auf. Die Glocken über dem Eingang bimmelten, warmer Wind wehte herein und ließ die Seiten der aufgeschlagenen Bücher flattern, die auf dem Tisch lagen. Anya stand auf der Schwelle und stützte Xander. Die Furcht und die Qual in ihren Gesichtern waren ein schrecklicher Anblick. Buffy eilte durch den Raum zu ihnen hinüber, dicht gefolgt von Willow, Tara und den anderen.

»Xander!«, sagte Buffy. Aber seine Augen waren nicht auf sie gerichtet, also sah sie stattdessen seine Freundin an. »Anya, was ist passiert?«

Die Augen des ehemaligen Dämonenmädchens huschten von Buffy zu Giles und verharrten schließlich bei Willow. Sie griff nach Xanders Kinn und drehte seinen Kopf so, dass alle den seltsamen Ausschlag sehen konnten, der sich dort gebildet hatte.

Nur war sofort klar, dass es kein Ausschlag war. Die Haut blätterte ab und darunter konnte Buffy Schuppen erkennen.

»Tut etwas«, sagte Anya mit brüchiger Stimme, während ihr die Tränen in die Augen traten. »Helft ihm. Das ist es doch, was ihr tut, nicht wahr? Ihr seid Hexen. Also zaubert. Verhindert, dass es passiert. Ich weiß, was passiert ist. Er hat sich infiziert. Wir haben uns wahrscheinlich alle infiziert. Es kümmert mich nicht besonders, wenn sich der Rest von euch in Tintenfische verwandelt, aber mit Xander darf das nicht passieren, also heilt ihn auf der Stelle.«

Buffy wandte sich den anderen im Raum zu. »Ihr alle versteht etwas von Magie. Ich weiß nicht, wie viel Zeit ihr habt, also fangt sofort an.«

Alle vier rannten tiefer in den Laden zu den Büchern. Giles beriet sich leise mit Rosanna, während sie die Leiter zum Loft der *Magic Box* hinaufstiegen, wo viele der älteren, gefährlicheren Werke aufbewahrt wurden. Nur Anya blieb mit Xander und Buffy im Foyer des Ladens zurück.

Buffy schloss mit einem Tritt die Tür und packte Xander an den Schultern. Sie glaubte, etwas Fremdes unter dem Stoff seines Hemdes zu spüren, irgendeine gerippte, runde Abnormität, und vor ihrem geistigen Auge sah sie ein rundes kleines Maul mit gezackten Zähnen.

»Xander, sieh mich an«, stieß sie hervor. »Konzentriere dich auf mich.«

Seine Augen schienen eine Sekunde abzuirren, dann flatterten seine Lider, und ihm schien erst jetzt zu dämmern, wo er war. Wenn Buffy es nicht besser gewusst hätte, hätte sie gedacht, dass er irgendwelche Drogen genommen hatte.

»Buff, he«, sagte Xander mit leiser, gepresster Stimme. »Tut mir Leid. Ich ... tut mir Leid.«

»Was?«, fragte sie, während sich ihre Gedanken überschlugen und ihr das Herz brach. »Was ... was tut dir Leid?«

Sein Lachen verwandelte sich in ein furchtsames Kichern und seine Augen irrten wieder ab. »Du solltest nicht ... du solltest nicht deine Freunde töten müssen.«

»Nein«, sagte Buffy hastig und schüttelte den Kopf.

»Sie machen dich wieder gesund, Schatz«, sagte Anya mit gespielter Ruhe und Zuversicht. »Willow ist deine beste Freundin, schon vergessen? Sie wird nicht zulassen, dass dir etwas zustößt. Sie würde dann nicht weiterleben können.«

Aber Xander hörte nicht zu. Seine Augen wurden glasig, und er brach in Buffys Armen zusammen. Sie ließ ihn sachte zu Boden gleiten, ergriff seine Hand und spürte, wie die Haut wie Seidenpapier nachgab, sich ablöste und darunter grün gefleckte Schuppen enthüllte.

»Bleib bei mir, Xander!«, fauchte Buffy ihn an.

Zum ersten Mal spürte sie selbst den Schrecken, den die Ägirie verbreiteten. Buffy hatte gezögert, die Moruach zu töten, weil sie nicht sicher gewusst hatte, ob sie böse waren. Die Ägirie waren kaum mehr als wilde Tiere. Seit sie zum ersten Mal im *Fish Tank* einem von ihnen begegnet war, hatten sie sich als mörderisch und böse erwiesen, bereit, jeden Menschen zu töten, der Kontakt mit ihnen hatte. Sie zu töten, sie zu vernichten, schien die einzige vernünftige Reaktion zu sein. Sie hatte gesehen, was aus Ben Varrey und den anderen geworden war, und das war tragisch, doch jetzt, wo es Xander erwischt hatte, traf es sie mitten ins Herz.

All diese Wesen, die sie getötet hatte, diese Ägirie, waren früher Menschen gewesen. Menschen mit Freunden und Familien, die sie liebten.

Xanders Augen konzentrierten sich einen kurzen Moment wieder auf sie. »Buffy«, flüsterte er mit einer so leisen Stimme, dass sie ihn kaum hören konnte. »Ich habe solche Angst.«

»Willow!«, schrie Buffy und wirbelte herum, als wollte sie den Laden kurz und klein schlagen.

»Hier«, erwiderte Willow und rannte von der Kellertür zu ihr. Sie wies auf ihre Freundin, die in ihrer Eile dieselben Ikonen und Talismane umgekippt hatte, die sie zuvor auf die Regale gestellt hatte. »Tara, hast du's?«

Aber Tara schüttelte den Kopf und murmelte verzweifelt vor sich hin. Dann trat ein triumphierendes Leuchten in ihr Gesicht, und sie nahm einen kleinen, stacheligen Kristall aus dem Durcheinander, wobei sie ein Dutzend kleine Talismane umwarf.

»Hier!«, sagte sie.

Giles und Rosanna hielten, als sie zurück in die Mitte des Ladens stürzten, mehrere Bücher in den Händen. Was auch immer die Lösung war, es würde offenbar länger dauern als das, was Willow im Sinn hatte.

»Seht!«, rief Anya mit hysterischer Stimme. »Willow hat die Antwort!«

»Nun, zum Teil«, sagte Willow zögernd. Ihr Gesicht verriet, wie viel Angst sie um Xander hatte. »Wir können ... wir können es nicht aufhalten. Noch nicht. Nicht, bis wir mehr wissen. Aber ich bin ziemlich sicher, dass ich verhindern kann, dass es schlimmer wird. Wir können die Zeit um ihn herum einfrieren und den Prozess stoppen, bis wir mehr herausgefunden haben.«

Buffy sah auf Xander hinunter. Er würgte jetzt und unter seinem Hemd hob und senkte sich seine Brust in einem Rhythmus, der nichts mit atmen zu tun hatte.

»Tu es.«

Tara stand über Xander, den stacheligen, rosafarbenen Kristall in beiden Händen, als wäre er ein Opfer, während Willow eine lateinische Zauberformel rezitierte. Binnen Sekunden drang ein Licht, das dieselbe Farbe hatte wie der Kristall, aus jedem seiner vielen Stacheln, und die Lichtstrahlen hüllten Xander ein, als würden Dutzende winzige Spinnen ein Netz aus Energie um ihn herum weben.

Sekunden vergingen. Das Netz wurde zu einer Kugel aus Licht, das jetzt mehr rot als rosa war und Xander völlig einhüllte.

Er bewegte sich nicht mehr. Erstarrte.

Einen langen Moment sah Buffy ihn an. Dann trat Tara schüchtern zu Willow.

»Danke. Könnt ihr...«

Der Rest des Satzes blieb unausgesprochen.

»Eigentlich«, sagte Giles, »denke ich, dass wir es können. Wenn ... wenn der Prozess noch nicht zu weit fortgeschritten ist, sollte es uns gelingen, einen Zauber zu finden, der ihn rückgängig machen kann.«

Buffy nickte knapp. »In Ordnung. Ihr kümmert euch um ihn. Ich werde auf dem Rückweg vom Stützpunkt der Küstenwache die Fotos abholen und ...« Sie verstummte und vergaß einen Moment zu atmen, während sie im Kopf noch einmal die Dinge Revue passieren ließ, die Giles und Rosanna über die Ägirie-Infektion gesagt hatten, dass sie sich ausbreitete, ohne dass sich vorab erkennen ließ, wer sich infizieren würde und wer nicht.

Sie warf einen Blick in die Runde und sah in den Augen ihrer Freunde, dass sie alle dasselbe dachten. Bereits in diesem Moment konnte in ihnen allen das Böse wachsen. Xander hatte draußen im tiefen Wasser gesurft. Er war untergegangen. Hatte höchstwahrscheinlich etwas Wasser geschluckt. Aber was ist, wenn er es sich im Stützpunkt der Küstenwache geholt hat, von jemand, der bereits infiziert war?, dachte sie. Der Gedanke machte ihr Angst, denn Xander war nicht allein dort gewesen. Dawn hatte ihn begleitet.

»Giles, bevor Sie irgendetwas anderes tun, rufen Sie Dawn und meine Mutter an«, sagte Buffy. »Stellen Sie fest, ob es ihnen gut geht. Dann suchen Sie ein Mittel, um den Prozess zu heilen oder umzukehren, was auch immer. Und testen Sie es vorher, wenn Sie können. Wenn wir es mit Magie oder nur dem Bösen zu tun haben, sollten wir es testen, richtig?« Dann sah Buffy die anderen an. »Willow und Tara kommen mit mir.«

»Was?«, sagte Anya. »Ihr wollt jetzt einfach weggehen?«

Buffy holte tief Luft und sprach so geduldig zu ihr, wie sie konnte. »Wir alle wollen, dass Xander wieder gesund wird, Anya. Wir lieben ihn auch. Aber wenn es sich ausbreitet, könnte jeder von uns der Nächste sein. Wir müssen herausfinden, was es verursacht und wie man es aufhalten kann, oder es wird niemand mehr übrig sein, um sich um Xander zu kümmern.«

»Oh«, machte Anya mit aufgerissenen Augen. »Nun, dann geht. Steht nicht bloß herum. Worauf wartet ihr noch?«

Als sie auf den Parkplatz des Stützpunkts der Küstenwache fuhren, konnte Buffy Schüsse hören. Es hatte bereits begonnen. Tara steuerte Giles' Wagen über den Parkplatz zu der Stelle, wo der Maschendrahtzaun, der den hinteren Teil der Basis umgab, von einem breiten Tor unterbrochen war, das sie an der Weiterfahrt hinderte. Tara zögerte nicht, bremste nicht.

Buffy versteifte sich. »Tara! Das ist Giles' Wagen!«

Aber Tara umklammerte das Lenkrad nur fester und wappnete sich für den Aufprall. Willow lehnte sich aus dem Beifahrerfenster und schrie eine lateinische Zauberformel. Das Schloss, das die beiden Hälften des Tores sicherte, explodierte in einem Schauer aus Funken und fiel ab. Das Tor schwang weit auf, als der Wagen durchbrach. Willow zog gerade noch rechtzeitig den Kopf ein, denn die Öffnung war so schmal, dass der Wagen auf beiden Seiten am Tor entlangschrammte und der Spiegel an ihrer Seite abgerissen wurde.

»Sesam öffne dich«, murmelte Buffy.

Willow lächelte grimmig. »Genau.«

»Leute«, stieß Tara mit alarmierter Stimme hervor.

Buffy spähte durch die Windschutzscheibe und sah, dass ein Trio bewaffneter Seeleute angerannt kam, um ihnen den Weg zu versperren. Aber sie schenkte der Küstenwache nur flüchtige Beachtung. Es war das, was hinter ihnen lag, das ihre Aufmerksamkeit auf sich zog. Der gepflasterte Parkplatz hinter dem Stützpunkt der Küstenwache fiel zum Meer und den langen Docks hin ab, die von dort ins Wasser ragten. Es musste ein Tiefwasserhafen sein, denn dort waren mindestens ein Dutzend Schiffe verschiedener Größe vertäut. Dicht vor den Docks ankerten zwei kleine Kutter.

Der Frachter der Hendron Corporation war ans nördlichste Dock geschleppt worden, ein riesiger grauer Behemoth, der bis auf seine Größe nicht besonders auffällig war. Ägirie schwärmten über das Deck. Einige von ihnen sprangen ins Meer, andere auf das Dock. Ihre Tentakel wanden sich wie Schlangen in einem Korb. Es waren Dutzende.

Von dem Dock und den beiden Kuttern im Wasser aus schossen Matrosen mit Waffen auf die Monster, die eigentlich für die Bekämpfung des Drogenschmuggels in die USA benutzt wurden. Manche Ägirie, die sich ins Wasser stürzten, wurden von Kugeln getroffen, während die Kreaturen auf den Docks die Seeleute angriffen. Unter dem blauen Himmel, im hellen Tageslicht, wirkte das alles auf Buffy eher unwirklich. Die meisten Schrecken dieses Ausmaßes, die sie bisher gesehen hatte, hatten sich im Schutz der Nacht ereignet. Aber das ... hier in Südkalifornien hätte das Panorama vor ihren Augen mehr Sinn ergeben, wenn Scheinwerfer und Filmkameras aufgebaut gewesen wären.

Aber dies war kein Film.

Hellrotes arterielles Blut spritzte in einem Bogen über das Dock und ins Meer und glitzerte karmesinfarben in der Sonne.

Die Wachen vor dem Wagen schrien ihnen zu, sofort umzukehren, und brachten ihre Waffen in Anschlag.

»Anhalten«, sagte Buffy, denn sie war nicht sicher, ob Tara weiterfahren und die Wachen zwingen wollte, zur Seite zu springen. Es gab im Moment wenig, dessen sich Buffy sicher war.

Der Wagen schlingerte, als Tara auf die Bremse trat. Buffy sprang aus dem Auto und hielt die Hände hoch, während die Wachen auf sie zuliefen. Sie hätten in ihren schicken Uniformen gut ausgesehen, wären da nicht die Waffen und das Entsetzen in ihren Augen gewesen.

»Sie stehen wegen unbefugten Betretens unter Arrest. Hände hoch!«, befahl einer von ihnen, ein blasser, weißer Bursche, dessen Haar vorzeitig ergraut war.

Buffy machte sich nicht die Mühe, ihm zu erklären, dass ihre Hände bereits oben waren. »Hören Sie, wir wissen, was hier vor sich geht. Wir können helfen. Lassen Sie uns durch.«

Der Mann lachte. Es klang ein wenig verrückt. »Ach ja? Was können Sie schon tun?«

Willow stieg aus dem Wagen und blieb in der offenen Tür stehen. Sie wies auf die Wache mit dem ergrauenden Haar. »*Consurgo.*«

Der Mann hob vom Boden ab, ließ seine Waffe fallen und schrie in seiner Panik irgendetwas, das Buffy kaum verstehen konnte. Irgendetwas von Monstern und dass die ganze Welt auseinander brach.

Die beiden anderen bewaffneten Matrosen wichen zurück und richteten ihre Waffen nun auf Willow statt auf Buffy.

»Lassen Sie ihn runter!«, fauchte ein braungebrannter Typ, der nicht älter als Buffy aussah.

Willow machte eine Handbewegung und der Wachmann fiel aufs Pflaster.

»Was zum Teufel seid ihr, Hexen oder so was?«

»Ja«, erwiderte Willow scharf. »Und Ihre Freunde sterben dort unten.«

Buffy funkelte den Mann auf dem Boden an. »Werden Sie uns passieren lassen?«

»Gehen Sie!«, schrie er. »Mir ist es egal. Sie sind verrückt, wenn Sie dorthin wollen. Haben Sie diese Wesen auf dem Frachter gesehen?«

Buffy rannte zurück zur offenen Tür des Wagens und stieg ein. »Ja«, sagte sie, als sie die Tür zuzog.

Die drei Wachen schenkten ihnen jetzt kaum noch Beachtung. Sie hatten sich alle umgedreht und blickten zu den Docks hinunter, wo andere Seeleute schrien und Schüsse über die Wellen und die Betonbauten hallten.

»Was sind sie?«, fragte der Mann, den Willow in die Luft befördert hatte.

»Die Crew«, erklärte Buffy ihm.

Dann fuhr Tara weiter. Bis zum Ende des Docks waren es weniger als hundert Meter. Die Räder rutschten über den Kies, als sie wieder bremste. Buffy sprang hinaus, öffnete den Kofferraum und nahm ein langes Schwert heraus, dessen Klinge vor Jahrhunderten in Toledo, Spanien, geschmiedet worden war. Es war die schärfste Klinge, die sie besaß, und würde fast alles durchschneiden.

Als sie über das Dock rannte, waren Willow und Tara dicht hinter ihr. Buffy hörte, wie sie miteinander sprachen, ignorierte sie jedoch. Es war nicht ihre Sache, ob sie sich Trostworte zuriefen oder Zauberformeln rezitierten. Die Sonne ließ ihre Klinge funkeln, als sie sie hoch über den Kopf hob.

Keiner der Seeleute auf dem Dock sah sie kommen. Dort draußen waren vielleicht noch zwanzig Männer und Frauen in Uniform auf den Beinen. Auf dem Dock lagen Tote und verletzte Offiziere und Matrosen. Seltsamerweise waren es die Ägirie, die Buffy und die Hexen zuerst entdeckten. Eins der

Wesen hatte sich auf einen weiblichen Offizier gestürzt. Die Frau hatte noch mehrere Schüsse abgegeben. Jetzt wandte es sich Buffy zu, und als wären sie alle miteinander verbunden, folgten zwei weitere seinem Beispiel.

Drei der Ägirie näherten sich den Mädchen. Zwei weitere sprangen vom Deck des Frachters. Buffy versuchte in Gedanken zu berechnen, wie viele Monster bereits ins Wasser entkommen waren, wie viele weitere Menschen sie infiziert haben mochten, die die schreckliche Transformation weiterverbreiteten.

»Sorgt dafür, dass keiner entkommt«, rief sie so laut, dass Willow und Tara sie über die Schüsse und Schreie hinweg hören konnten.

Die Frau von der Küstenwache fuhr bei diesen Worten herum und starrte Buffy, Willow und Tara ungläubig an. Aber dann achtete Buffy nur noch auf die Monster, die Ägirie, die Wesen, die einst Männer und Frauen mit Freunden und Familien gewesen waren.

Dann hatte die erste Kreatur sie erreicht. Tentakel peitschten durch die Luft, Widerhaken blitzten bösartig im Sonnenlicht. Buffy blieb stehen, wich den Tentakeln geduckt aus und wirbelte dann in einer einzigen schnellen Bewegung mit ausgestrecktem Schwert herum. Die Klinge hackte das Monster entzwei, aber die beiden anderen waren bereits zur Stelle. Tentakel griffen nach ihr, und Buffy trennte sie ab. Heute würde sie sich nicht von ihnen erwischen lassen. Die Tentakel der Ägirie waren schnell, doch ihre Klinge war schneller.

Am Rand des Frachterdecks tauchten neue Kreaturen auf und sprangen zu ihnen herunter.

Willow und Tara hielten sich an den Händen und rezitierten die Worte eines simplen, aber mächtigen Zaubers. Die Ägirie fingen mitten in der Luft Feuer und wurden von den Flammen verzehrt, bevor sie kreischend und zappelnd auf dem Dock aufschlugen. Willow und Tara setzten die Magie vorsichtig ein und achteten darauf, sich nicht zu erschöpfen. Feuer war simpel, aber wirksam.

Schüsse zerrissen die Luft und durchsiebten die Kreaturen.

Buffy handelte nicht mehr bewusst, sondern instinktiv, bewegte sich mit dem Schwert, tanzte elegant über das Dock, tötete die Ägirie und trennte ihre Tentakel ab. Während dunkle Flüssigkeit aus den toten Monstern spritzte, ließen die Schüsse nach. Buffy schlug einen Salto über den Kopf eines Ägirie und enthauptete ihn, bevor ihre Füße wieder den Boden berührten. Ein lautes Zischen erfüllte die Luft über ihr, sie blickte auf und sah eine letzte Kreatur vom Deck des Frachters springen und mit peitschenden Tentakeln und ausgestreckten Händen auf sie herabstürzen.

Die Jägerin kniete nieder, legte den Knauf des Schwertes auf ein erhobenes Knie und zog den Kopf ein. Tentakel peitschten ihren Rücken, zerfetzten ihr T-Shirt und die darunter liegende Haut und schnitten bis zum Knochen in die Schulter. Der Ägirie fiel auf ihr Schwert und spießte sich selbst auf. Seinen zahlreichen Mäulern entwand sich ein letztes Zischen, dann zuckte er noch einmal und war tot.

Buffy schüttelte ihn, vom dunklen Blut der Kreaturen durchtränkt, ab und richtete sich mit dem Schwert in der ausgestreckten Hand auf. Sie sah sich um und stellte fest, dass alle Ägirie, die nicht entkommen waren, tot waren. Das Dock war von den Kadavern der Kreaturen und den Leichen der Küstenwachematrosen übersät. Aber die Offiziere und Seeleute auf dem Dock, die überlebt hatten, standen da und starrten sie an. Buffy stand in ihrer Mitte – irgendwie hatte sie sich während des Kampfes zu ihnen vorgearbeitet – und bildete das Zentrum ihrer Aufmerksamkeit. Nicht einer von ihnen richtete seine Waffe auf sie.

Draußen auf dem Wasser standen die Crews der beiden auf den Wellen schaukelnden Kutter auf den Decks ihrer Schiffe und blickten zum Dock hinüber.

Zu Buffy.

Stille herrschte.

Willow und Tara traten hinter sie, und die drei Mädchen betrachteten die Gesichter der anderen auf dem Dock, Gesichter, die eine Mischung aus Grauen und Ehrfurcht zeigten.

»Wer hat hier das Kommando?«, fragte Buffy schließlich.

Lange Sekunden antwortete niemand. Dann trat eine Frau auf sie zu. »Der Gruppencommander ist tot. Sein Stellvertreter auch. Wer sind Sie? Wissen Sie, was ...«

Sie brach ab und deutete auf das Schlachtfeld um sie herum.

»Wenn ich an Ihrer Stelle wäre, würde ich heute keine weiteren verlassenen Schiffe mehr in den Hafen schleppen«, sagte Buffy zu ihr. »Genau genommen sollten Sie die Gewässer vor Sunnydale in den nächsten vierundzwanzig Stunden von Schiffen frei halten.«

»Was passiert in vierundzwanzig Stunden?«, fragte die Frau.

»Entweder wird das Problem bis dahin gelöst oder es wird zu spät sein.«

Buffy wandte sich ab, nickte Willow und Tara zu, und die drei gingen an mehreren Seeleuten vorbei über das Dock davon. Andere hatten sich hingekniet, um die Verwundeten zu behandeln.

»Warten Sie!«, rief der weibliche Offizier. »Sie können nicht gehen. Ich fürchte, ich kann nicht zulassen ...«

»Sehen Sie sich um«, unterbrach Buffy. »Diese Wesen da waren früher Menschen. Was immer für ihre Verwandlung verantwortlich ist, breitet sich aus. Wir können es aufhalten. Aber nicht, wenn wir hier herumtrödeln und Fragen beantworten.«

Einen langen Moment sahen die beiden Frauen einander an. Wenn die vorgesetzten Offiziere noch am Leben wären, sagte sich Buffy, würde man sie nicht gehen lassen. Aber im Moment, angesichts der vielen Toten und der Hilfe, die sie, Willow und Tara, geleistet hatten, würden die überlebenden Seeleute nicht mehr allzu viel Rücksicht auf das Protokoll nehmen.

Sie hatte Recht.

»Dann gehen Sie. Ich habe sowieso keine Ahnung, was ich in meinen Bericht schreiben soll.«

Buffy nickte ihr dankend zu und verließ mit Willow und Tara im Schlepptau das Dock. Als sie in den Wagen gestiegen waren, drehte sich Tara um und sah Buffy an.

»Wohin fahren wir jetzt?«

»Wir holen die Fotos ab, die ich gestern Nacht gemacht habe«, erwiderte Buffy. »Dann fahren wir zum Hotel Pacifica. Der Rat weiß irgendwas. Und ich will herausfinden, was das ist.«

14

Sunnydale würde zur Hölle fahren. Nicht buchstäblich – noch nicht –, aber wie sich die Dinge entwickelten, würde es vielleicht nicht mehr allzu lange dauern. Es war, als würden sie jedes Mal, wenn sie eine vage Ahnung davon bekamen, was vor sich ging, nur mit neuen Fragen konfrontiert werden. Früher einmal, kurz nachdem sie die Jägerin geworden war, hatte es für sie nur Schwarz und Weiß gegeben. Wenn sie einen Vamp sah, pfählte sie ihn. Kein Problem. Aber so einfach war es inzwischen nicht mehr. Alles war in Grauschattierungen getaucht.

Je mehr sie über ihre kurze Begegnung mit dieser Wächterin, Helen Fontaine, und ihrem grimmigen stummen Partner in der *Magic Box* nachdachte, desto wütender wurde sie. Sie nahmen die Sache so verdammt leicht. Die Moruach waren Monster, deshalb verdienten sie den Tod. Vielleicht war es so. Vielleicht. Aber es fehlte noch immer ein Teil des Puzzles, und Buffy hatte das Gefühl, dass Quentin Travers es kannte.

Nachdem sie den Stützpunkt der Küstenwache verlassen hatten, hatte Tara sie zur Drogerie gefahren. Buffy hatte in der *Magic Box* angerufen und Giles hatte ihr versichert, dass bis jetzt niemand sonst die Symptome der Infektion zeigte, Dawn und ihre Mutter eingeschlossen. Sie widerstand dem Drang, selbst mit ihnen zu telefonieren, denn sie wollte ihre Mom nicht mehr beunruhigen, als es absolut notwendig war. In der Drogerie hatte die Frau hinter dem Tresen fünfzehn Minuten lang darauf bestanden, dass unter dem Namen Summers keine Fotos abgelegt waren, und erst als Buffy mit dem Manager zu sprechen verlangte, fiel ihr wieder ein, dass es für den Buchstaben S *zwei* Kästen gab. Einer war mit *SA-SL* etikettiert und der andere mit *SM-SZ*. Als würde es viele Namen geben, die mit *Sz* anfingen.

Als das geklärt war und Buffy die Drogerie mit den Fotos in der Hand verlassen hatte, versank Sunnydale bereits im Chaos. Sie hatte schon tausendmal gehört, dass sich schlechte Nachrichten schnell verbreiteten, aber noch nie ein so anschauliches Beispiel dafür erlebt. Während sie den Parkplatz verließen, rasten Streifen- und Krankenwagen die Straße hinunter zum Stützpunkt der Küstenwache. Eine Reihe anderer Autos schien ebenfalls sehr schnell dorthin gelangen zu wollen, und Buffy fragte sich, ob es sich dabei um Reporter oder bloß Schaulustige handelte – sie fragte sich außerdem, wie viele von ihnen am Betreten des Stützpunkts gehindert werden konnten und wie viele sich infizieren und in Ägirie verwandeln würden.

Der Gedanke drehte ihr den Magen um. Menschen starben. In jeder Sekunde, die sie verschwendeten, wurden weitere Leute infiziert, transformiert und waren damit dem Tode geweiht.

»Glaubt ihr wirklich, dass Giles und diese weise Frau den Prozess bei Xander umkehren können?«, fragte Buffy vom Rücksitz.

Tara sah sie im Rückspiegel an. Willow drehte sich auf ihrem Sitz um, während sie auf den Highway bogen und Richtung Hotel Pacifica fuhren.

»Wahrscheinlich«, sagte Willow. »Ich wünschte, ich könnte es mit Sicherheit sagen. Aber ... wahrscheinlich.«

In ihrer Stimme lag ein tiefer Schmerz, eine Art Müdigkeit, die Buffy sehr gut nachvollziehen konnte. Sie hatten sich zuerst so auf die Moruach konzentriert, dass ihnen die Ägirie irgendwie weniger wichtig erschienen waren. Aber es hatte keinen

Sinn, darüber nachzudenken. Sie hatten herausgefunden, worin die wirkliche Gefahr bestand. Jetzt mussten sie nur noch feststellen, ob sie es rechtzeitig genug herausgefunden hatten, um etwas dagegen unternehmen zu können.

»Wenn sie den Prozess bei Xander umkehren können ...«, begann Tara, brach dann aber ab.

Sie passierten weitere Streifenwagen und Geschäfte und Parkplätze, die seltsam leer erschienen. Ein Übertragungswagen von Kanal 9 raste mit über hundert Kilometern pro Stunde an ihnen vorbei.

Willow griff über den Vordersitz und nahm Taras Hand. »Das denke ich auch. Vielleicht können die Ägirie geheilt werden. Vielleicht lässt sich der Prozess umkehren.«

»Und die, die wir getötet haben ...«, begann Buffy.

»Denk nicht drüber nach«, sagte Tara nachdrücklich. Obwohl sie die Augen auf die Straße gerichtet hielt, biss sie sich mit gerunzelter Stirn auf die Lippen. »Wir dürfen nicht daran denken. Wir wissen nicht – wir wissen noch immer nicht –, ob man ihnen helfen kann. Sie sind wild ... im Blutrausch. Sie machen mir mehr Angst als die Vampire, weil kein Funke Vernunft mehr in ihnen ist. Nur reine Grausamkeit. Wir haben alles getan, was wir tun konnten, um uns selbst und andere zu schützen. Wenn wir einen Weg finden, sie zurückzuverwandeln, wäre das großartig. Aber bis jetzt haben wir getan, was notwendig war.«

Im Wagen wurde es still. Buffy wollte glauben, dass Tara Recht hatte, doch sie konnte die Worte nicht ganz akzeptieren. Wenn es um Dämonen ging, musste man zuerst handeln und später nachdenken. Aber manchmal war dies die falsche Methode. Was sie wissen wollte, was sie *wirklich* wissen wollte, war, wann sie endlich lernen würde, welche Reaktion in einer gegebenen Situation die richtige war.

Bis dahin würde Buffy ihr Bestes tun müssen. Und manchmal hieß das eben, dass sie Fehler machte.

Aber im Moment konnte sie es sich nicht leisten, noch mehr Fehler zu machen.

Einen Kilometer vor dem Hotel Pacifica passierten sie einen kleinen Konvoi Militärtransporter, die nach Sunnydale fuhren. In El Suerte gab es einen Stützpunkt der Nationalgarde, daher vermutete Buffy, dass die Trucks von dort kamen. Sie fragte sich, ob sich die Lage auf dem Stützpunkt der Küstenwache verschlechtert hatte, ob noch etwas anderes passiert war, ob noch mehr Ägirie aufgetaucht waren. Aber sie wies Tara nicht an umzukehren. Sie hatten keine Zeit für weitere Kämpfe Mann gegen Mann.

Das Hotel lag am Rand eines riesigen Parkplatzes hinter einem Industriegebiet. Der perfekte Ort für Männer und Frauen auf Geschäftsreise. Nachdem Tara geparkt hatte und alle ausgestiegen waren, konnten sie in der Ferne weitere Sirenen hören, und Buffy fragte sich, woher sie kommen mochten. In Sunnydale gab es nicht so viele Streifenwagen.

»Sobald ich mit Travers fertig bin, fahren wir zurück zu Giles. Ich will ihm diese Fotos zeigen, aber hoffentlich weiß er auch, was in der Stadt vor sich geht.«

Buffy übernahm die Führung, als sie die Lobby betraten und zur Rezeption gingen. Der bebrillte Mann dahinter lächelte, als er zu ihnen aufblickte.

»Kann ich Ihnen helfen?«

»In welchem Zimmer finden wir Quentin Travers?«

Der Mann runzelte die Stirn. »Es tut mir Leid, Miss. Wir dürfen diese Information nicht herausgeben. Wenn Sie wollen, können Sie Mr. Travers von einem Haustelefon aus anrufen.« Er wies auf ein weißes Telefon in einer kleinen Nische, die in die Wand der Lobby eingelassen war.

Buffy straffte sich. Sie blähte ihre Nasenflügel und wollte den Mann schon am Revers packen, als Tara ihr eine Hand auf den Arm legte.

»Danke«, sagte Willow hastig zu dem Mann hinter dem Empfangspult. »Das werden wir tun.«

Die Hexen führten Buffy zu dem Haustelefon. Bevor sie es erreichten, erhob sich ein bleistiftdünner Mann mit einem Turban aus einem Sessel in der Lobby und kam zu ihnen herüber.

»Ist eine von Ihnen Miss Summers?«, fragte der Mann.

Buffy blieb stehen und stützte die Hände in die Hüften. »Das bin ich. Für welches Team arbeiten Sie?«

Der Mann lächelte, aber es hatte nichts Freundliches an sich. »Ich bin Tarjik. Mr. Travers dachte sich schon, dass Sie ihm einen Besuch abstatten würden. Bitte folgen Sie mir.« Er ging zum Aufzug, aber kaum hatten sie sich ihm angeschlossen, blieb der Mann stehen, drehte sich um und sah Willow und Tara hochnäsig an.

»Nur die Jägerin.«

»Wissen Sie was ...?«, begann Buffy verärgert. Sie hätte den Kerl am liebsten geschlagen.

»Ist schon gut«, sagte Willow rasch.

Buffy warf ihr besorgt einen fragenden Blick zu.

»Ist schon gut«, wiederholte Willow. »Wir sind große Mädchen. Außerdem können wir uns bei Giles melden und uns über Xanders Zustand und verschiedene andere Aspekte des Chaos informieren lassen.«

»Wir kommen schon klar«, versicherte Tara. »Mach ihn fertig.«

Anya war zwischen Tränen und Entsetzen hin und her gerissen, zwischen dem Bedürfnis, an Xanders Seite zu knien und die Hände zu ringen, und dem Drang, so weit und so schnell wie möglich davonzulaufen. Sie lehnte am Tresen und beobachtete, wie Giles und die Jergens-Frau am anderen Ende des Ladens die Zutaten für ein Elixier zusammensuchten, von dem sie glaubten, dass es die Transformation, die Xander erfasst hatte, rückgängig machen würde.

Sie hatte ihnen gesagt, dass sie sie nicht stören wollte, damit sie in Ruhe arbeiten konnten. Aber es war eine schreckliche Lüge, an die sie selbst nicht glaubte. Die Wahrheit ließ sie innerlich vor Trauer und Zweifel zittern.

Sie liebte Xander. Und das nicht *ungeachtet* seiner gelegentlichen Albernheit, sondern gerade *wegen* ihr. Und wegen hundert anderen Dingen. Buffy und den anderen war es vielleicht nicht bewusst, aber er war die Seele und das Gewissen ihrer kleinen Truppe. Und als der Einzige, der mit Recht von sich behaupten konnte, ein völlig normaler Mensch zu sein, war er auch der Mutigste.

Du bist schrecklich, schalt sie sich selbst. Böse. Geh und setz dich zu ihm. Flüstere ihm zu, dass es okay ist, dass alles wieder gut wird.

Aber Anya brachte es nicht über sich. Ihr Verstand hatte es versucht, hatte versucht, ihre Beine in Bewegung zu setzen, aber ihr Unbewusstes sträubte sich dagegen. Sie hatte diese rauen, schuppigen Teile seiner Haut gesehen, wo die Veränderung eingesetzt hatte. Verzweifelt hatte sie ihn so schnell wie möglich hierher gebracht. Aber sobald sie Zeit gefunden hatte, darüber nachzudenken, es zu verarbeiten, hatte das Entsetzen sie überwältigt.

Als Rachedämon war sie unsterblich oder fast unsterblich gewesen. Seit Tausenden von Jahren hatte sie den menschlichen Männern Schrecken gebracht. Sie hatte absolut abstoßenden körperlichen Verfall nicht nur gesehen, sondern war auch selbst dafür verantwortlich gewesen.

Sie war jetzt sterblich. Im Lauf der Zeit würde sie alt werden und sterben. Aber nicht jetzt. Anya freute sich auf viele Jahre, in denen sie mit ihrer Sterblichkeit umgehen würde – viele Jahre, in denen sie wunderschön ... ihr Körper fest bleiben würde. Die Vorstellung, dass die Seuche oder der Fluch, der Xander befallen hatte, auf sie übergreifen konnte – vielleicht schon auf sie übergegriffen hatte –, hatte sie völlig verstört.

Aber sie verbarg ihre Gefühle. Sie kicherte in den unpassendsten Momenten und hielt sich die Hände vor den Mund, um das Beben ihrer Lippen zu verbergen, sie beobachtete, wie Giles und die Jergens arbeiteten, und sie betete. So seltsam dies auch anmutete, sie betete tatsächlich. Sowohl für Xander als auch für sich selbst.

In Gedanken entschuldigte sie sich wieder und wieder flüsternd bei dem Mann, der sie trotz ihrer Furcht, trotz ihrer Feigheit liebte.

»Anya!«, fauchte Giles.

Ihr Blick war auf Xander gerichtet gewesen, der in der knisternden Kugel aus Magie, die Willow und Tara um ihn erzeugt hatten, auf dem Boden lag. Jetzt lenkte Giles' Stimme ihre Aufmerksamkeit von ihm ab. Der Wächter kniete neben der Frau vom Orden der Weisen auf dem Boden. Jergens, dachte Anya. Aber wie ist noch mal ihr Vorname? Ach ja, Rosanna. Giles hielt ein kleines Gefäß in der Hand – die Art Glas, in das menschliche Kinder kleine Insekten sperrten, um sie zu bewundern oder zu quälen oder beides –, und in dem Gefäß befand sich eine dunkle, schlammähnliche Flüssigkeit, die Blasen warf, als wäre Geschirrspülmittel eine der wichtigsten Zutaten.

»Was? Tut mir Leid, was?«

Giles' Blick wurde sanfter, als würde er ihre geistige Abwesenheit allein ihrer Sorge um Xanders' Zustand zuschreiben. Anya fühlte sich dadurch nur noch schuldiger.

»In dem kleinen Kühlschrank im Trainingsraum steht ein Viertelliter Milch. Bring ihn bitte her, ja?«, sagte der Wächter.

»Milch?«, wiederholte sie, einem Nervenzusammenbruch nahe. »Xanders Haut ... sie blättert ab ... er verwandelt sich in eine Art Monsterfisch, und Sie wollen ...«

»Für das Elixier«, fiel Giles ihr ins Wort. »Der Geruch dieses Zaubertranks ist widerlich, Anya. Das Letzte, was ich im Moment will, ist ein Glas Milch. Es ist eine seltsame Zutat, aber unbedingt notwendig. Würdest du sie also bitte holen?«

Sie starrte ihn an und schüttelte den Kopf. »Tut mir Leid. Tut mir Leid.«

So schnell sie konnte, rannte sie in den Trainingsraum und öffnete den kleinen Kühlschrank. In ihm standen hauptsächlich antialkoholische Getränke und Wasserflaschen sowie das Lunchpaket, das Giles an diesem Morgen mitgebracht und nicht angerührt hatte. Aber dort war die Milch. Sie nahm den Viertelliter und kehrte in den Verkaufsraum zurück. Jetzt, da die seltsame Lähmung sie verlassen hatte, konnte sie sich Xander nähern.

Aber sie sah ihn aus Furcht, wieder die Reptilienhaut zu sehen, nicht direkt an und wagte sich nur bis zu der Stelle, wo Giles und Rosanna ihr Elixier zusammenbrauten. Die Frau nahm Anya die Milch ab, warf einen Blick in das Buch, das aufgeschlagen vor ihr auf dem Boden lag, und goss ein wenig Milch in das Glasgefäß, das Giles vorsichtig in der Hand hielt.

Plötzlich stieg aus dem Glas ein Gestank auf, als wäre die Milch beim Kontakt mit seinem Inhalt sauer geworden – und vielleicht war genau das passiert. Alle drei stöhnten auf und Anya wich sogar einen Schritt zurück.

Schon wieder. Sie entfernte sich schon wieder.

Im nächsten Moment durchmaß sie in neu gewonnener Entschlossenheit den Laden und kniete neben der Kugel aus Energie nieder, die Xander umgab. Sie wagte es noch immer nicht, die Ausschläge an seiner Haut anzusehen, aber sie würde nicht mehr von seiner Seite weichen. Sie liebte ihn. In guten wie in schlechten Zeiten.

Und dies ist definitiv eine schlechte Zeit, dachte sie.

»Nun machen Sie schon«, fauchte Anya. »Heilen Sie ihn.«

Giles und Rosanna wölbten die Brauen und sahen zu ihr auf. Anya fixierte sie mit einem stählernen Blick.

»Wir sind so weit«, erklärte Giles. »Anya, du wirst seine Schultern festhalten und dafür sorgen, dass sein Mund offen bleibt.« Er warf Rosanna einen Blick zu. »Sie können das Suspensionsfeld eliminieren, wenn Sie bereit sind.«

Die Frau lächelte. Ihre schwarzen Haare umrahmten ihr Gesicht, sodass sie selbst nach stundenlanger Konzentration noch attraktiv aussah. Es war widerlich.

»Sie schulden mir eine Uhr«, sagte Rosanna.

Giles lächelte sie an. »Sie können sich eine aussuchen.«

Anya hatte das Knistern zwischen ihr und Giles bemerkt, vor allem die Art, wie Giles Rosanna anhimmelte. Es entnervte sie. Beide sollten sich mehr darauf konzentrieren, Xander zu helfen, statt auf die sexuelle Spannung, die offenbar zwischen ihnen entstanden war. Aber das spielte jetzt keine Rolle mehr. Die Frau löste ihre Armbanduhr vom Handgelenk und ließ sie zwischen ihren Fingern baumeln. Dann hielt sie die Uhr in die Kugel aus magisch erstarrter Zeit, sie blieb zuerst stehen, dann zersplitterte ihr Glas.

Der Zauber war fast gebannt.

»Anya, jetzt!«, rief Giles.

Sie biss sich auf die Lippen und versuchte, den Schauder des Abscheus zu unterdrücken, der sie durchlief, als sie an Xanders Seite auf die Knie sank. Er wand sich jetzt wieder und irgendetwas bewegte sich mit einem feuchten, reißenden Geräusch unter seinem Hemd. Anya packte seine Schultern und Giles legte ihm eine Hand auf die Stirn. Xanders Mund war offen und ein beunruhigendes Gurgeln drang heraus.

Giles kippte das Elixier in seinen Mund.

Xander würgte und schüttelte sich und verdrehte die Augen. Aber die Bewegungen unter seinem Hemd hörten auf. Anya beobachtete ihn mehrere lange, fast unerträgliche Sekunden, bis er endlich tief einatmete und ein kaum hörbarer Laut aus seinem Mund drang, jene Art leises Seufzen, das diesen Lippen entfloh, wenn er schlief. Anya hatte ihn oft beobachtet, während er schlief, um festzustellen, was sie so sehr an ihm faszinierte.

Seine Augen öffneten sich.

»Für das Protokoll«, krächzte Xander. »Dieses Zeug schmeckt wie ...«

»Xander!«, rief Anya. Sie vergaß die Angst um ihre Haut und die schreckliche Seuche, die ihn befallen hatte, schlang die Arme um ihn, drückte ihn an sich und gurrte glücklich.

Er schmiegte sich an sie und ein leises, zufriedenes Grollen stieg aus seiner Brust. »Mein Plan? Wir füllen dieses Zeug in Flaschen ab und heben es auf, bis wir allein sind und öffnen eine Flasche im Boudoir.«

Anya schnurrte. »Hast du gerade Boudoir gesagt?«

»Und ob ich das gesagt habe. Soll ich es wiederholen?«

»Bitte, Gott, nein«, unterbrach Giles mit einem Ächzen.

Anya und Xander blickten auf und sahen Giles und Rosanna über sich stehen.

»Wie fühlst du dich?«, fragte Giles.

Xander kratzte sich an einer der trockenen, schuppigen Stellen an seiner Wange, und sie blätterte ab und enthüllte die darunter liegende neue rosige Haut. »Irgendwie spröde. Aber sonst? Als hätte ich eine Woche lang geschlafen. Wer ist die Braut?«

Anya verpasste ihm einen Klaps auf den Arm, weil er Rosanna bemerkt hatte. Das Telefon klingelte und Giles ging an den Apparat, während Xander und die Frau vom Orden der Weisen einander vorgestellt wurden. Sie unterhielten sich ein paar Minuten, und Xander schien sehr erfreut über ihre feindselige Einstellung gegenüber dem Rat zu sein.

»Ich hasse diese Kerle. Eine Bande aufgeblasener Engländer...« Er warf Giles einen kurzen Blick zu, aber der Wächter telefonierte und hatte ihn nicht gehört. »Nicht dass irgendwas Falsches daran ist, aufgeblasen und Engländer zu sein. Ich schätze, manche kommen einfach besser damit klar als andere.«

Rosanna verschränkte die Arme vor der Brust und nickte weise. »Das stimmt. Der Orden liegt schon seit Jahrhunderten mit dem Rat im Streit. Er besteht aus einer Bande stolzer, arroganter Narren, die zu schnell bereit sind, Blut zu vergießen, obwohl ein paar Nachforschungen und etwas Verständnis das Problem ebenfalls lösen könnten. Im Grunde sind sie Neandertaler. Ich sehe in dem, was derzeit in Sunnydale passiert, eine Chance für uns. Diese Moruach sind genau die Art Kreaturen, über die wir streiten. Ich würde dem Rat gern ein für alle Mal klarmachen, dass seine Strategie falsch ist.«

»Ich würde dafür bezahlen, das zu erleben«, sagte Xander, während er dastand, an seinem Hemd zupfte und zusammenzuckte, als seine Fingerspitzen seinen Bauch berührten. »Ooh, ich bin da irgendwie wund. Am besten denke ich nicht näher drüber nach.«

Giles räusperte sich. Alle drei drehten sich zu ihm um. »Das war Willow. Sie sind in dem Hotel, in dem Quentin Travers wohnt. Nach dem, was Buffy gesagt hat, ist Faith wahrscheinlich auch dort. Buffy glaubt, dass Quentin mehr weiß, als er sagt, und ich muss dem zustimmen. Allerdings habe ich keine Ahnung, was er ihrer Meinung nach enthüllen wird. Ich kenne ihn inzwischen lange genug, um zu wissen, dass er sich nicht einschüchtern lässt. Überlisten ja, aber niemals einschüchtern.«

Die Augen des Wächters verengten sich hinter seiner Brille, und er musterte Rosanna einen Moment lang. »Wissen Sie, Miss Jergens, ich sehe mich in Anbetracht ihres Tonfalls zu der Frage gezwungen, ob es für Sie wichtiger ist, Ihre Rivalen auszustechen, als herauszufinden, wie man die weitere Ausbreitung der Ägirie-Seuche verhindern kann.«

Die Frau starrte Giles an und kniff die Lippen zu einem dünnen Strich zusammen. »Mir gefällt Ihre Unterstellung nicht«, entgegnete sie kühl.

»Das hoffe ich. Während ich mit Willow gesprochen habe, hat sich Ihre Vorgesetzte Miss Johannsen gemeldet. Sie hat mich informiert, dass in einigen Stunden andere Mitglieder des Ordens ankommen und Sie hier treffen werden. In der Zwischenzeit, während ich weitere Nachforschungen über den Ägir anstelle, sollten wir unsere Zeit am besten nutzen, indem wir versuchen, dieses Elixier so wirksam zu machen, dass es auch voll transformierte Ägirie heilt.«

Giles sah Anya und Xander an. »Bevor uns allen Tentakel wachsen.«

Rosanna schob sich noch immer verärgert eine Haarlocke hinters Ohr und hob das Kinn. »Dann sollten wir uns an die Arbeit machen.«

»Ich bin dabei!«, sagte Anya rasch.

»Ich auch. Ich will mich nicht noch mal verwandeln.« Xander legte seinen Arm um Anya.

»Eigentlich«, erklärte Giles und drehte sich zu ihnen um, »habe ich eine andere Aufgabe für euch. Sofern Xander sich dem gewachsen fühlt.«

»Ich? Ich bin so fit wie ein neu geborener Hund. Und irgendwie hungrig, um die Wahrheit zu sagen. Und ... nicht weiter wichtig.« Er wandte verlegen den Blick ab.

Giles ging durch den Laden, griff unter den Tresen und brachte ein Handy zum Vorschein. Er gab es Anya.

Sie hielt es in der Hand und betrachtete es fragend. »Wir bestellen beim Chinesen?«

»Ihr werdet zur alten Highschool gehen«, begann Giles und sah sie nacheinander an. »Ihr sucht euch ein Versteck, von dem aus ihr jedes etwaige Kommen und Gehen beobachten könnt. Wenn es irgendwelche Anzeichen für Moruachaktivitäten gibt, ruft ihr mich sofort hier an. Dann werde ich Buffy informieren oder euch selbst zu Hilfe kommen. Falls sie wirklich versuchen, den Höllenschlund zu öffnen, können wir das unmöglich zulassen, ganz gleich, welche Gründe sie dafür haben.«

Er nahm die Brille ab und rieb sich müde die Augen. »Oh, und beeilt euch«, fügte er hinzu, als er sie wieder aufsetzte. »Nach dem, was Willow mir über die Situation auf dem Küstenwache-Stützpunkt erzählt hat, vermute ich, dass es nicht mehr lange dauert, bis unsere Bewegungsfreiheit in der Stadt ernsthaft eingeschränkt sein wird.«

Anya sah ohne große Begeisterung das Handy an. Derartige Aktionen machten ihr keinen Spaß. Die Vorstellung, mit einer Seeschlange aneinander zu geraten, war ganz und gar nicht verlockend. Aber zumindest hatte sie Xander zurück und ihm wuchsen keine neuen Tentakel.

Solange sie zusammen waren, wusste sie, dass alles gut werden würde.

Buffy fuhr schweigend mit Tarjik im Aufzug nach oben. Die Arroganz des Mannes mit dem Turban machte sie so wütend, dass sie ihn am liebsten geschlagen hätte, aber da er zum Rat gehörte, war dieses Verhalten von ihm zu erwarten. Tarjik führte sie zum Ende eines Korridors im vierten Stock und klopfte laut an der Tür des Zimmers 401. Die Tür wurde fast sofort geöffnet und enthüllte das Gesicht von David Haversham. Der Agent sah, als er zur Seite trat, um sie passieren zu lassen, so glücklich wie Buffys derzeitiger Begleiter aus.

Zimmer 401 war eine Suite. Auf einem runden Tisch an der Rückwand des Wohnzimmers standen zwei Computer. Helen Fontaine lehnte an der gläsernen Schiebetür, die auf einen Balkon führte, ein Handy am Ohr, das fein geschnittene Gesicht von einem besorgten Stirnrunzeln verdunkelt.

Quentin Travers saß hinter einem Schreibtisch und blätterte in irgendwelchen Unterlagen. Er sah älter aus als bei ihrem letzten Zusammentreffen. Sein Haar war noch schütterer geworden, und die dunklen Ringe unter den Augen verrieten, wie erschöpft der Mann war. Aber das verstärkte nur den Eindruck, dass er etwas wusste, das Buffy bisher entgangen war. Travers war in eine Menge gescheiterter Operationen verstrickt gewesen, seit Buffy Jägerin geworden war, und irgendwie hatte er es geschafft, trotzdem seinen Posten zu behalten. Die Schuld an seinem Versagen hatte er Giles und Wesley Wyndam-Price und allen möglichen anderen Leuten gegeben.

Aber als er jetzt zu Buffy aufblickte, lag eine Art gehetzte Verzweiflung in seinen Augen, und sie hatte den Eindruck, dass Quentin Travers Angst davor hatte, sich diesmal nicht schützen zu können.

»Hallo, Buffy.«

»Wow«, sagte Buffy. »Keine Feindseligkeit. Keine verhüllten Drohungen. Kein Versuch, an meinen Fäden zu ziehen. Ich bin fast enttäuscht.«

Travers nahm müde seine Brille ab und musterte sie. »Nur weil ich nicht die Energie habe, Ihnen zu zeigen, wie tief mich Ihr Verhalten enttäuscht. Nun, sofern Sie nicht zur Vernunft gekommen sind und sich entschieden haben, wieder eine Teamspielerin zu werden, muss ich Sie bitten, das Zimmer zu ...«

»Sie sind ein kaltblütiger Hundesohn, nicht wahr?«, unterbrach Buffy. »Ich frage mich manchmal, wer in Wahrheit das Monster ist.«

Travers kniff die Augen zusammen und legte schließlich seine Papiere zur Seite. Er erhob sich hinter seinem Schreibtisch und funkelte sie an. Es war still im Zimmer geworden. Helen löste das Handy vom Ohr und starrte Buffy an. Haversham hatte die Arme verschränkt, aber seine Haltung verriet, dass er auf einen Kampf vorbereitet war, sollte es dazu kommen. Der Mann, der Buffy ins Zimmer begleitet hatte, stand neben der Tür und starrte sie mit offener Feindseligkeit an.

»Miss Summers«, sagte Travers fast liebenswürdig. »Von uns allem in diesem Raum scheinen Sie als Einzige nicht zu wissen, wer die Monster sind. Die Wahrheit ist, dass ich Sie allein aus diesem Grund nicht in meinem Team haben will. Sie würden uns nur behindern.«

»Und deshalb haben Sie Faith geholt«, erwiderte Buffy trocken. »Weil sie immer eine so tolle Teamspielerin gewesen ist.«

»Sie hat eine Menge wieder gutzumachen«, räumte Travers

ein. »Was für Menschen wären wir denn, wenn wir ihr nicht die Gelegenheit dazu geben würden?«

Buffy schüttelte den Kopf. »Es tut mir Leid. Sind Sie es nicht gewesen, der versucht hat, sie zu töten? Sieht aus, als wären wir in dieser Woche alle in versöhnlicher Stimmung. Wissen Sie, ich frage mich, wie Sie die anderen Mitglieder des Direktoriums überzeugt haben, Faith in diese Sache hineinzuziehen. Bei dieser Diskussion hätte ich nur zu gern die Fliege an der Wand gespielt.«

Travers zuckte leicht zusammen, aber Buffy bemerkte es. Und sie verstand.

»Oh, Moment.« Ein Lächeln spielte um ihre Lippen. »Sie wissen es nicht, oder?« Buffy schüttelte amüsiert den Kopf. »Oh, diesmal riskieren Sie wirklich eine Menge. Wenn es funktioniert, toll für Sie. Dann bekommen Sie einen Extrapunkt für Ihre Initiative. Aber wenn nicht ...«

»Wenn was nicht?«, fragte eine verschlafene Stimme.

Buffy sah zum Ende der Suite, wo gerade eine der beiden Schlafzimmertüren aufgegangen war. Faith stand in Jeans und einem übergroßen T-Shirt auf der Schwelle. Sie streckte sich und gähnte, lehnte sich dann an die Wand und verschränkte die nackten Füße.

»He, B. Schön, dass du uns einen Besuch abstattest. Habt ihr beide das Kriegsbeil begraben?« Der Sarkasmus in ihrer Stimme war scharf und schneidend.

Buffy lächelte. »Ich habe mein Kriegsbeil nicht mitgebracht.«

»Eigentlich, Faith«, sagte Travers und wandte seine Aufmerksamkeit der anderen Jägerin zu, »wollte Buffy gerade gehen. Und ich bin froh, dass Sie endlich wach sind. Unsere Lage hat sich inzwischen zugespitzt und wir haben eine Menge Arbeit vor uns.«

Der Blick des Wächters wanderte zu Haversham, der dicht hinter Buffy trat. Dann sah Travers Helen an.

»Sie sollten gehen, Buffy«, sagte die Amerikanerin. »Wenn

Sie nicht mit uns zusammenarbeiten wollen, sind Sie für uns nur ein Hindernis. Es ist wirklich bedauerlich. Wir könnten gemeinsam so viel erreichen.«

»Ein noch größeres Gemetzel anrichten, meinen Sie«, erwiderte Buffy, ohne sie anzusehen. Dann trat sie einen Schritt auf Travers zu. Haversham packte ihren Arm – wahrscheinlich, um sie in den Schwitzkasten zu nehmen –, aber Buffy rammte ihm nur einen Ellbogen in die Brust, sodass eine untere Rippe brach und er röchelnd zu Boden ging.

Buffy blickte auf, um festzustellen, ob Faith eingreifen würde, aber Faith nickte nur beifällig.

»Bitte«, sagte Helen Fontaine. »Wir haben keine Zeit für ...«

Es war, als würden die Worte aus Travers' Mund kommen. Der selbstgefällige, verächtliche Ausdruck auf seinem Gesicht machte Buffy wütend. Sie trat an seinen Schreibtisch und starrte ihn an.

»Statt mich abzuwimmeln, sollten Sie mich anhören, Sie aufgeblasener Arsch. In Sunnydale tobt ein Krieg, aber nicht zwischen Ihnen und den Moruach, sondern zwischen den Moruach und den Ägirie.«

Als sie das letzte Wort aussprach, zuckte Travers erneut sichtlich zusammen. Triumph stieg in ihr hoch, denn er hatte gerade bestätigt, dass er mehr wusste, als er ihr bisher verraten hatte. Doch das Triumphgefühl wich sofort neuerlicher Wut.

»Hören Sie«, sagte Buffy, während ihr Blick von Travers zu Faith und wieder zurück huschte. »Statt sich darauf zu konzentrieren, die Moruach zu töten, sollten Sie vielleicht herausfinden, wie man all diese Leute davon abhalten kann, sich in Monster zu verwandeln. Wenn man die Moruach in Ruhe lässt, werden sie nur Vampire und all die töten, bei denen die bizarre Metamorphose bereits eingesetzt hat. Kümmern Sie sich später um sie. Verhindern Sie, dass sich diese Ägirie-Infektion weiter ausbreitet.«

Travers starrte sie einen langen Moment ausdruckslos an.

Alle anderen im Zimmer richteten ihre Blicke auf sie und warteten auf seine Antwort. Schließlich seufzte er.

»Sie glauben immer, dass Sie uns anderen meilenweit voraus sind«, sagte Travers. »Eine Illusion, die Sie von Ihrem Wächter übernommen haben, denke ich. Mr. Giles war schon immer ein wenig selbstgefällig.«

Buffy bohrte ihre Finger in die Schreibtischplatte, ihr ganzer Körper verspannte sich, als sie den Drang unterdrückte, Quentin Travers auf der Stelle zu Boden zu schlagen.

Travers räusperte sich. »Ihnen ist etwas sehr Wichtiges entgangen, Miss Summers. Die Moruach sind Dämonen. Eine Gefahr für unsere Welt. Sie müssen ausgelöscht werden. Aber wenn das für Sie kein ausreichender Grund ist, denken Sie mal über Folgendes nach. Wenn Sie alle Moruach in Sunnydale töten, wird es hier keine Ägirie mehr geben.«

»Verdammt, Travers«, schrie sie und schlug auf den Schreibtisch. »Was verbergen Sie?«

Faith trat tiefer in den Raum hinein und kam mit geschmeidigen Bewegungen auf sie zu. »He, B. Vielleicht solltest du jetzt abhauen. Wir haben alle dasselbe Ziel. Meinst du nicht, du solltest deine gesunde, heißblütige Wut besser auf die Bösen richten?«

Buffy starrte sie an. Sie musste verärgert zugeben, dass Faiths Einwand berechtigt war. Travers würde ihr nichts erzählen. Sie verschwendete hier nur ihre Zeit, und von allen Leuten hatte ausgerechnet Faith ihr das begreiflich machen müssen.

»Dir gefällt es riesig, ihr gutes Mädchen zu sein, nicht wahr?«, murmelte sie.

Faith grinste, warf ihre Haare zurück und stemmte die Hände in die Hüften. »Nun ja. Es ist ganz angenehm.«

»Vertrau mir«, sagte Buffy. »Es nutzt sich ab.«

Sie machte kehrt und stapfte zur Tür. Tarjik machte ihr Platz. Aber als Buffy die Tür öffnete, standen Willow und Tara auf dem Gang. Sie hatten offenbar gerade anklopfen wollen.

»Buffy! Wir müssen reden«, sagte Willow.

»Was ist los?«, fragte Buffy. Der verängstigte Ausdruck auf dem Gesicht ihrer Freundin ließ sie alle anderen im Zimmer vergessen.

»Ich habe teils gute, teils schlechte Nachrichten«, begann Willow und zappelte nervös, als sie die Größe ihres Publikums bemerkte. »Die gute Nachricht ist, dass Giles Xanders ... Problem behoben hat. Und dass er vielleicht dasselbe für die schwereren Fälle tun kann. Er arbeitet daran.

»Die schlechte?«

Willow holte tief Luft.

»Die Stadt steht jetzt unter Quarantäne, und niemand darf auf die Straße, bis die Anweisung widerrufen wird«, sagte Tara widerstrebend und legte einen Arm um Willow. »Wir sitzen hier fest.«

In Travers' Suite begannen mehrere Stimmen gleichzeitig zu reden. Buffy hörte nicht hin. Sie hatte die Hoffnung aufgegeben, vom Rat irgendwelche Antworten zu bekommen, und blendete sie daher einfach aus. Nach einem kurzen Blick zu Faith, die aussah, als wäre das Ganze für sie eine große Party, trat Buffy zu ihren Freundinnen auf den Gang und zog die Tür hinter sich zu.

Willow wollte sofort etwas sagen, doch Buffy brachte sie zum Schweigen. Sie wollte, wenn sie miteinander sprachen, außer Hörweite der Leute in der Suite sein. So enttäuscht sie von Faith auch war und so sehr sie ihr Verhalten missbilligte – die andere Jägerin schien einfach froh darüber, eine Weile dem Gefängnis entronnen zu sein. Aber sie arbeitete mit Travers zusammen, und deshalb musste Buffy, wie Travers es ausgedrückt hatte, ein Hindernis in ihr sehen. Und das gilt auch für die anderen, dachte Buffy.

Sobald sie im Aufzug und auf dem Weg in die Lobby waren, wandte sich Buffy an Willow und Tara.

»Wie habt ihr mich gefunden?«

Tara lächelte sanft. »Mithilfe der Magie.«

»Außerdem haben wir eine Idee«, sagte Willow hastig.

»Wie wir hier wegkommen?«, fragte Buffy, als die Lichter über der Aufzugtür vom dritten zum zweiten Stock wechselten.

Willow runzelte die Stirn. »Das nicht. Aber ich denke, mit deiner Tarnfähigkeit als Jägerin und unseren Hexenkräften dürfte die gute alte Ausgangssperre kein allzu großes Problem sein.«

»Ich bin verwirrt«, gestand Buffy. »Was ist dann die Idee?«

Taras Gesicht leuchtete auf. »Wir haben uns über Baker McGee unterhalten. Und ... all das, was seiner Crew zugestoßen ist. Wir müssen zu ihm gehen und irgendwie ins Krankenhaus gelangen. Als du uns von Ben Varrey erzählt hast, hast du gesagt, dass er irgendwas vor sich hin gebrabbelt hat ... was an sich nicht verkehrt ist.«

»Nein«, stimmte Willow zu. »Brabbeln ist in Wirklichkeit irgendwie sexy.«

»Außer bei übel riechenden alten Seeleuten«, korrigierte Buffy.

»Iiih«, machte Willow und nickte grimmig. »Richtig.«

Der Aufzug erreichte die Lobby und die Türen glitten auf.

Tara errötete, während sie fortfuhr und ihre Stimme senkte, sobald sie die Lobby betraten. »Aber als er brabbelte, hat er von den Kindern des Meeres oder was auch immer geredet. Von den Moruach. Vielleicht hat er auch die Ägirie gemeint. Aber der Punkt ist, es war, als hätte er ...«

Ihre Hände flatterten, als sie nach dem Wort suchte.

»... kommuniziert«, warf Willow ein. »Als hätte Ben Varrey mit dem Ägir kommuniziert. Und wenn er das konnte und Kapitän McGee infiziert ist, kann er es vielleicht auch.«

Buffy starrte sie an. »Was bedeuten würde, dass er uns vielleicht sagen kann, ob der Ägir wirklich hier ist ... wie er die Leute verwandelt ... und was er überhaupt will.«

Willow nickte. »Mal davon abgesehen, dass wir so auch erfahren können, wo das Seeungeheuer ist und ob es vorhat, Sunnydale zu fressen.«

Buffy sah sich in der Lobby um. Vor dem Empfangspult stand ein einzelner Nationalgardist. Durch die Glastüren an der Frontseite der Lobby konnte sie einen graugrünen Militärjeep erkennen, der draußen parkte.

»Es dürfte interessant sein, wie sie diese ganze Sache interpretieren«, sagte Buffy. Ihr Tonfall war unbeschwert, aber innerlich fror sie. Vor ihrem geistigen Auge sah sie, was aus Sunnydale werden konnte, wenn sie versagte.

Tunguska. Roanoke Island. Area 51. Tschernobyl. Ihr kam nicht zum ersten Mal der Gedanke, dass diese Stätten der Katastrophe und des Mysteriums von anderen Dingen heimgesucht worden waren, als die offiziellen Erklärungen behaupteten. Wenn eine militärische Lösung notwendig – oder überhaupt möglich – war, würde sich Sunnydale in eine Geisterstadt verwandeln.

Der Wasserdampf umhüllte Faith so vollständig, dass sie kaum die Tür der Duschkabine erkennen konnte. Das Wasser rauschte fast kochend auf sie herab. Von allen Dingen, die sie an ihrem kurzen Urlaub vom Gefängnis schätzte, gefiel ihr die Möglichkeit, heiß zu duschen, am besten. Der Geruch der Seife, des Shampoos. Typische Hotelprodukte, doch hinter Gittern gab es keine französische Seife, also konnte sich Faith nicht beklagen. Ihre Schultern waren steif, und sie ließ eine Weile das heiße Wasser über ihren Rücken laufen und ihre Muskeln entspannen.

Fast eine Dreiviertelstunde, nachdem sie die Duschkabine betreten hatte, verließ Faith sie widerwillig wieder. Das Bad war voller Dampf, der Spiegel über dem Waschbecken völlig beschlagen. Sie trocknete sich ab und genoss die Hitze im Badezimmer, die Feuchtigkeit der Fliesen. Sie vermisste bereits die

Nadeln aus heißem Wasser auf ihrer Haut. Aber wenn sie noch länger blieb, würde Travers an die Tür hämmern. Und das war das Letzte, worauf sie Lust hatte. Aber dem alten Mann hätte die kostenlose Peepshow wahrscheinlich gefallen.

Faith lächelte vor sich hin und konnte in dem beschlagenen Spiegel kaum ihr schräges Grinsen erkennen. Sie wickelte sich das Handtuch um den Leib und wandte sich wieder dem Spiegel zu. Ihre Silhouette würde ihr nichts nutzen, wenn sie ihre Haare sehen wollte, während sie sie trocknete, daher öffnete sie die Tür einen Spalt weit, um den Dampf rauszulassen.

Sie konnte die anderen hören. Travers und Fontaine. Sie stritten miteinander, zumindest in dem Maß, wie es zwei Leuten möglich war, von denen der eine für den anderen arbeitete und nicht gefeuert werden wollte. Fontaine gefiel nicht, wie Travers die Dinge handhabe. Es ging auch um Buffy. Und um die Moruach. Und um etwas namens der Ägir.

Faith lauschte.

Sie ließ sich gegen das Waschbecken sinken.

Nach einer Minute streckte sie die Hand aus und schloss so leise wie möglich die Tür. Dann schaltete sie den Fön ein, stellte sich vor den Spiegel und achtete nicht darauf, ob sie ihr Gesicht erkennen konnte oder wie ihre Haare aussahen.

»Hurensohn«, stieß sie zwischen zusammengebissenen Zähnen hervor.

Wie es aussah, würde sie früher als erwartet ins Gefängnis zurückkehren müssen.

15

Buffy rannte geduckt über das Dach der *Magic Box* und achtete sorgfältig darauf, von der Straße aus nicht gesehen zu werden. Sie ließ sich auf den Bauch fallen, kroch zum Rand des Daches und blickte über die Innenstadt von Sunnydale. Es waren viele Autos zu sehen, aber bis auf ein paar Krankenwagen, die ohne Sirenen, still wie Geister, durch die Stadt fuhren, bewegten sie sich nicht. Vor dem *Sun Cinema* parkten ein Jeep und zwei grüngraue Truppentransporter- verbotenerweise, wie Buffy bemerkte, doch sie glaubte nicht, dass heute irgendwer Strafzettel verteilen würde.

Soldaten standen verstreut an den verschiedenen Straßenecken, einige redeten miteinander, andere wirkten nur gelangweilt. Dieses Viertel war nicht der Brennpunkt des Geschehens. Ja, dachte Buffy, aber versuch mal, das den Leuten zu erzählen, die im *Espresso Pump* festsitzen, bis diese Sache vorbei ist. Denn es befanden sich Leute im *Espresso Pump*. Sie drückten sich an die Tafelglasfenster und beobachteten die Soldaten und die ansonsten menschenleeren Straßen. Sie erinnerten Buffy an die verloren aussehenden jungen Hunde im Schaufenster der Tierhandlung.

Diese ganze Quarantänegeschichte kam mehr als nur ein wenig ungelegen, aber in wenigen Stunden wurde es dunkel und dann würde es ihr viel leichter fallen, sich unbemerkt zu bewegen. Buffy wusste, dass es bis dahin so am besten sein würde. Wenn sie die Leute von den Straßen fern halten konnten, würde das die Ausbreitung der Ägirie-Infektion verlangsamen. Sie versuchte, nicht daran zu denken, wie viele Leute sich bereits angesteckt haben mochten und sich vielleicht schon verwandelten. Fast alle Menschen, die ihr wichtig waren, hatten in irgendeiner Form Kontakt mit den Ägirie gehabt. Sie fröstelte bei der Vorstellung, dass einer von ihnen zu einem dieser Wesen werden und sich körperlich und geistig verändern würde. Und sie fragte sich, ob sie die Tatsache, die Jägerin zu sein, davor schützte, sich ebenfalls anzustecken.

Sie wandte sich mit einem letzten Blick von der stillen Straße unter ihr ab und schlich über das Dach zur Rückseite der *Magic Box*. Eine schmale Gasse führte dort entlang, von der aus sie die Tür des Trainingsraums im hinteren Teil des Ladens erreichen konnte. Sie hatte sich zuerst nach Hause begeben, um nach Mom und Dawn zu sehen. Dort schien alles in Ordnung zu sein, niemand hatte irgendwelche Anzeichen von Amphibienakne gezeigt. Buffy hatte gezögert, bevor sie wieder gegangen war – sie hätte sich viel lieber mit ihnen hingesetzt und sich einen Film angesehen und Mikrowellenpopcorn und Eis genascht, während sich andere um das Chaos kümmerten – aber das war ein Teil ihrer Aufgabe als Jägerin. Sie war diejenige, die sich mit dem Wahnsinn befassen musste. Die Snacks würden warten müssen.

Obwohl es in der Gasse hinter dem Laden still war, verharrte sie am hinteren Rand des Daches, um sich zu vergewissern, dass niemand in der Nähe war. Dann sprang sie über den Rand und landete mit einem Ächzen auf dem Straßenpflaster. Schnell und lautlos begab sie sich zu der Tür, die in den Trainingsraum führte, und klopfte. Es war laut, aber das ließ sich nicht vermeiden. Buffy drückte sich an das Gebäude und sah sich um, ob jemand sie gehört hatte.

Nach ein paar Sekunden schwang die Tür auf. Giles sah ein wenig müde und zerzaust aus, doch er lächelte, offensichtlich erleichtert, als er sie erblickte. Buffy schlüpfte hinein, und Giles schloss die Tür hinter ihr und verriegelte sie. Erst dann bemerkte die Jägerin, dass Rosanna Jergens in der offenen Tür zur Vorderseite des Ladens stand.

»Ist das nicht gemütlich?«, sagte sie, als sie Giles die Fotos reichte, die sie in der Drogerie abgeholt hatte. »Sie beide genießen die Quarantäne?«

Giles sah sie böse an. »Schwerlich.«

Buffy ließ ihr Lächeln verblassen. »Wir haben im Moment für Scherze nichts übrig, was? Aber wenigstens haben Sie beide einen Weg gefunden, die hässliche Haut zu beseitigen, die sich unbesonnene Leute einfangen.«

»Es ist ein Anfang, aber es wird nichts nutzen, wenn niemand auf uns hört. In Kürze werden wir den Punkt erreichen, wo wir Ihre Freunde und deren Familien schützen können, doch ansonsten wird sich die Ägirie-Infektion weiter ausbreiten«, erklärte Rosanna.

»Was unternehmen wir dagegen?«, fragte Buffy grimmig.

»Kein Grund zur Sorge«, sagte Giles und sah Rosanna stirnrunzelnd an. »Es ist im Grunde nur eine Frage der Zeit. Ich habe das Büro des Bürgermeisters, das Büro des Gouverneurs und das Hauptquartier der Nationalgarde in El Suerte angerufen. Früher oder später wird jemand zurückrufen.«

Buffy starrte ihn an. »Und dann wollen Sie ihnen erzählen, dass Sie den Zauber haben, den sie brauchen, um die Leute zu heilen? Und was tun wir, wenn man Sie einsperrt?«

»Eigentlich ist es kein Zauber«, erwiderte Rosanna. Sie ging tiefer in den Raum und setzte sich auf einen Stuhl neben dem schweren Sandsack, an dem Buffy oft trainierte. »Sicherlich klingen die Zutaten für einen Laien reichlich seltsam, aber alles hängt davon ab, wie man die Ingredienzien beschreibt. Wir analysieren gerade die chemischen Bestandteile, damit sie weiter experimentieren können.«

»Weitere Experimente sind noch immer notwendig«, fügte

Giles hinzu. »Wir haben es geschafft, Xander zu heilen, aber wir brauchen etwas mehr Zeit, bis wir die Menschen impfen können. Doch bald ist es so weit. Dann müssen wir zum Handeln bereit sein. Du wirst zu diesem Zeitpunkt das Heilmittel zu Dawn und deiner Mutter bringen müssen.«

»Ich werde mir vom Chaos freinehmen«, versprach Buffy. »Bald, richtig?«

»Ja, bald.«

»Nun, das ist eine Erleichterung«, sagte Buffy und klopfte sich auf den Bauch. »Hier werden keine Tentakel wachsen.« Dann runzelte sie die Stirn und sah Giles an. »Was ist mit den Ägirie, den Leuten, die sich bereits verwandelt haben?«

Der Blick des Wächters wanderte einen Moment zu Rosanna, dann sah Giles wieder Buffy an. Seine Blässe und die grimmige Miene verrieten ihr, dass er keine gute Nachricht für sie hatte. »Wir sind nicht ganz sicher. Gewiss ist die Metamorphose ab einem bestimmten Punkt unumkehrbar. Aber ohne Experimente lässt sich unmöglich sagen, wann es zu spät ist.«

»Ich fürchte, mehr können wir nicht tun«, warf Rosanna ein.

Buffy blickte scharf auf, überrascht von dem aufrichtigen Bedauern in der Stimme der Frau. Obwohl sie in diesen Tagen mehr der Philosophie des Ordens der Weisen als der des Rates zuneigte, hatte sie diese Leute im Geiste als eine Bande gefühlskalter Automaten abgetan. Zum ersten Mal sah sie in Rosanna eine Person und keine Angehörige des Heeres aus Wächtern und Weisen und Initiative-Soldaten, die mehr daran interessiert waren, das Böse zu sezieren als zu besiegen, Leute, die für den Ruhm kämpften und nicht, weil es das Richtige war.

»Danke«, sagte Buffy. »Es ist eine Schande, dass der Rat sich nicht die Zeit nimmt, nach Antworten zu suchen, weil er meint, alles bereits zu wissen.«

Rosanna sah erfreut aus. Sie nickte. »Ganz meine Meinung. Es ist mir eine Ehre, mit Ihnen zu arbeiten. Ich habe mich schon immer gefragt, wie viel mehr der Orden erreichen könnte, wenn eine Jägerin in unserem Team wäre. Wir würden Ihre Fähigkeiten nicht wie der Rat verschwenden, so viel ist sicher.«

Buffy fühlte sich bei dem Lob ein wenig unbehaglich, aber Rosanna hatte Recht. Was auch immer der Orden vorhatte, er schien bei weitem nicht so kleinlich und herrschsüchtig wie der Rat zu sein.

»Ja«, sagte Giles trocken, »und wenn man bedenkt, dass es über achthundert Jahre her ist, seit es zum letzten Mal passiert ist, bin ich sicher, dass der Orden die Demütigung des Rates in der weltweiten Gemeinschaft der Zauberer genießen wird, falls sich ihm eine weitere Jägerin anschließt.«

Buffy ließ ihren Blick verblüfft zwischen Giles und Rosanna hin und her wandern. Ihr Wächter hegte zweifellos bittere Gefühle gegenüber dem Rat, aber sie hatte nicht gewusst, dass er auch Vorbehalte gegen die Weisen hatte. Rosanna versteifte sich leicht, doch ihre Reaktion verriet Buffy, dass Giles' kaum verhohlene Kritik sie nicht überraschte.

»Sie können denken, was Sie wollen, Mr. Giles. Ich habe nicht versucht, Buffy abzuwerben. Ich habe nur einem Wunsch Ausdruck verliehen. Ist das ein Verbrechen? Travers und seine dressierten Affen denken, dass sie eine Art Jihad führen. Sie sind auf dem Kreuzzug, um alle Nichtmenschen vom Angesicht der Welt zu fegen. Der Orden will die so genannten Dämonenrassen studieren, von ihnen lernen, um mit ihnen zu einer Einigung zu gelangen, damit wir alle aufhören können, uns gegenseitig abzuschlachten.«

»Hören Sie«, sagte Buffy, »genau genommen ist es wirklich ein Kreuzzug. Es gibt einen Grund, warum ich die ›Jägerin‹ genannt werde.«

Rosanna seufzte. »Ja, ich weiß. Umso bedauerlicher ist es.«

»Bei Ihnen klingt es, als wären wir in Nordirland oder so«, erwiderte Buffy verärgert. »Okay, nicht alle Monster sind technisch gesehen monströs, nicht alle Dämonen sind richtig dämonisch, aber die meisten schon, oder? Ich würde sogar sagen, dass sie ›böse‹ sind, ein Wort, das ich von Ihnen noch nicht gehört habe.«

»Es gibt unter den Menschen Krieg führende Gruppen, die ihre Feinde als ›böse‹ bezeichnen. Ihr eigenes Land tut es. Das ist nicht gerade neu.«

Buffy sah sie an und schüttelte den Kopf. »Das soll wohl ein Witz sein«, murmelte sie.

Giles trat an ihre Seite, und beide starrten Rosanna an.

»Ihnen ist natürlich klar, dass wir die Versuche sehr vieler Dämonen und anderer Wesen mit ... bösen Absichten ... erlebt haben, die Menschheit auszulöschen? Dass wir uns mit zahllosen Morden und so vielen anderen Schrecken befassen mussten, dass es uns schwer fallen dürfte, sie alle aufzulisten? Die Unterstellung, dass wir ohne zu überlegen Wesen abschlachten, die nicht böse, sondern nur traurig und missverstanden sind, ist nicht nur haltlos, sondern auch beleidigend.«

Rosanna starrte ihn an. Plötzlich wirkten ihre fein geschnittenen Gesichtszüge überhaupt nicht mehr attraktiv. »Und die Strategie des Rates ist dem weit überlegen, nehme ich an? Sogar bewundernswert?«

Giles zögerte. »Das habe ich nicht gesagt.«

»Mr. Giles, Buffy, die Römer sagten dasselbe, was Sie jetzt sagen, über die Karthager. Die Byzantiner sagten es über die Türken. Die amerikanischen Kolonisten sagten es über König George und die amerikanischen Ureinwohner sagten es über die Kolonisten. Es geht immer nur um Land. Konflikte um einen Streifen Erde. Früher haben die Dämonen diese Welt beherrscht. Jetzt tun es die Menschen, und die früheren Besitzer wollen sie zurück haben. Deshalb befinden wir uns im Krieg. Damit verbringt der Rat seine Zeit, auch wenn er es nicht immer so nennt.

Die Menschheit und die Dämonenrassen befinden sich im

Krieg. Wir töten. Wir trauern. Wir kämpfen um jeden Quadratzentimeter Land. Warum? Weil sie unsere Kultur nicht verstehen und wir nicht die ihre.«

Buffy warf die Hände hoch. »Oder vielleicht, weil sie *böse* sind?«

Rosanna setzte ein bekümmertes Gesicht auf. »Es gibt viele Dämonenrassen, die sehr friedlich und weise sind. Es gibt andere, die barbarischer sind. Der Orden der Weisen will sie alle studieren, in der Hoffnung, dass sich eines Tages alle Rassen die Welt in Frieden teilen. Wir haben die Weisheit gewählt, Buffy.

Und im Krieg gibt es keine Weisheit.

Zugegeben, selbst wir sind manchmal gezwungen, Gewalt anzuwenden. Aber sie ist niemals unsere erste Wahl. Ich bezweifle, dass der Orden die Dienste der Jägerin schlechter nutzen könnte, als es der Rat getan hat.«

»Wissen Sie was?«, erwiderte Buffy scharf. »Die Einzige, die die Dienste der Jägerin nutzt, ist die Jägerin. Wenn die Moruach keine Gefahr für die Menschen darstellen – wenn sie die Leute hier in *Selbstverteidigung* getötet haben – und sie in ihre kleinen unterseeischen Höhlen oder was auch immer zurückkehren wollen, großartig. Ich werde ihnen auf dem Weg nach draußen die Tür aufhalten. Ich töte nicht zum Vergnügen.

Es ist nett, dass Sie so idealistisch und alles sind, aber hier draußen in der realen Welt *töten* Monster die Menschen oder *verwandeln* sie in Monster. Und es tut mir Leid, wenn das für Sie nicht politisch korrekt ist, doch ich werde mich jedes Mal auf die Seite der Menschen schlagen.«

Rosanna starrte Buffy und Giles mehrere Sekunden lang an, wandte sich dann ohne ein weiteres Wort ab, ging zurück in den Verkaufsraum und ließ sie allein. Buffy drehte sich zu Giles um und sah, dass seine Stirn nachdenklich gerunzelt war. Er war offenbar tief besorgt.

»Was halten Sie davon?«, fragte Buffy.

Giles seufzte. »Sie hat einige interessante Punkte angesprochen.«

Buffy blinzelte. »Aber sie ergeben keinen Sinn.« Sie trat an den schweren Sandsack und schlug in schneller Folge auf ihn ein. Ihre Frustration verriet sich mit jedem Schlag.

»Ihre Einwände schon. In einer perfekten Welt ...«

»Es ist keine ...«, unterbrach Buffy ihn, während ihre Faust wieder den Sandsack traf. Dann sah sie ihn an. »Es ist keine perfekte Welt. So zu tun, als wäre sie es, führt nur zu Enttäuschungen ... und möglicherweise zum Verlust von Gliedmaßen. Wir tun nur unser Bestes, Giles. Und wir passen gegenseitig auf uns auf.«

Auf seinem Gesicht erschien ein mattes Lächeln. »Das stimmt.«

Buffy schlug knurrend erneut auf den Sack ein, wirbelte herum und versetzte ihm einen wuchtigen Tritt. Giles hatte endlich das Päckchen mit den Fotos geöffnet, die sie mitgebracht hatte, und sah sie sich an. Er überflog rasch ein halbes Dutzend oder so, zögerte und betrachtete eins genauer.

»Oh Gott.«

Buffy verharrte und warf ihm einen Blick zu. »Löwen und Tiger und Bären?«

»Nicht direkt«, erwiderte Giles. Er wandte die Augen nicht von dem Foto. »Wie ich aufgrund deiner Beschreibung schon vermutet hatte, dienen die seltsamen geometrischen Symbole der Anrufung der Großen Alten. Die Moruach sind wahrscheinlich ihre Nachkommen, eine Spezies, die von ihnen abstammt. Die Markierungen oder Runen, die sie umgeben, sind Teil der Zauberformel.«

»Um den Höllenschlund zu öffnen?«, fragte Buffy.

»In der Tat«, bestätigte Giles. Dann blickte er endlich zu ihr auf. »Aber sie versuchen nicht, die Apokalypse auszulösen oder die Großen Alten zur Erde zurückzubringen.«

Die Jägerin senkte ihre Fäuste und sah ihren Wächter fragend an. »Warum öffnen sie dann den Höllenschlund?«

Giles betrachtete wieder das Foto.

»Sie versuchen nach Hause zu kommen.«

Spike bewegte sich unbehaglich im Schlaf, zog die Knie an wie ein Fötus und stöhnte leise. In seinen Träumen glitten dunkle Gestalten durch Schatten, entstiegen glänzend und tropfend dunklen Flüssen und drangen auf ihn ein. Ihre Schuppen kratzten rau über seine nackte Haut.

Selbst im Schlaf war die Kombination aus Entsetzen und Erregung beinah mehr, als er ertragen konnte. Er wollte sie, er wollte, dass sich die Königin um ihn schlang und ihn zermalmte, bis seine Knochen brachen und zu Staub zermahlen wurden, er wollte seine Fänge in ihr fauliges Fleisch schlagen, obwohl er wusste, dass der Geschmack ihres Blutes ihn mit Übelkeit erfüllen würde.

Der Ekel riss ihn aus dem Schlaf.

Seine Augen öffneten sich flatternd, und sie stand drohend vor ihm in der Dunkelheit. Spike schrie auf und rollte zur Seite, fiel aus dem Bett und sprang mit geballten Fäusten auf, bereit, mit ihr zu kämpfen, sie in Stücke zu reißen, sie zu …

Er blinzelte. Was ihm in den verwirrenden Momenten des Erwachens wie eine riesige, drohende Gestalt, eine Moruach, erschienen war, war gar kein Monster. Es war ein Mensch. Zierlich. Weiblich. Seine Augen gewöhnten sich an die Dunkelheit.

»Zum Teufel, Jägerin«, zischte er. »Ich hätte fast einen Herzanfall bekommen.«

Buffy verschränkte die Arme und lächelte amüsiert. Er hätte ihr am liebsten den Kopf abgerissen. Er hätte es vielleicht auch getan, wäre da nicht das kleine Problem mit dem Chip in seinem Gehirn gewesen, der sengenden Schmerz durch seinen Kopf schicken würde, wenn er es wagte.

»Ein Herzinfarkt ist so gut wie unmöglich, wenn du keinen Herzschlag hast, Spike. Warum bist du so schreckhaft? Schlechte Träume?«

Spike funkelte sie an. »Es geht dich zwar nichts an, aber ja.«

»Wovon träumen Vampire überhaupt?«

Ein Grinsen teilte sein Gesicht. »Möchtest du das wirklich wissen?«

»Wenn ich näher darüber nachdenke – lieber nicht.«

»Du könntest meine Träume auch nicht ertragen«, sagte Spike bedächtig. »Wahrscheinlich würdest du nur den Verstand verlieren.«

»Bestimmt sogar«, nickte Buffy. »All diese verschwitzten, halb nackten Seifenopern-Tussis würden mich in den Wahnsinn treiben.«

Der Vampir lächelte spöttisch, stand auf und schlang die Decke um seinen nackten Oberkörper. »Ich kann dich schon jetzt nicht mehr ertragen, dabei bist du erst zwei Minuten hier. Was willst du, Jägerin?«

»Wir haben eine Verabredung, schon vergessen?«

Ein Schauder durchlief Spike, und er wandte sich ab, ging zu einem Stuhl und hob seine Hose auf. Er ließ die Decke fallen, und Buffy wandte hastig den Blick ab.

»Hast du kein Schamgefühl?«, fauchte sie.

»Ja, das habe ich«, knurrte er. »Aber das hat dich nicht daran gehindert, hierher zu kommen.«

Spike wusste sehr gut, warum sie hier war. An diesem langen, viel zu warmen Tag hatte er nur unruhig geschlafen, sich hin und her gewälzt, während die Moruachkönigin in seinen Träumen geflüstert hatte, böse und grausam und gefährlich, aber gleichzeitig auch irgendwie verführerisch. Er war nicht sicher, was ihn mehr abstieß – seine Furcht vor ihr oder die Anziehungskraft, die sie auf ihn ausübte. Spike versuchte sich einzureden, dass es an dem Einfluss lag, den die Moruach auf die Vampire hatten, die sie jagten. Vielleicht war es ein Pheromon oder etwas anderes, das sie verströmten und das die Vampire erregte und einlullte.

»Eine Menge Leute sterben, Spike. Die Moruach töten sie nicht, aber ich denke, sie wissen vielleicht, was dafür verantwortlich ist und was man dagegen tun kann.«

Der Vampir zog den Reißverschluss seiner Jeans zu. Bei dem Geräusch drehte sich Buffy wieder zu ihm um und er starrte sie an.

»Du glaubst wirklich, dass diese Wesen dir helfen werden?«, fragte er.

»Vielleicht. Vielleicht können wir im Gegenzug etwas für sie tun«, sagte die Jägerin. »Aber das können wir nur erfahren, wenn wir sie fragen. Um das zu tun, muss ich sie finden. Und du bist der einzige Bluthund in der Stadt.«

Er wollte ihr sagen, dass sie verschwinden, ihn allein lassen sollte. Oder dass er ihr helfen würde, die Moruach zu finden, aber dass sie anschließend auf sich allein gestellt sein würde. Doch Spike sagte weder das eine noch das andere. Als er und die Königin miteinander kommuniziert hatten, sofern man das überhaupt so nennen konnte, hatten sie eine Art unterschwellige Telepathie benutzt. Er vermutete, dass sie keine Sprache hatten, oder wenn doch, eine, die Buffy nicht verstehen würde. Die Jägerin brauchte ihn.

Nicht dass ihn das irgendwie interessierte.

Im Grunde konnten die Moruach und die anderen Seeungeheuer so viele Menschen fressen, wie sie wollten – sie konnten aus ihnen ein regelrechtes Sunnydale-Büfett machen –, er würde sie nur darum beneiden. Aber er musste die Königin wieder sehen, von Angesicht zu Angesicht, und wenn er sich selbst damit nur bewies, dass er es ertragen konnte. Wenn am Ende dabei herauskam, was Buffy sich wünschte, schön. Wenn er die Moruachkönigin töten musste, nun, auch das war ihm recht.

»Also gut.« Spike griff nach einem Hemd, streifte es über und knöpfte es zu. »Machen wir uns an die Arbeit. Lass den Hund von der Leine.«

Tara saß still auf einem Aluminiumstuhl, dessen Sitzfläche und Rückenlehne mit Kunstleder bezogen waren, und fragte sich, wie es jemand längere Zeit auf diesem unbequemen Ding aushalten konnte. Nur die Liebe zu einem der Patienten oder absolute Verzweiflung hätten sie auf diesem Sitz halten können. Im Moment traf Letzteres zu, denn der Stuhl stand neben dem Krankenhausbett von Baker McGee. Der alternde Fischer war in ein Privatzimmer im Sicherheitsflügel des Krankenhauses verlegt worden, wo man seine Handgelenke mit gepolsterten Gurten gefesselt hatte, offenbar um ihn daran zu hindern, sich selbst zu verletzen.

Oder sich die Haut abzureißen.

McGees Epidermis war abgeblättert. Darunter konnte Tara die schuppige, fischähnliche Haut sehen, die nachwuchs, um das zu ersetzen, was den Mann einmal menschlich gemacht hatte. Sein Unterleib bewegte sich noch nicht. Nichts deutete auf das Wachstum der Tentakel hin, aber sie wusste, dass es nur eine Frage der Zeit war.

So saß sie am Bett des ruhig gestellten Mannes und weinte um ihn, vergoss Tränen der Trauer um die unerfüllten Möglichkeiten der Jahre, die dem freundlichen, sanftmütigen Mann genommen worden waren. Tara hatte ihn kaum gekannt, dennoch hatte sie McGee für eine gute Seele gehalten. Während sie dasaß, wollte sie mehrmals seine Hand ergreifen, tat es im letzten Moment aber doch nicht. Sie hatte sich noch nicht infiziert. Zumindest glaubte sie das. Wenn es eine Möglichkeit gegeben hätte, ihn zu trösten, ihm zu verstehen zu geben, dass sie bei ihm war, hätte sie alles darangesetzt.

Aber was, wenn sie sich bei ihm ansteckte? Wie infektiös war diese Krankheit? Sicher, Giles und die Frau vom Orden der

Weisen hatten einen Weg gefunden, sie im frühen Stadium zu stoppen und sogar umzukehren. Und sie hatten es für Xander bereits getan. Aber das bedeutete nicht, dass Tara auch nur die ersten Symptome der Metamorphose spüren wollte.

Nein.

Sie saß mit den Händen im Schoß da und beobachtete McGee mit neuem Bedauern. Doch diesmal galt es ihr selbst, dem Widerwillen, den sie empfand, und ihrer Furcht. Von Zeit zu Zeit sah sie zu dem kleinen, rechteckigen Fenster in der Zimmertür hinüber. Es war mit einem Drahtgitter versperrt, genau wie die Fenster sämtlicher Türen im Sicherheitsflügel. Die Pfleger, Ärzte und Schwestern mussten in der Lage sein, einen Blick in das Zimmer zu werfen, bevor sie eintraten, nur für den Fall, dass ein Patient die Kontrolle über sich verloren hatte. Soweit Tara dies feststellen konnte, hatte bis jetzt niemand hineingesehen.

Sie hätte es allerdings auch kaum mitbekommen, wenn jemand es getan hätten.

Es war nicht so, dass sie unsichtbar war. Willow hatte nach dem Verlassen des Hotels einen Zauber gewirkt, der sie ... unverdächtig machte. Das bedeutete nicht, dass die anderen Menschen sie nicht sehen konnten, sondern nur, dass sie sie nicht beachteten. Der Zauber funktionierte wie entgegengesetzte magnetische Pole. Die Leute wandten einfach den Blick ab und gingen achtlos an ihr vorüber. Sie *konnten* sie sehen. Sie *wollten* es nur nicht.

Die durchaus unheimliche Ironie dabei war, dass sich Tara schon ihr ganzes Leben so gefühlt hatte. Nicht *unsichtbar*. Nur *unbeachtet*.

Willow hatte das geändert. Ein Lächeln huschte über Taras Gesicht, als sie an sie dachte. Einfach dadurch, dass sie ihre Freundin war, sie liebte, sie beachtete, hatte Willow Tara irgendwie in eine Welt geführt, von der sie vorher kein Teil gewesen war. Es war, als würde die Sonne zum ersten Mal auch für sie scheinen. Es war wundervoll, aber es hatte auch seine Nachteile.

Ein Teil der Welt zu sein, bedeutete, an ihr zu teilzunehmen, und darauf war sie nicht vorbereitet gewesen. Sie hatte früher nie teilnehmen, eine Meinung haben, ihren Beitrag leisten müssen. Natürlich wollte Tara ihren Beitrag leisten, aber sie hatte so viele Jahre damit verbracht, sich still zu verhalten, und noch immer kostete es sie Kraft, das Wort zu ergreifen und Aufmerksamkeit auf sich zu lenken. Sie arbeitete noch immer hart daran.

Willow gab ihr alle Zeit der Welt. Und obwohl es eine Weile gedauert hatte, bevor sie spürte, dass auch Buffy und die anderen sie bemerkten, war auch das für sie in Ordnung. Sie war daran gewöhnt. Jetzt, da sie es taten, gaben sie ihr ebenfalls Raum zum Wachsen. Als sie in der Grundschule gewesen war – sie wusste nicht mehr, in welchem Jahr –, hatte der Lehrer eine Blumenzwiebel in einen mit Erde gefüllten Milchkrug gepflanzt und ihn auf die Fensterbank gestellt. Jeden Tag, wenn die Kinder eintrafen, gingen sie an dem Fenster vorbei und sahen nach, ob die Zwiebel einen Trieb entwickelt hatte. Tara hatte sich ein wenig wie diese Blumenzwiebel gefühlt.

Aber das war schon okay.

Sie runzelte die Stirn, etwas machte ihr plötzlich Sorgen. Das Bild dieses Milchkrugs, des winzigen grünen Triebs, der aus der Erde hervorschaute, war angenehm gewesen. Aber jetzt starrte sie auf die trockenen Flecken abblätternder Haut in Baker McGees Gesicht, und das Erinnerungsbild nahm eine neue, hässliche Bedeutung an. Tara wurde übel und sie wandte sich ab.

Baker McGee verwandelte sich ebenfalls in etwas Neues. Und hier war sie, saß an seiner Seite und beobachtete, was aus ihm wurde.

Tara fröstelte, schlang die Arme um sich und fragte sich, was Willow so lange aufhielt. Sie war nach draußen gegangen, um Giles anzurufen und ...

»*Er naht*«, flüsterte Baker McGee.

Sie richtete sich ruckartig auf ihrem Stuhl auf, ihr Herz hämmerte in der Brust, und starrte den ans Bett geschnallten Mann an. Seine Stimme war ein trockenes Krächzen, das ihr die Frage aufdrängte, welche Veränderungen sich in seinem Mund, seiner Kehle, seinem Körper abspielen mochten. Aber auf den Überresten seines Gesichts machte sich ein ekstatisches Lächeln breit.

»Was?«, sagte Tara und beugte sich ein Stück vor. »Ist es der Ägir, Mr. McGee? Der Ägir kommt?«

Der alte Mann zuckte beim Klang ihrer Stimme zusammen. Er wusste, dass sie da war, trotz der Beruhigungsmittel und seines Deliriums.

»Er ... naht ...«, krächzte McGee wieder. »Er ruft uns. Ja. Wir kommen. Wir versammeln uns an der Küste, wo sich die Brut von Kyaltha'yan versteckt. Wir müssen in der Brandung knien ... wir müssen ihm huldigen ... uns opfern. Dann wird er sich erheben und uns befehlen.«

Tara zögerte. Schluckte hart. »Was wird er uns befehlen?«, fragte sie.

»Die Brut von Kyaltha'yan wird vernichtet werden.«

Baker McGee öffnete die Augen, als würden seine Lider nach oben gedrückt werden. Sein Blick war tot und glasig ... die Augen quollen aus den Höhlen. Er zuckte nicht einmal zusammen, als seine Augäpfel platzten und herausfielen, wie Schlangenhaut, die abgeworfen wurde, und riesige schwarze, glänzende Pupillen enthüllten.

Und er *sah* sie an.

Tara schrie, schüttelte den Kopf und fuchtelte mit den Händen, während sie zur Wand zurückwich. Es war zu viel ... all das war einfach zu viel, und es hatte ihr Nervenkostüm zerrüttet. Hysterisch drehte sie ihr Gesicht der Wand zu und versuchte, den Atem anzuhalten und ihren Herzschlag zu verlangsamen.

Als sie McGee wieder ansah, durchweichte Blut die Brustseite seines Krankenhauspyjamas, und darunter wanden sich Dinge. Er stemmte sich gegen die Gurte, die ihn ans Bett fesselten, und einer der elektronischen Monitore, an die er angeschlossen war, piepte alarmiert.

Sekunden vergingen, dann sprang die Tür auf. Ein Pfleger stürzte herein, starrte voller Entsetzen das Blut und McGees Augen und die Tentakel an, die seinen Pyjama zerrissen, machte dann kehrt, stürzte zurück auf den Korridor und schrie um Hilfe.

Tara biss sich auf die Lippe, um nicht ebenfalls loszuschreien. Tränen traten in die Winkel ihrer Augen, langsam ging sie zur Tür und in den Korridor. Sie passierte den aufgelösten Pfleger in einem halben Meter Abstand, doch er bemerkte sie nicht einmal. Der Tarnzauber funktionierte noch immer perfekt. Niemand würde sie beachten, wenn sie schrie. Niemand außer ...

»Tara!«

Willows Stimme hallte von den gekachelten Wänden wider. Tara spähte den Korridor hinunter und sah, wie sie sich ihr lächelnd von den Münztelefonen her näherte. Überall tauchten Krankenschwestern auf. Zwei Pfleger drängten sich an Willow vorbei und rannten zu McGees Zimmer. Aber sie schenkten Willow ebenso wenig Aufmerksamkeit wie Tara.

»Ich habe mit Giles gesprochen«, sagte Willow atemlos, als sie zu Tara eilte und ihre Hand ergriff. »Sie hatten Recht. Das Elixier, das sie benutzt haben, um Xander zu heilen, wird bei allen Infizierten wirken, solange die Metamorphose noch nicht abgeschlossen ist. Er hat bereits mit der Nationalgarde gesprochen. Natürlich werden sie das Elixier analysieren, um sicherzugehen, dass es nicht nur irgendein Obstkuchen ist, aber dann ...«

Tara starrte sie mit aufgerissenen Augen an, doch Willow war so aufgeregt, dass sie es noch nicht bemerkt hatte. Jetzt ließ ihre Begeisterung nach und das Lächeln verblasste, sie starrte Tara an und umklammerte beide Hände ihrer Freundin.

»Es ist zu spät, nicht wahr?«, sagte Willow leise.

Tara nickte. »Ja, das ist es. Für Kapitän McGee.«

Sie sanken einander auf dem Korridor des Krankenhauses in die Arme, während es um sie herum von panischen Schwestern und Ärzten und Pflegern wimmelte. Die beiden Hexen schmiegten sich aneinander, während sich die Welt um sie herum drehte und nichts von ihrem Kummer ahnte, als wären sie gar nicht da.

Tara fror trotz der Wärme von Willows Körper. Sie wollte den Zauber aufheben, wollte gesehen werden. Obwohl sie wusste, dass sie unverdächtig bleiben mussten, wenn sie sich frei in Sunnydale bewegen wollten, verspürte sie in diesem Moment nur den Wunsch, wieder ein Teil der Welt zu sein, ein Teil des Lebens um sie herum. Obwohl sie Willow in den Armen hielt, fühlte sie sich schrecklich allein.

»Ich ...« Sie schluckte hart und kämpfte die Traurigkeit nieder. »Ich denke, ich weiß es. Wo der Ägir a-auftauchen wird. Er r-ruft sie. Die Ägirie. Sie sind alle ... alle ...«

Sie fröstelte. Willow brachte sie zum Schweigen und strich ihr übers Haar, flüsterte leise in ihr Ohr und bedeckte ihr Gesicht mit kleinen Küssen. Tara verschmolz mit ihr, und plötzlich war es in Ordnung, dass sie auf diesem belebten Korridor im Grunde allein waren. Mehr als nur in Ordnung. Willow konnte ihre Traurigkeit und ihr Entsetzen nicht vertreiben, aber sie konnte es ihr leichter machen.

Und das tat sie.

Der Pazifik brachte einen tropischen Wind, der über den Kamm des Kliffs blies, das sich über das Meer erhob. Buffy schmeckte Salz auf ihren Lippen. Ihr Haar war nach hinten gebunden, aber eine lose Strähne peitschte ihr ins Gesicht. Sie ignorierte sie, bemerkte sie kaum. Ihre Aufmerksamkeit war allein auf das riesige, weitläufige Herrenhaus gerichtet, das vor ihr aufragte.

»Hier?«, fragte sie zweifelnd.

Neben ihr klopfte Spike eine Zigarette aus der Packung, angelte sie mit den Lippen heraus und zündete sie mit seinem Feuerzeug an. Er nahm einen tiefen Zug, bevor er antwortete.

»Hier.«

Die Jägerin schüttelte den Kopf. »Das ergibt keinen Sinn. Sieh dir das Haus an. Es muss Millionen wert sein. Das Grundstück allein ...«

»Ja. Sieht wie der Zufluchtsort eines Kinostars aus den Zwanzigern aus«, stimmte Spike zu. »Aber denkst du, ich würde wie ein verdammter Trottel durch diese Stadt laufen, wenn ich nicht Witterung aufgenommen hätte? Und die führt genau hierher.«

Spike zog wieder an der Zigarette. Die Spitze glühte in der Dunkelheit, ein winziges Leuchtfeuer in der Nacht, das seltsame orangefarbene Schatten auf sein Gesicht warf. Als er sie wieder senkte, zitterte seine Hand. Buffy starrte den Vampir an, der zusammenzuckte und schnüffelte und sein Gewicht von einem Fuß auf den anderen verlagerte, wie ein Junge, der Angst hatte, sein Traummädchen zum Abschlussball einzuladen. Die Worte entschlüpften ihrem Mund, bevor sie auch nur die Chance hatte, sie abzuwägen.

»Du hast Angst«, sagte sie erstaunt.

Sein Gesicht veränderte sich augenblicklich. Er fletschte die Zähne und blähte wütend die Nasenflügel auf. »Quatsch«, sagte er und schnippte ihr die Zigarette ins Gesicht.

Buffy fing die brennende Kippe mit der Hand auf, ohne darauf zu achten, dass die Asche ihre Haut versengte. Sie ließ sie fallen, trat sie mit dem Absatz aus und starrte ihn an. Zu jedem anderen Zeitpunkt hätte sie ihn dafür niedergeschlagen, doch seine Furcht hielt sie zurück. Spike hatte ihr von der Wirkung erzählt, die die Moruach auf Vampire hatten, aber es war beunruhigend, sie mit eigenen Augen zu sehen.

Er funkelte sie gnadenlos an, zu stolz, um den Blick abzuwenden. Schließlich war es Buffy, die den Blick senkte und dann wieder zu dem Haus hinübersah.

»Was sollen wir jetzt tun? Einfach anklopfen?«

»Ich glaube nicht, dass sie öffnen wird. Wenn du rein willst, dann geh rein«, sagte Spike gedehnt, hob das Kinn und starrte das drohend aufragende Haus trotzig an.

Sie, dachte Buffy. Ich glaube nicht, dass sie öffnen wird. Sämtliche Zweifel, die sie am Wahrheitsgehalt von Spikes Geschichten über seine vergangenen Begegnungen mit der Moruachkönigin gehegt haben mochte, waren plötzlich zerstoben.

»Dann lass uns gehen.«

Doch als sie sich dem Haus zuwandte, rührte sich Spike nicht von der Stelle. Buffy funkelte ihn an. »Kommst du?«

»Ich bin direkt hinter dir«, erwiderte der Vampir, aber er steckte seine Hände in die Taschen und musterte sie. »Ich will vorher nur etwas klarstellen. Du weißt, dass die Leute, denen dieses Haus gehört, tot sind, ja? Ich meine, wir können mit Sicherheit davon ausgehen, dass die Moruach nicht vorher nachgesehen haben, ob die Bewohner im Urlaub sind. Wenn sie das Haus übernommen haben, dann deshalb, weil es ihren Zwecken dient.«

In Buffys Magengrube bildete sich ein harter Knoten, trotzdem nickte sie. »Sie sind wahrscheinlich tot, ja.«

»Und sie haben die Leute im Dex getötet, nicht wahr? Die Moruach.«

Buffy nickte erneut.

»Also warum willst du sie schonen?« fragte Spike. »Du wirst doch nicht etwa weich, oder?«

Sie blickte an dem Haus hoch. Alle Fenster waren bedrohlich dunkel. »Die Leute, die im Dex gestorben sind ... das kann in Selbstverteidigung geschehen sein. Sicher, in leicht übertriebener Selbstverteidigung, doch die Moruach sind keine Menschen, nicht wahr? Es ist, als wären ein paar Löwen aus dem Zoo entkommen. Sie sind gefährlich, aber sie sind nicht böse.

Im Gegensatz zu dem Ägir und den Leuten, die infiziert wurden und aus purer Mordlust jeden töten, der ihnen über den Weg läuft. *Das* ist böse. Aber die Moruach sind bloß Tiere. Sie sind nicht bösartig. Sie wollen nicht das Reich der Hölle auf Erden errichten. Sie wollen nur nach Hause. Denk immer daran, Spike. Wir sind nicht hier, um diese Wesen zu töten. Ich will nur, dass sie Sunnydale verlassen.«

Spike streckte sich, drehte den Kopf ein wenig und spannte die Muskeln im Nacken an, als würde er sich auf einen Kampf vorbereiten. »Oder vielleicht liegt es nur daran, dass du nicht tun willst, was der Rat von dir verlangt.«

»Das könnte etwas damit zu tun haben.«

Buffy näherte sich der Vorderseite des Hauses. Diesmal blieb sie nicht stehen, um sich zu vergewissern, dass Spike ihr folgte. An einer Seite der Tür verkündete eine Plakette, dass es sich um das WILLIAM-TALISKER-HAUS handelte, erbaut 1881. Sie hatte noch nie von Talisker gehört, doch sie vermutete, dass er, wenn er noch immer in dem prachtvollen alten Haus spukte, neue Gesellschaft bekommen und dass die Moruach die derzeitigen Besitzer getötet hatten. Wie sollte sie mit den Moruach verhandeln, wenn das der Fall war? Die Antwort kam in dem Moment, als ihr die Frage in den Sinn kam.

Ich kann es nicht, dachte sie. Wenn die Moruach die Besitzer des Talisker-Hauses massakriert hatten, konnte ihr niemand einreden, dass sie sich dabei bloß verteidigt hatten. Das würde die Lage entscheidend ändern.

Das Problem war, sie war sich sicher, dass die Moruach die Mittel kannten, die die Ägirie unschädlich machen würden. Vor ihrem geistigen Auge tauchte ein Bild von Quentin Travers auf. Er hatte gesagt, dass man die Ägirie aufhalten konnte, wenn man alle Moruach tötete, und er hatte wahrscheinlich Recht damit. Wenn der Ägir hinter den Moruach her war und diese anderen Monster erschuf, um sie zu jagen, war es einfach. Töte die Moruach. Dann verschwindet der Ägir. Aber das würde die

Ausbreitung der Ägirie-Infektion vielleicht nicht verhindern. Und es würde ihr nicht die Antworten liefern, die sie suchte.

»Also?«, drängte Spike mit heiserer Stimme.

In Buffy kämpften widersprüchliche Gefühle miteinander, aber sie würde nichts erreichen, indem sie bloß hier herumstand. Auf der Vordertreppe des Talisker-Hauses holte sie tief Luft und trat die Tür ein. Sie flog krachend auf, das Schloss splitterte aus dem Rahmen, und Buffy marschierte, dicht gefolgt von Spike, in das schattige Innere des Hauses.

Das Foyer war dunkel und bis auf das Echo ihres gewaltsamen Eindringens und das Ticken einer Standuhr an der Wand still. Die Teppiche waren glatt, die Wände unversehrt. Das Haus war anscheinend verlassen, was der modrige Geruch zu bestätigen schien, der sich in Häusern sammelte, in denen die Fenster zu lange bei warmem Wetter geschlossen gewesen waren.

Buffy warf Spike einen fragenden Blick zu. Er schüttelte den Kopf.

»Sie sind hier«, flüsterte er mit bebender Stimme. Aber diesmal drückte das Beben eher Hunger als Furcht aus. »Ich kann sie riechen.«

Buffy glaubte sie jetzt ebenfalls riechen zu können. In der Luft lag ein unangenehm feuchter, salziger Gestank, den sie früher schon gerochen hatte, und darunter das vage Aroma von etwas Fauligem. Dennoch war der Raum leer, das Haus still.

Die Stille wurde plötzlich von einem Chor schriller Schreie durchbrochen, und die Schatten erwachten zum Leben. Aus allen Zimmern glitten Moruach ins Foyer und bewegten sich so schnell, dass Buffy sie nicht zählen konnte. Mehrere kamen die große Treppe herunter, und von dem Kronleuchter über ihren Köpfen löste sich eine riesige, schlangenähnliche Gestalt und brachte die Kristalle zum Klirren. Mächtige flache Köpfe zuckten, während die Wesen zischten und mit ihren Aalleibern am

Boden schlängelnd auf sie zukamen. Quartette aus schwarzen Augen funkelten sie und Spike an.

Die Moruach gingen zum Angriff über.

Es gab keinen Fluchtweg. Buffy stürzte sich auf die Seeschlange, die ihr am nächsten war. Während sie ihre mächtigen Kiefer öffnete und nach ihrem Gesicht schnappte, duckte Buffy sich und rammte ihr die Faust in die Brust. Die Moruach gab ein gequältes Winseln von sich, als sie gegen das Geländer am Ende der Treppe prallte und mit dem Schwanz peitschte, als würde sie Halt suchen. Andere Moruach drangen auf Buffy ein, zu viele, zu schnell. Sie verlor Spike aus den Augen, aber sie konnte ihn irgendwo zu ihrer Rechten, unweit des vorderen Salons des weitläufigen Hauses, brüllen hören. Irgendetwas krachte. Glas splitterte.

»Ich dachte, du kannst mit diesen Wesen reden!«, schrie Buffy ihm zu.

Aber sie erhielt keine Antwort und fragte sich, ob Spike bereits von den Monstern bezwungen worden war. Vampire waren eine Delikatesse für sie, das hatte Spike selbst gesagt. Buffy fluchte lautlos. Offenbar hatte sie nur die Pizzabotin für diese Wesen gespielt.

Sie waren ohne Waffen gekommen, aus Furcht, dass die Moruach ihnen nicht glauben würden, dass sie friedliche Absichten hatten, wenn sie bewaffnet auftauchten. Wie dumm, dachte Buffy jetzt. Aber für Reue war es zu spät.

Drei Moruach stürzten sich gleichzeitig auf sie. Buffy wich den zuschnappenden Kiefern eines Monsters aus, das sie von oben ansprang, während sie im gleichen Moment nach dem Kopf eines anderen trat, das sie geduckt attackierte, den Bauch am Boden. Seine Zähne splitterten.

Das dritte Monster furchte mit seinen Klauen ihren Rücken, und Buffy schrie vor Schmerz auf und stolperte zurück. Die nächste Kreatur erwartete sie bereits, und im Stillen versuchte sie zu berechnen, wie viele von ihnen sich im Haus befinden mochten. Der einzige Gedanke, der ihr kam, war *genug* – genug, um sie umzubringen.

Buffys Hände schossen nach vorn, sie packte die Kiefer der Moruach, die sie mit ihren rasiermesserscharfen Klauen ergriffen hatte, doch das Monster schüttelte sie einfach ab. Sein Schwanz pfiff durch die Luft und traf sie so hart am Rücken, dass der Schlag ihr wahrscheinlich das Rückgrat gebrochen hätte, wäre sie nicht die Jägerin gewesen. Sie prallte gegen die Standuhr, die schrill in ihren Ohren klingelte, als die Glasabdeckung des Zifferblatts zersplitterte und das ganze schwere Gehäuse zur Seite kippte und krachend auf dem Boden aufschlug. Sie ging mit der Uhr zu Boden, landete auf dem Gehäuse und schnitt sich an den Glasscherben die Handflächen auf.

Sie blickte gerade rechtzeitig auf, um zu sehen, wie sich eine weitere Moruach auf sie stürzte. Buffy rollte über die Scherben aus gesplittertem Glas, die sich in ihre Kleidung und Haut bohrten, sodass die Blutstropfen im Dutzend aus ihrer Haut quollen.

Dann war sie wieder auf den Beinen und stellte sich ihnen erneut entgegen – sie sah sich in eine Ecke gedrängt, aber dort war augenblicklich der sicherste Ort für sie. Es gab keinen Fluchtweg. Die Moruach hatten ihren Angriff, als sie sahen, dass sie in der Falle saß, vorübergehend eingestellt. Jetzt umzingelten sie sie, wobei sich einige aufrichteten und andere sich dicht am Boden hielten. Grausige Silhouetten im Dunkeln, Schatten in den Schatten. Während sich Buffys Augen an die Lichtverhältnisse gewöhnten, schienen sich die Moruach wie flüssige Dunkelheit zwischen den Lanzen aus fahlem Mondlicht zu bewegen, die durch die verhangenen Fenster fielen. Buffy zählte mindestens achtzehn, und noch mehr kamen die Treppe herunter. Viel mehr.

Sie straffte sich. *Warum hältst du dich zurück?*, fragte sie sich, wütend auf sich selbst. *Schlag dich nach draußen durch,* wo du Platz zum Kämpfen hast, und töte sie alle. So schnell sie auch waren und wie viel Angst und Entsetzen sie ihr auch einflößten, sie wusste, dass sie gegen sie kämpfen konnte. Sie würden sie vielleicht töten, doch es war gut möglich, dass sie vorher alle erledigen konnte.

Lange Minuten verstrichen – obwohl sie nicht sagen konnte, wie viele es waren, da die Standuhr zerbrochen auf dem Boden lag. Waren es fünf Minuten? Zehn? Sie konnte diese Frage ebenso wenig beantworten wie die, was die Moruach zurückhielt, warum die Monster nicht einfach über sie hergefallen waren und sie in Stücke gerissen hatten. Buffy hatte keine Ahnung, worauf die Kreaturen warteten, aber sie nutzte die Zeit, jede Sekunde, um ihre Optionen zu überdenken. Wie beim Schach versuchte sie, ihre Züge so weit voraus wie möglich zu planen, versuchte, einen Weg zu finden, sie alle ohne Rückendeckung und ohne Waffen auszuschalten, das Haus, seine Zimmer und die Einrichtung zu ihrem Vorteil zu nutzen.

Ganz gleich, wie sie es betrachtete, die Antwort war immer dieselbe. Wenn sie im Haus blieb, war sie erledigt.

Die Moruach sammelten sich in einem Halbkreis um sie. Buffy spannte ihre Muskeln an, bereit, über sie hinwegzuspringen und zu einem der großen Fenster im Foyer zu rennen. Sie würde ihre Reihen durchbrechen und den Kampf auf dem Kliff austragen. Einige von ihnen vielleicht über den Rand treiben. Wenn es ihr gelang, das Haus zu verlassen, hatte sie eine Chance.

Plötzlich rissen die Moruach gleichzeitig ihre Mäuler auf und heulten ihren schrecklichen ozeanischen Gesang. Buffy zuckte zusammen, verengte die Augen und wich zurück. Sie wollte sich die Ohren zuhalten, wagte aber nicht, ihre Deckung zu öffnen.

Dann hörte es auf und sie spürte, wie ein dünner Blutfaden über ihr Ohrläppchen rann und auf ihren Hals tropfte.

Etwas Schweres polterte die Treppe herab. Mehr als nur ein

Etwas. Die Moruach zogen sich zurück und machten den Neuankömmlingen Platz, Schlangen, die zwei schwere Bündel aus Bettlaken hinter sich herzerrten. Und in die Bettlaken eingewickelt, die Augen vor Entsetzen aufgerissen, waren ein menschlicher Mann und eine Frau. Der Mann drehte ihr den Rücken zu, aber die Augen der Frau weiteten sich, als sie Buffy sah, und sie schrie auf.

»Oh Jesus, oh Gott, tun Sie etwas! Helfen Sie uns! Sie werden uns fressen!«

Buffy atmete tief durch, starrte die Frau ungläubig an und musterte dann die Moruach. Ihr Blick huschte zurück zu den Gefangenen. »Wissen Sie, ich glaube nicht, dass sie das tun werden. Wer sind Sie?«

»Polly ... Polly Haskell«, stammelte sie. Ihr Gesicht war von Tränen und Schweiß und dem Staub aus dem Raum verschmiert, in dem die Moruach sie gefangen gehalten hatten.

»Ist das Ihr Haus?«

Die Frau verriet mit keinem Anzeichen, dass Buffys Worte ihr irgendwelchen Trost bereiteten, aber sie nickte, während ihre Blicke bei jedem Rascheln und Schnauben der Moruach hin und her irrten.

Die Jägerin bewegte sich unbehaglich. »Tut mir Leid wegen dem Durcheinander, das wir angerichtet haben.«

Plötzlich bewegten sich die Moruach wieder und drehten sich synchron zu dem Salon um. Die Kreatur, die aus dem Raum kam, war größer und dünner als ihre Artgenossen. Ihre Augen wirkten irgendwie intelligenter, aber auch grausamer, als sie das Maul weit aufriss. Reihen rasiermesserscharfer Zähne glitzerten im fahlen Mondlicht. An der Art, wie sich die Kreaturen bewegten und die flachen Köpfe neigten, konnte Buffy erkennen, dass dies ihre Königin war.

Sie hatten die Besitzer des Hauses nicht getötet. Die einzigen Menschenleben, die sie genommen hatten, waren die Wachmänner im Dex gewesen, die zu verhindern versucht hatten, dass sie Ben Varrey töteten. Sie hatten getötet. Aber sie waren keine Mörder. Das war ein feiner Unterschied, der in einem richtigen Krieg vielleicht keine Rolle gespielt hätte.

Doch dies war kein richtiger Krieg. Hier ging es ums Überleben.

»Eure Majestät«, sagte Buffy und richtete sich auf.

In diesem Moment folgte Spike der Moruachkönigin aus dem Salon und knöpfte seine Jeans zu. Sein Hemd war zerrissen und er blutete aus Schnitten an den Armen und der Brust. Sein Gesicht wies tiefe Kratzer auf und sein Haar war zerzaust.

Er lächelte, als er Buffy ansah. Dann brachte er seine Zigaretten zum Vorschein, zündete hastig eine an und schob die Packung und das Feuerzeug in seine Tasche zurück.

»Die Verhandlungen sind beendet, Jägerin. Was steht als Nächstes auf dem Programm?«

Buffy fand kaum Zeit zu registrieren, was sich hier ereignet hatte, oder ihre Abscheu angesichts der schrecklichen Bilder vor ihrem geistigen Auge zu unterdrücken, denn vor dem Haus heulte ein Motor auf. Reifen kamen quietschend zum Halten, Autotüren wurden geöffnet und zugeschlagen.

Einen Moment lang starrte sie Spike an, dann fiel ihr Blick wieder auf die Moruachkönigin. Das Monster streckte einen Arm aus und fuhr mit seinen Klauen über Spikes Kinn, als wollte es ihm in der nächsten Sekunde den Kopf abreißen, aber die Geste hatte gleichzeitig etwas Zärtliches. Dann sah die Königin Buffy an, herrisch und brutal, mit düsterer Intelligenz, und glitt auf ihrem mächtigen Schlangenleib auf die Jägerin zu.

Die Königin winkte Richtung Tür, und die Moruach entfernten sich. Buffy zögerte nur eine Sekunde, bevor sie zur Frontseite des Raumes eilte und durch die offene Tür nach draußen spähte. Im Mondlicht konnte sie fünf dunkle Gestalten erkennen, die sich dem Talisker-Haus von einem SUV aus näherten, der an der Seite der Auffahrt parkte. Sie waren nur Silhouetten.

Zwei weibliche und drei männliche. Einer der Männer trug einen Turban.
Und sie erkannte eine der Frauen am Gang.
Faith, dachte Buffy.
Alle waren bewaffnet.
Sie waren gekommen, um Krieg zu führen.

16

Auf der Straße rollte ein Wagen vorbei. Aus dem Lautsprecher dröhnte irgendein klassischer Rocksong und ließ klirrend die Fenster erbeben. Obwohl Xander und Anya weit von der Straße entfernt waren, konnten sie die Musik deutlich hören. Die Nacht war hereingebrochen, und Xander hatte schon immer das Gefühl gehabt, dass Schallwellen im Dunkeln weiter trugen. Seine Annahme entbehrte jeder wissenschaftlichen Grundlage – und wenn sie doch eine hatte, kannte er sie nicht –, aber so lautet Xander Harris' Theorie Nummer 417.

Er hatte das Gefühl, von ihrem Standpunkt aus jedes Geräusch in einem Umkreis von einem Kilometer hören zu können. Jedes Hundegebell, jeden Streit, jede zuschlagende Tür, sogar das unmissverständliche Klacken von einigen Jugendlichen, die einen Block weiter Skateboardstunts versuchten. Der Wind war stärker geworden und rüttelte an dem Maschendrahtzaun, der die Überreste der Sunnydale High umgab – für Xander war es der Leichnam der Schule. Selbst aus der Ferne konnte er im Pfeifen des Windes das Ächzen der Ruinen hören.

Er und Anya saßen in der obersten Reihe der nicht überdachten Zuschauertribüne des verlassenen Footballstadions neben der Schule. Sie hatten einen freien Blick auf drei Seiten der Schule. Die vierte Seite – jene, die sie nicht sehen konnten – war von der Straße aus, die an der Schule entlangführte, durch den Maschendrahtzaun deutlich sichtbar. Sie hatten sich gesagt, dass die Moruach wahrscheinlich nicht von dieser Seite kommen würden.

Xander war bereit, das Risiko einzugehen, zumal es praktisch keine andere Stelle gab, an der sie sich verstecken konnten. Nirgendwo sonst hatten sie einen derartigen Überblick über die Schule, nirgendwo sonst bot ihnen ein Müllcontainer oder ein abgestorbener Baum oder ein Transformatorkasten die Deckung, die sie brauchten, um Giles' Überwachungsauftrag auszuführen. Die einzige andere Option bestand darin, in der Schule auf das Auftauchen der Moruach zu warten. In der verfallenen, ausgebrannten Ruine, die sie jeden Moment lebendig begraben konnte. Wie ernst die Krise auch sein mochte, Xander bezweifelte, dass Giles dies von ihnen erwartete.

»Irgendwie unheimlich, nicht wahr?«, fragte Anya mit leiser Stimme.

Xander lehnte sich über die Rückwand des Stadions, mit dem Rücken zum Spielfeld, und blickte auf die Überreste der Schule hinunter. Seine verletzte Schulter schien fast taub zu sein, aber er hielt den Arm in der Schlinge weiterhin dicht am Körper. Anya war neben ihm, hatte die verschränkten Arme auf die Wand gelegt und stützte ihr Kinn auf.

»Was ist?«, fragte Xander, während er die Ruinen nach irgendeinem Anzeichen von Bewegung absuchte und nach anderen Lauten als dem unheimlichen Ächzen lauschte, das der Wind verursachte, während er durch das zerstörte Gebäude strich.

»Vor nicht allzu langer Zeit war es anders. Die Schule war noch eine Schule. Hier fanden richtige Sportveranstaltungen statt. Du warst ein liebenswerter Verlierer und nicht der unverwüstliche männliche Sexprotz, der du jetzt bist. Es ist noch nicht lange her, da war ich ein Dämon.«

Xander sah sie besorgt an. »Okay, sag mir bitte, dass du den guten alten Tagen nicht wirklich nachtrauerst. Denn was mich angeht, ich singe Hosiannas, dass die ewige Qual der Highschool endlich ein Ende gefunden hat.«

Anyas Miene wurde weicher. »Überhaupt nicht. Es waren keine guten alten Tage. Obwohl einige ganz in Ordnung waren.« Ihr Blick kehrte zu der verfallenen, geschwärzten Ruine zurück. »Ich habe mir nur gedacht, dass wir uns ohne die Sunnydale High nie kennen gelernt hätten. Und wie traurig es doch ist, dass ihr sie in die Luft jagen musstet.«

Xander lächelte überrascht. »An, du bist schwermütig. Du bist eine schwermütige Frau.«

Anya schürzte schmollend die Lippen. »Du ziehst mich auf«, sagte sie verdrießlich. »Du weißt, wie sehr es mich stört, auf den Arm genommen zu werden. Es sei denn, es geht dabei um Sex.«

»Nein. Ich nehme dich nicht auf den Arm.«

Sie hob den Kopf und sah ihm in die Augen. »Also ist Schwermütigkeit eine gute Sache?«, fragte sie zweifelnd.

»Absolut. Es ist süß und romantisch und mädchenhaft – auf eine besondere ›Yep-ich-bin-eine-zähe-ehemalige-Dämonenbraut-mit-einem-Geheimnis-die-geknuddelt-werden-will‹-Art.«

Anya zog eine Braue hoch. »Wird das Knuddeln von anstrengenderen und schweißtreibenderen Ausdrücken gegenseitiger Liebe und Anziehung begleitet?«

Xander lächelte. »Zänkisches Weib. Immer zu einer verbalen Verführung bereit.«

Er ergriff sie mit der freien Hand und zog sie an sich. Anya schlang ihre Arme um ihn und schmiegte sich an ihn, während sie ihn küsste und sanft an seiner Unterlippe nibbelte. Trotz seiner überstandenen Krankheit – oder vielleicht wegen dem Elixier, mit dem Giles ihn geheilt hatte – fühlte er sich besser als irgendwann in den letzten Tagen. Eine sonderbare Energie durchströmte ihn, und er freute sich darauf, dass Buffy schließlich einen Weg finden würde, das neueste Böse zu bezwingen, damit er und Anya ...

Sie schob ihn von sich. »Xander. Deine Schulter.«

Er runzelte einen Moment die Stirn und verstand dann, was sie beunruhigt hatte. Xander sah neugierig nach seinem linken Arm und der Schlinge. Er hob die rechte Hand und betastete vorsichtig das Schlüsselbein, das er sich bei seinem Surfunfall am Wochenende gebrochen hatte, und seine Augen wurden riesengroß.

»Hu«, brummte er. Er bewegte zögerlich die Schulter und zog den Arm aus der Schlinge. Xander krümmte die Finger, streckte langsam den Arm ganz aus und ließ versuchsweise die Schulter rotieren.

»Tut es nicht weh?«, fragte Anya und starrte ihn erstaunt an.

Er streckte sich erneut. »Eigentlich fühle ich mich großartig. Muss eine Nebenwirkung des Heilmittels sein, das Giles mir gegeben hat. Das soll nicht heißen, dass ich mich noch mal in ein schwarzes Lagunenmonster verwandeln will, um das auszuprobieren, aber ich fühle mich wirklich cool.«

Er löste die Schlinge vom Hals und wollte sie auf die Tribüne werfen, aber Anya riss sie ihm aus der Hand.

»Warte«, sagte sie geflissentlich, während sie sie zusammenfaltete und in die Gesäßtasche ihrer beigefarbenen Hose schob. »Vielleicht können wir die später noch gebrauchen.«

Xander warf ihr einen skeptischen Blick zu. »Meinst du? Wofür konnte man dieses Ding schon...« Er brach ab und starrte sie mit offenem Mund an. »Oh. Oh-oh.«

Sie lächelten abermals. Wir grinsen uns an wie zwei Idioten, dachte Xander, obwohl ihn das nicht im Geringsten störte. Aber noch während er diesmal beide Arme um seine Freundin legte, erregte ein Geräusch seine Aufmerksamkeit. Er sah sich um, blickte ungefähr in die Richtung, aus der es gekommen war, und wartete darauf, dass es erneut ertönte. Die Skateboardkids übten noch immer, aber das war es nicht, was er gehört hatte. Eine Frau rief nach ihrem Hund, der offenbar weggelaufen war. In der Ferne war das leise Brummen von Autos zu vernehmen.

Dann erklang es erneut, und ein Schauder überlief ihn. *Klink, klink-klink.*

»Der Zaun?«, flüsterte Anya.

Er nickte und duckte sich, dann wich er zur Wand an der Rückseite des Stadions zurück. Die Heilung seines Schlüsselbeins war eine Überraschung, aber außerdem ein außergewöhnlicher Segen. Wenn sie kämpfen ... oder, was wahrscheinlicher war, davonlaufen mussten ... würde er sich schneller bewegen können.

Sie standen zusammen in der Dunkelheit auf dem obersten Rang der Tribüne und blickten hinunter auf den Schulrasen. Es könnten die Kids sein, dachte Xander. Skateboardpunks, die die Straße verlassen haben, um etwas Neues auszuprobieren. Früher war er einer von ihnen gewesen, obwohl er auf dem Skateboard nie so gut gewesen war, wie er gehofft hatte.

Xanders Augen suchten die Dunkelheit ab, aber er sah nichts. Im Stillen begann er zu zählen, ein stummes Sekunden-Tick-Tack von dem Moment an, als er das letzte Rütteln am Zaun vernommen hatte. Es war nicht der Wind, so viel stand fest, aber er vermutete, dass es auch ein Passant gewesen sein konnte, der den Zaun im Vorbeigehen gestreift hatte. Es konnte eigentlich alles Mögliche gewesen sein.

Anya bohrte ihm einen Finger in die Rippen und Xander zuckte zusammen, blieb aber stumm. Er sah sie an, bemerkte, worauf ihre Aufmerksamkeit gerichtet war, und spähte in dieselbe Richtung. Fast direkt unter ihnen und etwas weiter rechts bewegten sich Wesen in den Schatten der Nacht über den vom Mond beschienenen Rasen. Buffy hatte sie beschrieben, nachdem sie im Dex zum ersten Mal mit den Moruach konfrontiert worden war, doch es war trotzdem Furcht einflößend, sie über den Boden gleiten zu sehen, während sie mit ihren Klauen gestikulierend auf die Ruine der Schule deuteten. Eine der Kreaturen trug eine Plastiktüte, doch Xander konnte nicht erkennen, was sich darin befand. Die anderen näherten sich einer eingestürzten Mauer der Ruine und befreiten die Stelle vom Schutt.

Xander und Anya kauerten einige lange Momente Seite an Seite und beobachteten sie. Xanders Rücken überlief ein Schauer und seine feinen Nackenhaare richteten sich auf. Viele der Dämonen, gegen die Buffy gekämpft hatte, waren relativ menschenähnlich – zum Teufel, die Vampire sahen die meiste Zeit wie Menschen aus –, aber diese Wesen waren so völlig unmenschlich, dass ihn das mehr als alles andere entnervte. Furcht erfasste ihn, die jedoch nicht künstlich erzeugt war wie das Gefühl, das ihn in den letzten Tagen gequält hatte. Diese Angst war real und der Grund dafür befand sich direkt dort unten.

Er wartete, bis die letzte Moruach die Ruine erreicht hatte – es waren insgesamt fünf, die mit der Plastiktüte eingeschlossen –, bevor er in seine Tasche griff und das Handy herauszog, das Giles ihm gegeben hatte. Xander betrachtete das gespenstische grüne Leuchten der Digitalanzeige und wählte dann hastig die Nummer der *Magic Box*. Während das Handy leise piepte, sah er, wie Anya über den Rand der Stadionwand spähte, um sicherzugehen, dass sie nicht gehört worden waren.

Nach dem zweiten Klingeln wurde am anderen Ende der Leitung abgenommen. »*Magic Box*.«

»Giles, hier ist Xander«, flüsterte er und hatte Angst, dass selbst das zu laut war. Er starrte Anya an, um herauszufinden, ob sie auf irgendwelche Aktivitäten dort unten reagierte. »Sie sind hier.«

»Das hatte ich befürchtet«, erwiderte der Wächter. »Ich habe bis jetzt noch nichts von Buffy gehört. Wir wissen also nicht, ob sie den Kontakt zu ihnen hergestellt hat.«

»Nun, *hier* ist auch nichts von ihr zu sehen«, sagte Xander besorgt. »Nur eine Horde Aalmenschen, die im Schutt der Highschool nach Souvenirs graben.«

Anya blickte auf ihn hinunter, und er konnte sehen, dass sie mit den Nerven am Ende war, dennoch leuchtete in ihren Augen kein Alarm auf. Und das war gut so.

»Und was jetzt?«, fragte Xander.

»Kannst du erkennen, was sie vorhaben?«, fragte Giles. »Wenn sie den Bereich der Bibliothek ausgraben, unternehmen sie vielleicht einen weiteren Versuch, den Höllenschlund zu öffnen.«

»Warten Sie«, flüsterte Xander.

Er richtete sich auf und spähte über die Wand. Die Moruach arbeiteten in etwa zwanzig Metern Entfernung am Rand der Ruine. Die mit der Plastiktüte hielt sich noch immer etwas abseits von den anderen, die weitere Trümmer wegräumten.

»Im Moment schaffen sie sich nur Platz. Aber die Stelle, an der sie arbeiten, könnte die Bibliothek gewesen sein. Das lässt sich von außen schwer beurteilen.«

»Haben sie irgendetwas dabei?«, wollte Giles wissen. »Buffy sagte, sie haben ein Tier und einen Menschen geopfert. Eine Meeresschildkröte, glaube ich. Und dann ...«

»Nur eine Plastiktüte. Wie vom Supermarkt«, unterbrach Xander. »Es müsste schon eine kleine Schildkröte oder eine Mini-Me sein. Und jetzt denke ich, dass sie sogar für eine Mini-Me zu klein ist.«

»Ich werde nicht fragen, was das ist«, sagte der Wächter trocken. »Kannst du dir das, was sie dabei haben, nicht genauer ansehen?«

»Mann, vielleicht sollte ich einfach hingehen und sie fragen«, erwiderte Xander mit einem gereizten Unterton in der Stimme.

Giles schien den Humor nicht zu verstehen, oder er hatte sich entschieden, ihn zu ignorieren. »Nein«, sagte der Wächter. »Du beherrschst ihre Sprache nicht. Sie werden dich wahrscheinlich bloß töten.«

»Oh, nun ja, dann sollte ich besser nicht hingehen.« Xander seufzte und schüttelte den Kopf. Sein Sarkasmus war verschwendet.

»Xander!«, zischte Anya.

Er drehte ruckartig den Kopf und blickte zu ihr auf. Sie bedeutete ihm, über den Rand zu sehen. Als er es tat, stellte er fest, dass die eingestürzten Wände der Bibliothek unterdessen zum größten Teil beiseite geräumt worden waren und dass die Moruach in die Ruine glitten. Die mit der Plastiktüte folgte den anderen und verschwand mit ihnen im Innern.

»Giles, sie sind reingegangen. Ich kann sie von hier aus nicht mehr sehen.«

»Wir müssen wissen, was sich in dieser Tüte befindet, Xander«, erklärte Giles. »Wenn sie erneut versuchen, den Höllenschlund zu öffnen, liegt es vielleicht an euch, sie aufzuhalten. Rosanna und ich werden jetzt von hier losfahren, aber wir werden nicht rechtzeitig bei euch eintreffen. Wenn es um irgendein Blutopfer geht, müsst ihr sie aufhalten. Versucht sie euch näher anzusehen. Wir sind unterwegs.«

Die Verbindung war tot. Xander hielt das Handy vor sich und starrte es an, als könnte er dem Telefon Schuldgefühle einflößen, weil es ihn im Stich gelassen hatte, dann schob er es wieder in die Tasche. Als er sich aufrichtete und zu Anya umdrehte, sah sie ihn streng an.

»Was?«, flüsterte er.

»Geh nicht.«

»Was?«, sagte er wieder.

»Ich habe das Wesentliche dieses Gesprächs mitbekommen«, erklärte sie mit der Attitüde einer verärgerten Schullehrerin. »Giles schickt dich in den Untergang. Ich kann das nicht zulassen. Es ist Buffys Job, die Apokalypse zu verhindern. So war es schon immer. Das ist ein Teil ihrer Aufgabe. Nicht deiner. Du bist mein Mann. Mein hart arbeitender Mann. Du bist nicht der Held. Niemand hat dich auserwählt, den Champion für irgendwelche durchgeknallten kosmischen Mächte zu spielen, die nicht einen Finger rühren können, um sich selbst zu helfen. Du bist nur die ... die Beilage.«

»Die Beilage?«, wiederholte er. Ihm gefiel der Klang dieser Worte nicht. »Und was genau bin ich im Restaurant der Gefahr? Der gemischte Salat? Die Pommes frites?«

»Ich dachte eher an Pilaw.«

»Ich bin das Pilaw?« Xander war entgeistert.

»Reg dich nicht auf«, mahnte Anya ihn. »Verdammt, ich bin nur die Freundin des Pilaw.«

Xander atmete tief durch, stieß die Luft wieder aus und schüttelte den Kopf. Dann straffte er sich und sah sie an. »Anya, Buffy ist nicht hier. Willow ist nicht hier. Giles ist unterwegs, aber er ist auch nicht hier. Nur du und ich sind hier, Schatz, und obwohl der Gedanke, da hinunterzugehen, für mich in etwa so reizvoll ist, wie mir meine Zähne bis zum Nerv aufbohren zu lassen, und zwar ohne Novocain, muss ich, wenn sie den Höllenschlund öffnen wollen, einfach *versuchen*, sie aufzuhalten.«

Ihre Lippen waren so fest zusammengepresst, dass sie weiß waren, und ihre Arme waren verschränkt, als würde sie verhindern wollen, dass sie ihn schlug. Schließlich seufzte Anya.

»In Ordnung. Aber wenn du getötet wirst, denk ja nicht, dass dies das Ende ist. In meiner Zeit als Rachedämon gab es Typen, die ich selbst nach ihrem Tod noch gequält habe.«

Xander rang sich ein mattes Lächeln ab. »Was für ein Trost.«

Dann wandte er sich ab und stieg die Ränge hinunter, wobei er sorgfältig darauf achtete, keinen Lärm zu machen. Es dauerte einen Moment, bis ihm dämmerte, dass Anya ihm folgte. Er fragte sich, ob er sie zur Umkehr auffordern sollte, doch dann überlegte er es sich anders, da er ihren Zorn nicht noch mehr herausfordern wollte. Stattdessen blieb er stehen, damit sie ihn einholen konnte, und zusammen verließen sie das Stadion. Am Außentor verharrten sie, und Xander steckte den Kopf hinaus, um über den gelblichen Grasstreifen zwischen dem Stadion und dem Leichnam der Sunnydale High zu spähen. Der Rasen wurde natürlich nicht gepflegt, und wo das Gras noch wuchs, war es von der Sonne verbrannt. Es raschelte leise unter Xanders Füßen, als er kriechend das Stadion hinter sich ließ. Anya folgte einen Moment später.

Sie schlichen am Stadion entlang, hielten sich in den Schatten der Zuschauertribüne und hofften, eine Stelle zu finden, von der aus sie in die Überreste der Bibliothek blicken und, falls nötig, fliehen konnten. Xander hielt den Atem an und eilte über den verbrannten Rasen. Anya war an seiner Seite. Die Luft fühlte sich an, als wäre sie mit ihrer Furcht und der Gefahr, in die sie sich begaben, elektrisch aufgeladen. Selbst wenn Buffy ihm nicht erzählt hätte, wie schnell sich die Moruach bewegen konnten, hätte er nur einen Blick auf sie werfen müssen, um es zu erkennen.

Er wurde mit jedem Schritt langsamer, bis er glaubte, vor Angst keinen Fuß mehr vor den anderen setzen zu können. Aber er musste nachsehen, musste herausfinden, was sie dort drinnen trieben, selbst wenn dies bedeutete ... hineingehen zu müssen.

Was machst du hier?, fragte er sich. Du bist das Pilaw! Xander hätte am liebsten kehrt gemacht und sich versteckt, bis Giles mit der Verstärkung eintraf. Aber was er zu Anya gesagt hatte, war nicht nur ein Produkt seiner verletzten Gefühle gewesen. Er musste es tun. Sie mussten es tun. Im Moment war niemand anders zur Stelle. Und dieser Moment würde vielleicht der letzte sein, der einzige, der zählte.

Xander holte tief Luft und näherte sich der eingestürzten Außenmauer bis auf ein paar Schritte. Er konnte einen salzigen Gestank riechen, der von den Moruach stammen musste.

In seiner Tasche klingelte das Handy.

Er erstarrte, sah Anya an und dann seine Hose. Es klingelte wieder, und dann fummelte er in seiner Tasche und versuchte es herauszuziehen, während er furchtsam in die vom Mond erhellten Schatten in den Tiefen der Ruine spähte und dann seine eigenen zitternden Hände betrachtete.

»Ach du Sch ...«, begann er.

Seine Worte wurden von einem ohrenbetäubenden, schrillen Schrei aus dem Leichnam der Schule abgeschnitten.

Quentin Travers hatte Faith eine Waffe angeboten.

Sie hatte abgelehnt.

Auf diese Weise würde sie das Problem nicht lösen. Sie hatte versucht, es ihm zu erklären, aber der alternde Wächter hatte sie mit einem Blick zum Schweigen gebracht, der ihr genau verriet, was er von ihrer Meinung hielt. Er konnte honigsüß sein, wenn er wollte, aber Travers war ein verbohrter alter Kerl, dessen Haare mit jeder verstreichenden Stunde schütterer wirkten und dessen Augen immer müder aussahen, als würde er direkt vor ihr verwelken. Natürlich konnte Magie dafür verantwortlich sein, doch Faith hatte das Gefühl, dass die Erklärung einfacher war. Travers belastete, was in dieser Nacht in Sunnydale vor sich ging, mit den Moruach und dem Orden der Weisen und mit Faith selbst.

Stress war ein Killer.

Sie hoffte, dass er ein höllisches Magengeschwür bekam.

Travers war früher am Tag sehr beschäftigt gewesen. Dank der Informationen, die Faith von Willy über Buffys Abenteuer in der Klapsmühle bekommen hatte, konnte Travers einen kleinen Handel mit den örtlichen Behörden abschließen, der ihnen den Kadaver einer Moruach verschafft hatte. Es war einfacher gewesen, als Travers erwartet hatte, denn der Plan sah ursprünglich offenbar vor, sämtliche offensichtlich nichtmenschlichen Überreste einzuäschern. Der Rat wollte die Sache nicht an die große Glocke hängen, doch Faith hatte von Helen Fontaine erfahren, dass die Behörden von Sunnydale die fremdartigen Kadaver beseitigten, indem sie sie regelmäßig verbrannten, statt eine schlechte Presse zu riskieren, die dem Tourismus schaden konnte.

Also sind die Leute in dieser Stadt doch nicht so dumm, hatte

Faith gedacht. Es ist bloß eine weitere praktische Verschwörung. Aber der Bürgermeister und die anderen Vertreter der Stadt würden die größte Mühe damit haben, das, was sich augenblicklich abspielte, einfach zu vertuschen ... vor allem, wenn der Ägir die Küste erreichte. Und das war Travers' Argument, wie sich herausstellte. Er hatte erklärt, dass die Überreste einer der Kreaturen ihm vielleicht einen Weg eröffnen würden, sich der Bedrohung zu entledigen.

Tarjik hatte darauf die Hand einer toten Moruach genommen und das Fleisch verbrannt. Im Hotel Pacifica war Rauchen verboten, sodass er es auf dem Balkon der Suite getan hatte, aber der Gestank hatte sich trotzdem im ganzen Gebäude verbreitet. Die Rezeption hatte zweimal angerufen, um nach der Quelle des üblen Geruchs zu fragen. Travers erklärte, als Teil einer religiösen Zeremonie ein wenig Weihrauch auf dem Balkon verbrannt zu haben, und es hatte keine weiteren Beschwerden gegeben. Niemand wollte die religiösen Rechte eines Gastes einschränken ... und es war schließlich auf dem Balkon geschehen, nicht im Zimmer.

Das verbrannte Fleisch war mit den Knochen der Moruach-Hand, einigen ihrer Zähne, einer schwarzen Kerze, mehreren Tropfen von Tarjiks Blut sowie anderen Zutaten, die Faith nicht kannte, in eine Metallschüssel gegeben worden. Sie hatte sich noch nie besonders für Magie interessiert. Aber was immer es war, der Zauber hatte Tarjik immerhin erlaubt, die Artgenossen der Moruach mit Hilfe ihrer eigenen Fingerknochen aufzuspüren.

Und jetzt waren sie hier.

Tarjiks schwarzmagischer Zauber hatte sie zu diesem prachtvollen Haus über dem Meer geführt, aber der Mann war offenbar kein Zauberer. Ein kleiner Magier vielleicht, doch ohne eigene magische Kräfte. Sonst hätte er wohl kaum eine Neun-Millimeter-Walther-MPH-Maschinenpistole in den Händen gehalten.

Travers und Fontaine waren ebenfalls bewaffnet, obwohl Letztere protestiert und erklärt hatte, dass sie eine Wächterin war, keine Agentin, und dass es nicht zu ihrer Jobbeschreibung gehörte, *irgendwas* mit einer Waffe zu massakrieren. Travers hatte nicht gut darauf reagiert, die Frau zur Seite genommen und heftig auf sie eingeflüstert. Was auch immer er gesagt hatte – Faith vermutete, dass es mit ihrem Job beim Rat, vielleicht sogar mit den Büchern zu tun hatte, die sie schrieb –, Helen hatte widerwillig eine der Waffen angenommen. Doch als sie den Metallknauf ausgeklappt und ihn an ihre Schulter gedrückt hatte, war sie dies mit einem Widerwillen geschehen, der Faith verriet, dass sie dieses Ding erst benutzen würde, wenn irgendetwas versuchen sollte, ihr den Kopf abzubeißen.

Was durchaus passieren konnte.

Haversham hatte, obwohl er stumm war, seine eigene Abneigung gegen derartige Waffen trotz Travers' Vortrag über die Qualität der deutschen Produkte und darüber, dass sie, um ihre Ziele zu erreichen, jedes verfügbare Werkzeug einsetzen mussten, sehr deutlich gemacht.

Faith war bei diesen Worten zusammengezuckt. Jedes verfügbare Werkzeug. Das machte sie zornig und ließ sie sich irgendwie ... beschmutzt vorkommen. Was fast komisch war, wenn man bedachte, welches Leben sie bis vor kurzem geführt hatte.

Aber sie war froh, dass sich Haversham geweigert hatte, eine Waffe zu nehmen. Faith selbst hatte ein Schwert aus dem Kofferraum des Wagens geholt, der sie hierher gebracht hatte, und Haversham folgte ihrem Beispiel, obwohl die Klinge, die er benutzte, sich von ihrer eigenen unterschied. Sie hatte ein modernes zweischneidiges Langschwert gewählt, eine wunderschöne und tödliche Klinge, lang und dünn, mit zwei Händen zu schwingen, während Haversham ein antikes *cinquedea* genommen hatte, eine italienische Klinge, die an der Spitze schmal, an der Basis aber extrem breit war. Beides waren ausgezeichnete tödliche Schwerter für Enthauptungen nach allen Regeln der Kunst.

Faith verstand absolut nichts von Waffen, sah man von dem ab, was Travers ihr erzählt hatte, aber sie hatte sich entschlossen, irgendwann einmal mehr über Schwerter zu lernen.

Die fünf standen jetzt Schulter an Schulter, als wäre das mondbeschienene, vom Wind umsauste Kliff mit dem Salz des Pazifischen Ozeans in der Luft in Wirklichkeit Tombstone, Arizona, und sie die Clanton-Bande. Travers übernahm die Führung, ging mehrere Schritte voraus und studierte sorgfältig das Haus. Faith fand, dass es ein unwahrscheinliches Versteck für Meeresdämonen war, aber sie hatte keinen Grund zu der Annahme, dass Tarjicks Magie sie in die Irre geführt hatte.

»Sehen Sie etwas?«, flüsterte Helen. Ihre Stimme war über den Wind kaum hörbar.

Faith drehte den Kopf und stellte fest, dass die Frau zu ihr sprach und nicht zu Travers. Sie schüttelte den Kopf. Travers drängte sie weiterzugehen, und gemeinsam näherten sie sich dem Haus. Faith beschleunigte ihre Schritte, sodass sie ihnen ein paar Meter voraus war, und Travers tadelte sie nicht dafür. Während sie näher kamen, konzentrierte sich Faith ganz auf das Haus. Die Vorhänge waren dick und im Innern war es dunkel. Wäre da nicht der Umstand gewesen, dass die Tür offenbar vor kurzem mit Gewalt geöffnet worden war, hätte sie Tarjiks Spürsinn doch noch angezweifelt.

Dann sah sie, wie sich im Innern ein Vorhang leicht bewegte. Einen Moment später huschte eine fahle, fast gespenstische Gestalt an der offenen Tür vorbei, so undeutlich, dass sie es sich auch eingebildet haben konnte. Aber sie war sicher, dass dies nicht der Fall war.

»Da drin bewegt sich irgendwas«, sagte sie.

Haversham tauchte plötzlich auf ihrer anderen Seite auf, das *cinquedea* in der rechten Hand. Faith hielt das zweischneidige

Langschwert mit beiden Händen, als würde sie eine Fahne tragen. Travers verspannte sich, hob seine Walther und bewegte sie hin und her, während er die Frontseite des Hauses studierte. Einen langen Moment warteten sie alle auf den Angriff, aber nichts passierte.

»Faith...«, begann Travers.

Da tauchte aus den tieferen Schatten des Hauses eine Gestalt auf und trat auf die Treppe. Travers riss die Walther hoch und Faith sah, dass er bereit war, das Feuer zu eröffnen. Sie packte so schnell, dass die Bewegung ihrer Hand verschwamm, den Lauf der Waffe und stieß ihn nach oben. Travers warf ihr einen vernichtenden Blick zu, doch in diesem Augenblick hatte er bereits erkannt, dass die Gestalt auf der Treppe keine Moruach war.

Es war Buffy. Sie stand unbewaffnet auf der Schwelle des alten, dunklen Hauses und sah sie an, als wären sie Mörder, die im Dunkeln herumschlichen. Faith dachte, dass dies vielleicht sogar der Wahrheit entsprach.

»Sie sind weg«, sagte Buffy. Ein gefährliches Lächeln umspielte ihre Lippen, als sie Travers anstarrte. »Die Moruach.«

Travers warf Tarjik einen düsteren Blick zu, aber der andere Mann schüttelte nachdrücklich den Kopf. Der alternde Wächter richtete die Augen wieder auf Buffy.

»Sie lügen. Treten Sie beiseite.«

»Das kann ich nicht«, erwiderte Buffy. Ihr Blick huschte zu Faith. In ihren Augen schimmerte blanker Stahl. »In Sunnydale gibt es im Moment Wichtigeres zu tun. Wir haben einen Waffenstillstand mit den Moruach geschlossen. Sie werden den Höllenschlund nicht öffnen und wir werden sie nicht töten. In der Zwischenzeit werden sie uns bei einem größeren Problem helfen.«

»Der Ägir«, sagte Helen Fontaine ruhig.

Travers sah sie an, als hätte er sie am liebsten geschlagen, doch er wagte es nicht, seine Aufmerksamkeit von Buffy abzuwenden.

»Genau«, sagte Buffy.

Sie hatte die Arme trotzig vor der Brust verschränkt, und ihre Kleidung war zerrissen und blutgefleckt, was sie irgendwie noch einschüchternder erscheinen ließ. Es war leicht, sie zu unterschätzen, dieses kleine blonde Ding mit den großen traurigen Augen und dem herzzerreißenden Lächeln. Aber das war ein Fehler, den Faith nie gemacht hatte. Sie hatte Buffy nie unterschätzt.

»Ich habe Ihnen gesagt, wie man den Ägir aufhalten kann ...«

»Ja, das haben Sie«, stimmte Buffy zu. »Wir werden es nicht so machen, trotzdem danke für den Vorschlag.«

»Sie versucht nur, Zeit zu schinden«, fauchte Tarjik. Er blickte auf die Moruachknochen in seinen Händen. »Sie entfernen sich von uns.«

Neben Faith spannte Haversham die Muskeln an. Helen bewegte sich unbehaglich und hielt die Waffe noch immer so in der Hand, als wäre sie zu heiß. Travers fluchte gepresst und warf Buffy weiter funkelnde Blicke zu.

»Faith. Schaffen Sie sie aus dem Weg. Wir gehen rein.«

Das Handy klingelte zum dritten Mal, als Xander es aus der Tasche zog. Seine Haut prickelte vor Furcht, und Adrenalin durchpulste ihn mit solcher Kraft, dass er zitterte. Er umklammerte das Handy fester und drückte die Empfangstaste, aber mehr, um es am weiteren Klingeln zu hindern, als um das Gespräch anzunehmen.

»*Xander*«, flüsterte Anya an seiner Seite.

Der Ton ihrer Stimme genügte, um das Blut in seinen Adern gefrieren zu lassen. Sie standen zwischen dem ehemaligen Footballstadion der Sunnydale High und der Ruine der Schule, dicht vor einem riesigen Loch in der verbrannten und versengten Wand der früheren Bibliothek. Im Innern waren die Moruach mit ... irgendetwas beschäftigt.

Er blickte auf, und durch das große Loch in dem verfallenen Gebäude konnte er dunkle, ölige Wesen erkennen, die sich in dem Mondlicht bewegten, das von oben in die Ruine fiel. Er konnte ihre Augen sehen – zu viele Augen. Trümmer gerieten ins Rutschen, und eine der Moruach glitt zu der Öffnung in der Wand. Das Mondlicht beschien ihren haifischartigen Kopf und den mächtigen Schlangenkörper.

»Guter Plan«, murmelte Xander verzweifelt.

Er packte mit der freien Hand Anyas Arm, während er das Handy noch immer in der anderen hielt, dann wandten sie sich zur Flucht. Mit einem Kreischen, das die Nacht zerriss und das ihn zusammenzucken ließ, während er rannte, schoss die Moruach aus der Ruine der Schule und schlitterte über das verbrannte Gras hinter ihnen her, doppelt so schnell, wie Xander und Anya rennen konnten.

»Toller Plan! Als hätten ihn sich Affen einfallen lassen! Xander, wie hinderst du die Moruach daran, den Höllenschlund zu öffnen? Ganz einfach! Du spielst den Köder und lockst sie weg!«

Das ohrenbetäubende Heulen war verklungen. Jetzt war nur noch das Rascheln zu hören, mit dem sich die grausigen Leiber der Moruach über den Boden bewegten, während die Wesen sie verfolgten. Xander wagte es nicht, sich umzuschauen, aber er wusste, dass sie rasch näher kamen. Der Zaun auf der anderen Seite des Stadions schien Kilometer entfernt zu sein.

»Xander, wir werden nie ...«, keuchte Anya.

»Renn einfach!«, stieß er hervor. »Wir müssen zurück zum Stadion! Vielleicht gibt es dort irgendeinen Ort, an dem wir uns verstecken können.«

Er konnte es sich lebhaft vorstellen. Sie würden es nie auf die andere Seite des Stadions und bis zum Zaun schaffen, so viel war sicher. Aber vielleicht fanden sie einen Spindraum oder eine Toilette und konnten die Tür abschließen oder verbarrikadieren. Irgendetwas.

Bevor er es verhindern konnte, riskierte er einen Blick zurück und geriet fast ins Stolpern, als er die lautlosen, monströsen Wesen sah, die sich über den toten Rasen schlängelten und sie rasch einholten.

Eine ferne, leise Stimme rief seinen Namen.

Das Telefon. Er hielt es noch immer in der Hand. Er drückte es an sein Ohr und rannte weiter.

»... der«, hörte er Giles' Stimme sagen.

»Ich bin hier!«, rief Xander. Angst überlagerte seinen Zorn.

»Ich rufe nur an, um dir zu sagen, dass ihr euch den Moruach noch nicht nähern sollt.«

»Nun, dafür ist es zu spät.«

Am anderen Ende der Leitung erklang ein Seufzen. »Ihr werdet verfolgt, nicht wahr?«

Ehe er antworten konnte, rutschte Anya aus. Sie gab einen schrillen, spitzen Schrei von sich, fiel zu Boden und rollte, von ihrem Schwung getragen, ein paar Meter weiter. Xander fuhr herum, rannte zu ihr und stellte sich schützend vor sie, als sich die Moruach auf ihn stürzten.

»Jetzt nicht mehr«, rief er grimmig.

Das Telefon entglitt seiner Hand, aber er bemerkte es kaum. Er stellte sich den Moruach mit erhobenen Fäusten entgegen. Ihm war klar, wie albern er aussehen musste, doch das kümmerte ihn nicht. Wenn er ihnen mit den Fingern die Augen auskratzen oder sie mit seinen Armen erwürgen musste, um sie von Anya fern zu halten, würde er es tun. Die fünf Schlangenkreaturen wurden langsamer, und Xander stellte fest, dass sich seine Brust zwar hob und senkte, während ihn das Entsetzen packte, er aber trotzdem kaum atmen konnte.

Drei Monster näherten sich geduckt, kreisten sie ein, schnitten ihnen jeden Fluchtweg ab. Die beiden anderen hatten ihre glänzenden, öligen, schwarzen Leiber stolz aufgerichtet. Eine der Moruach fixierte Xander mit ihren vier Augen, hob ihre Arme, sodass die Klauen im Mondlicht glitzerten, und gab schnell hintereinander mehrere gutturale Laute von sich, die Xander sofort an die Seelöwen unten am Strand erinnerten.

Sie griffen nicht an.

Anya kam langsam wieder auf die Beine. Xander warf ihr einen kurzen Blick zu und sah, dass ihre Stirn konzentriert gefurcht war.

»Sag das noch mal«, murmelte Anya.

Die Moruach legte den Kopf zur Seite und stieß einen klagenden, rollenden Schrei aus, teils Bellen, teils Wimmern. Aber die Geräusche, die sie machte, waren moduliert und endeten in kehligen Grunz- und Klicklauten.

»Sie spricht zu uns«, flüsterte Anya. »Ich habe diese Sprache schon einmal gehört. Vor langer Zeit. Es ist eine Chaossprache, völlig archaisch. Sie wird von den Dämonen auf den pazifischen Inseln benutzt.

»Kannst du sie verstehen?«, fragte Xander mit leiser Stimme und einem breiten Lächeln im Gesicht, während er die hin und her pendelnden Kreaturen musterte, die sie umringten. Er rechnete jeden Moment damit, dass ihm die Kehle zerfetzt wurde.

»Nicht ein Wort«, gestand Anya.

Xander schluckte hart. Langsam ging er in die Hocke. Eine Moruach zischte, glitt näher und knirschte mit den Zähnen. Xander schrie auf und erstarrte, doch als das Monster darauf verzichtete, ihn zu fressen, klaubte er das Handy vom Boden und richtete sich wieder auf.

»Sind Sie noch da?«, fragte er Giles betont fröhlich und lächelte unverdrossen weiter.

»Ja, Gott sei Dank. Ich dachte, ihr beide wäret tot. Xander, hör zu, ich habe angerufen, um dir zu sagen, dass Willow und Tara unterwegs sind. Sie müssten jeden Moment eintreffen.

Wenn ihr die Moruach noch ein paar Sekunden hinhalten könnt...«

»Giles, beherrschen Sie zufällig irgendwelche Chaossprachen?«

»Chaossprachen? Warum fragst du... oh Gott. Sie stehen direkt vor euch, nicht wahr?«

»Yep.«

»Nun, zumindest seid ihr nicht tot. Vielleicht sind sie doch keine wilden Bestien.«

»Das werden wir noch sehen. Doch wie wäre es in der Zwischenzeit mit etwas Hilfe? Anya denkt, dass es sich um irgendeine pazifische Dämonensprache handelt. Für mich klingt sie wie trockenes Husten«, sagte er hastig, wobei er sogar noch breiter lächelte und hoffte, dass die Moruach seine Sprache ebenso wenig verstanden wie er ihre.

»Warte«, sagte Giles.

»Ich kann hier sowieso nicht weg.«

Xander hörte gedämpfte Stimmen aus dem Handy dringen, dann war Giles fort und am anderen Ende der Leitung ließ sich die Frau vom Orden der Weisen vernehmen.

»Hier ist Rosanna Jergens. Ich denke, ich kann Ihnen helfen. Geben Sie mir bitte Ihre Freundin.«

Xanders Lächeln wurde noch breiter und er stellte sich vor, dass er grotesk aussehen musste, wie der Joker in den Batman-Comics. Dann gab er Anya das Handy.

»Es ist für dich.«

Er stand regungslos da, während Anya leise mit der Frau am anderen Ende der Leitung sprach. Plötzlich, als er sich fragte, was wohl passieren würde, wenn das Handy ausfiel, durchzuckte ihn Angst. Aber nach ein paar Sekunden räusperte sich Anya und schickte ein Heulen in die Nacht, so selbstverständlich, als würde sie das ständig machen und jedes Mal ein dickes Lob dafür einheimsen.

Die Moruach reagierten besorgt und kamen näher, drückten

sich dabei dicht an den Boden und schnappten mit ihren riesigen Haifischmäulern. Die Moruach, die sie angebellt hatte, bevor sie sich aufgerichtet hatte, stieß nun ein erneutes Heulen vor ihnen aus. Anya hielt ihr das Handy hin, damit Rosanna sie am anderen Ende der Leitung hören konnte. Dann drückte sie es wieder an ihr Ohr und antwortete mit einer Stimme, die für Xander so klang, als würde sie versuchen, ein Fellknäuel auszuhusten.

»Xander!«

Er drehte sich rasch um und sah Willow und Tara von der anderen Seite des Stadions auf sie zulaufen. Die Moruach bewegten sich unruhig und eine von ihnen fuhr zu den beiden Mädchen herum, die vorsichtig ihre Schritte verlangsamten. Willow und Tara fassten sich an den Händen, und ihre eingehakten Finger entließen ein dunkles, purpurnes Leuchten wie von einer Schwarzlichtbirne.

»Anya, Xander, passt auf«, rief Tara ohne eine Spur des üblichen Zögerns in der Stimme. Xander hatte schon immer darüber gestaunt, dass sie jedes kritische Gespräch nervös machte, während sie sich einem Schrecken wie diesem tapfer entgegenstellte.

»Wenn ich los sage, rennt ihr auf uns zu!«, befahl Tara.

Anya schüttelte den Kopf. »Oh, bitte. Wir haben gerade angefangen, uns mit ihnen zu verständigen. Uns geht es gut.«

»Euch geht es ... gut?«, fragte Willow.

Xander grinste. »Abgesehen von einem Herzanfall und der dringenden Notwendigkeit, meine Hose zu wechseln. Nun, bis jetzt hat mich niemand gefressen, aber die Nacht ist noch jung.«

Willow und Tara zögerten, blieben jedoch, wo sie waren. Anya hustete und bellte wie eine Verrückte weiter. Sie übersetzte offenbar ein Gespräch zwischen den Moruach und Rosanna Jergens. Nach mehreren Minuten unterbrach sie die Telefonverbindung und sah Xander an.

»Okay, wir haben uns geeinigt«, erklärte sie ihm, während die Moruach jede ihrer Bewegungen aufmerksam verfolgten.

»Was heißt geeinigt?«

Anya machte eine abfällige Handbewegung, als wäre die ganze Episode keine große Sache gewesen und als hätten sie nicht vor wenigen Minuten um ihr Leben rennen müssen.

»Geeinigt heißt geeinigt«, erwiderte sie. »Sie haben nicht versucht, den Höllenschlund zu öffnen. Na ja, sie hatten es wohl irgendwie vor, aber offenbar hat sich die Königin auf eine Vereinbarung mit Buffy und Spike eingelassen, bei der, glaube ich, auch Sex im Spiel war, doch aus irgendwelchen Gründen wollte Rosanna nicht mehr darüber sagen. Warum sind alle so verklemmt, wenn es um Sex geht? Vor allem um Sex mit Dämonen. Offenbar hast du kein Problem damit.«

Anya verdrehte die Augen. »Jedenfalls weiß ich das alles aus dritter Hand, weil die Moruach Interspeziestelepathen sind. Deshalb wussten unsere schleimigen Botschafter hier auch, dass ein Waffenstillstand geschlossen wurde. Die Königin hat ihnen befohlen, den Höllenschlund nicht zu öffnen, sondern nur hierher zu kommen, um ein religiöses Ritual durchzuführen und ihre Seelen vor der Schlacht zu reinigen.«

Sie setzte ein wehmütiges Gesicht auf, atmete tief durch und seufzte. »Ich erinnere mich an derartige Rituale. Heutzutage befolgt sie niemand mehr.«

Willow und Tara hatten endlich begriffen, dass sie sich der Gruppe gefahrlos nähern konnten, dennoch behielten sie die Moruach weiterhin sorgfältig im Auge. Sie waren nahe genug, um das meiste von dem, das Anya gesagt hatte, mitbekommen zu haben, und es war Willow, die jetzt das Wort ergriff.

»Schlacht?«, fragte sie.

Anya nickte begeistert und war offenbar sehr mit sich zufrieden, weil sie helfen konnte. »Ja. Ihr uralter Feind, der Ägir, hat sie nach Sunnydale verfolgt und könnte jeden Moment aus dem

Meer auftauchen, um sie zu vernichten. Aber das ist eine lange Geschichte.«

Willow und Tara wechselten einen sehr unbehaglichen Blick, den Xander sofort bemerkte.

»Was?«, fragte er. »Was ist los?«

»Wir hatten gehofft, dass wir uns irren«, sagte Willow. »Denn wir haben die Neuigkeit auch gehört. Über den Ägir. Nur dass es nicht mehr lange dauern wird, bis er auftaucht. Jetzt. Er verlässt das Meer jetzt. Und wir wissen wo.«

»Faith«, sagte Travers mit leiser und gefährlicher Stimme. »Schaffen Sie sie aus dem Weg. Wir gehen rein.«

Buffy drehte sich zu Faith um, kniff die Augen zusammen und machte sich zum Kampf bereit. Faith erkannte in diesem Blick ihre gesamte gemeinsame Vergangenheit, alles Gute und Schlechte, all die Abneigung und Frustration und Enttäuschung, all den Zorn, jeden Schlag, den sie ausgetauscht, jedes Lachen, das sie geteilt hatten.

In diesem Augenblick schien sich ein Schatten über Faiths Herz und Seele zu senken. Sie rammte das zweischneidige Langschwert in den harten Boden, dass es aufrecht stehen blieb und die Klinge im Mondlicht schimmerte. Dann nahm sie langsam eine ähnliche Haltung wie Buffy ein und spannte jeden Muskel ihres Körpers für den bevorstehenden Kampf an. Sie plante ihre nächsten Schritte voraus, spielte sie in Gedanken durch, bevor sie sich bewegte.

Dann bewegte sie sich.

Faith sprang hoch, wirbelte herum und setzte in der Drehung zu einem Tritt an, der Daniel Haversham völlig überraschte. Ihr Stiefel traf seine Schläfe und der Agent ging hart zu Boden und war bewusstlos, noch ehe er im Dreck landete. Sein eigenes Schwert fiel klirrend zu Boden.

Tarjik war schneller, als sie erwartet hatte. Flink wie er war, gelang es ihm, die Moruachknochen fallen zu lassen und seine Waffe hochzureißen, aber er kam nicht dazu, den Abzug zu drücken. Faith packte den Lauf mit beiden Händen, trat ihm gegen die Brust, und brach ihm, als sie die Waffe aus seinen Händen riss, ein paar Rippen und wahrscheinlich auch einige Finger. Der nächste Tritt zerschmetterte sein Bein, und der Mann ging mit einem Schmerzensschrei zu Boden.

Faith hatte Tarjik nie gemocht.

Travers war in seiner Jugend wahrscheinlich ein gefährlicher Mann gewesen. Doch das Alter hatte ihn langsamer gemacht. Er hatte ein paar Sekunden gebraucht, um zu verstehen, was sich hier abspielte, und als er begriff, war sie bereit für ihn. Faith stürzte sich auf ihn, schlug ihm die Waffe aus den Händen, packte seine Schultern und zwang ihn auf die Knie. Beiläufig warf sie Buffy, die das Spektakel mit großen Augen verfolgte, zuerst die eine und dann die andere Waffe vor die Füße.

Faith grinste. »Was ist los, B.? Hat die Katze deine Zunge gefressen?«

»Helen!«, schrie Travers. »Erschießen Sie sie, verdammt noch mal! Stehen Sie nicht nur herum!«

Aber Helen Fontaine, die das Geschehen mit einem ähnlichen Gesichtsausdruck wie Buffy verfolgt hatte, klappte den Knauf ihrer Waffe zusammen, ging zu Tarjik und schlug ihn mit dem Kolben bewusstlos.

»Gut gemacht, Wächterin!«, sagte Faith begeistert.

Helen starrte sie an. »Woher wussten Sie, dass ich nicht auf Sie schießen würde?«

»Das wusste ich nicht«, erwiderte Faith mit einem Stirnrunzeln. »Aber ich dachte mir, dass Sie diesen aufgeblasenen Arsch ebenso sehr hassen wie ich. Ich habe den Eindruck, dass Sie nicht daran interessiert sind, irgendjemand zu töten, Helen. Dass Sie im Grunde nur nach Hause zu Ihrem Mann wollen, um zu schreiben und so zu tun, als hätten Sie noch nie etwas vom Rat oder von der Jägerin oder diesem ganzen anderen Mist gehört.«

In dem Blick, den Faith und Helen wechselten, lag eine Art Verständnis, von dem Faith jedoch nicht glaubte, es jemals in Worte fassen zu können.

»Ich kann es Ihnen nicht verdenken«, sagte sie mit leiser Stimme. »Ich würde auch abhauen, wenn ich könnte. Ich wünsche Ihnen viel Glück.«

Travers kochte, doch niemand sagte ein Wort, als sich Helen Fontaine abwandte und in den SUV stieg, den Motor anließ und davonfuhr. Die roten Rücklichter verschwanden in der Ferne.

»Sie haben einen schrecklichen Fehler gemacht, Faith«, fauchte Travers. »Man wird Sie behandeln, als wären Sie aus dem Gefängnis geflohen. Wenn man Sie findet – und mit der Hilfe des Rates wird man Sie finden –, wird man Ihre Haft um Jahre verlängern.«

Faith blähte wütend die Nasenflügel, während sie ihn zu Boden stieß, sein Gesicht in den Dreck drückte und sich über ihn beugte.

»Sie Hurensohn. Sie verstehen überhaupt nichts, stimmt's? Wenn die Dinge nicht so laufen, wie Sie wollen, versuchen Sie es mit Gewalt. Aber wissen Sie was? Heute machen wir es so, wie ich es will.«

»Lassen Sie mich los, Sie ...«

»Oh-oh«, unterbrach sie ihn und packte sein schütter werdendes Haar so fest, dass es schmerzte. »Keine Beleidigungen. Stöcke und Steine können meinen Knochen nichts anhaben, aber Ihren, darauf können Sie wetten. Hier ist der Plan. Morgen gehe ich zurück ins Gefängnis. Sie haben mich *ausgeliehen*, Travers. Und ich werde zurückgehen, weil ich sagte, dass ich meine Zeit absitzen werde, und das werde ich tun. Was den Rat angeht, so werden Sie nicht ein verdammtes Wort sagen, Sie absoluter und totaler Verlierer, denn Sie hätten erst gar nicht in meine Nähe kommen dürfen. Es wäre schon schlimm genug, wenn die anderen Direktoren wüssten, dass Sie die Ausgestoßene aus dem Gefängnis geholt haben, aber wenn Sie mich *verlieren*? Wenn Sie alles vermasseln?

Ich kann Ihnen aus eigener Erfahrung versichern, dass der Rat nicht so schnell vergibt.«

Buffy kam die Vordertreppe des Hauses herunter. Sie schien die Wendung der Ereignisse inzwischen verarbeitet zu haben, auch wenn ihr offenbar noch nicht ganz klar war, was hier vor sich ging.

»Faith«, sagte sie vorsichtig, mit einem warnenden Ausdruck in ihren traurigen Augen. »Tu nichts ...«

»... Dummes?«, fragte Faith. Sie lachte leise und wirkte jetzt selbst ein wenig traurig. »Du kapierst es einfach nicht, was, B.? Travers hat mich benutzt. So wie immer. Du solltest wissen, wie sich das anfühlt. Nun, keine Sorge. Vielleicht habe ich diese Linie früher nicht gesehen, du weißt schon, die man nicht überschreiten darf. Aber ich sehe sie jetzt. Deshalb werde ich nichts Dummes tun.«

Dann beugte sie sich wieder über Travers und drückte sein Gesicht in den Dreck. »Nur die Wahrheit«, stieß sie grimmig zwischen zusammengebissenen Zähnen hervor. »Sagen Sie es ihr. Sagen Sie ihr, warum man den Ägir aufhalten kann, indem man die Moruach tötet. Erklären Sie ihr, dass alles Ihre Schuld ist.«

Dann blickte Faith auf und stellte überrascht fest, dass Buffy von dieser Enthüllung überhaupt nicht geschockt zu sein schien. Die Züge der anderen Jägerin waren ernst und zornig, aber ganz und gar nicht überrascht.

»Was haben Sie *getan*?«, fragte Buffy.

»Fahr zur Hölle«, knurrte Travers.

Faith drückte sein Gesicht noch härter in den Schmutz, obwohl sie wusste, dass ihn die körperliche Gewalt nicht einschüchtern würde. »Quentin, wenn Sie es ihr nicht sagen, mache ich es selbst. Aber wenn ich es ihr sagen muss, werde ich es auch allen anderen Mitgliedern des Rates erklären. Giles wird mir dabei helfen, dessen bin ich mir sicher. Ich werde ihnen sagen, warum Sie eine amerikanische Wächterin ohne jede Felderfahrung und ein paar Agenten, die Ihnen gegenüber loyal sind, in diese Sache hineingezogen haben. Warum Sie mir diesen kleinen Urlaub vom Gefängnis ermöglicht haben. Dass sie für Dutzende von Todesopfern in dieser glücklichen kleinen ...«

»Es war nicht meine Schuld!«, rief Travers.

Alle Belustigung fiel von Faith ab. Sie ließ den Mann los, trat zurück, verschränkte die Arme und wartete. Travers setzte sich langsam auf. Sein Gesicht war von den kleinen Steinen im Dreck zerkratzt, doch er wischte lediglich sein Hemd ab und blickte zu den beiden Frauen auf.

Als er sprach, lag ein geistesabwesender Ausdruck in seinen Augen, zusammen mit einem Funken Zorn, den er für jemand anderen in Reserve hielt, für diejenigen, denen er die eigentliche Schuld an seinem Dilemma gab.

»Der Rat erforscht die Moruach schon seit Jahren. Oder versucht es zumindest. Sie verfügen über Zauberkräfte«, erklärte Travers, »aber es ist eine Art Magie, die wir nicht verstehen. Unser primäres Interesse galt der magischen Gefangenschaft.«

Travers strich sein Haar glatt und zuckte zusammen, als seine Finger seinen Hinterkopf berührten, der von Faiths Misshandlung wund sein musste. Seine Augen huschten zwischen ihnen hin und her.

»Vor Tausenden von Jahren gelang es den Moruach, den Ägir gefangen zu nehmen. Er war seit Äonen der Feind ihrer Spezies, genährt von der Verehrung der Ägirie, Menschen, die er mit dem Gift seiner Gegenwart verwandelt hatte. Wir wollten von ihnen lernen, wie man das macht, doch die Moruach weigerten sich.«

Buffy trat zu Faith. Die Jägerinnen sahen auf ihn hinunter.

»Was haben Sie *getan*?«, fragte Buffy erneut.

Der Wächter schüttelte den Kopf. »Ich war es nicht. Aber die Wächter, die dafür verantwortlich waren, haben meine Befehle, so gut sie konnten, ausgeführt. Ich wies sie an, einen Weg zu finden, der die Moruach von der Notwendigkeit überzeugen würde, ihr Wissen mit uns zu teilen, und ich sagte ihnen, dass dies ihre einzige Aufgabe sei und dass sie nur dann in der Hierarchie des Rates aufsteigen würden, wenn sie diesen Auftrag ausführten.

»Sie haben improvisiert«, gestand Travers, und jedes Wort lastete schwer auf ihm. »Die Moruach waren unnachgiebig, also haben die Idioten, die nicht herausfinden konnten, wie der Ägir gefangen gehalten wurde, stattdessen einen Weg gefunden, ihn zu befreien.«

Buffy starrte ihn entsetzt an. »Sie dachten, die Moruach würden den Zauber einfach wiederholen. Sie dachten, sie könnten ihn auf diese Weise lernen«, sagte sie mit heiserer Stimme.

»Bingo«, warf Faith ein. »Ich habe gehört, wie sie im Hotel darüber gesprochen haben. Aber den Schwachköpfen war offenbar nicht klar, dass die Moruach den Zauber vor so langer Zeit gewirkt haben, dass sie inzwischen vergessen haben, wie er funktioniert.«

»Der Ägir war frei«, sagte Travers. Er schien sein Geständnis jetzt, nachdem er einmal damit angefangen hatte, fast begierig zu Ende bringen zu wollen. »Wie die modernen Menschen, die nicht verstehen, wie die Pyramiden erbaut wurden, haben die Moruach das Wissen verloren, das ihn gefangen hielt. Sie kamen hierher, um den Höllenschlund zu öffnen und in die dunkle Dimension der Großen Alten zurückzukehren, die sie am Anfang der Zeit erschaffen haben.«

»Und der Ägir folgte ihnen«, sagte Buffy kopfschüttelnd. »Die Seelöwen hatten Angst vor den Moruach oder dem Ägir oder beiden. Der Ägir griff die Schiffe an und infizierte die Leute an Bord. Vielleicht sogar die Fische, die von den Menschen verzehrt wurden. Und die Ägirie-Infektion – die Metamorphose – breitete sich aus. Und er kann sie kontrollieren, jene, die sich bereits verwandelt haben, und erteilte ihnen aus Rache den Auftrag, die Moruach zu jagen.«

Faith beobachtete Buffy, während sie sprach und die Teile des Puzzles zusammensetzte. Als Buffy zu ihr aufblickte, nickte Faith knapp.

»Und jetzt ist er hier«, sagte sie.

Buffy schloss einen Moment die Augen. Nachdem sie sie wieder geöffnet hatte, drehte sie Faith und Travers den Rücken zu und ging zum Haus. Nach mehreren Schritten blieb sie stehen und blickte zu Faith zurück.

»Kommst du?«

Faith lächelte. Sie ignorierte Travers, ging zu der Stelle, wo Haversham sein *cinquedea* fallen gelassen hatte, und zog das Breitschwert aus dem Boden. Sie bot es Buffy an, und die andere Jägerin nahm es mit einem dankbaren Nicken an sich. Dann zog Faith ihr zweischneidiges Langschwert aus dem Dreck, und zusammen näherten sich die beiden der Vordertreppe des alten Hauses.

»Sie werden beide sterben«, rief Travers ihnen nach. Ein Teil der alten Arroganz war in seine Stimme zurückgekehrt. »Und das wissen Sie auch, nicht wahr?«

Als Faith Buffy einen Seitenblick zuwarf, sah sie, dass das andere Mädchen lächelte.

Die beiden Jägerinnen betraten das Haus. Faiths Augen gewöhnten sich so schnell an die Dunkelheit, dass sie ein paar Momente Zeit hatte, das Innere zu bewundern und die Schäden zu bemerken, die offenbar im Lauf eines Kampfes entstanden waren. Dann führte Buffy sie in den hinteren Teil des Hauses und in einen Korridor, der sie in einen Flügel brachte, dessen Wände und Böden dringend saniert werden mussten. Ein Teil des Bodens war aufgerissen und aus der Dunkelheit wehte sie ein kühler Wind an.

Er roch nach dem Meer.

Irgendetwas regte sich in der Tiefe und zischte leise, und Faith sah, dass sie ein Quartett Bernsteinaugen anstarrte. Eine Moruach hob den Kopf und schlängelte sich von einem Felssims in dem Loch im Boden, als hätte sie auf sie gewartet.

Dann bewegte sich eine andere Gestalt in diesem Steinbrunnen. Platinblonde Haare glänzten im fahlen Mondlicht, das durch die Ritzen in den mit Brettern vernagelten Fenstern fiel. Der bleiche, geschmeidige Vampir warf Faith einen bewundernden Blick zu und sah dann Buffy an.

»Du hast ziemlich lange gebraucht, Jägerin«, sagte Spike.

»*Jägerinnen*«, korrigierte Buffy ihn. »Jägerinnen.«

17

Der in den gewachsenen Fels des Kliffs führende Spalt war an manchen Stellen breit genug und mit genügend Steinvorsprüngen ausgestattet, dass ein Kletterer sich bei entsprechender Vorsicht ohne weiteres durch den seltsamen natürlichen Kamin im Gestein mühelos abwärts vorarbeiten konnte. Doch nicht alles an diesem Abstieg war natürlich.

Durch zahlreiche Ritzen griff der matte Mondschein mit schlanken Lichtfingern in die Felsenhöhle. Buffy drückte ein Auge an eine der Ritzen und stellte fest, dass sie durch eine Art Guckloch spähte, das ihr einen Abschnitt des Horizonts zeigte, wo sich das Meer und der mit Sternen gespickte Himmel berührten. Die Spalten schienen zu genau diesem Zweck angelegt worden zu sein, obwohl ihr rätselhaft blieb, warum sich jemand diese Mühe gemacht hatte. Doch wer auch immer es getan hatte, hatte hölzerne Handgriffe in den Fels getrieben und an mehreren Stellen sogar Treppen angelegt, die ihnen den Abstieg erleichterten.

Eines Tages, wenn sie Zeit hatte, würde es vielleicht interessant sein, mehr über die Baumeister dieses Höhlensystems zu erfahren. Im Moment war sie lediglich dankbar für das matte Licht und den außergewöhnlichen Schacht, der zum Meer hinabführte.

»Das ist verdammt cool«, flüsterte Faith.

Buffy sah sie an und bemerkte, dass Faith sich versteifte.

Diese Sensibilität passte gar nicht zu ihr und enthüllte eine andere Faith, eine weniger zynische Frau, die keine Angst davor hatte, Begeisterung zu empfinden ... oder vielleicht brach auch nur ihr jüngeres Selbst durch, vor ihrer Zeit als Jägerin. Aus welchem Teil ihrer Seele diese Worte auch gekommen sein mochten, sie hatten sie offenbar selbstbewusst gemacht, denn sie eilte Buffy voraus und folgte Spike und den Moruach, die ihren Weg durch die Höhlen viel leichter fanden. Wie die Dämonen, die in den Tiefen des Meeres lebten, verfügte auch der Vampir über Augen, die besser an die Dunkelheit angepasst waren.

Trotz ihrer widersprüchlichen Gefühle gegenüber Faith war Buffy froh, dass die andere Jägerin an ihrer Seite kämpfte. Das würde die Dinge zwischen ihnen vielleicht nicht ändern, aber sie hatte das Gefühl, einen Punkt erreicht zu haben, von dem sie beide ausgehen konnten. Buffy lächelte in der Düsternis der Höhle, als ihr dämmerte, dass sich Faith wahrscheinlich nicht so viele Gedanken über ihre Beziehung machte.

Die andere Jägerin hatte Dinge getan, von denen Buffy bezweifelte, dass sie sie je vergessen konnte. Aber zum ersten Mal spürte sie den Wunsch, sie zu vergessen, da Faith ehrlich bestrebt zu sein schien, für ihre Taten zu sühnen. Und nach dem Beweis, den sie in dieser Nacht gesehen hatte, bezweifelte Buffy nicht, dass sie wirklich büßen wollte. Ob Faith dazu fähig war, stand allerdings auf einem anderen Blatt.

Sie setzten ihren Abstieg vorsichtig fort, eine Reise, die durch die fremdartige Klinge in Buffys Hand erschwert wurde. Faith hatte zumindest eine grobe Scheide dabei, in der sie das lange zweischneidige Schwert auf ihrem Rücken trug. Von Zeit zu Zeit konnte Buffy Spike leise fluchen hören. Wahrscheinlich fragte er sich, wie er überhaupt in diese Sache hineingeraten war. Gib mir die Schuld, dachte Buffy, obwohl sie nichts von seinen früheren Erfahrungen mit der Moruachkönigin oder – sie schauderte voller Abscheu – von der Methode wissen wollte, die den Streit zwischen ihnen beigelegt hatte.

Das Rauschen des Meeres schien die Luft um sie herum zu erfüllen und von den Wänden widerzuhallen, als wären sie bereits unter Wasser, im Herzen des Ozeans und nicht über ihm. Die Luft war stickig und feucht, und sie konnte bei jedem Atemzug das Salz schmecken.

»He«, sagte Buffy. Ihre Stimme klang trocken und fern, als sie von den Steinwänden der Höhle zurückgeworfen wurde.

Faith sah sich zu ihr um.

»Ich schätze, ich sollte dir danken«, sagte Buffy. »Für das, was du dort oben getan hast.«

»Nö. Das musst du nicht.« Faith konzentrierte sich wieder auf den Abstieg und trat vorsichtig auf ein Steinplateau, das in dem wenigen Licht, das ihnen zur Verfügung stand, kaum sichtbar war. »Ich habe es nicht für dich getan.«

»Okay«, sagte Buffy leichthin. »Nun, dann vergiss es.«

Einen Moment später ergriff Faith erneut das Wort, ohne sich umzudrehen. »Ich war ein paar Jahre außer Kontrolle. Früher. Bevor ich auserwählt wurde. Ich schätze, hauptsächlich deswegen, weil niemand sich genug um mich kümmerte, um mich aufhalten zu wollen.

Zu der Zeit, als der Rat an mich herantrat ... zu der Zeit, als meine Wächterin mir erklärte, was ich war ... vielleicht habe ich damals nach etwas gesucht, von dem ich ein Teil sein konnte. Eine Weile hat der Rat mir das gegeben. Dann kam ich nach Sunnydale und traf dich. Von da an lief es nicht besonders gut. Ich hatte keine Übung, verstehst du? Mich in eine Gruppe einzufügen, meine ich. Dann tauchte der Bürgermeister auf. Es war ziemlich dumm von mir, aber ich fiel auf ihn herein, weil es einfach war. Nach der langen Zeit, in der ich allein auf mich gestellt war, tat es gut, für irgendjemand *wichtig* zu sein.«

Während Faith sprach, hatte sie den Abstieg fortgesetzt, sich von einem spitzen Felsvorsprung zum nächsten gehangelt und weiter in die Tiefe vorgearbeitet. Jetzt erreichte sie eine Stelle, an der vor langer Zeit jemand sieben Stufen unterschiedlicher

Breite in die Höhlenwand getrieben hatte. Sie verharrte dort und sah sich nach Buffy um.

»Das Problem ist, wenn einem das zu gut gefällt, hört man auf, hier nach Antworten zu suchen«, sagte Faith und schlug sich mit der Faust an die Brust. »Man fängt an, andere Leute entscheiden zu lassen, was richtig ist. Und so kann man nicht leben. Auf keinen Fall. Es hat mich eine Menge gekostet, das zu lernen.«

Ohne auf eine Antwort zu warten, wandte sie sich wieder ab und kletterte weiter. Sie kamen Spike und den Moruach immer näher. Buffy konnte ihr leises Zischen und das Rascheln ihrer öligen Haut hören, während sie ihre dicken Leiber durch den Schacht schlängelten.

Sie ließ Faith gehen und starrte ihr nach. Sie war in diesem Moment unfähig, ihr zu folgen. Mit jedem Wort, das Faith gesagt hatte, war Buffy immer klarer geworden, dass sie in den letzten Tagen genau das getan hatte, vor dem die andere Jägerin sie gerade gewarnt hatte. Sie hatte nach jemand gesucht, der ihr den Weg zeigte, ihr seine Philosophie aufdrückte und ihr die Welt erklärte, damit sie es nicht selbst tun musste. Trotz ihrer Gefühle gegenüber dem Rat hatte sie seine Argumente in Erwägung gezogen. Und der Orden hatte sie so tief beeindruckt, dass sie überlegt hatte, sich ihm ganz anzuschließen, wie die Jägerin, deren Desertion die Wächter und Weisen vor so langer Zeit entzweit hatte.

Vor ihrem geistigen Auge blitzte das Bild der Seelöwen auf, wie sie sich an jenem Tag, als Xander sich beim Surfen verletzt hatte, am Strand versammelt hatten. Das Sonnenlicht auf den Wellen, die Auseinandersetzung auf dem Sand, die Demonstranten und die Medien. Und die armen Kreaturen, die an die Küste geflohen waren, aus Angst vor dem Wesen, das sie aus ihrem Ozeanheim vertrieben hatte. Die Schifffahrts- und Fischereigesellschaften waren nicht bereit gewesen, auf ihre Profite zu verzichten und die Sicherheit der Seelöwen zu garantieren, und die Demonstranten hatten verlangt, dass irgendjemand etwas unternahm, um die Seelöwen zu schützen. Selbst da hatte Buffy ihren Freunden die Debatte überlassen, damit sie sich zwischen ihren Meinungen entscheiden konnte, statt sich ein eigenes Bild von der Situation zu machen.

Während ihr diese Gedanken in den Sinn kamen, schüttelte sie den Kopf. Nein, sagte sie sich, was die Moruach betrifft, habe ich eine eigene Philosophie entwickelt. »Abwarten und sehen« ist so gut wie jede andere.

Faith war unterdessen in der Dunkelheit der Höhle unter ihr verschwunden. Buffy atmete tief durch und stieß langsam die Luft aus, dann ging sie der anderen Jägerin nach, grimmig entschlossen, den Krieg zwischen dem Ägir und den Moruach nicht zu gewinnen, sondern zu beenden.

Buffy folgte Faith mit dem Schwert in der Hand die wenigen Stufen hinunter und um eine kleine Biegung in der natürlichen Felsformation, hinter der der Boden ebener wurde. Das Rauschen der Brandung wurde lauter und verwandelte sich, während sie weiter marschierte, fast in etwas Stoffliches. Nach mehreren Schritten wurde es heller in der Höhle. Das Mondlicht tauchte das Gestein um sie herum in einen kränklich gelben Schein. Der Weg vor ihr fiel wieder ab, doch als Buffy den Rand erreichte und nach unten sah, erfasste sie Staunen.

Die Höhle war dort größer und öffnete sich zu einer Kaverne, die etwa fünf Meter hoch und sieben Meter breit war. Durch einen schmalen Spalt in der gegenüberliegenden Wand konnte Buffy das Meer sehen, die vom Mondlicht erhellten Wellen. Sie fragte sich, ob die Höhlenöffnung tagsüber von vorbeifahrenden Booten aus zu erkennen war. Die Vernunft sagte ihr, dass dies nicht der Fall sein konnte, denn sonst wäre die Kaverne kein Geheimnis gewesen – und dieser Ort *fühlte* sich zweifellos geheim an.

Von draußen, vermutete sie, würde der Eingang, wenn die

Sonne von oben schien, nur wie ein Spalt aussehen, ein dunkler Riss im Felsgesicht des Kliffs.

Die Realität war außergewöhnlich, vor allem in diesem Augenblick. In der Kaverne drängten sich so viele Moruach, dass sie fast an einen Bienenstock erinnerten. Quartette aus geschlitzten Bernsteinaugen musterten sie, als sie vorsichtig den Hang hinunter in die Höhle kroch. Drachenschlangen hatte man sie Giles zufolge einst genannt, und Buffy konnte diese Bezeichnung jetzt besser als je zuvor verstehen. Wie Schlangen drängten sie sich aneinander und bildeten ein Gewirr öliger Leiber.

Ihr Herzschlag beschleunigte sich einen Moment, während sie sie betrachtete, und sie war froh, dass die Moruach im Augenblick ihre Verbündeten waren.

Spike und Faith standen rechts und links neben dem Spalt im Kliff, ihrem Ausgang aus dieser ofenrohrförmigen Höhle, und nacheinander glitten auch die Moruach aus dem Loch und auf sie zu. Buffy zwängte sich zwischen ihnen hindurch und versuchte, nicht zusammenzuzucken, als die ölige Haut der Kreaturen sie streifte. Sie machten ihr, so gut es ging, Platz, und Sekunden später stand sie neben Spike.

Die größte Moruach schlängelte sich mit einem Zischen über den Felsboden auf sie zu. Es war die Königin, die, als sie Buffy mit brennenden dunklen Augen zur Seite stieß, abermals zischte.

»Was war das?«, fragte Buffy und funkelte Spike an. »Hallo, Verbündete?«

»Vielleicht ist sie eifersüchtig«, schlug Faith vor. Ihren Lippen entschlüpfte ein gedämpftes Kichern.

Spike machte eine obszöne Geste, die ihnen beiden galt, sagte aber nichts. Buffy erkannte, dass Faith wahrscheinlich Recht hatte und dass Spike dies wusste. Doch im Moment hatte sie kein Interesse, ihn damit aufzuziehen. Vor allem nicht, da die Königin ihre spitzen kleinen Zähne fletschte, sich Buffy näherte und sie aus dem Weg schubste. Die Moruach strömten jetzt aus der Höhle, schlängelten sich, wie Buffy sehen konnte, einen schmalen, felsigen Küstenstreifen entlang und stürzten sich dann ins Wasser.

Sie löste sich von Spike. »Vertrau mir«, sagte sie zu der Königin, deren Brust sich bei jedem Atemzug hob und senkte und deren Klauen erhoben waren, während sie Buffy musterte. »Kein Interesse. Er gehört ganz dir.«

»Ist *das* nicht eine Erleichterung?«, höhnte Spike. Aber als die Moruachkönigin ihn ansah, lächelte er. »Ich will Euch damit nicht beleidigen, Majestät.«

»Majestät?«, wiederholte Faith.

Obwohl Buffy mit einer scharfen sarkastischen Bemerkung rechnete, sagte Faith nichts weiter. Buffy vermutete, dass sie es sich angesichts der Lage anders überlegt hatte.

Die letzte Moruach schlüpfte durch den Spalt im Fels, glitt zur Bucht hinunter und verschwand im Meer. Buffy blickte über das Wasser und bemerkte, dass sich Wesen auf den Wellen bewegten. Dutzende, vielleicht Hunderte dunkle Gestalten tauchten aus dem Meer auf, nur um einen Moment später wieder zu versinken. Sie erkannte sofort, was sie sah.

»Die Seelöwen«, sagte Buffy, die kaum mitbekam, dass sie laut gesprochen hatte.

Die Moruachkönigin gab ein leises Zischen von sich, spähte durch das Loch und sah dann Spike an. Der Vampir schauderte und berührte die Seite seines Kopfes, als würde ihm der Laut Schmerzen bereiten.

»Sie hauen ab, diese feigen kleinen ...«, sagte Spike. »Die Königin meint, sie können den bevorstehenden Kampf spüren. Sie wollen sich verdrücken, bevor sie als Siegesschmaus enden.«

Die Moruachkönigin glitt durch das Loch im Kliff, landete auf dem felsigen Küstenstreifen und bohrte ihre Klauen in den Boden. Ihr Schlangenleib wirbelte die Erde auf. Dann war sie fort, folgte dem Rest ihres Stammes ins Meer, tauchte ins Wasser und wandte sich nach Süden.

Faith legte den Kopf zur Seite und starrte Spike an. »Du verstehst dieses Gezischel? Ist es eine Dämonensprache oder so?«

Der Vampir verdrehte die Augen und seufzte. »Du bist nicht gerade die Hellste, was? Die Moruach sind Telepathen. Wir haben nicht direkt dieselbe Wellenlänge, aber ich verstehe alles Wesentliche.«

»Ich schätze, ihr seid dicke Freunde«, erwiderte Faith mit einem schiefen Grinsen.

Dann beugte sie sich nach vorn und blickte hinaus auf den Ozean. Buffy sah, wie sich ihr Gesichtsausdruck veränderte, wie das Lächeln von einem Moment zum anderen verschwand. Faith starrte wie hypnotisiert aufs Meer hinaus.

»Das soll wohl ein verdammter Witz sein«, flüsterte sie.

Buffy drehte sich um und spähte durch die Öffnung, um festzustellen, was diese Worte ausgelöst hatte, obwohl sie es bereits wusste, bevor sie es sah.

Etwa einen Kilometer vor der Küste hatte etwas die Wasseroberfläche durchbrochen. Es glitt im Mondlicht über das Wasser, und Buffy dämmerte, dass dieses riesige schwarze Ding mit seinen gezackten Kanten ein einziger Tentakel war, nur ein Glied der grausigen Kreatur, die vermutlich viele Seeungeheuermythen inspiriert hatte. Dahinter, etwas weiter Richtung Süden, tauchte wie eine kleine Insel der Kopf der Kreatur auf, und selbst aus dieser Entfernung waren ihre Augen sichtbar. Sie leuchteten in einem hellgrünen Farbton, der Buffy mit Unbehagen erfüllte. All die Furcht, die sie in den letzten Tagen erfüllt und unterdrückt hatte, kehrte jetzt mit solcher Macht zurück, dass es ihr den Atem verschlug.

»Was ist das?«, sagte Faith mit zusammengebissenen Zähnen.

Buffy wusste, dass sie nicht den Ägir meinte, über dessen Identität kein Zweifel bestehen konnte. Faith bezog sich auf das, was sie fühlte, auf die bösartige Präsenz in der Luft, die ihr ebenso wie Buffy unter die Haut ging. Sie hätte es fast Furcht genannt, aber das wäre nicht ganz richtig gewesen. Das tiefe Entsetzen in ihrer Magengegend war nicht nur Furcht. Es war mehr als das.

Es war Spike, der das Gefühl beim Namen nannte.

»Das Böse«, sagte der Vampir und presste die Lippen zusammen, als würde er das, was die Jägerinnen so verstörte, richtig gehend genießen. »Was ihr fühlt, ist das reine, unverfälschte Böse. So etwas ist auf dieser Seite der Dinge nicht häufig anzutreffen. In dieser Welt, meine ich. Dieses Gefühl ist ein Rückfall in die Welt, die es früher einmal gab. Erinnert ihr euch an die vielen Gelegenheiten, bei denen ihr die Apokalypse verhindert habt? Das Gefühl dabei? Das Ding dort draußen ist nur ein kleiner Teil von dem, was ihr die ganze Zeit bekämpft habt.«

Buffys Blick huschte von Spike zu Faith und wieder zurück. »Wir müssen uns beeilen. Wohin sind die Moruach verschwunden?«

»Sie sind auf dem Weg nach Süden, zum Strand. Die Metamorph-Freaks ... wie habt ihr sie noch gleich genannt? Die Ägirie? Sie sind bereits dort.«

»Woher weißt du das?«

»Die Königin hat es mir gesagt. Die Moruach können sie riechen.«

Faith starrte zuerst ihn, dann Buffy an. Schließlich wandte sie sich ab, ging zum Ausgang, sprang fünf Meter in die Tiefe und landete auf der felsigen Küste der Bucht, das zweischneidige Langschwert noch immer auf dem Rücken. Faith watete ins Wasser und tauchte unter. Einen Moment später durchstieß sie die Oberfläche wieder, warf die nassen Haare nach hinten und schwamm der Dämonenkönigin hinterher.

Buffy blickte hinaus aufs Meer, wo der Ägir jetzt höher aus dem Wasser ragte und sich der Küste näherte. Mehrere seiner Tentakel durchbrachen die Oberfläche. Sie hatte keine Ahnung, wie sie dieses Wesen bekämpfen sollten, aber in ihrem Hinterkopf hallte ein Echo – das Echo von etwas, das sie früher gehört hatte –, und sie hoffte, dass es sich bald zu einem Plan entwickeln würde.

Sie wandte sich der Öffnung zu, aber Spike hielt sie auf.

»Was hat das Ganze für einen Sinn?«, fragte er. »Du kennst jetzt die ganze Geschichte, richtig? Es ist ihr Krieg. Warum lässt du sie ihn nicht austragen und wartest, bis er vorbei ist?«

Sie starrte ihn an. »Ich habe dir erzählt, was Travers vor dem Haus gesagt hat. Glaubst du wirklich, dass der Ägir nach der ganzen Zeit, in der er gefangen war, einfach verschwinden wird, nachdem er die Moruach vernichtet hat? Er kommt an Land und er wird nicht am Strand Halt machen.«

Mit diesen Worten trat sie an die Öffnung im Kliff, zwängte sich hindurch, sprang hinunter auf den Küstenstreifen und hielt dabei ihr Schwert hoch, als wäre sie eine marodierende Piratin. Während sie in die Brandung watete, folgte Spike ihr und grunzte, als er auf dem Boden aufprallte und über die Felsen rollte. Dann rappelte er sich wieder auf und fluchte. Buffy fragte sich, ob er mitkam, weil er Angst vor ihr hatte, weil er den seltsamen Waffenstillstand zwischen ihnen aufrechterhalten wollte, der es ihm erlaubte, in Sunnydale zu leben, oder weil zwischen ihm und der Moruachkönigin eine bizarre Anziehung bestand.

Dann ging ihr auf, dass sie das eigentlich gar nicht wissen wollte.

Die Jägerin richtete ihren Blick entschlossen auf den Horizont, wo sich der Ägir langsam der Küste näherte und das Wasser zum Wogen brachte, dann tauchte sie ins Meer und schwamm los.

Polizeisirenen zerrissen die Nacht. Blaulichter erhellten das Innere von Xanders Wagen, und der Motor heulte auf, als er beschleunigte und noch schneller über die Küstenstraße raste. Auf dem Beifahrersitz murmelte Anya vor sich hin, ein stiller Kontrapunkt zum Dröhnen des Motors und der Spannung des Moments, und erinnerte sich reuevoll zum hundertsten Mal daran, dass sie besser in der *Magic Box* geblieben wäre.

Die Straße beschrieb eine Kurve und Xander riss das Lenkrad so hart herum, dass die Reifen, als der Wagen einen Moment ins Schlingern geriet, quietschten, bevor er ihn wieder unter Kontrolle bekam.

»Xander!«, fauchte Willow. »Fahr langsamer. Wir sind fast da.«

»Du bist besser gefahren, als du den Arm noch in der Schlinge hattest«, fügte Anya verdrießlich hinzu.

»Müssen wir diese Unterhaltung jetzt wirklich führen?«, erwiderte Xander mit vor Spannung fast schriller Stimme, während er noch mehr Gas gab. Die Straße war rau und holprig, und die Stoßdämpfer waren nicht die besten. Sie alle hüpften auf ihren Sitzen.

»Erklärt mir noch mal, warum ihr nicht diesen Achtet-nicht-auf-den-Mann-hinter-dem-Vorhang-Zauber wirken konntet«, bat Xander mit einem Blick in den Rückspiegel.

»Bei diesem Tarnzauber geht es um Subtilität«, antwortete Willow. »Rasende Autos sind nicht gerade subtil. Außerdem hätten Tara und ich euch nicht helfen können, wenn wir den Strand erreichen.«

»Ihr seid auch nicht gerade hilfreich, wenn wir den Strand nicht erreichen«, erinnerte Xander sie.

»Wir kommen schon hin«, versicherte Tara.

Alle versanken in Schweigen. Der Motor dröhnte, der Wind pfiff durch die offenen Fenster und die Sirenen gellten durch die Nacht. Willow warf Tara einen Blick zu, sah, dass ihr Gesicht in das flackernde Blaulicht getaucht war, und ergriff die Hand ihrer Freundin. Seit sie zusammen waren, war Tara ihr Halt geworden. Willow wusste nicht, was sie ohne sie tun würde. Anyas Gemurmel, dass sie besser in der *Magic Box* geblieben wäre, erweckte den Wunsch in ihr, Tara dort zurückgelassen zu haben.

Es war ein törichter Wunsch. Tara wäre nicht zurückgeblieben, während sich Willow in Gefahr begab. Und so musste es auch sein. Gemeinsam würden sie mit allem fertig werden.

Xander lenkte den Wagen durch eine weitere Kurve, diesmal mit etwas mehr Geschick, und Willow hielt Taras Hand, blickte durch die Windschutzscheibe und wartete darauf, dass der Strand vor ihnen auftauchte. Nachdem sie sich mit den Moruach in der Ruine der Highschool geeinigt hatten, waren die Dämonen in den Schatten verschwunden, aber sie hatten vor dem Problem gestanden, den Strand zu erreichen, ohne erwischt zu werden. Die Stadt stand noch immer unter Quarantäne, und das Police Department Sunnydale arbeitete mit der Nationalgarde zusammen, um die Ausgangssperre durchzusetzen. Willow und Tara hätten auch Xander und Anya mit ihrem »Missachtungszauber« belegen können, aber dann hätten sie zu Fuß zum Strand gehen müssen – und das hätte zu lange gedauert. Sie hatten nur die Wahl gehabt, sich zu Xanders Haus durchzuschlagen, seinen Wagen zu nehmen und loszurasen.

Was jedoch dazu geführt hatte, dass sie jetzt von der Polizei verfolgt wurden.

»Gesellschaft!«, stieß Xander hervor. »Eine Menge.«

Willow reckte den Hals, um besser sehen zu können, während Xander den Wagen nach rechts steuerte. Sie fuhren in nördlicher Richtung über die Küstenstraße, und auf der linken Seite tauchte der Strand auf. Aber sie würden ihn mit dem Wagen nicht erreichen. Zwei Fahrzeuge der Nationalgarde blockierten die Straße. Dahinter standen mehrere Streifenwagen mit flackernden Lichtern, die alles in einen blauen Schein tauchten, die Menschen auf dem Sand eingeschlossen.

Nur dass es keine Menschen waren. Zumindest nicht mehr.

Dutzende von Ägirie wimmelten in zerrissener, blutdurchtränkter Kleidung auf dem Strand herum. Die meisten von ihnen hatten keine Ähnlichkeit mehr mit den Menschen, die sie einmal gewesen waren. Schuppiges, grünschwarzes Fleisch und riesige Indigoaugen hatten ihre menschlichen Züge ersetzt, stachelige Tentakel wuchsen aus ihrer Brust und an den Armen, Beinen, Hälsen und Rümpfen hatten sich kleine, bösartige Mäuler gebildet und schnappten nach imaginärer Beute.

Als wäre die Ankunft von Xanders Wagen ein Signal gewesen, brach das Chaos los. Die Nationalgardisten und Polizisten eröffneten das Feuer auf die Ägirie. Schüsse hallten wie Knallkörper durch die Luft, und Willow spürte jeden Schuss in ihrer Brust, als wäre er in ihrem Innern abgefeuert worden. Es war möglich, dass die Nationalgardisten inzwischen wussten, dass diese Monster früher mal Menschen waren, dass jene, die sich noch nicht ganz verwandelt hatten, vielleicht noch gerettet werden konnten. Willow hoffte um ihretwillen, dass dies nicht der Fall war. Sie hoffte, dass sie von dem Grauen, mit dem sie es zu tun hatten, nichts ahnten.

»Oh, Göttin, nein«, flüsterte Tara.

Willows Kehle war trocken, ihre Augen jedoch waren feucht.

Xander trat hart auf die Bremse und brachte den Wagen sieben Meter vor der Straßensperre der Nationalgarde schlingernd zum Stehen. Die Streifenwagen, die sie verfolgt hatten, schalteten ihre Sirenen ab und hielten ebenfalls an, aber keiner achtete mehr darauf, was hinter ihnen geschah. Alle Augen waren auf die groteske Szene vor ihnen gerichtet.

Willow stieg aus dem Wagen, die anderen folgten sofort, doch keiner von ihnen wagte es, sich dem Chaos der Schießerei zu nähern. Es gab nichts, das sie tun konnten, um das, was sich vor ihnen abspielte, zu verhindern. Kugeln bohrten sich in nichtmenschliches Fleisch. Dunkles Blut spritzte in hohen Bögen auf den Sand. Mehrere Sekunden lang schien es, als würden die Ägirie niedergemetzelt werden.

Aber es gab mehr von ihnen, als es zunächst den Anschein

gehabt hatte. Mindestens hundert, vielleicht mehr. Ein Geräusch wie das statische Prasseln aus einem zu laut aufgedrehten Funkgerät erreichte sie. Willow wandte den Blick vom Wasser ab und sah nach rechts. Dort waren weitere Ägirie, die über die Straße rannten, um die Polizisten und Gardisten von hinten anzugreifen. Ihre Tentakel peitschten durch die Luft. Die Ägirie, die das Ziel der Schüsse gewesen waren, griffen ebenfalls an, und bald war die Nacht von den Schreien ihrer Opfer erfüllt. Der Cop, der Xanders Wagen verfolgt hatte, vergaß sie jetzt völlig. Mit gezogener Waffe rannte er an ihnen vorbei und rief Gott an. Dann schoss er, und mehrere Ägirie wirbelten zu ihm herum. Willow sah, wie sie von Kugeln getroffen wurden. Einer ging mit halb abgerissenem Kopf zu Boden. Die anderen stürzten sich auf den Cop.

»Wir müssen e-etwas unternehmen«, sagte Tara kopfschüttelnd.

Willow zögerte keinen Moment länger. Sie rannte zum Bürgersteig und auf den Sand, murmelte eine Zauberformel und fuhr mit den Fingern durch die Luft. Ein pulsierendes goldenes Licht explodierte über ihr und regnete auf sie nieder. Die Ägirie zwischen den Streifenwagen und Fahrzeugen der Nationalgarde auf der Küstenstraße stellten ihre Angriffe ein und blickten zu ihr hinüber.

Tara schrie ihren Namen, aber es war zu spät. Der Schaden war angerichtet.

Die Ägirie lösten sich von ihren Opfern und rannten zischend über den Strand auf Willow zu. Ihre Stimmen klangen wie das Rauschen der Brandung. Oder wie ein zu laut aufgedrehtes Funkgerät, aus dem nur statisches Prasseln drang.

Willow hörte, wie sich Xander am Kofferraum zu schaffen machte, um die Streitäxte herauszunehmen, die dort deponiert waren. Tara gesellte sich zu ihr, atmete schwer, sagte aber kein Wort, als sie sich den Kreaturen gemeinsam entgegenstellten. Es waren so viele. So viele.

Einige Polizisten und Gardisten waren bereits tot, viele verwundet. Aber nicht alle. Einigen hatten sie offenbar das Leben gerettet. Auf der Straße waren Schüsse zu hören, und es war nur eine Frage der Zeit, bis das Massaker weiterging, das Töten der Menschen und jener Geschöpfe, die einmal Menschen gewesen waren.

Ein weiterer Wagen kam mit quietschenden Reifen hinter ihnen zum Halt. Willow wagte nicht, sich umzudrehen, aber sie hörte Giles' Stimme und wusste irgendwie, dass er und Rosanna es trotz der Quarantäne bis hierher geschafft hatten. Sie hörte Giles ihren Namen rufen, aber sie drehte sich noch immer nicht um.

Nicht, solange so viele dunkle, lidlose Augen sie anstarrten.

Sie hielt den Atem an, als sie näher kamen, sah die Tentakel sich wie Medusenschlangen an ihrer Brust winden, sah die kleinen Mäuler. Willow ergriff wieder Taras Hand und spürte die Verbindung zwischen ihnen, spürte, wie sich der Kreis schloss, spürte den Strom der Magie, wie es immer geschah, wenn sie miteinander verbunden waren. Es konnte auch nur an ihren Gefühlen für Tara liegen und keine richtige Symbiose sein, doch es fühlte sich zweifellos so an, als würden sie sich gegenseitig Kraft geben.

Dann blieben die Ägirie einfach stehen. Sie verharrten überall auf dem Sand und wandten sich ab, dem Meer zu, um plötzlich über den Strand in die Brandung zu marschieren und auf die Knie zu fallen.

Die überlebenden Polizisten und Nationalgardisten eröffneten, als sich die Kreaturen von Willow und Tara entfernten, sofort das Feuer. Dämonenblut benetzte den Sand und wieder wurden zahlreiche Ägirie von Kugeln zerfetzt.

»Aufhören!«, schrie Giles. »Aufhören, ihr Idioten! Spart eure Kugeln! Stellt das Feuer ein! Spart eure Munition.«

Wundersamerweise gehorchten sie. Willow wandte sich von

den Ägirie ab und sah, wie Giles herbeieilte und das Schussfeld versperrte. Einer der Männer schrie ihn an.

»Aus dem Weg, Idiot!«

»Ich sagte, sparen Sie Ihre Munition!«, rief Giles.

»Zum Teufel, weshalb denn?«

Aber Willow hatte gesehen, wie die Ägirie auf die Knie gefallen waren. Tara hatte ihr erzählt, was der transformierte Baker McGee gesagt hatte. Sie wusste es.

»Deshalb!«, schrie Giles und streckte die Hand aus.

Alle fuhren zum Meer herum.

Tara schickte abermals ein geflüstertes Stoßgebet zur Göttin. Willow spürte, wie eine Welle der Übelkeit sie durchlief, und fast erbrach sie sich auf den Strand. Sie alle hatten sich an das Entsetzen und die Furcht gewöhnt, die in den letzten Tagen die Atmosphäre in Sunnydale vergiftet hatte. Jetzt wurde sie wieder von dem Grauen erfasst und drohte, von ihm überwältigt zu werden. Sie hörte, wie Xander und Anya hinter ihr fluchten.

Der Ägir war nicht mehr weit von der Küste entfernt. In dem Chaos des Kampfes hatte er sich unbemerkt aus dem Wasser erhoben. Tentakel peitschten das Meer und schlugen hohe Wellen. Sein gewaltiger, aufgeblähter Leib war von Augen übersät, die in einem kränklichen Grün leuchteten, und sein riesiges Maul war rund und mit nadelspitzen Zähnen gefüllt wie die kleinen Mäuler der Ägirie. Er bot selbst in der Dunkelheit unter dem fahlen Mond einen abscheulichen Anblick. Seine Tentakel waren mit spitzen Vorsprüngen besetzt, die an Widerhaken erinnerten, und sein Fleisch sah selbst aus der Entfernung faulig aus, als wäre es von irgendeiner Krankheit zerfressen. Von der Bestie ging ein Gestank aus, der vom Wind an den Strand getragen wurde und so abstoßend war, dass Willows Magen sich erneut zusammenzog.

Aber das Schlimmste war die seltsame Form des Wesens, die jeder Beschreibung spottete. Es gab seltsam verdrehte Winkel, die einfach irgendwie falsch wirkten. Das Wesen war ein lebender Albtraum, wie ihn nicht einmal Picasso hätte zeichnen können. Willows Kopf schmerzte von diesem Anblick, als sie versuchte, mit den Augen den Umrissen und Kanten dieses Wesens zu folgen, den sich ständig verändernden fauligen Farbtönen, die der Mond auf das von Pusteln überzogene Fleisch warf.

Das Wesen war selbst ohne die mächtigen Tentakel, die jetzt aus den Wellen brachen und das Wasser peitschten, doppelt so groß wie ein Haus. Willow hatte den Eindruck, dass sein titanischer Rumpf von unten gestützt wurde, und vor ihrem geistigen Auge sah sie die Zeichnung, die Giles ihnen gezeigt hatte, den riesigen Schneckenkörper, der sich in diesem Moment über den Meeresgrund wälzen musste.

»Will«, sagte Xander matt.

Sie sah ihn an und fragte sich, ob sie genauso verängstigt wirkte wie er.

Giles und Rosanna rannten zu ihnen und ließen die Nationalgardisten hinter sich zurück, die in diesem Moment zweifellos über Funk Verstärkung anforderten, die Army, die Navy, die Air Force und die Marines, eine Verstärkung, die nicht rechtzeitig eintreffen würde. Und nach dem, was zuvor geschehen war, würde auch die Küstenwache keine große Hilfe sein.

Dann waren alle da.

»Wie sollen wir dieses Ding aufhalten?«, fragte Xander, während sich Anya an ihn schmiegte.

Willow schüttelte den Kopf. »Ich weiß es nicht.«

»Also, weise Dame«, sagte Xander mit bemühter Munterkeit in der Stimme. »Irgendwelche Ratschläge?«

Rosanna schüttelte den Kopf. »Ich bin für so etwas nicht ausgebildet worden. Und meine Vorgesetzte ... sie hat es mir überlassen. Es wird keine Hilfe kommen.«

Aber Giles sah nicht länger den Ägir an. Seine Aufmerksamkeit war auf etwas anderes gerichtet.

»Ich bin mir dessen nicht so sicher«, sagte der Wächter.

Ein kurzes Stück die Küste hinunter, wo der Strand aufhörte und Felsen wich, tauchten die ersten Moruach aus der Brandung auf. Und sie waren nicht allein.

18

Das Wasser war schlimm gewesen. Das Entsetzen, das sie überwältigt hatte, das unerträgliche Gefühl des Bösen, hatte sie so völlig durchdrungen wie das Meer ihre Kleidung durchweicht hatte. Buffy versuchte, sich auf das Schwimmen zu konzentrieren, nur auf das Schwimmen, aber das war nicht so einfach, während der Ägir immer näher kam. Sie schwammen in einem Winkel zu seinem Kurs, aber er schien immer schneller zu werden. Aber vielleicht bildete sie sich das auch nur ein – es konnte durchaus sein, dass sie einfach zu langsam schwammen.

Jetzt tauchte sie aus der Brandung auf und wurde auf dem Sand von Spike und Faith erwartet. Als Buffy das Wasser verließ, suchte sie den Strand ab und nahm alles in sich auf. Die Polizei. Die Nationalgarde. Die Blaulichter, die über den Himmel flackerten. Die Gestalten unweit der Straße im Süden. Willow und Tara, Xander und Anya, Giles und Rosanna. Alle waren am Leben.

Stumm dankte sie Gott dafür.

Die Ägirie, die dicht am Strand in den Wellen gekniet hatten, ganz auf den uralten Dämon konzentriert, den Großen Alten, dessen Tentakel vielleicht hundert Meter von der Küste entfernt die Wellen aufwühlten ... die Ägirie, seine Kinder, drehten sich einhellig zu ihren Feinden um.

Die Moruach griffen an. Schneller als jeder Mensch rennen konnte, glitten die Drachenschlangen über den feuchten Sand.

Sie bellten und heulten mit ihren klagenden Stimmen. Buffy zuckte bei diesen Lauten zum ersten Mal nicht zusammen.

Aber die Ägirie taten es. Die Geschöpfe, die früher einmal Menschen gewesen waren, erstarrten und hielten sich die Ohren zu, obwohl sie weiter entfernt waren als Buffy, Spike und Faith. Ihre Tentakel schienen einen Moment zu erschlaffen, bevor sie wieder durch die Luft peitschten.

»Spike!«, fauchte Buffy. »Sag der Königin, dass sie warten soll.«

Der Vampir rief der größten Moruach etwas zu, der Königin des Stammes oder der Brut oder vielleicht der gesamten Spezies. Weitere Moruach waren unter Wasser zu ihnen gestoßen, auch wenn Buffy keine Ahnung hatte, woher sie gekommen waren. Sie hatte sie nicht gezählt, aber sie vermutete, dass es vierzig oder fünfzig waren.

Spike schrie der Moruachkönigin etwas zu, doch Buffy glaubte, dass es seine Intentionen waren, die sie stoppten, die Gedanken, die sein Bewusstsein ausstrahlte. Was immer es auch sein mochte, die Königin drehte sich in der Brandung und wirbelte mit ihrem mächtigen Körper den Sand auf. Dann rannte Buffy los.

»Was?«, fragte Faith, während sie ihr folgte. »Du weißt irgendwas. Ich kann es in deinem Gesicht sehen. Was ist dir eingefallen, B.?«

»Ein Echo«, antwortete sie.

Das entsprach durchaus der Wahrheit. Das Echo der Worte hallte in ihrem Kopf wider. Von Quentin Travers' Worten, um genau zu sein. Als Buffy Spike und die Königin erreichte, richtete sich der weibliche Dämon auf, sodass er die Jägerin überragte. Buffy sprach mit Spike, aber ihre Augen waren die ganze Zeit auf die Kreatur gerichtet.

»Man hat mir erklärt, dass ihr den Ägir vor langer Zeit gefangen genommen habt«, sagte sie. »Dass ihr ihn lange Zeit eingesperrt hattet. Dass eure Spezies dafür eine Art Magie benutzt hat, die inzwischen in Vergessenheit geraten ist.«

Spike sah zwischen Buffy und der Königin hin und her. Im nächsten Moment zuckte er zusammen und fluchte, Blut floss aus seiner Nase. Er wischte sich die Nasenflügel ab, betrachtete verärgert seine roten Finger und blickte dann zu Buffy und Faith auf.

»Sie haben es nicht vergessen. Sie hat diesen Punkt verdammt deutlich gemacht«, knurrte er mit einem Blick auf die Königin, bevor er seine Aufmerksamkeit wieder auf die Jägerinnen richtete. »Sie sind einfach nicht mehr so zahlreich wie früher, klar? Sobald dieser verfluchte riesige Mistkerl frei war, hatten sie nicht mehr die Kraft, ihn noch mal einzusperren.«

Faith warf ihre nassen Haare nach hinten und strich sie mit beiden Händen glatt. Sie trat zu Buffy. Offenbar ahnte sie etwas.

»Aber was ist mit dem Zauber?«, fragte Faith. »Wenn sie ihn wirken könnten, um den Ägir eine Weile aufzuhalten, dann könnten ich und Buffy nahe genug an ihn herankommen, um ...«

»Um was zu tun?«, unterbrach Spike sie verächtlich. »Siehst du nicht, wie groß dieses Ding ist?«

»Frag sie!«, fauchte Faith. »Und frag sie, wo sein Herz ist!«

Spike tat es. Seine Nase blutete noch stärker, aber er schnitt nur eine Grimasse und zwang sich, den Schmerz zu ertragen. Als er sich ihnen wieder zuwandte, waren Blutfäden über seine Lippen und sein Kinn gelaufen, doch er machte sich nicht die Mühe, sie wegzuwischen.

»Die Schlampe bringt mich um«, murmelte er mit zusammengekniffenen Augen. »Du schuldest mir etwas, Jägerin. Nicht nur dafür, sondern für alles, was ich tun musste.«

Die Moruach kreischten noch immer und kämpften am Strand mit den Ägirie. Klauen gegen Tentakel. Der Ägir kam näher. Eines seiner mächtigen Glieder schoss weniger als dreißig

Meter entfernt aus der Brandung, und als es wieder ins Meer zurücksank, spritzte das Wasser weit genug, um sie alle zu durchweichen.

Buffy funkelte Spike an. »Was auch immer du getan hast, es war nicht für mich. *Was hat sie gesagt?*«

»Nun, was das Herz angeht, dieses Ding hat keines. Aber sie sagt, wenn du seine Tentakel abschneidest, wird es wahrscheinlich sterben. Was die Magie betrifft ... es sind ihre Stimmen. Dieser verfluchte Lärm, den sie jedes Mal veranstalten, wenn sie ihre Mäuler aufreißen, steckt voller Magie. Wie ein Chor, verstehst du? Gemeinsam könnten sie ihn binden, wenn es nur genug von ihnen gäbe.«

Buffy blickte betäubt von Spike zu der Königin und verfolgte voller Entsetzen die Schlacht auf dem Sand, diesen Krieg, in dem die Moruach und die Ägirie fielen. Aber mit jeder Moruach, die starb, schwand die Möglichkeit, den Ägir zu besiegen.

»Spike, ich mache dir ein Angebot«, stieß Buffy hastig hervor. »Sag der Königin, sie soll es versuchen. Alle sollen es versuchen, selbst die, die kämpfen. Sie sollen versuchen, den hohen Ton zu treffen, im Einklang zu singen, was auch immer. Aber sofort! Dann geh zu Willow und den anderen. Sag ihnen, dass wir das, was die Moruach tun, unterstützen müssen. Sie müssen irgendeinen Weg finden, die Kraft ihres Gesangs zu verstärken.«

»In Ordnung. Was habe ich von diesem Angebot?«, fragte Spike.

»Ich werde niemand erzählen, was in diesem Haus passiert ist.«

Der Vampir grinste sie spöttisch an und wandte sich dann der Königin zu. Er presste eine Hand gegen seine Schläfe, während sie kommunizierten, aber dann glitt die riesige Moruachmatriarchin so schnell durch die Brandung, als würde sie sich auf dem Wasser bewegen. Spike rannte über den Sand zu Willow, Giles und den anderen.

Buffy drehte sich zu Faith um. »Machst du mit?«

Faith langte über ihre Schulter und zog das zweischneidige Schwert aus der Scheide auf ihrem Rücken. »Ich bin nicht den ganzen Weg mit diesem Stück Stahl geschwommen, um nur die Zuschauerin zu spielen.«

Willow sah, wie Spike über den Strand gerannt kam, und ging ihm mit Tara, Xander und Anya im Schlepptau entgegen. Giles und Rosanna redeten aufgeregt miteinander und versuchten offenbar herauszufinden, welche Magie bei dem Ägir wirken würde – reine Körperkraft reichte anscheinend nicht aus. Buffy und Faith würden dem Alten niemals nahe genug kommen, um großen Schaden anzurichten.

»Was ist los? Hat Buffy einen Plan?«, fragte Willow, als Spike abrupt zum Stehen kam. Seine Füße wirbelten Sand auf und schleuderten ihn gegen ihre Beine. Der Vampir atmete schwer, was ihr gehörig auf die Nerven ging. Tote mussten nicht atmen, doch die meisten Vampire taten trotzdem so als ob.

»Keinen besonders guten, aber, ja, es gibt einen Plan«, erwiderte Spike. »Ich hoffe, ihr Mädchen seid nicht völlig unmusikalisch. Seht ihr die Moruach? Die Magie liegt in ihren Stimmen, wie bei den Sirenen aus der antiken Mythologie, nur hässlicher. So haben sie damals den Ägir gefangen genommen, doch sie sind nicht stark genug, um es jetzt noch einmal zu hinzukriegen. Buffy denkt, dass ihr in der Lage seid, die Wirkung ihrer Magie zu verstärken.«

Während Spike sprach, waren Giles und Rosanna zu ihnen gestoßen und hatten ihre Unterhaltung eingestellt, um den Worten des Vampirs zu lauschen. Jetzt schüttelte Giles begeistert die Faust.

»Ja!«, sagte der Wächter. Sein Blick wanderte zu Rosanna. »Sind Sie mit der harmonischen Refraktion vertraut?«

Rosanna nickte mit einem abwesenden Ausdruck in den Augen. »Vage, ja. Es ist ein Intensivierungszauber.«

»Äh, ich störe nur ungern, aber ich bin hier das Hexenmädchen. Und ich habe keine Ahnung«, informierte Willow sie. Sie sah Tara an. »Weißt du, worum es dabei geht?«

»Absolut nicht«, erwiderte Tara besorgt. »Vielleicht könnten Sie Ihr Wissen mit uns teilen?«

Die Weise warf Giles einen bedauernden Blick zu und wandte sich dann an die Hexen. »Es ist vermutlich ganz einfach. Zumindest theoretisch. Das Ganze ist im Grunde ein Schabernack. Von der Sorte, die man nicht beigebracht bekommt, wenn man im Umgang mit Magie ausgebildet wird, die aufmüpfige Hexen und Zauberlehrlinge aber auf eigene Faust entdecken. Man kann damit eine Tür verzaubern, damit sie laut wie Donner kracht, wenn sie zuschlägt, und das ganze Haus erzittern lässt. Oder man kann ein Radio so verfluchen, dass seine Lautstärke ...

»Mit anderen Worten«, unterbrach Willow sie, während ihr Blick zwischen Giles und Rosanna hin und her huschte, »es ist genau das, was Buffy will.«

»Präzise«, bestätigte Giles.

»Oooh, der Wächter kommt im siebten Inning durch«, krähte Xander.

»Xander«, tadelte Giles ihn. »Menschen sterben. Wir haben im Moment eine Krise. Wir punkten kaum.«

»Pft«, machte Anya. »Ich schon.«

»Für euch ist das alles anscheinend nur ein großes Schachspiel«, warf Spike ein. »Nun, ich bin raus aus dem Spiel, verstanden?«

Willow funkelte ihn an. »Spike, sieh dir dieses Ding an! Du kannst nicht einfach weggehen. Nun, okay, du *könntest*. Aber du *kannst* es nicht!«

Alle drehten sich zu dem Ägir um. Willow wurde wieder übel, als sie sah, dass einer seiner mächtigen Tentakel den Sand erreicht hatte. Obwohl er Dutzende, sogar Hunderte Augen besaß, hatte sie das Gefühl, dass das Wesen nur sie anstarrte, dass es sie durchschaute, in ihr Inneres blicken konnte und wusste, dass sie unvollkommen war – dass in allen Menschen die Saat der Grausamkeit schlummerte und er diese Saat zum Wachstum anregen konnte. Sie wandte den Blick ab und konzentrierte sich auf die Tentakel, die Schlacht auf dem Strand, wo die Jägerinnen und die Moruach gegen die Ägirie kämpften... aber sie würde nie wieder in diese Augen sehen.

Spike suchte in seinen Taschen nach Zigaretten, doch dann fiel ihm offenbar ein, dass er völlig durchweicht war und dass sie, selbst wenn er sie fand, nass sein würden.

»Lasst mich raten. Ihr wollt mir sagen, dass er böse ist. Ein großes altes, hässliches Ding. Muss vom Angesicht der Erde entfernt werden, ja? Das Problem ist, ich bin viel kleiner, aber genauso böse. Anscheinend muss ich euch ständig daran erinnern.«

Tara verpasste ihm eine Ohrfeige.

Spike knurrte, fletschte die Reißzähne, und sein Gesicht verwandelte sich augenblicklich in die grausige Fratze des Vampirs. »Mach mich nicht an, Hexe.«

»Halt die Klappe«, fauchte Tara, ohne auch nur einmal zu stottern. »Was hast du vor? Willst du mir die Nase blutig schlagen? Wir wissen, dass du böse bist, okay? Aber bis jetzt war mir nicht klar, dass du auch noch dumm bist. Jetzt wissen wir Bescheid.«

Xander schüttelte den Kopf wie ein enttäuschter Vater. »Ah, Spike. Tara hat Recht. Du hast nicht aufgepasst. Wir alle wissen aus früherer Erfahrung, dass du ebenso wenig wie wir willst, dass sich unsere Welt in eine weitere Dämonendimension verwandelt. Glaubst du wirklich, dass keine andere Dämonen folgen werden, wenn der Ägir wie Godzilla durch Südkalifornien marschiert? Die anderen Alten werden Wind davon bekommen, und wenn der Ägir Erfolg hat, werden sie verdammt schnell zur Stelle sein.«

Spike funkelte die anderen an und fuhr sich mit den Fingern durch das nasse Haar, bevor er auf dem Sand kehrtmachte.

»Ich hasse euch alle«, sagte er, während er den Weg zurücklief, den er gekommen war, zurück zu Buffy, Faith und dem allgemeinen Blutvergießen, zu der Scheußlichkeit, die nicht länger einen Platz in dieser Welt hatte.

»Das beruht auf Gegenseitigkeit«, rief ihm Xander hinterher.

Aber Willow schenkte Spike oder selbst Xander keine Beachtung mehr. Denn die Moruach hatten zu schreien begonnen. Ihr Kreischen und Belfern hatte schon die ganze Zeit die Nachtluft zerrissen und die Meerbrise erfüllt. Doch jetzt machten sie ernst, sie rissen die riesigen Haifischmäuler auf, um eine Art klagendes Heulen von sich zu geben, das in den Ohren wehtat, als würden Fingernägel über eine Kreidetafel kratzen. Das Heulen drückte tiefe Qual aus, doch Willow konnte kein Mitgefühl für sie aufbringen. Die Stimmen der Moruach glichen Schallwellen, die sich in Scherben aus zerbrochenem Glas verwandelt hatten.

Sie warf Giles einen durchdringenden Blick zu und musste brüllen, um gehört zu werden. »Das sollen wir verstärken?«

Die Fenster der Streifenwagen und Fahrzeuge der Nationalgarde bekamen Risse, einige zersplitterten sogar. Xander fluchte. Anya hielt sich die Ohren zu. Aber Giles und Rosanna zuckten nur zusammen und traten zu Tara und Willow.

»Es liegt Macht in diesem Heulen«, sagte Giles. »Die lateinischen Worte des harmonischen Refraktionszaubers sind ganz einfach. Jeder könnte damit ein Radio oder einen bellenden Hund beeinflussen. Aber um die Magie zu verstärken ... nur wer über natürliche magische Fähigkeiten verfügt, kann den Zauber zu diesem Zweck einsetzen. Ihr müsst euch auf die magische ... Frequenz des Heulens einstimmen, schätze ich. Ihr müsst die Harmonie in eurem Geist finden, hinausgreifen und den Zauber wirken.«

Willow schüttelte den Kopf. »Giles, ich weiß nicht.«

»Wie lautet die Zauberformel?«, schrie Tara, um gehört zu werden.

Rosanna Jergens sah Giles an. »Sie erinnern sich doch an sie, nicht wahr?«

Der Wächter runzelte die Stirn. »Sagen wir, ich habe früher selbst den einen oder anderen Schabernack getrieben. *Consensius cum sonitus, exclamo. Consensius cum sonitus, exclamo.*«

Willow und Tara wiederholten den lateinischen Satz gemeinsam, um ihn sich einzuprägen. Dann drehten sie sich wieder zu dem Ägir um. Die Moruach hatten sich jetzt vom Wasser entfernt, da zwei der mächtigen Tentakel auf dem Sand nach ihnen griffen, und er wälzte seine grausige, faulige schwerfällige Masse näher an die Küste heran. Das runde Maul schnappte zu, Willow glaubte, das Heulen der Moruach selbst über das Geräusch hinweg zu hören, das seine Zähne machten, als sie aufeinander schlugen, ein Geräusch wie von reißendem Metall.

Sie verdrängte den Gedanken daran. Die beiden Hexen fassten sich nahezu unbewusst an den Händen. Willow spürte kaum Taras Finger in den eigenen, als sie ihr Bewusstsein von allem reinigte, von jedem Laut, jedem Bild, selbst dem Furcht einflößenden Blick des Ägirs und dem Bösen, das dieses Wesen verströmte und das schwer in der Luft hing wie die drückende Schwüle vor einem Gewitter.

Willow ignorierte alles ringsum. Magie durchflutete sie. Sie wusste nicht, woher sie kam, aber sie fühlte das Potenzial in sich, eine mächtige Hexe zu werden. Was auch immer es war, sie konnte es in ihrem Innern spüren. Jetzt griff sie irgendwie nach diesem Teil ihres Selbst und benutzte es, um die Stimmen der Moruach zu spüren, sie in gewisser Weise zu *hören*.

»Ich d-denke, ich hab's«, sagte Tara zögernd.

Willow nickte, ohne die Augen zu öffnen. »Ich auch.«

Gemeinsam rezitierten sie die Zauberformel.

Als die letzte Silbe ihre Lippen verlassen hatte, explodierte das schreckliche Heulen der Moruach wie eine Flutwelle aus Schall in der Luft, sodass Willow gequält aufschrie und sich die

Ohren zuhielt. Sie spürte Wärme dort, schmeckte Kupfer im Mund und ahnte, dass ihre Ohren bluteten.

Sie wirbelte mit vor Schmerz aufgerissenen Augen herum und sah, dass alle dasselbe taten und sich ebenfalls die Ohren zuhielten. Anya war zu Boden gesunken und zog ihre Knie an wie ein Fötus. Xander kniete neben ihr. Willow fürchtete, dass ihre Trommelfelle geplatzt waren und dass sie alle taub wurden. Sie sah, wie Giles ebenfalls auf die Knie sank. Rosanna brach ohnmächtig zusammen. Aber während sich Willow die Ohren zuhielt, dachte sie, dass der Dezibelpegel sie zwar taub machen würde, wenn das Heulen zu lange währte, aber dass sie sich, wenn sie dem schnell ein Ende machen konnten, wahrscheinlich bald davon erholen würden.

Dann sah sie sich suchend nach Tara um, die vor einem Moment noch an ihrer Seite gewesen war, blickte nach unten und stellte fest, dass ihre Freundin im Sand saß, als hätte sie jemand zu Boden gestoßen. Sie hielt sich nicht die Ohren zu. Stattdessen hatte sie die Hände ausgestreckt und starrte entsetzt, mit offenem Mund, ihre Handflächen an.

Ihre Haut war an einigen Stellen, an den Händen, Armen und Wangen, abgeblättert und enthüllte raues, grünliches neues Fleisch.

Willow wollte zu ihr gehen, aber Xander packte sie von hinten, und als sie herumwirbelte, sah sie, dass dasselbe mit Anya und Giles passierte. Als Nächstes drehte sie sich zu den Polizisten und Gardisten um, von denen viele unter dem Lärmpegel des Geheuls ebenfalls zu Boden gegangen waren, und entdeckte, dass auch sie sich verwandelten. Einer von ihnen riss sich bereits die Haut vom Gesicht. Vielleicht, dachte sie, hatte die Metamorphose bei ihm früher eingesetzt als bei den anderen.

Der Ägir schlug also zurück. Das wusste sie mit absoluter Sicherheit. Wütend fuhr sie wieder herum, diesmal, um in die zahlreichen Augen am Körper des Alten zu starren, und jetzt sah sie, dass er sich nicht mehr bewegte, dass er seinen schneckenartigen Vormarsch gestoppt hatte. Seine Tentakel versanken im Wasser und lagen reglos am Strand, als wäre er gerade eingeschlafen.

Er war betäubt, sogar gelähmt. Wenige Meter von seinen bewegungslosen Tentakeln entfernt massakrierten die Moruach seine Kinder, die Ägirie. Der Kampf war in vollem Gang, Fleisch wurde zerfetzt, Blut floss, wurde von der Brandung weggespült oder versickerte im feuchten Sand, doch selbst in seinem gelähmten Zustand schlug der Ägir zurück ... verbreitete das Gift seines Bösen ... infizierte sie alle. Erschuf weitere Ägirie, damit sie für ihn kämpften und starben.

Natürlich gab es ein Heilmittel. Giles hatte einen Weg gefunden, die Metamorphose umzukehren, wenn es rechtzeitig geschah. Aber das Krankenhaus war weit entfernt und die *Magic Box* lag auch nicht näher. Buffy musste den Ägir vernichten. Das war die einzige Lösung. Sie und Faith und Buffy mussten den Ägir aufhalten, ihn töten und beten, dass sie dadurch alle gerettet wurden oder genug Zeit gewannen, um sich selbst zu retten.

Die Polizisten und Nationalgardisten oben auf der Straße eröffneten voller Entsetzen über die Transformation, die sie durchliefen, erneut das Feuer. Einige schossen auf den Ägir, aber die meisten infizierten Männer richteten die Waffen in ihrer Angst auf ihre Kameraden oder auf sich selbst.

Willow sank neben Tara in den Sand und ergriff ihre Hände. Sie spürte die Energie zwischen ihnen, die Verbindung, doch diesmal war das Gefühl, das sie durchflutete, nackte Angst. Denn als Willow auf ihre verkrampften Hände hinuntersah, stellte sie fest, dass ihre eigene Haut ebenfalls abblätterte ...

... und juckte. Göttin, wie das juckte.

Da sie wusste, dass ihre Chancen gerade noch geringer geworden waren, zuckte Buffy jedes Mal, wenn eine Moruach starb, heftig zusammen. Spike war zurückgekommen, um mitzukämpfen. Obwohl er offenbar lieber menschlich aussah, hatte sich sein Gesicht in das des Vampirs verwandelt, und er griff die Ägirie mit einer Wildheit an, die sie bei einer anderen Kreatur selten erlebt hatte. Der Anblick war eine verstörende Erinnerung daran, was für eine gefährliche Bestie er in Wirklichkeit war.

Der Gedanke schoss ihr durch den Kopf und war vergessen, als ein Ägirietentakel über ihren Hals und ihr Gesicht peitschte und tief in ihre Haut schnitt. Blut floss aus den Wunden und die salzige Luft brannte darin. Doch Buffy nahm den Schmerz an und kämpfte mit ihm gegen die Verzweiflung an, die sie erfasst hatte.

Sie stand auf dem feuchten Sand, drei Meter von der Brandung entfernt, die unbeirrt an den Strand rollte. Doch um sie herum ging das Schlachten weiter. Die Ägirie und Moruach brachten sich gegenseitig um, und ihre Zahl wurde immer kleiner. Es gab für sie und Faith keine Möglichkeit, den Ägir anzugreifen, wenn die Magie der Moruach nicht wirkte – oder wenn doch, nur als allerletztes Mittel. Im Moment bekämpften sie die Ägirie, kämpften um das Leben der Moruach.

Um sie herum wimmelte es von Ägirie und peitschenden Tentakeln. Zu ihrer Linken sprangen drei von ihnen eine Moruach an. Einer packte ihren Unterleib, hielt ihn fest und versuchte, sie in den Sand zu drücken, während er gleichzeitig die Tentakel um die Kreatur schlang.

Buffy handelte sofort. Das Schwert, das Faith ihr gegeben hatte, unterschied sich von allen anderen, die sie kannte. Die Klinge war an der Spitze schmal und an der Basis fast so breit wie der Knauf. Aber die Waffe war schwer und scharf genug, um bis zum Knochen ins Fleisch zu dringen, und sie lag perfekt in der Hand. Sie rannte zu dem nächsten Ägirie – wie jedes Mal, wenn sie einen angriff, betete sie, dass seine Kleidung oder sein Auftreten ihr nicht enthüllen würden, wer er vor seiner Verwandlung gewesen war. Als sie das Schwert schwang und das Wesen enthauptete, trauerte sie um den Mann und die Familie, die er hinterließ.

Aber die anderen hatten sie gesehen, und ihre Trauer um diese Wesen, die alle Trauer hinter sich gelassen hatten, machte sie langsamer. Tentakel schlugen von hinten nach ihr und schlitzten ihr wie ein Dutzend Bullenpeitschen den Rücken auf. Buffy schrie, doch sie konnte ihren eigenen Schmerzensschrei über das Bellen und Heulen der Moruach kaum hören.

Sie wechselte das Schwert in die andere Hand, stieß es an ihrer Hüfte vorbei nach hinten und spießte die Kreatur hinter sich auf. In einer einzigen schnellen Bewegung zog sie das Schwert aus dem toten Ägirie und wirbelte herum, als sich ein dritter auf sie stürzte. Die Klinge bohrte sich in seinen Hals, schnitt diagonal durch seinen Rumpf und verharrte mit einem Klirren von Metall gegen Metall.

Als der Ägirie in zwei Teilen zu Boden stürzte, riss Buffy das Schwert zurück und sah Faith über dem Kadaver stehen. Die andere Jägerin hielt ihr zweischneidiges Langschwert, dessen Klinge vom Blut der Monster fast schwarz war, mit beiden Händen. Doch die Moruach, die sie zu retten versucht hatten und die von den drei Ägirie zu Boden geworfen worden war, lag mit aufgeschlitztem Leib im Sand, ihre Organe waren über den Strand verstreut.

»Die Heuler werden allmählich knapp«, schrie Faith Buffy zu. Ihre Augen blickten wild, das Gesicht war blutgefleckt, und ihre Haare waren noch immer feucht und zerzaust und einige Strähnen klebten an der Stirn.

Für Buffy sah sie wie eine vorzeitliche Kriegerin oder die Göttin der Jagd aus. Auch wenn Faith diese Wahrheit nicht gerne hören mochte, glaubte Buffy, dass die andere Jägerin in ihrem Element war. Sie war die geborene Kämpferin.

In der Nähe hörte sie Spike brüllen, fuhr herum und sah, wie der Vampir einem Ägirie mit den Zähnen die Kehle zerfetzte und widerlich schuppiges Fleisch und dunkles Blut auf den Boden spuckte.

»Spike!«, rief sie. »Wir können Willow nicht mehr Zeit geben! Sag der Königin, sie soll anfangen!«

Der Vampir rannte, ohne kundzutun, dass er sie gehört hatte, über den Strand, rammte einem Ägirie, der ihn aufhalten wollte, den Ellbogen ins Gesicht und erreichte Sekunden später die Königin. Buffy konnte nicht verstehen, was er brüllte, aber sie glaubte, dass die Königin seine Worte ohnehin nicht hörte. Sie hörte nur seine Gedanken.

Dann richtete sich die Moruachkönigin so hoch auf, wie es der feiste Rumpf ihres langen Schlangenkörpers erlaubte, öffnete ihr riesiges, bösartiges Maul und heulte noch lauter als zuvor. Einige der anderen Moruach kämpften weiter, während sie ihrem Beispiel folgten und so laut wie die Königin kreischten. Doch viele stellten den Kampf einfach ein, um in den schrecklichen, kakophonischen Gesang einzufallen.

Die Ägirie kreischten ebenfalls, aber mit grausigen, krächzenden Stimmen, die einst menschlich gewesen waren. Sie wankten, hielten sich die Ohren zu und versuchten trotzdem, ihre Angriffe fortzusetzen.

Buffy, Faith und Spike stürzten sich auf sie, die Jägerinnen mit ihren Schwertern und der Vampir mit den bloßen Händen. Etwa eine Minute taten sie nichts als töten. Buffy war lediglich ein paar Schritte von Faith entfernt, doch sie sah, wie sich die Augen der anderen Jägerin weiteten und sie auf etwas hinter Buffy deutete.

Sie fuhr zu spät herum, der Tentakel des Ägirs schoss auf sie zu und erzeugte dabei eine Welle, die Buffy vorübergehend blendete. Dann traf der Tentakel sie und schleuderte sie zu Boden. Er war fast überall massig wie ein Mammutbaum, und selbst die Spitze hatte den Durchmesser von Buffys Oberschenkel. Der Tentakel legte sich um sie und riss sie aus dem Sand. Sie spürte, wie sich die schwarzen Rasiermesser an der Spitze bis zum Knochen in ihr Becken bohrten.

Buffy schrie und verlor vor Schmerz fast das Bewusstsein. Dunkelheit waberte vor ihren Augen.

Aber der Ägir hob den Tentakel, sodass sie ins Rutschen geriet, und in einer Sekunde würde sie über eine viel größere Klinge gleiten, die breit wie eine Guillotine war, und in zwei Hälften zerteilt werden.

Doch Faith war zur Stelle und hackte mit ihrem blutigen Schwert das Ende des Tentakels ab. Die Waffe fuhr mit einem feuchten, schlürfenden Geräusch, das sogar das Geheul der Moruach übertönte, durch das Fleisch. Der Teil, der sich um Buffy gewickelt hatte, fiel ab, als sie in den Sand stürzte.

Spike fing sie auf. Der Vampir legte sie in den Sand und starrte ihre Hüfte an, während Faith zu ihnen rannte.

»Oh, verdammt, B.«, murmelte Faith. Buffy las die Worte mehr von ihren Lippen ab, als sie wirklich zu hören.

Buffy richtete sich mühsam auf, um ihre Wunden zu untersuchen. Ihre Hose war noch immer nass, aber nicht vom Meerwasser. Die Klinge des Ägirs hatte ihre Hüfte bis zum Knochen aufgeschnitten, aber keine lebenswichtigen Organe verletzt. Das Problem war das Blut. Wenn sie zu viel Blut verlor, konnte dies ihr Ende sein. Die Wunden der Jägerin heilten schneller als die normaler Menschen, das gehörte zu ihren besonderen Fähigkeiten. Aber Buffy wollte die Grenzen ihrer Widerstandskraft nicht auf die Probe stellen, wollte nicht herausfinden, wie viel Blut sie verlieren konnte, bevor sie starb.

»Wo ist mein Schwert?«, fragte sie.

»Buffy, du kannst nicht ...«, begann Spike.

»Das Schwert!«, schrie sie.

Faith reichte es ihr und bot ihr eine Hand an. Buffy zog sich hoch und die beiden Jägerinnen standen Nase an Nase da.

»Wir können nicht warten.«

»Nein«, erwiderte Faith.

Sie machten kehrt und wateten ins Meer. Spike schrie ihnen irgendwas hinterher. Aber sie hatten erst ein paar Schritte gemacht, als plötzlich in der Luft ein Getöse explodierte und die Nacht vom Geheul der Moruach zerrissen wurde, so laut, dass Buffy stolperte und Faith sie auffangen musste. Sie stützten sich gegenseitig, ließen ihre Schwerter fallen und versuchten sich die Ohren zuzuhalten, um sich dem Lärm kurz darauf zu ergeben und wieder nach ihren Waffen zu greifen, die wichtiger waren als ihr Hörvermögen.

Hinter ihnen am Strand bildeten die Moruach eine seltsame Ellipse, richteten sich zu ihrer vollen Größe auf und öffneten die Haifischmäuler so weit, dass Buffy ihre Augen nicht mehr sehen konnte. Die Ägirie waren in den Sand gefallen, und während die beiden Jägerinnen zusahen, explodierte einer nach dem anderen und überschüttete den Sand mit seinen Eingeweiden. Spike war auf den Knien und presste die Hände gegen die Ohren.

»Er bewegt sich nicht!«, schrie Faith. Ihr Gesicht war nur Zentimeter von dem Buffys entfernt.

Buffy wirbelte zu dem Ägir herum – verlor wegen des Blutverlusts fast das Gleichgewicht – und sah, dass Faith Recht hatte. Der Alte, dieser uralte Dämon vom Beginn der Zeit, schwankte im Rhythmus der Wellen hin und her, während seine Tentakel im Wasser trieben, aber er bewegte sich nicht aus eigener Kraft. Mit der Hilfe von Willows und Taras Magie hatte das Geheul der Moruach dem Ägir so sehr die Orientierung geraubt, dass er völlig hilflos war.

Was Buffy auch immer in den letzten Tagen über den Krieg gedacht haben mochte, sie hatte sich längst für eine Seite entschieden. Ganz gleich, was die anderen dachten, sie hatte eine fundamentale Wahrheit erkannt. Der Ägir war nicht nur der Aggressor, er war das Fleisch gewordene Böse. Sie spürte es in jeder Pore ihrer Haut, in der Luft und im Wasser, in ihrem Blut, das aus ihren Wunden strömte.

Dies war kein Krieg. Es ging ums Überleben. Für sie alle.

Ihr Unterleib war im Wasser praktisch taub, entweder vor Erschöpfung oder durch den Blutverlust oder eine Kombination aus beidem. Trotzdem zwang sie sich, weiter ins Meer zu waten, und hob das Schwert hoch über den Kopf. Faith war an ihrer Seite, und zusammen stapften sie zu dem Körper des riesigen Seeungeheuers. Der schneckenähnliche Leib unter Wasser stellte keine Gefahr für sie dar, ebenso wenig seine Augen. Die Moruachkönigin hatte gesagt, dass er ohne seine Tentakel sterben würde, so lebenswichtig waren sie für seine Biologie.

Als Buffy den Ägir erreichte, stand sie bis zu den Schultern im Wasser. Rings um die beiden Jägerinnen trieben Tentakel im Meer. Buffy und Faith hoben die Arme aus dem Wasser, umklammerten ihre Schwerter und schlugen auf das gallertartige, faulige Fleisch der Kreatur ein. Ein grauenhafter Gestank, wie ihn Buffy noch nie zuvor gerochen hatte, stieg auf, und sie drehte den Kopf zur Seite und übergab sich. Hastig wischte sie sich mit der Hand den Mund ab und machte sich wieder ans Werk, hackte gnadenlos auf das Wesen ein.

Binnen weniger Sekunden hatten sie einen Tentakel abgetrennt. Aber als sich Buffy dem nächsten zuwandte, wurde es still in der Nacht.

Das Geheul der Moruach war verstummt.

Buffy versuchte sich zur Küste umzudrehen, aber die Wellen hoben sie hoch und sie konnte nichts sehen. Dann erhaschte sie einen kurzen Blick auf die Moruach. Sie kamen ins Wasser, tauchten unter die Wellen und schwammen auf den Ägir zu.

»Was ist los?«, schrie Faith.

In Buffys Ohren klingelte es so laut, dass sie die gedämpften Worte kaum hören konnte. Aber sie verstand, was Faith meinte. Unglücklicherweise hatte sie keine Antwort darauf. Sie machte sich wieder ans Werk und bohrte ihr Schwert in den Tentakel des Ägirs.

In dem Moment, als das Metall sein Fleisch traf, rührte sich der gigantische Dämon. Er regte sich, schlug Wellen, die Buffy zurückwarfen, und richtete seinen mächtigen Schneckenleib auf. Matt hob er seine Tentakel und zog sie unter Wasser, um sich zu verteidigen, denn die Moruach gingen jetzt zum Angriff über. Die Tentakel, auf die Buffy und Faith einschlugen, hoben sich ebenfalls. Buffy schrie auf Faith ein und fragte sich, ob Faith sie besser hören konnte als sie die andere Jägerin.

Buffy schlug mit einer Wildheit, die aus Entsetzen geboren war, auf das widerliche faulige Fleisch ein und ignorierte das stinkende Blut, das ihr Gesicht und ihre Arme besprizte. Sie schnitt und hackte, bis sie fast in dem Tentakel verschwand, und schließlich, als sie die letzten Faserstränge durchtrennte, hörte er endlich auf zu zucken und fiel ins Wasser.

Die Jägerin drehte sich zu Faith um und sah, dass sie mit dem anderen Tentakel fertig war und bereits zur nächsten Attacke angesetzt hatte. Faith hatte ihr Schwert in den Leib des Ägirs gebohrt und drehte es in seinem Fleisch, während er sich der Küste entgegenwälzte. Buffy folgte, benutzte den Tentakel, der im Wasser trieb, als Stufe, um auf den mächtigen Leib zu springen, und rammte ihr Schwert in eines der Dämonenaugen.

Der Ägir hob seine verbliebenen Tentakel, und in ihrem Griff wanden und krümmten sich die Moruach, die ihr Geheul aufgegeben hatten. Ihr Blut fiel wie schwarzer Regen in den Ozean. Der Rest des Moruachstamms folgte der Königin und setzte zu einem Angriff an, der vielleicht von Buffy inspiriert worden war. Sie schwammen viel zu schnell, als dass der Ägir sie alle packen konnte, und sie sprangen aus dem Wasser und klammerten sich mit ihren Klauen an sein Fleisch, rissen ihm mit diesen Klauen die Augen aus und blendeten den Ägir, diese Kreatur, die einst als Gott verehrt worden war.

Inzwischen hatte der Ägir seinen mächtigen Leib endlich an den Strand gewälzt. Er zuckte auf dem Sand, schlug wild mit seinen verbliebenen Tentakeln um sich und zerfetzte dabei sein eigenes Fleisch.

Aber er konnte nichts mehr sehen.

Buffy und Faith trennten gemeinsam nach und nach den Rest seiner Tentakel ab. Während sie auf ihn einschlugen, schleppte er sich weiter über den nassen Sand und versuchte die Jägerinnen und die Moruach abzuschütteln. Buffy schlug auf die letzten Tentakel ein und blickte am Strand entlang nach Süden, wo der Sand endete und die Felsenküste begann. Auf dem höchsten dieser Felsen saß ein einzelner Seelöwe und beobachtete grimmig das grausige Geschehen unter ihm.

Da fiel der letzte Tentakel.

Der Ägir erbebte und erschlaffte dann, um sich nie mehr zu regen.

Das Schwert entglitt Buffys Hand und fiel neben dem abgetrennten Tentakel in den Sand. Dann brach die Jägerin zusammen, rutschte von dem Körper des uralten Ungeheuers und landete am Rand des Meeres, inmitten der sanften Brandung, im Sand.

Sie wurde bewusstlos und die Wellen umspülten sie.

EPILOG

Kurz vor Morgengrauen stand Spike am Ende eines Kais in Docktown und blickte hinaus auf den Pazifischen Ozean. Die Spitze seiner Zigarette glühte wie heller Bernstein vor dem tiefen Kobaltblau des heller werdenden Himmels. Er durfte eigentlich nicht auf der Straße sein – das durfte während der Quarantäne niemand –, also achtete er sorgfältig auf seine Umgebung, auf jeden Laut, angefangen von dem blechernen Scheppern einer im Wasser treibenden Boje bis hin zum fernen Brummen der Trucks, die durch Sunnydale rollten.

Trucks ohne Kennzeichen.

Militärtrucks.

Von seinem Standpunkt aus konnte er den Strand nicht sehen, wo vor nur ein paar Stunden die Entscheidungsschlacht stattgefunden hatte, aber am Horizont im Norden war der Himmel heller. Er war froh, dass der Wind sich gedreht hatte, denn als er in seine Richtung blies, hatte der Gestank ihm den Magen so heftig umgedreht, dass er aufhören musste zu atmen, um ihm zu entgehen.

Die Army – oder welche lautlose, geheime Truppe des Militärs auch immer in dieser Nacht in Sunnydale eingedrungen war – verbrannte den Ägir. Wenn das Wesen Knochen hatte, würde man sie wahrscheinlich zu irgendeiner Geheimbasis schaffen, um sie zu untersuchen oder um einfach dafür zu sorgen, dass niemand sie sah und die Welt weiter so tun konnte, als würden derartige Wesen nicht existieren.

Was für ein blutiges Massaker, dachte er. Es war die Art Gemetzel gewesen, die einst sein Leben begleitet hatte – verdammt, meistens war er selbst dafür verantwortlich gewesen –, aber es war schon lange her, dass er Zeuge von Tod und Zerstörung dieses Ausmaßes geworden war. Einhundert Bürger von Sunnydale waren tot – insgesamt vielleicht sogar einhundertfünfzig, wenn man die Küstenwache und die Crews der Fischerboote und Frachter mitzählte, von denen die meisten, wie Giles festgestellt hatte, nicht aus der Stadt stammten. Alle hatten sich in bösartige Monster verwandelt.

Niemand konnte sagen, wie viele noch Opfer dieser Metamorphose geworden wären, wenn sie den Ägir nicht getötet hätten. Giles und diese Frau vom Orden der Weisen, Xander und seine kleine Dämonenfreundin waren bereits infiziert worden. Aber als der Ägir gestorben war, hatte die Transformation einfach aufgehört. Dieses Elixier, das Giles zusammengebraut hatte, würde den Prozess bei ihnen umkehren, doch in den nächsten Tagen würde man wahrscheinlich die ganze Stadt impfen müssen. Es würde interessant sein zu sehen, welche Geschichte die Behörden erfanden, um all das zu erklären.

Alles. Das Sterben und die Metamorphosen und die Anwesenheit des Militärs. Von den Dutzenden von Cops und Nationalgardisten ganz zu schweigen, die in dem Chaos auf der Küstenstraße ums Leben gekommen waren.

Das war verdammt noch mal Anarchie. Und es hatte eine Zeit gegeben, in der Anarchie Spikes einziger Lebensinhalt gewesen war.

Warum stört sie dich dann jetzt?, fragte er sich, während er einen langen Zug von seiner Zigarette nahm. Du hast früher dafür gelebt.

Spike hatte keine Antwort auf seine Frage, und das machte ihn wütend. Er blies den Zigarettenrauch aus den Nüstern und schnippte dann die halb aufgerauchte Kippe vom Kai in die Brandung.

Die brennende Asche erlosch, sobald sie das Wasser berührte. Aber etwas anderes unter den Wellen erregte seine Aufmerksamkeit. Ein Quartett zusammengekniffener Augen blickte zu ihm hinauf. Die Königin der Moruach hob ihren Kopf aus dem Wasser und beobachtete ihn.

»Oh, verzieh dich«, murmelte Spike.

Aber die Worte maskierten die Verwirrung, die ihn erfasst hatte. Die Angst, die er in ihrer Nähe spürte, lauerte noch immer im Hintergrund seines Bewusstseins. Er war ein Raubtier, das Große Böse, doch in ihrer Gegenwart hatte er immer das Gefühl, die Beute zu sein. Alle Moruach starrten ihn an, als wäre er die schmackhafteste Delikatesse, die sie je gesehen hatten. Es war beunruhigend, aber gleichzeitig hatte die Königin etwas an sich, das ihn faszinierte und eine Art Todestrieb in ihm wachrief, als würde er auf dem Balkon eines hohen Gebäudes stehen, den Sog der Schwerkraft spüren und genau wissen, wie einfach es sein würde, sich fallen zu lassen.

Das nannte man Thanatos. Ja, der Todestrieb, dachte er. Vielleicht verwirrte ihn die Königin deshalb so sehr. Ganz gleich, wie Furcht erregend sie sein mochte, ging doch diese seltsame Verlockung von ihr aus, diese Versuchung, sich ihr einfach hinzugeben.

Denn beim nächsten Mal würde es vielleicht anders ausgehen.

Spike zuckte plötzlich zusammen und drückte seine Finger an die Schläfen. Er fluchte gepresst und schmeckte erneut das Kupferaroma seines Blutes. Die Königin war in seinem Kopf und sprach zu ihm. Sie *sprach* nicht direkt, sondern *dachte* zu ihm. Sie verständigten sich niemals mit Worten. Aber die Bilder und Eindrücke waren mühelos zu verstehen.

Die Moruach verließen Sunnydale. Sie gingen nach Hause, nicht durch den Höllenschlund, sondern in den Ozean, zurück zu dem Ort, an dem sie seit Jahrtausenden gelebt hatten. Sie würden wieder von vorn anfangen müssen, aber das würde es wert sein. Obwohl ihre Vorfahren aus einer anderen Dimension gekommen waren, einer Welt der dunklen und uralten Ozeane, gefiel es ihnen hier jetzt besser. Dies war ihre Heimat.

Er konnte sie verstehen.

Die Königin ließ ihn ohne jeden Zweifel wissen, dass sie an ihn denken und ihn eines Tages finden würde.

Spike hatte keine Ahnung, wie er darauf reagieren sollte, und sie spürte seine Irritation. Der Druck in seinem Kopf ließ nach. Seine Nase hörte auf zu bluten. Mehrere Sekunden lang trieb die Königin dort groß und stolz im Wasser. Dann tauchte sie unter die Wellen und verschwand, ohne die geringste Spur zu hinterlassen.

»Du schuldest mir etwas, Jägerin«, murmelte Spike. »Du schuldest mir eine ganze Menge.«

Dann drehte der Wind erneut und der Gestank des brennenden Ägirs wehte von Süden heran, und Spike erschauerte vor Abscheu. Doch in Kürze würde die Sonne aufgehen, und so zog er sich zurück, lief über den Kai und achtete dabei sorgfältig darauf, nicht von den Behörden gesehen zu werden. Er würde sich den Tag über in seiner Gruft verstecken und schlafen, während in Sunnydale die Verschwörung zur Verschleierung der wahren Ereignisse ihren Fortgang nehmen würde.

Wenn es vorbei war und die Quarantäne endlich aufgehoben wurde, würde er sich einen neuen Mantel kaufen müssen.

Nun, vielleicht war *kaufen* das falsche Wort.

»Entspannt euch, ihr beiden. B. wird wieder gesund.«

Faith starrte zuerst Xanders Hinterkopf, dann den von Anya an. Keiner von ihnen antwortete ihr. Sie hatten die Fahrt in einer angespannten Atmosphäre verbracht. Hauptsächlich hatte es an den beiden gelegen. Was nicht heißen sollte, dass

Faith sie nicht verstand. Sie hatte noch nie ein gutes Verhältnis zu diesen Leuten gehabt. Sie waren nicht ihre Freunde. Dann war da noch die Tatsache, dass sie früher mit Xander zusammen gewesen war. Es hatte ihr nichts bedeutet, aber sie nahm an, dass Anya deswegen vielleicht ein wenig vergrätzt war.

Die Spannung im Wagen wurde auch nicht durch die Tatsache gemildert, dass sich alle Sorgen um Buffy machten. Nachdem der Ägir tot war, hatte Giles genug von diesem übel riechenden Tee oder was auch immer zusammengebraut, der die schuppige Haut beseitigte. Aber Buffy und Faith waren von den Bakterien, die der Ägir benutzt hatte, um die Menschen zu transformieren, nicht infiziert worden. Spike ebenfalls nicht. Faith vermutete, dass es etwas damit zu tun hatte, dass Spike tot und sie die Jägerinnen waren, aber es konnte auch einfach Glück gewesen sein. Sie würde ihre Zeit nicht damit verschwenden, sich den Kopf darüber zu zerbrechen. Das war Giles' Job.

Aber Buffy hatte ihre eigenen Probleme. Der Ägir hatte sie schwer verletzt. Faith wusste aus erster Hand, dass die Jägerin nicht unverwundbar war. Einige Wunden waren selbst für die Heilkräfte der Auserwählten zu viel.

»Vertraut mir«, sagte Faith in die Stille des Wagens.

Anya lachte schnaubend und drehte sich endlich zu ihr um. »Dir vertrauen? Hast du überhaupt eine Ahnung, wie komisch das ist? Ich kenne dich kaum. Aber ich weiß genug, um dir nicht zu trauen. Die anderen wollten es nicht sagen, weil du Buffy gestern Nacht geholfen hast. Aber denkst du wirklich, du müsstest uns nur vormachen, dass du nie eine der schrecklichen, grausamen, bösen Dinge getan hast, die du getan hast, damit es alle vergessen und dir verzeihen? Ich weiß, dass du durcheinander bist, aber bist du so durcheinander?«

Faith kniff die Augen zusammen und funkelte Anya an. »Niemand macht hier irgendwem irgendwas vor. Du machst mir nichts vor und ich mache dir nichts vor. So sollte es auch sein. Aber wie wäre es damit? Wie wäre es, wenn du nicht so tun würdest, als würde es dir um die Leute gehen, die ich verletzt habe, sondern vielmehr um ...«

Sie brach ab, schüttelte den Kopf und lächelte. »Was auch immer.«

Die Sonne stand erst seit weniger als einer halben Stunde am Himmel, als Xander vor dem Gefängnis anhielt. Obwohl Faith ziemlich sicher war, dass Travers dem Rat nichts von ihrem Urlaub erzählen würde, weil er sonst zu Hause Ärger bekommen würde, konnte sie dessen nicht sicher sein. Das bedeutete, dass sie in ihre gemütliche kleine Zelle zurückkehren musste, bevor er die Chance hatte, irgendjemand darüber zu informieren, dass sie auf der Flucht war.

Xander und Anya hatten sich widerwillig bereit erklärt, sie nach Los Angeles zurückzubringen. Sie fuhren durch eine Reihe Seitenstraßen, schlüpften unentdeckt durch das Netz, das die Regierung um Sunnydale gelegt hatte, und verließen die Stadt in südlicher Richtung, bevor sämtliche Ausfahrten abgesperrt waren und das Chaos sich wieder beruhigte.

Jetzt war sie hier.

Zu Hause. Vier hohe Mauern, Gitter und Stacheldraht. Ihr war mehr als einmal der Gedanke gekommen, dass sie, wenn sie ihre ganze Strafe absaß, am Ende länger hier leben würde als an jedem anderen Ort, an dem sie bisher gewohnt hatte. Zu Hause.

»Danke, dass ihr mich hergefahren habt.«

Xanders Fenster war runtergekurbelt, und er sah Faith an, als sie aus dem Wagen stieg.

»Kein Problem.«

Faith starrte ihn einen Moment an. Schließlich nickte sie. »Buffy wird wieder gesund, Xander. Sie ist stark.«

»Ja«, war alles, was er sagte.

Dann rollte der Wagen davon. Faith sah ihm nach, bis die

Bremslichter aufflammten und er nach rechts abbog, um auf den Freeway zurückzukehren.

»Faith?«

Sie wirbelte herum, erschöpft und zerschlagen, aber bereit zu kämpfen, sollte es notwendig sein. Helen Fontaine stand fünf Meter entfernt, unweit des Haupteingangs des Gefängnisses. Trotz des blauen Himmels und der Wärme des Tages, der Sonne, die auf sie niederbrannte, sah Helen verfroren und blass aus, fast geisterhaft.

»Was machen Sie hier?«, fragte Faith.

Helen strich sich fast sittsam eine blonde Haarlocke hinters Ohr, ohne indes den Blick zu senken. »Travers und die anderen sind bereits abgereist. Ich ... ich habe den Dienst quittiert.«

»Ich schätze, das war ihm ziemlich klar, nicht wahr?«, fragte Faith.

Über Helens Gesicht huschte ein Lächeln.

Faiths Miene wurde weicher. »Hören Sie, ich möchte mich bei Ihnen bedanken.«

»Für was?«

»Dafür, dass Sie nicht wie sie sind.«

Helen nickte.

»Sie haben meine Frage nicht beantwortet«, fuhr Faith fort. »Was machen Sie hier?«

Die ehemalige Wächterin zuckte die Schultern. »Ich habe vorhin mit Rupert Giles telefoniert und er hat mir von Ihrem Plan erzählt. Ich dachte, es wäre leichter für Sie, wenn ich bei Ihrer Rückkehr hier sein würde. Ich wollte sichergehen, dass Sie keinen Ärger mit der Gefängnisverwaltung bekommen.«

Faith spürte, wie sich ihre Kehle zusammenzog. Sie blinzelte mehrmals, und ein paar Momente lang konnte sie nicht darauf antworten. Dem Rat zu helfen war ihr zuerst wie eine Gelegenheit vorgekommen, für ihre Taten zu sühnen, nicht in den Augen des Rates, aber in ihren eigenen. Sie hätte fast einen Fehler gemacht, weil sie gedacht hatte, dass sie die Dinge beschleunigen, eine Heldin sein, ihre Taten wieder gutmachen konnte, wenn sie mitspielte. Aber in ihrem Herzen wusste sie, dass Buße nichts war, das man schnell erledigen konnte.

Zeit. Es würde lange Zeit dauern.

»Vielen Dank«, sagte sie leise, und Helen Fontaine nickte.

Faith wandte sich dem Gefängniseingang zu, entschlossen, dass sie beim nächsten Mal, wenn sie diesen Ort verließ, für ihre Taten gesühnt und den inneren Frieden gefunden haben würde, den sie suchte.

Buffy öffnete flatternd die Augen und stöhnte leise. Ihr Blickfeld war verschwommen und ihre Augen brannten in den Höhlen. Ihr ganzer Körper schmerzte, bis auf die linke Hüfte und den linken Oberschenkel, die völlig taub waren. Wäre da nicht die Tatsache gewesen, dass sie die Zehen ihres linken Fußes bewegen konnte, hätte sie sich Sorgen gemacht, dass taub vielleicht *gelähmt* bedeutete. Aber nein. Zehen bedeuteten Fuß und Fuß bedeutete Bein, und sie hätte das Ende des Beines nicht bewegen können, wäre der obere Teil gelähmt gewesen.

»Das ist gut«, murmelte sie vor sich hin. Die Worte drangen wie von selbst über ihre Lippen, und in ihrem benommenen Zustand dämmerte ihr, dass sie unter Beruhigungsmitteln stand.

»Buffy? Sie ist wach!«

Die Stimme gehörte Willow, aber Buffy brauchte eine Sekunde, um zu begreifen, dass Willow über sie sprach. Sie versuchte, den Kopf zu heben und musste sich stattdessen damit zufrieden geben, dass er schlaff zur Seite fiel. Willow und Tara traten in ihr Blickfeld. Sie waren etwas verschwommen, doch Buffys Sehvermögen verbesserte sich mit jedem Blinzeln.

»He«, sagte Willow leise.

»He«, krächzte Buffy.

»Du hast uns eine Weile Sorgen gemacht«, fügte Tara hinzu.

Buffy hätte gern gelächelt. Sie versuchte es, aber sie war nicht sicher, ob ihr Gehirn schon die richtigen Signale an ihre Muskeln sendete. »Geht es allen anderen gut?«

»Wir hätten uns fast in Seeungeheuer verwandelt«, erwiderte Willow. »Aber uns geht's gut. Xander und Anya haben Faith zurück nach L.A. gebracht.«

Eine durch das Beruhigungsmittel bedingte Welle der Schläfrigkeit ließ Buffy einen Moment die Augen schließen, dann ließ das Gefühl nach und sie fühlte sich plötzlich wacher.

»Meine Mom? Dawn?«

»Sie sind hier«, erklärte Willow. »Sie sprechen mit dem Arzt.«

Tara lächelte. »Sie versuchen herauszufinden, wie du so viel Blut verlieren konntest, ohne zu sterben.«

Willows Gesicht wurde bei den Worten ihrer Freundin ernst. »Wir haben uns große Sorgen gemacht, Buffy. Du hast uns allen einen Schrecken eingejagt. Der Ägir hat dir fast das Bein abgerissen. Du musstest operiert werden, um die Wunde an deiner Hüfte zu schließen. Trotz deiner Heilkräfte hättest du wahrscheinlich nicht überlebt, wenn Giles dich nicht rechtzeitig hierher gebracht hätte.«

Buffy ließ die Worte in sich einsinken und tat gleichzeitig ihr Bestes, um nicht daran zu denken, wie es sich angefühlt hatte, als der Ägir sie gepackt und die Rasiermesserkanten seines Tentakels in ihr Fleisch eingedrungen waren. Es war eine Erinnerung, von der sie hoffte, sie eines Tages vollständig vergessen zu können.

»Giles«, sagte sie. »Wo ist ...?«

»Hier.«

Inzwischen war sie in der Lage, den Kopf zu heben. Sie sah ihn durch die Tür kommen, gefolgt von Rosanna Jergens. Sie runzelte die Stirn, als sie die steif wirkende Frau betrachtete, die einen sauberen, glatt gebügelten braunen Hosenanzug trug. Sie muss Scullys Kleiderschrank geplündert haben, dachte Buffy.

»Wie sieht es aus?«, wollte Buffy wissen.

Giles gab das leise Lachen von sich, das er stets für besonders ironische Momente reservierte. »Das hängt davon ab, wen du fragst. Offiziell war eine Ladung Rindfleisch aus Argentinien, die mit einem Frachter nach Sunnydale gelangt ist, mit Fleisch fressenden Bakterien verseucht – von der Sorte, über die in den letzten Jahren schon mehrmals berichtet wurde. Nur dass es sich diesmal um einen viel virulenteren Stamm handelte, der Dutzenden von Einwohnern Sunnydales das Leben gekostet hat. Ohne die schnelle Reaktion des Gouverneurs und der Nationalgarde wäre vielleicht die gesamte Nation gefährdet gewesen. Es wurden Orden verteilt und eine Menge Belobigungen ausgesprochen. Ich schätze, man wird sich das Schweigen vieler Leute erkaufen und die überlebenden Nationalgardisten und Police Officers, die gestern Nacht am Strand waren, mit enormen Pensionen in den Vorruhestand schicken. Die Stadt steht noch immer unter Quarantäne, und daran wird sich wahrscheinlich auch in den nächsten Tagen nichts ändern.«

Buffy starrte ihn an. »Das ist unglaublich.«

»Eigentlich nicht«, sagte Rosanna ruhig. »Sie wären erstaunt, wenn Sie wüssten, was verschiedene Regierungen im Lauf der Jahre alles unter den Teppich gekehrt haben.«

Alle im Raum drehten sich zu ihr um. Rosanna bewegte sich angesichts der Aufmerksamkeit unbehaglich.

»Es tut mir Leid«, sagte die Frau. »Ich weiß, dass ich störe. Und ich werde jetzt gehen. Ich wollte mich nur vergewissern, dass es Ihnen allen gut geht, und Ihnen sagen, wenn Sie des Krieges eines Tages überdrüssig werden und mit den Kräften, die Ihnen verliehen wurden, etwas anderes tun wollen ...«

»... dann wird der Orden der Weisen zur Stelle sein«, beendete Buffy den Satz für sie.

Rosanna nickte.

»Danke, aber nein, danke«, erwiderte Buffy und setzte sich in ihrem Bett aufrechter hin. Ihr Blick wanderte von Giles zu Willow und Tara, dann wieder zurück zu Rosanna. »Es ist nichts Persönliches, aber Ihr Orden unterscheidet sich nicht so sehr vom Rat, wie Sie gerne glauben möchten. Sehen Sie, um einen Krieg zu führen, sind zwei Seiten erforderlich, aber nur eine, um ihn anzufangen. Sicher, zu Ihrer Philosophie gehört es, die andere Wange hinzuhalten, doch was ist, wenn Sie das tun und der Gegner Sie erneut schlägt?

Wir führen einen Krieg gegen Feinde, die uns nicht nur erobern wollen. Sie wollen uns vom Angesicht der Erde fegen. Ich stimme Ihnen zu, dass wir unser Bestes tun müssen, um den Kampf, wenn möglich, zu vermeiden. Es gibt nie Gewinner. Die letzte Nacht ist ein perfektes Beispiel dafür. Aber wenn Sie denken, dass Sie den Krieg vermeiden können, indem Sie es sich einfach wünschen, machen Sie sich selbst etwas vor.«

Buffy schüttelte den Kopf. Willow trat an ihre Seite und legte ihr eine Hand auf die Schulter. Giles verschränkte die Arme und hob mit einem irgendwie stolzen Lächeln auf dem Gesicht das Kinn.

»Es ist wirklich tragisch, wissen Sie das?«, sagte Buffy zu Rosanna, die aussah, als wünschte sie sich, das Zimmer nie betreten zu haben. »Ich frage mich, was die Weisen und Wächter erreichen könnten, wenn sie endlich einmal versuchen würden, zusammenzuarbeiten.«

Auf dem Gesicht der Frau erschien ein melancholischer Ausdruck, und sie sah Buffy ruhig in die Augen. »Das frage ich mich auch«, sagte sie traurig. »Das frage ich mich auch.«

Dann wandte sie sich ohne ein weiteres Wort ab, denn es gab nichts mehr zu sagen, und verließ den Raum. Auf dem Weg nach draußen kam sie an Dawn vorbei, die mit tief besorgter Miene ins Innere spähte.

»Du bist wach!«, rief Dawn glücklich.

»Und ob ich das bin«, bestätigte Buffy.

Als Dawn ins Zimmer eilte, um sich über ihre Schwester zu

beugen und sie zu umarmen, traten Willow, Tara und Giles ein Stück näher und versammelten sich fast schützend um sie.

»He, Dawnie«, sagte Buffy, »hat irgendwer was von den Seelöwen gehört? Sind sie alle fort? Wieder dort, wo sie hingehören?«

»Ich weiß es nicht. In den Nachrichten wird nur über die ›Quarantänezone Sunnydale‹ und die Fleisch fressenden Bakterien und ähnliches Zeug berichtet.«

»Wir sollten es herausfinden«, sagte Buffy und sah ihrer Schwester in die Augen. »Jemand sollte sich um die kleinen Kerle kümmern.«

Das Lächeln auf Dawns Gesicht wärmte Buffy und sie erwiderte es. Das viele Reden hatte sie wieder schläfrig gemacht. Ihre Augenlider flatterten und schlossen sich. Irgendwo, näher kommend, auf dem Korridor vielleicht, hörte sie, wie ihre Mutter Joyce mit dem Arzt sprach. Die anderen flüsterten miteinander und entfernten sich langsam. Aber sie wusste, sie würden nicht fortgehen.

Buffy spürte einen tiefen inneren Frieden.

Die Geschichte von Buffy und Faith

Buffy – Im Bann der Dämonen
Die Ankunft der zweiten Jägerin
ISBN 3-8025-2940-5

Egmont vgs verlagsgesellschaft, Köln
www.vgs.de

Geheimnisvolle Mumien bedrohen Sunnydale

Buffy – Im Bann der Dämonen
Die dunkle Macht der Vier
ISBN 3-8025-2883-2

Egmont vgs verlagsgesellschaft, Köln
www.vgs.de

Kreaturen der Nacht, Mächte des Lichts
Neues aus Sunnydale

ISBN 3-8025-2842-5
Buffy – Im Bann der Dämonen
Blanke Knochen

ISBN 3-8025-2874-3
Buffy – Im Bann der Dämonen
Unheilvolle Schöpfung

ISBN 3-8025-2879-4
Buffy – Im Bann der Dämonen
Die Karten des Todes

ISBN 3-8025-2951-0
Buffy – Im Bann der Dämonen
Die Versuchung

Egmont vgs verlagsgesellschaft, Köln

www.vgs.de

Kreaturen der Nacht, Mächte des Lichts
Neues aus Sunnydale

ISBN 3-8025-2951-0
Buffy – Im Bann der Dämonen
Die Versuchung

ISBN 3-8025-2991-x
Buffy – Im Bann der Dämonen
Gefallene Engel

ISBN 3-8025-2990-1
Buffy – Im Bann der Dämonen
Mörderisches Spiel

ISBN 3-8025-3250-3
Buffy – Im Bann der Dämonen
Welle der Verwüstung

Egmont vgs verlagsgesellschaft, Köln

www.vgs.de

Buffys dunkler Engel:
Die neuen Romane

ISBN 3-8025-2878-6
Angel – Seelenhandel

ISBN 3-8025-2866-2
Angel – Netz des Grauens

ISBN 3-8025-2898-9
Angel – Blutige Tränen

ISBN 3-8025-2899-9
Angel – Wildes Feuer

Egmont vgs verlagsgesellschaft, Köln

www.vgs.de

Eine Liebe mit Biss ...
aber ohne Aussicht auf Erfüllung

ISBN 3-8025-2865-4
Buffy & Angel
Die geheime Geschichte 1

ISBN 3-8025-2867-0
Buffy & Angel
Die geheime Geschichte 2

ISBN 3-8025-2875-1
Buffy & Angel
Die geheime Geschichte 3

Egmont vgs verlagsgesellschaft, Köln

www.vgs.de

SEXY & GEHEIMNISVOLL!

Wo ich will. So oft ich will. **TV-SERIEN** Wo ich will. So oft ich will.
Wann ICH will!

Mit
EXTRA VIEL ZUSATZMATERIAL
durch die Nacht:
- Audio-Kommentare
- Original-Scripts
- Featurettes
- Bildgalerie
- u. v. m.

ENDLICH!
Das Warten hat sich gelohnt.

Buffy Im Bann der Dämonen

ANGEL Jäger der Finsternis

BUFFY SEASON FIVE &
ANGEL SEASON TWO

JETZT AUF DVD + VHS!

W.i.t.c.h.

Will · Irma · Taranee · Cornelia · Hay Lin

Magisch! Mystisch! Mädchenstark!

Das erste Mädchen-Magazin voller Magie und Zauber.

Mit spannendem **Comic**, interessanten **Tests**, großen **Gewinnspielen**, tollen **Styling-Tipps** und magischen **Extras** ...

... für dich und deine Freundinnen.

www.witchmagazin.de

Jeden Monat neu bei deinem Zeitschriftenhändler!